Dr. Oetker

PartyCakes

Dr. Oetker

Party *Cakes*

Vorwort

Sie suchen etwas Leckeres für Ihre nächste Party, wollen aber nur wenig Zeit in der Küche verbringen? Dann sind Sie hier richtig.

Mit pikanten Zutaten leckere einfache Kuchen, Tartes und Muffins backen. Ob mit Gemüse, Fleisch oder Fisch. Schnell gerührt, schnell im Backofen, schnell auf dem Buffet und schnell im Mund.

Mit diesen Rezepten haben Sie immer einen Grund zum Feiern.

Brokkolikuchen

Zubereitungszeit: etwa 45 Minuten
Insgesamt: E: 74 g, F: 124 g, Kh: 117 g, kJ: 8104, kcal: 1934, BE: 9,0

1 Kastenform (25 x 11 cm)

Zutaten:
weiche Butter oder Margarine zum Einfetten, Semmelbrösel zum Ausstreuen

100 g	Butter oder Margarine
350 g	Brokkoli
	Salz
100 g	Kasseler Aufschnitt, in Scheiben
100 g	Weizenmehl (Type 550)
40 g	Hartweizengrieß
4 gestr. TL	Dr. Oetker Backin
50 g	geriebener Parmesan-Käse
	frisch gemahlener Pfeffer
50 ml	Vollmilch
2	Eier (Größe M)

1. Kastenform einfetten und mit Semmelbröseln ausstreuen. Die Butter oder Margarine schmelzen und abkühlen lassen.

2. Von dem Brokkoli die Blätter entfernen. Brokkoli in kleine Röschen teilen, abspülen und abtropfen lassen. Von den Brokkolistängeln die Haut abziehen, die Stängel in kleine Würfel schneiden. Etwas Wasser aufkochen, salzen, Brokkoliröschen und -würfel 2 Minuten darin kochen. Mit der Schaumkelle herausnehmen und sofort in kaltem Wasser abschrecken. Brokkoliröschen und -würfel in einem Sieb abtropfen lassen.

3. Den Backofen vorheizen.

4. Kasseler Aufschnitt in kleine Würfel schneiden.

5. Für den Teig Mehl, Grieß, Backpulver, Parmesan-Käse und etwas Pfeffer in eine Rührschüssel geben und mit einem Schneebesen verrühren. Milch, Eier und Butter oder Margarine mit Handrührgerät mit Rührbesen unter die Mehlmasse rühren. Kasselerwürfel und Brokkoliröschen und -würfel mit einem Löffel unterrühren.

6. Den Teig in die Form füllen und glattstreichen. Die Form auf dem Rost in den vorgeheizten Backofen schieben.

Ober-/Unterhitze: etwa 180 °C
Heißluft: etwa 160 °C
Backzeit: 40–45 Minuten.

7. Die Form auf einen Kuchenrost stellen. Den Kuchen etwa 10 Minuten in der Form stehen lassen, dann auf einen mit Backpapier belegten Kuchenrost stürzen. Den Kuchen wieder umdrehen und erkalten lassen. (Der Teig muss nicht gesalzen werden, weil der Aufschnitt genügend Salz enthält.)

Tipp: Zum Garnieren eine Tomate vierteln, entkernen und in Würfel schneiden. Die Tomatenwürfel über den aufgeschnittenen Kuchen streuen. Zusätzlich noch etwas Thymian auf die Platte legen. Wer es deftig mag, serviert Kräuterquark oder Remouladensauce mit frischem Schnittlauch zum Brokkolikuchen.

Würziger Kleckselkuchen

Zubereitungszeit: etwa 60 Minuten, ohne Abkühlzeit
Insgesamt: E: 63 g, F: 223 g, Kh: 229 g, kJ: 13373, kcal: 3194, BE: 18,0

1 Pizza- oder Tarteform (Ø 26–28 cm)

Zutaten:
weiche Butter oder Margarine zum Einfetten

1	Zwiebel (70 g)
3 EL	Olivenöl
30 g	Paprikapaste, mild (aus der Tube)
	frisch gemahlener Pfeffer
1 Glas	Kapern (30 g Abtropfgewicht)
1	Knoblauchzehe
½ TL	Dr. Oetker Finesse Geriebene Zitronenschale
50 g	schwarze Olivenringe (aus dem Glas)
1 TL	gerebelter Thymian
½ TL	gerebelter Salbei
300 g	Weizenmehl (Type 550)
2 gestr. TL	Dr. Oetker Backin
2 gestr. TL	Salz
4	Eier (Größe M)
70 ml	Buttermilch
170 g	weiche Butter oder Margarine

1. Zwiebel abziehen und fein würfeln. 1 Esslöffel Olivenöl in einem kleinen Topf erhitzen. Die Zwiebelwürfel dazugeben und im geschlossenen Topf bei schwacher Hitze etwa 10 Minuten dünsten. Paprikapaste unter die Zwiebelwürfel rühren, mit Pfeffer würzen. Abkühlen lassen.

2. Kapern in einem Sieb abtropfen lassen. Knoblauch abziehen, durch eine Knoblauchpresse drücken und mit Zitronenschale, 1 Esslöffel Olivenöl und den Kapern mischen.

3. Olivenringe abtropfen lassen, mit restlichem Olivenöl, Thymian und Salbei mischen.

4. Die Form einfetten. Den Backofen vorheizen.

5. Für den Teig Mehl, Backpulver und Salz in eine Rührschüssel geben und mit einem Schneebesen verrühren. Eier, Buttermilch und Butter oder Margarine hinzufügen und mit Handrührgerät mit Knethaken in etwa 1 Minute zu einem glatten Teig verarbeiten. Den Teig in 3 gleiche Portionen teilen.

6. Eine Portion Teig mit der Paprika-Zwiebel-Masse verrühren. Die zweite Portion Teig mit der Kapern-Zitronen-Mischung und die letzte Portion Teig mit der Oliven-Kräuter-Mischung verrühren.

7. Teige abwechselnd in Klecksen, dicht an dicht, in die Form füllen. Die Form auf dem Rost in den vorgeheizten Backofen schieben.

Ober-/Unterhitze: etwa 200 °C
Heißluft: etwa 180 °C
Backzeit: etwa 25 Minuten.

8. Die Form auf einen Kuchenrost stellen. Den Kuchen etwas abkühlen lassen. Den Kleckselkuchen lauwarm servieren.

Tipp: Dazu schmeckt Tomaten-Rucola-Salat.

Käsekuchen mit Korinthen

Zubereitungszeit: etwa 45 Minuten
Insgesamt: E 86 g, F: 166 g, Kh: 190 g, kJ 11259, kcal: 2690, BE: 15,5

1 Kastenform (25 x 11 cm)

Zutaten:
weiche Butter oder Margarine zum Einfetten, Semmelbrösel zum Ausstreuen

100 g	Korinthen
4 EL	roter Portwein
100 g	Butter oder Margarine
100 g	Weizenmehl (Type 550)
50 g	Hartweizengrieß
4 gestr. TL	Dr. Oetker Backin
1 TL	gerebelter Thymian
100 g	geriebener Parmesan-Käse
50 ml	Buttermilch
2	Eier (Größe M)
100 g	Edelpilzkäse (Blauschimmelkäse, 50 % Fett i. Tr.)

1. Kastenform einfetten und mit Semmelbröseln ausstreuen.

2. Korinthen in ein Sieb geben, mit heißem Wasser abspülen und abtropfen lassen. Portwein leicht erhitzen, Korinthen darin einweichen. Butter oder Margarine schmelzen und abkühlen lassen.

3. Den Backofen vorheizen.

4. Für den Teig Mehl, Grieß, Backpulver, Thymian und Parmesan-Käse in eine Rührschüssel geben und mit einem Schneebesen verrühren. Buttermilch, Eier und Butter oder Margarine dazugeben und mit Handrührgerät mit Rührbesen unterrühren. Edelpilzkäse in kleine Stücke teilen und zusammen mit den eingeweichten Korinthen und der Flüssigkeit unter den Teig rühren.

5. Den Teig in die Form füllen und glattstreichen. Die Form auf dem Rost in den vorgeheizten Backofen schieben.

Ober-/Unterhitze: etwa 180 °C
Heißluft: etwa 160 °C
Backzeit: 40–45 Minuten.

6. Die Form auf einen Kuchenrost stellen. Kuchen etwa 10 Minuten in der Form stehen lassen, dann auf einen mit Backpapier belegten Kuchenrost stürzen. Kuchen wieder umdrehen und erkalten lassen.

Tipp: Den Kuchen mit etwas Thymian garnieren und weiche Butter oder Crème fraîche dazu servieren.

Der Käsekuchen schmeckt gut zu einem würzigen Salat z. B. aus Rucola, Radicchio, Frisée-Salat und Lollo bionda. Mischen Sie den Salat kurz vor dem Servieren mit einer Soße aus Balsamessig, etwas Honig, Olivenöl, Salz und Pfeffer.

Pikanter Rosettenkuchen

Zubereitungszeit: etwa 60 Minuten
Insgesamt: E: 125 g, F: 169 g, Kh: 211 g, kJ: 12030, kcal: 2876, BE: 16,5

1 Springform (Ø 26 cm)

Zutaten:
weiche Butter oder Margarine zum Einfetten, Semmelbrösel zum Bestreuen

Für die Füllung:

1 Glas	Kürbis (200 g Abtropfgewicht)
2 Bund	Schnittlauch
1 Bund	Basilikum
2 Rollen	Schinkenzwiebelmettwurst (je 200 g, aus dem Kühlregal)
50 g	Crème fraîche
	frisch gemahlener Pfeffer

Für den Quark-Öl-Teig:

250 g	Weizenmehl
3 gestr. TL	Dr. Oetker Backin
1/2 TL	Salz
125 g	Magerquark
4 EL	Milch
3 EL	Speiseöl
1	Ei (Größe M)

1. Für die Füllung Kürbis in einem Sieb abtropfen lassen und in sehr kleine Würfel schneiden. Schnittlauch und Basilikum abspülen und trocken tupfen. Schnittlauch in feine Röllchen schneiden. Die Hälfte der Basilikumblätter in Streifen schneiden.

2. Schinkenzwiebelmettwurst in eine Schüssel geben, mit einer Gabel in kleine Stücke zupfen. Kürbiswürfel, Schnittlauchringe, Basilikumstreifen und Crème fraîche hinzufügen. Die Zutaten mit einer Gabel verkneten. Die Masse mit Pfeffer abschmecken.

3. Die Form einfetten, den Formboden mit Semmelbröseln bestreuen. Den Backofen vorheizen.

4. Für den Teig Mehl, Backpulver und Salz in eine Rührschüssel geben und mit einem Schneebesen verrühren. Quark, Milch, Speiseöl und Ei hinzufügen. Die Zutaten mit Handrührgerät mit Knethaken auf höchster Stufe in etwa 1 Minute zu einem glatten Teig verarbeiten.

5. Anschließend auf einer bemehlten Arbeitsfläche zu einem Rechteck (50 x 40 cm) ausrollen. Die Füllung auf dem Teig verteilen, rundherum einen 1 cm breiten Rand frei lassen. Den Teig von der langen Seite her aufrollen. Die Rolle mit einem Sägemesser in 12 Scheiben schneiden.

6. Die Teigscheiben in die Form legen. Die Form auf dem Rost in den vorgeheizten Backofen schieben.

Ober-/Unterhitze: etwa 180 °C
Heißluft: etwa 160 °C
Backzeit: 55–65 Minuten.

7. Die Form auf einen Kuchenrost stellen. Nach 10 Minuten den Springformrand mit einem Messer vorsichtig lösen und entfernen, den Kuchen etwas abkühlen lassen.

8. Den lauwarmen Kuchen mit einer Palette vom Springformboden lösen, auf eine Tortenplatte legen und mit restlichem Basilikum garnieren.

Kräuterkuchen mit Lachsstücken

Zubereitungszeit: etwa 40 Minuten, ohne Auftauzeit
Insgesamt: E: 78 g, F: 134 g, Kh: 107 g, kJ: 8130, kcal: 1942, BE: 8,0

1 Kastenform (25 x 11 cm)

Zutaten:
weiche Butter oder Margarine zum Einfetten, Semmelbrösel zum Ausstreuen

250 g	TK-Lachsfilet
1 Pck.	TK-Dill (25 g)
1 EL	körniger Senf
2 TL	Zitronensaft
	Salz
½ Bund	Schnittlauch
100 g	Weizenmehl (Type 550)
30 g	Hartweizengrieß
3 gestr. TL	Dr. Oetker Backin
50 ml	Buttermilch
2	Eier (Größe M)
100 ml	Speiseöl

1. Lachsfilet auftauen lassen. Kastenform einfetten und mit Semmelbröseln ausstreuen.

2. Aufgetautes Lachsfilet abspülen, trocken tupfen und in etwa 1 cm große Würfel schneiden. Lachswürfel mit tiefgefrorenem Dill, körnigem Senf, Zitronensaft und 1 gestrichenem Teelöffel Salz mischen.

3. Den Backofen vorheizen.

4. Schnittlauch abspülen, trocken tupfen und in feine Röllchen schneiden.

5. Für den Teig Mehl, Grieß, Backpulver, ½ Teelöffel Salz und Schnittlauchröllchen in eine Rührschüssel geben und mit einem Schneebesen verrühren. Buttermilch, Eier und Öl dazugeben und mit Handrührgerät mit Rührbesen unterrühren. Lachsstücke mit der Senfmarinade mit einem Löffel kurz unterrühren.

6. Den Teig in die Form füllen und glattstreichen. Die Form auf dem Rost in den vorgeheizten Backofen schieben.

Ober-/Unterhitze: etwa 180 °C
Heißluft: etwa 160 °C
Backzeit: 45–55 Minuten.

7. Die Form auf einen Kuchenrost stellen. Den Kuchen etwa 10 Minuten in der Form stehen lassen, dann auf einen mit Backpapier belegten Kuchenrost stürzen. Den Kuchen wieder umdrehen und erkalten lassen.

Tipp: Den Kuchen mit etwas Petersilie garnieren.

Kürbis-Erdnuss-Kuchen mit Basilikum

Zubereitungszeit: etwa 40 Minuten, ohne Abkühlzeit
Insgesamt: E: 87 g, F: 179 g, Kh: 164 g, kJ: 10968, kcal: 2620, BE: 12,0

1 Kastenform (25 x 11 cm)

Zutaten:
weiche Butter oder Margarine zum Einfetten, Semmelbrösel zum Ausstreuen

100 g	Erdnusskerne, gesalzen
400 g	Kürbis ohne Kerne, (z. B. Hokaido, es werden 250 g Fruchtfleisch benötigt)
1	Bio-Zitrone (unbehandelt, ungewachst)
4 Stängel	Basilikum
1 gestr. TL	Sambal Oelek (Chilipaste)
150 g	Weizenmehl (Type 1050)
30 g	Hartweizengrieß
4 gestr. TL	Dr. Oetker Backin
1 gestr. TL	Salz
2	Eier (Größe M)
100 g	Doppelrahm-Frischkäse
2 TL	Basilikum-Pesto
50 ml	Olivenöl

Zum Bestreuen:

50 g	Erdnusskerne, gesalzen

1. Erdnusskerne in einer Pfanne ohne Fett goldbraun rösten, auf einen Teller schütten und erkalten lassen.

2. Kürbis schälen und auf der groben Seite der Haushaltsreibe raspeln, 250 g Kürbisraspel abwiegen. Zitrone heiß abwaschen und trocken reiben. Die Hälfte der Zitronenschale auf der feinen Seite der Haushaltsreibe abreiben. Die Zitrone auspressen.

3. Basilikum abspülen, trocken tupfen, Blätter abzupfen und in Streifen schneiden. Kürbisraspel, Zitronenschale, 2 Esslöffel Zitronensaft, Sambal Oelek, und Basilikumstreifen mischen.

4. Die Kastenform einfetten und mit Semmelbröseln ausstreuen. Den Backofen vorheizen.

5. Für den Teig Mehl, Grieß, Backpulver, Salz und geröstete Erdnusskerne in eine Rührschüssel geben und mit einem Schneebesen verrühren. Eier, Frischkäse, Pesto und Olivenöl mit Handrührgerät mit Rührbesen unter die Mehlmasse rühren. Kürbis-Basilikum-Masse kurz unterrühren.

6. Den Teig in die Form füllen, glattstreichen und mit Erdnusskernen bestreuen. Die Form auf dem Rost in den vorgeheizten Backofen schieben.

Ober-/Unterhitze: etwa 180 °C
Heißluft: etwa 160 °C
Backzeit: etwa 50 Minuten.

7. Die Form auf einen Kuchenrost stellen. Kuchen etwa 10 Minuten in der Form stehen lassen, dann auf einen mit Backpapier belegten Kuchenrost stürzen. Den Kuchen wieder umdrehen und erkalten lassen.

Tipp: Den Kuchen mit Chilipaste, z. B. Sambal Oelek, oder Harissa servieren.

Mettkuchen

Zubereitungszeit: etwa 40 Minuten
Insgesamt: E: 93 g, F: 176 g, Kh: 109 g, kJ: 9983, kcal: 2385, BE: 8,0

1 Kastenform (25 x 11 cm)

Zutaten:
weiche Butter oder Margarine zum Einfetten, Semmelbrösel zum Ausstreuen

100 g	Staudensellerie
1	Möhre (100 g)
5 Stängel	Basilikum
100 g	Weizenmehl (Type 550)
30 g	Vollkorn-Weizengrieß
3 gestr. TL	Dr. Oetker Backin
30 g	geriebener Parmesan-Käse
50 ml	Milch
2	Eier (Größe M)
75 ml	Olivenöl
300 g	Schinkenzwiebelmettwurst oder gewürztes Schweinemett

1. Kastenform einfetten und mit Semmelbröseln ausstreuen.

2. Staudensellerie und Möhre putzen, abspülen und abtropfen lassen. Vom Staudensellerie die harten Außenfäden abziehen. Selleriestangen in sehr dünne Scheiben schneiden. Möhre schälen und in sehr kleine Würfel schneiden. Basilikum abspülen, trocken tupfen, die Blätter abzupfen und in feine Streifen schneiden.

3. Den Backofen vorheizen.

4. Für den Teig Mehl, Grieß, Backpulver und Parmesan in eine Rührschüssel geben und mit einem Schneebesen verrühren. Milch, Eier und Olivenöl dazugeben und mit Handrührgerät mit Rührbesen unterrühren. Möhrenwürfel, Selleriescheiben und Basilikumstreifen unter den Teig rühren. Mettwurst oder Schweinemett mit einem Messer in kleine Brocken teilen, zum Teig geben und mit einem Löffel vorsichtig unterrühren, so dass kleine Mettbrocken bleiben.

5. Den Teig in die Form füllen, glattstreichen. Die Form auf dem Rost in den vorgeheizten Backofen schieben.

Ober-/Unterhitze: etwa 180 °C
Heißluft: etwa 160 °C
Backzeit: 45–55 Minuten.

6. Die Form auf einen Kuchenrost stellen. Kuchen etwa 10 Minuten in der Form stehen lassen, dann auf einen mit Backpapier belegten Kuchenrost stürzen. Den Kuchen wieder umdrehen und erkalten lassen. (Der Teig muss nicht gesalzen werden, weil das Mett und der Käse Salz enthalten.)

Tipp: Der Mettkuchen kann in Scheiben geschnitten gut eingefroren werden. Die aufgetauten Mettkuchen-Scheiben in heißem Speiseöl kurz von beiden Seiten anbraten.

Gemüse-Quark-Kuchen

Zubereitungszeit: etwa 20 Minuten
Insgesamt: E: 79 g, F: 117 g, Kh: 109 g, kJ: 7665, kcal: 1832, BE: 8,0

1 Tarteform (Ø 26–28 cm)

Zutaten:
weiche Butter oder Margarine zum Einfetten

1 Dose	Gemüsemais (140 g Abtropfgewicht)
1 Dose	Erbsen (140 g Abtropfgewicht)
1	rote Paprikaschote (200 g)
½ Bund	Koriander oder glatte Petersilie
2 Pck.	Kräuterquark (je 200 g)
200 g	Schlagsahne
3	Eier (Größe M)
60 g	Hartweizengrieß
	Salz
	frisch gemahlener Pfeffer
	Paprikapulver, rosenscharf
etwas	Koriander oder glatte Petersilie zum Garnieren

1. Die Form einfetten. Den Backofen vorheizen.

2. Mais und Erbsen in ein Sieb geben, abspülen und abtropfen lassen. Paprika entstielen, vierteln, entkernen, die weißen Scheidewände entfernen, die Viertel abspülen und in etwa ½ cm große Würfel schneiden.

3. Koriander oder Petersilie abspülen, trocken tupfen, die Blätter abzupfen und hacken.

4. Kräuterquark, Sahne, Eier und Grieß in eine Rührschüssel geben und mit einem Schneebesen verrühren. Mais, Erbsen und Paprikawürfel kurz unterrühren. Die Masse mit Salz, Pfeffer und Paprika würzen und in die Form füllen.

5. Die Form auf dem Rost in den vorgeheizten Backofen schieben.

Ober-/Unterhitze: etwa 200 °C
Heißluft: etwa 180 °C
Backzeit: 30–35 Minuten.

6. Die Form auf einen Kuchenrost stellen. Den Kuchen in der Form erkalten lassen. Mit Koriander oder Petersilie garnieren.

Tipp: Dazu passt z. B. rote Tacosoße.

Pilzkuchen

Zubereitungszeit: etwa 50 Minuten, ohne Abkühlzeit
Insgesamt: E: 53 g, F: 172 g, Kh: 118 g, kJ: 9292, kcal: 2220, BE: 9,5

1 Kastenform (25 x 11 cm)

Zutaten:
weiche Butter oder Margarine zum Einfetten, Semmelbrösel zum Ausstreuen

10 g	getrocknete Steinpilze
250 g	Champignons
125 ml (1/8 l)	Olivenöl
1 TL	gerebelter Thymian
	frisch gemahlener Pfeffer
100 g	Weizenmehl (Type 550)
40 g	Hartweizengrieß
3 gestr. TL	Dr. Oetker Backin
1 gestr. TL	Salz
150 g	saure Sahne
2	Eier (Größe M)
30 g	Sonnenblumen- oder Kürbiskerne

1. Steinpilze in ein Sieb geben, mit kaltem Wasser abbrausen, abtropfen lassen.

2. Champignons putzen, mit Küchenpapier abreiben, eventuell abspülen, abtropfen lassen und in Scheiben schneiden. Steinpilze grob hacken.

3. 3 Esslöffel Olivenöl in einem flachen Topf erhitzen. Champignonscheiben, gehackte Steinpilze und Thymian darin andünsten. Zugedeckt etwa 5 Minuten bei milder Hitze dünsten, mit Pfeffer würzen. Abkühlen lassen.

4. Die Kastenform einfetten und mit Semmelbröseln ausstreuen. Den Backofen vorheizen.

5. Für den Teig Mehl, Grieß, Backpulver und Salz in eine Rührschüssel geben und mit einem Schneebesen verrühren. Saure Sahne, Eier und restliches Öl dazugeben und mit Handrührgerät mit Rührbesen unterrühren. Sonnenblumen- oder Kürbiskerne und Pilzmasse (mit der Flüssigkeit) kurz unterrühren.

6. Den Pilzteig in die Form füllen und glattstreichen. Die Form auf dem Rost in den vorgeheizten Backofen schieben.

Ober-/Unterhitze: etwa 180 °C
Heißluft: etwa 160 °C
Backzeit: 45–55 Minuten.

7. Die Form auf einen Kuchenrost stellen. Kuchen etwa 10 Minuten in der Form stehen lassen, dann auf einen mit Backpapier belegten Kuchenrost stürzen. Den Kuchen wieder umdrehen und erkalten lassen.

Tipp: Den Kuchen mit grünem Blattsalat, Tomatenspalten und etwas Thymian anrichten.

Salami-Oliven-Kuchen

Zubereitungszeit: etwa 35 Minuten
Insgesamt: E: 78 g, F: 197 g, Kh: 165 g, kJ: 11444, kcal: 2733, BE: 13,0

1 Kastenform (25 x 11 cm)

Zutaten:
weiche Butter oder Margarine zum Einfetten, Semmelbrösel zum Ausstreuen

70 g	schwarze Oliven, ohne Stein (aus dem Glas)
150 g	Salami, in dünnen Scheiben
200 g	Weizenmehl (Type 550)
3 gestr. TL	Dr. Oetker Backin
1 gestr. TL	Salz
1 TL	gerebelter Oregano
150 ml	Buttermilch
3	Eier (Größe M)
100 ml	Olivenöl

1. Oliven in einem Sieb abtropfen lassen und in dünne Ringe schneiden. Salami in kurze, schmale Streifen schneiden.

2. Kastenform einfetten und mit Semmelbröseln ausstreuen. Den Backofen vorheizen.

3. Für den Teig Mehl mit Backpulver, Salz und Oregano in eine Rührschüssel geben und mit einem Schneebesen verrühren. Buttermilch, Eier und Olivenöl hinzufügen und mit Handrührgerät mit Rührbesen unterrühren. Olivenringe und drei Viertel der Salamistreifen unterrühren.

4. Den Teig in die Form füllen, glattstreichen und mit restlichen Salamistreifen bestreuen. Die Form auf dem Rost in den vorgeheizten Backofen schieben.

Ober-/Unterhitze: etwa 180 °C
Heißluft: etwa 160 °C
Backzeit: 50–60 Minuten.

5. Die Form auf einen Kuchenrost stellen. Den Kuchen etwa 10 Minuten in der Form stehen lassen, dann auf einen mit Backpapier belegten Kuchenrost stürzen. Den Kuchen umdrehen und erkalten lassen.

Tipp: Anstelle des gerebelten Oreganos können Sie auch die gehackten Blätter von etwa 5 Stängeln frischem Oregano verwenden und den Kuchen zusätzlich mit frischem Oregano garnieren.

Pikanter Schichtkuchen

Zubereitungszeit: etwa 80 Minuten
Insgesamt: E 63 g, F: 274 g, Kh: 192 g, kJ 14770, kcal: 3528, BE: 16,0

1 Springform (Ø 26 cm)

Zutaten:
weiche Butter oder Margarine zum Einfetten

Für die Füllung:

60 g	Pinienkerne
80 g	grüne Oliven, ohne Stein
1 Glas	grünes Pesto (90 g Einwaage)
30 g	Semmelbrösel
6 EL	Wasser

Für den All-in-Teig:

100 g	Weizenmehl
100 g	Speisestärke
3 gestr. TL	Dr. Oetker Backin
4	Eier (Größe M)
7 EL	Milch
200 g	weiche Butter oder Margarine

1. Für die Füllung Pinienkerne im Zerkleinerer fein hacken, in einer Pfanne ohne Fett goldbraun rösten und auf einem Teller erkalten lassen.

2. Oliven in einem Sieb abtropfen lassen und fein hacken. Gehackte Oliven, Pesto, Pinienkerne, Semmelbrösel und Wasser verrühren. Die Füllung in 3 gleiche Portionen teilen.

3. Für den Teig Mehl, Speisestärke und Backpulver in eine Schüssel geben und mit einem Schneebesen verrühren. Eier, Milch und Butter oder Margarine dazugeben. Den Teig mit Handrührgerät mit Rührbesen in etwa 1 Minute zu einem glatten Teig verarbeiten. Den Teig in 4 gleiche Portionen teilen.

4. Den Boden der Form einfetten. Den Grill des Backofens vorheizen.

5. 1 Portion Teig in die Form füllen und mit einer Teigkarte glattstreichen. Die Form auf dem Rost unter den Grill des Backofens schieben. Den Teig in 4–5 Minuten goldbraun backen.

6. Die Form auf einen Kuchenrost stellen. Den vorgebackenen Teig mit 1 Portion der Füllung bestreichen. 1 Portion Teig daraufgeben und glattstreichen. Die Form wieder auf dem Rost unter den Grill des Backofens schieben und den Teig 4–5 Minuten goldbraun backen. Den Vorgang noch zweimal wiederholen, bis der Teig und die Füllung aufgebraucht sind.

7. Die Form auf einen Kuchenrost stellen. Nach 10 Minuten den Springformrand mit einem Messer vorsichtig lösen und entfernen. Den Schichtkuchen warm oder kalt servieren, vorher in kleine Würfel oder Streifen schneiden.

Tipp: Den Kuchen mit Oliven und Sherry servieren, wie Tapas.

Würzige Käse-Tarte

Zubereitungszeit: etwa 40 Minuten
Insgesamt: E: 77 g, F: 120 g, Kh: 72 g, kJ: 7043, kcal: 1681, BE: 4,5

1 Tarteform (Ø 26–28 cm)

Zutaten:
weiche Butter oder Margarine zum Einfetten, Semmelbrösel zum Ausstreuen

1 Bund	Frühlingszwiebeln (100 g)
50 g	Weizenmehl (Type 550)
1 gestr. TL	Dr. Oetker Backin
1 gestr. TL	Salz
1 gestr. TL	Zucker
250 g	Magerquark
200 g	Kräuter-Frischkäse (Doppelrahmstufe)
1 Pck.	TK- 8-Kräuter (25 g)
2	Eier (Größe M)
4 EL	Olivenöl
30 g	gestiftelte Mandeln

Zum Garnieren:
einige Stängel Kerbel

1. Frühlingszwiebeln putzen, abspülen, abtropfen lassen und in schmale Ringe schneiden.

2. Tarteform einfetten und mit Semmelbröseln ausstreuen. Den Backofen vorheizen.

3. Für den Teig Mehl, Backpulver, Salz und Zucker in eine Rührschüssel geben und mit einem Schneebesen verrühren. Quark, Frischkäse, gefrorene Kräuter, drei Viertel der Zwiebelringe, Eier und Olivenöl dazugeben und mit Handrührgerät mit Rührbesen unterrühren.

4. Den Teig in die Form geben und glattstreichen. Restliche Zwiebelringe und Mandelstifte darauf verteilen. Die Form auf dem Rost in den vorgeheizten Backofen schieben.

Ober-/Unterhitze: etwa 180 °C
Heißluft: etwa 160 °C
Backzeit: etwa 45 Minuten.

5. Die Form auf einen Kuchenrost stellen. Die Tarte in der Form erkalten lassen. Den Kerbel abspülen, trocken tupfen und in kleine Zweige zupfen. Die Tarte in Stücke schneiden und mit Kerbel garnieren.

Tipp: Die Käse-Tarte schmeckt lauwarm besonders gut. Als Beilage eignen sich z. B. gedünstete Tomaten. Für 4 –6 Portionen 2 mittelgroße Zwiebeln abziehen, in Würfel schneiden und in 4 Esslöffeln Olivenöl 10 Minuten dünsten. 500 g kleine Strauchtomaten halbieren, und 3 Minuten mitdünsten. Das Gemüse mit Salz, Pfeffer und etwas Cayennepfeffer würzen, mit Schnittlauchröllchen oder gehacktem Basilikum bestreuen.

Kartoffel-Forellen-Tarte

Zubereitungszeit: etwa 50 Minuten, ohne Abkühlzeit
Insgesamt: E: 91 g, F: 147 g, Kh: 136 g, kJ: 9337, kcal: 2236, BE: 11,0

1 Tarteform (Ø 26–28 cm)

Zutaten:
weiche Butter oder Margarine zum Einfetten, Semmelbrösel zum Ausstreuen

400 g	festkochende Kartoffeln
1 Scheibe	Toastbrot
75 ml	Olivenöl
80 g	Hartweizengrieß
3 gestr. TL	Dr. Oetker Backin
1 gestr. TL	Salz
1/2 Pck.	TK-Gehackter Dill (etwa 12 g)
2	Eier (Größe M)
150 g	Crème fraîche
4	geräucherte Forellenfilets (250 g)

1. Kartoffeln waschen, in der Schale etwa 25 Minuten gar kochen, abgießen, mit kaltem Wasser abschrecken, pellen und durch die Kartoffelpresse drücken. Abkühlen lassen.

2. Tarteform einfetten und mit Semmelbröseln ausstreuen. Den Backofen vorheizen.

3. Toastbrotscheibe entrinden, in kleine Würfel schneiden, in eine Schüssel geben, mit 1 Esslöffel Olivenöl beträufeln und vermengen.

4. Für den Teig Grieß, Backpulver, Salz und tiefgeforenen Dill in eine Rührschüssel geben und mit dem Schneebesen verrühren. Eier trennen. Eiweiß steifschlagen. Eigelb, Crème fraîche und restliches Olivenöl zum Grießgemisch geben und mit Handrührgerät mit Rührbesen unterrühren. Durchgepresste Kartoffeln kurz unterrühren. 3 Forellenfilets in kleine Stücke zerteilen und kurz unterrühren. Eischnee mit einem Teigschaber unterheben.

5. Den Teig in die Form füllen und glattstreichen, restliches Forellenfilet in Stücke zerteilen und darauf verteilen. Teig mit vorbereiteten Weißbrotwürfeln bestreuen. Die Form auf dem Rost in den vorgeheizten Backofen schieben.

Ober-/Unterhitze: etwa 180 °C
Heißluft: etwa 160 °C
Backzeit: 40–45 Minuten.

6. Die Form auf einen Kuchenrost stellen. Die Tarte in der Form erkalten lassen.

Tipp: Die Kartoffel-Tarte mit Crème-fraîche-Klecksen und Dill garnieren.

Tomaten-Mozzarella-Tarte

Zubereitungszeit: etwa 65 Minuten, ohne Kühlzeit
Insgesamt: E 75 g, F: 214 g, Kh: 246 g, kJ 13548, kcal: 3237, BE: 19,0

1 Tarteform (Ø 26–28 cm)

Zutaten:
weiche Butter oder Margarine zum Einfetten

Für den Knetteig:

300 g	Weizenmehl
1 gestr. TL	Salz
150 g	Butter
150 g	saure Sahne
2 EL	kaltes Wasser

Für den Belag:

250 g	Zucchini
1	Knoblauchzehe
3 EL	Olivenöl
	Salz
	frisch gemahlener Pfeffer
4 mittelgroße	Tomaten
	gerebelter Oregano
150 g	Mozzarella

Zum Bestreichen:

1	Eigelb (Größe M)
1 EL	Wasser

Zum Garnieren:
grob geschroteter Pfeffer
Petersilie

1. Für den Teig Mehl und Salz in eine Rührschüssel geben und mit einem Schneebesen verrühren. Butter in kleine Stücke teilen, mit saurer Sahne und Wasser zum Mehl geben. Die Zutaten mit Handrührgerät mit Rührbesen zunächst kurz auf niedrigster, dann auf höchster Stufe gut durcharbeiten. Anschließend auf einer bemehlten Arbeitsfläche zu einem glatten Teig verkneten. Den Teig in Frischhaltefolie wickeln und etwa 1 Stunde kühl stellen.

2. Für den Belag Zucchini abspülen, trocken tupfen und die Enden abschneiden. Zucchini auf der Haushaltsreibe grob raspeln. Knoblauch abziehen. Öl in einer Pfanne erhitzen, Zucchiniraspel kurz anbraten. Knoblauch durch die Knoblauchpresse drücken, in die Pfanne geben und miterhitzen. Die Zucchini-Masse mit Salz und Pfeffer würzen. Abkühlen lassen.

3. Die Form einfetten. Den Backofen vorheizen. Tomaten abspülen, Stängelansätze herausschneiden. Tomaten in etwa ½ cm dicke Scheiben schneiden. Mozzarella abtropfen lassen und in dünne Scheiben schneiden.

4. Den Teig in 3 gleiche Portionen teilen. 1 Portion Teig auf der bemehlten Arbeitsfläche zu einer runden Platte (Ø etwa 28 cm) ausrollen, in die Form legen, andrücken und mit einer Gabel mehrfach einstechen. Die Form auf dem Rost in den vorgeheizten Backofen schieben, den Teigboden vorbacken.

Ober-/Unterhitze: etwa 180 °C
Heißluft: etwa 160 °C
Backzeit: etwa 10 Minuten zum Vorbacken, etwa 25 Minuten zum Fertigbacken.

5. Form auf einen Kuchenrost stellen und etwas abkühlen lassen.

6. Die zweite Portion Teig zu einer Rolle (etwa 80 cm Länge) formen, auf den vorgebackenen Teigboden legen und so an den Rand der Form drücken, dass ein etwa 2 cm hoher Rand entsteht.

7. Zucchinimasse auf dem Teigboden verteilen. Tomatenscheiben dachziegelartig darauflegen und mit Salz, Pfeffer und Oregano bestreuen. Mozzarellascheiben darauf verteilen. Überstehenden Teigrand auf die Füllung legen.

8. Restliche Portion Teig zu einer runden Platte (Ø etwa 28 cm) ausrollen, mit einem Teigrädchen in etwa 1,5 cm breite Streifen schneiden und gitterartig auf die Füllung legen, am Rand andrücken. Eigelb und Wasser verquirlen, auf das Teiggitter streichen. Die Form in den Backofen schieben und die Tarte **bei gleicher Backofeneinstellung in etwa 25 Minuten fertig backen.**

9. Die Form auf einen Kuchenrost stellen, die Tarte in der Form erkalten lassen. Die Tarte mit grob geschrotetem Pfeffer und Petersilie garnieren.

Schafkäse-Tarte

Zubereitungszeit: etwa 45 Minuten
Insgesamt: E: 88 g, F: 185 g, Kh: 108 g, kJ: 10196, kcal: 2433, BE: 8,0

1 Tarteform (Ø 26–28 cm)

Zutaten:
weiche Butter oder Margarine zum Einfetten, Semmelbrösel zum Ausstreuen

5 kleine Stängel	Rosmarin
150 g	Zucchini
300 g	Schafkäse
100 g	Weizenmehl (Type 550)
30 g	Vollkorn-Weizengrieß
2 gestr. TL	Dr. Oetker Backin
1 gestr. TL	Salz
1 gestr. TL	Dr. Oetker Finesse Geriebene Zitronenschale
50 ml	Wasser
2	Eier (Größe M)
80 ml	Olivenöl
30 g	Pinienkerne

Zum Beträufeln und Bestreuen:

1–2 EL	Olivenöl
	grob gemahlener schwarzer Pfeffer

1. Rosmarin abspülen, trocken tupfen. Von 3 Stängeln Rosmarin die Nadeln abstreifen und grob hacken. Zucchini abspülen, die Enden abschneiden, Zucchini in kleine Würfel schneiden. 150 g von dem Schafkäse mit den Händen zerbröseln.

2. Die Tarteform einfetten und mit Semmelbröseln ausstreuen. Den Backofen vorheizen.

3. Für den Teig Mehl, Grieß, Backpulver, Salz, gehackten Rosmarin und Zitronenschale in eine Rührschüssel geben und mit einem Schneebesen verrühren. Wasser, Eier und Olivenöl hinzufügen und mit Handrührgerät mit Rührbesen unterrühren. Zucchiniwürfel und Schafkäsebrösel unterrühren.

4. Den Teig in die Form füllen und glattstreichen. Restlichen Schafkäse mit den Händen grob zerbröseln und auf dem Teig verteilen. Restlichen Rosmarin in kleine Zweige zupfen und zusammen mit den Pinienkernen über Käse und Teig streuen. Mit Olivenöl beträufeln und mit Pfeffer bestreuen.

5. Die Form auf dem Rost in den vorgeheizten Backofen schieben.

Ober-/Unterhitze: etwa 200 °C
Heißluft: etwa 180 °C
Backzeit: 35–45 Minuten.

6. Die Form auf einen Kuchenrost stellen. Die Tarte in der Form erkalten lassen.

Tipp: Für diese Tarte eignet sich am besten ein Feta-Käse aus Schafmilch oder Schaf- und Ziegenmilch. Er hat keine Rinde, ist schnittfest und schmeckt leicht säuerlich. Sie erhalten ihn lose oder als Scheiben eingeschweißt im Kühlregal.

Gemüsequiche

Zubereitungszeit: etwa 35 Minuten, ohne Auftau- und Ruhezeit
Insgesamt: E 50 g, F: 159 g, Kh: 143 g, kJ: 9285, kcal: 2216, BE: 11,5

1 Tarteform (Ø 26–28 cm)

Zutaten:
weiche Butter oder Margarine zum Einfetten

Für den Teigboden:

1/2 Pck.	TK-Blätterteig (225 g, 3 rechteckige Platten)

Für den Belag:

1	Zwiebel (50 g)
2	Knoblauchzehen
2 EL	Olivenöl
1 Pck.	TK- Suppengemüse (450 g)
1 Prise	Salz
	frisch gemahlener Pfeffer
200 g	Schlagsahne
3	Eier (Größe M)
2–3 TL	mittelscharfer Senf
1 EL	Semmelbrösel
1 Bund	Schnittlauch

1. Für den Teigboden Blätterteigplatten zugedeckt nach Packungsanleitung bei Zimmertemperatur auftauen lassen.

2. Für den Belag Zwiebel und Knoblauch abziehen und fein würfeln. Olivenöl in einer Pfanne erhitzen. Zwiebel- und Knoblauchwürfel darin glasig dünsten, eventuell etwas Wasser hinzufügen.

3. Suppengemüse hinzufügen und zugedeckt bei schwacher Hitze etwa 5 Minuten dünsten. Mit Salz und Pfeffer würzen.

4. Sahne, Eier und Senf verquirlen. Mit Salz und Pfeffer würzen. Den Boden der Tarteform einfetten.

5. Blätterteigplatten wieder aufeinanderlegen und auf bemehlter Arbeitsfläche zu einem Quadrat (etwa 32 x 32 cm) ausrollen. Den Teig in die Form legen und am Rand leicht andrücken. Teigboden mit einer Gabel mehrmals einstechen und mit Semmelbröseln bestreuen. Den Teig 15 Minuten ruhen lassen. Den Backofen vorheizen.

6. Schnittlauch abspülen und trocken tupfen. Drei Viertel davon in feine Röllchen schneiden und unter das Gemüse mischen. Das Gemüse in die Form füllen. Eiersahne darübergießen. Überstehende Teigränder mit einer Schere abschneiden. Die Form auf dem Rost in den vorgeheizten Backofen schieben.

Ober-/Unterhitze: etwa 200 °C
Heißluft: etwa 180 °C
Backzeit: etwa 35 Minuten.

7. Die Form auf einen Kuchenrost stellen. Die Gemüsequiche etwas abkühlen lassen. Restlichen Schnittlauch in etwa 2 cm lange Röllchen schneiden. Die Gemüsequiche mit Schnittlauch bestreuen und lauwarm servieren.

Tipp: Die Form auf der unteren Einschubleiste des Backofens backen, so bekommt der Blätterteig auch von unten genügend Hitze.

Die Quiche mit etwas Brunnenkresse servieren.

Würzige Kokos-Tarte

Zubereitungszeit: etwa 50 Minuten, ohne Auftauzeit
Insgesamt: E: 84 g, F: 156 g, Kh: 149 g, kJ: 9773, kcal: 2335, BE: 9,0

1 Tarteform (Ø 26–28 cm)

Zutaten:
weiche Butter oder Margarine zum Einfetten, Semmelbrösel zum Ausstreuen

1 Pck.	TK–King Prawns (Garnelen), geschält (225 g Abtropfgewicht)
1 Bund	Frühlingszwiebeln (100 g)
500 g	gelbe, grüne und rote Paprikaschoten
100 ml	Olivenöl
100 g	Weizenmehl (Type 550)
30 g	Hartweizengrieß
40 g	Kokosraspel
2 gestr. TL	Currypulver
3 gestr. TL	Dr. Oetker Backin
1 gestr. TL	Salz
50 g	Vollmilchjoghurt
2	Eier (Größe M)
20 g	Kokos- oder Bananenchips (erhältlich im Reformhaus)

Zum Garnieren:

etwas	Grün einer Frühlingszwiebel

1. King Prawns nach Packungsanleitung auftauen lassen.

2. Tarteform einfetten und mit Semmelbröseln ausstreuen.

3. Frühlingszwiebeln putzen, abspülen, abtropfen lassen und quer in dünne Ringe schneiden. Gelbe und grüne Paprika vierteln, entstielen, entkernen, die weißen Scheidewände entfernen, die Schoten abspülen und in kleine Würfel schneiden.

4. 2 Esslöffel Olivenöl in einem kleinen Topf erhitzen. Paprikawürfel darin zugedeckt 2 Minuten dünsten. Zwiebelringe hinzugeben und kurz miterhitzen. Gemüse abkühlen lassen, bis es lauwarm ist. Den Backofen vorheizen.

5. Rote Paprikaschote entstielen und in Ringe schneiden. Kerne und die weißen Scheidewände entfernen. Paprikaringe abspülen und trocken tupfen.

6. Aufgetaute Garnelen falls nötig entdarmen, abspülen, abtropfen lassen und in etwa 2 cm lange Stücke schneiden.

7. Für den Teig Mehl, Grieß, Kokosraspel, Curry, Backpulver und Salz in eine Rührschüssel geben und mit einem Schneebesen verrühren. Joghurt, Eier und restliches Öl dazugeben und mit Handrührgerät mit Rührbesen unterrühren. Gedünstetes Gemüse mit der Flüssigkeit kurz unterrühren.

8. Den Teig in die Form geben, glattstreichen und mit den Paprikaringen belegen. Mit Kokoschips bestreuen. Die Form auf dem Rost in den vorgeheizten Backofen schieben.

Ober-/Unterhitze: etwa 180 °C
Heißluft: etwa 160 °C
Backzeit: 35–40 Minuten.

9. Die Form auf einen Kuchenrost stellen. Die Tarte in der Form erkalten lassen. Zum Garnieren das Grün der Frühlingszwiebel abspülen, trocken tupfen und schräg in lange, dünne Ringe schneiden. Ringe auf die Tarte legen.

Ziegenkäse-Tarte

Zubereitungszeit: etwa 30 Minuten, ohne Abkühlzeit
Insgesamt: E: 65 g, F: 175 g, Kh: 112 g, kJ: 9540, kcal: 2283, BE: 9,0

1 Tarteform (Ø 26–28 cm)

Zutaten:
weiche Butter oder Margarine zum Einfetten, Semmelbrösel zum Ausstreuen

1/2 Bund	Thymian
5	Ziegenkäsetaler (z. B. Picandou, je 40 g)
100 g	Weizenmehl (Type 550)
30 g	Hartweizengrieß
3 gestr. TL	Dr. Oetker Backin
1 gestr. TL	Salz
80 ml	Buttermilch
2	Eier (Größe M)
100 ml	Olivenöl
etwa 1 TL	rosa Pfefferbeeren
1–2 EL	Olivenöl zum Beträufeln

1. Tarteform einfetten und mit Semmelbröseln ausstreuen.

2. Thymian abspülen und trocken tupfen. Von 4 Stängeln Thymian die Blätter abstreifen. Käsetaler mit einem Sägemesser mit abgespülter Klinge waagerecht halbieren. Den Backofen vorheizen.

3. Für den Teig Mehl, Grieß, Backpulver, Salz und Thymianblätter in eine Rührschüssel geben und mit einem Schneebesen verrühren. Buttermilch, Eier und Olivenöl dazugeben und mit Handrührgerät mit Rührbesen unterrühren.

4. Den Teig in die Form füllen und glattstreichen. Käsetaler auf dem Teig verteilen und mit restlichen Thymianzweigen belegen. Rosa Pfefferbeeren mit den Fingern zerdrücken, auf die Taler streuen und mit Olivenöl beträufeln.

5. Die Form auf dem Rost in den vorgeheizten Backofen schieben.

Ober-/Unterhitze: etwa 200 °C
Heißluft: etwa 180 °C
Backzeit: 25–35 Minuten.

6. Die Form auf einen Kuchenrost stellen. Die Tarte in der Form erkalten lassen.

Tipp: Servieren Sie die Tarte als Vorspeise. Die Tarte kann gut vorbereitet und vor dem Servieren in etwa 5 Minuten bei Ober-/Unterhitze: etwa 200 °C, Heißluft: etwa 180 °C aufgebacken werden. Sie schmeckt lauwarm am besten. Wer keinen Ziegenkäse mag, kann ihn durch Mozzarellascheiben ersetzen.

Tunfisch-Tarte

1 Tarteform (Ø 26–28 cm)

Zutaten:
weiche Butter oder Margarine zum Einfetten, Semmelbrösel zum Ausstreuen

50 g	schwarze Oliven, ohne Stein (aus dem Glas)
2 Dosen	Tunfisch in Öl (je 140 g Abtropfgewicht)
1 Glas	Kapern (30 g Abtropfgewicht)
100 g	Weizenmehl (Type 550)
50 g	Maisgrieß (Polenta)
2 gestr. TL	Dr. Oetker Backin
1 gestr. TL	Salz
1/2 gestr. TL	Paprikapulver, edelsüß
50 ml	Buttermilch
2	Eier (Größe M)
100 ml	Olivenöl

Zubereitungszeit: etwa 45 Minuten, ohne Abkühlzeit
Insgesamt: E: 91 g, F: 180 g, Kh: 123 g, kJ: 10325, kcal: 2466, BE: 9,5

1. Oliven in einem Sieb abtropfen lassen und in dünne Scheiben schneiden. Tunfisch in einem Sieb abtropfen lassen und mit einer Gabel in Stücke zupfen. Kapern in einem Sieb abtropfen lassen.

2. Tarteform einfetten und mit Semmelbröseln ausstreuen. Den Backofen vorheizen.

3. Für den Teig Mehl, Maisgrieß, Backpulver, Salz und Paprika in eine Rührschüssel geben und mit einem Schneebesen verrühren. Buttermilch, Eier und Olivenöl dazugeben und mit Handrührgerät mit Rührbesen unterrühren. Kapern, zwei Drittel der Tunfischstücke und zwei Drittel der Olivenscheiben mit einem Löffel kurz unter den Teig rühren.

4. Den Teig in die Form geben und glattstreichen. Restliche Olivenscheiben darauf verteilen. Die Form auf dem Rost in den vorgeheizten Backofen schieben.

Ober-/Unterhitze: etwa 180 °C
Heißluft: etwa 160 °C
Backzeit: etwa 35 Minuten.

5. Die Form auf einen Kuchenrost stellen. Den restlichen Tunfisch auf der Tarte verteilen. Die Tarte in der Form erkalten lassen.

Tipp: Die Tarte in mehreren kleinen Förmchen backen und mit Tomatenspalten und etwas Thymian anrichten.

Zucchini-Porree-Tarte

Zubereitungszeit: etwa 50 Minuten, ohne Abkühlzeit
Insgesamt: E: 61 g, F: 155 g, Kh: 137 g, kJ: 9145, kcal: 2183, BE: 9,0

1 Tarteform (Ø 26–28 cm)

Zutaten:
weiche Butter oder Margarine zum Einfetten, Semmelbrösel zum Ausstreuen

150 g	Porree (Lauch)
450 g	Zucchini
70 g	alter Gouda-Käse
100 ml	Olivenöl
2 EL	Senfkörner
	frisch gemahlener Pfeffer
120 g	Weizenmehl (Type 550)
30 g	Hartweizengrieß
3 gestr. TL	Dr. Oetker Backin
1 gestr. TL	Salz
50 ml	Buttermilch
2	Eier (Größe M)

1. Porree putzen, der Länge nach durchschneiden, abspülen, abtropfen lassen und quer in 1 cm breite Streifen schneiden. Zucchini abspülen, trocken tupfen und die Enden abschneiden. Zucchini zuerst der Länge nach in ½ cm dicke Scheiben, dann quer in dünne Streifen schneiden. Käse auf der Haushaltsreibe reiben.

2. 2 Esslöffel Olivenöl in einem kleinen Topf erhitzen. Porreestreifen darin zugedeckt etwa 3 Minuten dünsten. Zucchinistreifen und Senfkörner hinzufügen und kurz miterhitzen. Den Topf von der Kochstelle nehmen. Die Gemüsemasse abkühlen lassen, bis sie lauwarm ist, mit Pfeffer würzen.

3. Tarteform einfetten und mit Semmelbröseln ausstreuen. Den Backofen vorheizen.

4. Für den Teig Mehl, Grieß, Backpulver und Salz in eine Rührschüssel geben und mit einem Schneebesen verrühren. Buttermilch, Eier und restliches Olivenöl dazugeben und mit Handrührgerät mit Rührbesen unterrühren. Jeweils drei Viertel der Gemüsemasse und des geriebenen Käses unter den Teig rühren.

5. Den Teig in die Form füllen und glattstreichen. Restliches Gemüse darauf verteilen und mit restlichem Käse bestreuen. Die Form auf dem Rost in den Backofen schieben.

Ober-/Unterhitze: etwa 180 °C
Heißluft: etwa 160 °C
Backzeit: 35–40 Minuten.

6. Die Form auf einen Kuchenrost stellen. Die Tarte in der Form erkalten lassen.

Lachs-Tarte

Zubereitungszeit: etwa 55 Minuten, ohne Kühlzeit
Insgesamt: E: 79 g, F: 242 g, Kh: 176 g, kJ 13380, kcal: 3208, BE: 15,0

1 Tarteform (Ø 26–28 cm)

Zutaten:
weiche Butter oder Margarine zum Einfetten

Für den Knetteig:

200 g	Weizenmehl (Type 550)
1 gestr. TL	Salz
2–3 EL	kaltes Wasser
150 g	Butter oder Margarine

Für den Belag:

1 Glas	Kapern (60 g Abtropfgewicht)
300 g	Crème fraîche
1	Ei (Größe M)
1 Prise	Salz
	Cayennepfeffer

Zum Garnieren:

½ Bund	Dill
200 g	gebeizter Lachs, in dünnen Scheiben

1. Für den Teig Mehl und Salz in eine Rührschüssel geben und mit einem Schneebesen verrühren. Wasser und Butter oder Margarine hinzufügen. Die Zutaten mit Handrührgerät mit Knethaken zunächst kurz auf niedrigster, dann auf höchster Stufe gut durcharbeiten.

2. Anschließend auf einer bemehlten Arbeitsfläche zu einem glatten Teig verkneten. Den Teig in Frischhaltefolie wickeln und etwa 1 Stunde kühl stellen.

3. Für den Belag Kapern in einem Sieb abtropfen lassen. Crème fraîche, Ei, Salz und Cayennepfeffer verrühren. Die Masse abschmecken. Den Boden der Form einfetten. Den Backofen vorheizen.

4. Den Teig und die Arbeitsfläche mit Mehl bestäuben. Den Teig zu einer runden Platte (Ø etwa 32 cm) ausrollen. Die Teigplatte in die Form legen und am Rand leicht andrücken. Den Teigboden mit einer Gabel mehrfach einstechen und mit Kapern bestreuen. Crème-fraîche-Masse darauf verteilen. Die Form auf dem Rost in den vorgeheizten Backofen schieben.

Ober-/Unterhitze: etwa 200 °C
Heißluft: etwa 180 °C
Backzeit: etwa 30 Minuten.

5. Die Form auf einen Kuchenrost stellen und etwas abkühlen lassen.

6. Dill abspülen, trocken tupfen und in kleine Zweige zupfen. Lauwarme Tarte mit Lachs und Dill belegen. Die Tarte lauwarm servieren.

Tipp: Lachs-Tarte mit Dillzweigen und Zitronenspalten garnieren und mit einem Salat aus Feldsalat und Orangenfilets servieren.

Käse-Muffins

Zubereitungszeit: etwa 15 Minuten
Insgesamt: E 102 g, F: 165 g, Kh: 144 g, kJ 10294, kcal: 2458, BE: 11,5

1 Muffinblech (für 12 Muffins)

Zutaten:
weiche Butter oder Margarine zum Einfetten, Semmelbrösel zum Ausstreuen

180 g	Weizenmehl (Type 550)
1 gestr. TL	Salz
3 gestr. TL	Dr. Oetker Backin
3	Eier (Größe M)
125 ml (1/8 l)	Buttermilch
75 ml	Olivenöl
1 gestr. TL	Paprikapulver, edelsüß
200 g	geriebener Emmentaler-Käse (aus dem Kühlregal)

1. Die Muffinform einfetten und mit Semmelbröseln ausstreuen. Den Backofen vorheizen.

2. Für den Teig Mehl, Salz und Backpulver in eine Rührschüssel geben und mit einem Schneebesen verrühren. Eier, Buttermilch und Olivenöl hinzufügen. Zutaten mit Handrührgerät mit Rührbesen in etwa 1 Minute zu einem glatten Teig verarbeiten. Paprikapulver und 150 g des geriebenen Käses hinzufügen und unterrühren.

3. Den Teig in die Muffinform füllen. Restlichen Käse auf dem Teig verteilen. Die Form auf dem Rost in den vorgeheizten Backofen schieben.

Ober-/Unterhitze: etwa 180 °C
Heißluft: etwa 160 °C
Backzeit: 30–35 Minuten.

4. Die Form auf einen Kuchenrost stellen. Nach 5 Minuten die Muffins aus der Form lösen und auf einem mit Backpapier belegten Kuchenrost legen. Abkühlen lassen.

Tipp: Die Muffins schmecken warm besonders gut.

Abwandlung mit Champignons und Schinken:
Den Teig für die Muffins herstellen wie beschrieben. 1 Glas Champignonscheiben (170 g Abtropfgewicht) in einem Sieb abtropfen lassen und mit 100 g gewürfelten Katenschinken kurz unter den Teig rühren. Danach den Teig wie beschrieben einfüllen, mit restlichem Käse bestreuen und backen.

Muffins mit Cabanossi

1 Muffinblech (für 12 Muffins)

Zutaten:
weiche Butter oder Margarine zum Einfetten, Semmelbrösel zum Ausstreuen

200 g	Zwiebeln
50 ml	Olivenöl
230 g	Cabanossi (Knoblauchwurst)
170 g	Vollkorn-Weizenmehl
50 g	Hartweizengrieß
3 gestr. TL	Dr. Oetker Backin
1 gestr. TL	Salz
1 gestr. TL	Paprikapulver, edelsüß
150 ml	Buttermilch
2	Eier (Größe M)

Zubereitungszeit: etwa 45 Minuten
Insgesamt: E: 77 g, F: 144 g, Kh: 162 g, kJ: 9414, kcal: 2249, BE: 12,5

1. Zwiebeln abziehen und in kleine Würfel schneiden. Olivenöl in einem kleinen Topf erhitzen. Zwiebelwürfel hinzugeben und zugedeckt etwa 8 Minuten bei schwacher Hitze dünsten. Abkühlen lassen.

2. Cabanossi in etwa ½ cm große Würfel schneiden.

3. Muffinblech einfetten und mit Semmelbröseln ausstreuen. Den Backofen vorheizen.

4. Für den Teig Mehl, Grieß, Backpulver, Salz und Paprikapulver in eine Rührschüssel geben und mit einem Schneebesen verrühren. Buttermilch, Eier und lauwarme Zwiebelwürfel mit dem Olivenöl dazugeben und mit Handrührgerät mit Rührbesen unterrühren. Drei Viertel der Cabanossiwürfel unterrühren.

5. Den Teig in die Form füllen, mit restlichen Cabanossiwürfeln bestreuen. Die Form auf dem Rost in den vorgeheizten Backofen schieben.

Ober-/Unterhitze: etwa 200 °C
Heißluft: etwa 180 °C
Backzeit: 30–35 Minuten.

6. Die Form auf einen Kuchenrost stellen. Muffins etwa 10 Minuten in der Form stehen lassen, dann aus der Form lösen und auf einem mit Backpapier belegten Kuchenrost erkalten lassen.

Tipp: Die Cabanossi können Sie durch Mettenden oder Salami ersetzen. Wer es gern scharf mag, verwendet Chorizo oder Kolbasz. Beide Wurstsorten sind mit Paprika gewürzt und auch nach dem Backen noch scharf und würzig.

Süßkartoffel-Muffins mit Kapern

1 Muffinblech (für 12 Muffins)

Zutaten:
weiche Butter oder Margarine zum Einfetten, Semmelbrösel zum Ausstreuen

1	Süßkartoffel (400 g)
1 Glas	Kapern (30 g Abtropfgewicht)
170 g	Weizenmehl (Type 1050)
3 gestr. TL	Dr. Oetker Backin
1 1/2 gestr. TL	Salz
75 ml	Milch
2	Eier (Größe M)
100 ml	Olivenöl

Zubereitungszeit: etwa 45 Minuten
Insgesamt: E: 43 g, F: 128 g, Kh: 205 g, kJ: 8995, kcal: 2147, BE: 17,0

1. Muffinblech einfetten und mit Semmelbröseln ausstreuen.

2. Süßkartoffel schälen, abspülen, abtropfen lassen und auf der groben Seite der Haushaltsreibe raspeln. Kapern in einem Sieb abtropfen lassen und grob hacken. Den Backofen vorheizen.

3. Für den Teig Mehl, Backpulver und Salz in eine Rührschüssel geben und mit einem Schneebesen verrühren. Milch, Eier und Olivenöl dazugeben und mit Handrührgerät mit Rührbesen unterrühren. Kartoffelraspel und Kapern kurz unterrühren.

4. Den Teig in die Form füllen. Die Form auf dem Rost in den vorgeheizten Backofen schieben.

Ober-/Unterhitze: etwa 200 °C
Heißluft: etwa 180 °C
Backzeit: 30–35 Minuten.

5. Die Form auf einen Kuchenrost stellen. Muffins etwa 10 Minuten in der Form stehen lassen, dann aus der Form lösen und auf einen mit Backpapier belegten Kuchenrost setzen. Erkalten lassen.

Tipp: Die erkalteten Muffins aufschneiden und mit Schnittlauchquark servieren.

Würzige Käse-Preiselbeer-Muffins

1 Muffinblech (für 12 Muffins)

Zutaten:
weiche Butter oder Margarine zum Einfetten, Mehl zum Bestäuben

75 g	Preiselbeeren (aus dem Glas)
100 g	Camembert-Käse (Rahmstufe)
250 g	Weizenmehl (Type 550)
1 gestr. TL	Salz
3 gestr. TL	Dr. Oetker Backin
100 g	Crème fraîche
2	Eier (Größe M)
50 ml	Speiseöl
75 ml	Mineralwasser, mit Kohlensäure
40 g	geriebener Parmesan-Käse

Zubereitungszeit: etwa 25 Minuten
Insgesamt: E: 76 g, F: 143 g, Kh: 223 g, kJ: 10393, kcal: 2485, BE: 18,5

1. Die Form einfetten und mit Mehl bestäuben. Den Backofen vorheizen.

2. Preiselbeeren in einem Sieb abtropfen lassen. Camembert in sehr kleine Würfel schneiden.

3. Mehl, Salz und Backpulver in eine Rührschüssel geben und mit einem Schneebesen verrühren. Crème fraîche, Eier, Speiseöl und Mineralwasser hinzufügen. Mit Handrührgerät mit Knethaken zu einem glatten Teig verarbeiten.

4. Preiselbeeren, Parmesan und Camembert mit den Knethaken kurz unter den Teig arbeiten. Den Teig in die Form füllen. Die Form auf dem Rost in den vorgeheizten Backofen schieben.

Ober-/Unterhitze: etwa 180 °C
Heißluft: etwa 160 °C
Backzeit: 30–35 Minuten.

5. Die Form auf einen Kuchenrost stellen. Nach 5 Minuten die Muffins aus der Form lösen und auf einen mit Backpapier belegten Kuchenrost legen. Abkühlen lassen.

Tipp: Die Muffins schmecken warm besonders gut, z.B. mit einem Salat aus gebratenen Champignons in einem würzigen Essig-Öl-Dressing.

Schinkenmuffins mit Suppengrün

Zubereitungszeit: etwa 30 Minuten, ohne Antauzeit
Insgesamt: E: 76 g, F: 106 g, Kh: 109 g, kJ: 7073, kcal: 1689, BE: 9,0

1 Muffinblech (für 12 Muffins)

Zutaten:
weiche Butter oder Margarine zum Einfetten, Semmelbrösel zum Ausstreuen

2 Pck.	TK-Suppengrün (je 50 g)
70 g	Bacon, in Scheiben (Frühstücksspeck)
150 g	Vollkorn-Weizenmehl
3 gestr. TL	Dr. Oetker Backin
1/2 TL	Salz
125 ml (1/8 l)	Buttermilch
2	Eier (Größe M)
70 ml	Olivenöl
125 g	gewürfelter Katenschinken

1. Suppengrün antauen lassen und sehr fein hacken. Bacon quer in dünne Streifen schneiden.

2. Das Muffinblech einfetten und mit Semmelbröseln ausstreuen. Den Backofen vorheizen.

3. Für den Teig Mehl, Backpulver und Salz in eine Rührschüssel geben und mit einem Schneebesen verrühren. Buttermilch, Eier und Olivenöl hinzufügen und mit Handrührgerät mit Rührbesen unterrühren. Schinken und Suppengrün kurz unterrühren.

4. Den Teig in die Form füllen und mit Bacon bestreuen. Die Form auf dem Rost in den vorgeheizten Backofen schieben.

Ober-/Unterhitze: etwa 180 °C
Heißluft: etwa 160 °C
Backzeit: 30–35 Minuten.

5. Die Form auf einen Kuchenrost stellen. Muffins etwa 10 Minuten in der Form stehen lassen, dann aus der Form lösen und auf einen mit Backpapier belegten Kuchenrost setzen. Erkalten lassen.

Tipp: Die Schinkenmuffins mit Schmand (Sauerrahm) oder Crème fraîche und etwas Petersilie servieren.

Anstelle des tiefgekühlten Suppengrüns können Sie auch 100 g sehr klein gewürfeltes Suppengrün verwenden, eine Mischung aus Möhren, Porree (Lauch) und Knollen- oder Staudensellerie.

Muffins mit Hähnchenfleisch

1 Muffinblech (für 12 Muffins)

Zutaten:
weiche Butter oder Margarine zum Einfetten, Semmelbrösel zum Ausstreuen

1 kleine	rote Paprikaschote (120 g)
350 g	Hähnchenbrustfilet
½ Bund	Koriander
	Salz
	frisch gemahlener Pfeffer
100 g	Weizenmehl (Type 1050)
30 g	Hartweizengrieß
3 gestr. TL	Dr. Oetker Backin
100 ml	Buttermilch
2	Eier (Größe M)
100 ml	Speiseöl

Zubereitungszeit: etwa 40 Minuten
Insgesamt: E: 116 g, F: 125 g, Kh: 108 g, kJ: 8473, kcal: 2025, BE: 8,0

1. Paprikaschote vierteln, entstielen, entkernen und die weißen Scheidewände entfernen. Paprikaviertel abspülen, trocken tupfen und in etwa 1 x 1 cm große Würfel schneiden.

2. Hähnchenbrust abspülen, trocken tupfen und in etwa 1 x 1 cm große Würfel schneiden. Koriander abspülen, trocken tupfen, die Blätter abzupfen und in Streifen schneiden.

3. Hähnchenfleischwürfel mit Salz, etwas Pfeffer und Korianderstreifen in einer Schüssel mischen.

4. Muffinblech einfetten und mit Semmelbröseln ausstreuen. Den Backofen vorheizen.

5. Für den Teig Mehl, Grieß, Backpulver und Salz in eine Rührschüssel geben, mit einem Schneebesen verrühren. Buttermilch, Eier und Speiseöl dazugeben und mit Handrührgerät mit Rührbesen unterrühren. Gewürzte Hähnchenbrustwürfel und Paprikawürfel kurz unterrühren.

6. Den Teig in die Form füllen. Die Form auf dem Rost in den vorgeheizten Backofen schieben.

Ober-/Unterhitze: etwa 200 °C
Heißluft: etwa 180 °C
Backzeit: 30–35 Minuten.

7. Die Form auf einen Kuchenrost stellen. Muffins etwa 10 Minuten in der Form stehen lassen, dann aus der Form lösen und auf einem mit Backpapier belegten Kuchenrost erkalten lassen.

Tipp: Die Muffins mit Vollmilchjoghurt und Koriander servieren.

Muffins mit Crème fraîche

Zubereitungszeit: etwa 45 Minuten
Insgesamt: E: 63 g, F: 87 g, Kh: 98 g, kJ: 6024, kcal: 1445, BE: 8,0

1 Muffinblech (für 12 Muffins)

Zutaten:
weiche Butter oder Margarine zum Einfetten, Semmelbrösel zum Ausstreuen

1/2 Bund	Schnittlauch
170 g	festkochende Kartoffeln
80 g	Hartweizengrieß
2 gestr. TL	Dr. Oetker Backin
2 gestr. TL	Salz
	frisch gemahlener Pfeffer
150 g	Crème fraîche
250 g	Magerquark
2	Eier (Größe M)
2 EL	Olivenöl

1. Das Muffinblech einfetten und mit Semmelbröseln ausstreuen. Den Backofen vorheizen.

2. Schnittlauch abspülen, trocken tupfen und in feine Röllchen schneiden. Kartoffeln waschen, schälen, abspülen und auf der groben Seite der Haushaltsreibe raspeln.

3. Für den Teig Grieß, Backpulver, Salz und etwas Pfeffer in eine Rührschüssel geben und mit einem Schneebesen verrühren. Crème fraîche, Quark, Eier und Olivenöl dazugeben und mit Handrührgerät mit Rührbesen unterrühren. Kartoffelraspel und Schnittlauchröllchen kurz unterrühren.

4. Den Teig in die Form füllen und glattstreichen. Die Form auf dem Rost in den vorgeheizten Backofen schieben.

Ober-/Unterhitze: etwa 200 °C
Heißluft: etwa 180 °C
Backzeit: 30–35 Minuten

5. Die Form auf einen Kuchenrost stellen. Muffins etwa 10 Minuten in der Form stehen lassen, dann aus der Form lösen und auf einen mit Backpapier belegten Kuchenrost erkalten lassen.

Tipp: Die erkalteten Muffins mit etwas Crème fraîche, Schnittlauch und Forellenkaviar garnieren.

Kapitelregister

Cakes

Tartes

Muffins

Abkürzungen

EL = Esslöffel
TL = Teelöffel
Msp. = Messerspitze
Pck. = Packung/Päckchen
g = Gramm
kg = Kilogramm
ml = Milliliter
l = Liter
evtl. = eventuell
geh. = gehäuft
gestr. = gestrichen
TK = Tiefkühlprodukt
°C = Grad Celsius
Ø = Durchmesser

Kalorien-/Nährwertangaben

E = Eiweiß
F = Fett
Kh = Kohlenhydrate
kcal = Kilokalorien
kJ = Kilojoule
BE = Broteinheiten

Alphabetisches Register

Hinweise zu den Rezepten
Lesen Sie bitte vor der Zubereitung – besser noch vor dem Einkaufen – das Rezept einmal vollständig durch. Oft werden Arbeitsabläufe oder -zusammenhänge dann klarer.

Zutatenliste
Die Zutaten sind in der Reihenfolge ihrer Verarbeitung aufgeführt.

Arbeitsschritte
Die Arbeitsschritte sind einzeln hervorgehoben, in der Reihenfolge, in der wir sie ausprobiert haben.

Backofeneinstellung
Die in den Rezepten angegebenen Backtemperaturen und -zeiten sind Richtwerte, die je nach individueller Hitzeleistung des Backofens über- oder unterschritten werden können. Bitte beachten Sie deshalb bei der Einstellung des Backofens die Gebrauchsanweisung des Herstellers und machen Sie nach Beendigung der angegebenen Backzeit eine Garprobe.

Zubereitungszeiten
Die Zubereitungszeit beinhaltet nur die Zeit für die eigentliche Zubereitung, die Backzeiten sind gesondert ausgewiesen. Längere Wartezeiten wie z. B. Kühlzeiten sind ebenfalls nicht mit einbezogen.

Für Fragen, Vorschläge oder Anregungen steht Ihnen der Verbraucherservice der Dr. Oetker Versuchsküche, Telefon: +49 (0) 18 03 24 25 26
Mo.-Fr. 8:00-18:00 Uhr, Sa. 9:00-15:00 Uhr (0,09 EUR /Min.) zur Verfügung
oder schreiben Sie uns:
Dr. Oetker Verlag KG, Am Bach 11, 33602 Bielefeld
oder besuchen Sie uns im Internet unter www.oetker.de.

Umwelthinweis Dieses Buch und der Einband wurden auf chlorfrei gebleichtem Papier gedruckt. Die Einschrumpffolie – zum Schutz vor Verschmutzung – ist aus umweltfreundlichem und recyclingfähigem PE-Material.

Redaktion Anke Rabeler, Berlin
Carola Reich

Lektorat no:vum, Susanne Noll, Leinfelden-Echterdingen

Titelfoto Thomas Diercks, Hamburg
Innenfotos Fotostudio Diercks, Hamburg

Foodstyling Rocco Dressel, Hamburg

Rezeptentwicklung und -beratung Anke Rabeler, Berlin

Nährwertberechnungen Nutri Service, Hennef

Grafisches Konzept kontur:design, Bielefeld
Gestaltung M·D·H Haselhorst, Bielefeld
Titelgestaltung kontur:design, Bielefeld

Reproduktionen Meyle + Müller GmbH & Co. KG, Pforzheim
Satz JUNFERMANN Druck & Service, Paderborn
Druck und Bindung Firmengruppe APPL, aprinta druck, Wemding

ISBN 978–3–7670–0913-4

HEINZ WERNER
PRAGUA

Klingen
SPRINGER

EIN ROMAN ZUR ZEITGESCHICHTE DER MEDIEN

HB

CIP-Titelaufnahme der Deutschen Bibliothek

Pragua, Heinz Werner:
Klingen Springer: Roman zur Zeitgeschichte der Medien/
Heinz Werner Pragua. – Niddatal/Hessen: Bollinger, 1989

ISBN 3-926688-24-6

Satz: Die Feder, Gabriele Stein, Wetzlar
Umschlaggestaltung: Hans Jürgen Janetzko, Wetzlar
Lithographie: Team Work GmbH, Bad Vilbel
Druck: Heinz Jost, Wetzlar-Hermannstein
Buchbinderei: Willy Keller, Kleinlüder/Fulda

Vorwort

Der im Roman geschilderte – und völlig frei erfundene – Konzern baut keine Autos und keine Asphaltstraßen oder ähnliches. Er produziert auch keine Pillen gegen Schmerz oder für die Lust! Er produziert Wörter und läßt sie von Menschen produzieren, die den Tonfall beherrschen und die, wenn man sie – diese Menschen und ihre Wörter – bündelt, mehr Einfluß auf unser Dasein nehmen, als die renommiertesten und prächtigsten Konsumgüter. Denn man kann mit Autos ebenso renommieren wie mit der Unempfänglichkeit. Aber am nachhaltigsten mit Wörtern!

Manche mußten dabei „über die Klinge springen", und es ist nicht nur für das geschriebene Wort über die Klinge gesprungen worden, sondern auch für das gesprochene Wort, also auf dem Felde des Rundfunks und des Fernsehens. Im Dienste des geschilderten Konzerns gab es wirklich Tote – aber auch „Nicht-Tote".

Eine Gesellschaft sollte sich für die letzteren interessieren, für ihre „Scheintoten" also. Sonst wird sie eines Tages erleben, daß der Tod der „Nicht-Toten" zu einem größeren Trauerfall werden wird, als es der Tod der wirklichen Toten war.

Mit wenigen Ausnahmen sind die im Roman geschilderten Personen tot. Diejenigen, die über die Klinge springen mußten, als auch diejenigen, die springen ließen. Die Ausnahmen sind die Davongekommenen. Doch diejenigen, die hier als Tote bezeichnet werden, sind nicht alle wirklich gestorben. Sie sind nicht alle physisch gestorben, nicht dahingegangen, nicht dahingeschieden. Diese Gruppe von Menschen ist die kleinere.

Zeitungsanzeigen für die wirklichen Toten hatten oft das Ausmaß einer ganzen Zeitungsseite. So, wie sie die bundesdeutsche Prominenz bekommt, wenn also das Ableben eines Politikers, eines Vorstandsvorsitzenden oder gar eines Aufsichtsratsvorsitzenden zu betrauern war.

Traueranzeigen sind jedoch die beste Werbung. Denn womit sich eine XY-Chemie-Aktiengesellschaft nicht lumpen läßt, darf einer YZ-Asphaltgesellschaft nicht zu teuer sein. Und eine ganze Seite ist da doch wohl nicht zuviel, oder? Auf diese Weise erfahren nämlich Millionen Leser posthum, welche gigantische Arbeitskraft in dem zu Betrauernden gesteckt haben muß, welch edler Mensch er war, welch guter Freund – er, dem nicht weniger als dreizehn Aktiengesellschaft nachrühmen, der Unersetzliche – oder soll man sagen: der Unersättliche? – habe in seiner Eigenschaft als Vorstands- oder Aufsichtsratsmitglied die Entwicklung jenes von ihm betreuten Großunternehmens auf dem Wege zur Weltgeltung entscheidend geprägt.

Was die „wirklich" Toten des geschilderten Konzerns angeht, so erhalten auch diese Todesanzeigen im Großformat. Als Krönung einer solchen Trauerbekundung galt es, wenn der Verleger selbst dem Verblichenen in einem großflächigen Nachruf den Rang eines „verlorenen Freundes" einräumte.

Und als gar eines Tages der Name des Konzernchefs höchstpersönlich und in stärkster Aufmachung und in den fettesten Buchstaben, die vorhanden waren, prangte, so war das offenbar für einige tatsächlich der Verlust einer Vaterfigur, für die anderen war es bloßer Caesarismus.

Andere, die auch gestorben waren, die auch verdienstvoll gewesen sind, blieben unerwähnt. Neigten also Redaktionen und Verlagsleitungen ihr Haupt in Trauer, so galt dies dem Verlust eines jäh aus seinem Schaffen herausgerissenen Kollegen, eines Könners und – vielleicht – eines Freundes. Damit verbunden aber waren immer die Namen bedeutender Journalisten oder Konzernmanager, denen die letzte Referenz für hausinterne Treue in Fettdruck zu erweisen war.

Gaben also Tote eben diesen guten Anlaß, die Weltgeltung des trauernden Hauses nach außen hin hervorzuheben, so muß das auch heißen, daß der Konzern durchaus nicht auf diese Hinweise seiner Bedeutung verzichten mußte oder wollte. Im Gegenteil war ein solcher Trauerfall zugleich auch immer werbewirksam und wurde auch so bewertet.

Was die Verstorbenen außerhalb des Konzerns – oder des Rundfunks und Fernsehens – betrifft, so bringen die mehrseitigen Anzeigenaufkommen – im abgebrühten Jargon der Aquisiteure „Trauerplantagen" genannt – nur dem Konzern gutes Geld. In Funk und Fernsehen werden sie durch die Hörergebühren getragen.

Die nicht wirklich Toten des Konzerns und des Rundfunks – von beiden wird hier zu sprechen sein – sind trotzdem tot! Nicht im medizinischen Sinne, aber im Sprachgebrauch der Hierarchien. „Tot" ist hier derjenige, der nicht mehr das ist, was er einmal war. Diese Art von Tod ist sinnbildlich allgemein bekannt: „Er ist weg vom Fenster!" Es gibt also nicht nur Totengrüfte für Tote, es gibt sie auch für Lebende! Diese „lebenden Toten" sind aus der aktiven Mitarbeit ausgeschieden – ausgesondert! – worden, und das kommt einem physischen Ende ziemlich nahe.

Ein solches „Ableben" unter Beibehaltung physischer Existenz bedeutet physisches Siechtum. Doch ist es nicht die Privatsache dieser „Gestorbenen", auf welche Weise sie dahinsiechen! Ihre Verstoßung hängt eng mit der zeitungs- und rundfunkpolitischen Realität zusammen, die nachhaltig auf unser aller Leben einwirkt.

Aber es wird sie wohl auf Seiten beider Medien weiterhin geben. Eine Art Massengrab wird auf die Dauer kaum zu verhindern sein, nur das Ausmaß könnte eingeengt werden. Dann nämlich, wenn wir die „Klingenspringer" in beiden Medien endlich kennenlernen – diejenigen also, die über die Klinge springen ließen, als auch jene, die darüber springen mußten. Dieser Roman versucht, Licht in dieses Dunkel aus Machtgier und Intrige zu bringen, um dem Leser Gelegenheit zu verschaffen, selbst über die ihm sonst verborgen bleibenden Verhältnisse zu urteilen.

Herbst 1989

Der Autor

1

Dem Geschehen geht ein Fernschreiben voraus. Der Text ist unauffällig, eher belanglos, alltäglich, wie er zu Hunderten über die Ticker läuft. Es ist eine Terminvereinbarung, mehr eine Terminfestsetzung. Sie lautet: „Bin Montag, 6. Februar, im Funkhaus. Zehn Uhr. Vorher Hotel Esplanada. Gezeichnet: Bonvivat, PPR."

Dahinter steckt nichts. Und wenn viel dahintersteckt? Wer weiß es? Der Empfänger allenfalls. Der Intendant liest den Text und spürt eine Verkrampfung. Aber es ist wie bei Verletzungen: Zunächst tritt der Schmerz hinter den Schock zurück. Die Buchstaben beginnen zu tänzeln, flimmern vor Augen, werden zu Tupfern, winzig wie Fliegendreck, mikroskopische Partikel. Sie wachsen sich aus, zu klobigen Balken, Galgenkreuzen, Golgatha. Riesengerüste, die oben schwanken. Das schrumpft wieder, wird Strichelchen, zu einer mickrigen Gestalt, zu einem koboldhaften Männchen: Professor Bonvivat, Direktor des Instituts für Publizistik und Kommunikation an der Rheinischen Zeitungsakademie, schwingt einen Federhalter, führt ihn wie eine Lanze, die zu einem Degen wird, gewandt geführt in gezielten Paraden. Es läßt über die Klinge springen. Wen alles? Auch ihn, den Rundfunk-Intendanten? Das ist lächerlich. Lächerlich wie dieser Bonvivat.

Aber, die Weichen sind gestellt worden. Wohin? Der Intendant macht sich nichts vor. Die drei Großbuchstaben hinter dem Namen auf dem Fernschreiben stehen für Partei – Presse – Rat. Bonvivat ist sein Vorsitzender. Und er ist Vorsitzender des Senderats. – Papier und Buchstaben sind wieder zu etwas Nüchternem geworden. Das Fernschreiben ist der Auftakt zu einer gesellschaftspolitischen Auseinandersetzung, der Beginn einer Kraftprobe zwischen der Partei und dem Konzern. Es geht um die Herrschaft in dem neuen Medium „Audiovision". Wer in ihnen Entscheidungsgewalt hat, hat auch Macht. Der Intendant sinniert: Es werden nur wenige Leute sein, die die Zügel in Händen halten. Den einen geht es um Geld, den anderen um Einfluß. Die einen wollen ihre Ideologie verkaufen, ihr Parteikonzept an den Mann bringen, die eine sozialistische Gesellschaft schaffen. Die anderen wollen die Grenzenlosigkeit des elektronischen Konsums, den uneingeschränkten Freizeitmarkt, den totalen Genuß. Und das Geld daraus!

Das Papier knistert widerborstig, als der Intendant einen Zeitvermerk darauf macht. Er drückt die Sprechtaste: „Fräulein Sauer, prüfen Sie, bitte, ob Professor Bonvivat mit dem Wagen von seinem Hotel abgeholt werden will!“

* * * * *

2

Drei Männer gehen über den Bleichenplatz. Sie kommen aus verschiedenen Richtungen, streben aber alle der Nr. 1 der Kaiser-Straße zu. Als sie sich in der Dämmerung des Februarmorgens erkennen, heben sie die Arme grüßend und nennen Namen. Einer von ihnen bringt unartikulierte Laute hervor. Die Worte zerflattern im Geraune. Es sind nicht Familiennamen, nicht Vornamen. In den Morgenfloskeln wie »Denn woll'n wir mal", oder „Auf ein Neues" kehren die Namen wieder. Sie lauten: Humbert, Trotzki und Oropax. Anscheinend sind es Spitznamen.

Bevor die Männer durch die breite Glastür ins Haus treten, heben sie die Köpfe. An der Fassade des Konzerns stilisiert eine riesige Neonrosette die Weltkugel. Es ist zehn Minuten vor sieben.

Während der Mann, den sie „Oropax" nennen, sich an der Tür des Lastenaufzuges zu schaffen macht – er zerrt einen mit Sodawasser und Kronenbier beladenen Karren hinter sich her –, nimmt der Mann, der auf Trotzki kört, die rechts hinaufführende Treppe mit elastischen Schritten.

Oropax ist Barmixer im Konzernkasino. Ein gutaussehender, dunkler Typ mit Paillettenblick und einem hilflos-traurigem Gesichtsausdruck. Er ist taubstumm. Trotzki, untersetzt, kirgisisch und stahlgrau, hat einen Holzarm mit einer lederbezogenen Kunsthand, die an seiner linken Seite, wie nicht zugehörig, hervorhängt. Er ist Botenmeister und sieht dem roten Revolutionsführer nicht ähnlich. Er heißt eigentlich Strotzki. Sie haben bei seinem Namen das anführende ‚S' weggelassen, weil es sich anbietet.

Humbert bleibt in der Halle stehen und sieht sich zufrieden um, wie einer, der endlich wieder zu Hause ist. Er zieht zupfend die Handschuhe aus. In seiner linken Armbeuge hängt ein Schirm. Den Hut, einen mausgrauen Homburger, hält er gegen die Brust, als hörte er die Nationalhymne. Dann geht er auf den Empfangstisch zu.

Das devote „Guten Morgen" eines kleinen Mannes, der ihm über den Brillenrand entgegensieht, will Humbert freundlich erwidern, aber sein Gegengruß verliert sich in einem Grummeln, als der andere ihn Humbert nennt. Das ist ihm zu vertraulich. Humbert mag das nicht, nicht von jedermann und schon gar nicht von diesem „Leihmännchen", das von einer Wach- und Schließgesellschaft kommt. Für diese Gesellschaft hat Humbert einen derberen Namen und für den Nachtposten, der eilig vom Sitz geglitten ist, um ihn für Humbert freizumachen, die Bemerkung: „Los, Opa, ab in die Falle!"

Humbert ist nicht überheblich. Er ist standesbewußt. Er ist Pförtner im Konzern. Das trifft es nicht: Humbert ist am Empfang. Ein Stand also, den es gar nicht gibt, den man nicht erstreben kann, für den man geboren sein muß. Wer Humbert kennt – und den Stand –, weiß es. Welches Haus von Weltrang hat nicht seinen Humbert?

Humbert ist ein schwerer Mann mit einem doggenfaltigen Gesicht und mit Oberweite im Bund. Aber tip-top vom Scheitel des straff gekämmten Haares bis zu den Sohlen blitzblanker Schuhe. Er öffnet ein Fach in der Teaktäfelung der Empfangshalle und entnimmt ihm ein Staubtuch, behende, wie Dicke es nicht selten sind, wischt er über den barähnlichen Rundtisch auf der Empfangsempore. Dabei zischelt er über die Nachlässigkeit der Putzfrauen. Endlich ist er zufrieden. Der Hygiene ist genug getan. Die mit Knautschleder bezogene Sitzgarnitur in der Besucherecke bekommt Korrekturstöße mit dem Knie. Die Schaftblätter in der offenen Gewächsvitrine werden zärtlich gestreichelt.

Das waren weihevolle Bewegungen. Sie haben Humberts Seele gestärkt und seine Sinne geschärft. Auf einem solchen Posten braucht man die Alertheit eines Adlonchefs. Niemand wird den Konzern betreten oder verlassen, ohne von Humbert gesehen worden zu sein. Auch dann nicht, wenn Humbert es nicht zu erkennen gibt. Er grüßt nur, wen er will. Er kann stehen wie ein Lordbutler, unbeweglich, den anderen, der etwas fragen will, zwingend, näher an ihn heranzutreten. Und er kann nach vorn schreiten, gelöst wie ein Hausherr, der seinen Gast empfängt. Voller Charme, wortgewandt, einladend. Aber es gibt keinen, der aus Humberts Gesicht herauslesen könnte, was er denkt. Das ist wie kandierte Früchte. Diese Eisbonbonmimik ist Selbstschutz. Es sind Erfahrungsmensuren, die nicht im Gesicht stehen, sondern in die Seele gekerbt sind.

Humbert war schon als junger Mann am Empfang. Da hieß es noch Loge und er saß in einem beizbraunen Käfig. Um der besseren Welt näher zu kommen, war er ein bißchen dandyflott hervorgesprungen und hatte wohl „Guten Morgen, Herr Direktor, wie beliebt die Nacht?", oder ähnlich parliert. War es eine der hübscheren Tippsen, die damals noch Dames des Bureaus hießen, dann hatte Humbert gar „Küß' die Hand, Madame" gekatert. Immer schrittgeschwinder war er geworden, bis es dann hieß: „Was erlauben Sie sich einer Dame gegenüber?" oder „Mehr Respekt, Sie da!"

Seitdem spielt Humbert die große Nummer eines Chefs d' Entree.

Es ist schade, daß nur Freunde hören können, wenn er sagt: „Nimm Okasa, Alter!", um kommerzial-rätlichem Hochmut das rechte Maß zu geben. Und die „Flötenlerche", die sich „in den Blusenkragen sauert", weil sie als Sekretärin einen Pförtner nicht zuerst grüßt, weiß nicht, daß sie eine „Laufmaschenmieze" ist. Wehe den Damen, wenn sie wüßten, wie recht Humbert oft hat.

Allgemein ist Humbert nicht so. Da treibt er das ambulante Gewerbe des Aufmunterns. In den Fächern seines Bauchladens liegen Augenzwinkern, Schulterklopfen, Redensarten. Seine beste Ware sind Witze. Sie sind immer lachneu. Nur wer ihn nicht interessiert, empfängt Kalauer aus der Streudose, Abfallprodukte, verbrauchten Spaß. – Übrigens: Humbert hat wirklich einen Bauchladen. Und er hat flotten Umsatz. Er bietet an: Schund und Schmutz, teils in Jugendstilkunst. Geklautes und Angeramschtes auf Postkarten, entblößte Germaniabrüste, nachgeahmter Hieronymus Bosch. Humbert verkauft zweideutig. Er läßt sich ein Türchen offen. Wer will, kriegt Brüste, wer's anders will, Briefmarken. Das ist nicht die gängige Ware. Die gängige bekommen nur Vertrauenspersonen zu sehen und zu kaufen. Es sind: Pariser Aufnahmen, Aktfotos. Die Setzer nennen sie Fickbilder. Nicht das Abgehalfterte, Stillstandserotik, billige Schaubilder. Für Freunde hat Humbert Besseres. Zum Beispiel: Heidelust!

Das ist zeitnah. Auto unter Ebereschen. Auf dem Kühler sie. Eine unbekannte Sie? Ihr verlängerter Rücken ruht auf dem Warmblech über dem Frontmotor. Davor einer, der sein Gesicht hinter dem Nakken versteckt. Muskelspiel, von den Schultern hinab in den Vorstreckbauch. Das hechelt im Blut. Der unbekannte Macher (vielleicht mit Selbstauslöser) hat auf der Rückseite fotografische Werte festgehalten: Daten, Blende, Entfernung, Dinzahl.

Humbert weiß, wer sie gemacht hat – Posen, Bilder, Notizen. Er weiß auch, wer sie ist, das Modell. Humbert weiß alles. Er weiß, daß es ähnliches im Konzern gibt, mit anderem Dekor, natürlich. So da sind: Schreibtisch, Sessel, Chaise, Waschbecken. Schreibtisch am meisten. So weiß Humbert auch, mit wem, wo und wie lange. Und sie können kommen und gehen, über Flure, aus dem Portal hinaus, oder von hinten, über den Autohof herein, weggeklemmt am Fahrstuhlschacht, Verstecken in Schultern und Mienen, vielleicht auch keck: „Hier sind wir!" im Gesicht, oder Dussel und Dusselin spielend, vertieft im Gespräch, sachlich, fachlich, artig grüßend, nach links, nach rechts – Humbert weiß, wo es gerade war oder sein wird.

Und sie ahnen, daß er es weiß, finden sich ab, mit Scham im Gewissensrest. Die meisten aber können es nicht lassen, ihre chemischen Notwendigkeiten vorzuweisen. Sie brauchen Beifall für ihre Fingergenügsamkeit . . .

Das alles fällt von Humbert ab, entweicht in ein breites, fürsorgliches Lächeln, in die Freude eines Vatergesichtes, als er Franz Asmus Tischer die Glaspendulen aufstoßen sieht. Er gleitet von seinem Hochsitz herab und geht wie ein Gesandter des guten Mutes auf den Gerichtsreporter zu. Merkwürdigerweise nennt er ihn Justi oder ähnlich, das hört sich zärtlich an und soll es auch sein, was die breite Hand Humberts unterstreicht, die auf der Schulter des Mannes liegt. Eingeweihte wissen, daß er ‚Justitia' gemeint hat. Das ist eine Gütemarke, ein landbekanntes Pseudonym, unter dem Tischer seine Berichte aus dem Gerichtssaal veröffentlicht. „Die bringen dich noch um mit ihrem Dreck. Heute Mord aus Liebe, morgen aus Habgier und übermorgen, weil es so schön kitzelt." Humberts Lachen klingt gequält. „Deine Leichenbittermiene macht mich krank." Er zieht Tischer in die Tiefe der Halle und greift unter die Brüstung der Pförtnergondel. Die Gläser sind randvoll. „Komm, spül runter!"

Es ist wahr, dieser Franz Asmus Tischer scheint Zentnerlasten zu tragen. Bis jetzt hat er nur einmal „Danke" gesagt und das Glas in einem Zug geleert. Trinkt er? Die Frage ist nicht deshalb berechtigt, weil er schon nach dem zweiten Glas greift, das Humbert ihm entgegenschiebt. Er zeigt die Reaktion eines Menschen, der Unbehagliches nach innen spült. Das löst ihn sichtlich. Er stellt sich neben den brusthohen Halbmond, in dem Humbert auf seinem Wulsthocker Platz genommen hat.

„Nun, was ist? Gehst Du in die Politik? So kannst Du doch nicht weitermachen, Justi."

Ist es der Alkohol, oder ist es das Bild, das Humbert wie einen Gerichtsvorsitzenden erscheinen läßt? Franz Asmus Tischer lacht frei heraus. „Humbert, Du solltest Schöffe werden."

Humbert findet nichts zum Lachen. „Dann würde ich erstmal verschiedene Leute über die Klinge springen lassen, raus aus der Robe."

Tischer beschwichtigt: „Darin stecken mehr arme Würstchen, als mancher sich träumen läßt."

„Was macht Papa Bugenhagen? Staubt er noch immer Akten ab?"

Der Name des alten Richters entfacht zwischen Humbert und Tischer fühlbare Spannung. Gemeint ist Amtsgerichtsdirektor Hermann Bugenhagen, der seit Jahren keine öffentliche Verhandlung geführt hat. Er sitzt gewissermaßen im dienstlichen Wartestand. Seine Versetzung in den Ruhestand wird hingehalten. Das Personalamt müßte eine aktenkundige Begründung liefern, was aus taktischen Gründen nicht möglich ist. Übrigens: Bugenhagen bestreitet, im Sinne der Richternovelle, an der Findung nationalsozialistischer Unrechtsurteile mitgewirkt zu haben.

Das Konzernsekretariat für einheitliche Nachrichtengebung in den Redaktionen hat Tischer kürzlich beauftragt, aus konzerninternem Interesse eine Abschuß-Glosse gegen Bugenhagen zu schreiben, was Tischer unter Protest tat, und weil es ihm nützlich erschienen war, lieber selber zu formulieren, als einen der konzernhörigen Kollegen Salzsäure verspritzen zu sehen. Tischer hatte Bugenhagen nachher im Gericht aufgesucht, um ihm alles zu erklären. Daraus war eine gelegentliche Schoppengemeinschaft geworden. Sie trafen sich beim Estehuder Eckenwirt, wo Tischer und Humbert seit langem Stammgäste waren.

„Bitte, Stück um Stück, Humbert. Ich werde wohl nicht in die Kommunalpolitik gehen. Die Chefredaktion besteht darauf, daß ich weiterhin justitianiere!" Humbert kann die Assoziation nicht übergehen. Er lächelt breit. Und tippt an das dritte Glas.

„Bugenhagen geht es gut. Es sind nur noch zwei Jahre bis zu seiner Pensionierung. Er hofft, bis dahin rehabilitiert zu sein. Er nimmt an, daß die heiße Sache vorher auffliegt."

„Ich hoffe, nein! Dennoch fürchte ich es wie die Pest. Nicht wegen Papa Bugenhagen. Er sollte über die Klinge springen, weil er zuviel wußte. Daran waren gewisse Parteibosse ebenso interessiert wie der Konzern. Du weißt, Humbert, daß es eine gewaltige Erschütterung gibt, wenn die Sache mal auffliegt. Mir ist deshalb seine Pensionierung lieber. So sehr ich bestimmten Leuten gönne . . . "

„Und du, Justi, wirst du es aushalten? So wie ich dir ansehe, daß dir was auf der Seele liegt, erkennen auch andere das. Paß' mir bloß auf, daß sie dich nicht über die Klinge springen lassen. Du weißt doch mehr als Papa Bugenhagen."

„Keine Sorge, Humbert. Ich kenne den Konzern. Wer von der Linie abweicht, endet irgendwo. Wer aber viel weiß und schweigt, bleibt ungeschoren. Es sei denn, er tappt in eine psychologische Falle."

„Merken die denn nicht, daß sie auf dem Pulverfaß sitzen, Justi! Wenn das hochgeht, mein Gott!"

„Wünsche es dir nicht, Humbert. Das ist politischer Sprengstoff.

Seine explosive Wucht würde gesellschaftliche Mauern einreißen. Und mancher läge unter dem Schutt begraben, der nichts damit zu tun hatte."

„Jetzt hast Du wieder das Gott-sei-bei-mir-Gesicht. Scheiße!"

Die Wirkung des Alkohols läßt nach. Franz Asmus Tischers Haltung wird wieder hinfällig. Bevor er sich abwendet, tritt er noch einmal nahe an Humbert heran: „Denkst du daran, daß ich jede nur mögliche Information gebrauchen kann, die mich schützt?"

„Keine Sorge, Justi. Die Drähte sind besetzt!"

* * * * *

3

Für den Betriebshofpförtner des Funkhauses ist es selbstverständlich, daß er aus seinem Kabuff heraustritt, als er der Erscheinung ansichtig wird. Was da über die Piste der Lastwagenauffahrt näherkommt, ist eine Persönlichkeit, eine seltsame Gestalt allerdings. Er geht zurück, greift vorsorglich nach dem Telefonverzeichnis und schlägt ohne Zögern die Seite „Kirchenfunk" auf. Er möchte gerüstet sein, wenn der eigentümliche Besucher fragen wird, was er selbstverständlich nur fragen kann. – Und während der Hofpförtner sich zurechtdenkt, welche Anrede er wählen soll: Herr Pastor, oder Herr Pfarrer (was ist der Unterschied?), oder, falls der was Höheres ist, einer den man Hochwürden nennt, oder gar Monsignore (nein, das gibt Schwierigkeiten beim Sprechen) – währenddes nähert sich die Gestalt mit ausholenden Schritten dem Häuschen. Die Beine umflattert ein faltiger Mantel, hochgeknöpft, zweireihig, aus schwarzem Tuch. Auf dem Kopf, dessen langes, weißliches Gesicht stark zu dem Dunkel der Erscheinung kontrastiert, sitzt ein altmodisch breitkrempiger Hut. „Landpfarrer", denkt der Pförtner, weshalb er sich, freundlich gestimmt und mit schon nachlassendem Respekt, so hinstellt, wie er glaubt, daß Peppone es getan haben würde. Er hat den Film gesehen.

Und dann gehen dem Pförtner die Pferde der Zurückhaltung durch, weil ihn die Gewißheit froh macht, endlich mal etwas anderes durch das Südtor kommen zu sehen als Fahrer, Lieferanten und Handwerker. Er ruft: „Grüß Gott, Herr Prediger, Sie kommen gewiß wegen dem Wort zum Sonntag, nicht wahr?"

Wer von einem Dicken den Baß erwartet, und von einem Dünnen den Piepser, der staunt oft genug über das Gegenteil. Der Pförtner staunt über den wenig salbungsvollen Ton des Besuchers, der in rheinischem Tonfall antwortet: „Wer da jlaubt, der Jlaube sei eine jute Jabe Jottes, der jlaubt jarnich, wie sehr er sich irrt!"

Das irritierte den Pförtner nicht nur, das läßt ihn von einem Standbein auf das andere Haltung annehmen, als wär's der Herr Intendant. Und als er den knorrigen Riesen in unbeirrter Gelassenheit sagen hörte: „Ich will nicht Gottes Wort verkünden, sondern ein Wort mit Ihrem Intendanten reden", da eilt der verblüffte Torwärter hastig in sein Häuschen, um den interessanten Gast anzumelden. Doch dann sieht er die Einhalt gebietende Hand, die nun doch wie segnend erhoben ist: „Lassen Sie. Ich werde erwartet. Sagen sie nur, der Professor Bonvivat sei im Anmarsch!"

Am Empfang des Hauptportals wiederholt sich die Szene, wenn auch in anderer Verhaltensweise. Die frisörfrische Dame in der Hallenloge ist sich sicher, daß wieder so ein Kauz die Kultur retten will und anrückt, um niemand Geringeren als dem Intendanten sein Konzept vorzutragen. „Sie sagen, Sie werden erwartet?" – Professor Bonvivat hat die Machtspiele von Pförtnern, Empfangsdamen, Dienern Adjudanten, Referenten, Stellvertretern sein Leben lang mitgespielt, und er hat von Tränenbächen bis zu befreiendem Lachen alles ausgekostet, was an Menschsein in dieser Hinsicht geboten wird. Deshalb antwortet er in behrrschtem Ton: „Ich werde nicht nur erwartet, man wartet auf mich!" Das muß sich in der Hörmuschel bestätigt haben, denn die Dame sagt, hellstimmiger: „Bitte, Herr Professor, dort ist der Lift!"

Im Intendanten-Vorzimmer kommen Kinkerlitzchen nicht mehr vor. Die Damen staunen über nichts. Nicht über den Country-Stil des Besuchers, nicht über den Schnürstiefel, den Bonvivat gegen die Schreibtischkante stemmt, um das Band nachzuziehen. Auch nicht darüber, daß der alte Mann ein Päckchen Kaugummi herumreicht, sich selber ein Stück in den Mund steckt und das Papier mit einem Schnipp in den Papierkorb befördert. Und ebenso wenig staunen sie darüber, daß der Intendant nicht wartet, bis ihm in Vorzimmer-Behutsamkeit die Ankunft seines Besuchers gemeldet wird, sondern herauskommt, die Hände vorgestreckt, Leutseligkeit ausstrahlend, durch die Brillengläser bis in die quicksteppigen Füße: „Ich freue mich, lieber Professor Bonvivat, daß Sie gut hergekommen sind von Ihrem Hotel aus!"

Ist die Welt stehengeblieben? „Danke, die Straßenbahn hält ja vor der Tür!" Der Intendant kann das Wort Straßenbahn nicht bewältigen. Das hat etwas mit Lebensferne zu tun, in die er nicht zurückdenken kann. „Sie wollten keinen Wagen, Herr Professor", entgegnet er aus verstelltem Mund. Das schlichte Leben schlichtet Holprigkeiten, die auf den Wegen der sozialen Einschätzungen liegen. Der Professor weiß selber, daß er seinem spaßigen Äußeren eigentlich einen Oldtimer hinzufügen müßte, um es vollkommen zu machen. Aber er hält mehr von Bewegungstherapie und Stoffwechsel.

„Ich frühstücke ausgiebig. Wenn ein Wagen auf mich wartete, könnte ich Genuß und Wirkung nicht in Einklang bringen. Dazu muß ich sagen, daß ich die Knoblauchzehe bevorzuge. Es bedarf eines kurzen Spazierganges. Vom Christlichen Hospital bis zur nächsten Haltestelle, Herr Intendant, kann ich mich wunderbar befreien!“ Der Intendant hat keine Möglichkeit, Überlegungen über solchen Freimut anzustellen, weil er notgedrungen einfallen muß in einen baßsonoren Lacher, mit dem der Gelehrte seiner Lebensfreiheit herzhaften Beifall spendet. „Glauben Sie mir, Herr Intendant, wer dieser wohltuenden Wirkung am eigenen Leibe gewahr wird, weiß etwas von befreiender Macht!“

Kann einer so komisch sein und so eiskalt zugleich, wie dieser kauzige Gast? Im Intendanten-Zimmer hält Professor Bonvivat sich nicht einmal mit einem Rundblick auf. Wie ein Henker, der den letzten Wunsch erfüllt, beobachtet er das technische Spiel, das der Intendant an der Schreibtischbar in Gang gesetzt hat. Es ist ein farbfrohes Bild. Die Flaschenbatterie entfächert sich in einem Lichtsprudel, der die Geschmacksnerven anregt.

„Was Scharfes, Herr Professor? Oder lieber die weiche Welle?“ Bonvivat stimmt räuspernd dem Buntetikett zu, das der Intendant ihm entgegenhält. „Ein würziger Bourbon – pur?“ Der Professor macht eine Geste, die sagen soll: Etwas anderes wäre gar nicht denkbar. Als der Intendant das Glas hebt und ihm zuprostet, dankt er mit der vieldeutigen Bemerkung: „Wer weiß, wann es wieder einmal so schmeckt?“

Es gibt keine Vertrautheit, die diese Begegnung wärmen könnte. Der freundliche Ton täuscht beide nicht darüber hinweg, daß nur die Distanz des Unverpflichteten ihn erlaubt. Die Rollen sind ungleich. Die des Intendanten ist schwächer. Bonvivat macht sich nicht die Mühe, zu verbergen, daß er es weiß und zu nutzen gekommen ist. Er will die bedingungslose Kapitulation. Eine Exekution will er nicht. Ruhig, ein wenig gedehnt, Wort für Wort betonend, sagt er: „Unsere politischen Freunde wollen Konsequenzen ziehen, die es niemandem erlauben, den Rundfunk privaten Interessen zugänglich zu machen!“

Bonvivat hat seine Lieblingsstellung eingenommen, wie die Studenten sie kennen und die Gremien, denen der Professor angehört oder vor denen er gehört wird: die Beine gekreuzt, lehnt er gegen den Schreibtisch. Niemand hat ihn je reagieren hören auf die Frage: „Wollen Sie sich nicht setzen?“ Das läßt ihn in der Rolle eines Untersuchenden erscheinen. Auch jetzt. „Wir können uns ersparen, auf die leidige Angelegenheit zurückzukommen, in der Sie bereit waren, die gesellschafttspolitische Neutralität des Fernsehens privatgeschäftlichen Wünschen zu opfern. Der Partei-Presse-Rat sieht eine Wiederholung als ausgeschlossen an und weiß sich mit Ihnen einig darin, daß die Geschäfte des Rundfunks künftig in loyaler Weise geführt werden sollen."

Der Intendant antwortet mit Schweigen. Er hält sein Glas mit beiden Händen. Es ist leer. Und wieder ist es der Gast, der die Initiative ergreift: „Nehmen Sie doch noch einen Schluck. Es spricht sich leichter!" Bonvivat geht ans Fenster. Um den Eindruck zu erwecken, er sei abgelenkt, läßt er sich vernehmen: „Überall das gleiche Bild: die Funkhäuser sind dauernde Baugruben. Dort drüben, das wird das neue Eurovisions-Studio, nicht wahr." Der Intendant erhebt sich, um zu ihm hinüberzugehen. Aber der Professor wehrt ab. „Bleiben Sie doch, mein Lieber. Für Sie ist das ein alltäglicher Ausblick!"

Das Telefon geht. Bonvivat hört es mit Erleichterung. Er beobachtet aus den Augenwinkeln, daß der Intendant das volle Glas von der Größe eines Trinkbechers leert, bevor er den Hörer aufnimmt. Der Anruf kommt aus dem Haus. Es scheint nichts Besonderes zu sein, denn der Intendant schüttelt den Kopf, als sein Gast Anstalten macht, ins Vorzimmer hinauszugehen. Bonvivat hat Gelegenheit, über seinen Gastgeber nachzudenken . . .

Der Mann vor ihm, der betont autoritär spricht, sich dabei mit ausholenden Gesten unterstützt, lehnt mit übergeschlagenem Bein in seinem Sessel, der sich im Halbkreis dreht. Seine Stimme schnarrt. Der breite Rahmen der Hornbrille im Gesicht des Intendanten macht es dem Professor schwer, in dessen Zügen zu lesen. Er sieht ein rundes, leicht fliehendes Kinn, dunkelverfärbt von starkem Bartwuchs. Bonvivat projiziert seinem Gegenüber die Analyse auf: ein Technokrat, der sich von der Partei, der sie beide angehören, in den Sattel heben ließ, der die Zügel nicht richtig hält, den fremder Hafer sticht und fettere Weiden locken. Nach Gutsherrenart. Gäbe es die Oxer der Parteidisziplin nicht und nicht Pulvermanns Grab in der Parteigerichtsbarkeit, er würde im Galopp auf saftigere Wiesen wechseln, wie in der Affäre „Hansa-Studios", bei der er, Emilio Bonvivat, das Schlimmste noch verhüten konnte.

Gewisse Parteigenossen hatten sich die Finger vergolden wollen. Hochkarätiger, als es die Vielfachdiäten schon tun. Der Presseprofessor mobilisierte gegen diesen Geldhunger die Parteispitze, die schnellwirkende Appetitzügler verabreichen ließ. Besonders gegen den Intendanten, der einen extra großen Happen zu sich nehmen wollte. In geheimen Verhandlungen, die nicht geheim genug waren, daß die „Stern"-Gucker sie nicht entdeckten, hatte er versucht, den Mehrheitsbesitz des Rundfunks an der Fernseh-Produktions-Gesellschaft mit Namen „Hansa-Studios GmbH“ privaten Käufern zuzuschanzen. Mit großem finanziellen Nutzen und beruflicher Rückendeckung.

Bonvivat hat sich wieder ans Fenster begeben. Die Arme verschränkt, sieht er hinaus und fühlt Ungeduld in sich aufsteigen. „Ausgerechnet an den Konzern“, denkt er. Eine solche politische Blindheit war ihm noch nicht begegnet. Wäre es nach ihm gegangen, der Herr hinter ihm, der endlich sein Telefonat beendet, säße nicht mehr auf seinem Platz. Er wäre schon über die Klinge gesprungen . . .

Die metallische Stimme des Intendanten hatte Bonvivat nervlich gereizt. Sie hat ihn aber auch ernüchtert. Er weiß, daß Gefühle ihn nicht beeinträchtigen dürfen. Für seine Mission benötigt er den Mann, der seinen Kopf hinhalten soll, bevor er abserviert wird. Dazu braucht die Studio-Geschichte nicht einmal aufgewärmt zu werden. Es gibt eine, die immer brauchbar ist. Schon in diesem Augenblick.

Der Professor dreht sich nicht um, als er Gläserklang hört. Wieder gluckert eine größere Menge Alkohol. Der Intendant ist enthemmt, Bonvivat erkennt es an den hastigen Zügen. Ihm kommt der Gedanke, zu mahnen. Aber er unterläßt es. Der andere braucht ihn nicht jetzt zu verstehen, seine Pläne, alle Einzelheiten. Im Augenblick ist es ihm wichtiger, das Bewußtsein seines Gastgebers noch soweit zu erreichen, daß eine erwünschte Willfährigkeit darin haftet. Mit warmem Ton, der ihn in der Rolle eines Verständnisvollen erscheinen läßt, fragt er: „Wie ich höre, wollen Sie einmal gründlich ausspannen, Herr Intendant?“

Der Gefragte antwortete nicht sofort. Er hat die Brille abgenommen und reinigt sie. Seine Augen haben mehr noch als üblich einen matten Glanz: Bonvivat ist nicht überrascht, als er den Intendanten dennoch ohne eine Spur von Trunkenheit sagen hört: „Ich brauche nicht auszuspannen. Mir geht es gut!“ So als wollte er seine körperliche Elastizität beweisen, beginnt er im Raum auf und ab zu gehen. Fast sieht es so aus, als wollte er gymnastische Übungen machen.

Professor Bonvivat würde am liebsten das Wort „Entziehungskur“ hervorstoßen. Aber er hält sich zurück. Nicht jetzt. In diesem Augenblick ist es unbrauchbar, es würde wie ein Florettstich wirken. Seine Informationen sind stichhaltig und er ist auch gewillt, sie ins Spiel zu bringen, als seinen psychologischen Stich. Wie beiläufig, so als wäre es ein vertrautes Thema zwischen ihnen, sagt er: „Professor Volkmann-Adel hat Ihnen zu einer Erholungspause geraten, nicht wahr?“

Eine gefährliche Nähe zum Tatsächlichen. Der Intendant macht eine Bewegung, als hätte ihn etwas getroffen. „Nicht der Rede wert. Volkmann-Adel rät mir zu einer Waldkur. ‚Auftanken', sagte er. Bonvivat hakt ein: „‚Refugium', nicht wahr?" Es ist der Name eines privaten Entziehungs-Sanatoriums. Das trifft. Nicht schmetternd, jedoch fest genung, um den Intendanten Halt suchen zu lassen: „Wozu das alles? Ich schaffe es auch so!"

Des Intendanten Stimme hat sich gewandelt, hat einen Bruch ins Schleppende bekommen. Der Widerstand gegen das Erwartete, die Spannung gegen Ahnungen, Vermutungen, die vorsorgliche, im Unterbewußten lang anhaltende Furcht, erkannt zu sein, lassen nach. In einem nur noch schwach stachelnden Ärger, der abzugleiten droht im Selbstmitleid, bringt der Intendant hervor: „Es widert mich an! Überall undichte Stellen. Es gibt keine Achtung mehr vor der Unverletzlichkeit der eigenen Person!" Ein Satz, der bei ihm haften geblieben ist und eines der Gelegenheitspostulate enthält, die der Intendant vor Gremien, auf Konferenzen, vor Gästegruppen, bei Jubiläen anbringt.

Bonvivat ist zufrieden. Er hat sein Ziel erreicht. Mit der Geschicklichkeit eines Krankenpflegers versteht er es, einzulenken, für sich zu gewinnen, die Stimmung umzukehren: „Lassen Sie uns zusammen essen, Herr Intendant. Wir können dabei über einen interessanten Plan sprechen, der nur mit Ihnen, mit Ihrer ganzen Person, verwirklicht werden kann!"

* * * * *

4

Die Gerüche von Schnellgerichten herrschen vor. Dünste von Filterkaffe und Zwiebeln überwiegen dabei. Hinter dem Vitrinenglas türmen sich hausgemachte Bouletten.

Es ist Vormittag. Um diese Zeit ist die Konzernkantine schwach besetzt. Einen festen Besucherblock bilden die Setzer der Frühschicht. Sie haben sich in der Nähe des Luftschachts um drei Tische gruppiert. Einer von ihnen spricht mit bedächtigen Worten über das Thema ‚Konzentration im Pressewesen'. So hat sein Sohn es ihm auseinandergesetzt. „Macht euch keine Sorgen! Uns brauchen sie noch lange. Auch wenn die Röhre rund um die Uhr flimmert: Die Leute, die Pinkemacher, die in der Politik und die von der Börse, brauchen Berichte über alles, was geschieht, um es Schwarz auf Weiß zu haben. Und das machen wir. Die Anzeigen nicht zu vergessen . . ."

Das geht fast lautlos, im Flüsterton. Selbst der eine, den die Zukunft ängstigt, antwortet gedämpft: „Und wenn schon: Wir haben unsere Verträge. Und in den Verträgen steht, daß Rationalisierungsmaßnahmen nicht zu Lasten der Arbeiter gehen dürfen. Uns kann nichts passieren. Deshalb bin ich auch nicht dagegen, wenn der Konzern in das Fernsehen einsteigt, wo wir Setzer zwar nichts machen können, aber die Garantielöhne kommen von da . . ."

Es riecht auch nach Menschen. Niemand klagt darüber. Wer über die Luft in der Konzern-Kantine meckert, zieht beim Kantinenwirt den Kürzeren. Hackbrötchen, zum Beispiel: „Sind schon vorbestellt!"

Es gab Anrufe und Briefe beim Städtischen Ordnungsamt. Meist anonym. Die Prüfer kamen, um nach dem Unrechten zu sehen. Sie fanden keine Lüftung. Aber sie fanden auch, daß deren Einbau es nur schlimmer machen würde. Die Konzern-Kantine liegt im Keller und ist Teilstück der Tiefgarage. Was an Gerüchen abgeleitet werden könnte, käme als Gasgemisch zurück.

Die Hygiene-Beamten hatten sich immer wieder umgesehen in dem mit Plastik vollgestellten Pausenraum des Konzerns. Dessen Herrlichkeiten müßten weit oberhalb der hier in Bündeln unter der Betondecke verlaufenden Wasser- und Kabelrohre liegen. Für wenige liegen sie ja auch dort. Im 13. Stock. Das ist ‚Spiegel'-notorisch. Das kann man ‚Stern'-verbürgt lesen. Die Prominenten-Schar, die unter den Wolken speist, vom Grill, vom Spieß, über offener Flamme, hergerichtet von ‚Oropax', dem taubstummen Grill-Mixer, dem

Rausch-Schüttler, der, groß, schwarzschopfig, mit Paillettenblick, die scharf würzigen Drinks und die magenreizenden Tellergerichte serviert, ist klein, aber beherrschend.

Hier unten, in der Konzern-Kantine, ist Leben nur Bedarf. Bier, Bouletten, billig! Aber es ist nicht weniger erregend wie das Leben da oben. Will man das Bewußte überhaupt mehr unten suchen, was offensichtlich richtig ist, dann spielt sich Wahrheit unten ab. Einer Gebrauchsfloskel zufolge: unter der Gürtellinie. Da ist es am wärmsten.

Das muß auch die Hygienepolizisten bewogen haben, Freibier und Klare vom Kantinenverwalter Krumbiegel anzunehmen. Auf Konzernkosten, natürlich. Und mit Erfolg natürlich. Für die Spender.

Seitdem zieren Attrappen und Blenden die verdunsteten Decken. Ein Luftschwenker steht da, ein dekorativer Apparat mit Leuchtlämpchen und leisem Sausen. Er saugt ein, was er zuvor ausgeblasen hat. Niemand will bemerken, daß an ihm die Idee des Perpetuum mobile wahrgeworden ist.

Besseren Duft, sinntäuschend wie Parfüm, spendet eine mechanische Drüse, die mit dem oleohydraulischen Türschließer gekoppelt ist. Der Spray nebelt unmerklich in den Raum, sooft die Tür bewegt wird. Selbst dann, wenn der Pausenmief nicht auf diese Art verzartet würde, blieben Dauergäste nicht fort, ohne die eine Kantine nur eine Mampfstätte wäre. So ist Leben in ihr: wahres, erhofftes, geglaubtes, gesponnenes . . .

Es lebe der Oberst! Sein Name: Erwig von Schellewitz. Fremde werden bei seinem Anblick – wetten? – dem Zwang erliegen, sich an das Kinn zu fassen. Erleichtert werden sie feststellen, daß sie doch rasiert sind. Der Oberst ist es auch. Aber die stahlhärteste Klinge wird die Partisanenschwärze nicht aus seinem Gesicht schaben, die es verfinstert. Damen werden sich nicht ans Kinn fassen. Sie werden – wetten? – an ihrem Rock nesteln, ihn glattstreifen und festhalten, weil Herr von Schellewitz begonnen hat, sie mit leicht hervorstehenden Augen auszuziehen.

Das hat den Oberst nicht gehindert, dem ihn umgebenden Zuhörerkreis ‚Fakten' zu erzählen. Fakten sind Herrn von Schellewitz' unerschöpflicher Beitrag zur Geschichte des Konzerns. Das neuzeitlich oft zu hörende Wort ‚Fakten' entstammt einer bestimmten Funktionärssprache, die vermuten läßt, der Oberst sei Sachse. Er ist Ostpreuße.

Oberst ist Herr Schellewitz nie gewesen. Er hat es zu mittlerem

Rang gebracht. Befördert hat ihn die Legende und ein breiter Strom von Casino-Geschichten, die das eine Ich des Herrn von Schellewitz sind. Das andere ist eine nicht weniger mitreißende Erzählerlust an hausinternen Begebenheiten, die der Oberst in unverwechselbarer Gestik wiedergibt.

Ein von Nikotin verätzter Zeigefinger unterstreicht die von Vertraulichkeit verengte Stimme, die aus der Nase kommt. Vor der Pointe holt der Oberst noch einmal tief Luft. Er staut sie hinter dem gespannt verschlossenem Mund. Der braune Finger liegt wie am Abzug über dem Nasenbogen. Dann entweichen Luft und Ungeheuerlichkeit.

Herrn von Schellewitz umgeben vorwiegend jüngere Leute. Jungredakteure und Volontäre. Die anderen haben seinen Dunstkreis längst verlassen und die Geschichten vergessen. So geht es mit guten Geschichten. Je häufiger sie erzählt worden sind, um so schneller werden sie vertraut – also, vergessen. Der Oberst soll die jungen Leute in der Kunst des Umbruchs unterweisen. Er selbst übt sie seit über zwanzig Jahren. Ebenso lange ist er Kantinengast.

Es beginnt schon morgens, wenn Herr von Schellewitz durch die Empfangshalle kommt, vorüber an Humbert, der ihn nicht beachtet, seit Jahren nicht mehr, weil er den ‚Spinner' nicht mag. Da endet der Stockstoß des Obersten, der seine nicht empfangene Verwundung mit einem eingebildeten steifen Bein zu beweisen sucht, nicht vor dem Fahrstuhl. An ihm vorbei, in die Keller-Kantine, führt der Weg des Herrn von Schellewitz, der sich mit dem Stockstoß selber ein ewiges ‚Achtung' zuruft. Unten blickt er sich um, prüft, wer anwesend ist und wer, wenn er zurückkommt, seine intimen Kenntnisse erfahren darf über die Geschichte des Konzerns, über Geschichten seiner führenden Männer.

Seit Jahren geht es so: Der Oberst läßt sich oben in der Grafik die Aufrisse zeichnen. Auf dem Weg zur Setzerei, gegen die Wand des Fahrstuhls gehalten, schreibt er in eckig-steiler Schrift an den oberen Rand der Skizzen: „Bin gleich zurück!"

Das heißt, Herr von Schellewitz wird in den nächsten Stunden nicht vor dem Umbruchtisch stehen, sondern an seinem Lieblingstisch in der Kantine sitzen. Einen Zeitnehmer hätte der Oberst längst ins Grab gebracht. Oder dieser ihn auf die Straße. Wenn es das Bier nicht gäbe. Für die Metteure, die es trinken. In der Woche wenigstens drei Kisten muß Herr von Schellewitz springen lassen, damit die Seiten ohne ihn Gestalt gewinnen.

Vorher geht es so: „Guten Morgen, meine Herren!“ – „Guten Morgen, Herr Oberst!“ – „Besondere Vorkommnisse?“ – „Trockene Luft, Herr Oberst!“ – „Los, Heinrich, anfeuchten!“ – „Zu Befehl, Herr Oberst, anfeuchten!“

Schellewitz nennt alle Bleischlepper „Heinrich“. Er darf es. Die Hilfsarbeiter sind beim Biere dabei. Bezahlt wird später. Der Oberst hat Kantinen-Kredit. Er hatte ihn in den Vierziger Jahren, in den Fünfzigern, in den Sechzigern. Er behält ihn in den weiteren Jahren. Beibehalten werden er und die Setzer auch das alberne Vorspiel: „Anfeuchten!“

Unmerklich sind Gäste hinzugekommen. An einem Nebentisch sitzt der Gerichtsreporter Franz Asmus Tischer. Als er sein Glas zum Munde führen will, grüßt ihn der Oberst mit einem „Prost!“. Tischer hat seinen Gedanken nachhängen wollen. Er dankt freundlich, aber abwesend. Dennoch dringen Worte an sein Ohr, die ihn zu beschäftigen beginnen.

„Ich sage Ihnen, er hat mit Nichts angefangen, der Konzern-Herr. In einem Flakbunker, ohne Luft und Licht, ohne Papier. Aber Freunde hat er gehabt, oder solche, die er dazu machte. Darin liegt die Erklärung für das Geheimnis seines Konzernerfolges: Leute zu finden, die es machen. Da kann ich beliebig aufzählen. Nehmen wir zuerst ‚Geheimrat‘ Fuchs, einen Mann aus dem früheren ‚Fremdenblatt‘-Haus. Er konnte kommen, weil er kein Braun getragen hat. Ich sage Ihnen, der hätte es gerne getragen, wenn er in der Buchhalter-Riege des ‚Fremdenblattes‘ aufgefallen wäre. Aber dann, als das Erdbraun der Engländer Landesfarbe wurde, kam der alte Fuchs an die Rampe. Er durfte das Druckhaus an den Bleichen leiten. Und so begann die Karriere eines der Konzerngewaltigen!“

Der Oberst merkt, daß seine Uraltgeschichte die jungen Leute nicht vom Stuhl reißt. Auch Tischer beobachtet, daß die Jungen mit der Geschichte vom ‚Fuchs‘ nichts anzufangen wissen. Es wundert ihn nicht. Sie liegt, wie das meiste, von dem Herr von Schellewitz zu berichten weiß, lange zurück. Länger als eine Generation. In einer Gefühlsmischung von Ohnmacht und Enttäuschung beginnt Franz Asmus Tischer darüber zu grübeln, ob es einen Sinn haben kann, die Konzern-Historie aufzubereiten. Er denkt an Humbert, der, ein Stockwerk höher, vom Hochstand seiner Pförtnerkanzel aus, sich nichts entgehen läßt. Humbert ermuntert ihn seit Jahren, den ‚Stoff‘ aufzugreifen, zu dem er, Humbert, Fuder von aufregenden Einzelheiten hat zusammentragen lassen.

Von Trotzki, von ‚Oropax', von Erni, dem Schwachstromer, und von ungezählten Zuträgern, die mit ihrem Tratsch Rache an Konzern-Größen nehmen, die sie, angeblich, am Aufstieg gehindert haben. Das gilt für Arbeiter und Boten nicht minder wie für Redakteure und Verlagskaufleute.

Tischer läßt seine Gedanken ein wenig ausufern. Er selbst ist ein Mann der ersten Stunde. Er könnte, wenn er wollte, aus eigener Erfahrung soviel zu Papier bringen, daß daraus ein Reißer werden müßte. Seine spezielle journalistische Aufgabe im Hause hat ihm Informationsquellen erschlossen, die es ihm erlaubten, mit seinem intimen Wissen zu wuchern, Kapital daraus zu schlagen, sich unabhängig, unangreifbar zu machen.

Aber der Schein trügt. Tischer weiß, daß er mit allem nichts anfangen kann. Als Gerichtsreporter ist ihm bekannt, wo es enden würde. Er müßte die Beweislast tragen, für alles, was er vorbringen könnte. Deshalb schüttelt er fast belustigt den Kopf über die Ergüsse des Herrn von Schellewitz, die durch das Geraune um ihn herum, einer Mischung von Stimmen und Geschirrklappern mit dem kurzklirrigen Klingeln der Bonkasse dazwischen, an sein Ohr dringen. Unentmutigt fährt der Oberst fort:

„Ist es nicht ein guter Wohlstandswitz, daß Mercedes aller Welt verkündet, kein Sterblicherer als der Papst fahre unter dem guten Stern mit solchem Komfort, nämlich auf einem erhöhten Lederthron, so sanft wie in der Gondolfo-Sänfte!" Herr von Schellewitz stößt ein orgelndes Lachen aus: „Dabei hatte der geheime Konzernrat Fuchs solch eine Luxuskutsche weit vor dem Heiligen Vater!"

Das Lachen des Oberst steckt kaum noch jemanden an. Herr von Schellewitz hat lediglich die Phantasie seiner jungen Zuschauer anregen können, weil das Erzählte auch mit Technik zu tun hatte.

Bei Franz Asmus Tischer hat die Geschichte, trotzdem er sie schon oft gehört hat, wieder das Lächeln geweckt, das jetzt seine Gedanken darüber begleitet, wie ein Mensch von dem Häcksel seiner Lebensernte, die im Falle des Obersten von Schellewitz ohnehin dürftig ausgefallen ist, weiter so zehren kann.

Franz Asmus Tischer versucht, es sich zu erklären. Er sieht den Obersten in der Rolle eines Hofnarren, oder in der eines stadtbekannten Deppen, den nicht einmal die Kinder noch necken mögen. Aber, der Gedanke befriedigt ihn nicht. Es stört ihn, daß sich hier die Wahrheit in den Nebeln einer ungehemmten Klatschsucht verliert. Während sie, wie Tischer weiß, geeignet wäre, die Menschen sich selbst begreifen zu lassen, ihre Zeit und wie es um ihre Rolle als Lesekonsumenten steht, um sie als die Wortschlucker, die alles unkritisch in sich aufnehmen wie nach einer langen Dürre. Das stimmt, denkt Tischer in dem Augenblick. Es hat diese Nachrichten-Trokkenheit gegeben. Sie war, wie Tischer sich erinnert, der Grund dafür, weshalb der Konzern in wenigen Jahren nach dem Kriege, sozusagen im Gleichschritt mit der neuen Mark, seinen gewaltigen Aufstieg nehmen konnte. Aber heute, meditiert Tischer, heute müßte doch alles in Übersättigung ertrinken. Sie alle baden darin. Am liebsten in Neuigkeiten unter dem Rubrum ‚Busen und Bett‘.

An diesem Punkt setzt regelmäßig bei dem Gerichtsreporter Entmutigung ein. Tischer hat sich mit seinen Gedanken im Kreis gedreht. Es ist ihm, wie schon so oft, wie ein unangenehmes Aufstoßen erschienen, über die Gesellschaft nachzudenken, in deren Mitte er lebt, die sich nicht für den Aufstieg bestimmter Machtgruppen in der Wirtschaft interessiert.

Allenfalls für ein paar Männer und Frauen der schwerreichen Clique, deren Namen nichts mit der Leistung des Unternehmens zu tun haben, nach denen diese benannt sind, sondern mit der Vielzahl von Jet-Set-Stories, die ohne diese Namen so gewöhnlich wären wie die Verführungsgeschichte im Nachbarhaus. Franz Asmus Tischer spürt den Reiz, den es haben würde, wenn die konzerninternen Geschichten auf den Markt kämen. Sie werden nicht dahin kommen! Das liegt einmal am Krähenprinzip, nach dem eine Illustrierte der anderen kein Auge aushackt.

Es liegt aber auch daran, daß die ‚heißen Sachen‘ gar nicht erst nach außen dringen. Tun sie es doch, wird es keinen geben, der sich die Finger verbrennen will. Tischer will es auch nicht. Er ist sogar beteiligt: daran, daß nichts nach Außen dringt, daran, daß diejenigen, denen es in den Fingern juckt, keine Brandwunden bekommen. Er wendet sich wieder der enthemmten Redefreude des Obersten von Schellewitz zu, der sich selbst genießt, ohne Angst vor Brandwunden hegen zu müssen:

„Noch andere Freunde hatte der Konzernherr. Solche, die er in jenen Tagen vorzeigen konnte, weil sie unbelastet waren: Denken wir an den roten Hosemann, den Arbeiter-Feuilletonisten, der seine Gesinnung im offenen Hemd herumtrug. Oder an den leisen ‚Lokal‘-Zimmermann mit dem Oberlehrerdeutsch: ‚Das geschriebene Wort muß reiner sein als die Schwärze schwarz ist!‘

Herr von Schellewitz hat den Nikotinfinger wie im Schnellfeuer über der Nase zupfen lassen: „Aber es gab andere, die hinter der Persil-Kulisse warteten, aber schon mitmischten. So der ‚Scharten'-Michael, der das deutsche Straßenblatt als erster gemacht hat, mit dem Pornoslogan: ‚Blut ist gut, Busen besser – am besten ist beides!' Der gute Vater mit dem Freizeiteigenheim im selbstgeharkten Garten machte die deutsche Familie schon zu einer Sexkommune, bevor die sozialistische Professorenkommission Blutschande zu einem privaten Lusterlebnis erhob. Auch der ‚Deutschen'-Backhaus war schon da, der dem ganzen Volk den Paragraphen 51 geschenkt hat. Das war allerdings später. Damals wollte er aus einer Heimatpostille, in der der Konzernherr das heimische Herdchen loben lassen wollte, eine polit-philosophische Bleistraße machen mit Hoffnungsriemen von Rapallo bis zum 51. US-Staat."

Bier macht müde Männer munter. Der Oberst beweist das seit zwanzig Jahren. Als er sich eine Atempause gönnt, fragt sich Tischer, woran es liegen kann, daß Herr von Schellewitz noch nie hinaufgerufen worden ist, in die Chefredaktion, oder in die Konzernleitung. Vielleicht denken alle, wie er denkt: Der Oberst hat eine Macke! Nur so läßt sich die allgemeine Nachsicht erklären, die der Erzähler erfährt. Die jungen Leute, die dem Obersten zuhören, wagen selten Kritik. Sie begehren nicht auf. Manche finden es im Stillen quatschig, unverantwortlich. Sie wissen aber: Volontär kann man sein, Redakteur muß man werden. Herr von Schellewitz hat – trotzdem – Einfluß darauf.

Jetzt hat Herr von Schellewitz Ozeanweite im Erzählen gewonnen. Er erinnert an den alten Mann und das Meer. Seine Angel zerrt kapitalere Fische herauf. Ihre Kraft dämpft der Oberst zunächst: „Eine andere Sorte war die Saat der eigentlichen Macht. Es waren lauter unbeschriebene Blätter, wenn man so will. Sie wurden die Götter!" Es ist unverkennbar: Den Oberst erfüllen Lustgefühle, als er fortfährt: „Wunderknabe aller Knaben war Bastian Schacht, der sich selber ‚Sir Little' nennt. Ein Wunder aus dem Nichts, jedenfalls für Leute, die die frühesten Zusammenhänge nicht kennen!"

Herr von Schellewitz trägt in seinem Gesicht nicht nur Spuren von alkoholischer Färbung. Sein Wunder ist geschehen: Der Finsterbart hat sich rötlich verfärbt, was nicht hindert, daß Stimme und Wortwahl schärfer akzentuieren als vorher: „Stemmen Sie Ihren Unglauben weg, meine Herren. Hören Sie: Da kommen eines Tages die Briten in Jeep-Haufen. Keiner unter Captain-Rang. Smarte Reitpeitschen-Typen mit flinken Schenkeln. Sie kommen ins Haus, in das alte ehrwürdige Druckhaus, das Kaiser-, Kanzler- und Kommunistenzeit so souverän überdauert hat, selbst die Ein-Mann-Zeit, und werfen die Maschinen an, um zu verkünden, daß dieser und jener künftig das richtige Wort sprechen, beziehungsweise schreiben werde.

Allen neuen Wortverkündern war anzusehen, daß sie ihre Wahrheit bei sich hatten: dem kleinen ‚Sir Little' nicht. Ihn hielt man für einen Troß-Pagen. War er, vielleicht! Richtig ist vielmehr, daß der höchste Brite, ein General, ihn, den kleinen Herrn im Twenalter fragte: ‚Do you believe, we can make it?' Das sollte meinen: die Maschinen wieder anwerfen, Wort und Schwärze bereit halten zu täglichem Gebrauch: Im Namen der Besatzungsmacht präsentieren wir eine neue Welt. Eine witzige Welt, was die Macher anging. Aber es lief. Läuft heute noch. Rund um die Welt. Mit dem Namen der Welt!"

Die amüsanten Übertreibungen des Herrn von Schellewitz bereiten Franz Asmus Tischer Vergnügen. Sie lasten aber auch auf ihm, beginnen zu drücken, wie ein Alptraum. Wenn er dem Obersten zuhört, wie einem Märchenerzähler, dann hört er die Wahrheit heraus, die unglaublich ist und doch eben Wahrheit . . .

„Natürlich waren unter ihnen welche mit Format, gewisse Engländer etwa. Ohne sie wäre es gar nicht gegangen. Es waren Zeitungsasse, Journalisten der ersten Fleet-Street-Garnitur mit Erinnerungen an Frankfurt, München, Berlin, Wien und Prag. Und an die Flucht. Denken wir an den Ungar-Briten Hollocz. Selbst für die Besten im Hause: ein Nachrichtenschreck. Es gab höchstens den Brotmacher, einen früheren Panzerhauptmann von Guderians Gnaden, der früh die Innenpolitik machte, und den Harmfried Meineider, der so anpassungsfähig war, daß die Engländer ihn für einen der ihren hielten und zum deutschen ‚Chef vom Dienst' machten. Und das Orakel von Delphi? Sie wissen schon: der wortweise Pegasusreiter aus Prag, der sozusagen, mit Kafka und Brod, mit Werfel und Hoffmannsthal im Sandkasten gespielt hat. Er hatte es besonders schwer, weil er aufpassen sollte, daß in den Kulturspalten kein Kraut gedieh, das vorher Unkraut gewesen war. Im übrigen hatten sie alle, die Controller, lange Zügel, solange es reichlich Tee und deutsche Mädchen in Willigkeit gab. Aus jener Kellerkinderzeit stammten die zu Redakteusen arrivierten Tippsen, die heute nicht nur alles mit dem Mund riskieren!"

Die Pendeltür zur Konzernkantine schlägt in diesem Moment ein wenig heftig aus. Jemand hat einer Dame den Vortritt gegeben. Ihr Auftritt fällt treffend in die Gedankengleichheit der Männer. Lautes

Lachen in der Oberstrunde. Hereingekommen ist die Allzwecktante, die in Anlehnung an eine Nachkriegstype ‚Otto Normalgebrauch' genannt wird. Ihr Anblick weckt bei allen Gedankenschlüsse, die stets Beckenbreite haben.

Der Satz des Herrn von Schellewitz: „Tolle Typen kamen damals über den Kanal", läßt Franz Asmus Tischer den Faden allein weiterspinnen. Mit dem Obersten verbindet ihn nichts. Höchstens Erinnerungen. Sie sind um die gleiche Zeit in den Konzern eingetreten. Das heißt: Den Konzern gab es noch nicht. Er wurde es erst, als die Engländer und gewisse Mitmacher den Coup machten. Die Deutschen standen noch in ‚Yes-Sir-Stellung'. Und sie darbten noch, wenn auch nicht mehr mit Maisbrot und nach Kalorien. Damals, vor mehr als vier Jahrzehnten, war der Lesehunger so heftig, daß die derbste Umerziehungskost der Briten als Feinschmeckerlektüre galt. Auch Sonntags. Deshalb kam einer über den Kanal, der neben dem alltäglichen Blatt ein ‚Sonntagsblatt' machen sollte. Er nannte sich Erhard Stein. Und so mußten ihn andere nennen. Nicht ohne Peinlichkeit. Denn derselbe Mann war in England unter anderem Namen (dem richtigen?) aufgetreten, um den deutschen Gefangenen Uraltdemokratie beizubringen.

Franz Asmus Tischer, damals jung, unerfahren, und Herr von Schellewitz, schon gegerbter, aber nicht erfahrener, warteten im Vorzimmer des neuen Herrn des ‚Sonntagsblattes', weil sie sich um die Mitarbeit beworben hatten. In Deutschland war die Freiheit immerhin schon drei Jahre bekannt. Sie war aus volleren Kellen verabreicht worden als Hirse und Hafer von Löffeln.

Einem Ondit zufolge würde Erhard Stein von einer Leibgarde umgeben sein. Ein Schwarzmarktwitz, wie Tischer glaubte. Aber der Witz war hart wie die neue Mark. Tischer und Schellewitz hörten Marschtritt. Nicht solchen, wie ihn der Oberst noch im Ohr haben mußte. Es klang nach Buckingham, kurz und kasperlehaft. Wie jung die zivile Welt des Obersten war, zeigte der nächste Augenblick: von Schellewitz trat in Habacht. Tischer führte die Hand zum Herzen. Da kam er, der Erhard Stein, großverkündeter, messiasgewaltiger ‚Sonntags-Chef'. Im Schutze britischer Bajonette. Ein Mister VIP, eine Very Important Person. Für deutsche Leserbedürfnisse. Ein Nerotyp. Der Schädel hatte eine Oscar-Wilde-Tolle. Die Stimme machte Falsett. Aber – Vorsicht! – die Macht des Mächtigen war in diesem Mann napoleonisch. Herr von Schellewitz nahm sie, hackenschlagend, sofort an. Tischer fühlte Unbehagen in ihrer Wiederkehr.

Herr Erhard Stein hatte seinen Tayllerand studiert. Das Gesetz der Antikräfte, das die Kräftebalance erst möglich macht, war sein Ausleseprinzip: „Und Sie, Herr Lesser?" – „Gewerkschafter!" – „Sehr gut!" – „Und Sie, Herr Dittmar?" – „Rosenkreuzer!" – „Schon mehr!" – „Weiter, Sie da!" – „Oberstleutnant, Herr Chef!" – „Nun gut!" – „Die Dame, bitte!" – „Ich bin niemand, ich meine, niemand hat mich . . . " – „Das wird bestimmt kommen!"

Franz Asmus Tischer lächelt, wenn er sich der Situation der ‚Sonntagsblatt'-Auslese erinnert. Der neue Boß von Wilton Park, jener britischen Brutstätte besserer Deutscher, verfolgte eine von Caesar verpaßte Anti-Brutus-Theorie, daß der Meuchelmord, einschließlich Sesselansägen, gar nicht erst möglich ist, wenn man die Kains und Abels paarweise zusammenbringt. So wählte Erhard Stein seine Paladine aus. Dabei war zu bedenken, daß so heterogene Typen danach lechzten, sich gegenseitig den Stuhl unter dem Hintern wegzuziehen. Wehalb sie auf den teuersten Stuhl gar nicht verfielen. So lebte Erhard Stein steinreiche Jahre. Nicht nur an Geld, an Macht, an Machtspielen. Wie alle Machtspieler auch in Liebesspielen, was durchaus mit der Geschichte des Konzerns zu tun hat, die der Oberst von Schellewitz fortspinnt . . .

* * * * *

5

Ein Glockenspiel schwingt durch den Raum. Die Casinohelferin hat mit ihrem Barwagen die Türflügel zum Intendantenzimmer gestreift. Die Deckel der fahrbaren Flaschentruhe sind hochgeklappt wie bei einem Eisverkäufer.

Professor Bonvivat, vor den die Helferin den Getränkewagen geschoben hat, deutet auf die kleinen eisglitzernden Flaschen – „Sprudel, geschmacklos, bitte!“ Während die junge Frau das perlende Wasser eingießt, betrachtet der Intendant, eher geistesabwesend als bewußt, das ungesunde Haar seines Besuchers. Es geschieht in einer Trotzreaktion, in einem Abwehrverlangen, das keine Aktivität erfordert und das doch befriedigt, das dem Intendanten Erleichterung verschafft nach über einer Stunde eines nervenanspannenden Monologs des Professors, den nur bildhafte Spannung, eine Art Zukunfts-Horror, ertragen ließ.

Bonvivat legt den Kopf zurück. Genießerisch läßt er das kühlende Getränk hinabgleiten. Er atmet tief ein und laut aus. Dabei liegt das weißgelbliche, langsträhnige Haar gebogen im Nacken. Die entspannende Rücklage des Kopfes läßt das Gesicht des Parteigelehrten noch länger erscheinen. Seine sehr hellen Augen sind von borstigen Brauen überspannt. Die Nase beherrscht das Gesicht lang und spitz. Fast immer hält Bonvivat das Kinn vorgestreckt, wie rechthaberisch. Er doziert, auch wenn er schweigt.

Die tiefen Schlucke haben den Professor erfrischt. Mit stoßender Kopfbewegung beginnt er, wieder zu sprechen:

„Wir sollten jetzt zu dem Konzept kommen, Herr Intendant. Ich skizziere es Ihnen, wie ich es vor dem Presserat der Partei entwickelt habe. Mein Institut hatte zuvor eine umfassende Studie erarbeitet. Gestützt auf ihre außerordentliche Beweisfähigkeit, steht die Parteiführung mit ihrem ganzen Gewicht hinter meinen Vorschlägen und zu dem Durchführungsauftrag meiner Pläne. Die Regierungsverantwortung unserer politischen Freunde macht die Durchsetzung meines Konzepts leichter. Dennoch wird alles wie inoffiziell vorsichgehen. Äußerste Geheimhaltung ist notwendig!“

Der Intendant hört das alles wie von einem Nebelhorn, das von fernab die Position eines Schiffes anzeigt. Seit mehr als einer Stunde ist er im Zustand einer Entrücktheit von Ozeanweite. Der Alkohol, zuerst unbedenklich und dann immer hastiger aus seiner Schreibtischbar entnommen, hat ihn längst ins Außerbewußte versetzt.

Aber es ist noch nicht Lähmung. Es wäre ein gefährlicher Trugschluß. Bonvivat weiß es. Er hat den Intendanten beobachtet, mit wachsender Genugtuung. Sein Spiel mit doppeltem Boden hat auch doppelten Wert: Der Intendant ist jetzt in einer Sinnesisolation, die es Bonvivat erlaubt, ihn als beherrschte Größe einzusetzen, ebenso willig wie gelenkt. Dabei weiß der Professor, daß er gezwungen ist, streng zu unterscheiden zwischen diffuser Willigkeit und noch überzeugtem Mitmachen.

Bonvivat kennt die Gefährlichkeit von Scheinenthemmten, bei denen der Faden noch nicht gerissen ist, die plötzlich vorstoßen, stumpfsinnig in ihrem Bleimantel von gebundener Tatkraft und doch stierwütig in einem angstgetriebenen Ausbruchsverlangen. Die letzte Phase, die ins Dämmern hinübergleitende Lethargie, darf nicht eintreten, bevor die beabsichtigte Handlungswilligkeit suggestiv gefestigt ist. Dazu eignet sich im Vorraum der Bewußtseinsschwächung alles, was die Suchtpsychologie den „Siegfriedaffekt" nennt. Die Lanzen der Selbsterhöhung müssen eingelegt sein, entschlossener, je mehr die eigene Persönlichkeit fürchtet, sich im Staube liegen zu sehen.

Deshalb entfaltet Bonvivat schnell das Brusthemd der gemeinsamen Gesinnung: „Es kommt mir sehr darauf an, Herr Intendant, daß gerade Sie von der Notwendigkeit unserer Pläne überzeugt sind. Mehr aber darauf, daß Sie sich ganz in den Dienst der Sache stellen, der ein außerordentlicher Dienst an unserer Partei wäre, zumal Sie . . . verzeihen Sie . . . schon einmal . . . !"

Hier macht der Presseprofessor bewußt eine Pause. Er nutzt sie, um mit einem spöttisch-anstachelnden Blick einen Energieschub bei dem Intendanten auszulösen und gleichzeitig dessen Rücksturz in eine unangenehme Erinnerung einzuleiten. „Seien Sie unbesorgt, Herr Intendant, für mich ist die leidige Angelegenheit erledigt wie auch für die Partei. Ich komme nur ungern darauf zurück. Sie müssen verstehen: Wir, ich will sagen: der Presserat der Partei und ich, möchten Ihrer Loyalität sicher sein dürfen. Verstehen Sie mich recht: Wir haben zu keiner Zeit die gute Absicht verkannt, die Sie geleitet hat, die rundfunkpolitischen Interessen unserer Partei gewissen kommerziellen Erwägungen eines Kreises von privatwirtschaftlichen Unternehmen unterzuordnen. Die Wettbewerbssituation in der Funkwerbung, besonders in der Fernsehwerbung ist angespannt. Und Konzentrationsabsichten empfahlen sich da geradezu. Aber . . . " Bonvivat umschreitet den Schreibtisch des Intendanten leichtfüßig, in einer theatergefälligen Pose: „Wir sind uns doch einig, nicht wahr? Der Verkauf unserer Werbetochter ‚Hansa-Studio' an den Konzern wäre eine gesellschaftspolitische Katastrophe gewesen, in ihrer Auswirkung nicht einmal in den dunkelsten Farben zu schildern . . . !"

Der Intendant steht vor der Schwelle des einsetzenden Kollapses. Er darf sie nicht überschreiten. Bonvivat beeilt sich deshalb, hinzuzufügen: „Ach, was: olle Kamellen! Wir stehen vor neuen Aufgaben. Von viel größerer Bedeutung. Und ich freue mich, daß Sie, Herr Intendant, mit mir zusammen an ihrer Erfüllung arbeiten werden."

Bonvivat sieht deutlich, daß der Intendant versucht, ein Schluckbedürfnis zu zügeln. Er schluckt gewissermaßen trocken. Ein sicheres Zeichen dafür, daß die physiologischen Funktionen noch immer willensmäßig beherrscht werden, daß der Bruch zum Wegsein, zum völligen „Out" noch nicht da ist. Noch sind Reste von willensgelenkter Selbstentscheidung vorhanden.

Der Intendant bemüht sich in diesem Augenblick noch einmal, die Ordnung seiner Gedanken zu beweisen. Erkennbar sprechgehemmt, aber noch frei von Lallen, fragt er: „Was ist das für eine Studie, was beweist sie?"

Der Professor antwortet hastig, wie mit einem Hurraruf: „Sie ist ausgezeichnet! Sie beweist, daß bestimmte Gruppen, allen voran der Konzern, unseren Rundfunk in die Hände zu bekommen trachten, um mit ihm ebenso gigantische Umsätze machen zu können, wie mit dem Straßenblatt und der familienverdummenden Programmzeitschrift, die mit Tugend Bretter vor die Köpfe nagelt. Aber nicht zum Wohle unseres Volkes, sondern zum Segen der Konzern-Kasse!"

Bonvivat hat sich vorgebeugt, als wähnte er den Intendanten schlafen. Soweit ist es noch nicht. Er sieht es an dem Kaninchenblick des Mannes, der wie in einer Meditationspause am Schreibtisch sitzt. Nur die Atmung zeigt an, daß er im Wechsel des Gesprächs noch mithält, wenn auch nur mit gelegentlichen Prustern, die sowohl als Antwort wie auch als Verneinung gelten können.

„Verstehen Sie? Hier setzt unsere Aufgabe ein, unaufschiebbar. Wir können nicht zusehen, wie alles Denken, Fühlen und Wollen unseres Volkes dem gewinnsüchtigen Streben einer kleinen Gruppe von Großverdienern untergeordnet werden sollen. Für die Bewußtseinsbildung unserer Gesellschaft im Sinne unserer sozialistischen Zielsetzung muß unsere Partei allein Mittel in der Hand haben, die ihr Rundfunk, besonders das Fernsehen, in einmaliger Weise bieten. Nutzen wir sie nicht, ist der Traum von einem sozialistischen

Deutschland ausgeträumt. Wir werden es dann mit der Kommerzialisierung aller Gefühlswerte unseres Volkes zu tun haben!"

Der Luftausstoß des Professors nach diesem dialektischen Alleingang ist so kraftvoll, als käme er von einem Wal. Der Intendant hält sich unverändert in Buddha-Starre. Sein Körper ist leicht nach vorne geneigt. Die Hände liegen verschränkt auf der Schreibtischunterlage, aus deren Lederumrahmung Merkzettel ragen. Weil die Augen des Intendanten fast blickleer erscheinen, überrascht die Stimmfülle, die, wie nicht zugehörig zu diesem Menschen, aus einem sich wie mechanisch bewegenden Mund kommt: „Es wird einen Kampf bis aufs Messer geben!"

Bonvivat kann die Überraschung nicht verstecken. Überrumpelt schiebt er den Kopf vor. Ihm war es vorgekommen, als habe eine Statue zu sprechen begonnen. Er fängt sich schnell und findet eine Erkenntnis der Rauschpathologie bestätigt, daß die Betäubung des Geistes von einem bestimmten Trunkenheitsgrad an schwächer läuft als die des Körpers. Die erstaunliche Reaktionsfähigkeit seines Partners beweist es.

„Sie wollten mir erklären, welchen Sinn die Studie hat und was sie beweist!"

Der Professor, der mit seinen Gedanken weit voraus geeilt war, verfällt vor Verblüffung ins Schreien: „Ich habe schon versucht, Ihr Verständnis dafür zu wecken, Herr Intendant, daß die Studie einem enggezogenen Kreis allein bekannt bleiben soll. Sie ist von so großer, grundsätzlicher Bedeutung für unsere Partei, für die künftige Gesellschaftspolitik in unserem Lande, daß ihre Grundgedanken so gut wie ein staatspolitisches Geheimnis gehütet werden müssen. Des unbedingten Erfolges wegen, mein Lieber!"

Mit dieser Wendung beobachtete Bonvivat den Intendanten besonders scharf. Aber er rührt sich nicht. Von ihm kommt kein Einspruch, keine erkennbare Mißstimmung, wie sie aus Betrunkenen hervorbricht, die noch nicht völlig außerhalb des Bewußten stehen, die noch ansprechbar sind für Reize der Selbsteinschätzung.

Bonvivat fährt fort: „Wir werden einen Zweifrontenkrieg führen, mit zwei Waffensystemen, die den Gegner, den Konzern, zermürben sollen!"

Wieder läßt Bonvivat einen Schnaufer von sich, wie Bullen ihn in der Nähe von Kälbern ausstoßen, oder wenn neckende Spaziergänger Toreromut beweisen. „Ziel dieses Zweifrontenkrieges wird es sein, den Konzern finanziell zu schwächen, ihm die Flausen, sich auf dem Fernsehmarkt zu tummeln, vor allem im audiovisuellen Geschäft, auszutreiben. Dazu ist es notwendig, die finanzielle Unabhängigkeit unseres Rundfunks zu erhalten, seine Vormachtstellung zu sichern, also: damit zugleich seine Fähigkeit, unsere gesellschaftspolitischen Aufgaben durchzusetzen.

In diesem Augenblick erfährt Bonvivat ein weiteres Beobachtungsresultat der Rauschpathologie in eigener Anschauung, das die Ärzte selber immer wieder in Staunen versetzt. Es ist in der Alkoholikerforschung eine konstante Größe, eine dominierende Gewißheit, daß die toxikologische Denklähmung zugleich als eine Transparenz für die Ursache der Trunksucht wirkt. Sie erklärt die befreiende Flucht in die Wirklichkeitsverschönerung als ein Getriebenwerden, weil die tatsächliche Wirklichkeit feindlich erscheint.

Wie erscheint sie dem Intendanten? Er gibt mittelbar eine Antwort darauf. „Ich verstehe nicht, weshalb Sie so sehr ins Grundsätzliche gehen wollen. Es gibt doch einfachere Mittel, gegen den Konzern anzutreten, mit beweisbaren Einzelheiten, die stärker ins öffentliche Bewußtsein dringen würden!"

Den Professor beschäftigt für Augenblicke der freie Redefluß des Intendanten. Er hat ihn für nicht mehr möglich gehalten. Es geht Faszination davon aus, eine Offenbarungsbreite, die einem glückhaften Forschermoment vergleichbar ist. Aber Bonvivat begeht den Fehler, den Nüchterne leicht begehen. Er reflektiert aus der selbstverständlichen Deutung, daß der Intendant dennoch betrunken ist, also: unfähig, urteilen zu können, zu wissen, was er sagen soll – und was er sagt. Deshalb ist der Professor unachtsam forsch: „Ach was, hören Sie mir doch zu!" Bonvivat hat einen zu groben Keil genommen. Kein Wunder, daß ihn die Worte des Intendanten wie Keilsplitter treffen.

„Hören Sie lieber auf mit Ihrem ‚Ach'. Wem wollen Sie weismachen, daß es auf Ihre Studie ankommt, auf Ihr Konzept, ob Sie das nun gesellschaftspolitisch nennen oder Arschwischtheorie. Das bleibt sich gleich. Hier an der Front, im Äther und auf Papier werden die Schlachten geschlagen, nicht mit Finten und geheimen Beschlüssen. Haben Sie eine Studie, Herr Bonvivat, wie der Funk sich gegen die Keilhiebe wehren soll, die der Konzern austeilt?"

Bonvivat sieht die Lava der Befreiung auf sich zufließen, ein bleigleißender Glühstrom von erschreckender Brennhärte. Er darf den Intendanten jetzt nicht bremsen. Ihm wird sich dieser Mensch jetzt in einer nie wiederkehrenden Weise entblößen. Und er wird einen ungewöhnlich weiten Blick in die Internas des Funks tun können.

„Sitzen Sie einmal auf diesem Stuhl, Sie Theoretiker, und empfangen Sie die Schläge, die nur ersatzweise den Intendanten treffen, mit Kritik, die nicht Kritik, sondern Haß ist. Getroffen werden sollen aber der Hörfunk, das Fernsehen, die öffentlich rechtliche Anstalt, die beides veranstaltet. Die Bastion, die unablässig bestürmt wird, ist das Monopol, dessen oberer Statthalter ich bin. Ich bin aber nur der Prellbock, empfange die Schläge als ein Esel, dessen Müller der ganze Scheißrundfunk ist, das piekfeine Haus, das als Institution keiner angreifen kann, weil es unangreifbar ist, verfassungsgeschützt, geldherrlich in seiner Schatzkammergröße. Aber wir, die Prellböcke, ich, der Gehörnteste von allen, sollen die Peitsche ertragen, die nicht dem Intendanten gilt, vielmehr dem Apparat, dessen höchster Repräsentant ich bin!"

Endlich! Wie bei allen Trinkern endet der Ausbruch des Gefühlsvesuvs mit dem Erkalten der Schlacke. Bonvivat, zuerst betroffen, beinahe gelähmt von der unvermuteten Eruption des Intendanten, sieht einen verglühenden Kern, einen porösverglimmenden Aschenberg.

Jetzt, nicht früher, müssen die Klemmkeile späterer Gefügigkeit eingeschlagen werden. Der Professor holt unverdrossen aus: „Selbstmitleid ist kein guter Ratgeber. Sie brauchen sich nicht zu einer Abwehr aufzuraffen. Sie haben die Partei, Sie haben mich. Wir beraten Sie gern. Nicht bevormundend. Helfend, freundschaftlich. Aber . . . "
Emilio Bonvivat hat Glück, nein, er nutzt eine Brücke, die auch ohne seine Hoffnung begehbar gewesen wäre: Der Intendant behält jetzt, ungeniert, die Flasche in der Hand.

„Freundschaftlich, sagte ich. Ja, als Freund möchte ich Ihnen sagen, unverblümt sagen, wo Sie verwundbar sind, über lange Zeit verwundbar bleiben werden, wenn nicht gar für dauernd: Es ist Ihre Verlorenheit an den Alkohol, Herr Intendant!"

Jetzt müßte der Knall kommen, ein Platzen von fürchterlicher Abwehr. Nichts. Nur die hilflos abschneidende Geste des Intendanten: „Ach, Quatsch!" Der Professor wertet sie als ein sicheres Zeichen unwiderruflicher Versumpftheit.

Mehr mechanisch als überzeugt von dem Nutzen, erwidert Bonvivat: „Nehmen Sie sich zusammen, bitte!"

Auch Nüchterne haben ihre Schutzengel. Der Professor erkennt, daß er nicht alles deuten kann, schon gar nicht die erstaunliche Hellwachheit des Intendanten, die auf eine unheimliche Weise vorherrscht.

„Warum soviel Grundsätzlichkeit, Herr Bonvivat? Wir können es leichter haben. Ohne die gewichtigen Parteibeschlüsse. Warum gehen wir den Konzern nicht mit den Schwertstreichen der Überführbarkeit an? Links, rechts, so wie sie fallen: Volksaufhetzung, Volksverdummung, sittliches Verderben durch fortwährendes Schüren niederer Instinkte. Exhibition in Wort und Bild. Lügnerische Darstellungen von Leserwünschen solcher Abartigkeiten. Nein!" ... Der Schrei ist shylock-grauenhaft. „Nennen Sie mir einen Tag, an dem der Konzern in seinen Zotenzetteln nicht die lüsterne Darstellung einer Vergewaltigung auskostet."

Ein Rülpser korrigiert die verblüffende Gedankenspanne des Intendanten. Er gibt Bonvivat Gelegenheit, seine Denkintensität zu steigern, sich zu fragen, worauf der Intendant hinaus will. Da gibt dieser, hastig-verheddert, die Erklärung selbst. „Wir brauchen keine Parteistrategie. Das einfache Leben macht es uns leichter. Das Wissen nämlich, daß die Waffen überall gleich sind, vielmehr ihre Verwendbarkeit, oder, noch deutlicher: ihre Verwundbarkeit!" Ein Staudammsturz hat eingesetzt: „Pflichten Sie mir doch bei, Herr Professor. Die Situation ist unerträglich geworden. Sie ist total vergiftet!"

Es ist nicht das erste Mal, das ein Nüchterner sich dem Betrunkenen unterlegen fühlt. Das geschieht meistens nur augenblicksweise, kaum selbst begriffen. Auch Bonvivat braucht mehrere Sekunden, um sich aus der Gefahr der Selbstaufgabe zu lösen. Sprechgehemmt, wie der andere es eigentlich sein sollte, entgegnet er zögernder als gewollt: „Ihre Lage ist mir bekannt. Die Angriffe des Konzerns auf unseren Rundfunk, seine Attacken gegen einzelne seiner Persönlichkeiten, unsachlich, oft verletzend, sind nichts Neues. Aber: Wie wollen Sie dem begegnen? Oder, genauer: Warum haben Sie sich nicht schon viel früher zur Wehr gesetzt?"

Wer den Giftzahn bricht, braucht sich vor dem Biß nicht mehr zu fürchten. Jetzt ist Bonvivat wieder an der Oberfläche. Er sieht den Intendanten gegen den eigenen Sud anschlucken, den die Frage nach der Abwehrwilligkeit aufgewühlt hat. Noch nicht weinerlich, aber dem heulenden Elend schon gefährlich nahe, fragt der Intendant: „Wie hätte das geschehen sollen, mit welchen Mitteln? Wir können nicht auf die Szene gehen!"

Der Professor hat mit keiner Bewegung in seinem Gesicht zu verstehen gegeben, was er denkt. Aber der Intendant scheint es geahnt zu haben. „Gewiß, wir haben die besseren Instrumente, die wirksameren Mittel. Aber in eigener Sache?"

Jetzt greifen die Hände des Intendanten unkontrolliert heftig ins Haar, wie bei plötzlichem Kopfschmerz. „Sie wissen doch selbst, Herr Professor: Neutralitätsprinzip, Verhältnismäßigkeit der Mittel, Anstalt des Öffentlichen Rechts!"

Der Intendant gleitet ab ins Weinerliche: „Ich habe alles versucht. Jedes vermittelnde Wort blieb unbeachtet. Die Anwürfe, hautpsächlich aus den Redaktionen des Konzerns, wurden häßlicher. Oft waren sie beleidigend. Wir haben zu glätten versucht, richtig zu stellen. Wir suchten besseren Kontakt, luden zu Besprechungen ein, oft in einen angenehmen, gastgeberisch großzügigen Rahmen. Die Damen und Herren der Konzernpresse genossen das. Aber es blieb bei den verletzenden Ausfällen!"

Bonvivat hat genug. Er möchte das Thema beenden. Seine Taktik hat sich bewährt. Der Intendant ist nicht mehr Herr eigener Entschlüsse. „Ich habe veranlaßt, das der Senderat zu einer Sondersitzung zusammentritt. Ich werde dann die Einzelheiten nennen, die unsere künftige Rundfunkpolitik bestimmen sollen!"

* * * * *

6

Die Atmosphäre des Konzerns verdichtet sich nicht nur aus seiner publizistischen Spannung. Mehr als von seiner journalistischen Position, werden die Gemüter von der gesellschaftspolitischen Haltung des Konzerns bewegt. Er nimmt Einfluß auf die Parteien, auf die Gesetzgebung, auf das Leben des einzelnen.

Das ist der Grund, weshalb das geschriebene Wort dem Hause nicht weniger Ruf gebracht hat, als es seine Machenschaften taten. Diesen negativen Rang nährt der Klatsch in einem Ausmaß, daß sich an ihm das Sinnbild von der Puppe in der Puppe erfüllt. Der Hechel strömt, die Internas wuchern. Der eine Kitzel bedingt den nächsten.

Der Konzern selbst beliefert beinahe täglich den Gerüchtebedarf: mit Umsatzgipfeln aus Superbilanzen, die schaudern machen und Lottogelüste anstacheln. Mehr noch beflügeln seine Personen die Phantasie. Geheime wie öffentliche Affären des Hauses könnten die Spalten der konzerneigenen Publikationen füllen. Das Straßenblatt nicht ausgenommen. Es könnte sein Championat, der mächtigste Gulli für alle menschlichen Ausscheidungen zu sein, allein mit hausinternen Thrillern festigen.

Obenan stehen die Magnaten-Geschichten der Konzernherren. Mit allem neuzeitlichen Beischmuck, als da sind: enormer privater Grundbesitz. An den begehrtesten Sonnenplätzen. Herrliche Schneedomizile in Prominenten-Enklaven. Luxusvillen in exklusiven Westend-Vierteln. Yachten, Jagden, Jets. Teure Autos mit Schlaffonds und Beischlafkomfort (Stemmsteigeisen). Frauen, schön und jung. Verheiratete Frauen, geschiedene, angetraut zur Rechten wie zur Linken, für Stunden, länger, auf Leibrente, abgefunden mit Geld oder Karrieren. Pensionen, Vater und Mutter eingeschlossen. Schweigegeld, Schweinegeld . . .

Es gibt nicht nur die Geschichte der Konzernherren. Die Wortmacher, die Wortreichen, die Manager der Kolumnen, der Leitartikel, der Glossen, der Glanz- und Gloriakommentare, die Zeilen produzierenden Umsatzstemmer, kraftvoll wie Atlas, die Welt tragend, können auf Nachsicht rechnen, auf Vertuschung, falls es zu einem Skandal kommt. Es gibt nicht wenige Skandale.

An diesem Vormittag durchdringt ein gellender Schrei das Haus, so schrill, wie nur stechender Schmerz ihn löst. Er verebbt bald darauf in Stöhnen und Wimmern. Ein paar Türen waren aufgerissen worden. Aber bevor die Aufgeschreckten erfahren hatten, was vorgefallen war, saß die junge Schreibkraft Ingrid Valter abgeschirmt im Vorzimmer des Feuilletons.

Noch weint sie still vor sich hin. Es ist nicht zu erkennen, ob die Worte sie erreichen, mit denen die Uhse, eine ältere Bürohilfe, auf sie einspricht. Die Art, wie die Valter vor ihr sitzt, läßt auf Unterleibsschmerzen schließen. Die Uhse weiß, woher sie rühren, was geschehen ist. Sie wird nichts sagen. Niemandem! Wer immer auch dananch fragen wird. Die Angst, daß sie fragen werden, macht ihr die gleichen Beschwerden. Sie ist hilflos dagegen, daß sie plötzlich alt aussieht. Viel älter, als sie ist. Strähnig, weil das Haar erschlafft ist, gedunsen, rot im Gesicht, steht sie vor dem weinenden Mädchen und wiederholt die Worte: „Es wird gut, es wird alles wieder gut. Ruhig, nur ruhig!"

Die Uhse fühlt, daß sie eingreifen sollte, abschirmend auch gegen die Betriebshelferin Kunze. Sie kann es nicht. Sie ist kraftlos, wie gelähmt. Die Kunze, eine Milch-und-Blut-Blondine, lebensfest und gewerkschaftsgesichert, war resolut hereingekommen, durch irgendwen alarmiert, und hatte mit einem Blick erkannt, was los war, wenn auch, zum Glück, falsch. Denn sie weiß mit Sicherheit, daß Fräulein Valter einen Blutsturz erlitten hat. Eine Folge von etwas, was man sich denken kann. Weshalb die Kunze ohne zu zögern den Unfalldienst anruft.

Der Uhse war die Hand, die der Kunze den Hörer entreißen sollte, untätig in der Luft stehengeblieben, so blieb auch ihre Mahnung: „Nicht doch, um Gottes Willen!", ungehört. Die Uhse leidet. An dem jetzt apathisch greinenden Mädchen und an dem Mann, der in diesem Augenblick, hilflos, gestört in seinem Gedankenflug, durch das von Samowardünsten erfüllte Zimmer irren mochte. Sie empfindet deshalb Erleichterung, als die graue Decke die schwachentwickelten Glieder der Valter einhüllt und uniformierte Helfer die Bahre auf den Flur hinaustragen. Wieder kommen die Neugierigen zu spät aus ihren Zimmern.

Ingrid Valter war Stenotypistin im Schreibdienst des Feuilletons. Warum war? Sie war es! Es gibt wenig Hoffnung, daß sie es wieder sein wird. Wahrscheinlich wird sie nie wieder vor dem nicht abnehmenden Stapel von Manuskripten sitzen: Auszüge, redigierte Romanfragmente, gekürzte Kurzgeschichten, Rezensionen, Kunstdeutungen, Abrisse – manchmal Gedichte.

Bei Gedichten verweilte die Valter. Da machte sie Schreibpausen. Um zu lesen. Gedichte waren ihre Träumereien. Nicht nur als Lesegenuß, nicht als entspannender Ausflug in Wortbilder. Sie möchte selber Gedichte veröffentlichen. Geschrieben hat sie schon welche.

Das kleine, blaßdünne Mädchen greift an diesem frühen Vormittag in das Schubfach ihres Maschinentisches. Hinter dem Blaupapier, verborgen, zwischen Faltdeckeln, liegen einige Seiten, rhombisch beschrieben mit Wortblöcken, teils eng verdichtet, auch fließend. Die fremden Gedichte liegen auf dem Abschreibstapel. Dutzendware. Das Mädchen liest seine eigenen.

Sie sind schön. Sie glaubt es. Sie weiß es. Darum hat sie es bislang ausgehalten in dem Stumpfsinn fremder Wortklauberei. Und weil der Mann da ist. Der gute, alte Mann. Der weise Mann. Er hat ihr Mut gemacht, als sie einmal, von dem Wagnis selbst wie in einem Würgegriff gehalten, zu ihm gegangen war, einen Schreibbogen in der Hand. Darauf zwei ihrer Gedichte. Er hatte gelesen. Nicht lange, wie ihr schien. Aber dann war sein Blick von dem Papier zu ihrem Gesicht gewandert. Sie hatte freundliches Verstehen darin gelesen und es als eine ihre Persönlichkeit umfassende Notwendigkeit empfunden, daß er sie berührte, näherkommend, tastend wie ein Blinder. „Zeigen Sie mir mehr, Kind. Lassen Sie mich andere sehen. Sie haben doch andere?" Dabei ließ er die Frage bänglich in seinem Gesicht verharren. Sie hatte freudig-erschreckt genickt: „Oh, ja, ich habe andere!"

Er hatte ihr die Wange getätschelt. Güte im abgewendeten Blick. „Kommen Sie bald!"

Ingrid Valter mochte es zunächst nicht wagen, ihn, den großen alten Mann, den Literaturgewaltigen, aufs neue mit ihren Wortlinien zu behelligen, sie ihm zu zeigen, sie vorzulegen, vorzusprechen. Durfte sie es wagen, dem Meister des gemeißelten Wortes, einen der Großen der Kritik, mit ihrer Früheernte zu kommen, mit ihren Empfindungsausstößen aus einer engen Umwelt, hervorgebracht hinter dem Kramladen ihres Elternhauses? „Kommen Sie bald!"

Dies wäre eine günstige Stunde. In den Redaktionsräumen herrscht noch Stille. Erst am Vormittag wird es in den Nischen lebendig, deren Glaswände mit Plakaten, Postern und Schutzumschlägen gängiger Bücher behangen sind. Sie sind zugleich Wegweiser in die Ressortsabteilungen: Bildende Kunst, Plastik, Malerei. Dort Musik, populäre, avantgardistische und solche zum kotzen. Sie nennt sich volkstümlich und heißt Operette und Stimmungslied. – Dann das Wort. Das einfache Wort, das klare Wort. Das intellektuelle, zugespitzte, verschrobene Wort. Und das entleerte, blutlose, strohgewordene Wort. Dann noch das peitschende, schlitzende, bloßlegende Wort. Wie auch das Hammerwort.

Das Mädchen nimmt sein schönstes Gedicht. Es handelt von Daseinsfluch, aber auch von Liebeserwarten. Sein Versrhythmus ist unruhig. Wie Vogelgefieder. Fröstelnd zwischen Triebe und Liebe, Zerrissenheit. Sein ohne Ufer, ungelebt. Undurchdacht, aber warmstreifend wie Hauch. So flüchtig wie dieser. Ingrid Valter weiß es, ohne es sich einzugestehen. Sie will sich nicht wehren. Was da hervorbricht, ist lebensnäher als Furcht, Bedenken, Zauder. Sie blickt sich um. Leere Räume. Nur dort, hinter jener Wand, angrenzend, ist Leben. Und Wissen. Dort liegt das Zimmer des gerühmten Biographen der alten Prager Schule. Er hat gesagt: „Kommen Sie bald!"

Sie liest und wünscht und träumt. Und steht auf von ihrem Platz, um hinüberzugehen. Erst einmal an die Wand. Um zu horchen. Sie glaubt, es rascheln zu hören. Durch die Wand hindurch. Das kann nur er sein. Er muß es sein. – Aber das hier, diese Käfige, die Kabuffwände, der Geruch von Büchern, von Leim und abgestandenem Rauch, säuerlich durchsetzt von Bierdunst, leeren Flaschen entströmend, die an der Wand aufgereiht sind als Pfandposten, das ist die Wirklichkeit. Darin hat sie zu verharren, auszuharren, in vorgeschriebener Dauer. Und wenn sie ausbricht? Der Gedichte wegen. Und wegen etwas, das nicht losläßt.

Wieviel Zeit bleibt ihr noch? Sie müßten bald kommen. Die Herren Redakteure. Zuerst der Mergeltyp mit seinen Vater-Unser-Wangen. Sohlenleise, wie jeden Tag. Von ihm sagen sie, er sei Brechtschüler. Er schreibt wie Tropfenfolter, was unglaublich wird, wenn er spricht. Er sächselt. Er kommt von drüben und hat von dort messerscharfe Dialektik mitgebracht, mit der er jetzt rote Wortgewalt zähmen will. Und soll. Der Konzern ist wild darauf.

Ingrid Valter rafft die Gedichte an sich. Diese Spitzfindigkeiten stammen nicht von ihr. Sie gingen ihr durch den Kopf, weil das Gehörte sich eignet, die Angst einzuengen, die mahnt, am Platz zu bleiben. Aber da ist der Mann, körperlich kleiner zwar, aber größer als alle, an den sie denkt, immer gedacht hat, dessen mosaischer Kopf ihr vor Augen steht, seine guten Augen darin und der gesagt hat: „Kommen Sie bald!"

Es ist nicht weit. Sein Zimmer liegt neben dem Paternoster, ein wenig davor, was günstig ist. Sie kann tun, als ob sie einsteigen will, wenn jemand in der Nähe ist, der sie stört. Es ist niemand da. Trotz der Hast, die sie treibt, verharrt sie vor dem Schild, das er, oder ein

Witzbold, neben seinem Eingang aufgehängt hat: „Disorder your clothes before entering." Es dringt nicht in ihr Bewußtsein, dieses winzige Rotlicht, das das Leben nicht stoppen kann.

„Herein!" Sie sieht ihn, gebeugt über Schriftliches. Die Sorge, zu stören, läßt sie zögern. Er ist so beschäftigt, mit Wichtigem. Seine Persönlichkeit, sein Name, sein Ruf. Er ist groß. Nicht die Gestalt. Nein, gewiß nicht. Sie ist eher klein. Und halslos. Die Schultern hängen tief. Die Füße stehen auswärts. Sie sieht es jetzt, wo er aufgestanden ist. Komisch! Das aufkeimende Lachen bleibt in ihrem Innern gefangen, mühsam gebändigt. Da sind die Gedichte. Sie ist da. Und sie hört ihn sagen: „Kommen Sie!" Er hat ihre Hand genommen und führt sie an den Tisch, auf dem, beruhigend, eng beschriebene Blätter liegen. Seine Gedanken.

Ingrid Valter nimmt süßlichen Duft wahr. Was ist das? Blumenduft? Sie sieht keine Pflanze in dem von Büchern wandum vollgestellten Zimmer. Sie sieht die Couch, auf die er sie weist. Da ist immer noch der Geruch. Vielleicht Eßbares. Frühstückt er? Er kommt früher. Früher als die anderen. Dort, das Glas ist es. Gefüllt mit einer goldmatten Flüssigkeit. Moussierend? Auch er riecht danach. Eben, als er ihr nahe war, hat sie es gemerkt. Auch seine Stimme muß damit zu tun haben. Sie ist nicht frei, eher wie belegt. Oder gelähmt? Nein, sie muß sich irren. Er hat sich fest in der Gewalt: „Wie reizend von Ihnen, mein Kind, mich zu besuchen, mich Einsamen. Ich habe auf Sie gewartet. Lange schon. Lassen Sie sehen!"

Sie gibt ihm die Blätter, die in ihrer Hand feucht zu werden beginnen. Warum diese Unruhe? Wie unnötig. Er ist ans Fenster getreten, näher zum Licht. Rührend, die Brille, die ihm auf der Nasenspitze sitzt. Warum puckhaft? Er liest, wobei seine Lippen sich bewegen. Er rezitiert. Stumm. Die Arme bewegen sich, wie zu einer Melodie. Dazu summt er. „Gut, ausgezeichnet, wunderbar. Einfach herrlich! Kind, ich sage Ihnen . . ."

Das Kind ist gebannt, verwirrt. Es kann nicht begreifen. Es sind ihre Gedichte, die wunderbar sein sollen. Sogar herrlich. Er sagt es. Er steht vor ihr und wiederholt: „Wunderbar, richtig empfunden, gelöst, ungebunden, schwebend. Reiner Ausdruck. Seele, die sich hingibt."

Sie sinkt wie im Strudel. Er hält ihre Hand, macht Schritte, wie im Tanz. Spreizfüßig. Ein Menuett der Begeisterung. „Sie sind entdeckt, mein Kind. Ich sage es. Nicht von mir. Von sich selbst. Hier, nehmen Sie. Wir müssen darauf anstoßen. Jetzt. Gleich. Ein schöner Tag. Ein feierlicher Augenblick. Entdeckt!“ Sie nimmt das Glas. Er hebt das seine. „Auf eine glückliche Zukunft. Auf eine große, freiere Zeit. Ein Prosit der Dichtkunst. Trinken Sie! Trinken Sie!“

Sie fühlt seinen Kuß. Im Überschwang seiner Anteilnahme mehrmals. Er dreht sie, zieht sie an sich. Preßt sie. Das Glas ist leer. Das goldgelbe Wasser, das ein wenig seifig schmeckt, tut schnelle, wohlige Wirkung. Und es tut gut. Genau wie seine Worte. Wieder hat er zu rezitieren begonnen, beinahe auswendig. Er läuft auf und ab, tänzelnd. Dann bleibt er stehen. „Nein, Sie müssen selbst lesen, mein Kind. Sicher, selber, Ihre Zeilen. Mit Ihrem Rhythmus. Ich höre! – Nein, halt! Nicht so! Niemand darf uns stören, niemand diese Stunden entweihen. Ich schließe die Tür!“

Sie liest und er summt. Dabei wiegt er sich, wiegt sie, sie umfassend. Sie geht mit, widerstrebt nicht, schmiegt sich an, rhythmisch, ungehemmt. Wenn nur der Geruch nicht wäre. Aus dem Glas, von ihm, aus seinem Mund. Und wieder ein Kuß. Auf ihren Mund. Das geht nicht ...

Aber da sind die Gedichte. Ihre guten, herrlichen Gedichte. Er sagt es: „Ihr Weg ist frei. Sie werden schenken, Kind. In Worten, in wunderbaren Worten!“ Sie läßt ihn halten, fassen, festhalten, drükken. Das ist sein Urteil. Es gibt keinen Berufeneren. Sie wird ihn brauchen. In Zukunft. Nun steht sie neben ihm. Halb sitzend, gegen den Schreibtisch gelehnt. Er vor ihr, den Kopf hörend zur Seite, wie verzückt: „Fahren Sie fort!“ Wieder liest sie. Seine Hand liegt auf ihrer Brust. „Atmen, frei atmen! Das Wort braucht Freiheit. Entbundenheit!“ Sie liest. Es ist wie ein Rausch, wie Träume, wie auf der Bühne. Sie fühlt ihn tasten. Über das Zwerchfell, drückend. Er atmet mit ihrem Wortfall, hebend, senkend. Er surrt und summt um sie her. Auch im Innern. Das macht frei, von allem. Von Hemmnissen. Was sollen die? Er ist gut. Er ist berufen. Nennt ihren Namen, ruft ihn. Nein, er flüstert: „Ingrid, mein Kind, es ist so schön! Fühlen Sie es, das Wort? Von nun an für immer!“

Jetzt will sie nichts mehr. Nichts anderes. Sie fühlt sich frei. Nur noch das Wort. Vorbei die Fron, die Abschreibeberge. Von dem Nichts, das sie war, bis zu diesem Augenblick. Er sagt es. Und meint es. Sie hört es. So seltsam drehend. Wie Tanz. Aber wahrhaft. Deutlich zu fühlen. Seine Hand hat sie gefunden. Nichts ist länger Wort, nicht mehr Klang. Nur Strömen.

Dann der Stich, das Messer, der Schmerz. Und der Schrei, den sie ausgestoßen hat. Sie sieht auf ihn, an ihm hinunter. Es war kein Messer. Sie flieht gegen die Tür. Der Schlüssel müßte brechen, so gewaltsam ist der Ruck. Hinaus, über den Flur. Zurück ins Zimmer. Die Uhse fängt sie auf.

* * * * *

7

Die Radio-Sinfoniker haben Orchesterprobe. Sie ist auf Zehn Uhr angesetzt. Es ist einige Minuten vor Zehn. Die Musiker eilen durch das Funkportal in den Studiohof. Es sind die vom kleinen Blech: Trompeten, Hörner, Posaunen; und die vom kleinen Holz: Flöten, Klarinetten. Und die Steicher.

Rupert Berger sieht vom Lichtgang der Traktbrücke, die das alte Funkhaus mit dem Flügel der neuen Intendanz verbindet, den eilenden Musikern zu. Ihn amüsiert die Hast der Nachzügler, die ihre Instrumente wie Puppen halten und behutsam stapfen, als läge Schnee. Es ist ein kalter Februarmorgen. Von ihren Mündern wehen Atemfahnen.

Berger muß sich tief über die Blumenkrippen beugen, um die Männer in die Synagoge eintreten zu sehen. Er preßt sein Jackett gegen den Unterleib. Die Blüten der Exoten unter ihm sollen keinen Schaden erleiden.

Er spürt am eigenen Leibe, wie wohl es den Musikern tut, von der Wärme des Hauses umhüllt zu werden, in das sie eintreten. Wenig später sieht Berger im Licht der Mattglasscheibe Schatten spielen. Das Orchester hat begonnen, die Instrumente zu stimmen und Passagen zu üben. Nach draußen dringt kein Ton. Die Wände sind bunkerdick. Dennoch lassen die huschenden Bewegungen hinter dem blinden Glas ihn Musik empfinden. Merkwürdigerweise Marschrhythmen. Sie wecken in ihm ein stummes Selbstgespräch.

Noch immer sagen alle Synagoge. Keiner sagt: alte, oder ehemalige. Sie schreiben es auch. Es steht so auf den Anschlägen am Probenbrett. Auch die Besucher fragen nach der Synagoge . . . Das Gebäude, in dessen Parterre im Augenblick Bruckner geprobt wird, war früher ein jüdisches Gotteshaus. Das ist fünfundvierzig Jahre her. Heute ist es das Refugium der Sinfoniker, die einmal ein eigenes Konzerthaus bekommen werden. Irgendwann.

Berger sinnt weiter: Darin steckt ein religions-philosophisches Thema. Etwa über die Unaufhebbarkeit der Weihe des Hauses, über das untilgbare Siegel seiner ersten Bestimmung.

Das Gebäude hat einmal in Flammen gestanden. Seine Mauern sind stehen geblieben. Der Dachstuhl, die Verkleidungen, alles Holz, die Stuhlreihen waren verbrannt in jener Novembernacht, die die Geschichte eine Nacht des Klaren, des Hellen, Funkelnden nennt: die Kristallnacht! Die Geschichte berichtet nicht von den Löschtrupps, von den Männern und Frauen, denen es gelungen war, die Flammen zu ersticken, trotz der Gefahr für Leib und Leben aus zweifacher Quelle, der des Feuers und der des Hasses.

Das Haus ist Synagoge geblieben. Nicht tatsächlich, nicht seiner Benutzung nach. Aber doch im Bewußtsein der Menschen, wenn hier auch Gedankenlosigkeit, Trägheit mitspielten. Wohl auch ein wenig Spott. Und Lust am Bösen. Selbst der Brand hat nichts tilgen können. Wenn es zunächst kein Haus des freien Gebets mehr war, so war es doch eins des heimlichen. Ohne Kerzen und ohne Gesang zum Sabbath. Das Haus Nummer 51 in der Oberen Straße wurde ein Haus der Erfassung und damit, ungewollt von den Enteignern, ein Haus des Zusammenhalts, der Tröstung. Für ein paar dunkle Jahre war es die Registrierstelle für Juden. Später, nach allem, gab es nicht mehr genügend Menschen jüdischen Glaubens in der Stadt, die das Haus hätten nutzen können. Es drohte, zu zerfallen. Die guten Mieten des nachbarlichen Funkhauses waren sinnvoller.

Es kamen aber welche zurück aus der Vertreibung. Gar nicht so wenige, denkt Rupert Berger. Künstler, Regisseure, Sprecher und Kommentatoren. Diese mit ihren Gedanken zur Zeit, zu großen und kleinen Problemen. Erst gestern wieder. Eine Viertelstunde. Wie an jedem Sonntag. Zu der großen Wiedergutmachung in Geld und Geldeswert, die Wiedergutmachung mit Worten und Wörtern.

Das führt Berger dazu, konkreter zu denken. Im Zeitfunk – sein Blick geht zur Turmuhr hinüber –, der gleich mit dem Hörbild aus der Reihe ‚Alte Völker, junge Staaten' beginnt, wird aus Israel berichtet. Ihm kommt die Kette aktueller Reportagen in den Sinn, über Kommandogefechte, Kibuzze und Kishon. Weinen und Lachen. Und moderner Kitzel, sündighübsch, wie einst Rahel. Aber auch Reue – Revuen über das hierzulande verursachte Grauen, neu inszeniert in Frankfurt unter dem Titel „Auschwitz". Doch häufiger, die nicht minder horrortiven Hurra-Eskapaden in Ton und Bild aus dem Gelobten Land daselbst. Mit Handstreich-Helden am Gaza-Streifen, auf fremden Pisten zwischen Klothen und Beirut, und im Schnellboottempo von Cherbourg nach Haifa.

Aktuelles ist die beste Medizin gegen alte Leiden, resümiert Rupert Berger. Neues macht Altes vergessen. Und: wie sie dir, so die anderen. Also: Aug' um Aug', Zahn um Zahn. Treffen müssen die Schläge. Die Wunden heilt die Zeit. Neue Narben verdecken die alten.

Wenn in ihm der Wortakrobat auftritt, empfindet Rupert Berger

Wehmut. Er hätte es, so redet er sich ein, den Hörern und Sehern besser gegeben. Anders, entschiedener, als es diese Trampolin-Springer tun, die ihr publizistisches Ich mit Rückversicherung verkaufen. Oder doch mit Rückendeckung ihrer Parteien. Den herrschenden, natürlich.

Berger denkt an Trampolin. Und er sieht Leute vor sich, die auf die Füße fallen. Denkt er dabei an die gezähmten Löwen im eigenen Haus? Oder an die Papiertiger in einem anderen? Seine Gedanken eilen einem Thema entgegen, das heute eine große, wahrscheinlich entscheidende Rolle spielen wird.

Also Trampolin: Synonym für schmerzloses Treten. Und Springer? Das Wort weckt Assoziationen: Weitspringer, Hochspringer, Stabhochspringer. Hürdenspringer. Oder heißt es Hürdenläufer? Besser wohl Hürdennehmer. Das sind Springer-Läufer, die stolpern, aber nicht stürzen, obwohl sie reißen. Sie nehmen jedes Hindernis. Keines ist ihnen zu hoch. Auch die Wahrheit nicht! – Klingenspringer!

Berger blickt über den Innenhof des Funkhauses. Unter ihm, auf den Wegen zu den Studios, wird es betriebsam. Autos fahren Schritttempo, strebend, tastend, als suchten sie selber eine Parklücke. Die meisten der Menschen, die aussteigen, werfen beständig mit etwas um sich: mit Schalenden, mit Hallos, mit Gesten. Der Hauptstrom zieht ins Kasino.

Das ist Funkalltag, Alltag im Funk, nüchtern, wie alles Alltägliche. Die Nüchternheit holt auch Rupert Berger aus seinen Gedankenspielen zurück. Er spürt einen ätzenden Reiz im Innern, der mit leichtem Sodbrennen aus seinem Mund entweicht. Es ist jetzt zehn Uhr, und er muß in die Intendanz hinüber. Die Besprechung hat nichts mit dem Pressevortrag zu tun, den er an jedem Dienstagmorgen dem Intendanten über das Presseecho der letzten Woche auf Sendungen von Funk und Fernsehen zu halten hat.

Seit vielen Jahren ist Rupert Berger Pressechef des Rundfunks. Eigentlich müßte es heißen: Chef der Presseabteilung, denn der Funk veröffentlicht nicht selber, wenn man von den periodischen Druckbögen über die Programme absieht. So, als quälten Berger verbotene Gedanken, fühlt er ein weiteres Mal Säure in seinen Mund aufsteigen. Er versucht, während er angewidert schluckt, die gleichzeitig in ihm aufquellenden Überlegungen zu verdrängen: „Verantwortlich für den Inhalt . . . Chefredakteur . . .“ Nein, soweit ist es noch nicht. Und wenn es dahin kommt, wird es einen Knall geben, eine Explosion, mehr noch: eine Katastrophe ...

Der Job des Sprechers liegt Berger nicht nur, er ist sein Ich. Dabei helfen ihm die Finessen eines Hochstaplers mehr, als es die Wendigkeit eines Diplomaten könnte. Er hat beide Masken in der Hand.

Äußerlich ist Berger Durchschnitt. Er ist um die Vierzig, mittelgroß, wirkt ein wenig zu schwer, weil er untersetzt ist. Er kleidet sich gut, ohne elegant zu erscheinen. Die Farben seine Anzüge haben warme Töne. Sie sind vorzugsweise streifengemustert. Feine Fäden mustern auch seine Oberhemden. Bei den Krawatten herrschen Blautöne vor. Sein naturgewelltes braunes Haar ist voll und immer frisiert. Das Gesicht wird von narbiger Haut verschattet. Die Augen sind von distanzierender Helle.

Der Intendant ist sein vierter Dienstherr. Er ist der unauffälligste von den bisherigen. Was das öffentliche Wirken angeht. Der erste, der sich noch Generaldirektor nannte, war ein Kulturdespot und mit einem antifaschistischen Freibrief gut ausgerüstet für die Fraternisation mit den regierenden Engländern. Der zweite war Künstler, ein Könner im Wort, voller Aversionen gegen die ihn fesselnde Verwaltung und von parzivalgetreuer Schweigsamkeit gegenüber Intriganten. Der letzte war verstrickt in sinnloser Redlichkeit, es allen recht tun zu wollen, den gesellschaftlichen relevanten Kräften in der Bundesrepublik. Bergers jetziger Chef braucht das alles nicht. Es genügt, wenn er sich zurückhält. Und er tut es. Er ist ein Parteibuchmann. Seine politischen Freunde halten in zwei der mit dem Funk durch Staatsverträge verbundenen Ländern die absolute Mehrheit und stellen in dem dritten ein solides Gegengewicht zu der regierenden schwarz-gelben Koalition. Der Intendant muß gelegentlich das Pendel regulieren, wenn es allzu auffällig nach links schlägt. Seinem Pressesprecher läßt der Intendant viel freie Hand. Er braucht ihn als Arrangeur gefälliger Selbstdarstellung, er hat ihn nötig als Schild gegen die Kritik. Erstaunlich unerschrocken bis kühl bleibt er, wenn die Wogen der Kritik an das politische Ufer branden, wenn seine Kommentatoren ihre Parteiensympathie allzu offenkundig gezeigt haben. Er verteidigt hartnäckig die These von der Gleichartigkeit der Menschen, was ihr Bedürfnis nach Bildung angeht, und wuchert mit sozialistischen Pfunden in seinem Schulfunk. Darin ist des Lobes kein Ende über den Segen, den die sozialdemokratische Arbeiterbewegung über die Menschheit gebracht hat. Seine Vertrauten halten die Schlüsselpositionen in den Hauptabteilungen „Wort" und „Unterhaltung", wo die unterscheidenden Beiwörter „Politisches", „Kulturelles“ und „Allgemeines“ nicht die Einheit der Tendenz gefährden.

Berger hat sich im Dienste seiner Intendanten als ein Künstler von hoher Wandlungsfähigkeit erwiesen. Als es Mode war und zeitkritisch opportun, die geblendeten Deutschen mit ihren kollektiven Untaten zu konfrontieren, vor allem mit ihrem Unvermögen für politische Weitsicht, da wehrte Berger die heißen Federn ab, die sich einhellig gegen die Perversion der Nestbeschmutzung wandten. Vor allem spießten sie gegen den antifaschistischen Generaldirektor, der ganze Heere von reedukativen Nachhilfelehrern aus der Emigration geholt hatte. Damals belegte Berger den heroischen Einsatz seines ersten Chefs mit Widerstand gegen Hitler-Deutschland mit ellenlangen Reportagen, die er im Nachhinein schrieb, ohne sich um die historische Belegbarkeit zu kümmern. Er ließ sie sich auf den Tischen der Redaktionsstuben anhäufen. Bei Freund und Feind. Irgenwas bleibt immer hängen! Als ihm eine geschichtliche Ungenauigkeit bekannt wurde, gestützt von Dokumenten, erschrak er zwar wegen ihrer beweisenden Ungeheuerlichkeit, aber er ließ sie unter den Tisch fallen. Vielmehr ließ er sich beifallen, das Material unter erpresserischem Druck anzukaufen. Der Preis – im Einvernehmen mit der Generaldirektion gezahlt –: eine Anstellung des Anbieters als Studioredakteur. Der Mann ist noch heute da.

Die Mit- und Nachwelt des verstorbenen Generaldirektors, dessen Verdienste sie mit dem Namen eines schriftstellerischen Preises für Funkautoren lebendig zu halten sucht, hat diese pikante Einzelheit aus der Welt der roten Spionage in allen Einzelheiten nie erfahren: Berlin, Bahnhof Zoo, Bücherkarren des ambulanten Literaturfreundes Hagedorn. Reclam-Heftchen. Seelische und geistige Soldatenkost. Reger Austausch. Unauffälliger Handel. Hölderlins „Hyperion“ wird nur gegen Losungswort ausgegeben. Diese Losung gilt seit der Zeit des deutsch-russischen Nichtangriffpaktes. In der Euphorie der ungleichen Brüderlichkeit begann das Spiel. Es sollte Hitler-Deutschland schaden. Der Austausch von Auftrag und Information geschah mittels Marginalien, mit Bleistift geschrieben, die sich wie Stichnoten eines Studenten lasen, dem das schwere Kriegshandwerk nicht erlaubte, seine Diotima ungestört nachzuempfinden. Planquadrate von Kasernen- und Übungsgelände. Standorte, Ausbildungslager.

Empfänger der Order und Überbringer der Antworten war ein Mann fortgeschrittenen Alters, den der Habitus als Büchernarr auswies und der rührend über Topfpflanzen zu plaudern wußte. Die deprimierenden Nachrichten von den schweren Abwehrschlachten deutscher Divisionen in Rußland nach der Herbstoffensive 1942, in denen die Männer zu Abertausenden fielen oder erfroren, beeindruckten ihn nicht. Er war nur ein Kurier in der Kette der sowjetischen Spionage, der Büchernarr am Bahnhof Zoo. Er starb im gesegneten Alter eines natürlichen Todes und mit Nachrufen, die seine rundfunkpolitischen Großtaten priesen.

Als die Zeitungen gegen den nächsten Intendanten zu keulen begannen und ihm vorwarfen, er lasse die guten Honorare nach dem Burschenprinzip: gleiche Kappen, gleiche Brüder! vergeben und er halte nur liberal-sozialen Gesinnungsfreunden das Hörspiel offen, da parierte Rupert Berger mit dem schönen Aufruf, die deutsche Funkerzählung stünde dem ganzen deutschen Feuilleton zur Verfügung, womit er die Kolonnen der freien Geschichtenschreiber an den Zeitungen als Geiseln gegen die Zeitungshetze setzte. Die Eifersüchteleien schlugen dem Intendanten auf den Magen. Er besann sich seiner schöpferischen Gaben und ging freiwillig.

Dem dritten Intendanten half Berger, Halden von parteipolitischem Gezänk vor der Rundfunktür fortzufegen. Die poltischen Verhältnisse hatten sich überraschend gewandelt. Die Bürgerlichen waren an die Macht gekommen, und der Proporz stimmte nicht länger. Nun sollten Köpfe rollen, mehr als das Programm hatte. Und auch die allmächtige Verwaltung sollte Federn lassen. Aber die führenden Rundfunkköpfe hatten sich schon arrangiert, waren miteinander aufgewachsen, der Intendant, Berger und die anderen Wichtigen, da hieß es: zusammenstehen. Für die vier Jahre. Aber der Intendant konnte gesundheitlich nicht mithalten. Krankheit raffte ihn vom Arbeitstisch, der baldige Tod aus dem Leben.

Berger weiß nur zu gut: sein jetziger Intendant liebt es, er braucht es, hat es nötig, seelisch, potentiell, daseinsklimatisch, sich zu verbergen, sich zu verstecken. Er weiß, wie sehr sein Intendant den öffentlichen Auftritt scheut, die bohrende, spießende Zudringlichkeit des Mikrophons fürchtet. Der Intendant läßt sich von Berger dennoch, notgedrungen, aus den Kulissen holen, wenn neue Sendungen, breiter angelegte Programme, populäre Reihen auf Pressekonferenzen vorgestellt werden. Besonders solche, denen droht, später von der Rundfunkpresse als niveauloser Massenquatsch verrissen zu werden.

Der Intendant meldet sich selbst nie zu Wort. Auch dann nicht, wenn Fragen direkt an ihn gerichtet werden. Gäste halten es für Bescheidenheit, wenn der Intendant suchend um sich blickt und einen seiner Programmverantwortlichen ermuntert, zu sprechen. Sie sind gedrillt, sofort einzufallen, zu antworten, mit überleitenden, oft ablenkenden Floskeln. Nirgendwo, in keiner anderen Funkanstalt, auf keinem Theater, in keinem Kunstkreis, sah man einen zurückhaltenderen Intendanten. Von ihm sind die wenigsten Lebensdaten bekannt. Sein Bildungsgang liegt im Dunkeln. Die gewerkschaftliche Akademie für Politik und Wirtschaft wird genannt. Früher Staatsdienst, zuletzt Regierungsrat in einem norddeutschen Kultusministerium. Unauffällige Positionen lassen zunächst nicht erkennen, daß die Partei ihn fördert. Aber dann bringen die Sozialdemokraten ihren zügeltreuen Schützling auf den Platz, von wo aus er zuverlässig das gesellschaftspolitische Ziel im Auge behalten wird: Funk und Fernsehen, die beherrschenden Instrumente der Masseninformation, müssen uneingeschränkt der SPD zur Verfügung stehen!

Die persönliche Verklemmtheit des Intendanten, die im Funk ungewohnte, seinem Wirken entgegenstehende Introvertiertheit, macht es Rupert Berger schwer, ihn ins recht Licht zu rücken, um so mehr, als er ihn, der jeweiligen Situation angepaßt, mal hervorholen, mal verstecken muß. Immer ist der Konzern sprungbereit. Er will reißen, zerreißen, die Kritik an Personen und Sachen oder er nutzt die Zugkraft der Themen, vom Quiz bis zum Killer. An der Politik, an der des Hauses und an der allgemeinen, entzünden sich die härtesten Kontroversen. Berger muß mit Erklärungen aufwarten, nichtssagend, vielsagend und unerschöpflich. Dabei muß er den Intendanten in Schuhe aller Größen stecken: „Es spricht zu Ihnen der Intendant!“ Oft muß er ihn verstecken im Riesenreich des Radios und ihm eine publizistische Krone aufsetzen: „Der Herr Intendant schreibt gerade einen funkpolitischen Kommentar!“ Das zieht immer. Selbst Berserker von Interessengruppen, in den Parteien, in den Kirchen, neigen vor diesem kreissenden Denkberg ihre zorngeröteten Nakken. Die geborene Maus entkam noch immer unerkannt.

Auch heute wird der Intendant nicht zu sprechen sein. Für niemanden. Vielleicht für mehrere Tage nicht. Aber diesmal wird keine Maus geboren werden. Eher ein Stier. Noch weiß keiner, nicht der Intendant, nicht sein Pressesprecher Berger, wie sehr dieser einmal rasen wird. Aber, die werden ihn von der Leine lassen. Sie und die anderen. Die Herren des Senderats, oder doch die Mehrheit davon. Sie sind die Experten, die die publizistische Linie des Funkhauses bestimmen. Vom Frühsport bis zur Mitternachtsabsage.

Berger geht hinüber zum Intendanten. Vom Lichtgang bis zum

Flur der Intendanz sind es vierunddreißig Schritte. Er hat sie gezählt. Spielerei im Müßiggang. Während seine Schritte eben noch auf knackhartem Stragula nachklappern, was Berger liebt, verschluckt jetzt der Kautschukboden jeden Tritt.

In der Intendanz herrscht Lautlosigkeit. Gehen wird Watte. Worte flüstern. Rufe ersticken wie unter Schnee. Gegen die von Technik gedrosselte Akustik anzuschreien, wäre sinnlos, wie der Versuch, das Maulschnappen der Fische hinter dem Aquariumsglas als Sprechen verstehen zu wollen. Fremde bekommen erhöhten Pulsschlag, spüren Transpiration. Vertraute gewöhnen sich schwer.

Feuchtigkeit zwischen den Wirbeln und unter dem Steiß hat Rupert Berger nie gefühlt. Ihn hat es belustigt und eher selbstsicher gemacht, daß ausgekochte Mitmischer im Funk auf dem Intendantenflur Stuhldrang spürten. Es wurde sein „Wetten, daß"-Spiel, zu beobachten, wer vor dem Ampelrot über der Vorzimmertür zusammenzuckte, weil es wie Frischschlachtung auf ihn wirkte und die weißen Buchstaben darin wie stehende Messer: Nicht eintreten!

In diesem Augenblick verkündet ein Schriftzug in unschuldigem Neonweiß: Sie werden erwartet! Berger tritt in das Vorzimmer und macht seinen Hallo-Dolly-Gruß. Zwei Tippsen (mein Gott, die Damen im Vorzimmer des Intendanten sind zumindest Persianer) ignorien seinen Eintritt halb, weil Gewohnheit nicht nur Macht ist, sondern auch abstumpft. Und weil das Gehabte alles einschließt, was Leben ist, also: Faszination wie Ermüdung. So sind die Reaktionen der Damen dauernd: Laß das! Darum halbe Grüße, halbe Sätze, die mitschwimmen im Strom der Diktate, der Telefonate, dem Pingpong: „Bitte nehmen Sie Platz!" Oder: „Es tut mir leid, Herr Intendant . . . "

Auch Berger muß einen Abwinker hinnehmen. Die kleine Sauer, Puppenformat, mit Augen nach Käthe-Kruse, deutet auf die mit hellgrünem Leder bezogene Tür: „Sie möchten warten, Ruppi, bis die anderen kommen!" Berger nimmt sich eine Zigarette. Während er die ersten Züge ausstößt, fragt er: „Ist schon jemand da?" Als er den Namen hört, zieht er den Rauch genußvoller ein: „Professor Bonvivat!"

* * * * *

8

Die Kinder umringen Humbert wie einen Vater, so dicht haben sie sich an ihn gedrängt. Er ist eine neue Größe in ihrem Erleben. Auch der Lehrer blickt aufmerksam auf den Pförtner. Er hält die Einladung zu einer Betriebsbesichtigung, die ihm und der Klasse Tore zu neuen Erkenntnissen öffnen soll, in den zufrieden gefalteten Händen. Humbert sieht in geweitete Augen und geöffnete Münder. Seine buschigen Brauen deuten auf das Wandbild, das in einem Keramikmosaik die Weltweite des Konzerns zeigt. Die feinen schwarzen Linien der Längen- und Breitengrade werden durchkreuzt von roten Bahnen und Flugrouten. Die Weltstädte der Welt. „Bis nach Feuerland?" fragt einer der Jungen breit und verwundert.

Humbert hört das Atmen, das den kleinen Mündern entweicht. Er kennt dieses Staunen. Die Schulklassen kommen fast täglich. Zwischen dem Anruf im Betriebsbüro – „Bitte, einen Herrn für unsere Leser von morgen!" – und dessen Eintreffen, müssen die Pförtner die Besuchergruppen unterhalten. Die PR-Leute haben einen Text gemacht. Humbert kennt ihn auswendig, weshalb er ihn beliebig wandelt, nicht selten zum Vorteil des Textes und zur größeren Freude der Kinder. „Seht hier, da hat Mark Twain gelebt. Und dort Old Shatterhand. Sucht euch mal einen Punkt aus, wohin ihr möchtet. Vielleicht mal als Reporter!" Oh, das wollen sie gewiß! „Richtig, da liegt Vietnam, und dort Israel. Am Suez-Kanal. Ja, auch die Araber. Überall sind unsere Reporter. Auch auf Kap Kennedy!" Einer der Jungen hat unmerklich Humberts Hand ergriffen. Als die vielen Namen der fremden Städte genannt werden, will er auch was sagen. Humbert fühlt das ungeduldige Zerren. „Ich möchte später mal nach Grimma, da wohnt meine Oma!"

In dem Augenblick, als er sich dem Jungen zuwendet, sieht er, daß eine Bahre durch die Halle hinausgetragen wird. Er erschrickt so sehr, daß er den Männern nachlaufen will, um sie zu fragen, wen sie fortbringen und warum. Die Kinder umringen ihn fest. Sie sehen die Bahre nicht. Humberts Rede bröckelt, unkonzentriert, wie es sonst nicht bei ihm geschieht, beantwortet er die Fragen. Dabei beobachtet er, wie die Bahre in die Ambulanz geschoben wird. Seine Unruhe steigert sich, als er durch das Glas der hohen Portaltür Konzernsyndikus Farning erkennt, der mit den Krankenträgern spricht. Gleich darauf fährt der Wagen ab.

Jetzt ist es Humbert, der die Kinder an sich zieht. Obwohl die Unruhe in ihm wächst, bewegt er die Arme, als wollte er die Welt umfassen. „Wenn hier, an diesem entfernten Punkt etwas geschieht, in diesem Augenblick, dann dauert es nur Stunden, nein: weniger! und die Nachricht darüber trifft ein. Ja, in diesem Haus, durch das ihr gleich gehen dürft!" Humbert steht da wie ein Hohepriester, die Arme erhoben. Er versucht, aus den Augenwinkeln zu erkennen, ob der „Sündenfuchs", wie er Farning nennt, Anstalten macht, mit ihm zu sprechen. Wegen der Bahre. Mit Erleichterung sieht er, daß der Konzernsyndikus mit eiligen Schritten durch die Halle nach oben geht.

Es erleichtert Humbert noch mehr, als endlich einer der „Bärenführer" kommt, der ihm Lehrer und Kinder abnimmt, „Ihr werdet euch wundern, merkt euch das Wort Wood, so ähnlich wie Hood, Robin Hood, den kennt ihr doch? Groß wie ein Ozeanriese ist Wood". Die Kinder werden nachher wissen, daß die riesige Rotationsmaschine gemeint war, in deren stockwerkhohen Werken die Drucker wie Zwerge erscheinen, so daß es aussieht wie bei Gulliver.

Die Unruhe hat nicht nachgelassen. Humbert sitzt am Empfangstisch und grübelt. Es ist etwas vorgefallen, von dem er nichts weiß. Es muß mehr gewesen sein als ein Arbeitsunfall, Verletzungen an Geräten, oder Krankwerden, Unwohlsein, wie Frauen es oft haben. Niemand hat ihn angerufen. Kein Hinweis, wie er sonst übers Telefon kommt, weil die Personalabteilung wünscht, daß alles diskret und unauffällig vor sich geht. Mit Rücksicht auf das Haus. Deshalb würden sie Humbert Bescheid gegeben haben.

Diesmal nicht. Gab es keinen Zeugen? Es muß doch. Wer hat den Notdienst angerufen? Humbert möchte telefonieren, nachfragen. Aber er zögert. Wird man nicht fragen, ob er nichts gesehen hat? Doch, er hat die Männer mit der Bahre kommen sehen. Aber sie kamen ohne Hast, wohl deshalb, weil sie selber sich vor Hast und vor den nervenzerrenden Bildern schützen wollen, die sie täglich zu sehen bekommen. Sie haben auch nicht gefragt, wo der Verletzte oder der Kranke zu finden ist. Deshalb hat Humbert geglaubt, sie kämen zu einer Übung, wie das schon oft geschehen ist: Erste Hilfe, Brandschutzvorsorge, Katastrophenalarm.

Humbert kann das Unbehagen nicht überwinden. Der ungewöhnliche Vorfall hat nicht nur sein Selbstgefühl gestört, nicht informiert zu sein. Es darf nichts geben, was er nicht weiß. Das ist er seinem Posten schuldig. Und einer gewissen Lückenlosigkeit, auf die er nicht verzichten kann. Und darf! Dieser Farning weiß mehr. Der untersucht die Sache womöglich schon. Oder vertuscht sie? Noch ist es nicht zu spät. Humbert darf keine Zeit verlieren. Er hat seine Leute, die rechten Männer, Freunde, auf die Verlaß ist. Sie kommen an die richtigen Quellen, können Augen und Ohren offen halten. Trotzki, zum Beispiel, den die Botengänge überall hinführen. Und Erni, der Schwachstromer, der an allen Telefonen hängt, sich in alle einschalten kann, unbemerkt. Und Oropax? Nein, der kann noch nichts wissen. An der Kasinobar ist noch kein Betrieb.

Oropax schaltet das Tonband erst später ein, wenn die Gespräche interessant werden. Heute werden sie interessant. Humbert ist sicher.

Er wird Oropax einweihen, wenn er zu ihm hinauffährt, wie an jedem Vormittag. Es ist zu einer festen Einrichtung geworden, daß Humbert seine Frühstückspause dazu benutzt, nach dem taubstummen Kollegen zu sehen. Humbert ist, gewissermaßen, der Fürsorger des Konzernmixers.

Alle sind damit einverstanden. Auch die Oberen sind es. Diese Freundschaft hat ihren besonderen menschlichen Sinn, zumal Humbert ausgezeichnet die Gestensprache beherrscht. In allem anderen verstehen Oropax und er sich noch besser, wie etwa in ihrem Tonbandhobby, das aber niemand beobachtet, weil Oropax sowieso nicht hören kann. So bleibt das tiefe Einverständnis zwischen ihnen unerkannt, das sie darin teilen, Unterhaltungen festzuhalten, Bemerkungen, Mitteilungen, Gespräche aufzunehmen, die sie niemals anders erfahren hätten. Humbert wertet sie aus. Für sich. Und für seinen Reporterfreund Franz Asmus Tischer.

Er muß ihn erreichen. Humbert weiß auch wo – in einem der Schreibzimmer im „Lokalen", die aussehen, als könnten Licht und Farbe dem Menschen schaden. An den Wänden kleben die Tesaspuren Vergangenheit gewordener Kalender. Daneben Landkarten, deren Geografie längst andere Namen hat. Und Frauen in vergessener Mode. Die Schreibtische von häßlichem Melassebraun haben Sprünge in ihren Platten. Sie tragen Runen früheren Müßiggangs mit kindlichen Schnitzzeichen und deren Genitalkerben. Die Tischlampen stecken auf rostigen Haltern. Das Gerücht, bald werde ein Trödler kommen, der alles abholt, hält sich seit Jahren.

Wenn Humbert anruft, könnte es sein, daß Tischer Mithörer hat, denn sie schreiben zu sechst in der traurigen Textkammer – über Blumenkästchenwettbewerbe, bessere Löhne für die Müllkutscher, Herrenessen, eine Sammlung für spasmisch gelähmte Kinder, Miß-Oma-Wahlen, Banküberfälle durch den Einzelgänger, den sie Spitznase nennen und doch nicht fangen. Parlamentsreden, deren Schreberdeutsch aufpoliert werden muß. Und Gerichtsberichte, geschrieben von Franz Asmus Tischer unter dem Rubriksignum „Justitian".

Soll Humbert ihn herunterbitten? Er läßt den Gedanken gleich wieder fallen, weil er fühlt, daß es nicht gut ist, wenn man sie zusammen sähe, jetzt, nach dem geheimnisvollen Vorfall. Er selbst kann von seinem Platz nicht fort. Es ist „Hallo"-Zeit. Jetzt kommen die Erlaubten, die niemals vor Neun, selten vor Zehn anfangen, und die Erlauchten, die gar keine Zeit brauchen. Wer noch darüber steht, wann sie eintreffen, erfährt Humbert nur über ein spezielles Signalsystem.

Die Hohen kommen und gehen über den Autohof und von dort in den Schnellift. Nur wenn sie Lust auf Laufsteg-Atmosphäre verspüren, lassen sie sich vor das Portal fahren und entsteigen ihren Autos wie Aga Khan, zeremoniell gemessen, eskortiert von ihren schlaghaltenden Fahrern, die die Aktenmappe (Köfferchen) wie Auszeichnungen tragen. Viele lassen sich von ihren Frauen bringen. Das ist moderner. Und auch billiger. Konzernsyndikus Farning macht es auch so.

An ihn muß Humbert denken. Immer wieder. Und aus dem Denken wird mehr. Es gibt also Gedankenübertragung? Es muß sie geben. Oder ist es die hohe Spannung, die erzeugt wird durch ein Geschehen wie das mit der Bahre, wodurch zumindest Gedankengleichheit entsteht? Wie jetzt. Über Hausruf kommt die Aufforderung: „Herr Tischer, die 288 rufen, bitte. Die Nummer 288!" Das ist Farnings Anschluß. Humbert weiß es auswendig. Und er weiß: Er wird nun erfahren, was es mit der Bahre auf sich hatte. Oder daß sein Freund Tischer dafür sorgen soll, daß niemand es erfahren darf.

* * * * *

9

„Kommen Sie, Herr Tischer, nehmen Sie Platz!" Konzernsyndikus Farning gibt sich aufgeräumt. Er ist in der mißlichen Lage, ertasten zu müssen, was der Gerichtsreporter Franz Asmus Tischer weiß, ob er von dem Vorfall um Ingrid Valter gehört hat, seinen tatsächlichen Zusammenhang kennt. Ob die Geschichte im Hause überhaupt herum ist, das, was wirklich geschehen ist, oder vielleicht doch nur die Version, die ihm, Farning, dem Rechtsbeistand des Konzerns, die liebste wäre, daß nämlich dieses Schreibfräulein Ingrid Valter in der natürlichsten Weise von Unwohlsein befallen worden ist, hat Farning noch nicht ausmachen können.

„Ich habe Sie doch nicht aus Ihrer Arbeit herausgerissen, mein Lieber?" Farning begreift sofort, daß dieses ‚Lieber' unglücklich gewählt war. Schnell gibt er sich den Anschein von Mitgenommenheit. „Sie können sich nicht vorstellen, Herr Tischer, was alles an einen herangetragen wird."

Farning weist auf die Aktenberge auf seinem Schreibtisch. Seine Hand beschreibt einen Bogen, der die Arbeitsfülle anzeigen soll. Zugleich liegt darin auch die Geste, die ausdrückt: Das mach' ich schon! „Mir wird alles aufgebürdet!" Nach diesem Ausspruch faltet Farning die Hände und stützt die Arme auf. „Aber das ist ja mein Job. Wenn nicht mir, wem sonst, soll alles bekannt werden?"

Der Konzernsyndikus läßt plötzlich ab von seinem Ich-Gefühl. Er hört auf, sich selbstgefällig auf den Tisch zu stützen, weil die Ausdruckslosigkeit im Gesicht des Gerichtsreporters ihn warnt. Das ist mehr als Schweigen. Das ist beredtes Schweigen, von krasser Stummheit, härter als Sagen. Farning kann herauslesen, was ihm wie gesprochen vorkommt: Schweine!

Diese unbehagliche Wahrnehmung lenkt die Gedanken des Konzernanwalts in eine Richtung, in der er, wie er glaubt, schon andere beunruhigende Beobachtungen machen konnte. Zum Beispiel das ihm verdächtig erscheinende Umherschleichen des Botenmeisters Trotzki, von dem er weiß, daß er nichts unbeobachtet läßt und zusammenträgt, was nachher für seinesgleichen Gesprächsstoff sein wird. Dabei hat dieser Trotzki die Gabe, eine Art von Zeitzündern zu legen, die genügend lange aus der Gerüchteküche Schwaden aufsteigen lassen.

Farning läßt für Augenblicke seinen Gedanken freien Lauf: Der Konzernsyndikus fühlt den Ärger in sich wachsen. Das alles ist auf den saftigen Böden der Tarifpolitik gediehen. Da bekommen solche Umherschleicher wie der Trotzki Stundenlöhne, die von denen der Top-Setzer nicht mehr weit entfernt liegen. Mit solchen Gedanken schwillt der Groll Farnings in dem Maße, wie in ihm Vorstellungen von der gewerkschaftlichen Allmacht sich ausweiten, die schon gewichtige Schlüsselpositionen im Konzern besetzt hält.

Damit nicht genug. Farning weiß langstrophige Lieder in sich hineinzusingen, wie zum Beispiel, Leute wie dieser Trotzki, der Botenboß Stoffel und am schlimmsten dieser Herren-Türenschließer Humbert nicht bei ihrem gewerkschaftlichen Leisten bleiben. Sie mischen dreisterweise, wie Farning es mit Abscheu empfindet, in den Konzern-Internas mit, eignen sich Kenntnisse von subtiler Art an, die das ausschließlich von wenigen sein müßten.

Diese Schweißhunde, so nennt der Konzernsyndikus die ihm unerträgliche Schar von Subalternen, die mit gefährlichen Ideen von Mitbestimmung und Teilhabe das Haus verunsichern, haben auch noch Gönner, die sich von diesen Anbietern beschenken, beschummeln, beschubsen, ja, auch bescheißen lassen, sei es nur mit dem Karneval von Ehrerbietung, der verpufft, sobald sie den Rücken kehren.

Dieser Tischer gehört auch dazu. Auch das ist so ein botenseliger Hallo-Sager, einer, der es mit den Sozialdrüsen hat, mit mehr Menschlichkeit nach unten. Farning hat seine Kenntnisse. Sie schließen allerdings auch ein, daß man ohne diesen Tischer nicht auskommt. Besonders nicht bei delikaten Sachen, wie es der Fall des Schreibfräuleins Ingrid Valter ist. Bei dieser Überlegung angekommen, findet sich der Konzernsyndikus in einer beginnenden Resignation, die ihn leiser treten läßt.

Er versucht es mit Weitschweifigkeit, die dennoch nahe genug am Thema bleibt. „Immer diese Aufregungen, Herr Tischer, manchmal . . . Aber, was will ich sagen? Große Häuser sind Fundgruben menschlichen So-Seins. Ich möchte sie Klärgruben nennen . . . “ Der Konzernsyndikus belacht sich selbst. „Es gibt nichts Menschliches, was da nicht hindurchgeht.“ Jetzt legt Farning wieder Optimismus in seine Miene. „Aber es gibt auch nur weniges, was ich nicht verstehe. Und noch weniger, was ich nicht wieder hinbiege!“

Der Gerichtsreporter rührt sich nicht. Nicht im Gesicht. Keine Bewegung. Keine Geste. Er sitzt wie starr in seinem Sessel, den nicht zufällig das volle Licht trifft. Die überlieferten Methoden halten sich. Sie sollen die Erfahrung bestätigen, daß derjenige unterlegen ist, der nichts verstecken kann, nicht die Augen, nicht die

Mimik. Nicht einmal die Unruhe hinter dem Gesicht.

Tischer kennt sein Geschäft, vielmehr seine tägliche Zeugenschaft von vorweggenommenen Urteilen, von denen nicht Richter noch Geschworene sich freihalten können. Wer so gegen den Versuch gerüstet ist, dem anderen die Oberhand lassen zu sollen, kann es sich leisten, Inquisition als ein Gesellschaftsspiel zu nehmen.

Für Farning hängt jetzt alles davon ab, wie weit er gehen kann. Die Geschichte mit dem Schreibmädchen Ingrid Valter kann dem Konzern Ungelegenheiten bringen. Wie diese auch sein mögen: In dieser Zeit würde alles die Aktivitäten des Hauses stören, das sich mit Stillverhalten, mit einer Ruhe vor dem Sturm, den es selbst entfachen wird, auf seinen Einfluß, auf seine Beherrscherabsichten auf dem Schlachtfeld der ‚Audiovision' rüstet. Der Konzernsyndikus hat wichtige Vorarbeit geleistet. Dazu war behutsames Taktieren notwendig und wird es bleiben müssen, wenn die Interessen des Konzerns nicht beeinträchtigt werden sollen.

Das peinliche Vorkommnis nötigt Farning, diesen Tischer um etwas bitten zu müssen, was dessen Bewußtsein, wieder gebraucht zu werden, um dem Kreis der Wissenden anzugehören, unverhältnismäßig stärkt. Im gleichen Augenblick erkennt der Syndikus, daß die Richtstättenposition des Sessels, in dem Tischer sitzt, verfehlt ist. Farning braucht keinen armen Sünder, sondern einen Geschworenen, vielmehr einen Verschworenen.

Solches Lavieren ist dem Konzernsyndikus ungewohnt. Er hat es sonst nicht nötig. Sein Name, mehr noch der des Konzerns, öffnet für gewöhnlich alle Tore und Münder, macht Menschen gefügig, Gruppen, Parteien, Institutionen. Der Name des Konzerns bricht Widerstand. Der Rechtsbeistand bedient sich seiner.

Farning beginnt zu orakeln, wie nebenher. „So ein Zeitungshaus, ich sage Ihnen, Herr Tischer: Manchmal möchte man die Flinte ins Korn werfen!" Der Gerichtsreporter läßt nicht erkennen, ob er an die Bürde des Konzernanwalts glaubt. Farning fährt fort: „Immer diese Aufregungen. Ich sage Ihnen, Herr Tischer!" Es bleibt dabei! Farning kann im Gesicht des Gerichtsreporters nichts finden, was den direkten Kontakt zu dem Thema, das ihn interessiert, herstellt. Da ist keine Gefühlsbrücke, nicht die Andeutung einer Gemeinsamkeit, die es erlaubt, vorzuführen, einzuhaken, nachzufassen.

Also, aufs Geratewohl!

Weshalb er zu dem alten Trick flüchtet. Vertrautheit! „Sie kennen das Leben, Tischer. Weiß Gott! Ich möchte Ihnen bei dieser Gelegenheit einmal sagen, wie sehr mir Ihre Gerichtsberichte gefallen. Sie sind ausgewogen! Sie beeindrucken nicht nur mich. Gewiß auch im Namen der Konzernherren möchte ich sagen, daß kein anderes Zeitungshaus sich auf einen ‚Justitian' berufen kann."

„Danke für die Blumen!" Tischer mildert die Abgegriffenheit der Retourfloskel mit einem Lächeln, das sich aber nicht halten will.

„Doch, doch, davon verstehe ich was. Bin schließlich von der Fakultät. Mich beeindruckt Ihre Rechtsausgewogenheit, wenn man bedenkt, daß Sie Laie sind!"

Tischer erkennt den widerstreitenden Sinn der Worte. Das Wissen, daß man ihn wieder zu brauchen scheint, bewahrt ihm die Ruhe. „Sie haben mich gerufen, Herr Farning!"

„Wir brauchen Ihren Rat, Herr Tischer!" Farning macht eine Pause. Er möchte, daß dieser Vertrauensbeweis einsickert wie Wasser in ein sommerdürres Beet. Aber die Erfrischung darf nicht versickern, sie muß belebende Wirkung haben. „Von betriebssozialen Phänomenen verstehen Sie etwas, Herr Tischer. Es gibt sie überall. Diese dürfen einem Hause nicht schaden. Deshalb . . . "

Der Gerichtsreporter verzichtet darauf, um den heißen Brei herumgeführt zu werden, wie Farning es in schlechter Eigenregie bis jetzt getan hat. „Sie meinen die Mädchengeschichte von heute vormittag? Das ist wohl mehr eine Männergeschichte, die Geschichte der Männer unseres Hauses!"

Das ist eine gefährliche Wendung. Auch wenn sie Farnings Erwartung entgegenkommt, ihn wissen läßt, daß der Reporter Bescheid weiß, sogar Schlußfolgerungen daraus zieht, so darf das Gespräch diesen Weg nicht nehmen.

Aber es gibt Gemeinsamkeiten. Sie liegen nicht allzu lange zurück. Wie anstellig hatte sich Tischer gezeigt, als es darum gegangen war, den zweiten Mann des Hauses, den Freund des Konzernherrn und Generalbevollmächtigten, Herrn Bastian Schacht, vor Nachstellung der Polizei rechtzeitig zu warnen und ihm sogar den entscheidenden Tip zu geben, als die Verhaftung dieses Konzernoberen beschlossene Sache war. Mit einem kleinen Verkehrstrick gelang die Flucht nach Amerika. Man war nicht vom Nord-Süd-Flughafen gestartet, wo die Häscher warteten, sondern von Rhein-Main. Mit einem schnellen Wagen war der Szenenwechsel nur eine Stundensache gewesen.

„Erinnern Sie sich noch Ihres ausgezeichneten Doppel-Coups in der Sache ‚Sigrid'?"

Farning kann es nicht lassen, den Namen des Mädchens zu nennen, dessenwegen die deutsche Justizgeschichte eine der schwersten Rechtsbeugungen in ihren Annalen hat, auch dann, wenn sie dank Tod und Geld niemals geschrieben worden ist. Aber es gefällt dem Konzernsyndikus in diesem Augenblick, mit seinem Besucher in Erinnerungen zu wühlen.

„Wissen Sie, was aus dem Kind geworden ist?"

Tischer hat noch zuviel Trockenheit im Mund, um auf den Kitzel einzugehen, den Farning sucht. „Sie ist kein Kind mehr. Ich weiß, daß gewisse Vernehmungen, die notwendig waren, um die Angelegenheit unter Aktenverschluß zu bringen, eine frühreife, blonde, langbeinige Minderjährige skizzierte. Aber heute ist das gute Kind wohl schon von der Hand des Staatsanwalts weg. Aus der Nervenklinik von Professor Volkmann-Adel ist sie, soweit ich weiß, nach einem Jahr ins Elternhaus entlassen worden."

Der Konzernsyndikus hat zwei Gründe, genüßlich zu lächeln. Einmal reizt ihn die Formulierung Tischers, zum anderen ist es das Bild, das die ‚Göre', wie er ‚Sigrid' gerne genannt hat, mit der aktenkundig beschriebenen Langbeinigkeit immer wieder in ihm entstehen läßt: eine von der gegebenen Anatomie zu einer Fontäne der Lust sich ausbreitende Quelle.

„Sie wissen so gut wie ich, Herr Tischer, wie die Sache endete. Sie haben, sozusagen, Ihre Verdienste daran."

Die gewünschte Wirkung bleibt nicht aus. Der Gerichtsreporter spürt einen schlechten Geschmack. Er war bereit gewesen, so etwas wie Aufgerufenheit zu empfinden. Dienertreue, wie sie menschheitsalt Vasallen verleitet hat.

„Ich habe damals geglaubt, daß dem hohen Konzernherrn Unrecht geschehen sollte. Heute weiß ich, daß die reine Wahrheit zugleich auch die wahre Wahrheit war. Was ich aber nicht wußte, war die grausame Mitwirkung der Justiz."

Farning wehrt sich. Er will nicht zurückfallen in die beklemmende Wahrheit, von der er weiß, daß sie nicht die gerechte Sühne fand. Zuviel stand auf dem Spiel. Auch für ihn. Die an ihn ergangene Parole hatte geheißen: „Bewähren!" Er sollte die Steine aus dem Wege räumen. Das hieß damals: Unterdrückung der Rechtsbeweise. Mit Geld, natürlich!

„Erinnern Sie sich, Herr Tischer, wie sehr wir damals Ihrer Mithilfe bedurften?" Farning läßt dem Gerichtsreporter keine Zeit, die Erinnerung aufzufrischen. Um das langwierige Zurückdenken abzukürzen, bringt er die in gemeinsamer Erinnerung nachwirkende Geschichte selber zu Ende: „Sie wissen so gut wie ich, Herr Tischer, daß junge Mädchen, Kinder oft, durchaus in der Lage sind, rechtschaffene Männer aus dem Gleichgewicht zu bringen. Diese ‚Sigrid' zeigte sich am Fenster ihrer elterlichen Wohnung. Nicht selten im aufreizenden Aufzug."

„Unser Herr Bastian Schacht und sein Privatsekretär, der Herr Baron Knecht, hatten mir glaubhaft versichert, daß sie oft genug die Gardinen vorgezogen haben, um die Aufreizungen dieser ‚Göre' gar nicht wahrnehmen zu müssen. Aber dann, eines Tages, erlagen sie der Verlockung. Sie gaben Signale, zeigten an, daß eine herrliche Torte, die sie am Fenster zeigten, auf das gute Kind wartete, das auch nicht lange auf sich warten ließ. Das andere trat ein, wie es nicht abzuwehren war. Das langbeinige Mädchen, erst dreizehnjährig, erwies sich den Verlockungen mehr als aufgeschlossen. Welcher der beiden Herren die Defloration vorgenommen hat, ist ungeklärt geblieben.

Sie werden mit mir einer Meinung sein, daß der freiherrliche Diener unseres Herrn Schacht eher dafür in Frage kommt als dieser selbst. Ich muß noch hinzufügen, daß unser zweiter Konzernherr, wenn Sie diese Bezeichnung handelsregisterlich nicht allzu ernst nehmen, nur deshalb nach Amerika fuhr, weil seine Dozentur an der Minnesota-University längst beschlossene Sache war."

Der Konzernsyndikus sucht zu ergründen, was in Tischer gefahren ist. Der Gerichtsreporter reagiert erschreckend klar und kenntnisreich.

„Sie wissen so gut wie ich, Herr Farning, daß die Polizei dank meiner Hilfe hinters Licht geführt wurde. Ich bin darüber nicht glücklich. Deshalb ist es abwegig, aus dem Ergebnis eine Unschuldsgeschichte des Herrn Schacht zu machen."

Das ist süßes Gift. Der Reporter scheint nicht zu merken, was er da preisgibt. Und Farning möchte die Hand ausstrecken und den Schaltknopf für das Tonbandgerät drücken. Was Tischer da sagt, belastet zwar auch den Konzern, die Herren, denen er, Farning, dient. Aber es ist zugleich ein Geständnis des Reporters selbst, womit er der Mittäterschaft überführt werden könnte. Farning ärgert sich, daß er keine Vorsorge getroffen hat, den Mann vor ihm festzunageln.

Jetzt ist es zu spät. Der Konzernsyndikus versucht es mit Herunterspielen. „Und Sie wissen so gut wie ich, Herr Tischer, daß es heute für all das keine gültigen Beweise mehr gibt. Kein Hahn wird mehr danach krähen." Um zu zeigen, für wie abgetan er die Sache hält, läßt er Tischer wissen: „Der Vater von ‚Sigrid' hat in einem außergerichtlichen Vergleich ein nicht unbeträchtliches Schmerzensgeld bekommen. Der wird lebenslang schweigen. Und das ‚gute Kind' ist dank unseres Professor Volkmann-Adel nicht zeugnisfähig. Niemals!"

Noch hat Farning keinen Dreh gefunden, wie er diesem Ping-Pong-Spiel ein Ende setzen kann. Er sucht nach Gemeinsamkeit, wenn auch nur auf Zeit. Fast so, als müßte er auf eine Mission verweisen, sagt er: „Warum wollen Sie sich nicht uneingeschränkt auf Ihre freundschaftlichen Dienste gegenüber unserem gemeinsamen Haus konzentrieren! Erkennen Sie nicht den Vertrauensbeweis, der darin liegt?"

Tischer will kein Mitläufertum. Dafür hat er schon zuviel eingesetzt. Deshalb drängt es ihn, in diesem Augenblick die häufig von ihm gewünschte Rolle als ‚Glätter' hervorzuheben, daran zu erinnern, wie oft er schon als ‚Ausräumer' in Erscheinung getreten ist, wortreich gebeten auch von Farning, von diesem am meisten, zu retten, was zu retten war.

Der Reporter möchte nicht, daß auch nur einer der Fälle in Vergessenheit gerät. Vor allem aber nicht seine oft entscheidende Mitwirkung an einer für den Konzern günstigen Lösung.

„Sie wissen weiter, so gut wie ich, Herr Farning, daß es nicht nur um die ‚Sigrid'-Geschichte ging, die Herrn Bastian Schacht zwang, amerikanische Weiten zu suchen. Zu gleicher Zeit war das Jugendamt bemüht, zu klären, was einem Pagen eines unserer großen Hotels zugestoßen war, nachdem dessen Chefkoch in nicht uneigennütziger Weise Anzeige wegen Mißbrauchs und Verführung Minderjähriger erstattet hatte. Sie richtete sich diesmal nur gegen Herrn Schacht. Er war mit seinem bisexuellen Wechselspiel auf einen Alleinverfechter homoerotischer Freuden gestoßen, eben jenen Chefkoch, der seinen süßgescheitelten Knaben mit erstaunlich männlichen Boxhieben gegen Herrn Schacht aus dessen Wagen holte, berserkerwütend, weil er erkannte, daß das Vergnügen im Autostrich schon stattgefunden hatte. Die Polizei fand Herrn Schacht übel zugerichtet auf dem Hintersitz."

Farning weiß in diesem Augenblick, daß er nur noch mit Freisler-Kälte vorankommt. „Sie sind viel zu vernünftig, Herr Tischler, um außer acht zu lassen, daß der Behauptende die Beweislast zu tragen hat. Sie wissen Bescheid. Das weiß ich. Ich bin sogar so offen, zu sagen, daß Sie auch wissen, daß es dem Konzern eine bedeutende Summe gekostet hat, die Akte „Schacht" aus der staatsanwaltlichen Bearbeitung herauszubekommen, wohin sie trotz Ihrer und unserer Bemühungen dennoch gekommen war. Aber, was wollen Sie? Generalstaatsanwalt Eichbolz, der die Sache in seiner damaligen Eigenschaft als Leitender Staatsanwalt an sich gezogen hat, ist verstorben. Wer kann beweisen, daß wir in der Sache ‚Sigrid' und in jeder anderen Schmier- und Schweigegelder bezahlt haben?"

Wenn der Konzernsyndikus jetzt nicht Obacht gibt, dann kommt womöglich noch ein Name ins Spiel, der nicht auftauchen darf. Nicht jetzt! Mit diesem Namen verbinden sich Konzerninteressen von solcher Tragweite, daß Fehler, die im Zusammenhang mit diesem Namen passieren, auch Farnings Karriere mit einem Schlag beenden würden.

Zu spät! Der Gerichtsreporter hat ihn soeben ausgesprochen.

„Vergessen Sie nicht, Herr Farning, daß ich in der Angelegenheit ‚Bugenhagen' Schlimmstes verhüten konnte!"

Der Syndikus reißt das Steuer herum. „Ich weiß es, Herr Tischer, das Haus weiß es. Die Konzernherren wissen, was sie Ihnen in dieser Sache, und nicht nur in dieser, zu danken haben."

Als drohe ihm Übelkeit, greift Farning in die Magengegend. „Noch heute verkrampfen sich meine Eingeweide, wenn ich an die Instinktlosigkeit der politischen Redaktion unseres Weltblattes denke. Sie werden aber zugeben, Herr Tischer, daß in einer so tragenden Sache wie in der zum Thema ‚Richternovelle', auch der Abtritt des Herrn Gerichtsdirektor Bugenhagen zu fordern war. Die Herren Redakteure konnten nicht wissen, daß gerade dieser Richter in einem Grenzfall angesiedelt war. Noch weniger wissen sie, wie wichtig dieser Mann für unser Haus sein wird, sobald der Tag gekommen ist."

Franz Asmus Tischer hat Oberwasser. Soviel wollte er nicht einmal. Nur die Distanz, die den Eindruck vorherrschen läßt, daß mit ihm nicht wie mit einem Werkzeug zu verfahren ist, das man beiseite legt, wenn man glaubt, es sei stumpf geworden. Der Gerichtsreporter will Partner sein. Und er will es bleiben. Weniger auf keinen Fall!

Auch Farning hat begriffen, daß Tischer nicht wieder gewonnen werden kann, wenn er nur mal wieder einspringen soll. Ohne Kenntnis von der Nützlichkeit und ohne Wissen von der Notwendigkeit. Und weil er noch immer nichts von jener Entspanntheit spürt, von der aus das Weitere allmählich in Einverständnis hinübergleitet, um bald zu verläßlichem Handeln zu werden. Erst dann, das ist Farnings Erfahrung, zeigt sich, daß jeder käuflich ist. Entweder mit Geld, oder mit Lob. Oder mit Vorschuß, was in diesem Fall heißen könnte: Alkohol!

Farning erhebt sich. Er gibt sich ruhig und zwingt sich, erschöpft zu wirken. Er zieht ein Taschentuch hervor und fährt sich damit über das Gesicht. Die Bewegungen sind fahrig. „Wundern Sie sich bitte nicht, Tischer, ich brauche einen Drink!" Der Syndikus spielt seine Rolle meisterhaft. „Ach, Unsinn, was sage ich da? Ich brauche schlicht gesagt einen Schnaps, einen kräftigen, scharfen Schnaps!" Ein Seufzer beendet diesen Ausruf. „Kein Wunder bei dieser Anspannung. Sie sind kein leichter Gesprächspartner. Aber gerade das gefällt mir an Ihnen. Es macht keinen Spaß, wenn man es mit einem Dauerjasager zu tun hat. Endlich aber muß dann auch mal Gemeinsamkeit da sein. Sie trinken doch ein Glas mit?"

Mit Erleichterung nimmt Farning wahr, daß Tischers Mund sich wölbt, so, als schmecke er schon etwas. Er wird die kleinen Schatten, die noch in den Brauen des Gerichtsreporters nisten, schon verscheuchen, mit anregenden Bemerkungen: „Ein guter, alter Whisky, würzig und wärmend." Der Syndikus mustert das erhobene Glas. Dann streckt er es seinem Gast so aufmunternd entgegen, daß Tischer es wie einen Schulterschlag empfindet: „Das tut gut!" Farning hat es gesagt. Und er sieht, daß der Reporter nickt.

Farning läßt die Gläser nicht leer. „Ihr guter Ruf an den Gerichten ist bemerkenswert. Ich sagte es schon, Herr Tischer. Ebenso vorzüglich soll ihr Kontakt zur Polizei sein."

Das Wort ‚Polizei', so erscheint es Farning, entspannt das Gesicht des Reporters. So hat es sich der Konzernsyndikus gewünscht. Er möchte Selbstgefälligkeit darin sehen, Großmannssucht, Championship, wie die Männer von Peterwagen sie im Dienstgesicht tragen.

„Es bedarf nur noch eines Anrufs von Ihnen, Herr Tischer. Nur eines Telefonats!" Farning spricht das Wort ‚Telefonat' mit Nachdruck aus, fast wie einen Hilferuf. Wohlgefällig beobachtet er, daß Tischer einen tiefen Schluck aus dem randvollen Glas nimmt.

„Ich bitte Sie, Tischer. Die Sache drängt außerordentlich!"

„Wir sollten uns über etwas anderes Gedanken machen, Herr Farning, nämlich, über den Gang der Geschichte. Es ist wahrscheinlich, daß daraus ein Anzeigenvorgang wird. Er droht weniger von den Ärzten, unter deren Hände dieses Fräulein Valter geraten ist, als von den Ambulanzfahrern. Sie müssen in ihren Tagesreporten aufführen, welche Einsätze sie gefahren haben und wer die Verletzten waren."

„Aber warum Anzeige?" Konzernsyndikus Farning verliert die Selbstbeherrschung. „Das darf nicht geschehen. Was heißt überhaupt Anzeige? Wer könnte es wagen?"

Franz Asmus Tischer nutzt den Rollenwechsel. Er ist entschlossen, von jetzt an die Regie in der Hand zu behalten. „Selbst wenn die Ärzte schweigen wollen, können sie nicht verhindern, daß eine Vernehmung in Gang kommt, falls jemand Verdachtsmomente wahrnimmt."

Der Reporter sieht den Konzernsyndikus kreatürliche Angst durchleben. „Wer sollte ein Interesse daran haben, den Namen der Person preiszugeben, die unglücklicherweise in diesen Vorfall verwickelt ist?"

„Der reine Zufall. Das Ingangkommen durch bürokratische Routine. Und nicht zuletzt die Berichtspflicht der Beamten." Tischer läßt zwei, drei Atemzüge vergehen, dann sagt er: „Es ist auch denkbar, daß das junge Mädchen in der Nachwirkung des Schocks von selber zu erzählen beginnt!"

Farning scheint Riesenkeulen auf sich niederschwingen zu sehen. Fast klagend sagt er: „Bedenken Sie doch: die Peinlichkeit! Es handelt sich immerhin um einen Mann, dessen ethische Kraft von vielen unserer Leser bewundert wird. Er stützt und stärkt ihren Glauben, daß es sich lohnt, zu leben!"

Mit dem jammervollen Ausruf: „Es wäre eine untilgbare Peinlichkeit, würde dieser wunderbare Mann bloßgestellt werden", wendet Farning sich dem Reporter zu: „Und die Folgen für den Konzern? Bedenken Sie doch!"

Im gleichen Moment muß ihm auch der Gedanke an sich selbst gekommen sein. Farning macht ein Gesicht, als stünde der Zusammenbruch des Imperiums bevor. Nur so kann Tischer sich die beinahe tollkühne Logik erklären.

„Es ging doch um Gedichte. Um die Kunst!" Farning beginnt, plötzlich zu lachen, wie nach einer unerwarteten Rettung: „Ich bitte Sie, Tischer, gibt es etwas Entschuldbareres als Gedichte? Ich sage Ihnen, Tischer: Die Gedichte der Valter waren eine Offenbarung, sie waren Ausbruch, Befreiung, Entkommen aus einer Lebensenge, die das junge Mädchen nicht mehr ertragen konnte. Ohne dieses Erleben mit dem alten, weisen Herrn . . . "

Die Tat steht wieder im Raum. Sie läßt den Konzernsyndikus hilfesuchend auf den Reporter blicken. „Sehen Sie eine Lösung?"

„Ja! Wir müssen in zwei Richtungen vorgehen. Als erstes muß das Mädchen an einen Ort gebracht werden, wo es vor Nachforschungen geschützt ist." Farning starrt Tischer ungläubig an.

„Sie scheinen vor Schreck eines Ihrer bewährtesten Mittel vergessen zu haben, Herr Farning. Das Kind muß sofort in die Obhut von Professor Volkmann-Adel."

Ein Jubelruf, fast so laut wie bei einem Siegestor, entfährt Farning. „Richtig! Daß ich daran nicht gedacht habe. Unser Professor Volkmann-Adel, der altbewährte, gute Freund unseres Hauses. Daß ich daran nicht gedacht habe", wiederholt er und lächelt geniert. „Wissen Sie, ich dachte, solche Frauengeschichten . . . "

Erleichtert über die Lösung und auch erfreut über die plötzlich wahrgenommene Kumpanei, die er mit dem Gerichtsreporter teilt, gießt Farning die Gläser wieder voll. „Und jetzt kommen Sie, mein Lieber. Die Polente muß auch ausgeschaltet werden. Prosit!"

„Ich werde mit Bullerjahn sprechen!" Der Name klingt wie Dreinschlagen. Und er bedeutet auch soviel. Oskar Bullerjahn ist der Chef der Kripo, der Kriminalpolizei in dieser Stadt, der alles schon erlebt hat, bevor Herr Frankenstein auf die Idee kam, sich für unüberbietbar zu halten, was Grausamkeiten angeht, die Menschen sich zufügen können.

Bullerjahn kann mit handfesten Protokollen beweisen, daß Mario Puzo mit seinem ‚Godfather' nur schwächlich nachempfunden hat, was in der Cosa Nostra die nicht mehr zu überbietende Killerorgie gewesen sein soll.

Noch immer hält Bullerjahn den Weltknüller des Mordes in seinen Kriminalakten fest, den Tod mit dem Preßlufthammer. Nicht gegen den Kopf. Das wäre vergleichsweise simpel gewesen. Nein, das schlagkräftige Ding, das glühheiße Nieten in Schiffskörper pocht, mit Schnellfeuer-Atü, wie das MG 42 es nicht hinpusten konnte, hat ein tolles Gebläse. Dieses vor den After eines im Pausenschlaf grunzenden Störenfrieds gehalten, der einer Prostituierten-Göre Hoffnungen auf einen segenvollen Ehebund gemacht hat, obwohl er doch wußte, daß da schon andere geldlichen Segen von hatten, das ist wie Windhose, die sich in Darmkanälen austobt. Mit wahnsinniger Schnelligkeit. Und mit Zerreißerwucht, wie sie den Zeppelin ‚Hindenburg' über Lakehurst auseinandergenommen hat.

Und was die zwei tollen Seiten 29 und 30 in Puzo's ‚Paten' angeht, so kann Bullerjahn nur milde lächeln. Das machen in seinem Revier die Herren Zuhälter vor den Augen ihresgleichen mit Küken, mit minderjährigen Jungfern, wobei der Schmerz erst der Gipfel der Lust ist. Und die Besitzverhältnisse sind auf diese Weise auch gleich öffentlich und ein für allemal geklärt.

Farning hat sich die Nummer von dem Psychiatrie-Professor Volkmann-Adel hereingeben lassen. Doch scheint ihm plötzlich die Gegenwart Tischers ungeeignet. „Wann können Sie bei diesem Bullerjahn vorfühlen? Wir dürfen nicht viel Zeit verlieren."

„Wenn Sie wollen, kann ich es von hier aus versuchen." Auch Tischer erkennt im gleichen Augenblick den Fehler, weshalb er einschränkt. „Hoffentlich ist der Kripochef im Polizeihochhaus. Bullerjahn liebt den Außendienst." Der Reporter sieht Bullerjahn vor sich: Vernehmungen im Milieu. Gar nicht eilig. Im Gegenteil: viel Zeit. Mit kleinen Gedecken in den Etablissements. Sekt lila. Vorher Spitzenweine. Und rote Beleuchtung. Dessous, versteckt wie Ahnungen. Mit blitzschnellen Bewegungen wahrgemacht. Schmales Slipweiß.

Tischer greift dennoch zum Hörer. Aber Farning wehrt ab. „Niemals am Telefon, Herr Tischer. Nie in solchen Sachen. Das ist zu delikat. Dazu brauchen Sie das Gesicht des anderen, seine Reaktionen, auf die wiederum Sie reflektieren. Nur so erlangen Sie Gewißheit, daß es so kommen muß, wie Sie es wollen."

„Sie haben recht. Der Bullerjahn reagiert ohnehin nur auf handfeste Sachen. Wenn ich wüßte, was ich ihm als Gegenleistung bieten könnte."

Der Konzernsyndikus bekommt einen süffisanten Zug um den Mund. „Ich glaube, wir sollten versuchen, den Herrn Kriminalen ganz an uns zu binden. Liebt dieser Großstadt-Maigret die Natur?"

Der Gerichtsreporter schaltet gleich. „Wenn ich Sie recht verstehe, Herr Farning, denken Sie an Spaßvergnügen im Grünen?"

„Ja, ich meine ‚Hottehü mit Doppelschweiß'!"

Franz Asmus Tischer lacht. Er weiß, was damit gemeint ist. „Das wäre das richtige für Herrn Bullerjahn. Aber wann wäre das möglich? Sie sagten, die Zeit dränge?"

Farning macht ein Gesicht, das preisgibt, wie sehr er sich dem rechten Lauf der Sache sicher weiß. „Na, wann schon? Jeden Tag, soviel ich weiß. Es ist doch ein freies Luftgehege." Der kleine denkbare Hörfehler läßt beide Männer lächeln. „Luft, wie die Luft zum Atmen. Nicht Lust, wie die Lust, die allenthalben wichtiger zu sein scheint als die Luft zum Atmen."

Das Wortspiel, von Farning nicht ungeschickt verwendet, macht die Absichten beider kumpanenhafter. „Ihnen muß ich nicht sagen, Tischer, daß ‚Hottehü' als neues Gesellschaftsspiel sehr begehrt ist. Doppelschweißclinch, wie man dazu sagt. Draußen, auf dem Heidehof unseres Herrn Dr. Morse, ganz groß. Eine spaßige Sache, dieses Nacktreiten. Das soll den Puls hochtreiben!"

Der Reporter schüttelt den Kopf amüsiert. „Aber ist das die richtige Sache für unseren Herrn Bullerjahn?"

„Mit großer Sicherheit! Es ist nichts Ungesetzliches daran. Das ist wie Freikörperkultur oder wie Nacktbaden auf Sylt."

„Die Frage ist eher, ob der feiste Bulle eine Gazelle findet, die es schweißrhythmisch mit ihm macht?"

„Keine Sorge, Tischer. Ich habe nie gehört, daß einer zu kurz gekommen ist. Wieweit es zu einer tatsächlichen Kohabitation aufgrund der anreizenden Pferderücken beim Doppelritt kommt, kann ich nicht sagen. Uns ist geholfen, wenn Ihr bulliger Jahn hinausfährt. Das müssen Sie so schnell wie möglich arrangieren, Tischer!"

„Ich werde mich sofort darum kümmern." Die konspiratorische Harmonie, die der Gerichtsreporter mit Farning eingegangen ist, läßt sich in ihrer Ursache am Pegelstand der Flasche abmessen. Der Konzernsyndikus hat ihn mit Wohlbehagen registriert. Nie vorher war ihm die Nützlichkeit gründlicher Kenntnisse von Personaldossiers so deutlich geworden.

„Waren Sie schon einmal draußen auf dem Heidehof von Dr. Morse?"

„Nein, ich habe nur davon gehört. Ein gesunder Sport, wie alle sagen."

Beide heben die Gläser. Farning hebt das seine ein wenig höher. „Sie sollten es sich einmal ansehen. Sie finden nirgendwo sonst einen von der Natur mehr begünstigten Habitus. Die Leute, ob jung oder alt, genießen geradezu enthemmt die Wonne der Pferdelust. ‚Hippolaszivität' sagten die Alten dazu, die es gewußt haben müssen."

Farning glaubt in den Augen seines Gastes die menschheitsalte Freude am Pferdesport erkennen zu können. Er weiß, daß sie nicht nur hippologisch zu erklären ist, sondern auch sodomitisch. Dessen ist sich der Konzernsyndikus gewiß, so sehr, daß er glaubt, den Geruch von Stalldunst in der Nase zu haben.

„Ihnen begegnen dort draußen sehr interessante Menschen, Tischer. Zum Beispiel unser verehrter Herr Professor Volkmann-Adel. Er ist so etwas wie der Reitsenior."

Farning hebt das Glas noch einmal und ermuntert Tischer, das Gleiche zu tun. „Ich kann mir denken, daß ein guter Journalist froh ist, wenn er Persönlichkeiten in einer mehr privat-intimen Umgebung kennenlernen kann. Da dürften die Informationen lockerer sitzen. Außerdem nützen solche Bekanntschaften einem selbst auch einmal. Wer kann wissen, wann das mal nötig ist? Sehen Sie, Tischer, was wollten wir machen, wäre Professor Volkmann-Adel unserem Hause nicht so freundschaftlich zugetan?“

Tischers Mission ist beendet. Farning hat sein Gleichgewicht wiedergewonnen. „Das wäre es!“

Franz Asmus Tischer erhebt sich. „Bis zum nächsten Mal, Herr Farning!“

Der Konzernsyndikus bemerkt mit Staunen und nicht ohne Unbehagen, daß der Gerichtsreporter das Zimmer hochaufgerichtet und ohne zu schwanken verläßt.

* * * * *

10

Nur die Einfältigen kommen freiwillig. Sie kommen früh, je größer der Kitzel zu werden verspricht. Sie drängen vor dem Gerichtsportal, machen anderen den Rang in der Schlange streitig, um einen der bemessenen Plätze im Schwurgerichtssaal zu bekommen.

Die Lust am Bösen treibt sie her, an dem Bösen, das andere begangen haben. Oft ist es das Böse, das sie selber getan haben oder einmal getan haben könnten. Es kommen welche, die die Rolle nacherleben möchten, die ein anderer gespielt hat. Sie wollen in sie hineinschlüpfen, um bestätigt zu finden, wie anders, besser, sie die Rolle ausgefüllt haben würden.

Wer kommt freiwillig in die zwiespältige Atmosphäre der Gerichtsbarkeit? Es sind Süchtige nach der Lust an fremdem Elend, Schizophrene auf der Suche nach dem anderen Ich. Sie möchten mal Richter, mal Täter sein. Nicht immer nur große Richter, nicht immer nur große Täter. Es kitzelt nicht minder, die kleinen Scheußlichkeiten begangen haben zu können, die der Einzelrichter kennenlernt. Als Richter würden sie ihren angeklagten Stellvertreter peinigen mit entblößenden Fragen, erpicht auf Einzelheiten, die als neugefügtes Ganzes den Reiz des Begangenen erneuern. Als Täter würden sie die Nachahmer sein, die Nichterlebtes auf diese Weise neu geschehen machen. Der Gesetzgeber hat es gut mit ihnen. Sie sind seine Öffentlichkeit, die das rechte Tun unter der Robe und das reuige Lassen auf der Anklagebank bezeugen können. – Wie das Gesetz es will!

Die Routiniers kommen nicht freiwillig. Sie kommen für Geld, wenn auch für nicht weniger als den Kitzel. Routine stumpft ab, weshalb die Gespaltenheit von Bangen und Hoffen, von Reue oder Starrsinn, von Siegen oder Verlieren sie kalt läßt. Sie sagen „Hallo" zueinander, gleichgültig, ob Taschendieb oder Mörder. Sie sind da wie Schlachter vor dem Ochsen, oder Kehrer vor dem Dreck. Die Amme der Routine ist die Selbstbehauptung. Niemand käme weit, wer sie verleugnet. Darum bleibt es bei der Eigenliebe zur Person und bei der Routine zur Sache. Sie wechseln deshalb die Grüße wie auf der Promenade.

Das ist der Grund, weshalb der Nachlaßrichter Hermann Bugenhagen nur wenig die Augenbrauen hebt, als ein mittelgroßer, trotz seiner augenscheinlichen Fülle rasch ausschreitender Mann ihn grüßt und mit unerwarteter Heftigkeit vor ihm stehenbleibt, als wolle er ihn stellen. Der alte Richter, noch damit beschäftigt, zu ergründen, ob er den Fremden kennen könnte, aus einem der vielen Fälle, vielleicht persönlich, gewiß nicht aus der Zeit des Studiums, denn dafür ist jener nicht alt genug.

Der andere erkennt die unausgesprochene Frage. Er tritt nahe an den kleineren, schmächtigen Richter heran und sagt in beabsichtigter Vertrautheit: „Farning, Herr Direktor, Rechtsanwalt Farning, Konzernsyndikus!" Für den Sprechenden scheint es nichts anderes zu geben, als daß jeder weiß, welcher Konzern nur in Frage kommen kann. Der Mann blickt bannend auf den noch irritierten Richter. Dabei atmet er durch die Nase, wie willenskonzentriert, einem Springer ähnlich, der das gesetzte Maß schaffen will. Er wiederholt: „Konzernsyndikus! Sie wissen wohl?"

Bugenhagen weiß nichts. Der Fremde bleibt ihm fremd, dessen Auftreten unbehaglich. In den Überlegungen des Richters bekommt das Wort ‚Konzern' einen unheilvollen Klang. Er fühlt: Konzern – das ist eine gegnerische Instanz. Er spürt seinen Magen. Weitergehen wäre plump. Abweisend zu reagieren, nicht klug. Der Richter beläßt es bei einem fragenden Gesichtsausdruck, dem Züge von Abschätzigkeit beigemischt sind.

Syndikus Farning versucht, seinen Partner, der es noch gar nicht ist, der sich ihm zu entziehen wünscht, zur Fensterseite hinüber zu drängen, um den Flurdurchgang freizubekommen und um das absolute Ungeschehen im Innenhof des Gerichts zu nutzen, den Richter vollends in seinen Bann zu bringen. Als er ein Nachlassen der Abwehr bemerkt, schlüpft er ins Joviale. Mehr als altvertraut, beinahe clownhaft, gestikuliert er vor Bugenhagen, wobei er die Aktenmappe wie zu gymnastischer Übung mehrmals von sich stößt. „Ich hatte eine Vergleichssache im Wettbewerbsrecht. Eindeutiger Rechtsvorteil meines Konzerns!"

Richter Bugenhagen kann nicht überhören, wie deutlich der Anwalt die Worte „Vergleich" und „Rechtsvorteil" betont. Und fast übergangslos hört er ihn sagen: „Ja, das trifft sich ja gut, daß wir uns sehen!" Farning öffnet seine Mappe. Er findet nicht, was er sucht: „Es tut mir leid, ich habe Ihre Zuschrift nicht bei mir!"

Das ist es! Der Richter fühlt sich erleichtert. „Sie sprechen von meiner Gegendarstellung nach Paragraph 11, Pressegesetz. Was haben Sie damit zu schaffen? Das ist ein redaktioneller Vorgang, der einzig allein das Weltblatt angeht!" Bugenhagen will keine Rücksicht mehr. Der Ärger ist zurückgekehrt, der beim Lesen der Leitglosse in ihm aufgestiegen war. „Es kann den Konzern teuer zu stehen kommen, meinen Namen im Zusammenhang mit der Richternovelle genannt zu haben und mit der Forderung, politisch belastete Richter sollten endlich ihr Amt niederlegen und in Pension gehen. Der Konzern hat sich selbstschädigend geirrt, als er mich für schuldig erklärte, an der Findung nationalsozialistischer Unrechtsurteile mitgewirkt zu haben. Ich war nie an einem Volksgerichtsprozeß beteiligt!" Mit Widerwillen beobachtet er, daß Farning ungerührt bleibt und auf den Fußspitzen wippt.

„Haben Sie nie geirrt, Herr Direktor?" Farning hat alles Beiwerk abgeworfen. „Der Konzern bedauert, daß Sie fälschlich in Recherchen einbezogen wurden, die einem berechtigten öffentlichen Interesse dienten!"

„Mit Bedauern ist mir nicht geholfen. Mein Name ist genannt worden. Und zwar in schädigender Weise!"

„Deshalb bin ich hier. Ich möchte Ihnen einen Gütevorschlag des Konzerns unterbreiten!"

„Doch wohl nicht hier auf dem Flur? Mir erscheint das Ganze überhaupt sehr hintergründig!"

„Wir sollten uns nicht gegenseitig zu starken Worten ermuntern, Herr Bugenhagen!"

„Wie soll ich das verstehen? Glauben Sie, Herr Rechtsanwalt, daß Sie mir starke Worte sagen könnten?"

„Wohl nicht starke, aber klärende Worte!"

Bugenhagen will sich abwenden. Aber dann hört er Farning leise, dennnoch stechend scharf sagen:

„Sie haben mit Ihrem Namen unterschrieben, Herr Direktor Bugenhagen!"

Farning benützt die Pause der Verblüffung, den Richter in die Fensterrotunde zu nötigen, die den Flur in der Mitte ausbuchtet.

„Was soll ich mit meinem Namen unterschrieben haben? Werden Sie deutlicher!"

„So deutlich, wie Sie es wünschen." Farning nimmt die Pose ein, die an diskutierenden Anwälten und Richtern auf allen Fluren zu sehen ist. Er legt eine Hand gegen das Kinn und stützt den Ellenbogen in Gürtelhöhe mit der anderen. „Es ist richtig, daß Sie Unrechtsurteile nicht gefällt haben. Es ist aber unrichtig, wenn Sie die Zugehörigkeit zu belasteten Organisationen des damaligen Staates leugnen. In dieser Hinsicht waren die Recherchen des Konzerns gründlich!"

„Ich weiß nicht, worauf Sie hinauswollen. In meiner Personalakte sind die Nachweise darüber enthalten, daß ich in die Gruppe der Mitläufer einzustufen war."

„Wir mißverstehen uns, Herr Bugenhagen. Ihre politischen Vergangenheitsspuren führen ja nicht soweit zurück. Sie haben Ihr Richteramt seinerzeit behalten können, weil Sie in Fragebögen der Besatzungsbehörden jegliche politische Mitwirkung im Dritten Reich verneint hatten."

„Sie wollen mir das doch nicht ernsthaft vorhalten? Das geschah aus selbsterhaltender Notwenigkeit. Wer hat damals in einem Amt wie dem meinen vollkommene Unschuld bewahren können?"

„Alle, die ihre richterliche Tätigkeit durch Aktenverschluß unüberprüfbar machen konnten. Das ist in den meisten Fällen gelungen. In Ihrem nicht, Herr Direktor!"

„Wie wollen Sie das beweisen?" Bugenhagen fällt es schwer, ruhig zu bleiben. Er muß es.

„Der Konzern hat schon früh seine Aufgaben darin gesehen, dem Recht an allen seinen Quellen freien Lauf zu verschaffen. Dieses Recht muß unteilbar sein." Unbemerkt von Bugenhagen hat Farning eine Fotokopie hervorgezogen: „Nehmen Sie es. Der Fragebogen trägt Ihre Unterschrift. Das Original ist in unserem Besitz. Der Konzern glaubt, Ihnen damit zeigen zu sollen, daß Irrtümer menschlich sind!"

Farning lächelt, als wäre das Gespräch in Belanglosigkeit geführt worden. Er deutet Eile an, in dem er auf die Uhr blickt, fragt dann aber den Richter wie beiläufig: „Sie sind mit Nachlaßsachen befaßt, Herr Direktor?" Ohne eine Antwort abzuwarten, fährt Farning fort:

„Der Konzern besitzt Aufzeichnungen in der sogenannten Asservaten-Sache ‚Jüdischer Besitz'". Sie stammen von britischen Freunden aus der Zeit der Besatzung. Sie sollen mehrfach, Herr Bugenhagen, Nachforschungen angestellt haben, weil Sie, wie es heißt, vermuten, ein großer Teil der Wertgegenstände sei nicht mehr vorhanden. In einem engeren Kreis von Kollegen haben Sie sogar den Verdacht ausgesprochen, führende Sozialdemokraten in der Landesregierung der ersten Jahre hätten mit den verantwortlichen Engländern gemeinsame Sache gemacht und sich den Gold- und Brillantenhort mit ihnen geteilt. Ihre Vermutungen können zu Recht bestehen! Die Angelegenheit wäre dann so explosiv, daß ihre unsachgemäße Handhabung einen politischen Skandal größten Ausmaßes verursachen müßte. Der Konzern ist zum gegenwärtigen Zeitpunkt an einer solchen Entwicklung nicht interessiert!"

Noch einmal wendet Farning dem alten Richter sein Gesicht voll zu. Bugenhagen liest darin Entschlossenheit.

„Ungeheuerlichkeiten, Herr Direktor, haben die Eigenart, daß sie sich rationaler Deutung entziehen. Je mehr wir es versuchen, um so näher kommen wir dem Unglauben. Niemand wird glauben wollen, daß dieses Gespräch geführt worden ist. Der Konzern wird leugnen, Sie zu kennen. Er hat mit seinen publizistischen Mitteln den Wahrheitsbeweis in der Hand. Ihren Fragebogen, Herr Direktor!"

* * * * *

11

Mittags-Konferenz:

Sie alle wollen Dr. Georgus sehen, wenn er hereinkommt. Die meisten kommen deshalb pünktlich. Es gibt kaum Nachzügler. Alle wollen in das Gesicht eines Mannes blicken, der gefeuert worden ist. Vom Verleger höchst persönlich! Und einfach so übers Telefon. Und alle wollen einen Mann hören, was er antwortet, wenn er gefragt wird, ob es stimmt, daß er zu seinem Verleger ‚Arschloch' gesagt hat.

Sie warten vergeblich auf Dr. Georgus. Der Feuilletonchef packt Bücher zusammen, oben in seinem Zimmer. Er wirkt weder traurig noch heiter. Die Uhse, eine der Schreibdamen, sieht ihm durch das Glas der Stenozelle zu. Dr. Georgus geht hin und her, wie einer, von dem die Spannung abgefallen ist.

Was läßt sich von seinem Gemütszustand sagen? Georgus pfeift nicht vor sich hin, was sonst eine nimmermüde Angewohnheit ist. Auch die Hacken klacken nicht wie üblich, weil er in dünnbesohlten Schuhen tänzerische Schritte macht. Jetzt schlurft er eher. Also: niedergeschlagen?

Dr. Georgus ist nicht niedergeschlagen. Er weiß, daß sein Rausschmiß mehr ist, als die Niederlage eines Einzelnen, mehr, als das ihm zugefügte Unrecht. Die Entlassung des Leiters der Kulturredaktion ist der Fortgang einer Säuberungswelle, die schon in der Politischen Redaktion unbequeme Mahner, also: Störenfriede! hinausgespült hat.

„Herr Dr. Georgus scheidet aus Gründen unüberbrückbarer Meinungsverschiedenheiten mit der Konzernleitung aus den Diensten unserer Zeitung!"

Kein Wort mehr. Auch nicht den Willen dazu gibt Chefredakteur Hans Thomas preis. Die Konferenzgemeinschaft würgt einige Augenblicke an dem Knebel.

Dann läßt freies Atmen erkennen, daß Einzelschicksale keine Sache längeren Nachdenkens sind.

Hätte Georgus das wissen müssen? Ja! Vorkommnisse solcher Art hatten in dieser Redaktion nie eine andere Wirkung als passive Erregung. Tuscheln, Feixen, Beklemmung, Befreiung, kaum Nachdenken über den Nächsten. In beiderlei Sinn. Hauptsache, man war es nicht selber. Aber wenn man es sein würde? Wohl kaum: Anpassung!

Stellvertreter Meineider will die Delegation nicht anführen, die zu Hans Thomas gehen soll, um nachzufragen, wie es zu der Blitzentlassung gekommen ist. Er war lange mit Georgus befreundet gewesen, wohnte ein paar Jahre Tür an Tür mit ihm. Nun sieht er einen gütigen Wink des Schicksals darin, daß die unerträglich gewordene Zusammenarbeit zuende geht. Meineider hat nicht daran gedreht.

Was hat Dr. Georgus getan? Weshalb mußte er über die Klinge springen? So einer fliegt nicht aus der hohlen Hand. Auch nicht, wenn er zu einem Verleger ‚Arschloch' sagt. Georgus hat immer ‚Arschloch' gesagt: zu den Mädchen, zu den Volontären, zu den Kollegen, zum Stellvertreter, zum Chefredakteur, in der Konferenz. Hier sehr häufig. Besonders dann, wenn er Druck spürte aus einer bestimmten Richtung, etwa Marschroutenhinweise, oder wenn Konzernpflöcke ihn einzuzäunen begannen, Richtungsanzeiger mit der Stereotype: „Es liegt im Interesse des Konzerns . . . "

Es lag – zum Beispiel – jahrelang im Interesse des Konzerns, daß Georgus im Weltblatt auf den verderblichen Einfluß der Bücherringe hinwies, auf die aushöhlende Flut der Bücherclub-Produktionen, die, so schrieb Georgus, nicht das zeitgemäße Kunstbedürfnis befriedigen, sondern einträgliche Reproduktionen abgestandener Bestseller nutzen. Dies dank einer umsatzgierigen Reklame, nicht aber nach dem Verlangen einer bildungsverantwortlichen Gegenwartsliteratur. Die vom Copyright befreiten Nachdrucke einstiger Buchschlager lassen vor allem die Kassen des größten Lieferanten der Konsum-Literatur klingeln, des die europäische Einigungsidee nutzenden Massenherstellers: Europa-Buch! Das Vorgehen dieses Stampfhauses, das mit einer Armee von Studenten und taugenichtsigen Klinkenputzern Pressure-Business an der Haustür treibt, hatte Georgus immer wieder mit Glossen und Leitartikeln angegriffen. Unerbittlich hatte er auf die Gefahr des literarischen Einheitssumpfes hingewiesen, mit viel Beifall in und außerhalb des Hauses. Höhepunkt der Georgus'schen Mahnungen war der Alarm gegen den Aufkauf des autorenberühmten Netz-Verlages durch den Europa-Buch-Konzern.

Georgus hatte in einem vielbeachteten Kommentar geschrieben: „Sie sollen die Finger davon lassen, jene Bagger-Verlage, die aus den Schüsseln der Literatur nicht Feinschmeckergerichte schöpfen wollen, sondern die Fettaugen des gefälligen Umsatzes, Dutzendmenus, Stippsoße, die sie für den Mengengeschmack mit Zoten und Zinnober anreichern. Sie wollen nicht Poesie sondern Pinke!"

Unter Wissenden, zu denen die Fachwelt auch Dr. Georgus glaubte zählen zu dürfen, war bekannt, daß sein eigener Konzern an dem Handel um den Netz-Verlag über seine Berliner Buch-Manager interessiert war. Mit einem beachtlichen Gebot für das freistehende Aktienpaket bemüht sich der Konzern, den großen Fisch an Land zu ziehen.

Die Anbieter mußten nun glauben, der Konzern wollte mit der Schimpf-Kolumne des Dr. Georgus nicht nur den Preis herabdrükken, sondern damit verhindern, daß der finanzkräftige westfälische Büchermoloch den berühmten Verlag schlucken würde. Sie griffen lieber schnell zu und gaben dem höchsten Gebot aus Stuttgart den Zuschlag.

Dr. Georgus hat nichts gewußt. Der Konzern hatte die Kaufofferte in geheimen Verhandlungen unterbreitet.

Als er ans Telefon gerufen wurde und einer der Konzernbevollmächtigten ihn fragte, ob er wisse, was er angerichtet habe, konnte Georgus mit ebenso berechtigter Empörung fragen, weshalb der Konzernchef einen Feuilletonchef eines seiner Blätter nicht wissen lasse, daß auch er auf dem Buchmarkt zu herrschen wünsche. Der Zusatztitel ‚Arschloch' sollte keine Respektlosigkeit sein, sondern war das gewohnte Bellen eines nicht beißenden Hundes. Jetzt hatte der Verleger den Hund gebissen.

* * * * *

12

Frei von Skrupeln, unbelastet, nicht ohne persönliche Hoffnung, macht Rupert Berger sich Gedanken: Bonvivat, der alte Parteifuchs wird das Problem durchleuchtet haben. Bis in die weitesten Konsequenzen. Publizistisch vor allem. Wir sind Anstalt des Öffentlichen Rechts. Der Konzern wird sich gegen unsere Pläne wehren, mit Händen und Füßen. Der Konzern zuerst. Der Konzern mit seiner Zeitungsmacht! Berger wünscht wollüstig diese Auseinandersetzung. Er hat persönliche Interessen.

Berger hat nicht viel Zeit, die Intendanten-Sekretärin Sauer zu betrachten und Gedanken nachzuhängen, die ihm schmeicheln. Er hört hastiges Klopfen, das zu einem „Herein" keine Zeit läßt. Mehrere Herren treten ins Vorzimmer. Reinhold Holzer, der Programmdirektor, führt sie an. Holzer ist der Typ eines Skatbruders. Seine wuchtige Statur verengt anderen den Raum. Aber es breitet sich keine Platzangst aus, weil Holzer jeden mit Jovialität umarmt. Um seinen starken Schädel windet sich ein mönchischer Haarkranz. Holzer ist aus der Lehrergewerkschaft hervorgegangen. Ein verläßlicher Mitarbeiter des Intendanten.

Mit ihm eingetreten sind die Ratsmitglieder Senator a. D. Kuchenkremer, den sie „Kuchenknast" nennen, weil er früher der Justizbehörde und der Gefängnisverwaltung vorgestanden hat und weil er einmal aus Anlaß einer Parlamentswahl seiner Popularität damit aufzuhelfen versuchte, daß er im Zuge der vieldiskutierten Strafrechts-Reform, allen Gefangenen zum Muttertag Kuchen in die Zellen bringen ließ. Die weiche Geste ging damals unter in den Mißhandlungsaffären à la Klingelpütz. Kuchenkremer gehört zu der ältesten Garde der Sozialdemokraten. Er hat ein Buch veröffentlicht über seine Kriegserlebnisse als Gefreiter.

Rechtsanwalt Kattenpot ist Justitiar der gewerkschaftseigenen Baugenossenschaft „Wohnungsunion", deren Finanzmacht in Europa so gewaltig ist, daß EG-Verhandlungen nicht ohne Berücksichtigung ihrer Geschäftsinteressen geführt werden können. In den Berichten der Brüsseler Korrespondenten steht darüber weniger als in den Bilanzen der „Wohnungsunion" und ihrer zahlreichen Töchter. Aber die liest keiner. Die Macht der „Wohnungsunion" ist groß, aber nicht vordergründig. Das Bauimperium wirkt aus den Kulissen, absolut beherrschend, dabei spurenfrei, weshalb kein noch so geschärfter Gedankengang seine Interessen aufgliedern könnte. Es ist beinahe lächerlich, zu beobachten, wie diese zweite deutsche Besetzung in Frankreich, in Belgien, in Holland, in Dänemark ungehemmt und unbeklagt vor sich geht. Ein heißes Kapital internationaler Gewerkschaftsmacht.

Kattenpot ist Spezialist für Eigentumsrecht und internationales Vertragsrecht. Weniger seiner Begabung, als dem Einfluß des Grund- und Bodenimperiums, verdankt er es, daß er in den Senderat delegiert wurde. Die „Wohnungsunion" hat nicht unerheblich in Bauvorhaben des Funks investiert. Kattenpots Fähigkeit, juristische Gutachten unanfechtbar zu untermauern, wird dem Thema der gleich beginnenden Konferenz zugute kommen.

Der Rechtsanwalt Kattenpot ist der Stanztyp eines Bürokraten. Er lindert ihn selbst in der Pose eines bescheidenen, fast hilflos wirkenden Partners, der abseits steht, wie zufällig, der aber seine Aktentasche so hält, daß jeder denken muß, darin entscheidende Papiere zu finden. Kattenpot ist anzusehen, daß er seine Gutachten verbissen erarbeitet. Zeichen eines anderen Lebenssinnes sind an ihm kaum wahrzunehmen. Das macht ihn zu einer Eminenz.

Gernehart Kattenpot trat in das sozialistische Lager ein, als er erkannte, daß die reale, konkrete, dringliche, geldliche und damit ungehemmte Macht bei den Gewerkschaften liegt. Diese Erkenntnis festigte sich während seiner Assessorzeit in der gemeinnützigen Wohnungsbauförderungskasse, wo seine berufliche Karriere begann. Kattenpot besitzt ein eigenes Haus auf eigenem Grundstück. Als er von Plänen seiner Genossenschaft hörte, in seiner engeren Nachbarschaft Hochhäuser für den sozialen Wohnungsbau zu errichten, gelang es ihm, diese erfolgreich zu durchkreuzen.

Es tritt noch einer ein. Wer die Anwesenden als Gesinnungsfreunde kennt, könnte sich wundern, ihn kommen zu sehen: Dr. Rudolf Schweinowski, Doktor der Philologie, Studiendirektor an einem Nordsee-Gymnasium. Landtagsabgeordneter auf seiten der Christdemokraten. Schweinowski gehört dem Senderat erst kurze Zeit an. Beim satzungsgemäßen Wechsel im vergangenen Jahr brachte die Kirche ihn durch, unterstützt von den Christlichen Gewerkschaften. Schweinowski ist Synodaler. Seine christliche Überzeugung scheint mit seinem Wesen eine Einheit eingegangen zu sein. Alles Tun ist ihm Nächstenliebe. Jede seiner Äußerungen, jede seiner Gesten sind Mühen um Wohlgefallen. So ist auch sein Auftreten. In diesem Moment.

Er tritt leise in den Kreis. Er sieht nicht die Gruppe. Er sucht den einzelnen. Jeden geht er persönlich an. Direkt. Unausweichlich. Ist der Partner ihm gesonnen, was Schweinowski untrüglich spürt, wie auch das Gegenteil, zieht er dessen Hand an sich, fast herznah. Er drückt sie wie bei einem Glückwunsch. Sein Blick, der die Augen des anderen sucht, sie festhält, scheint zu sagen: Das Leben ist schön!

Empfindet Schweinowski bei einem Ablehnung, Antipathie, auf dessen Seite oder auf seiner, ändert er sein Verhalten nur um eine Nuance: Er bekundet nicht Daseinsfreude, er zieht den Zögernden an sich, wie jemanden, der Anlehnung braucht, eine Gemeinschaft sucht, am ehesten ihn. So tut er wie ein Kirchendiener, der einem neuen Gemeindemitglied das Gesangsbuch reicht: Singen, lieber Freund. Singen verbindet!

So zieht Schweinowski die Aufmerksamkeit von Kattenpot auf sich, der ihm beim Eintritt am nächsten steht. Der Jurist nimmt Zuflucht zu seiner Aktenmappe, die er wie einen Schild hochhält. Aber das schützt ihn nicht. Schweinowski hat seinen kahlen, birnenförmigen Kopf so nahe gebracht, als wolle er Kattenpots Gesicht unter der Lupe betrachten. Er zwingt diesen, den Kopf zu wenden, ihm sein Ohr nahe zu bringen, in die gewünschte Stellung. Während Schweinowski nichts sagt oder nur einen Gruß raunt, nach dem Befinden fragt, bildet Kattenpot sich ein, daß Schweinowski sagt: Alles Posen, mein Lieber, nicht der Rede wert!

So geht Schweinowski reihum. Kaum jemand nimmt seine Begrüßung ohne Unbehagen entgegen, seine wohlgefällige „Ich-bin-mit-euch"-Art. Aber niemand argwöhnt. Das Kauzige an Schweinowski ist allen eher ein Zeichen von Harmlosigkeit. Damit tritt auch in den Hintergrund, daß Schweinowski aus einem anderen politischen Lager kommt, niemandem bleibt Zeit, darüber nachzudenken, zu grübeln, ob das kuriose Gebaren des christpolitischen Ratsmitglieds es nötig macht, zurückhaltender zu sein. Alle öffnen die Arme ebenso segnend, wie Schweinowski es tut.

Dann öffnet sich die Cheftür. Der Intendant tritt heraus. Wie ein Jubilar, wie ein Ausgezeichneter begrüßt er die Wartenden. Die Aufgeschlossenheit ist allen ungewohnt. Ihre Reaktion ist Erstaunen und Wohlgefühl zugleich. Weshalb sie sich wie eingeladene, erwartungsfrohe Gäste in den Raum ziehen lassen, unter fortwährendem Nikken, weil die Komplimente ihnen schmeicheln, die der Intendant in verblüffender Fülle von sich gibt. „Kommen Sie, meine Herren. Treten Sie ein. Merken Sie sich den Tag. Er wird Geschichte machen. Durch Ihre Mitwirkung. Sie tragen dazu bei. Es sind Ihre Namen, die später genannt werden werden."

Berger empfindet das Enten-Quack-Quack, das durch das „Werden-werden“ entstanden ist, und er sieht, woher die Aufgeschlossenheit des Intendanten rührt. Gegen eines der Fenstersimse gelehnt, die Beine gekreuzt, selbstsicher wie ein Verkünder, lächelt Professor Bonvivat den Eintretenden entgegen. Er rührt sich nicht, nimmt die Arme nicht herunter, die er verschränkt hält. Es bleibt ohne hemmende Wirkung auf die in den saalgroßen Raum tretenden Herren des Senderats. Sie empfinden unverändert Wohlbehagen darüber, daß das, was sie jetzt erleben werden, Geschichte sein wird.

Der Intendant bietet Plätze an. Die pfannenbreiten, altdeutschen Sessel aus schwarzgebeiztem Holz mit Polsterfüllungen, die chintzbezogen sind, stehen im Halbkreis um seinen Arbeitstisch. Der Intendant komplimentiert Emilio Bonvivat in seinen eigenen Stuhl.

Der Professor der Publizistik, Altvater der Zeitungswissenschaft, Nestor der Lehre vom geschriebenen und gesprochenen Wort (früher Berlin), nimmt ohne Zögern, wie selbstverständlich an. Er ist Huldigung gewohnt, sie ist ihm auch hier angemessen. Die anderen empfinden es nicht anders. Rechts neben Bonvivat steht ein hochlehniger, im Rücken gefällig gekehlter Stuhl, der an ein Dürerbild erinnert. Auf ihn läßt sich Kattenpot vom Intendanten drücken.

Schweinowski eilt auf das hölzerne Standbild zu, das links vom Intendanten steht. Es stellt Siegfried auf schnaubendem Roß dar, einen Drachen unter sich. „Das Abendland“, sagt Schweinowski mit verzücktem Blick. „Wir retten das Abendland!“

Niemand ist dieser Ausspruch albern. Wie nach Bestätigung suchend, blicken sie auf den Mann, der kerzengerade am Schreibtisch sitzt. Professor Bonvivat zieht die Blicke auf sich. Nur er scheint die Runde zu beherrschen. Er wirkt eckig, ängstigend, wie ein Berggeist. Seine buschigen Augenbrauen und das scharfprofilierte Gesicht bestätigen seinen Spitznamen „Rübezahl“, den die Dozenten und Studenten seiner Fakultät für ihn gefunden haben. Er soll nicht Geringschätzung ausdrücken. Eher Ehrfurcht, was in diesen Tagen ungewöhnlich ist, wo allerortens die Studierenden die Hörsäle zu Pissoirs machen und die Professoren hinausprügeln.

Fast folgsam blickt ihn die Konferenzrunde an: Programmdirektor Reinhold Holzer, Senator a.D. Gerd Kuchenkremer, Rechtsanwalt Gernehardt Kattenpot, Studiendirektor Dr. Rudolf Schweinowski, der Intendant und der Pressechef des Rundfunks, Rupert Berger. Der hatte eben noch die Hände Bonvivats warm gedrückt, als würde er daraus Insignien empfangen. Berger glaubt, etwas Gleichwertiges daraus entgegen nehmen zu können, wenn auch nicht in diesem Augenblick, so doch in naher Zukunft.

Gefühle und Posen enden in dem Augenblick, als der Professor – anstelle des Intendanten – die Konferenz des Senderats eröffnet. Ohne weitere Erläuterungen, den Kern des Themas sofort angehend, beginnt Bonvivat: „Was uns heute hier zusammenführt, berührt unsere vitalsten Interessen. Wir beginnen eine Auseinandersetzung, die unsere Lebensrechte verteidigen soll. Der Kampf wird um Sein oder Nichtsein gehen!"

Das sind gewaltige Worte, bedrohliche Aussichten. Sie lösen verschiedene Reaktionen aus. Programmdirektor Holzer lächelt breit und schlägt mit der rechten, zur Faust geschlossenen Hand in die linke, daß es klatscht. Senator Kuchenkremer ringt anscheinend mit der Frage, ob er solche Strapazen noch auf sich nehmen soll. Er ist mit zweifacher Pension ausgestattet, aus dem Wirken als Abgeordneter und dem als „Regierungsmitglied". Anwalt Kattenpot hat das Beratervisier heruntergelassen. Das enthebt ihn der Preisgabe seiner Ansicht. Vorerst.

Dr. Schweinowski wird kein „Hurra" von sich geben. Das beweisen schon die unruhig kreisenden, von starkem Zweifel angefüllten Augen, die warnend auf Zurückhaltung pochen.

Für Bonvivat ist das der Anlaß, dic Gefühlsschleuse ein wenig zu öffnen. „Ich bin mit meinen politischen Freunden darin einig und gewiß doch auch mit Ihnen, meine Herren, daß die in vielen Jahren geübte Passivität unserer Rundfunkanstalten gegenüber unsachlichen Angriffen von oft beleidigendem Inhalt mißbraucht worden ist." Der Professor läßt die bitter empfundene Enttäuschung darüber einen Moment um seinen Mund stehen. „Allzu lange haben wir geglaubt, es der Würde unseres Hauses schuldig zu sein, Geduld und Nachsicht zu zeigen!"

Nun legt Bonvivat die Lanze ein: „Damit ist jetzt Schluß! Wir werden uns wehren. Sofort! Wir werden eine Waffe anwenden, die keiner auf unserer Seite vermutet!" Der Gelehrte zögert, um mit einer bewährten Geste größeren Nachhalt zu erzielen. Er reckt das spitze Kinn vor, ruckartig, daß es wie ein Stoß wirkt: „Wir werden uns endlich eines Mittels bedienen, daß der Bedeutung unseres Hauses angepaßt ist." Jetzt geht der Finger unterstreichend an der Nasenwurzel entlang. „Alle Welt betreibt Öffentlichkeitsarbeit, aber wir . . . " Wie ein wetternder Pfarrer, vergißt auch der Professor nicht, die guten Schafe von den schlechten zu scheiden, weshalb Rupert Berger einen aufmunternden Blick empfangen darf und das Lob: „Unsere Pressearbeit ist ohne Tadel. Das möchte ich hervorheben. Aber Unterrichtung ist nicht Beherrschung!"

Das Wort ist Keulenschlag. Deshalb muß Dr. Schweinowski jetzt seinen Knochen haben, denn der hat seinerseits den Birnenschädel in Stoßrichtung gebracht. Seine Augenbrauen sind gefurcht. Boten des Einspruchs. Bonvivat ist schneller. „Nicht Beherrschung im Sinne von Macht. Um Gottes Willen!" Er zieht den Kirchenmann zu sich heran mit einem beileibe-nicht-Blick zur Decke, der sehr wohl dem Herrn gegolten haben könnte. „Beherrschung ist auch das, was wir zur Selbsterhaltung brauchen, zur Abwehr, Beherrschung kann auch Notwehr sein."

Das schöne Wort mit seinem urchristlichen Gehalt an Lebensbehauptung verfehlt seine Wirkung nicht. Mit einem Schnaufen, das zu erkennen gibt, wie schwer seine Schultern tragen, sagt Bonvivat: „Wir werden eine Zeitung machen!"

Ein solcher Augenblick muß dem gleichen, von dem Forscher träumen, die die Entdeckung der Ursache des Gewebekrebses verkünden möchten. Er gleicht aber auch der Stunde der Machtergreifung. So empfindet es Schweinowski. Er ist in dem Kreis der einzige, der an dem Wort Beherrschung wie an Dörrgemüse kaut. Er klaftert sogleich in den Raum und will den fälligen Schlag. „Eine Zeitung? Würden wir damit nicht unseren Auftrag verletzen? Unsere Mittel sind der Rundfunk, seine Hörfunkprogramme, unser Fernsehen!" Dr. Schweinowski muß selber das Gefühl haben, auf dem Bildschirm zu sein, so entschlossen ist sein „Bis-hier-und-nicht-weiter-Blick".

Emilio Bonvivat ist nicht hier, um sich von irgendwem von der Szene drängen zu lassen. Er ist der oberste Richter. Deshalb zunächst ein Schuldspruch. „Wir haben schon zuviel versäumt. Bis zur Selbstaufgabe. Jetzt ist es genug!"

Das ist Donnerschlag. Augen und Münder sind auf ihn gerichtet. Er muß Schärferes sagen, etwas, was Appell ist. Auch an Schweinowski. „Der Senderat, dem vorzustehen ich die Ehre habe, hat Pflichten zu erfüllen, wie die Geschäftsordnung sie ihm abverlangt."

Um die dünnen Lippen von Dr. Schweinowski hat sich ein Faltenkranz von Mißmut gelegt. Er will offenkundig antworten. Aber weil er den Blick gesenkt hat, als wolle er ablesen, verpaßt er den Einsatz.

Nicht der Professor. Der ist aufgestanden. Wie am Katheder stützt er die Arme unter Fäusten auf die Tischplatte. „Hier geht es nicht um polemische Techtelmechtel, um gar keine Selbstgefälligkeit, wie ich betonen möchte. Ich bitte um konstruktiven Zuspruch!" Als gelte es, Schweinowski wie im Unterricht zu prüfen, wendet Bonvivat sich ihm zu. „Wie stellen wir uns ein Überleben des Rundfunks vor, wenn wir die Angriffe nicht abwehren, die unsere Anstalt, ihr neutrales, dem freien Wort verpflichtetes Wirken bedrohen? Die Antwort ist simpel, meine Herren: Sie säßen nicht hier, Sie werden hier nicht mehr sitzen, wenn es dem Konzern gelingt, in das Rundfunkgeschäft, in unser Fernsehen, einzubrechen."

Keine Unterbrechung. Sie würde die Spannung verflüchtigen, die noch spürbar im Raum steht. Der Intendant macht eine Bewegung, die sie aufheben könnte. Bonvivat steht nahe genug neben ihm, um ihn zu hindern. Seine Hand greift wie begütigend zu der des Intendanten. „Nicht jetzt, mein Lieber. Nachher!"

„Ja, nachher!" Professor Bonvivat wiederholt es. Aber die Betonung ist laut, lauter als notwendig. Sie soll die Aufmerksamkeit wieder auf ihn lenken. Die Entschlossenheit, die in seinem Gesicht, in der Angespanntheit seines Körpers, in den Zischlauten seines Wortflusses zum Ausdruck kommt, ist ein verbissener Ringkampf mit seinen Zuhörern.

„Muß ich Sie, meine Herren, darin belehren, was es zu bedeuten hat, daß der Konzern seine bisherige Oligarchie, die Herrschaft weniger Manager, hinter den Kulissen einer Aktiengesellschaft versteckt? Nein, ich muß das nicht. Und ich muß auch nicht sagen, daß in Deutschland alles geschehen kann, was sich hinter dem ehrfurchtsträchtigen Gebilde einer AG abspielt. Es ist Deutschland, in dem noch immer wirtschaftliches Analphabetentum herrscht!"

Ein interessanter Gedanke. Er hat seine Wirkung nicht verfehlt. Sogar Schweinowski nickt zustimmend. Er ist Sohn der Reformierten Kirche und gerade in letzter Zeit sind Veröffentlichungen an den Tag gekommen über den unglaublichen Reichtum der papistischen Kirche. Finanzgenies, die nicht schwächer sein können wie etwa Pierpoint Morgan, Baruch und die Rothschilds, haben im Vatikan ihre rosenkranzbewährten Hände in Aktienpaketen und im Grundstücksmarkt.

Bonvivat hat das beifällige Nicken des Kirchendelegierten wohl gesehen. Und er ahnt, aus welcher Richtung ihm dieser unerwartete Zuspruch kommt. „Aber nicht die Ignoranz der Masse, ihr Unvermögen, die Zusammenhänge zu verstehen, ist die eigentliche Gefahr. Die Bedrohung kommt ausschließlich von den kommerziellen Interessen des Konzerns. Sie wird nicht dadurch geringer, daß er sich in der Anonymität einer Aktiengesellschaft versteckt!"

Der alte Zeitungsdekan fühlt, daß er die Schrecken nicht plastisch genug ausmalen kann. Er greift zu einer Caesaren-Anklage: „Die Person des Verlegers und die seiner Vertreter treten in den Hintergrund. Es gibt plötzlich keinen Verantwortlichen mehr, keinen Schuldigen." Bonvivat muß deutlich hervorheben, wie sehr in Zukunft Proteste ins Leere stoßen müssen. „Denken Sie an die Studenten, meine Herren, an die Demonstrationen gegen die Druckhäuser des Konzerns. Das waren unausbleibliche, gesunde Unmutsäußerungen unserer Jugend gegen die Profitgier der Clique. Dieser Konzern will mit allen Mitteln in das audiovisuelle Geschäft einsteigen!"

Die Fäuste Bonvivats pochen jetzt mit Nachdruck. „Sie wissen so gut wie ich, meine Herren, das zielt darauf ab, unseren Rundfunk, unser interessenfreies Fernsehen, zu verdrängen!" Der Professor hält den ausgestreckten Zeigefinger wie ein gezücktes Messer vor die Augen der anderen. „Wir haben das zu verhindern. Und das ist es, was der Herr Intendant meint, als er sagte: Ihre Namen werden Geschichte machen."

Die Tücken der Technik drohen den entscheidungsträchtigen Augenblick zu zerreißen, ihn ins Lachhafte gleiten zu lassen. aus der schallschluckenden Porowand des Intendantenzimmers dringt plötzlich Heintjes „Bumbeitschi". Die kleine Sauer im Vorzimmer hat vergessen, den Stereokanal ins Chefzimmer zu sperren. Bonvivats hohe Meinung vom volksfördernden Auftrag des freien Rundfunks erhält damit eine massenkommunikative Bestätigung. Sie liegt gratschmal zwischen Lächerlichkeit und Bedürfnis.

Die kleine Verwirrung hat noch eine für den Professor ungünstige Nebenwirkung. Keineswegs sind alle von der Idee, daß sie Geschichte machen sollen, angetan. Besonders Senator Kuchenkremer zeigt eine gequälte Miene. Könnte er die Gedanken, die er ausdrücken will, schneller ordnen, so hätte er Wichtiges zu bedenken gegeben. Aber die warme Stimme der Ansagerin Hermia Leinig unterbricht den Gesang des Mamajungen mit einer Durchsage des Polizeifunks. Die Straßen in Schleswig-Holstein sind durch starke Schneeverwehungen teilweise unpassierbar.

Rupert Berger klärt auf mit einem Blick auf die Uhr: „Auf UKW zwei läuft die Schlagerparade. Wiederholung." Er begibt sich zur Tür und gestikuliert in den Nebenraum. Eine Melodie zerreißt.

Dr. Schweinowski hat Zeit gewonnen, um darüber nachzudenken, was hinter den Ausführungen Bonvivats steckt, welche Konsequenzen sich daraus ergeben, wenn sie Gestalt gewinnen. Ist es die Sorge um den freiheitlichen Bestand des Rundfunks allein? Oder sind es die parteipolitischen Interessen der Sozialdemokraten, die hier befriedigt werden sollen? Der Pädagoge weiß, daß seine Stimme nicht unbedingt gebraucht wird. Selbst Entscheidungen von gesellschaftspolitischer Tragweite kann der Senderat mit einfacher Stimmenmehrheit gutheißen. Nur formell kann der Vermittlungsausschuß der Länderkommission angerufen werden. Schweinowski beginnt zu fürchten, er könnte überrumpelt werden.

Da kommt unverhofft Hilfe von Senator Kuchenkremer, der neben Schweinowski sitzt. Den Altgenossen quälen Kompetenzzweifel an dem, was hier erreicht werden soll. Er fragt im Tonfall eines Mannes, dem der polemische Tenor seiner Frage plötzlich Angst macht und der ihn durch Sanftheit mildern will. „Aber sind wir berechtigt, die Hörergebühren zu anderen Zwecken zu verwenden als für das Programm?" Dem Senator außer Diensten erscheint die Fragestellung und der allzu deutlich beschwichtigende Klang dann doch zu lau. Er dehnt seinen Oberkörper, wie er das früher, am Vorstandstisch seines Parteibezirks, getan hat, wenn er den Herrn im Hause machte. „Das ist doch eine Sache, die nur auf höchster Parteiebene entschieden werden kann!"

Alles will Emilio Bonvivat dulden. Aber Zweifel an seinen Vollmachten nimmt er nicht hin. Ein Manifest wird verkündet. Und niemand soll sich wundern, daß der Professor von der angeborenen, italienischen Gestikulationskunst in Bismarcksche Gestaltenstarre verfällt. „Ich muß mit allem Nachdruck betonen, daß ich nicht nur die Vollmacht des Partei-Presse-Rates habe. Die oberste Parteiführung hat mich beauftragt, die Freiheit des Rundfunks zu sichern. Mit den Plänen, meine Herren, ich betone es, die ich erarbeitet habe. Sie haben die volle Rückendeckung unserer politischen Freunde!"

Die großen geschichtlichen Posen sind der Nachwelt als Lernmittel überliefert worden. Ihre Wirkung scheint zeitlos zu bleiben. Bonvivat, der sonst, wie auf einer Bühne, aus Verhaltenheit zu advokatischer Aufgeragtheit wechselt, steht, hoch aufgereckt, am Schreibtisch. Sein Blick geht ins Weite. Es muß ihm vorkommen, als habe dieser Augenblick historische Bedeutung. „Es geht um die Wahrung demokratischer Grundrechte." Programmdirektor Holzer macht eine Bewegung, als wolle er nach einem Bierkrug greifen, Senator Kuchenkremer nickt beifällig, weil das Wort Demokratie gefallen ist.

Kattenpot stellt die Füße noch enger zusammen, so als sei er wieder einmal zu etwas berufen worden.

Nur Dr. Schweinowski ist von der Rolle des Professors nicht hingerissen. Auch er will ein Schauspiel. Aber keine Pose. Er will Entlarvung. Dieses Stück ist ihm zu sehr ins Grundsätzliche geraten, zuweit dorthin, wo politische Rücksichten gelten. Die Aufführung muß wieder näher zum Menschlichen kommen, dahin, wo das Triviale herrscht. Hier an diesem Ort, von diesem Zimmer aus, führt die Szene ins pralle Leben. Der Christdelegierte beginnt seine Mohrenwäsche.

Der Intendant, gegen den sie sich zunächst wendet, bemerkt nicht, daß er das erste Opfer werden soll. Was Schweinowski sagt, kommt winkelzügig, von salbungsvoller Rede zu sehr mit Harmlosigkeit getarnt.

Die Arglosigkeit des Intendanten läßt die anderen nicht ungerührt, zumal dieser, trotz der aufschiebenden Mahnung Bonvivats, die Sekretärin Sauer hereingerufen hat. „Was mögen die Herren?"

Der Professor kann die usurpierte Hausherrenrolle nicht gut dazu mißbrauchen, den anderen den Genuß zu verwehren. Deshalb sagt Bonvivat mit abstinenzlicher Strenge: „Mir Wasser, bitte!", während seine Senderatskollegen auf alkoholische Stärkung nicht verzichten möchten.

Bis auf Schweinowski, der selbst dann, wenn es ihn ebenso gelüsten sollte, jetzt nicht anders kann. „Natürlich auch für mich ein alkoholfreies Getränk, Fräulein Sauer!"

Auf den Christvertreter wirkt die Assoziation, die der Name der Intendantensekretärin auslöst, nicht allein mundverziehend. Schweinowski möchte sauer sein, jetzt, um gleich zu Beginn dieser Konferenz Stoppsignale zu setzen und anklingen zu lassen, daß er außer Argumenten noch bedrohliche Offenbarungen zur Hand hat:

„Vor solch einem gesellschaftspolitischen Unterfangen, eine rundfunkeigene Zeitung herauszugeben, kann ich nur mit aller Dringlichkeit warnen. Noch mehr davor, diese als ein Instrument gegen den Konzern benutzen zu wollen. Muß ich Ihnen, meine Herren, ins Gedächtnis rufen, daß der Appetit des Konzerns von hier aus, ja, von höchster Ebene des Rundfunks, geweckt worden ist?"

Die fingerzeigende Geste unterstreicht Schweinowski mit einem aus der Schulter kommenden Stoß. Er fährt fort: „Ja, ich meine die Affäre ‚Hansa-Studios' und ich meine auch, daß der Herr Intendant mit seiner Beteiligungsofferte an den Konzern Geister geweckt hat, die wir nun nicht mehr bannen können. Eine Zeitung würde sie so heftig mobilisieren, daß damit ein Krieg aller gegen alle losbräche!"

Warum geht der Stoß ins Leere? Keine Empörung, kein Ausfall gegen Schweinowski. Betrunkene haben einen schützenden Engel. Das ist es: Der Intendant ist in Götz-von-Berlichingen-Stimmung, und er ist gerade damit beschäftigt, andere dahin zu bringen. Für sie kommt die Aufforderung, freimütig zu genießen, im rechten Moment. Wer sich zuprostet, braucht auf andere Fanfaren nicht zu hören.

Nur Emilio Bonvivat leidet an dem Zwiespalt des Augenblicks. Die Attacke des christlichen Ratsmitgliedes hatte auch ihn einige Atemzüge lang nach Schnaps verlangen lassen, aber dann sieht er mit Genugtuung, daß alle so tun, als habe Schweinowski Belangloses gesagt. Es freut ihn, zu wissen, daß auch Nüchterne ihren Engel haben. Aber was ist dazwischen? Wie wird es sein, wenn die Nebel des Alkohols aufkommen?

Der Professor trinkt sein saures Wasser mit ebensolcher Miene.

* * * * *

13

Sie kommen ungewohnt still aus ihren Zimmern. Dem Gerichtsreporter Franz Asmus Tischer fällt auf, daß sie nicht, wie sonst, Sprüche klopfen, sich ihre ‚Schnacks' wie Bälle zuwerfen, deren Hin und Her von ihrem Lachen begleitet wird, kraftvoll, kurz in dröhnendem Baß, anhaltend hoch im Falsett. Tischer geht nicht oft zu den Mittags-Konferenzen. Das liegt daran, daß er zum ‚Lokalen' gehört, das in der großen Politik des Hauses als notwendig-nützlich gilt, aber nicht den Rang von Feuilleton, Wirtschaft und Technologie hat. Und schon gar nicht den der Zentralredaktion, wo die Nachrichten aus dem In- und Ausland formuliert werden. Außerdem sitzt Tischer um diese Zeit im Gerichtssaal.

Es gibt Ausnahmen. So wie heute, wo eine Sonderkonferenz anberaumt worden ist, zu der alle Redakteure erscheinen sollen. Vieleicht ist die Bezeichnung ‚Sonderkonferenz', die Tischer bemerken läßt, daß heute die Witzeleien, die Selbstdarstellungen einer allgemeinen Gespanntheit, eher Bedrücktheit, gewichen sind. Während die Kollegen sonst in Gruppen über die Flure in den Konferenzraum gehen, hasten sie an diesem Tag einzeln und geduckt, sehr wandnah, wie Tischer beobachtet, dem auf zwölf Uhr anberaumten Treffen entgegen.

Nur Harmfried Meineider, der Stellvertreter, wie er kurz genannt wird, scheint von der allgemeinen Gespanntheit nicht berührt zu sein. Er tritt wie immer in der Rolle eines Narkosearztes mit aufmunterndem Kopfnicken in den Kreis, das allen sagen soll: so schlimm wird die Operation nicht werden. Er weiß als einziger, um was es gehen wird.

Im Konferenzsaal nehmen alle ihren gewohnten Platz ein. Tischer geht weit nach hinten in den Raum, um die ganze Szene vor sich zu haben. Er beobachtet, daß die Prozeduren des lässigen Pfeifestopfens und des Zigarettenreichens unterbleiben, so als hätten alle die Grippe. Der Gerichtsreporter bemerkt auch, daß das kollegial-freundliche Gruß- und Schwatzverhältnis, das die meisten sonst zu ihm unterhalten, heute im Hintergrund bleibt. Harmfried Meineider, ein eher kleiner Mann, dessen Stirn stark gewölbt erscheint, weil der Haaransatz bis in die Mitte des birnenförmigen Schädels zurückgewichen ist, wendet begütigend den Kopf nach allen Seiten. Die Ankündigung, daß der Verleger zu den Redakteuren sprechen wird, hat eine Stimmung aufkommen lassen, als stünde Schlimmes bevor.

Das war nicht immer so. Frühere Begegnungen mit dem Konzernchef galten für jeden als Vorzugsereignisse. Wer an ihnen nicht beteiligt gewesen war, empfand das als persönlichen Nachteil. Manche sahen darin sogar einen Prestigeverlust, um so mehr, als sich auf die Erzählungen der Charme des Verlegers übertragen zu haben schien. Sie schwelgten von ihren Erlebnissen mit ihm und weckten so das Begehren nach gleichen Freuden, bei denjenigen, denen diese noch nicht zuteil geworden waren. Es wurde verbürgt, daß solche Treffen den Reiz von Herrenabenden hätten. Sie fanden in elegantem Rahmen statt, anfänglich von Vornehmheit gedämpft, solange der Geheime Konzernrat Fuchs dabei war, in den Stunden also, die der sachlichen Aussprache gedient hatten. Später aber, vorzüglich am Abend, auf den Gesellschaften im Gästehaus des Verlegers, wurde es heiter – gelöst, von Scherzen aufgelockert, wenn vor den Kaminen und kostbaren Wandteppichen gelacht wurde, wie in einer Pennälerrunde.

Die fühlbare unbehagliche Atmosphäre zu Beginn dieser Konferenz hat tiefere Ursachen. Seit Monaten wächst die Unsicherheit unter den Redakteuren des Weltblattes, ob der politische Kurs des Konzerns richtig ist. Ebenso lange nämlich hämmerte die Parteipresse der Sozis und der Quasiliberalen gegen den Konzern, unterstützt von den Verlagen und Großauflagen der ‚Kitzelpresse', die eine Ausweitung ihrer polit-pornografischen Ausgüsse über die Elbe, die Spree, die Moldau hinaus bis an die Moskwa wittern, falls ihre einfältigen Träume von einem zensurfreien Großraum von Aachen bis nach Leningrad wahrwerden sollten.

Seit Jahrzehnten ist nicht so massiert gegen einen einzigen Verlag geböllert worden. Nicht nur aus den Pressehäusern mit Rotschnitt. Auch aus den Funkhäusern kommen stündlich Breitseiten der Diffamierung. Es gibt kaum noch einen Hörfunk-Beitrag, und wenn er sich mit der Bienenzucht beschäftigt, dem nicht eine ‚brandtaktuelle' Wendung gegeben wird. Die zu strikter Neutralität beim Verlesen ihrer Texte verpflichteten Fernsehsprecher – sie verlesen nur, sie schöpfen nicht! –, regeln mit offenkundigem Lächeln, mit pointiertem Schmunzeln und Leuchtstellung ihrer Augen den roten Nachrichtenverkehr. Bei Interviews mit dem Mikrophon und vor der Fernsehkamera cutten die Redakteure Ton und Bild weg, wenn der Berichter wahrheitsgetreu von Sympathiebekundungen gegenüber bürgerlichen Politikern spricht. Pop-Produzenten, Rate-Teamer und Quizmaster mißbrauchen ihre Unterhaltungssendungen, um in ein Spiel der einfachen Belustigung politische Kalauer zu mischen, die bei der ‚doofen Masse' ihre Wirkung nicht verfehlen. Ein Top-Master dieser

Gattung, der sich selber eingestehen muß, daß er keinen Gedanken zu seiner Europa verbindenden ‚Show' beigetragen hat, führt sein Eurovisions-Publikum mit einer demoskopisch fragwürdigen Umfrage über die Beliebtheit eines gewissen alias Herbert Frahm glatt aufs Glatteis.

Die meisten der hier anwesenden Redakteure empfinden den politischen Kurs des Konzerns als richtig, weil er Deutschland, und das ist in diesem Hause die Bundesrepublik, solange der andere Teil es nicht sein darf, vor Unfreiheit bewahren hilft. Nur wenige neigen zu einer Kompromißhandlung, die eine Annäherung an die Sowjets und an die Machthaber in der Zone befürwortet, weil damit, so glauben sie, Erleichterungen für die Menschen im anderen Teil unseres Vaterlandes ermöglicht werden könnten.

Könnten! In diesem Zweifelswort liegt die Wurzel des Gewissenskonflikts, der fast alle Redakteure des Weltblattes quält. Der Konzern hat Zeitungen mit größeren Auflagen. Aber das Weltblatt hat internationalen Rang. Es wird auch in den Ostblockländern so bewertet. So geht ihr Gewissenskonflikt auch ins Persönliche. Wenn da mal was schiefgeht, wenn Deutschland, und das ist die Bundesrepublik, in den Strudel gerät, würden diese Redakteure nicht in ‚Irrenanstalten' enden? Und wenn sie davonkämen, sich in die innere Emigration retten könnten, was würde aus ihren Familien werden? Was aus ihnen geworden ist, liegt deutlich auf der Hand. An Wohlstand fehlt es ihnen nicht. Solche Gehälter würden nie wiederkommen. Aber wohl auch nicht diese Besorgnisse.

Stellvertreter Harmfried Meineider hatte schon über Wochen hinweg beobachtet, daß selbst die Routiniers, die notgedrungen ein abgestumpfteres Verhältnis zu der beweisbaren Nachrichtenfälschung der Konkurrenz gewonnen hatten, immer häufiger nachfragten, ob der Kurs noch gälte, ob er noch zu halten sei. Die Berichte der eigenen Korrespondenten gaben ihnen Rückendeckung. Aber, was ist abends, wenn dieselben Nachrichten, allerdings mit gegenteiligem Inhalt, über den Äther kommen und über den Bildschirm? Meineider ist sicher, daß dem konzerninternen Nachrichtendienst alle Quellen zugänglich sind, daß also einseitige Färbung im hauseigenen Nachrichtenstrom ausgeschlossen ist. Dasselbe kann nicht von dem Nachrichtenzufluß bei der Parteipresse gesagt werden. Selbst die bundesdeutsche Generalagentur, die sich aus dem Finanzbeitrag aller angeschlossenen Verlagshäuser nährt, hat, wenn auch abgeschwächt, rote Färbung angenommen. Eine gefährliche Richtung, wie er nach einem Gespräch mit der Crew in der Zentralredaktion erkannt hatte. Deshalb sein Hilferuf an den Verleger.

Den Eintritt des Konzernchefs in die Konferenzrunde beobachtet Franz Asmus Tischer mit Vergnügen. Die Begrüßungsdienerei braucht ihre Zeit. Dem Gerichtsreporter gibt sie Gelegenheit, jenen Mann schärfer ins Auge zu fassen, dem der Verleger den Vortritt gelassen hat. Das geschah mit einem Lächeln, wie Tischer gesehen haben will, das Caesar sich leistete, bis man seinen Großmut mit Mord belohnte. Tischer liebt solche Gedankenspiele, zu denen die Augenblicksbilder ihn anregen.

Während Meineider den Verleger mit Gesten an den Platz geleitet, die an den Auftritt eines Boxchampions denken lassen, zwängt Chefredakteur Hans Thoma sich mit eckigen Schulterbewegungen durch die Reihen. Die Grüße erwidert er mit unruhigen Augen. Er will nicht verbindlich sein. Er kann es nicht, Tischer sieht, daß die rechte Gesichtshälfte des Weltblatt-Chefs wieder dunkler gefärbt ist als die linke. Allgemein heißt es, der Chefredakteur leide in ungewöhnlichem Maße an Wetterfühligkeit. Wahr ist, daß die Redakteure für ‚Vermischtes' sich Reisespesen über den Etat hinaus freieisen, wenn sie so oft wie möglich pseudo-wissenschaftliche Beiträge zu dem Phänomen ‚Wetterfühligkeit' erscheinen lassen. Wer Hans Thomas an Tagen solcher Wetterfühligkeit in die Quere kommt, ohne gemütslindernd auf dieses Leiden einzugehen, kann gewärtig sein, sich auf einem Abstellgleis wiederzufinden.

Zu seinen Redakteuren hat Hans Thomas keinen persönlichen Kontakt. Ihn drängt es in die Einsamkeit. Wer sein Zimmer betreten muß, wird sich gegen das Gefühl wehren wollen, in eine Gruft zu kommen. Um so überraschender ist die Wärme, die Thomas seinem Hund entgegenbringt, einer nicht zu definierenden Promenadenmischung. Kynologen sagen, die Treue eines Hundes wächst mit seiner Rasseunreinheit. Spötter behaupten, die Liebe zwischen Herr und Hund beruhe in diesem Fall darauf, daß das Tier nicht widerspricht, wenn Thomas ihm Passagen aus seinen Leitartikeln vorliest. Das Einverständnis soll soweit gehen, daß der Hund an den Stellen aufheult, wo davon die Rede ist, daß die Weltpolitik in Bewegung geraten ist. Der Hund jault oft.

Es ist nicht die Wetterfühligkeit allein, die den Tatkreis-Journalisten der Zwanziger Jahre in dem Zustand ständiger Übellaunigkeit hält. Ihn höhlt eine Enttäuschung aus, die ihn gleich zweimal mit ungewöhnlicher Härte getroffen hat. Im Konzern wissen nur wenige, daß der Weltblattchef zweier Söhne gedenkt. In Haßliebe. Trauer kann man es nicht nennen, denn beide leben noch. Einer von ihnen ist ein natürlicher Sohn, hervorgegangen aus erster Ehe, angeblich abgeglitten in Nutzlosigkeit, ohne Ambitionen, wie dieser Vater sie wünschen mußte.

Den anderen, einen Wahlsohn, haben die gewünschten Ambitionen in politische Höhen geführt, in die Hans Thomas mit Freuden blicken würde, wenn es die richtigen politischen Höhen wären. Aber es ist ein roter Himmel, der für den abtrünnigen Sohn voller Geigen zu hängen scheint. Für den Wunschvater ist er auf immer verdunkelt.

Keiner der einhundertvierzehn Redakteure hat den leiblichen Sohn je gesehen. (Berliner Kollegen werden aufmucken! Aber die starken Wurzeln der Konzerngeschichte liegen nicht in Berlin!) Dagegen kennt jeder den Mann, der enger mit Hans Thomas verbunden sein sollte, als Blutsverwandtschaft es hätte bewirken können. Den Deutschen unserer Tage war er unter dem Kosenemen ‚Conny' bekannt, wenn auch keiner dabei an jenen ‚Conny' denkt, den die deutsche Geschichte gleichrangig neben Bismarck gestellt hat. Das schließt nicht aus, daß dieser ‚Conny' sich selber so zu sehen wünschte.

Immerhin, dieser ‚Conny' hatte es trotz mißbrauchter Thomas-Gnade weit gebracht. Oder eben deshalb. In der deutschen Beamtenhierarchie kann keiner höher steigen. Auf Lebenszeit. Also, auch danach. Eine kurzfristige Mode erlaubte es ihm, seinen senatorengrau gefärbten Kopf fast jeden Abend dem Fernsehvolk in Farbe aufzunötigen. Als Sprecher der rosa-roten Regierung interpretierte er die Absprachepolitik der Augenblicks-Koalition als eine Notwendigkeit, um von der Russenangst loszukommen, so, als hätte es diese Angst vor dieser Regierung gegeben.

Dieser in Geist und Wesen eher primitiv handelnde Mehrfachsohn – bitte, Frahm und Wehner fragen! – war in Wahrheit politisch niemals wirklich engagiert. Er ist es nie gewesen. Sein Anfangs-Gag kam darin zum Ausdruck, daß er sich gleich nach dem Kriege im Nachhinein den Heldenhelm der Fallschirmjäger überstülpte. Das lag auf der Linie von Werwolf-Söhnen, die sich, mit Nahkampf-Legenden und Eisernen, Goldenen und Ritterkreuzen behangen, ins zivile Leben schicken ließen. Davon gab es eine Reihe, die den Lese- und Radio-Konsumenten unter Phantasienamen bekannt wurden, nicht aber unter den richtigen: wie Schellack, Mohrmann und Hessler.

Kann man in einem relativ kurzen Lebens-Berufsleben – unser ‚Conny' hatte gerade fünfunddreißig Jahre vorzuweisen – Herren in allen Ländern dienen? ‚Conny' konnte. Erst ein bißchen ‚Benjamin', das uralt-‚Konkret' der ersten Jahre, mit Nachholbedarf an jugenlicher Freiheit. Dann ein wenig ‚Spiegel'. Eine Weile ‚Sonntagsblatt' unter dem bischöflichen Segen Lilljes, wo auch die Vater-Sohn-Beziehung zu Hans Thomas entstand. Von dort auf das blanke Parkett der Wiederaufrüstung nach Bonn. Und endlich ins Weltblatt, dem nun der Wahlvater vorstand. Wußte dieser damals schon, welch ein Kuckucksei er dem Konzern ins Netz legte?

Das von englisch-jüdischen Fleet-Street-Journalisten auf einen liberalen, streng demokratischen Kurs westwärts gebrachte Weltblatt erwies sich auch bald als nicht geeignet für erste Versuche sozialdemokratischer Unterwanderung. ‚Conny' flüchtete wieder unter den liberalen Deckmantel des ‚Spiegel'. Spätestens hier mußte der Nennvater erkennen, wie sehr die Politik seines ‚Conny' in Bewegung geraten war. Zu festen Ufern gelangte dieser endlich bei der ‚Rundschau', von wo sie kamen, die ‚Flach'-Bahnfahrer.

In dieser Zeit gab es in Deutschland keine neutralen Regierungssprecher, wie es sie von Eckhardt bis Diehl gegeben hatte. Über alles durfte das grüne Gras der Nachsicht wachsen, wenn nur der Boden darunter rot war. Kein besseres Beispiel von Vergessen und Vergeben findet sich, als in der Journalistenkarriere des rosa-roten Freiherrn und ehemaligen Botschafters, der sich Sporen und festen Sattelsitz mit Hilfe der kapitalistischen Nachrichten-Agentur United Press verdiente, die damals ganz und gar nichts Rotes leiden konnte. Der freiherrliche Deutschland-Korrespondent war so agil, daß er diplomatischen Rang erlangte. Als Treppenwitz der NATO-Geschichte sogar in Amerika. Heute sieht man ihn gern bei Kaviar und Krimsekt auf Rolandseck.

Nichts liebt Franz Asmus Tischer mehr, als solche Gedankenausflüge. Es bleibt ihm noch Zeit, sie auszudehnen. Der Konzernchef spricht in dieser Minute mit Meineider, von dem er weiß, was er an ihm hat. Die Rolle des Zwischenträgers liegt dem Stellvertreter. Mit dem Gemüt eines Sonntagskindes verbindet sein Wesen die glückliche Gabe, es fast allen recht zu machen. Aber vor allem macht er es richtig. Von ihm erfahren sie, was im Augenblick in die Zeitung kommen soll, was kommen muß. Und – was im Augenblick auf keinen Fall kommen darf. Neulinge in der Redaktion lassen sich eine Weile von der Frage quälen, was dieser Meineider eigentlich tut. Seinen Namen sehen sie nie unter einem Artikel. Die Leser wissen nichts von ihm.

Der Gerichtsreporter, der in Gedanken, aber spielerisch, an seiner Konzernchronik webt, hat die Antwort an alle Frager bereit: Harmfried Meineider zieht alles aus dem Verkehr, was nicht auf der Linie der Konzernpolitik liegt. Das ist ein Himmelfahrtskommando. Kein Manuskript geht in die Setzerei, das nicht den Stempel mit dem fettgeschnittenen ‚M' trägt. Und kein Artikel erscheint, den Meineider nicht auf der Fahne noch einmal gelesen hat. Weil es über Menschenkraft ginge, wenn ein einzelner dies täglich machen würde, deshalb hat der Stellvertreter vier Assistenten, die auf ihn eingeschworen sind. So ist die Zensur über die Zensur entstanden. Doppelt und dreifach gesichtet.

Mehr als die Hälfte von dem, was täglich an Texten angeboten wird, wandert in den ‚Taugenichts', jenen stummen Schlucker, in dem sich zeitgeschichtlich wertvolle Aussagen neben Stümpereien solange vermischen, bis sich der Papierwolf über alle hermacht und die Relativität von Sinn und Unsinn beweist. Die Zahl der Journalisten in Deutschland ist nicht gering, deren erste Arbeiten und auch manche spätere wegen angeblicher Untauglichkeit im ‚Taugenichts' landeten. Da von ihnen wiederum nicht wenige in anderen Blättern große Namen machten, ist zu vermuten, daß sie die Tendenz des Konzerns nicht erkannten, oder aber – und dafür gibt es eine Fülle von namentlichen Beweisen – früh genug von Meineider und Co. als tendenzstörend erkannt wurden. Ihre Namen sind von München bis Flensburg zu lesen. Sie schreiben mit roter Tinte. Wir wissen, daß der Bote Trotzki manches herausgefischt hat, was Humbert für seinen Freund Tischer aufbewahrt.

Tischer hat noch Zeit, sich mit sich selber zu beschäftigen. Er kommt sich nicht vor wie ein Besserwisser. Schon gar nicht wie ein Bessermacher. Ihn selbst zwingt sein Fische-Element dazu, politisch indifferent zu sein. Jede Art von Festlegung würde ihn einengen und in einen Strom zwingen, der ihn Elementen aussetzte, denen er nicht gewachsen wäre. Zum Beispiel: Funktionärstum, Genossentreue, Parteiräson. Es sind ja nur Gedanken. Deshalb fröstelt ihn nicht. Im Gegenteil: In diesem Moment beobachtet er eine Szene, die ihn erwärmt.

Der Verleger unterhält sich mit dem greisen Literatur-König aus Prag, dem auch das hohe Alter die Schüchternheit nicht hat nehmen können, die ihn im Umgang mit ‚höher gestellten Personen' ankommt. Jüngere Kollegen nennen es, zu Unrecht, Hasenfüßigkeit. Zyniker sehen darin ein jüdisches Urelement. Tischer betrachtet das Privatissimum zwischen Konzernherrn und dem Herrn aller Bücher mit Wohlwollen. Er muß sich dagegen wehren, daß ihm die Geschichte mit dem jungen Mädchen wieder einfällt, die eine so bittere Wendung genommen hatte – hieß sie nicht Valter, ja: Ingrid Valter! Aber Tischer fällt auch ein, daß sie sich seit Moses Zeiten millionenfach wiederholt hat. Wer wirft den Stein?

Der Konzernchef hat jetzt neben Hans Thomas Platz genommen. Für den Augenblick des Sammelns, der im Wechsel von Zunicken und Antworten vergeht, während einige Sekretärinnen Fruchtsäfte verteilen, behält Tischer Hans Thomas im Blick. Was ist das für ein Mann? Dem Gerichtsreporter will es scheinen, als habe jener sich schon soweit aufgegeben, daß er, um im Bild der Wetterfühligkeit zu bleiben, aus seinem Inneren keine Sonne mehr hervorbringt. Zählt er schon zu den Toten des Konzerns? Tote soll man ruhen lassen. Aber, ruhen auch ihre Taten? Was hat er hinterlassen? Einen Namen, dessen sich wenige noch erinnern, den kaum noch einer kennt. Auch der Konzernchef nicht.

Dieser nicht aus Undankbarkeit. Seines frühen Mentors erinnert er sich in stillen Stunden, wenn auch nicht immer dankbaren Herzens. Was hat Hans Thomas hinterlassen? Ein Werk? Nicht der Rede wert: ein Buch, eine Art gesellschaftskritischen Roman, dessen Held angesiedelt ist zwischen Schinderhannes und Lord von Barmbeck. Einer auf Abwegen. Was noch? Eben das Kuckucksei, an das Tischer fortwährend denken muß, wenn er Hans Thomas vor sich sieht. Die meisten müssen daran denken. Darum lastet auf ihnen die Politik in diesen Tagen. Die des Konzerns. Die der Regierung. So, wie ‚Conny' diese zu interpretieren beliebt.

Der Konzernchef geht sein Thema übergangslos an. Er vermeidet den direkten Bezug. Mehr als dreißig Sekunden hat er vergehen lassen, um dem Posengruß der anderen zu opfern. Er hat ihn nicht gewollt. Aber er ist es gewohnt, ihn zu gewähren. Das Volk hat niemals nur den König sehen wollen. Aber seinen Purpur. Die Geschichte hat immer die Hälfte ihrer Absichten mit Pomp verwirklicht.

Geht von dem Konzernchef Pomp aus? Bestimmt nicht. Die Natur hat ihn begünstigt. Seine Einsachtzig hat er bekommen. Geraden Wuchs mit gutverteilten Proportionen. Die Eleganz in dunklen Anzügen (auf Sylt trägt jeder camping-bunt, auch die Besitzer der großen Reetpaläste) konserviert die Herrennote. Sie kommt seinem

Wunsch entgegen, nicht als Börsenboß zu erscheinen, sondern als Berufener. Zu was? Die Jahre haben nachgeholfen. Der Weg des Durchbruchs zu einem der einflußreichsten Verleger Europas, hat die Attitüden von Sturm und Drang, die nicht selten nach Art von Beitz und Bohlen waren, nicht ganz verdrängt. Aber er hat in die Rolle des Bewahrers geführt. Er glaubt daran. Bewahren will er nicht nur sein Lebenswerk. Er will Deutschland – das ist die Bundesrepublik – davor bewahren, von Leichtgläubigen – und das sind die Sozialdemokraten – in die gleichen geschichtlichen Fehler geführt zu werden.

Tischer sieht dem Spiel der Hände zu. Sie sind lang geformt. Nicht mehr feminin, wie früher. Sechs Jahrzehnte haben die erotischen Zeichen entfernt. Diese Hände sprechen väterlich. Vielleicht mehr. Ihre malenden Gesten sind soweit verfeinert, daß sie segnende Behutsamkeit verkünden. Chirosemantikern bleibt überlassen, nach der Übereinstimmung solcher Zeichen zu forschen, die so schwer zwischen Glaube und Gehabe unterscheiden lassen. Die nachfolgenden Worte des mit dem Weltblatt konferierenden Konzernchefs sollen die Antwort vorwegnehmen.

„In dem Brief eines alten Freundes unseres Hauses, den ich in diesen Tagen erhalten habe, steht ein Satz, der mich betroffen gemacht hat, so sehr, daß ich seit Tagen über ihn nachdenke. Er lautet sehr einfach . . . ‚Ich wünsche Ihnen die bleibende Gefolgschaft aller, die durch Sie, in ihrem Hause, zu dem journalistischen Ansehen gelangten, daß sie ohne den Konzern schwerlich haben würden . . . ‘“ „Meine Damen und Herren, dieser Satz, dieser Wunsch, haben mich angerührt. Ja, ich sage ganz offen: Er hat mir, wenn auch verstohlen, Tränen in die Augen getrieben. Ihnen muß ich nicht sagen, was dieser Satz in mir aufgewühlt hat. Aber ich möchte es Ihnen sagen dürfen. Sehen Sie, es war nicht leicht, den Weg des Erfolges mit mir zu gehen. Aber diese Gefolgschaft, lassen Sie uns dies nicht einfach außer acht lassen, meine Damen und Herren, ist den meisten von Ihnen, auch denen, die sich davongeschlichen haben, gut gelohnt worden. Ich denke dabei nicht allein an die Gehälter, nicht an die Sonderzuwendungen unseres Hauses, dessen Sozialleistungen in Europa führend sind. Ich denke an die außerordentliche Befriedigung, die Sie – jeder an seinem Platz – dadurch erfahren, daß Sie sich in einer im Geiste freiheitlichen Publizistik geborgen wissen. Nicht jeder mit der Feder. Ich bitte Sie: Rang und Ruf meines Hauses gründen nicht allein auf dem Wort. Sie gründen darauf, wie wir es darbieten: unser Wort. Wahr ist, daß unser Wort die jüngere Geschichte unseres Vaterlandes mitgeformt hat. Erlauben Sie mir, nur an unseren Beitrag zu erinnern, der unser Volk zu seinem Selbstverständnis zurückgeführt hat – nach den Jahren der Erniedrigung, in den Jahren seines epochalen Wiederaufstiegs und, besonders, in dieser Zeit, wo kurzlebige Parolen das alles zunichte zu machen drohen."

Der Gerichtsreporter Franz Asmus Tischer ertappt sich dabei, daß er sich eine Sonde herbeiwünscht, eine Optik, die ihm den Mann so nahebringt, daß er dessen Poren vor sich hat, um herauszufinden, ob sie in ungestörter Transpiration arbeiten, oder von Schweißausbrüchen überschwemmt werden. Tischer wehrt sich vergeblich. Er möchte das gar nicht untersuchen. Der Wunsch danach ist ihm nur Vorwand, nicht unterliegen zu sollen. Er fühlt, daß er mit jedem weiteren Wort des Mannes, dessen Faszination er zu erliegen droht, wie die anderen, die dasitzen, als hätte ein Zauberspruch die Versammlung in ein Panoptikum verwandelt, an Boden verliert. Die gefälligen Abwehrmechanismen, zu denen Wolkenkratzer von Neid gehören, die jene sechs, sieben, oder sind es zwanzig? paradiesischen Oasen vor Augen führen, die dieser Mann zwischen Nordsee und Engadin sein eigen nennt, wollen nicht mehr funktionieren. Kann es angehen, daß solche Acapulco-Visionen erlösen von täglicher Selbstbehauptung, von der der Mann vor ihm zu sprechen fortfährt?

„Ich darf gar nicht enttäuscht davon sein, meine Damen und Herren, daß gewisse Kreise eine neue Wende anstreben, die zu allgemeinem Verzicht auf persönlichen Erfolg führen soll. Wir haben es mit einer politischen Realität zu tun, oder vielmehr, wir sollen es mit ihr zu tun haben, die auf die freie Entfaltung des einzelnen verzichtet, damit ein enger Kreis von Funktionären es besser hat, jedenfalls so gut, wie er es aus eigener Anstrengung, sozusagen im freien Spiel der Kräfte, nicht erreichen kann. Ich muß Ihnen sagen, was einige dieser Männer aus der grenzenlosen Duldsamkeit unserer Bevölkerung schon für sich herausholen konnten. Mit nichts als einem Parteibuch. Aber, erlöst es mich, dies zu wissen? Dürfen wir nachlassen darin, bewahren zu wollen, was unser Volk sich erarbeitet hat? Ich will es nicht so pathetisch sagen: Glauben Sie, meine Damen und Herren, daß sich die Menschen in unserem Land das Erreichte, das mit großer Anstrengung Erworbene, verzeihen Sie, unter dem Hintern wegziehen lassen wollen? Und wenn es um das Materielle allein gar nicht geht: Wer hat Lust, sich wieder in eine Hurra-Position drängen zu lassen, die alles Beschriebene nicht mehr braun, sondern rot erscheinen läßt?"

„Lassen Sie mich an dieser Stelle sagen, daß mich das persönliche Schicksal des Mannes nicht unberührt gelassen hat, der dies alles umkrempeln will. Mit umgekehrten Vorzeichen habe ich selbst stets nach Erneuerung gesucht. Aber: Ich suche wirklich Neues. Nicht die Wiederholung eines Zustandes, in dem ich, gewissermaßen im Nachhinein, Rache nehmen konnte an eigener Zukurzgekommenheit. Ich bin überzeugt davon, meine Damen und Herren, die persönliche Erfahrung einer von Herkommen und Begabung begrenzten Entfaltungsmöglichkeit bringt bodenlosen Haß hervor, nicht aber eine auf Weisheit beruhende Staatsmännigkeit. Wir erleben den Versuch eines unglücklichen fehlgeleiteten Mannes, der sich gegen diese Selbsterkenntnis mit blindem Eifer wehrt."

„Mit nichts, vaterlos, unter falschem Namen, ohne ausreichende Bildung, so jung, mein Gott: wie jung! hinaus zu müssen in eine, zwar nicht dem Wesen, aber der eigenen Faßbarkeit so fremden Umwelt, wie Skandinavien es doch nun einmal ist, trotz angeblicher nordischer Gleichartigkeit, ja, müßte da nicht so ein Mann als ein williges Werkzeug einer unbeirrbar auf den Weltkommunismus festgelegten internationalen Umstürzlergruppe willkommen sein? Nein, gewiß: An Treue hat es dieser fehlgeleitete Mann nicht fehlen lassen. Ich bin überzeugt davon, daß er noch heute im Namen derer arbeitet, an die er unser Deutschland fester binden möchte."

„Es ist, lassen Sie uns so urteilen, daß Schicksal eines Überforderten. Seine, uns heute schon erkennbare Frühvollendung, bitte, glauben Sie mir; ich denke nicht an den Tod, auch nicht an den Teufel. Ich denke einfach an die Grenzen, die einem solchen Mann kraft der staatsmännischen Erfordernis, ein Volk führen zu können, gezogen sind. Ich wünsche ihm aufrichtig eine Rückkehr in die Erfordernislosigkeit seines Fjord-Asyls, wo dieser denkbelastete Mann, dem es nicht gegeben war, in den Schuhen eines Schuhmachers zu stehen, Fischerfrieden finden kann."

Mit nicht geringer Anstrengung versucht Tischer, aus den Darlegungen seines Verlegers Spott herauszuhören. Er sieht auf einen Mann, der sich mit krampfartigen Fingerbewegungen Mut zu machen sucht, zu Aussagen, die festen Überzeugungsgrund in seinem Innern zu haben scheinen. Denn, das Gesicht des Konzernchefs ist ohne Zeugnis von Selbstgenuß. Es ist eher qualvoll verzerrt, was Tischer mit Anteilnahme bemerkt. Die Stimme des Sprechenden, jetzt anstrengend leise geworden, vibriert in offenbarem Nachleiden.

„Meine Damen und Herren, veranschlagen Sie es, bitte, als nicht zu gering, wenn ich Sie jetzt an jene Männer erinnere, die in ähnlicher Weise, wie es der Mann tat, dessen Unberufenheit ich Ihnen soeben vor Augen führte, einen falschen, um nicht zu sagen: verhängnisvollen Weg einschlugen. Auch als Werkzeug. Es geschieht nicht ohne Schmerz, wenn ich dabei bedenke, daß Sie von hier aus, aus meinem Hause heraus, ihren irregeleiteten Weg antraten."

„Darf ich Sie an meinen erwähnten Freund erinnern, der mir das Wort von der ‚Gefolgschaft' zusandte? Gefolgschaft in diesen, unseren Tagen ist mehr als nur Mitgehen. Vergeben Sie mir, wenn ich, vielleicht lächerlich, an den Rütli-Schwur denke. Sie können sich geschichtlich Gleichnisse nach eigenem Geschmack heraussuchen, angefangen vielleicht mit Jesus, hinausgehend über den jungen Alexander, zu Ceasar, zu Varius, weiter zu Siegfried – sehen Sie mit mir die fürchterliche Gestalt des Hagen? – und über den letzten Ritter zu Prinz Eugen. Aber da waren auch Luther und Wallenstein. Aber, ich bitte Sie, was will ich mit dieser historischen Rückschau, die, vergeben Sie mir, nicht einmal richtig sein muß?

Sie ist mir in den Sinn gekommen, weil aus meinem Hause, das ja auch Ihr Haus ist, meine Damen und Herren, jene Männer hervorgegangen sind, die hier, unter Ihnen, schon Judas waren. Wer zählt die Häupter, nennt die Namen, wenn sie ihn nicht hier, in meinem Hause, in meinen Zeitungen erworben hätten?"

Es ist nicht Tischer alleine, der den Blick für eine Weile zu Hans Thomas gleiten läßt. Um den verspannten Mund des Chefredakteurs zuckt es. Die eine Gesichtshälfte hat sich noch deutlicher verfärbt. Es muß schmerzen, die Blicke aller so entblößend auf sich gerichtet zu fühlen. Tischer kann nicht herausfinden, ob die stille Exekution vom Konzernchef gewollt worden war. Sie gehört wohl, so denkt er, zur Dramatik, die den Bannspruch gegen die Abtrünnigen notwendigerweise begleiten muß. Der Verleger fährt fort:

„Es ist viel die Rede von einer Krise, in die unser Konzern geraten soll, falls die Mehrheit unseres Volkes mit der sozialliberalen Politik weiter zu leben wünscht. Weil wir, so heißt es da, notgedrungen zu Priestern in der Wüste werden müßten. Nicht aber, so sagen sie, weil wir keine Gläubigen mehr hätten, sondern weil diese unserem Wort nicht mehr zu glauben brauchten. Sie wissen mit mir, meine Damen und Herren, welche fürchterliche Wahrheit hinter diesem Gerede lauert, nämlich die, daß es dann überhaupt kein freies Wort mehr geben wird. Nur diese Parolen. Nur diese selbstlöblerischen Parteiergüsse. Das wird die wahre Krise sein. Eine Krise auf Dauer, wahrscheinlich für immer."

Das Mundzucken scheint sich jetzt auf nahezu alle übertragen zu haben. Franz Asmus Tischer spürt Druck hinter den Augäpfeln. Er ist sich sicher, in den Augen einiger Kollegen, ja, auch in denen des Verlegers, verräterische Feuchtigkeit zu sehen, die nicht zu Tränen werden, weil es Männern nicht geziemt, zu weinen. Alle versuchen sie, ihre Betroffenheit im Innern zu bewältigen, mit gepreßtem Atem, mit Räuspern, mit Schulterzucken. Obwohl die Worte, die der Verleger jetzt findet, die Erschütterung noch verstärken mußten, empfinden die meisten sie als eine Erleichterung, weil sie den Zorn gegen die Rückenkehrer weckt.

„Ich sage es nicht gern, meine Damen und Herren, denn es gibt niemanden hier im Haus, der gern eine Anklage hört, die sich gegen seinen Stand richtet. Sie sind frei von Schuld. Ihre Gefolgschaft macht mich stolz. Aber die Wahrheit muß ich sagen: Der Journalismus ist wieder einmal mitschuldig geworden, wenn das nationale Unglück über uns hereinbricht, in das diese Regierung unser Land zu stürzen droht. Es sind die Männer, die ihre Gefolgschaft zu mir verraten haben, die jetzt draußen in Wort und Bild die Unwahrheit sagen, die bewußt die Lüge von der Erneuerung unseres gesellschaftlichen Lebens verbreiten. Deutschland wird nicht erneuert. Es wird mit ihrer Hilfe verschachert. Ihnen brauche ich die Namen nicht zu nennen. Sie kennen sie. Für mich ist es auf besondere Weise tragisch zu wissen, daß ich ihnen vertraut habe. Sie haben mich getäuscht. Aber das ist es nicht allein, was mich schmerzt. Es schmerzt mich, zu sehen, wie sie nun auch Deutschland täuschen!“

* * * * *

14

Professor Emilio Bonvivat hat nicht verhindern können, daß die Konferenzrunde des Senderats dem Alkohol fröhlich zuspricht. Der Intendant hat die Rolle des Mundschenks übernommen. Es macht ihm Spaß, in dem Spiel ‚Schiffsjunge oder Kapitän' die Rolle des Reeders auszukosten. Die anderen kosten mit ihm. Es geht zu wie auf einem Klassentreffen, das es erlaubt, noch einmal alle Feixereien lebendig zu machen, die in glückliche Jugendjahre zurückführen. Es geschieht so leise, als geschähe es hinter dem Rücken des Lehrers. Programmdirektor Holzer und Senator a.D. Kuchenkremer signalisieren sich mit Daumen und Zeigefinger den Tiefgang ihrer erwünschten Glasfüllungen. Der Intendant geht belustigt mit einem Extraschwapp über den angegebenen Pegelstand hinaus. Sein eigenes Glas von dem saftgrünen Velourvorhang verdeckt, der das rechte Seitenfenster umrahmt. Je nach Bedarf öffnet und schließt er es. Er nutzt die Gelegenheit zu beiderlei Zweck so oft wie möglich, um sein Glas zu leeren.

Nur Bonvivat und Schweinowski sind bei Quellwasser geblieben. Gernehart Kattenpot hält sein mit Cognac halbgefülltes Glas auf den Knien. Er möchte es mit niemandem verderben. Deshalb nippt er manchmal daran. Zu diesem Zeitpunkt ist es so, als ob das von Dr. Schweinowski genossene Tafelwasser diesen mehr enthemmt als es der Alkohol bei den anderen tut. Er redet wie ein Wasserfall. »Es überzeugt mich nicht, daß es um den Konzern gehen soll. Ich glaube vielmehr, daß hier ein Buhmann die Aufmerksamkeit von gefährlichen ideologischen Absichten ablenken soll!“

‚Buhmann' und ‚Ideologie' sind für Senator Kuchenkremer Begriffe, die er in jeder Situation erfassen kann. Sie wirken auf ihn wie Alkaloide. Die leicht krampfartige Erregung, die sie auslösen, macht sie erst einmal in einem überlauten Rülpser frei. Er fragt: „Wo ist der Buhmann, der unsere Ideologie angreift?“ Schweinowski kann Angewidertheit nicht ganz verdrängen. Er fühlt aber, daß er den von aufsteigenden Säuren gequälten Senator nicht reizen darf. Deshalb wählt er die sanftere Tonart eines Kanzelredners. „Unser Rundfunk kann seine Freiheit selber schützen, am besten dadurch, daß er seine Leistung verbessert und seine Neutralität stärkt!“

Der christliche Nordsee-Doktor hätte sein Augenmerk deutlicher auf Bonvivat richten sollen als auf den Altsenator, der sich jetzt, schon wieder abgelenkt, einen ‚Kommodore' wünscht, der mit einem

Ärmelstreifen über den Dienstgrad eines Kapitäns hinausgeht. Professor Bonvivat ist aufgesprungen. Mit rudernden Armbewegungen gibt er zu erkennen, daß ihm dieser Kurs nicht paßt und daß er das Wort wünscht.

Aber Rudolf Schweinowski ist nicht bereit, sich unterbrechen zu lassen. Jetzt und hier wird er ihnen den Teufel der Verlockung austreiben. Auch Beelzebub Bonvivat, der ihn zu unterschätzen scheint, der glauben mag, daß er einen christlich engagierten Abgesandten für seine dunklen Pläne gewinnen kann, so wie jene dort, die diätenhungrigen Herren, die sich vor seinen Augen gerade vollaufen lassen. Nicht ihn. Nicht Schweinowski! Und schon gar nicht in die Richtung dieser abscheulichen Mitte-links-Koalition. „Ich verweise nochmals auf die Neutralitätspflicht des Rundfunks. Eine von ihm herausgegebene Zeitung muß diese Neutralität verletzen und dadurch Minderheiten diskriminieren!"

Wie immer man die Protokolle über diese Sitzung des Senderats auslegt, die von einer eingespielten Regie mittels einer Tonbandaufzeichnung festgehalten worden sind, es bleibt unentschieden, ob das Wort ‚Neutralität' oder ‚Minderheiten' wie Zündstoff gewirkt hat. Professor Bonvivat, wohl ahnend, daß ihm das Wasser abgegraben werden kann, hat sich mit einem Aufschrei des Unmuts Gehör verschafft und den wohl scharf, aber leise formulierenden Schweinowski damit überrumpelt: „Uns verpflichtet das Neutralitätsgebot nicht dazu, die Attacken des Konzerns gegen den Rundfunk schafsgeduldig hinzunehmen und uns damit selbst in die Grenzen einer Minderheit pferchen zu lassen. Unsere Gegenwehr ist lebensnotwendig. Sie ist Notwehr!"

Der Professor hat den Christlehrer nicht nur überrumpelt, ihm nicht nur die Schau gestohlen, er ist sogar, kalt berechnend, in dessen Staffage geschlüpft. Mit beschwörend erhobenen Armen, die Hände wie in Verzweiflung ringend, wandert er, nachhaltiger predigend als sein Vorredner, vor seinem Auditorium auf und ab, auf so engem Raum, daß die bannende Wirkung, die er mit dem ganzen Raffinement seiner rethorischen Begabung zu erzwingen sucht, nicht verloren geht:

„Ich bitte Sie! Es geht doch gar nicht mehr um Kritiken und Gegenkritiken. Wir wollen auch nicht mitmachen beim Keulenschwingen. Wir können es nicht einmal. Ich sagte schon: Der Konzern verfolgt ein Ziel! Wir wissen wohl welches, aber wir wissen nicht, auf welchen Wegen es erreicht werden soll. Vordergründig ist, daß die

Öffentlichkeit reif gemacht werden soll, zuzustimmen, wenn dem Konzern der Durchbruch in ein privates Fernsehen und in das Kassettengeschäft gelungen ist. Über die bisherigen Versuche des Konzerns, diese Medien in den Griff zu bekommen, sind Sie unterrichtet."

„Ich bin hier, um Ihnen, mit Ihrer freundlichen Zustimmung, das Konzept gründlich zu erläutern. Dieses Konzept wird den gesamten Komplex, worin der Konzern nur ein Teilstück ist, endgültig im Sinne unserer gesellschaftspolitischen Ideen bereinigen, das heißt: Funk und Fernsehen bleiben in der Verfügungsgewalt der freien Gesellschaft, der Parteien, der Gewerkschaften, der Kirchen!"

Hier hakt in einem lichten Augenblick und wohl auch aus Kompetenz Programmdirektor Holzer ein: „Was wird aus dem Gigahertzbereich? In ihm liegt doch die Einbruchchance des Konzerns. Diese Tupfensender werden wie Pilze aus der Erde schießen, was technisch nicht nur unaufhaltsam ist, sondern auch sinnvoll. Aber unsere Anstalten werden die Kanalfülle nicht nutzen können, schon finanziell nicht. Weder rechtlich noch wirtschaftlich gibt es Bremsen, weil es wirtschaftlich albern wäre, die Möglichkeiten ungenutzt zu lassen. Für die Post und für den Fiskus hieße das, Geld nicht aufzuheben, das auf der Straße liegt. Zu schweigen vom Kassetten-Geschäft, das der Konzern mit Macht an sich reißen wird."

Bonvivat pariert gelassen: „Große Pläne! Bisherige Versuche sind fehlgeschlagen. Luxemburg hat nicht angebissen. Die Piepvogelsender auf Mallorca und bei Benidorm erwiesen sich als unrealistisch. Piratensender à la Galaxy wurden weitere Fehlrechnungen in der Konzernbilanz. Es ist nicht zu leugnen: Die Kassettenkonserve wird ein Geschäft. Aber wir, die Rundfunkanstalten, bekommen davon ab. Wir werden zur Kasse bitten. Zum ersten der Staat. Sein Steueranteil an dem Vergnügen wird die Kassetten recht kostbar machen. Wir sind in dem Sinne einer Nutzungsgebühr dabei, fein kontrolliert durch eine Quasi-Gema. Und die Post natürlich auch mit ihrer Tonträgergebühr. Man wird mit uns Vereinbarungen zu treffen haben über einen Kassetten-Aufzeichnungsdienst. Es ist nicht anzunehmen, daß die Kassettenmacher großen Aufwand in die Studiokosten für Shows und Galaabende stecken wollen. Überhaupt: das Geld! Fernsehen ist keine Schallplatte. Fernsehen kostet viel Geld."

Hier schaltet sich zum erstenmal der Intendant ein: „Ich habe kein gutes Gefühl. Der Konzern wird nicht locker lassen."

Bonvivat fängt den Einwurf ab, wie eine Fliege, die betäubt ist:

„Das ist einleuchtend. Sie werden zum ersten Mal mit ganzer Wucht zur Selbstbehauptung herausgefordert. So gesehen, müssen ihnen die unqualifizierten Angriffe des Konzerns geradezu gelegen kommen. Er wird um so kräftiger zurückschlagen, je weniger er von unserer Seite getadelt wird. Er hat die gewaltigen publizistischen Mittel seiner Millionenauflagen. Und er hat die Zustimmung seiner Leser. – Ich sehe Sie überrascht, Herr Intendant!

„Von welcher Art soll diese Zustimmung sein? Die Leser des Konzerns sind zugleich unsere Hörer und Seher."

„Ganz recht! Das kann nichts anderes bedeuten, als daß die Hörer und Seher – oder die Leser, wenn Sie wollen – nicht wissen, was sie denken sollen. Das Rechtsgefühl ist gespalten."

„Ich verstehe Sie nicht, Herr Professor. Wir haben das Neutralitätsprinzip nie durchbrochen."

Professor Bonvivat ist ganz gütige Nachsicht. Er weiß sich auf dem rechten Pfad: „Sehen Sie: Der Funk gibt mehr als die Zeitungen. Zumindest an Produktion. Die Sendezeiten gehen rund um die Uhr. Ungezählte Programme. Nehmen Sie die Regionalprogramme hinzu. Von den Fremdsendern zu schweigen. Drei Fernsehprogramme. Auch die regionalen Einschübe. Die Leute nehmen das auf. So pausenlos wie unbewußt. Sie konsumieren es. Lassen es wirken, wie den Berieselungseffekt der leichten Musik. Das wird zum Stimulans, suchthaft notwendig. Aber dann ist da mal eine Miesebergersche Überdrehung, so ein Nagel-auf-den-Kopf-Satz, der den Wohlstandsbürger aufschreckt, der ihn aus dem Was-geht-mich-das-an? herausreißt.

„Oder es ist da ein Äthergott, ein Quiz- und Quatschmaster, wie Sie wollen, der daneben kulit, der in seiner Starunfehlbarkeit arrogant einen oder alle anpflaumt. Am anderen Morgen frißt ihn das Millionenblatt: Leser sagen! Leser fordern! Die Leser denken auch so. Der Konzern weiß das. Er nutzt den untilgbaren Neid der Außenstehenden. Der Funk war im Bewußtsein der Masse immer schon, wie einst der Film, ein Exklusivprotz, im Gelde schwimmend. Das bringt Zeitung und Masse zusammen, macht sie zu Mitleidenden. Die Zeitung sagt: Wir armen Schweine! Unter solcher Gleichmacherei merkt die Masse nicht, daß sie einem Dukatenesel Gold ins Maul stopft."

Emphatisch ruft der Intendant in den Raum: „Wem sagen Sie das, Professor? Wir erfahren es täglich!"

Im herrlichsten Oberwassergefühl fährt Bonvivat fort: „Leider gibt es begründete Vorwürfe. Denken Sie an die ‚Türken-Affäre' in der Quizsendung ‚Meister oder Lehrling'. Was der R. seinem Freundeskreis und Partytroß durch Manuskriptverrat zukommen ließ, war ein Vermögen. Erinnern wir uns an die Grundstücksgeschichte in diesem Hause. Es war ein einmaliger Coup, daß die Anstalt ein Fernsehgelände in Jahrhundertpacht nimmt, das grundbuchlich einem führenden Programmann verschrieben ist."

„Oder nehmen Sie den Kinderchorchef, der morgens liebliche Weisen aus süßen Mädchenmündern in Muttis Küche dringen läßt, und sie träumt vom Dabeisein ihres eigenen Engelchens, das so hell zu singen weiß und so hingebungsvoll die Flöte bläst. Wenn nun das Kind dabei wäre? Im Funk. Im Fernsehen. Im weißen Kleidchen. Wunderschön wäre das. Die Nachbarn. Die Leute. Ein Bild in der Zeitung. Auf dem Bildschirm. – Die Mutter greift nach dem Millionenblatt, das zwischen Aufsetzen und Kochen Schauer über den Rücken rinnen läßt. Sie liest jetzt, was sich das Millionenblatt mit sicherer Nase für Hormon-Thriller nicht engehen ließ. In schmalfetter, elf Cicero breiter Neuzeit steht die Lustzeile: Liebesspiele zwischen Hänschenklein und Ave Maria. Chorleiter verführt Schützlinge nach Noten!"

Der Intendant hebt die Hände. „Wollten wir die Nachrichten aufgreifen, die uns über das Intimleben der Konzernleute zugehen, könnten wir täglich eine Magazinsendung damit füllen. Solche Sachen gibt es überall."

„Das ist nicht unser Problem", antwortet Bonvivat. „Aus den Schmutzspritzern des Konzerns sind Dreckklumpen geworden. Sie treffen nicht mehr einzelne Sendungen oder Einzelpersonen. Es sind Breitsalven. Mit politischem Giftgas. Das Gegenteil heißt Geld!"

Der Professor sagt dies absichtlich so dahin, unbewegt, damit die lapidare Feststellung zum Nachdenken reizt.

Dr. Schweinowski hat sich nicht entmutigen lassen. Was steckt hinter Bonvivats Ausführungen? Die Sorge um den Bestand des Rundfunks als Instrument, über das die Länder allein verfügen? Der Pädagoge weiß, daß seine Stimme hier nützlich wäre für eine gesellschaftspolitische Entscheidung. Er ist allein, wenn es zur Abstimmung kommt. Deshalb sucht er nach Verbündeten. Kuchenkremer sitzt neben ihm. Der frühere Senator ist kein Parteifreund, aber er könnte rechtliche Zweifel haben an dem, was hier vollzogen werden soll. An ihn wendet sich Schweinowski einmal mit der Frage: „Ist der Funk berechtigt, die Hörergebühren zu anderen Zwecken zu verwenden als für das Programm?“ Kuchenkremer reagiert sofort und sagt wiederum: „Dies ist doch eine Sache, die nur auf höchster Parteiebene entschieden werden kann.“

Um das Thema von da oben wegzubringen, und weil er sein Einverständnis nicht allzu klar bekunden will, schaltet Berger sich ein: „Das wird zu Reaktionen auf seiten der Presse führen, der Konzern ... “ Er unterbricht sich, absichtlich, weil Bonvivat den Ball aufgefangen hat.

Der Presseprofessor reagiert schnell: „Das Recht ist auf unserer Seite. Nicht nur das moralische, auch das faktische. Sie werden es gleich erfahren. Vorher lassen Sie mich Ihnen sagen ... “ Bonvivat schiebt seinen Kopf über den Tisch, geduckt wie zum Angriff, und spricht zu Schweinowski gewendet: „Dies ist kein Thema, das in den Parteienstreit geraten darf. Es geht um nichts Geringeres als um die Wahrung der demokratischen Grundrechte!“

Mit energischem Nicken unterstützen ihn der Intendant und Programmdirektor Holzer. Rechtsanwalt Kattenpot wartet auf sein Stichwort. Als er zum zweiten oder dritten Mal das Wort ‚Recht‘ hört, in dem Satz Bonvivats: „Wir haben nicht nur das Recht, zu handeln, sondern auch das Recht der Mittel ... “, drückt Kattenpot auf die Schlösser seiner Aktenmappe. Bonvivat weist auffordernd auf ihn: „Hören Sie dazu unseren Juristen!“

Kattenpot erhebt sich, ein bißchen verlegen, wie einer, der seine Mannschaft herausreißen soll, aber die Regeln nicht beherrscht. Er greift nach seiner Aktenmappe und beginnt zu sprechen. Jetzt zeigt sich, daß der Anwalt Hilflosigkeit nur vortäuscht, um seine Zuhörer in ihrer Arglosigkeit zu überrumpeln, wie er das vor Gericht tut. Dabei helfen ihm die unvermutete Dunkelheit seiner Stimme und die verblüffende Direktheit, mit der er das Thema aufgreift: „Wir stützen uns auf das sogenannte Bielefelder Urteil zum Wettbewerbsrecht, das eine Anwendung des Zugabeverbots dann für ungerechtfertigt erklärt, wenn ein Produzent von Waren seinen Abnehmern fortlaufend, ja, sogar periodisch, Gebrauchsanweisungen ins Haus liefert, die für richtige technische Nutzung von in Rede stehenden Apparaten als notwendig anzusehen sind!“

Das macht zufriedene Gesichter, aus denen die Spuren des Nichtverstehens allmählich weichen. Das fängt an, zu überzeugen, wie das gute Wort, wonach Geben seliger macht denn Nehmen. Kattenpot braucht nicht hervorzuheben, daß es bei dem speziellen Urteil um den Abschluß eines Rechtsstreites zwischen konkurrierenden Nähmaschinenfabriken ging. Es könnte aber auch um andere elektrische oder elektronisch gesteuerte Haushaltsgeräte gegangen sein, als da sind: Herde, Kühlschränke, Kühltruhen, Waschmaschinen, Phonogeräte, audiovisuelle Geräte!

Keiner in diesem konferierenden Kreis hat das modische Wort ausgesprochen. Aber es steht im Raum, wie eine Losung, es ist von zeitgemäßer Selbstverständlichkeit, in jedermanns Gebrauch, wie das Wort ‚Eskalation', was doch für ‚Vorantreiben', ‚Einbrechen', ‚Ansichbringen' steht, gedankenlos gebraucht, wie das ‚Hurra' vor dem Bajonettstich, also: aufreizend!

Audiovision! Das ist die Parole einer Auseinandersetzung, eines heftigen, unerbittlich geführten Wirtschaftskrieges, der deshalb rücksichtsloser geführt werden wird als alle vorherigen, weil es nicht allein um Profit geht, sondern um Einfluß, Macht, Beherrschung des Apparates, der Masse, der ganzen Gesellschaft! Deshalb steht das Wort da: bedrohlich wie Starkstrom, unsichtbar wie Laserstrahlen, allgegenwärtig wie Rundfunkwellen. In dieser Konferenzrunde hat es schon begonnen, an den Nerven der Teilnehmer zu zerren. –

Schweinowski tut ungerührt. Er hält die Hände gefaltet, als wäre dies eine Bibelstunde. Seine Stimme täuscht Festigkeit vor, als er fragt: „Was hat das Bielefelder Urteil zu bedeuten? Und was hat das mit einer Zeitung zu tun, warum diese Zeitung überhaupt?"

Kattenpot will antworten. ‚Bielefelder Urteil', das ist sein Stichwort. Aber das Wort ‚Zeitung' ist gewichtiger. Deshalb stoppt Emilio Bonvivat den Juristen im Ansatz: „Natürlich wollen wir nicht eine Zeitung machen, die einfach so auf den Markt kommt, als ein weiteres Sprachrohr, als Stimme des Rundfunks oder so. Wir wollen nicht damit zurückschlagen, was ja naheliegen könnte bei der Fülle von Beschimpfungen von unqualifizierten Angriffen gegen unsere Programme, gegen die Herren, die dafür verantwortlich zeichnen – nein, das alles nicht!"

Es fesselt die Zuhörer, zu sehen, wie der Professor sich in eine dramatische Höhe geschraubt hat, so daß es aussieht, als wäre er auf der Szene des Dorfrichters Adam: der kantige Körper, hochaufgerichtet, in schwarzem Tuch, ragt hinter dem Intendantentisch auf, wie der des mutigen Mannes: „Wir haben es mit gefährlichen Gegenern zu tun. Darum ist nicht das Mittel allein entscheidend, nicht eine Zeitung schlechthin, sondern was für eine Zeitung!"

Als Bonvivat das Wort ‚Fibel' ausspricht, ist es, als fiele den Anwesenden ein Stein vom Herzen. Wie befreit von einer Last, die eben noch schwer auf ihnen lastete, bewegen sich ihre Körper erleichtert, wenden sie sich einander zu. Jemand könnte ‚Ach so', gesagt haben.

Programmdirektor Holzer greift ermutigt nach den Besucherzigarren. Selbst dann, wenn sich das Thema um die Abschaffung des Rundfunks gedreht haben würde, könnte er dem Verlangen nicht länger widerstehen. Es ist nicht das Verlangen allein, zu rauchen. Stärker ist die Lockung, es umsonst tun zu können. Das kommt von früher, aus der Zeit, als ihm Zigarren angeboten wurden wie Schulterklopfen. Zufrieden ritzt Holzer mit dem Daumen eine Kerbe in das Mundstück der Brasil. Er zieht den beizenden Rauch tief in die Lunge ein. Dann wendet er sich dem Kreis wieder zu.

Professor Bonvivat war die Unterbrechung nicht ungelegen gekommen. Er hatte die Pause genutzt, die Züge in seinem Gesicht zu wechseln, von strenger Glätte zu gelöster Verschmitztheit: „Nein, so einfach werden wir es uns nicht machen. Wenn ich Fibel gesagt habe, so meine ich nicht den Pfeil, sondern das Pfeilgift!" Schweinowskis angewidert verzogener Mund veranlaßt den Professor, sich zu korrigieren: „Gegengift, meine ich, meine Herren. Sie werden mit mir darin einig sein, daß es nötig ist. Und es soll nicht tödlich wirken, aber lähmend!" Sein Blick geht in die Runde. Nicht selbstgefällig, aber besorgt, was Zweifel bei den anderen einengen soll.

Deshalb macht er seine weiteren Erklärungen im Tonfall einer Gerichtsverkündung: „Wir haben es mit dem Konzern zu tun. Mit ihm in erster Linie. Von seiner Seite müssen wir mit erbittertem Kampf gegen unsere Pläne rechnen. Buchstäblich mit allen Mitteln. Vor allem mit persönlichen Verunglimpfungen, die darauf angelegt sein werden, die berufliche Existenz der Betroffenen zu vernichten. So entschlossen, wie wir die Interessen unseres Rundfunks zu wahren haben, so will der Konzern sich solche Interessen schaffen. Sie zielen darauf ab, den Rundfunk in die Hand zu bekommen. Hauptsächlich das Fernsehen. Das bedeutet eine Bedrohung unserer Rechte und eine Gefährdung der Gesellschaft, ja, unseres freiheitlichen Staates überhaupt. Erkennen Sie das bitte!"

Erschöpft läßt sich Bonvivat in den Sessel des Intendanten fallen. Ihm ist die Anstrengung anzusehen. Seinem hohen Alter ist die Erregung nicht zuträglich, die Temperament und politisches Engagement ihm immer wieder ablocken. Mit leiser gewordener Stimme bittet er den Intendanten um eine Erfrischungspause.

* * * * *

15

Der Schwachstromer Erni ist im Telefonverzeichnis des Konzerns namentlich nicht aufgeführt. Wer ihn persönlich braucht, muß unter Telefon-Technik suchen. Wenige im Hause wissen, wie Erni mit Nachnamen heißt. Alle Anfragen, die mit Reparaturen oder Installieren zu tun haben, sind an die Werkstatt zu richten, wo ein gewisser Stoffel Das Sagen hat. In sein Ressort gehören Starkstrom und Schwachstrom, wie auch Nagel-in-die-Wand und Laufmaschensplitter am Schreibtisch.

Für Schwachstrom also Erni. Er ist klein, schmal in den Schultern und im Gesicht. In seinen Augen liegt stets ein wenig Furcht, jemand könnte mehr von ihm verlangen als Schwachstrom. Das tut keiner. Aber sie rufen ihn ständig, verlangen nach ihm wie nach einem Notarzt. Ohne seine Verfügbarkeit könnte der Geschäftsgang des Konzerns ins Stocken geraten, die Dynamik in den Redaktionen würde ohne ihn ins Leere zielen. Was sollen stumme Apparate, tote Leitungen, schrille Töne, Knacken, Knistern, leises, kaum zu verstehendes Sprechen von einem Flur zum anderen? Erni muß kommen. Aber er kommt nicht sogleich. Er hat viel zu tun, mehr zu tun. Alle wollen ihn. Und es ist nichts gewonnen mit Tadeln, Anschreien, Drohen. Im Gegenteil: bitten, lieb bitten. Mit „Herr Erni". Man wird sich gern erkenntlich zeigen: mit Bier, Zigaretten, Briefmarken. Die von der Werbung haben es besser: Drehbleistift, Kugelschreiber, Taschenkalender, Handspiegel, Eieruhr. Feuerzeug – ein bißchen viel, aber vielleicht.

Erni hat die Hand am Schalthebel des Prestiges. Er weiß es. Nicht intellekturell, aber instinktiv. Er weiß auch, daß es niemanden um den Menschen Erni geht, sondern um dessen Fertigkeit, Apparate intakt zu halten und andere zufrieden zu machen. Das beherrscht Erni wie kaum ein zweiter Schwachstromer. Und er hat ein gesundes Verhältnis zur Macht. Wo sie herrscht, gehen auch die Apparate, funktionieren die Leitungen. Hier braucht er sich nicht den Kopf darüber zu zerbrechen, ob es ein weißer Apparat sein darf, oder ein blauer, oder gar einer mit Durchschaltmechanik, mit Dehnkabel, mit Lautsprecher, Verstärker, Lichtkontrolle. Dennoch weiß Erni, daß es hundertmal leichter ist, das Kabelgewirr eines Schaltschrankes zu übersehen als die Skala der Rangordnung. Wenn es um das Telefon geht, trumpfen alle auf. Bis hinunter in die Botenzentrale.

Der Schwachstromer weiß auch, daß dies alles mit dem Ansehen des einzelnen zu tun hat, mit der Hierarchie im Hause. Wenn ihm das Wort nicht so schwer von den Lippen ginge, würde er allen sagen, oder doch denen, die die Macht nicht haben, daß er Telefone reparieren soll und nicht Statussymbole. Erni hat einen Schlurfgang. Er bewegt sich schnell und tippelig wie ein Sportgeher. Das kommt daher, daß er in den Taschen seiner Hose, die bis auf die Hüftknochen durchhängt, alles hat, was ein Schwachstromer braucht: Schraubenzieher, Flachzange mit Kneifschneide, Kabel, Kabelklemmen, Stifte. Und, nebst Schnur, einen Oszillographen. Dazu eine Dose mit Tabak. Erni dreht selbst. Das alles würde Erni gegen die Beine schlagen und ihn schmerzen, wollte er elastisch ausschreiten. Also schlurft er wie Tartuffe.

Er schlurft nicht jetzt. Erni hantiert im Schaltraum hinter der Telefonzentrale. Hier hält er sich am liebsten auf, weil er sich für die an seine Fertigkeit geknüpfte Unbill schadlos halten kann, nicht bewußt, nicht aus verstandesmäßiger Überlegung. Er tut es aus dem Gefühl heraus, weil es ihn reizt, aufreizt. Wenn er zwischen den Relaisständern steht, wie jetzt, hört er die Klappermusik der Kontaktschieber und die Rassel der Drehimpulse. Aber hört er das überhaupt noch? Oder hat ihn die Gewohnheit abgestumpft? Was Erni aus dem Gefühl heraus tut, steigert dieses nicht selten zu einem Lustgefühl.

So wie jetzt, wo er nicht auf die Draht-Kakophonie hört, sondern gegen die Tür horcht, hinter der die Mädchen am Klappenschrank sitzen. Sie heben die Stimme, wenn sie das monotone „Pressekonzern . . . Guten Tag!“ gesagt haben und auf Fragen antworten. Dann wendet Erni den Kopf hin und her wie ein Zuschauer beim Tennisspiel. Zwischen dem Namen, den er hört, und dem Klicken im Hintergrund entsteht ein Kontaktschluß. Erni spürt meistens, ob es sich lohnt. Ein Schwachstromer weiß mehr als sein Titel ahnen läßt. Somit hört er doch auf Klappermusik und Rasseln.

Was niemand sonst an diesem Summen, Surren, Singen übersetzen könnte, Erni weiß einen Sinn herauszuhören. Dabei hört er nicht wirklich, nicht die Worte in dem Tonsalat. Oder doch? Kann Erni sich dazwischenschalten, in das Gespräch von zweien? So ein Schwachstromer braucht Phantasie. Er muß sie haben, wenn die Neugierde ihn nicht erwürgen soll. Da ist es besser, sich auf das Klick einer bestimmten Haftscheibe selbst einen Vers zu machen. Erni weiß zumindest, wer an einem Ende der Leitung sitzt, wer derjenige ist, der vom Konzern aus spricht.

Bevor es wieder so klickt, daß Erni zu phantasieren beginnt (oder gar zu zapfen), sollte man ihm zu Ehren sagen, daß es nicht nottut, zu phantasieren. Jeder weiß, wer gegen 9.20 Uhr anruft und – jahraus, jahrein – so fragt: „Bist du gut angekommen, Harmfried? War der Verkehr nicht zu stark? Hat Fräulein Pingela dir frische Blumen hingestellt? Du hast wieder deinen Saft nicht getrunken. Laß dich nicht aufregen, hörst du? Denk an dein Herz!" So kommt es von draußen. – Von drinnen kommt um fast die gleiche Zeit eine männliche Stimme, sonor bis hauchend: „Hast du dich wieder hingelegt, mein Häschen? Du schnurrst ja so süß. Hast du was an? Das süße Nichtsda? Ach, wie schön. Ja, sehr schön . . . Niemand hört dich, ach, du!"

Wenn die Kontaktregler im Maschinengewehrtempo zu klappern beginnen, spielt der Vertriebschef seine Wotanrolle. Besonders im E.-Verkauf haben die Hunde wieder geschludert. Erni achtet nicht darauf, weil ihn die Sache interessiert, sondern weil der Zeitungsbotenboß so wundervoll fluchen kann. – Im Zentralsekreteriat des Konzerns wirbelt jemand Abflugzeiten durcheinander. In der Buchhaltung sucht einer eine Steuerkarte. Fräulein Habemich hat schon zehnmal gewählt, bis endlich ihr Verlobter abhebt und erfahren soll, daß die Milch unter dem Wärmer steht. Der Gute schläft länger, weil er studiert. Er hat es mit der Blase.

Was Menschen zwischen Haar und Sohlen denken, fühlen, sprechen, riechen, schmecken und hören – Erni weiß es. Andere wissen es auch. Die Mädchen, zum Beispiel. Aber die hören kaum hin. Höchstens später, abends, wenn die Drähte piano spielen, möchte man wissen, wer mit wem, oder mit wem nicht mehr. Nicht so der Schwachstromer Erni. Oder doch nicht aus eigenem Antrieb. Und abends braucht ihn auch keiner, nur hin und wieder, wenn Konferenzschaltungen laufen, für Fußball oder bei Demonstrationen.

Jetzt hat es geklingelt. Es hat gar nicht geklingelt. Es hat geschnurrt, geknackt, geklickt, wie immer. Aber Erni hat es klingeln hören. Dafür hat er ein Ohr. Die ganze Knackerei im Schaltraum kann ihn nicht hindern, wahrzunehmen, zu wissen, daß es geklingelt hat.

Über die 288 ist es gekommen. Die 288 darf nur, nein, die kann nur der Konzern-Syndikus Farning benutzen. Nicht einmal dessen Sekretärin. Das ist eine Direktschaltung mit Simultaneffekt und Einphasenschutz. Kein Mithören. Erni weiß das. Beim Einbau war er dabei, hat sich erklären lassen, wie es geht. In seiner Sprache ist das ganz einfach. Das ist wie Hebelvorschieben. Zumachen. Das Gespräch, das wie jedes andere über Normalleitung kommen kann, wird auf ein Nebengleis gelenkt, auf ein totes Gleis, sozusagen, wenn Konzernsyndikus Farning es will, mittels eines Knopfdrucks. Und dann kann niemand mithören. Ganz bestimmt nicht? Vielleicht Erni? Der ist allein im Schaltraum. Und die 288 ist besetzt.

Das Unbehagen nimmt zu. Erni kennt es sonst nicht. Aber wenn er bei Farning zapfen soll, bildet er sich ein, sie könnten ihn schnappen. Er weiß hundertprozentig, daß es nicht passieren kann. Niemand kann ihn sehen, keiner hören. Er könnte husten, einen Niesanfall bekommen, hörbar atmen, schnaufen. Nichts würde ihn entlarven, weil er am „Stamm“ anzapft, an der Wurzel. Und doch bekommt er einen trockenen Mund, wenn er die Haftklammer vor den Kabelzweig schiebt, der in die 288 mündet.

Erni hätte sich nie darauf einlassen sollen. Damals reizte es ihn, die Geschichte von gestern zu hören, von gestern nacht, oder die von heute abend. Es war aufregend gewesen, zu erfahren, wer mit wem intim war. Er konnte die Stimmen unterscheiden, kannte ihre Namen, Adressen. Er lernte ihre Eigenarten kennen, sah sich in ihren Wohnungen um, kannte ihren Arbeitsplatz. Er vergewisserte sich, ob er Verabredungen richtig verstanden hatte und ging, um nachzusehen, ob sie aussahen, wie er sie sich vorgestellt hatte. So lief er ins Portal, tat, als müßte er in dieser oder jener Wand etwas prüfen. Er ging sogar auf die Straße hinaus, um in die Wagen zu blicken. Und es war manchmal, wie es in seinen Bildern gewesen war. Jetzt, wo er die Frau vor sich sah, war der Reiz stärker geworden. So heftig, wie beim Betrachten von Pariser Fotos. Ein Wühlen im Innern, von den Wangenknochen über die Lippen hinabgehend in die Hüften, nach vorn und nach hinten, wo der Reiz zum Kitzel wird. Und weil ein Druck auf den Augen liegt und der Atem unruhig geht, muß der Reiz ein Ventil finden, um entweichen zu können. Am besten über die Mitteilung.

Niemand im Hause wäre Erni geeigneter erschienen, sein Wissen zu teilen, als der Portier Humbert. Erni hatte vorher nie einen Vertrauten. Eine Freundschaft mit Humbert hatte ihn immer gelockt. Humbert gehört nicht zu den Mächtigen. Aber er übt Macht aus. Auf seine Art. Erni erlebt es täglich. Es mag kommen, wer will, selbst einer von den Mächtigen des Konzerns, alle sagen: „Guten Morgen, Humbert.“ – „Was macht die Kunst?“ „Mal wieder was Pikantes im Laden?“ Erni weiß längst, was darunter zu verstehen ist. Manchmal bekommt er auch was Pikantes.

In letzter Zeit ist Humbert karger damit geworden. Er mault herum, sagt, daß Erni, sein Freund, ihn im Stich läßt. Und dann holt er eine „Kette“ hervor, sagt, daß es eine „Kette“ ist, ein im Jargon bekannter Zyklus von Aktfotos vom ersten Augenblick bis zum letzten. Er blättert sie auf, wie ein Kartenspiel, wischt mit den Fingerspitzen darüber hin, daß es knistert und sagt: „Die sind lupenscharf. Du kannt sie haben, Erni. Aber du mußt mehr lauschen, gezielter, verstehst du? Die Wiedergabe taugt nichts. Sie muß lückenloser sein, verstehst du? wortgetreuer sein!“

Das ist es, was Erni im Schaltraum Magendrücken macht. Es ist nicht die Angst davor, der Konzernsyndikus Farning könnte plötzlich in die Leitung schreien: „Nehmen Sie Ihre Drecksohren weg, Erni, Sie Schweinehund, Sie sind entlassen!“ Nein, die verfluchte Sprache ist es, die ihm zu schaffen macht. Aber es ging zu schnell. Und während er sich hinabbeugen mußte, um Wörter zu notieren, war ihm entgangen, was gesprochen wurde. Um zu retten, was zu retten war, hatte er seinen Zettel vor Humbert entfaltet und vorzulesen versucht. Sein Stocken und Stottern hatte Humbert veranlaßt, ihm den Zettel aus der Hand zu nehmen und, nach anfänglichem Bemühen, ihn zu entziffern, laut zu lachen: „Du, Syndikus hat nichts mit Sünde zu tun. Das schreibt man mit Ypsilon. Und warum schreibst du Grippe mit zwei ‚b’s‘?“ Das Lachen hatte Erni qualvoll in den Ohren geklungen. Tagelang hatte er gefürchtet, seine Freundschaft mit Humbert könnte einen Riß bekommen haben. Das würde ihn auch um die schönen Bilder bringen.

Es kam nicht soweit. Erni war einige Male durch die Empfangshalle geschlichen, hatte sich scheu umgesehen und nach Humbert Ausschau gehalten, und der hatte ihn zu sich herangewinkt, freundschaftlich, wie ehedem. „Hier, nimm das!“ Als Erni das Papier in Händen hielt und die eng beschriebenen Seiten betrachtete, spürte er das Prickeln wie bei den Fotos. Humbert sagte: „Das ist das beste ‚Geständnis‘, das ich je bekommen habe. Große Klasse!“ Erni ließ den Seufzern freien Lauf. Das war also eines von den kostbaren ‚Geständnissen junger Mädchen‘, von denen er gehört hatte, die aus geheimen Quellen stammten, die selbst Humbert nicht kannte. In ihnen steht alles, was die Mädchen erlebt haben. Vom ersten Augenblick an.

„Paß auf, keiner darf wissen, woher du das hast“, tat Humbert geheimnisvoll. „Du kannst dich auf mich verlassen, Humbert!“ Der hatte heimlich ein Foto hervorgezogen, über das er eine Hand deckte. Eine Detailstudie. Etwas Drastisches. Flüsternd ließ er sich vernehmen: „Das gehört zu dem Mädchen, das alles aufgeschrieben hat. Du kannst eine ganze Serie davon haben, wenn du mir einen Gefallen tust!“

So sehr Erni versucht hatte, es abzuwenden, auf die Gefahren hinzuweisen, er könnte überrascht werden, – „Der Stoffel kommt oft, um zu sehen, ob ich arbeite. Und die Mädchen gehen in den Schaltraum, um sich umzuziehen“, so wenig war er dem Druck gewachsen gewesen. Humbert hatte ihm die Kassette übergeben und ihre Handhabung erklärt: „Diese Seiten haben eine Magnethaftung. Du kannst das Diktaphon an jeder Stelle anbringen. Die Bänder speichern ein Zweistundengespräch. Und Du weißt, wen wir hören wollen!“

Als er gesehen hatte, wie hilflos Erni seinen Körper bewegte und unablässig schluckte, fügte er kameradschaftlich hinzu: „Es ist doch für unsere Gewerkschaft, für die Genossen. Und für dich und mich. Du kannst einen Eid darauf leisten, daß du nicht weißt, wer das Ding angebracht hat. Und vergiß nicht, daß die Bänder sich selber löschen, wenn ein Fremder diesen Knopf nicht vorher umstellt. Also, gar keine Gefahr!“

Erni hatte den Blick auf die Detailstudie geheftet. Ihm war gewesen, als ginge von dem „Geständnis“, das er in seiner Tasche wußte, ein Streicheln aus, ein nie erlebtes Liebkosen. Er begann zu glauben, das Mädchen hätte alles, was es erlebte, für ihn aufgeschrieben, alles, was er noch nie erfahren hatte. Wollte er es einmal erfahren, mußte er tun, was Humbert wollte: besser hinhören, mehr aufpassen, gründlicher festhalten.

Wort für Wort!

Erni drückte auf den Kassettenknopf . . .

* * * * *

16

Morgen-Konferenz:

Tränen-Heinzi wird heute den Kollegen vortragen. Er war als Sonderkorrespondent im kleinen Land, das überfallen worden ist. Seinen Bericht auf Seite 1 hatte Bildredakteur Poppenspeeler mit einem Foto illustiert, das gefaltete Hände mit einem Blumenstrauß darin zeigte. Tränen-Heinzi hatte in seiner Nachtreportage beschrieben, wie auf dem Königsplatz eine Frau durch den Dunst der Panzerabgase auf die Pflasterstelle zugegangen war, auf der Stunden zuvor ein junger Demonstrant verblutete. Sie hatten Blumen an die Stelle gelegt, wo der Junge sein Leben für die Freiheit gegeben hatte. Das Originalfoto, wenn es das gegeben haben sollte, war nicht rechtzeitig durchgekommen. Poppenspeeler fand ein duftes Motiv im Archiv.

Tränen-Heinzi wird so genannt, weil er vorzugsweise über Geschehnisse berichtet, bei denen ihm oder anderen Tränen in die Augen treten. Das liegt daran, daß Tränen-Heinzi sich gerne an Orte schicken läßt, wo Leid und Lust herrschen: Flugzeugabstürze, auch Fürstenhochzeiten, Starparaden. Und die Geburten von Babies prominenter Leute. Und dorthin, wo Revolutionen versagen.

Der Sonderreporter findet an allen Plätzen die Stimmung, die in der Zentralredaktion gewünscht wird. Darum ist seine Entsendung für die Redakteure nicht nur problemlos, sondern auch ruffördernd für die Ressortleiter. Sie haben keine lästigen Auseinandersetzungen zu fürchten über politische Tendenzen, Grundstimmungen. Tränen-Heinzi berichtet konzern-konform. Er vergießt Tränen der Begeisterung in einem israelischen Kibuzz, solche der Brüderlichkeit mit Wolgadeutschen und die des Mitgefühls an den Gräbern jüdischer Opfer. Die Berichterstattung über Studentenunruhen, über Rassenkämpfe der Neger und über Nationale Feiertage in Ländern, die mit dem Ostblock sympathisieren, lehnt er ab.

Tränen-Heinzi und Poppenspeeler sind Kriegskumpel. Sie tauschen Kriegserinnerungen aus, von denen sie nicht loskommen. Den Poppenspeeler nennen sie in der Redaktion Bild-Bulle, wegen seiner Körpergröße und, weil er ein kantiges Kinn hat. Er ist gutmütig und lacht darüber. Er lacht auch darüber, daß sie Angst vor ihm haben. Selbst die oben im Konzern. Deshalb lacht er besonders, weil sie regelmäßig vorbeugend eine Gehaltserhöhung einplanen und Personaleinschränkungen in seinem Bereich vermeiden. Poppenspeeler hat ein paarmal hingelangt. In der Technik zum Beispiel, nach dem er einen Kasten Bier gespendet hatte und eine „Weiße“, was Korn ist. Auf den Wogen von „Du“ und „Götz von Berlichingen“ hatte er dann die Bleikästen geradegerückt. Das hat das Image des Bild-Bullen als Meister des Solarplexus und als Veilchen-Macher gefestigt. – Poppenspeeler ist treu. Besonders gegenüber Tränen-Heinzi, der an hormonalen Schwierigkeiten leidet und Katzen liebt. Es ist lange her. Sie druckten das Weltblatt noch im Bleichenhof. Die Katzen streunten zwischen Papierrollen und Druckerschwärze. Mäuse gab es ohne Bezugsschein. Die Katzen waren gelb und dick. Eine hatte die Fell-Krätze. Gerade sie hatte es Tränen-Heinzi angetan. Er lockte sie mit Naturalien seiner Brotmarken in die Redaktion und hatte blanke Augen dabei. Und eine Fistelstimme.

Zwischen Meldungen aus dem Kontrollratsbereich und erster Kunde von Marylin Monroe – Tränen-Heinzi machte damals die Sparte „Aus aller Welt“ – krümelte er Krumen auf den Flur und lockte „Mieze“ herbei. In der Zentralredaktion würgten sie gegen den Ekel. Kurt Brotmacher, der Innenpolitiker, der sich gelegentlich mit Studien über die Panzerstrategie eines Manstein und Guderians hervorwagte, ein Frühverkünder der Bundeswehr, lief rot an unter dem Rothaar, weil er den ätzenden Katzengeruch in der Nase hatte. So lief er auf den Flur hinaus und sah angewidert den Tränen-Heinzi vor dem räudigen Tier knien, das schnurrte und aus einer kleinen Milchlache schleckte. Brotmacher nutzte den Überraschungseffekt und packte das Vieh in seinem gelblichen Nackenwulst und schleuderte es wie eine Kegelkugel über den Flur, daß die Krallen sprühten und Tränen-Heinzi „Sie Flegel“ flötete.

Poppenspeeler wird eingreifen, wenn Brotmacher heute protestiert. Der Innenpolitiker wird nicht anders können, wohl auch nicht wollen. Wenn es um Realpolitik geht, um die Position der Bundesrepublik im westlichen Bündnis, nicht nur in der aktiven NATO-Rolle, sondern auch, oder eher, in der passiven der diplomatischen Geschicklichkeit, dann meldet er sich zu Wort. Die schmalen Hände bereiten sich auf ihre Gestenrolle vor, unterstreichend, kantenschlägig wie bei Kommandotrupps, und er drückt die filterlose Orientzigarette schon nach einem Drittel aus. Er wird das Nicken von Hans Thomas, dem Chefredakteur, auffangen, der nichts Gutes ahnt, aber auch nichts Böses verhindern will, trotzdem er die Konzernanweisung weitergegeben hat, daß das Hohe Lied der Unterdrückten in dem kleinen Land gesungen werden soll. Hans Thomas ist zu sehr Journalist, der Wahrheit mehr zugetan als dem Kompromiß, innerlich zumal, wenn auch nach außen nicht so klar, weil das Alter, die zunehmende Müdigkeit, widerstandsloser machen.

Tränen-Heinzi sitzt auf dem Stuhl wie ein Prüfling. Seine Zuhörer, die hier größtenteils seine Dulder sind, die Befürworter der Entrüstung, die Marschgerechten, wissen, daß der Reporter des Leidens nur äußerlich die Requisiten der Hilflosen trägt: einen Anzug von der Stange, grobgewirkt, dazu ein Dutzendhemd, eine Allerweltskrawatte. Das auf den Wangenspitzen stets leicht gerötete Gesicht ist von einem Fettspiegel überzogen. Die Nase wird nicht von Energie geschärft, sondern von rüsselhafter Neugier. Eine Hornbrille, rund und gelbbraun, macht ihn zum Buchhalter.

Dann beginnt er. Näselnd. Intensiv. Sich selbst erregend: „Ich habe ihre Gesichter gesehen. Freiheitshungernd, bereit, sich zu opfern wie der Student, der sich verbrannte. Es war nicht nur ein Frühling der Freiheitsahnung. Es war ein Frühling der Menschwerdung. Nach so vielen Jahren der Unterdrückung. Sie hätten es sehen sollen, meine Herren! (Er sagt: meine Herren!) Und dann die Walze. Die Panzer. Die Ketten. Der metallische Klang. Dieses Röhren, Sie erinnern sich? Doch, Sie müssen sich erinnern. Ich sage: T 34! So, wie wir alle es einmal gehört haben! – Ich stand an der Stelle, wo die Blutspur noch frisch war. Und ich bitte Sie, mir nachzuempfinden, daß mir die Tränen kommen mußten. Ich habe mich ihrer nicht geschämt. Keiner der Zeugen, die Passanten, die Unterdrückten, die alte Frau, die alte Frau mit den Blumen, hat sich geschämt. Wir waren eine Familie, ich, der fremde Berichterstatter aus dem befreundeten Land, das selber täglich spürt, was Unfreiheit ist, die Mauer, die verminte Grenze, und die Menschen der stolzen Stadt – wir alle haben geweint . . . “

Da ist die flache Hand, oder vielmehr der Knall der flachen Hand, wie alle ihn kennen, die Boten, die Sekretärinnen, Kollegen, die Chefs vom Dienst und Hans Thomas, der einen Anflug von Unwillen erkennen läßt, den aber schon reizt, was jetzt kommt. – Dem Flachschlag auf die Stuhllehne folgt in enger, wortscharfer Replik der Einspruch Brotmachers: „Hören Sie auf? Wir sind nicht irgendeine Postille. Unser Blatt hat Weltgeltung. Unsere Kommentare werden täglich zitiert. Da kommen Sie, und machen daraus einen Regenbogen-Schmarrn, mit viel Tränen und noch mehr Schluchzen. Hat die Besetzung des kleinen Landes für Sie keine politische Substanz?“ Brotmacher sieht, daß die meisten sich protestierend abwenden. Poppenspeeler fuchtelt mit den Armen wie ein Rausschmeißer. Die Wirklichkeitsverachter machen ihre wegwischenden Handbewegungen. Einer – es lohnt nicht, nach seinem Namen zu grübeln – wirft das Schwergewicht der deutschen Amboßpolitik in den Raum: „Im Gegenteil, Sie! Solche Gefühle, wie die Bevölkerung des kleinen Landes sie gezeigt hat, dieses Bekenntnis zur nationalen Befreiung, solch' eine Haltung tut uns not. Dann brauchten wir keine Verleugner zu dulden, sondern könnten sagen: Oder und Neisse sind deutsch!"

„Scheißkerle!" entfährt es Brotmacher. Und er nimmt die Entrüstung der Hurrawilligen, die für den Ostmarsch sind, nicht einmal wahr: „Was haben wir für Tintenfritzen in diese Redaktion bekommen? Müssen wir aller Welt beweisen, daß wir es immer und ewig mit den Emotionen haben, mit den Vorwärtsgelüsten? Die Ironie der Stunde liegt in der Wahrheit, daß das kleine Land in dem Mächteverbund bleiben soll, der ebenso eine politische Realität ist, wie die Zugehörigkeit unseres Landes zum westlichen Bündnissystem. Und – jetzt ist das Rot Brotmachers, das seiner Haare, seiner Haut, das Rot seiner Augen, die rot sehen, eine lodernde Einheit seines Gemütszorns – und glaubt hier einer, daß wir mit diesen Tränenergüssen Ehre bei unseren Verbündeten einlegen, die die ganze Friedensmaschinerie von der UNO bis zu den schwedischen Geheimvermittlern in Gang gesetzt haben, um ein Ungarn zu vermeiden, – glauben Sie, daß der Ekel, den man unseretwegen verspürt, jemals abzubauen sein wird?"

Chefredakteur Hans Thomas hält den Augenblick für gekommen, die Diskussion abzubrechen. Aus der Kiste seiner 1000-Wort-Kommentare, ob er spricht oder schreibt, holt er als ersten den Satz hervor: „Die Dinge sind in Bewegung geraten, meine Herren. Alles ist in Fluß. Ereifern wir uns nicht. Das Volk, unser Volk, will an dem heroischen Erlebnis des kleinen Volkes teilhaben. Da sind die historischen Parallelen. Das Wort vom Einmarsch. Die Befreiung. Von was? Von der Umklammerung? Wir wissen doch, wie es war. Eine Minderheit, gefesselt, geknebelt, mundtot gemacht. Wenn es da losgeht, wenn Gefühle gegen Stahl aufstehen, gegen Panzer, dann gibt es Tränen, solche der Trauer, der Ohnmacht, und solche des Nacherlebens historischer Augenblicke, die dann schon wieder ein Vorwegnehmen kommender Sternstunden sind. Wenn unser Volk sich näherkommt, und das wird kommen, steht bevor, nicht morgen, aber doch greifbar, dann wird es in unserem ganzen Land Tränen geben, soviele . . . und es wird unserem Blatt gut anstehen, wenn es sich solcher Tränen ebenfalls nicht schämt . . . "

Es ist wahr: Tränen-Heinzi hat die Tränen nicht zurückhalten können. Die Finger knetend verkrampft, den Mund wie im Schmerz verzogen, starrt er in den Raum. Die Mehrzahl der Kollegen hält den Augenblick für kondolenzwürdig. Sie nickt ihm mitfühlend zu. Auch der Innenpolitiker Brotmacher hat den Mund verzogen, aber aus Abscheu. Er denkt an die Katze vor vielen Jahren.

Hans Thomas schiebt das Thema beiseite, aber nur einen Spaltbreit. Die politische Wirklichkeit macht den Dünkel des Besserwissens zunichte: „Wie weit sind die Viermächte-Gespräche um Berlin gediehen?"

* * * * *

17

Nicht selten werden gute Ideen menschlichen Schwächen geopfert. Manchmal verhelfen sie ihnen auch zum Erfolg. Professor Emilio Bonvivat weiß noch nicht, womit er zu rechnen hat. Er weiß aber, daß er dem drohenden Auflösungsprozeß seiner Konferenzrunde begegnen muß. Noch im Aufbruch zu einer Erfrischungspause, die der Senderat einlegen will, versucht er es noch einmal mit Ordinariatsstrenge, wobei er sich von Temperament und Rethorik unterstützen läßt: „Denken sie an meine Worte, meine Herren. Wir können die Sache nicht vor uns herschieben, als ginge es um die Vereinssatzung für Schrebergärtner!"

Ein unvorsichtiger Satz. Aber der Presseprofessor hat Glück. Senator a. D. Kuchenkremer hat schon blanke Augen und drängt darauf, ins Funk-Kasino zu kommen. Er wehrt den Seitenhieb auf die Stadtrandoasen mit einem gutmütigen Einwurf ab: „Sie, Herr, der Schrebergarten ist das Rittergut des kleinen Mannes!" Der Altsenator ist in einem Schrebergartenviertel aufgewachsen. Wohl deshalb belacht er seinen Witz mit großer Befreiung.

Bonvivat weiß nun, daß er dem Wunsch seiner Kollegen nach Genüssen, die Augen und Magen laben sollen, auch nicht mehr mit der Autorität seines Partei-Presse-Rats begegnen kann, in dessen Namen er hier handelt. Darum ist er für diese Pause. Aber er ist noch mehr dafür, sie so schnell wie möglich hinter sich zu bringen. Es ist Mittagszeit, und auch er könnte eine Stärkung gebrauchen. Eine letzte Anstrengung, die er unternimmt, soll lediglich bewirken, die Herren bei der Stange zu halten. Er beschwört sie, daran zu denken, daß ihre Namen Rundfunkgeschichte machen sollen. Und weil Senator Kuchenkremer nun doch ungeduldig wird und immer lauter ruft: „Auf, ins Funk-Kasino!", schlüpft der Professor schnell noch in die Rolle eines Dompteurs. Die Arme hocherhoben, die Augen voll bannenden Blicks, ruft er aus: „Hören Sie auf mich, meine Herren, äußerste Diskretion, absolutes Stillschweigen!"

Den Presseprofessor quälen ungute Erinnerungen. Er hat darum nichts unversucht gelassen, den Intendanten dafür zu gewinnen, im Konferenzraum servieren zu lassen oder in einem der Studios. Aber Altsenator Kuchenkremer hatte sich störrisch dagegen gewehrt und bei Programmdirektor Holzer Unterstützung gefunden. Überraschenderweise auch bei Rechtsanwalt Gernehardt Kattenpot. Dieser hat eine von Holzer an Kuchenkremer gerichtete Bemerkung aufgefangen. Er glaubt, das Wort ‚Funkmiezen' verstanden zu haben. Vielleicht war es auch etwas Deutlicheres. Als er sieht, daß Kuchenkremer einen Fingerspitzenkuß Holzers mit einem derben Schenkelschlag erwidert, fühlt Kattenpot stärkere Speichelbildung. Aus Sorge, jemand könnte seine Gedanken erraten, schluckt er angestrengt gegen das verräterische Zeichen an. Eine gespielte säuerliche Miene soll ihm dabei helfen.

Noch auf den Fluren durch den Intendantenflügel wiederholt Emilio Bonvivat seine Mahnung, die Herren möchten pünktlich wieder zusammentreten. „Nicht später als vierzehn Uhr. Wir müssen noch heute entscheiden!"

Der Gedanke, daß noch heute entschieden werden soll, und wahrscheinlich gegen ihn, beginnt den Christvertreter im Senderat, Dr. Rudolf Schweinowski, auf den Magen zu drücken. Deshalb hat auch er ins Funk-Kasino gewollt. Er spricht von Erbauung und von bedeutungsvollen Offenbarungen, die allen zuteil geworden seien und meint doch nur einen Magenbitter, den er sofort gegen die in ihm aufsteigenden Säfte einnehmen muß.

Nichts war dem Herrn Professor Bonvivat im Zusammenhang mit der Erfrischungspause erspart geblieben. Der Intendant hatte auf seinen Wunsch im Funk-Kasino angerufen und gebeten, einen Extratisch zu reservieren. Bonvivat wünscht, daß die tafelnde Runde seiner Kollegen abgeschirmt wird. Und dann geht auch mal ein Lächeln über sein Gesicht. Anders als beim Intendanten, dem Zornesröte in die Wangen fließt, als er durch Telefon nach dem separaten Tisch verlangt. „Nein, ich nicht!" schreit der Intendant in die Muschel. Der Hörer fällt in die Gabel.

Bonvivat und der Pressesprecher des Rundfunks, Rupert Berger, haben die kleine Unmutsszene beobachtet. Wenn beide auch die Frage nicht gehört haben, die das Funk-Kasino an den Intendanten gestellt hat, so wissen sie doch, um was es geht. Während der Professor sich freut, daß der Intendant nicht mit ins Kasino geht, grübelt Rupert Berger noch eine Weile. Er weiß, wie Bonvivat, daß es noch immer um die leidige Geschichte von damals geht, die Monate zurückliegt und die nicht in Vergessenheit geraten will. Sie ist noch immer Gegenstand von Tuscheleien und keiner kann sagen, wieweit Legendenbildung sie aufgebauscht und vom Kern der Wahrheit entfernt hat. Äußeres Zeichen ihrer Unvergessenheit ist der Zustand, daß der Intendant das Funk-Kasino seitdem nicht mehr betreten hat. Seinen nicht unbeträchtlichen Bedarf an Spirituosen und Fruchtsäften, Tafelwasser und Tabakwaren für die Gästebewirtung läßt er von einem externen Lieferanten decken. Das ist einer der Gründe, weshalb die Geschichte wie eine Infektion fortwirkt. Für die Wiederansteckung sorgt die Kasino-Verwaltung.

Bevor Rupert Berger der Gruppe des Senderats folgt, bittet er die kleine Sauer, dem Intendanten für die Dauer der Erfrischungspause, die dieser in seinem Zimmer verbringen will, jede Störung vom Halse zu halten. Er schärft der Sekretärin des Rundfunkchefs ein, zehn Minuten vor vierzehn Uhr die Namen der Herren des Senderats mehrfach über Hausruf ausrufen zu lassen. „Besonders den von Senator Kuchenkremer!"

Auf dem Weg hinüber ins Funk-Kasino, über den Lichtgang, der durch die Freianlage führt, vorüber an der blechernen Sardinenstraße von Autos, vorbei an linearscharf abgegrenzten Rasenflächen, denen Kunstdünger dabei hilft, sich gegen das Grau der umliegenden Betonkästen zu wehren, hat Berger Zeit, darüber nachzudenken, was damals eigentlich geschehen war.

Wer über die Geschichte spricht, beginnt mit einem ‚Damals'. Im Funk weiß kaum einer so recht ein Datum. Niemand könnte sagen, in welchem Monat es war, ob in einer Wochenmitte, oder am Anfang. Es gibt Aufzeichnungen, Aktennotizen, Schriftstücke von unterschiedlichem Umfang, die das ‚Damals' festhalten. Aber wenige stammen von unmittelbarer Zeugenschaft. Die meisten liegen in Zeitungsarchiven der Redaktionen. Die gründlichsten in dem des Konzerns. Auch Rupert Berger hat ein Mappe zusammenstellen lassen. Sie ist in der Pressestelle ‚Verschlußsache'.

Wie bei allem, was eine grundlegende Veränderung mit sich bringen soll und deshalb sensationell wirkt, wenn es an die Öffentlichkeit gelangt, in schlimmer Weise, wenn das vorher geschieht, waren die Verhandlungen zwischen dem Konzern und dem Rundfunk geheim geführt worden. Dabei ging es um die Überführung der Fernsehproduktionsgesellschaft ‚Hansa Studios' in den Besitz des Konzerns. Bis dahin war sie eine fast huntertprozentige Werbetochter des Rundfunks.

Treibende Kraft war dabei ein geschäftsführender Ungar-Emigrant, der die Illusionsfabrik nach erbitterten Verschleißkämpfen der absterbenden Filmindustrie an sich gerissen hatte und seitdem rund zwanzig Prozent des Gesellschaftskapitals hält. Er ist ein ‚Atze'-Typ, worunter die langsam wieder zu Kräften kommende Kinobranche eine gewisse Menjou-Sorte von Managern versteht. Der magyarische

Gastarbeiter hatte früh erkannt, daß die Produktionen seines Hauses unter dem parteipolitischen Dirigismus immer leiden werden. Er sagt dazu ‚Proforz' und meint damit jenes angeblich demokratische Ungleichgewicht der relevanten Kräfte.

Der Magyar sieht die Entfaltung der ‚frehetliche Konst' eingeengt. Dabei beunruhigt ihn nicht der Gedanke, daß es mit dem Kulissenzauber einmal ein Ende haben könnte, bei dem er, besonders auf den Atelierfesten, gerne als Dschingis-Khan auftritt, in unersättlicher defloristischer Attackenlust. Sowas machen alle mit. Freund und Feind, die sich im Kampf um die Gesellschaft in den Haaren liegen und doch gemeinsam im Sündensand wühlen, wie auf Kampen. Nein, der mongolisch herabhängende Oberlippenbart, weit in die Mundwinkel ragend, verdeckt brennenden Ehrgeiz, der in zwei scharfen Falten seitlich zum gespannten Kinn allzu deutlich reden würde.

Bei einer dieser Feten, so erinnert Rupert Berger sich, wo Rang und Würden allen den gleichen Zulauf an Mädchen sichert und gleiche Zudringlichkeit erlaubt, fand man sich, weil Sattheit nur im Gespräch zu ertragen ist. Beide, der Intendant und der Pußtaherr, entdeckten Gleichheit in der Beurteilung über die Zukunft des Fernsehens. Der Ungar hatte den Sexy-Sekt aus dem Atelier-Kasino auffahren lassen. Eine Marke, rubin-rosé, von der Gelegenheitsnipper behaupten, sie enthalte luststimulierende Stoffe. Mädchen, die darin fast ertrunken wären, sagen, sie wüßten von gar nichts mehr. Wahrscheinlich gehören die Geschichten – nicht die der Mädchen – in den Bereich der Märchen. Anders müßten der Intendant und der Ungar-Boß immun sein. Sie trinken Unmengen und erkennen dies:

Die Weichen müssen jetzt gestellt werden, die das Fernsehen („Und der Hörfunk", wirft der Intendant ein) von parteipolitischen Fesseln befreien. Bevor es zu spät ist. „Wir müssen die „Hansa-Studios" in eine privatwirtschaftliche Gesellschaft überführen, Intendantchen." In beiden sprüht der Gedanke wie in ihren Gläsern. Sie sind so hingerissen einig, daß sie sich einen Rest auf ihre Kostüme gießen. Der Ungar ruft: „Toi, toi, toi!", und es knallt aus seinem Mund wie Czardastritte.

Die Konzeption stammt nicht von dem Ungarn. Sie war im Konzern entwickelt worden, dessen Anstrengungen, durch welche Tür auch immer, ins Fernsehen einzudringen, hier einen lockeren Boden gefunden hatten. Konzernsyndikus Farning hatte die Ideen auf mehreren Sitzungen an geheimen Orten dem Intendanten und dem ungarischen Filmverweser vorgetragen. Leitidee des Konzerns ist unverändert: Im freien Spiel der Kräfte, also: auf der Basis freien unternehmerischen Risikos, aber auch mit dem von besseren Ideen erfüllten Mitarbeiterstab, der in Vorsorge auf den Tag X eingekauft worden war, ein Fernsehen zu machen, das nicht auf Bleifüßen des Parteiproporz einhergehen muß, das im Zwang immer besserer Einfälle abgestandene Stundenfüller überflüssig macht. Natürlich mit einem gesunden oder auch gesundmachenden Rahmen von Werbeerträgnissen, die jeder selber um so lieber hinnimmt, als man sich für die Werbung gutschmeckende Bonbons einfallen läßt. Nur so, das ist sicher, kann die auf den Fernsehgebühren gründende Selbstherrlichkeit des Fernsehens und des Rundfunks abgebaut werden.

Und der Magyar weiß, daß der Konzern nicht auf ihn verzichten kann. Der Konzern weiß es auch. Wenn er durch die Tür der „Hansa-Studio" kommen will. Der Ungar hat die Hände tief in den Taschen des Zuliefererapparates, worunter der Handel mit Menschen und Sachen zu verstehen ist. Keiner bekommt bei dem Ungar eine Rolle, der nicht nutzbringend agiert. Bei Mädchen schlägt die Sache nicht geldlich zu Buche. Hier, in diesem großangelegten Fall, geht es – leider – nicht nur um den verkaufswilligen Atelierchef. Hier muß einer mitspielen, den man lieber außen vor lassen würde. Aus zwei Gründen: Er ist bereits ‚Out', das heißt: persönlicher Leidenschaften wegen, in diesem Falle als Opfer der Trunkenheit, kaum noch ins Spiel zu bringen. Oder vielleicht gerade? Der Gedanke hat den Ungar ebenso fasziniert, wie er ihn geängstigt hat. Auch den Konzern. Ist der Intendant zu haben? Und wenn ja: zuverlässig? Wahrscheinlich mit Geld. Wenn nötig, mit viel Geld. Auszahlen würde es sich immer. Der Ungar und der Intendant werden sich einig, daß der Konzern in diesem Spiel die Oberhand gewinnen soll!

Hier haben große Ereignisse ihre Schatten nicht vorausgeworfen. Menschliche Schwächen haben sie verhindert. Und das begann ganz harmlos. Die letzten Gespräche endeten wie vorgesehen. Konzernsyndikus Farning wie die Anwälte des Intendanten und des Ungarn formulierten die Verträge und legten sie zur Unterschrift vor. Das geschah im Zimmer des Intendanten. In geheimer Mission. Der Kreis war klein. Ein Glas Sekt besiegelte den Beginn einer neuen Fernsehepoche. Und den Aufstieg zu höchsten Karrieren. Die Herren Vertragspartner trennten sich im Wohlgefühl, eine schöne Zukunft vor sich zu haben.

Der Intendant verspürte Hunger. Schlichten Hunger, wie er nach vollbrachter Tat eintritt. Aber es ist ein Hungergefühl dabei, das nicht dem Verlangen des Magens allein entströmt. Im Funk-Kasino findet er einen Platz, von dem aus er den Raum gut überblicken kann. Er möchte einen bestimmten Menschen entdecken. Das ist ihm mehr als der Hunger. Deshalb bestellt er auch nur etwas Einfaches. Er entdeckt nicht, was er sucht. Um sich abzulenken, läßt er sich vom Kommen und Gehen der Besucher gefangennehmen, wie sie sich kleiden, ihre Gesten beschäftigen ihn, mit denen sie ihre nicht endenwollenden Gespräche begleiten.

Heute nimmt er es flüchtiger wahr, weil er über sich nachsinnen möchte und weil er jemanden sucht. Er ist mit sich zufrieden. Er wird seinen Weg machen. Steil nach oben. Aber es wird auch Rückfragen geben. Sogar Einsprüche, besonders von seiten der Partei. Aber dann wird er schon in der Sicherheitszone der Unanfechtbarkeit sein. Schon vertraglich abgesichert durch den Konzern. Nur so, gewissermaßen im Alleingang, hat er dem Druck entkommen können, der auf ihm lastet, seit er in der Parteiregie das Amt des Intendanten übernommen hat. Schon bald begann ihm auf die Nerven zu gehen, daß jeder – im wahrsten Sinne der Floskel ‚Hans und Franz' – Rechenschaft verlangte und verlangen durfte. Wie oft hat ihn angewidert, daß die Programmbalance gestört war, weil an einem einzigen Fernsehabend des Gemeinschaftsprogramms der Senderkette, zu der auch sein Funkhaus gehört, alles in Rot, in allzu offenkundigem Rot, produziert worden war.

Der Intendant ist für Rot. Aber, gewissermaßen, für ein Rot, das ihm, seinem Einfluß, erlaubt, künstlerische Stempel von seinem Handschnitt dem Programm aufzudrücken. Die reine Vollstreckung ist stumpf. Das weiß er nun. Wie er weiß, daß seine Position im öffentlichen Bewußtsein falsch, das heißt, viel zu hoch veranschlagt wird. Jede politische Kehrtwendung des Apparats kann ihm die Füße wegschlagen. Sein Vertrag läuft ohnehin nur noch siebzehn Monate.

Mit dem beruhigenden Gefühl, in Zukunft unanfechtbarer zu sein, findet der Intendant wieder Gefallen an dem Schauspiel vor seinen Augen. Er hat noch immer nicht entdecken können, was er sucht, aber er fühlt, daß er warten kann. Die Szenerie im Funk-Kasino bringt ihm zuerst den ‚schönen Udo' vor Augen. Nein, nicht den Sänger, dessen Schönheit darunter leidet, daß die meisten fürchten, er leide an Magengeschwüren. Dieser Udo macht Pop-Programme für die Jugend. Alles an ihm ist Silber. Der Blick, das Haar, die Schläfen, der Oberlippenbart, die Glenchekanzüge, die er wie Hemden wechselt. Und die Krawatten. Und die Sohlen. Das ist kein

Scherz. Udos Sohlen sind silber gefärbt. Sie blinken seinen Spuren voraus. Das ist nicht sein einziger Kick. Sein bester ist die Silberstimme, die bald schon süßlich ist wie allzu reichlich genossene Sahne. Er hat sie in jahrelangen Modulationsversuchen an Glockenklang anzupassen versucht, so daß jedes Wort zu einem Akkord geworden ist. Hinter solcher Vordergründigkeit, die der schöne Udo wie einen Schild vor sich hält, hat sich sein Engagement mit den Schallplattenproduzenten auf das Schönste vertieft. In Millionenauflagen.

Der schöne Udo inspiriert sich am Objekt. Er ist nie allein am Tisch. Auch jetzt wieder sieht ihn der Intendant umgeben von jungen Mädchen, die mit dem Liebreiz ihrer Jugend, mit dem Wenig und Viel an Kleidung und Kosmetik ins Spiel bringen möchten, was im Funk doppelt und dreifach wieder herauszuholen ist. Ihre Anfangswünsche sind reine Funktionalität.

Von ganz anderen Ambitionen läßt sich Rohling leiten. Er heißt eigentlich Firnis. Sein Name, das bestechende Pseudonym für einen Killer-Regisseur, ist von ihm früh genug erfunden worden, um seinen Hitchcock-Hoffnungen nachzuhelfen. Das Leben wollte es so, daß ein rechtzeitiger Autounfall ihm Schranken gegen Maßlosigkeit setzte und dem erfundenen ‚Alias'-Namen eine treffende Note gab. Rohling hat eine zerklüftete Physiognomie, mit der selbst Boxer nicht bestraft werden. Wer weiß, ob es wahr ist, daß er mit Löwen gefrühstückt hat? In seiner Reporterzeit. Er soll auch auf einem Hochseil gewesen sein. Auf den Schultern eines Artisten der berühmten Maier-Familie. Und er hat auf dem Schaffnersitz einer Straßenbahn gesessen, als sich die Leute fürs Durchgeschütteltwerden noch bedankten und sich vom Heißgetränk einen Rausch erhofften. Entbehrungen hielten sie für ihren Lebenszweck.

Zu jener Zeit soll dieser Rohling, der heute die krimigeile Zuschauerschaft mit Kehlenkitzelspielen unterhält, den Oskar vom Pferdemarkt gespielt haben. Nicht so originell wie dieser, nicht so wortwitzig, mehr mit der Plattheit von Reporterwörterfülle, weil der Aufwand des Funks größer war. Und die Leute haben dennoch gelacht, weil es sonst nichts zu lachen gab. Damals war das Staunen noch lebendig über Geschichten eines Siebzehnjährigen als Panzerfaustknacker, der die alliierte Armee in Atem gehalten und zur Verzweiflung gebracht haben soll. So waren die Geschichten des Rohlings, der zu Zeiten seines Heldentums noch Firnis hieß.

Geschichten! Der Intendant weiß, dies ist die Brutstätte von Geschichten. Von solchen, die passiert sind. Von solchen, die Müßiggang und Selbstlob hervorgebracht haben. Im Funk-Kasino gedeihen alle. Bei Rohling haben sie sich verwoben.

Der Intendant erblickt den Käpt'n. Ein Seemann? Niemand weiß es. Er ist ein Bild von Mann. Nordischer Zuschnitt. Es gibt zwei Arten von Schmerz, die ebenso überraschend wie heftig kommen. Die eine ist Zahnschmerz. Die andere ist, wenn einer den Mund aufmacht. Wenn Käpt'n den Mund öffnet, wird Kultur zu einem Ackerland. Dann ist alles an Sprache und Orthographie noch zu säen. Der Käpt'n spricht furchentiefes Idiom. Es wird ganz früher einmal in Dithmarschen aufgekommen sein. Eine fruchtbare Landschaft. Käpt'n hat von dieser Fruchtbarkeit nichts mitbekommen. Dennoch betreut er eine Sendereihe. Sie hat nur einmal im Jahr bundesweite Hörerschaft. Heiligabend. Dann läßt Käpt'n Grüße von und zu allen Meeren gehen. Einmal im Jahr!

Beim Anblick dieses nordischen Hünen in blondem Grau, der seine Seglermütze aus blauem Tuch auch im Funk-Kasino auf dem Kopf behält, als sei es eine Rabbinerkappe oder die Tiara des Papstes, fällt dem Intendanten ein, was ein Gutmeinender ihm einmal sagte: „Sie können so viel Vielfalt in Ihrem Hause nicht erwarten, ohne das Auge des Königs zuzudrücken, der ohne Narren schlecht beraten wäre!" Auch der reckenhafte Käpt'n am Nebentisch trägt seine Narrenkappe. Nicht aus Überheblichkeit, sondern aus jener Unbedarftheit, die die geschichtliche Wahrheit begründet, daß Leben ohne Narren nicht ist. Also, auch nicht ohne Kappen. Wie sonst wollt ihr sie erkennen?

Im Augenblick weiß der Intendant nicht, ob er lachen oder weinen soll. Der Käpt'n erzählt Geschichten, die er mit einem warmen Platt anreichert. Er hört ihnen nicht ohne Wohlwollen zu. Sie lassen an Dösen in Nordseedünen denken. Es geht um Seglererfolge, die weniger vorm Wind als im Windschatten süßen Dümpelns errungen worden sein müssen, denn die Mädchen, die um Käpt'n herumsitzen, so reichlich verfügbar, wie an keinem anderen Ort Bereitschaft sich anbietet, sind in Kajütenstimmung. Der Intendant hört das Lachen, jenes flatternde Kichern, das jeder Hingabe vorausgeht und das sich noch nie hat lumpen lassen.

Verspürt der Intendant Neid? Er findet seine Gefühle im Widerstreit. Dieser Mann da am Nebentisch braucht nur einmal im Jahr, ein einziges Mal, für zwei Stunden die Leinen seines mäßigen Könnens loszuwerfen, um Grüße von Seemannsfrauen über den Äther gehen zu lassen, die so vibrieren, daß niemand sich gegen die Vorstellung wehren kann, wie nötig jede einzelne es hat. Aber an dreihundertvierundsechzig Tagen fristet Käpt'n ein Leben des heitersten Wohlbefindens im Funk-Kasino. Der Intendant weiß, daß dieser Mann deshalb soviel erzählt, weil er sich sonst fortwährend vor sich selber ekeln müßte. In seiner Bedeutungslosigkeit könnte er sich hinter dem Vergebungsparagraphen verstecken. Aber das braucht er nicht. Er weiß sich im Schutz eines Unkündbarkeitsverhältnisses geborgen, das die kontrollierenden Engländer im Jahre 1946 zum Segen der Nutznießer und zum Unsegen von Millionen von Hörern und Sehern in den Rundfunkstatuten verankerten. Sie taten es in der demokratischen Vorsorge, daß niemand fliegen darf, wenn doktrinäre Neuerer es wollen. Das gilt auch noch in den achtziger Jahren.

Seitdem und bis jetzt und darüber hinaus sind als Programmbosse die Hirschfüße, die Waldhüter, die Protzkes, die Detfisser und Rockweiber am Werk. Sie beherrschen die Besetzungslisten. Sie bestimmen, wer ran darf an die Manuskripte und an die Mikrophone. Von ihren Winken hängt ab, wer vor oder hinter den Kameras und Mikrophonen stehen darf. So auch die Garde der Mittagskuriere, die den aktuellen Sendungen ihren rötlichen Eigensinn aufzwingen. So entschlossen, daß der sie anführende Anbieter mit der pubertären Stimme, die an eine Schülerpaukstunde denken läßt, befragten Länderkorrespondenten am Telefon das Wort abschneidet: „Nein, bitte, keine negativen Prognosen über das Abschneiden der Freien Demokraten im Wahlkampf in Baden-Württemberg. Nach unseren Informationen werden sie der Ostpolitik im Schaffe-Schaffe-Land zustimmen!“ (Die Wähler waren mit 53,2 Prozent Stimmen dagegen.)

Der Intendant weiß davon. Sein Pressesprecher Berger hat ihm nicht nur diese Zahlen vorgelegt. Auch Aktennotizen über Anrufe von Hörern und Sehern, Briefe in großer Zahl, denen zu entnehmen war, daß sie nicht mehr wollen und können, worin es so drastisch wie unwiderruflich heißt, am Telefon und in Telegrammen: „Es kotzt uns an!“ Der Intendant, in dieser Stunde noch ohne den scharfprozentigen Mephisto, gelassen und doch nicht ruhig, eine würzige Suppe löffelnd, den Rücken zur Wand, das schillernde Theater vor sich, das Ungezählte den Jahrmarkt der Eitelkeiten genannt haben, kann nicht aufhören, durch seine dunkle Hornbrille immer wieder zu den pendelnden Türen des Funk-Kasinos zu blicken.

Um sich abzulenken, denkt er frühere Gedanken, von denen er nicht sagen könnte, ob sie seine eigenen sind. Diesen zum Beispiel: Man müßte in den Personalakten der Männer nachlesen, die in seinem Reich herrschen, deren Zahl beständig wächst, die sich alle in jeder Rubrik menschlichen Seins auskennen, es vorgeben, unbekümmert darüber reden, kommentieren, vom Haar- und Barterlaß des jedem Schicksalswink ausweichenden Bundesverteidigungsministers, dem Krankheit den Mund gezähmt hat. Bis hin zu dem Bundesjustizminister, der sich in graumelierter Schönheit, in die Foren von Hausfrauenclubs begibt, wohlwissend, daß er Ersatzidol von Frauen sein wird, deren sozialdemokratische Männer an nicht endenwollenden Funktionärabenden ihre Potenz in Treuebekenntnissen zu einer Idee verbrauchen, die sie fälschlich für gemeinschaftsbildend halten. Ihre Frauen lauschen unterdes einem ministeriellen Referat über die Blutschande, die künftig ein ohne strafbaren Verfolg bleibendes Individualerlebnis sein soll. Dieser Minister belegt seine Sachkenntnis mit Beate-Uhse-Slogans. Die unbefriedigten Frauen könnten dem in der thematisch entfachten Erregung beinahe zustimmen. –

Solche Mitarbeiter umgeben den Intendanten. Er kann sie nicht chassen, nicht ausbooten. Der Moloch Funk frißt ungeahnte Mengen von Besserwisserei. Aber auch jede abgestandene Kost. Sie wird angeboten in billigster Ware. Schleuderware vom Gebrauchsmarkt der Einfallosen. Ebenso auch Sonderangebote von Ausgebufften, die ihre Fußangeln gegen die Moral, gegen Gesetz und Sitte anbieten, damit die Gesellschaft verändert werde. Jetzt kotzt es auch den Intendanten an. Ihn würde es reizen, das Spektrum breitester Meinungen in pointierten Sendungen verengt zu sehen. So hat Rupert Berger es einmal für ihn formuliert. Er wird künftig Gelegenheit dazu haben, wenn er erst als einer der neuen, großen Manager des Konzerns in den Produktionsstätten der „Hansa-Studios“ herrschen kann. Ohne die Fessel der Parteiräson.

Der Intendant weiß, daß Unbekümmertheit und unkritisches Nachschwatzen von Vorgegebenem, durch die von eigener Urteilskraft im Stich gelassenen Sprecher und Sprecherinnen seines Hauses den bedenkenlosen Wortfluß und die ungehemmte Bildflut möglich machen. Von diesen Moderatoren verschiedener Sendungen stehen täglich zwanzig und mehr hinter den Mikrophonen oder erscheinen auf dem Bildschirm. Sie reden dahin, reden Zeug, das sie nie auf seinen Wahrheitsgehalt geprüft haben. Weil sie sich selber am liebsten reden hören, sprechen sie akzentuiert, mit einem Nachdruck, der die Glaubwürdigkeit von Nachrichten mit falschen Stützpfeilern versehen soll. Der Intendant braucht sich nur umzublicken, hier im Funk-Kasino. Dort sitzen sie, die kaum Zwanzigjährigen, die mit ungelenker Stimme Wichtigkeiten verkünden, die ihrer Bedeutung nach mit größerer Gründlichkeit erforscht, mit tieferem Ernst vorgetragen werden müßten. Die Hörer und Seher verdanken das alles dem senilen Nachwuchsförderer, der der Rundfunkschule vorsteht, trotzdem er lange schon in einem Altersheim Wortfrieden hätte finden sollen.

Diesen Schwarzdeuter, der noch immer mit scheppernder Stimme deutschem Unrecht an jüdischen Menschen nachsinnt, mag auch der Intendant nicht. Sie kennen sich schon lange. Sie tragen die gleiche Couleur. Beide verdanken dem hierzulande obsiegenden Föderalproporz die Stellung, die sie einnehmen. Dank der Partei. Auch der Intendant weiß, daß manche Aufwiegelei, zum Beispiel gegen den Konzern, von Leuten über den Äther entfacht wird, die der greisenhafte Nachwuchsförderer in der vorherrschenden bisexuellen Freiheit an seinem Institut wahllos aufgesammelt hat. Wer an die Mikrophone will, muß sich auch mal fallen lassen.

Und wenn es gar die Großkophaten auf dem Bildschirm sind, die Sprecher nachrichtlicher Tagesschauen, so plappern auch diese die Texte ungeniert herunter, obwohl sie wissen, daß da gebosselt und weggelassen worden ist, daß der Scherenschnitt der Nachrichtengebung die Wahrheit nur in Konturen zu erkennen gibt. Sie sind die in gutem Tailor-made ausstaffierten Idole, von dem, was man sein möchte. Für die zusehenden Männer die Ersatzbilder, wie man aussehen und sprechen können sollte, für die Frauen, was sie gerne in- und außerhalb des Bettes ihr eigen nennen würden. Aber Aussehen ist nicht Wahrheit (abgesehen von den Leistungen des Maskenbildners).

Sie kennen die Hohlheit ihrer Texte, sie wissen, daß sie lügen, nicht vorsätzlich, aber willfährig. Trotzdem: immer hinaus damit. Wie mit dem eigenen Namen, wenn es um Werbeprofit geht, oder um die Unterschriftensammlung zu einem Aufruf, der zu gewaltsamem Sturz der bürgerlichen Regierung anregt:

Die Stimmung des Intendanten ist in jener Rauschnähe, in die ihn sonst nur der Alkohol bringt. Das liegt an den Perspektiven, die ihn ahnen lassen, daß er in Zukunft mehr Gunst gewähren kann, als es ihm in den Proporzfesseln bisher möglich war. So wird er, das ist ein Entschluß in diesem Augenblick, einer braun-sanften Stimme mehr Geltung verschaffen, als dies ihr bislang, trotz schönster, wärmster Klangfülle, gewährt worden ist. Anstoß zu solchem Himmelsflug seiner Wünsche gibt ihm das Eintreten einer Alltagssprecherin, einer burschikosen Flottmacherin, von der die Kollegen sagen, sie jette durch ihre Sendungen wie durch die Betten von Wer-hat-noch-nicht, wer-möchte-mal? Ein Schnoddermaul, das sich selbst an der Prononciation englischer Hit-Titel begeilt und davon abgibt für jedermann.

Der Intendant beobachtet, daß das pornographische Äthermädchen an einen Tisch geht, an dem ein junges Paar sich in Überdruß anwidert. Er ist ein Wortspaßmacher, ein kalauernder Zeittotschläger, der Abgestandenes für Witz ausgibt. Ein Frühvollendeter, der nichts gewesen ist, weil er schon alles war. Ein Kalenderblattkalauer, ein Henninger des Dreschflegelspaßes. Sie, von ihm geschieden, bleibt eingefenstert in die Ansagegemeinschaft, aus der dereinst die nachmikrophonalen Körperfreuden entstanden waren. Geblieben davon ist die schweißtreibende Unerträglichkeit, sich gegenseitig die Ansage zu fröhlicher Morgenunterhaltung übergeben zu müssen. Nirgendwo sonst wird schmutzige Wäsche so geräuschlos weitergereicht.

Die Männer und Frauen, die hier im Funk-Kasino sich selbst feilbieten, beginnen den Intendanten zu langweilen. Er selbst hängt blauen Wolkenträumen nach. Sie sind nicht wirklich blau. Eher tief braun, wie die Kastanien es waren, die er als Junge in einem Schuhkasten sammelte. Sein Braun müßte endlich durch die Schwingtüren treten, die unregelmäßig pendeln. Aber sie, der Traum, oder er, sein Traum, der die Wirklichkeit schon so oft vorweggenommen hat, an seinem Schreibtisch, in seinem Bett, greifbar, nahe genug zum Erleben, läßt auf sich warten. Er weiß nicht einmal, ob sie heute in der Ansage ist. Er hätte die Sauer fragen, sie bitten können, mal nachzuforschen, aus rein dienstlichem Belang. Aber er will nicht, daß jemand von seiner Gedankenehe weiß. Sie ist zu sehr sein Eigen, unteilbares Geheimnis zwischen ihm und seiner Phantasie. Mit einer Intimität, die ein Mensch nur sich selber gestehen kann.

Da ist noch ein Dritter, der dieses Geheimnis teilt. Er ist eigentlich der Anstifter, der Aufrührer, aufwiegelnder Mephisto, der nicht nachläßt, zu piesacken, mit der Frage, warum er, der Intendant, keine Frau, nur die da, die Braune, die gar nicht weiß, daß sie es ist. Die nicht weiß, was sie gibt, mit einer Zärtlichkeit, vor der sie selber erschrecken würde. Und der Intendant muß antworten. Zuerst mit nachhaltigem Schlucken, trocken und gegen den unbequemen Frager an. Dann mit richtigen Schlucken, weil der widerlich Aufdringliche mit sich selber lockt und nicht aufhört zu stacheln: Hol Sie dir doch! Oder bist du gar nicht der Intendant? Hast keine Macht, nichts zu sagen? Frag sie doch mal. Wer sagt denn, daß sie nicht geben will, was du dir in Gedanken schon lange nimmst? Alle wollen höher hinaus. Auch die Braune. Und alles Höhere beginnt unten!

Einziges Mittel, den Störenfried zu überwinden, der immerzu antreibt, im Wachen wie im Schlaf, im Dienst und privat, ist seine Vernichtung durch Dezimierung. Aber nicht deshalb allein schluckt der Intendant gegen ihn an. Sein Widersacher ist der notwendige Gegenpol zu dem, dem er sich mit ganzem Herzen zuwenden möchte. Er sucht den zweifachen Sieg: die Überwindung des Unruhestifters und die Hilfe dazu von seiner braunen Erlöserin, die nicht weiß, daß sie es ist, und nach der er ruft, Glas um Glas. Und zunächst genießt er auch die Freude daran, wenn ihr Bild den anderen unterliegen läßt. Dann haben sie und er Oberhand, bis hin zu braunseliger Euphorie. Sie winkt ihm zu, ist bereit, ihm beizustehen. Bis zum letzten Glas. Aber das muß es sein. Dies hier und jetzt. Endgültig! Das Sinnenkarussell fährt schon zu schnell. Aus dem Kreisen in Blut und Kopf steigt der Nebel auf und verzerrt das schöne Bild von der Braunen. Er gleitet zurück, hinab in seine Verlorenheit, die ihn in immer engeren Spiralen umkreist. In dem unentkommbaren Käfig ist der andere wieder bei ihm. Er hat seinen Verleiter nicht ertränken können.

* * * * *

18

Heute hat die ‚Doktora' Geburtstag. Nach den Erfahrungen der letzten Jahre wird ihre Redaktionsparty alle vorherigen in den Schatten stellen. Die der anderen und ihre eigenen. Die Geburtstagsfeiern der ‚Doktora' sind, sozusagen, konzernberühmt. Wieder wird der Tag kaum ausreichen, die Gratulationscour zu Ende zu bringen, die zu Ehren der Feuilletonchefin des Sonntagsblattes abgehalten wird. Sie selbst leistet dabei Unglaubliches an Liebenswürdigkeiten, Händeschütteln, Küssen und Trinkfreude.

Die Dame heißt Inga Küstrin und wird hausintern Engelein genannt. Von denen, die es dürfen. Es dürfen diejenigen, die schon einmal durften, oder darauf rechnen können, daß sie einmal dürfen werden. Das hängt nicht von ihnen ab, nicht von ihren Wünschen, selbst dann nicht, wenn dieses Wünschen schon Begehren geworden ist. Engelein trifft die Entscheidung selbst. Ist sie gefallen, kommt es zunächst zu einem ausführlichen Gespräch über Literatur und Sachbuchkenntnissen. Enorm fundiert und charmant moderiert von Engelein, die den Ausgewählten nicht nur anregt, sondern auch den Menschen, der sie vermittelt. In Wort und Geschenk.

So ist Engelein. Sie erzählt nicht nur von dem breiten Strom des Geschriebenen, in dem sie selbst so sicher schwimmt wie ein Delphin. Sie schenkt auch. Freiherzig, jedoch nicht selbstlos. Bücher sind für sie Rabatt. Sie ist nicht gewillt, herrlich anregende Passagen aus ihrem Bücherschatz zu vermitteln, ohne daß der Zuhörer wenigstens einmal die praktische Nutzanwendung daraus zieht. Es ist kein Ritual. Aber auch kein Routineakt. Was daran wie einstudiert erscheint, ist einfach notwendige Vorsicht. Denn es ist noch heller Tag, wenn Engelein ein Buch zum Selbstkostenpreis abgibt.

Die Prozedur ist aber eingespielt. Sie birgt kaum Gefahren für ein Mißlingen. Engelein nutzt das Recht, ihr Zimmer auch dann verschließen zu dürfen, wenn sie anwesend ist. Der anerkannt qualvollen Hervorbringung rezensierender Gedanken wegen. Wo es aber nicht um einen solchen Schöpfungsvorgang geht, begibt sich Fräulein Dr. Inga Küstrin für einen Augenblick in das Sekretariat hinaus, um die Schreibdame in beschäftigt angespannter Intensität zu bitten, sie wegen einer zu vereinbarenden Rezension durch ihren Besuch nicht zu stören. Das Wort Rezension ist für Eingeweihte ein Tabugebot, für Nichtwissende die Notwendigkeit zu dringlichster Abschirmung. Für den Zimmergast ist es die schönste praktische Schule, sofern er sich nicht allzu begriffstutzig aufführt. Außer dem Buch kann er den Namen Engelein mit auf den Weg nehmen.

Engelein wird dann noch Christine genannt. Aber nur gedruckt. Es ist der Vorname zu einem Pseudonym, das sie verwendet, wenn man sie bittet, beschwört, überredet, zwingt, in ihrer Eigenschaft als Chefin des Feuilletons über etwas zu referieren, was in die Bereiche der Literatur und der Kunst gehört, das aber in einem bestimmten Sinne eine Meinung des Konzerns ausdrücken soll. Wenn Dr. Inga Küstrin meint, daß es nicht so, so nicht oder anders zu behandeln wäre oder auch verschwiegen werden sollte, dann flieht sie in den Scheinnamen, weil sie sich im eigenen Namen zu ihrer gegenteiligen Auffassung nicht zu bekennen wagt. Sie steht damit nicht allein in der Reihe der Konzernredakteure. Hier bestätigen nicht einmal Ausnahmen die Regel.

Nicht eben böswillig, aber doch leichtherzig Urteilende, die es in jedem Team gibt, in kleinen und großen Arbeitsgemeinschaften (das Kollegium des Sonntagsblattes ist ein halbes Hundert groß) nennen Engelein auch die ‚Pekinesin'. Nicht vor ihren Ohren, aber auch nicht unzutreffend, will einer sich an den Eindruck halten, den die Physiognomie Inga Küstrins auf ihn macht. Es ist ein Gesicht, das hinter einer enorm großrandigen Brille um Mund und Nase herum einen Wulst kleiner Falten aufwirft, der unwillkürlich an die beständige Muckschigkeit jener hierzulande aussterbenden Hunderasse denken läßt.

Ein solches Urteil ist zu vordergründig, zu eindeutig auf einen Punkt fixiert, der zwar am häufigsten betrachtet, aber keineswegs so häufig genossen wird, wie es für den generellen Genuß notwendig ist. Schon der wenig versetzte Blickwinckel hinab, unterhalb des Halses, der auch nicht glatt geblieben ist, also, zur Brust hin, bringt ganz andere, ganz und gar unfaltige Betrachtungspunkte ins Bild. Die Büste Engeleins gibt die obere Hälfte eines rosigen Apfelpaares frei, in das jeder ohne Zögern beißen würde, auch dann, wenn er fürchten könnte, Schneewittchens Widersacherin habe beide vergiftet.

Das Geburtstagskind hat auch heute ein Dekolleté gewählt, das Erntehoffnungen weckt, obwohl es noch elf Tage allein bis Frühlingsanfang sind. Seinen Einzug wird er aber schon heute halten mit einer Fülle von Blumen, die Inga Küstrins Zimmer bald schon mit der duftwarmen Luft eines Treibhauses erfüllen wird.

Die Feuilletonchefin hat ihr Zimmer, dessen Wände bis an die Dekke mit Büchern in weißlackierten Regalen angefüllt sind, heute ungewöhnlich früh betreten. Sie findet auf dem Schreibtisch, einer Extraanfertigung in mattem Weißlack, die von dem Einheitsstil des Hauses abweicht, ein kleines Arrangement von Geschenken. Die Kollegen waren, wie immer bei der ‚Doktora', nicht knauserig gewesen, als es darum ging, auf der Geschenkliste einen Betrag zu zeichnen. Es ist ein Arm voll blaßblauer Lilien und eine Palette verschieden großer Lederetuis, die zu einem Reiseset gehören. Seine Farbe ist von einem leicht überdunkelten Klatschmohnrot. Engelein liebt kraftvolle Farben. Nicht allein aus ästhetischen Gründen. Sie nutzt sie als Stoppampeln. Wenn es notwendig ist, als Blaulicht.

Auch ihre Sekretärin, Woddy genannt, eine von allen geschätzte Abkürzung für einen Zungenbrechernamen polnischen Ursprungs, ist früher in die Redaktion gekommen als üblich. Sie ist aber nicht an ihrem Arbeitsplatz, als die ‚Doktora' eintritt. In einem Nebenzimmer wartet sie darauf, die Jubelrufe zu hören, eine Kette hellstimmiger Entzückenslaute. Erst dann geht Woddy hinüber. Beide Frauen lassen sich diese Zeremonie von starkem sentimentalen Gehalt seit Jahren nicht entgehen. Sie ist das von Umarmungen und Küssen angefüllte Erlebnis zweier Menschen, die in Treue das ganze Jahr über Lachen und Weinen teilen. Jetzt sind es Tränen. Aber beide wissen, daß schon gleich Lachen folgen wird, so sicher, wie Sonnenschein auf den Regenguß.

Woddy hat heute nur Blumendienst und Ausschankpflichten. Die Schreibmaschine bleibt unberührt. Diese Woddy, deren Spitzname auch wesensgerecht abgewandelt wird in ‚Woody', die Hölzerne, oder ‚Woddel', als Platt für Wurzel, ist für Engelein der Glücksfall einer Dienerinnentreue, die eigentlich in die Antike gehörte. Eine Analyse weiblicher Psyche könnte Gründe hierfür nicht eindeutig benennen. Einer sticht allerdings hervor. Woddy ist intelligent; die ‚Doktora' ist eine Bestie solcher Gabe. Das ist nach psychologischen Erkenntnissen zumindest eine Begründung, weshalb Woddy zu Engelein aufblickt.

Wenn dennoch die ‚Doktora' und ihre Sekretärin Woddy für immer auf ungleichen Bildungsebenen leben müssen – Inga Küstrin ist Doktorin der Philologie, Anglistin, polyglott und darum ebenso im Romanischen zu Hause, sartre-kundig, camus-selig, beauvoir-emanzipiert wie wenige Kenner der literarischen Szene Frankreichs, und moravia-fundiert, silone-bewandert wie auch nicht viele Bewunderer der italienischen Dichtkunst, aber letztlich top-knowing all about the englisch Poetry and Novellistic between Keats and Joyce as well as of the beginning with Shakespeare pacing Byron to the modern interprets of now-a-day feelings as there are such as Osborne and Pinter so haben beide den gleichen Traum vom Dennoch. Dieses Wollen geht einher mit der Parzivalhoffnung, daß eines Tages einer kommen möge . . . Beide im gleichen Alter, warten sie tapfer auf die erlösende Frage. Schon im vierten Dezennium ihres Lebens. Nicht heute, oder nur im Besonderen, falls es so kommt, oder schlimmstenfalls nur am Ende dieses Heute, wenn die Fülle von Artigkeiten zusammen mit den Blumen die Köpfe hängen läßt. Wer dann was sagt, meint es nur in dieser Nacht so. Auch das ist eine Gemeinsamkeit zwischen der ‚Doktora' und Woddy. Sie haben beide ihre Erfahrungen miteinander abstimmen können. Die Mechanismen – beide haben die von Seele freien Ausführungen zwar genossen, sie aber keinen Augenblick als den Ausfluß von bleibenden Wert empfunden – waren haut- und atmungsgleich gewesen. Das Verduften der Genießer auch: see you later!

Jetzt sind beider Augen über den Rand des Glases hinweg einander zugewendet. Beide wagen nicht, an den Rand des Kraters zu treten, in Furcht, er könne von neuem eruptieren. Die entfachende Glut haben beide auf der Zunge, unbefreit von Angst, ob die andere Feuer oder Asche will. Das Brennen rührt von den Küssen her, die beide, die ‚Doktora' wie Woddy, aus gegebenem Anlaß getauscht haben. War es der gegebene Anlaß oder war es die latente Neugierde, die sie beide immer wieder anfällt, ohne preiszugeben, ob es das wirkliche Wollen ist. So schmecken sie in ihrer noch ungestörten Geburtstagsfreude, soweit diese die Ouvertüre für ein endliches Finden sein könnte, genüßlich das Kreisen ihrer Zunge auf den Zähnen der anderen nach. Und das saugende Verschlingen der Zunge bis zum Sinnenschwund. Aber kein Wort darüber. Nur Ausflucht. Die ‚Doktora' sagt immer wieder ‚Danke'. Und Woddy sagt: „Ach, du, ist schon gut!"

Wenn sie alleine sind, duzen sie sich. Tritt einer zwischen sie, kann Woddy so kalt abbrechen, als wäre sie soeben erst ‚Doktora' zugeteilt worden. Heute kommt es für beide sowieso nicht darauf an. Soll doch endlich einer kommen, der mehr will und tut, als sie es in einer schrecklichen Alleingelassenheit gar nicht wirklich wollen, sondern nur versuchen, weil dieses Leben ohne jeglichen Versuch kaum noch Spaß macht. Wo ist Wärme?

Und was soll der sagen, der kommen könnte? Bei Woddy ist das einfacher. Er müßte ihr sagen, daß er bei ihr bleiben wolle, in stürmischer, von Muttergefühlen getriebener Umsorgtheit, mit nicht unbedingter Regelmäßigkeit, aber auch nicht mit Ausflüchten, die einer anderen gelten könnten. Das würde Woddy nicht hinnehmen, weil sie andererseits alles hingeben will. Sich selbst, die Ausdauer sinnlicher Verwöhnung, wobei der Mund wohl Vorrang haben würde gegenüber der süßen Gabe, weil Woddy schon die Wechseljahre ahnt. Ihr einkreisendes Gatter, das zum Bleiben hoch genug sein muß, ist ihr nicht unattraktives Gehalt, das manches Bier zu vielen Skatspielen erlauben würde. Soweit Woddys Warten auf Godot.

Engelein, mit Karatewut gegen jeden Gedanken an die Wechseljahre, was anscheinend auch hilft, wie sie selber weiß, so gut wie die bissige Abwehr gegen jedes aufdringliche Pfund, das sich in die Hüfte drängt, hat es schwerer. Sie kann nichts dafür und auch keinen Kompromiß finden. Wer bei ihr den Mund aufmacht, vorausgesetzt, daß er vorgibt, zu bleiben, muß damit rechnen, daß ihm nur Stammeleien in Liebesdingen verziehen werden. Äußerungen in Nüchternheitszuständen wird Fräulein Dr. Inga Küstrin nur hinnehmen, wenn sie geistig nicht anfechtbar sind. Wann ist das? Diese Frage sitzt den meisten Männern, die mit Engelein nicht ungern einig wären, was Prestige angeht, so auch Geld, und so auch, weil Intelligenz nicht wenig sexy ist, wie ein Pfropfen in Mündern und Gliedern, so daß es nicht gerade oft zu einem Engelein befriedigenden Anschluß kommt, es sei denn, über den Weg ihrer Initiative, mit dem Buchgenuß. Die ‚Doktora' weiß von solchen Hemmnissen, weshalb sie es eben ohne Kopf geschehen läßt.

Sie ist Pastorentochter aus jener pommerschen Schönlandschaft, deren Namen heute in deutsch nicht mehr geschrieben wird. Man muß schon ein wenig bei Hauptmann nachlesen. Sogar bei Fontane kann man das, der vom Märkischen aus dorthin lugte, um sich die Gräfin Schimmelmann für sein ‚Unwiederbringlich' zu holen. Die kriegsbedingte Flucht in den Süden, was deutschgeografisch aber Norden heißt, hat der jungen Inga Küstrin Horizonte geöffnet, die nicht vorhersehbar waren. In dieser Großstadt ist sie was geworden, mehr, als Frauen es im allgemeinen sein dürfen. Im Konzern ist sie neben der Siebenschön, die lange schon in gesegneter Ehe mehr trottet als treibt, neben der Heilsam, die die Männer nimmt, wie sie sind, neben der Fabern, die so gerne Society ist, neben der Lisse Meier, Trösterin der Treulosen und Apologetin aller Abartigkeiten, und der Luise-Marie, die keinen Nachnamen hat, aber viele Benennungen, die mit Anstand niemand gerne in den Mund nimmt, eine der Leading Ladies. Die meisten halten sich dafür.

Ausnahmen müssen nicht negativ sein. Es gibt Kollegen, die in Engelein lieber einen Pferdekumpel sehen. Nur einige, richtigerweise waren es zwei, halten mit ihr eine Kumpanei des Außergewöhnlichen. Mit ihnen führt sie eine Zwiesprache, die man gedruckt und bebildert, aber auch mit keinem von beiden, Pornografie nennt. Derb und subtil, beides. Die beiden männlichen Partner halten ihr Arsenal an Zoten und Zartem für gut sortiert. Dennoch nehmen sie nicht selten, und dann mit kaum zu unterdrückender Verblüffung, manch einen neuen F.-Terminus auf Lager, der sie reicher macht an speziellem Wissen, aber auch an Sinnesfreude über soviel Direktheit. Die ‚Doktora' hat wieder einen abgezogen, wie keine Horizontale auf Europas Strichstraßen es besser gekonnt hätte.

Nicht heute, an ihrem Geburtstag. Da hält Humbert die Glastür weit offen. Mit leckerem Vorgeschmack in den Mundwinkeln beobachtet er, wie die ‚Doktora' das Taxi verläßt. Engelein hält ungefährdet den Konzernrekord im Gebrauch von Taxametern. Sie hält auch den Rekord der Unanfechtbarkeit, was die Einreden seitens der Kollegen angeht, die ihre Taxiquittungen mit dem Vermerk ‚Dienstlich nicht begründet' zurückbekommen und verdrießlich von Bevorzugung der Feuilletonchefin des Sonntagsblattes sprechen. Übereifrige Referenten in der Personalabteilung haben schon Karrierestops eingehandelt, weil sie Engeleins Mietwagenfahrten von der Wohnung zum Konzern und zurück für arbeits- und steuerrechtlich nicht vertretbar halten. Es kommt auf den Standpunkt an. Und auf das Standbein. Kaum einer der Widersprechenden hat sich darauf halten können.

Engelein geht auf zwei nicht gerade wohlgeformten, aber in ihrer Schlankheit nicht reizlosen Beinen in den Empfang. Sie ist sich in jeder Sekunde ihres öffentlichen Auftritts bewußt, daß Beine allein die Strecke bis zum schönen Abschluß nicht vorbereiten, wenn der Gang nicht mithilft. Dr. Inga Küstrin geht, als rührten die naturbedingten Bewegungen ihrer Schenkel von einer Starkstromschaltung her und als säße das Aggregat exakt an der Stelle, von wo unbestritten die größte Energieleistung ausgeht. Aber auch ganz praktische Hilfen, mit Geschmack ausgesucht, bereiten den Weg zum Herrlichen vor. Für Engelein sind es italienische Schuhe. Schick und schamlos teuer.

Humbert dienert, scharwenzelt, knotet fast den Nacken weg, so daß es aussieht, als buhle ein Seelöwe um die Gunst eines Robbenfräuleins. Er zeigt auf das in seinem Porobetonbecken gesund dahin vegetierende Exotengrün. „Frisch begossen, mit Suprakraft gestärkt, eigens für Sie, Frau Doktor!" Humbert macht Bewegungen, als wollte er Engelein fortzaubern, was er gern täte. Aber seine weitwinklige Verbundenheit zu der ‚Doktora' beruht auf dem Prinzip des Nochnichtgehabten. Was wohl auch nicht ins Gegenteil umschlagen wird. Beide empfinden es nicht als Manko. Gehabt zu haben bedeutet immer auch, nicht mehr viel zu erwarten. Engelein und Humbert sind miteinander auf Kitzel abonniert. Juckreiz im Unverfänglichen.

Beide erwarten noch viel. Besonders an Ersatzhandlungen, Humbert zieht sein Geschenk hervor. Die hochgezogenen Augenbrauen bitten nicht nur um diskrete Verwahrung. Sie kündigen an, daß Engelein Explosionen erwarten darf, die sie zerreißen werden. Sie versteht die Brauensprache und dankt gerührt, ohne den Flachston dadurch zu vergessen, der zu ihrem Begegnungskult gehört: „Danke, du Stier, du!" Dabei schwänzelt sie wie eine glückliche Kuh am Gatter. Er steigert das Schnaufen, nicht ohne die Absicht, bestimmte Dimensionen in ihrer Vorstellung zu wecken, zu einem Prusten, gewaltig wie bei einem Wal. Engelein geht zum Fahrstuhl. Humbert blickt ihr nach. Die Konturen eines knappen Slips zeichnen sich auf ihrem Rock ab. Humbert seufzt und gibt zu erkennen, daß Natura eben mehr zieht als Abbilder von ihr.

Der andere Partner dieser ungewöhnlichen Reizsprache wird das Glücksgefühl nie haben, ihren aufregenden Sinnenappell selbst zu verstehen. Bei solchem Wortaustausch muß er sich damit begnügen, was er aus dem Mienenspiel der anderen herauslesen kann. Es ist der Barmixer des Konzerns, den sie ‚Oropax' rufen, und der taubstumm ist. Er muß im Nachhinein genießen, wenn sein Freund Humbert schon Genossenes nachserviert. Dieser wird es tun, wenn er einen Pappkameraden gefunden hat, wie er seine Pausenhelfer nennt. Heute braucht Humbert einen, der ein wenig länger am Empfang aushält. ‚Oropax' und er sind zu einem Drink bei Engelein eingeladen, der die schöne Eigenschaft hat, sich in der Mehrzahl benennen zu lassen.

Es klappt heute schneller, als Humbert es erwartet hat. Er treibt einen Mann auf, der in der Botenmeisterei als Aushilfe arbeitet. Der alte Herr hat früher als Kapitän gefahren und bessert seine nicht allzu üppige Rente, der die Klebezeiten aus der Inflation, aus dem Krieg und aus der Nachkriegszeit fehlen, mit diesem Job auf. Er sieht vertrauenerweckend aus. Sein weißes, glattgescheiteltes Haar, die hohe Gestalt begünstigen die Rolle, die er für einige Zeit spielen soll. Humbert ist angetan und eilt in den dreizehnten Stock, um seinen

Freund ‚Oropax' abzuholen. Er sagt ein paarmal ‚Doktora' und braucht dabei die Fingersprache gar nicht einzusetzen. Der Konzern-Mixer bindet die Schürze ab, zupft im Barspiegel seine dunkle Schleife zurecht und läßt sich mit Humbert vom Schnellift acht Stockwerke tiefer katapultieren.

Ein zweites Mal muß Humbert an diesem Tag erkennen, daß die Natur sich auch ohne das Hauptmittel menschlicher Verständigung, der Sprache, köstlich zu unterhalten weiß. Beim Eintritt in das Sekretariat der ‚Doktora', in dem die Sekretärin Woddy gerade aus beiden Händen, aus Flaschen verschiedenen Inhalts, einschenkt, worin zur Stunde die kleinen Stehkonvents des früheren Vormittags zu Ehren von Inga Küstrin abgehalten werden, kommt Engelein ihren beiden Freunden entgegen, dem redenden und dem stummen. Die ‚Doktora' tut dies mit einer Hurtigkeit, die allen auffällt, die aber keiner der Zeugen sich erklären kann. Inga Küstrin tätschelt ihrem Humbert-Bär die Wangen, kneift kitzelnd eine seiner Kinnfalten und sagt schmeichelnd: „Wir hatten uns schon, du wüster Wulstmann!" Mit diesem Bescheid zieht sie ‚Oropax' von seiner Seite fort und drängt diesen in ihr Zimmer. Der ihnen entgegenströmende Blumenduft nimmt beide gefangen und bringt ihre Sinne ganz nahe.

Engelein läßt die Tür zu ihrem Kabinett offen. Woddy hat einen Augenwink bekommen. So weiß sie, daß niemand ihr folgen wird. Bevor sie sich nach rechts, zum Schreibtisch, hinwendet, blickt Engelein sich noch einmal um. Sie sieht Woddy in der Türfüllung stehen. Ein Rocher de bronze. Die Pflicht zur Genauigkeit verlangt, daß Woddy in ihrer Standfestigkeit beschrieben wird. Ein solides Becken verbürgt schwierigstes Verschieben, es sei denn, mit ihrer Billigung. Die Beine, sehr kurz und sehr drall, würden sich fremdem Drängen als nachgiebiger erweisen, als ihre Massivität es glaubhaft macht.

Engelein blickt auf zartere Prägungen der Natur. Sie blickt in Augen, die deutlicher sprechen, als der Mund des dunklen Mannes es kann, der mit imponierender Größe neben ihr steht. Die ‚Doktora' weist, um nicht zu erkennen geben zu müssen, daß sie augenblicklichst bereit wäre, dieser zu Stummheit verdammter Aussagekraft wenigstens die männliche Kraft abzufordern, auf die Geschenke, deren Zahl gewachsen ist. Fast verlegen, weil erschrocken von ihrem eigenen Lustverlangen, weitet sie die Arme, um auf ihren Blumenladen zu zeigen. Sie bemerkt, daß ‚Oropax' verlegen um sich blickt. Mit Bewegungen, die erkennen lassen, daß er sich von Peinlichkeit eingeschnürt fühlt, deutet er auf die Geschenke und die Blumen und steckt die Hände vor, um anzuzeigen, daß sie leer sind.

Engelein legt ihm einen Finger auf den Mund. Dann kramt sie in ihrer Handtasche und zieht ihren Lippenstift hervor. Sie greift nach seiner Hand und biegt sie zurück. In die Innenflächen malt sie eine Zwölf. Und noch eine Zwölf. Und eine Dreizehn. Seine dunklen Augen verschatten sich vor Freude, als er die ‚Doktora' auf das Kalenderblatt deuten sieht. Dann pocht sie auf das Zifferblatt seiner Armbanduhr und streckt den Finger mehrmals nach oben, wobei sie mit deutlicher Mundbewegung bis Dreizehn zählt. Beide nicken, als sie mit summendem Ton, den ‚Oropax' nicht hört, die Schnelligkeit des Lifts bis in den dreizehnten Stock nachahmt. ‚Oropax' nimmt Engeleins Hand und drückt dreizehn Küsse darauf.

Die ‚Doktora' steht bald mitten im Gefecht ihrer schönsten Schlachten. Ihre Geburtstagsfeiern erhöhen sie fast so hoch wie eine Hochzeit. Sie hält Hof und braucht auf Gefolge nicht zu warten. Die Kollegen kommen eher hastig zu ihr herein. Eine eingespielte Übung, nach der flüchtiges Händeschütteln und schnell überbrachte Glückwünsche vorerst genug sein müssen. Zu Gunsten der Gratulanten aus Verwaltung und Technik, denen der Vormittag vorbehalten ist. Die Redaktion wird ihre Feier am Abend haben. Deshalb nur ein Schlückchen vorab, einen Aperitif.

Zu den Gratulanten am frühen Vormittag gehört auch Franz Asmus Tischer. Er wird, nachher, im Gericht sein müssen. Ein kleiner Schluck vor der zu erwartenden Marathonsitzung, die bis in den späten Abend gehen kann, wird ihm gut tun. Er hat sich darauf gefreut, seit Humbert ihn an den Geburtstag bei Engelein erinnert hat. Im Schwurgericht steht eine Zuhältersache an, Körperverletzung mit Todesfolge. Sie wird, wie in den meisten dieser Fälle, eine zähflüssige Beweisaufnahme bringen. Die Zeugen werden aus Angst vor Repressalien entweder verstockt sein oder das Gericht mit nervenzerrender Weitschweifigkeit traktieren. Besonders die Damen, oft noch heranwachsende Liebesdienerinnen, werden Ohnmachten und Weinkrämpfe bekommen oder markieren. Der Zeit wird es egal sein. Beide Arten der Schaustellung werden von ihr zehren.

Tischers Eintritt in das einer Kirmesbude gleichende Vorzimmer von Dr. Inga Küstrin, worin die Mädchen aus anderen Ressorts der älteren Woddy beim Ausschenken helfen und in Vorfreude auf das, was am Abend kommt, schon ein wenig glühen, bleibt beinahe unbemerkt. An den Wänden und von der Decke herab hängen Girlanden. Papierschlangen haben bunte Netzgitter gezogen. Zigarettenrauch webt Wolkenbänke und Spiralen zwischen die schwebenden Papierrüschen. Niemand von den Anwesenden ist begabt genug, die atmosphärische Veränderung wahrzunehmen, die mit dem Augenblick einsetzt, als der Gerichtsreporter den Raum betritt. Sie merken nicht, daß Engelein sich umdreht, als sei sie gerufen worden.

Die ‚Doktora' löst sich aus dem Kreis der sie umgebenden Männer, die mit Mienen von Börsenmaklern gekommen waren und nun seit geraumer Zeit versuchen, zwischen ihrer Expertenwürde und der Faszination, die von Charme und Wissen ausgeht, die Balance zu finden. Deshalb kratzfußt es bei solchen Gelegenheiten nicht selten wie in einer Tanzschule, die eine Lehrstunde in gutem Benehmen gibt.

Hier sind es Abgeordnete aus der Buchhaltung, vom Vertrieb und aus der Anzeigenverwaltung. Sie haben als äußeres Kennzeichen den bürdevollen Ernst von Männern gemeinsam, die überzeugt sind, das kalkulierte Risiko zu tragen. Der Lohn ist, dabei zu sein. Ein Glas in der Hand und Wohlbefinden im Gesicht. Es sei denn, einer setzt den Panzerschrank seiner verschlossenen Miene dagegen, weil dieses Redaktionsbrimborium schon lange nicht mehr im Einklang steht mit der Bedeutung des Konzernbetriebsrates, der in der Konzernverwaltung heute Einsichten gewinnen kann, die ihn mit dem Schild ‚Unkosten' geradezu unverwundbar machen. Eine Dienstfahrt der Redaktion nach Itzehoe kommt heutzutage unter die Kostenlupe wie früher keine Expedition nach Schwarzafrika.

Engelein spürt, daß ihre Hand ein wenig zittert. Franz Asmus Tischer hält sie in Augenhöhe noch eine Weile fest, nachdem er einen Kuß darauf gedrückt hat. Nicht flüchtig, nicht nur mit dem Hauch einer Andeutung. Herzhaft und mit der Feuchtwärme seiner Lippen. Er tut so etwas. Es ist seine Vorwärtsstrategie, die in Wahrheit Stillstand ist. Er möchte bei Engelein nicht dürfen. Und je deutlicher er es tut, als möchte er es, um so sicherer grenzt er sich ab. Tischer hat für Frauen vom Zuschnitt Inga Küstrins keinen erotischen Empfang. Er wird es ihnen nicht sagen, auch Engelein nicht: Es ist ästhetische Reserviertheit, die sich am Beispiel Engeleins, trotz hervorgekehrten Hahnentritts, in eine wohltuende Abgeklärtheit zu retten weiß.

Es sitzt tiefer. Jedenfalls bei Engelein und Tischer. Sie verbindet eine Haßliebe. Die Psychologenmeinung drückt es so aus: Derjenige, der sich erkannt fühlt, beginnt entweder zu lieben oder zu hassen. Dabei hat sie allerdings die These vom Sowohl-als-auch außer acht gelassen, die Unbeirrbarkeit erlaubt, was die intellektuelle Anerkenntnis des anderen angeht, wenn sie so unabweisbar ist wie bei der

‚Doktora', deren weiblicher Appeal aber in abstoßenden Leidenschaften verkümmert, wie Kettenrauchen, Gewohnheitstrinken und Spontanbefriedigung. Tischer unterliegt, mit Ausnahme vom Rauchen, derselben Haltlosigkeit.

Was den Intellekt angeht, weiß er sich mit der ‚Doktora' ebenbürtig. Aber im Bereich dessen, was ein Mensch erlebt, wahllos, ungehemmt, möchte Tischer sich Engelein überlegen wissen. Sie möchte es auch. Mit der gleichen Bedeutung wie er. Aber sie wollen sich die gleichen Chancen, vielleicht auch die gleiche Chancenlosigkeit, nicht zugestehen. Deshalb sitzen sie auf der Wippe, die nie den Boden ganz gewinnt, nicht die Seite des Herabziehens, nicht die der Erhöhung.

In den Gläsern perlt Kohlensäure. Beide bevorzugen sie Whisky mit Soda, der eigentlich erst zum Abend frei sein sollte. Beide sprühen gleich schnell wie das Wasser. Und die Umstehenden haben Gewinn davon, weil Sprühendes ansteckt. Bei Engelein kommt eine gehörige Portion von pommerschem Mutterwitz hinzu, vorausgesetzt, sie weiß sich frei von der beinahe alltäglichen Sorge, die ihr in zunehmendem Alter zunehmend zusetzt, daß sie ersetzt werden könnte von einem der jüngeren Literaturanalytiker, wie sie in dieser Zeit gemäß der Konzernstrategie, zum Beispiel im Weltblatt, den Grabenkrieg der Abwehr gegen jeden Anschein von roter Tinte führen, vom asketischen Fanatiker auf eine Linie eingeschworen, ‚gezähmt' von einem, der den Untergang in Rot heraufkommen sieht. Wenn diese Sorge überspült worden ist, dann lacht Engelein und steckt alle an. Und sie bringt, fast rauschhaft heftig, wortgenau und glänzend in der Syntax, die Wortpfeile ins Zentrum, von Rimbeaud über Lichtenberg und Benn und Kästner bis hin zu Reinhard May. Und sie würzt ihr Naturtalent darunter, mit Stabreimen, die ganz direkt den Stab ins Spiel bringen, wie auch das Florett, das endlich auch ihren scheidenengen Einstich findet.

So stehen sie wie unter einer labenden Wortdusche und lassen die Ausgelassenheit über ihre Haut rinnen. Für Engelein, die zu schnell getrunken hat, kommen die Kaltschauer der Angst schon bald dazwischen. Die anderen merken es nicht. Sie fragt sich, ob sie denn heute mehrere Stunden hindurch glücklich sein darf. Die Gedanken gehen in die schon oft gesuchte Richtung: Ist ihre Position noch gefestigt? Sie ist älter geworden. Heute schon wieder ein Jahr mehr. Das Gerede von der Gleichwertigkeit der Frau ist bislang kein bleibendes Geschenk geblieben. Morgen schon werden die Kollegen die Münder voll nehmen mit dem Gegenteil von dem, was sie heute mit heuchlerischer Artigkeit sagen. Dann spielen Ellenbogen, Neid und nicht selten Unterlegenheitsgefühle ihre einschränkende Rolle.

Aber heute nicht. Engelein weiß, daß sie sich vor jeder Anfechtung sicher fühlen darf, solange der Mann in der Nähe ist, dem sie sich in dieser seltsamen Haßliebe verbunden weiß, die schon öfters ein besserer Schutzwall war, als die reine Liebe es zu sein vorgibt. Solange Franz Asmus Tischer da ist, muß sie sich nicht fürchten. Die ‚Doktora' greift herzhaft nach einer der angebrochenen Flaschen und gießt Tischers Glas voll. Über das ihre schiebt er seine Hand. „Versuche, Wasser zu trinken. Es ist nicht schwer. Du mußt es schaffen. Und gehe rechtzeitig essen. Bleib ein paar Stunden zu Haus."

Die schon früh hereinbrechende Dunkelheit verwandelt die Fassaden der Konzernbauten zu Lichtgittern. Es ist, als leuchte es hinter drei Fenstern heller als hinter den anderen. Die Fröhlichkeit und das Pingpong von Scherzen machen es. Aber auch zynische Blitze fahren dazwischen. So jetzt, als der Sozialkritiker der Redaktion, Wolf Thöle, der ‚Doktora' ein Opus überreicht. Ein Gedicht, das er für so gut hält, daß er mit emporgerecktem Kinn seine Erwartung anzeigt, es müsse sofort verlesen werden. Engelein bekommt jedes Jahr eins. Und in jedem Jahr leidet sie Qualen der Verlegenheit. Sie beginnt zu lesen:

Am zwölften Märzen
offene Herzen.
Die Sinne sind frei
wie an keinem Tag.
Einer mit Wünschen
zum Bersten.
Die Liebe ist frei
grad an diesem Tag.

„Ein kleines Ödchen", kommentiert Engelein ungeniert und fährt fort: „Die Thöle (jeder sagt ‚die') versucht es seit zwölf Jahren. Er bekommt ein Buch. Ohne Gegenleistung." Sie zwinkert Tischer zu. Beide lachen. Auch ohne Teilhabe. Das Hallo und Hurra für Wolf Thöle, eine von Hohn gefärbte Ovation, beendet die Selbstdarstellung eines zum Textnachleser heruntergedrückten Kritikers vom Innendienst, der seine im Impressum ausgewiesene Notwendigkeit wie einen Doktorhut ehrenhalber trägt und der seine Stellung dazu mißbraucht, in der Chefredaktion alles zu stapeln, was an Mißkredit gegen die Kollegen aufzutürmen ist.

Die Nummer einundsechzig im sechsundzwanzigsten Jahrgang des Weltblattes rast zu dieser Stunde über die Werke der Rotation. Die Morgenzeitung wird einen Umfang von sechzehn Seiten haben. Die Nachrichtenseiten können noch gewechselt werden, aber in der politischen Redaktion ist in den letzten Stunden nichts mehr angefallen, was einen neuen Umbruch nötig macht.

Die Aufmachung auf Seite eins wird keinen Leser vom Stuhl reißen. Nur fundierte Kenner der parlamentarischen Szene werden zwischen den Zeilen ein Wetterleuchten wahrnehmen. Andeutungen über eine Entwicklung, die in den letzten zwanzig Jahren als ein politisches Sakrileg gegolten haben würde, gewinnen an Bedeutung: ein Zusammengehen der Bürgerlichen mit den Sozialdemokraten, das in ein Regierungsbündnis münden soll, um die drohende wirtschaftliche Rezession zu bannen.

In den Kommentaren halten sich Prognosen über eine mögliche schwarz-rote Koalition noch versteckt. Ein Nur-Rot, das aus dieser unheiligen Allianz hervorbrechen könnte, scheint selbst wagemutigsten Deutern der Zukunft eine politische Perversion zu sein.

Die Redakteure vom Nachtdienst denken nicht an solche Schimären. Sie haben sich geeinigt, den Einlauf der Fernschreiben für beide Ressorts, Innen und Außen, von nur einem Kollegen überwachen zu lassen. Über die Ticker läuft ohnehin nur noch vermischter Schmonzes. Mitternacht ist vorbei. Die Lichter werden bald gelöscht.

Nicht aber ein Stockwerk höher. In den Redaktionsräumen des Sonntagsblattes lassen Schwaden von Zigarettenrauch die Lampen schwächer erscheinen, aber unter ihren Schirmen ist hellwaches Treiben. Die Kollegen der Schwesterzeitung haben wieder eine ihrer großen Parties, diesmal zu Ehren der ‚Doktora'. Man muß dabei gewesen sein.

Dr. Inga Küstrin hat soviele Hände geschüttelt, vielmehr haben Ungezählte ihre Hand ergriffen: knapp-kollegial, lasch-lapprig, ausdauernd-fest, warmfühlig-lange, weich-werbend und kitzelnd-ermunternd, daß Engelein im rechten Arm ein Depot von menschlichen Gefühlen zu haben glaubt. Die Wörter, die im Strom der Gratulationen in ihre Ohren drangen, waren oft direkter, aber sie gingen, wie immer, in das eine hinein, zum anderen hinaus.

Ausnahmen auch heute. Wörter, Sätze, Sentenzen, Dialoge, kleine und große Monologe, solche von gedrängter Substanz, geistreich und charmant pointiert, und andere von ermüdender Weitschweifigkeit.

Sie sind Engeleins frühe Jahresernte. Sie weiß, daß sie sie einbringen muß. Als Korn. Als Stroh. Für dreihundertvierundsechzig Tage muß es reichen. Ein Vorrat, von dem sie beruhigt zehren kann. Deshalb mobilisiert die ‚Doktora' an ihrem Geburtstag ihre Intelligenz und ihre weiblichen Reserven für zwei Herren des Hauses besonders nachhaltig, wobei sie in Sachen Weiblichkeit mit geringerer Ration auskommt, was ihr den Opfergang aber nicht leichter macht. Könnte sie nach der Devise verfahren: getrennt marschieren, vereint schlagen, würde sie im Falle beider Herren mehr Nutzen davon haben. Aber keiner von beiden will mit Engelein schlafen. Niemand weiß, ob das in früheren Jahren anders war.

Engelein nimmt zuerst den ‚Umwölkten' an. Es gibt im Hause keinen, der den Verlagsleiter anders nennt. Das rührt vom Verhalten des Mannes her, dessen düsterer Gesichtszug, gepaart mit einer wie in Abwesenheit zur Seite gekehrten Kopfhaltung, allen Angst macht. Die Position eines Verlagsleiters muß an dieser Stelle konzernkonform definiert werden. Es gibt im Haus acht Herren dieses Ranges für ebenso viel Objekte. Ihre Posten stützen sich schon lange nicht mehr auf die selbstverantwortlichen Kriterien, die in früheren Jahren den unternehmerischen Alleingang im Verlagsgeschäft wagnisreich, aber auch schön machten. Die Entscheidungsfreude, das heißt: das eigene, von niemand anzufechtende letzte Wort ist dahin. O, schöne Weltvergangenheit.

Heute wären eigenständige Unternehmungen des ‚Umwölkten' eher Prinz-von-Homburg-Wagnisse. Kurfürstliche Dekrete gegen mißratene oder auch erfolgreiche Aktivitäten würden nicht mehr den Kopf verlangen, wohl aber den verlagsinternen Status kosten, was mit einer Ablösung dem Tatbestand des Totschlags gleichkäme. Der ‚Umwölkte' hat seine Verhältnisse geordnet, was heißt: Er handelt erwartungsgemäß. Im Geschäftsbereich des Sonntagsblattes erlaubt ihm diese Ordnung nach oben dennoch, eine unüberwindliche Hürde für alles zu sein, was Geld kostet.

Engelein weiß es. Und weil sie gerne reist und immer in der Angst lebt, ihr Stern könnte verblassen, geht sie besonders verzückt auf den wichtigen Gratulanten zu, nimmt sein Präsent entgegen, als wäre es das großzügigste Geschenk des Tages. Es ist eine Ingwerrosette unter einer tellergroßen Plastikhülle. Sie gleicht einer kleinen Bernsteinsammlung. Die ‚Doktora' hat dem ‚Umwölkten' vor Jahren einmal gesagt, wie gerne sie Ingwer ißt. Er hat es nie vergessen.

Das Gespräch mit dem ‚Umwölkten' fordert Engelein nicht zu

tiefschürfenden Überlegungen heraus. Sie kann deshalb bald schon auf die Kinderbuchproduktion des Jahres hinlenken. Der ‚Umwölkte' hat noch spät Kindersegen möglich gemacht und kennt seitdem nur das Thema Kinder. Engelein bietet ihm eine Auswahl neuerer Bücher an, damit er sie bei Gelegenheit besprechen kann, was nach altem Brauch heißt, daß die Bücher Eigentum des Rezensenten werden. Engelein hat vorgebeugt und die Kinderbuchbesprechungen schon erledigen lassen. So ist alles geregelt und die ‚Doktora' weiß, daß sie ein weiteres Jahr von Anfechtungen, von welcher Seite sie auch kommen und an den Verlag, das ist der ‚Umwölkte', herangetragen werden könnten, geschützt ist.

Von anderem Gewicht, sowohl mit seiner Person als durch den Rang, den er einnimmt, ist der Gratulant, den Engelein dringender erwartet hat. Es ist ihr Chefredakteur Erhard Stein. Eine Begegnung mit ihm ist Engeleins schönster Auftritt an ihrem Geburtstag. Sie tut alles, um die Zeremonie mit ihm solange wie möglich auszukosten. Und alle sehen es. Erst wenn diese, für sie fast kultische Szene vorüber ist, wird Dr. Inga Küstrin wirklich Geburtstag gehabt haben.

Warum ist dieses Schauspiel für die ‚Doktora' so wichtig? Sie braucht nur hinter sich zu greifen und den Titel ‚Hierarchie und Hysterie' aus dem Regal zu nehmen. Die Psychologen belegen mit ihren Forschungen über Verhaltensweisen im beruflichen Wettbewerb, daß Frauen jedes Phänomen der Hysterie zu Hilfe rufen, wenn sie glauben, sich damit behaupten zu müssen. Sie folgen dabei sogar den wissenschaftlichen Schemata.

Am Anfang steht Schutzbedürftigkeit. Sie nimmt in der Hierarchie von unten her ab. Hilfspersonen, Boten und kleine Zuträger, verlieren zuerst an Nützlichkeit. Ihnen folgen Kollegen, die Weisungen entgegennehmen. Nur wenig länger genießen jene die Art von Anlehnung, die zwar Entscheidungsbefugnis haben, nicht aber über das Wirken der sie um Beistand bittenden Frau. Deshalb gibt es, so die Psychologen, auf dieser Ebene die meisten mißverstandenen Liebeleien, das heißt, die größte Zahl von Mohren, die ihre Schuldigkeit getan haben.

Die verbleibende Gruppe von Ebenbürtigen erfährt von diesen Weichstellen der Hysterie kaum etwas. Sie findet sich mit härteren Eigenarten weiblicher Selbstbehauptung konfrontiert, die sich in zwei Gangarten zu erkennen gibt: mit Erotik und Intrige. Sie sind phänomenologisch identisch.

Engelein hat jeden denkbaren Beweis hierzu erbracht. Was Erhard

Stein angeht, wird sie nur die erste Gangart gewagt haben. Sehr intensiv, wie es scheint. Allerdings weiß das Redaktionskollegium, daß Engeleins diesbezüglicher Totaleinsatz nur eine kurze Offensive gewesen sein kann. Übrig geblieben sind plätschernde Höflichkeit, die Erhard Stein ihr unverändert erweist, aber auch scharmutzierende Reibereien, die derselbe Mann bevorzugt, um die Distanz zu halten. Und bei Engelein viel Tränen. Aber auch Treue. Immer noch gibt sie ihrem Chef jedes Buch, das er wünscht. Sie besorgt alles, vom Taschenbuch bis zum teuersten Gesamtwerk. Moderne und Klassik. Biografien. Geisteswissenschaften. Schon mit den Erstauflagen frisch auf den Tisch. Und schon besprochen, natürlich. Wegen klarer Verhältnisse mit den Verlagen.

Hat es Engelein mehr Rechte eingetragen als anderen Kollegen? Oder das Recht der Erstgeliebten nach größtmöglicher Schonung? Frag die Tränen. Gefruchtet haben weder Erotik noch Intrige. Und die dritte Aktivität, die Arbeit, was brachte sie? Viel Verzweiflung. Die ‚Doktora' hatte einmal den Rang einer First Lady auf dem Buchmarkt, in den Verlagen. Keine Neuerscheinung, die Dr. Inga Küstrin im Sonntagsblatt nicht früher kreierte, als andere Blätter es konnten.

Das ist seit längerem anders. Sie fühlt sich in die Zucht des Konzerns genommen. Und fügt sich darin. Schon lange gibt es inoffiziell keinen Böll mehr, außer in der Politik als Sympathisanten und in den Kommentaren als ungequemen Mahner in einer nach seinem Postulat von Bütteln und Knüppeln heimgesuchten Welt.

Einen Grass oder einen Lenz schon gar nicht. Sie sind auf den Schreimarkt gegangen, heißt es. Und, was schlimmer ist, sie schreien in die falsche Richtung. Die Latte der Namen ist lang. Die Kaschnitz, die Rinser und der Eich, nun schon tot, erscheinen darin. Auch der Johnson und der Rühmkorf. Aber da werden die Namen schon schwächer.

Engelein bastelt die ihr verbleibenden Restseiten des Feuilletons voll, so gut sie kann. Statt eines Mitscherlich nimmt sie lieber einen Backhaus. Da kann in der Frage, welche Deutschen verrückt sind, nichts schiefgehen. Es gibt soviel Unterhaltung. Und noch mehr Ausländer. Kaum möglich, anzuecken. Wenn man leben darf, ist das viel, denkt Engelein nicht selten, wenn sie auf die Buchrücken blickt, deren Zahl zunimmt, deren Substanz aber geringer wird.

Dr. Inga Küstrin wird nicht nur von solchen Gedanken gequält. Sie lebt nicht von dem Geist, nicht von der Kunst allein. Wohl aber von der Gunst. Und da dürfen die Sterne nicht schlecht stehen. Nicht an diesem Tag. Immerhin hat es sich Chefredakteur Erhard Stein schon einige Male beifallen lassen, zu der Darbietung des großen Sympathiespiels mit Engelein nicht zu erscheinen. Sie hat deshalb vorsorglich ihre Vertrauenssekretärin Woddy mehrmals in das Chefsekretariat hinübergeschickt, um kleine Erinnerungshilfen deponieren zu lassen. Ein Gläschen Sekt für den schwerbeschäftigten Chef. Aber die drei Vorzimmermädchen haben nicht gewagt, in das Allerheiligste einzudringen. Sie kennen die Rituale.

Erhard Stein sitzt oft lange in seiner Suite. Und selten allein. Auch heute hat er Besuch. Es ist schon später Abend. Von den Schreibdamen ist keine mehr an ihrem Platz. Erhard Stein hat sie in den Geburtstagstrubel bei Engelein entlassen. Ihr hat er damit keinen Gefallen getan. Sie ist beunruhigt. Sie weiß, daß diese Art Besuch geeignet ist, ihr den Tag, ihren großen Tag, zunichte zu machen. Die ‚Doktora' weiß auch, daß dieser Besuch eine Dame ist. Eine sehr junge Dame. Und, ob Dame überhaupt, verneint Engelein mit einem verächtlichen Zug um den Mund.

In der Redaktion bekommt kaum einer die häufig wechselnden Besucherinnen zu Gesicht. Erhard Stein hat durchgesetzt, daß der Fahrstuhl mittels einer Relaisschaltung, zu der außer ihm nur die Pförtner, also Humbert, einen Schlüssel besitzen, vor seinem Arbeitszimmer hält. Die Tür öffnet sich in einen kleinen Vorraum, der direkt ins Allerheiligste führt. Die Schreibdamen bekommen über einen Summer Nachricht, wenn er eingetroffen ist. Kontakt mit seinen Sekretärinnen hält Erhard Stein über die Sprechanlage. Keiner darf bei ihm eintreten, ohne von ihm dazu aufgefordert zu sein.

So huschen die Mädchen sozusagen vom Lift in den Luxus. Einer der wenigen, der ihren Eintritt in das Zeitungshaus wahrnimmt, ist Humbert. Er setzt auch den Mechanismus in Bewegung, wenn die Damen ohne den ‚Sonntagschef' kommen. Den Fall Erhard Stein behandelt Humbert zuvorkommend. Er weiß, daß er sich an diesem Brocken verschlucken könnte.

Erhard Steins Zimmer ist luxuriös eingerichtet, wie kaum ein anderes der Manager-Klasse. Es läßt sich nichts hervorheben, weil sich über Geschmack auch in teuren Lagen nicht streiten läßt. So sind nur Einzelheiten erwähnenswert, die das Bild aber auf eine charakteristische Weise färben:

Edelhölzer beherrschen es. Die Wände sind hoch getäfelt, zahlreiche Schränke darin eingelassen. Nur eine Wand, die fensterlose, ist über die ganze Fläche mit Büchern bestellt. In den Regalen stehen systematisch Fächer frei für Kleinplastiken, bei denen Nachbildungen von Netsukes vorherrschen. Der Schreibtisch mit den Ausmaßen eines Rettungsfloßes, steht auf kürbisgroßen Rundfüßen, worin Schnitzkerben an Elefantenzehen erinnern.

Auf dem Schreibtisch und in ihm ist alles postiert und verwahrt, was den Tag X im Gemüt des Erhard Stein markiert. Die Erwartung einer Art von begrenztem Weltuntergang drückt sich darin aus: Rasierapparat. Beide Pässe. Beruhigungsmittel. Schlaftabletten. Die Bibel. Eine Bodybuilding-Fibel und eine Trimm-dich-Anleitung. Eine Menge von Zigaretten und nicht wenige Präservative.

Andere Notwendigkeiten sind in großen Mengen in Schränken verwahrt: Leibwäsche (auch Damenhöschen), Oberhemden, Pyjamas. In Nebenräumen lagern Konserven, Weine und Whisky. Der Hängeschrank im eigenen Klo birgt reichlich Toilettenpapier von bester Qualität, samtweich und rosengemustert. In einem Wandregal in der Dusche türmen sich Badetücher aus flauschigem Frotté. Und in dem Ruheraum wartet eine breite Couch darauf, gebraucht zu werden. Das hat zunächst aber nichts mit der Bunkervision des Erhard Stein zu tun.

An ihr sind traumatische Erinnerungen schuld. Als über England die Primitivableger unserer Raketenzeit surrten, jene mit dem Typenzeichen V, war der Salonkommunist aus dem Krupp'schen Essen, der zum Atheismus konvertierte Katholik Erhard Stein, gerade damit beschäftigt, für das Foreign-Office eine Studie auszuarbeiten, wie man die Deutschen nach dem Krieg in ihrem Talent beschränken könnte, mit Intelligenz und Fleiß wieder auf die Füße zu fallen. Nach dem geschichtlichen Urteil muß die Studie nicht sehr überzeugend gewesen sein. Es kann aber auch sein, daß die Angst, die Erhard Stein zwang, bei Alarm immer wieder unter den Tisch zu kriechen, seine Denkanstöße durcheinander brachte.

Den Mehrfachkonvertiten Erhard Stein hat das nicht gehindert, mit dem Konzept einer umerziehenden Sonntagszeitung in der Tasche und dem Segen der Briten im Vertrag, nach Deutschland zurückzukehren, um die Wochenendleser aus ihrer Trümmerresignation zu lösen und sie das Lebenswerte zu lehren.

Er wollte es ihnen zuerst einmal vorleben. Darum bestand Erhard Stein darauf, mit dem ganz neuen D-Mark-Gefühl gleich aus dem Vollen zu schöpfen, während diejenigen, die leben zu lehren er gekommen war, noch lange von der Hand in den Mund lebten. So lernten auch seine Mitarbeiter, daß die feine englische Art sich nicht für jeden schickt.

Kunst kommt von Können. Aber auch Können kommt ohne Kunst nicht aus. Nicht ohne die Kunst zu taktieren, zu lavieren, zu schmeicheln, zu brüskieren, zu kränken, abzuschieben, rauszuschmeißen, über die Klinge springen zu lassen, soll das Werk den Meister loben.

Niemals hat einer im Konzern soviele Jasager um sich versammelt, Zuträger, Ausführer, Vollstrecker, wie Erhard Stein, hinter dessen breitem Hintern sich die Endloskette von Afterkriechern formierte. Sie nisten noch heute darin. Und niemals ist einer über soviel Leichen gegangen, durch ein Spalier williger Grabschaufler.

Den massigen Körper babyweich gebettet auf den Sitzpolstern gegen die Nackenstütze, im warmen Schein einer von einem roten Leinenschirm überdachten Tischlampe mit schwerem Bronzefuß, läßt Erhard Stein seine ‚Lu' erzählen. Alle Mädchen heißen bei ihm ‚Lu'. Das vereinfacht die Sache. Den Namen hat ihm die Frau eingegeben, die ihm diese Mädchen zuspielte. Eine Eintänzerin, die eine Tanzschule geringeren Anspruchs betreibt und ihm kursweise Nachschub garantiert. So wäscht eine Hand noch sehr spät die andere. Erhard Stein hat ihr einmal, als der Alt-Lu die Frauenschaftsvergangenheit nicht erlaubte, auf eine Lizenz zum Quick-Step und zum Tango zu hoffen, diese eben doch beschafft.

Wie sieht die anwesende Jung-Lu ihren Gastgeber? Wie einen Herrn von großer Macht. In einer so tollen Umgebung. Der Wein ist gut. Die Zigaretten auch. Und ganz still ist es. Niemand darf hereinkommen. So mächtig ist der Herr Chefredakteur. Selbst wenn ‚Lu' nur flüchtig die Gestalten der Geschichte wahrgenommen hätte, käme sie jetzt nicht darauf, daß von allen ein wenig hinter dem verschatteten Licht auf sie wartet: ein bißchen Nero, auch Caesar, der Große Kurfürst und August der Starke. Der achte Heinrich, Charles Laughton und Professor Unrat.

Aber sie alle kannten nicht die Methode des Erhard Stein. Niemals würde dieser vordergründig Lusterwartung preisgeben. Liebe selbst ist Kunst. Dann muß auch der Weg dahin Kunst sein. Es ist die Kunst des Irritierens, der Anreizung. Aber sie muß einhergehen mit väterlicher Obhut, mit dem Anschein des Bewahrens. Deshalb beginnt Erhard Stein schon bald von der Liebeskunst der Inder zu sprechen, indem er der ‚Lu' erotische Tempelplastiken zeigt. Er fährt fort, mit leiser, wie im Selbstverzicht gezügelter Stimme von den Bräuchen der Völker zu erzählen, von ihren kultisch-heidnischen Gesetzen hinsichtlich der Gebote der Unberührtheit, wobei er die direkte Frage nach dem Zustand seiner Besucherin wie beiläufig stellt.

Er kann sich, was die Zuweisung durch die Alt-Lu angeht, darauf verlassen, daß solche Schranken ihm nicht entgegenstehen. Sollte es doch einmal der Fall sein, reagiert Erhard Stein konsequent mit dem baldigen Ende der Besuchszeit. Sie wird sich heute ausdehnen. Er hat erreicht, daß diese ‚Lu' seine Lieblingsstellung einnimmt, das Kauern mit untergeschlagenen Beinen auf der von schwarzem Weichleder eingefaßten Couch. Erhard Stein schwört darauf, daß zwischen dieser weiblichen Sitzart und der zunehmenden körperlichen Bereitschaft zu Zärtlichkeiten ein Zusammenhang besteht. Und er findet ihn bestätigt.

Das Mädchen ist zwar beeindruckt, aber nicht dumm. Es hat begriffen, was von ihr erwartet wird. Lu läßt ihren Rock etwas höher gleiten, nur ein wenig, aber so, daß ihre langen Beine besser zur Geltung kommen. Dann öffnet sie – wie unabsichtlich – die zwei obersten Knöpfe ihrer Bluse. –

* * * * *

Noch im Vorspiel zu solchen Erwartungen, schon gelöst durch den Alkohol, enthemmt in der ausgelassenen Stimmung, tanzen die Paare auf der Geburtstagsfeier der ‚Doktora' dem Höhepunkt entgegen. Gerade eben zieht eine Polonaise durch Zimmer und Gänge. Einzelne Paare lassen sich absichtlich von der langen Kette der hüpfenden und klatschenden Schar verlieren, um sich in einer Ecke zu küssen. Andere wählen die falsche Richtung, die in abgelegene Räume führt. Über Schreibtische, in Nischen, hinter Regalen, nehmen und geben sie sich, was sie nicht länger zurückhalten können.

Aber alle kehren immer wieder in das von Licht und Dunst wie von Nebelschwaden durchzogene Vorzimmer Engeleins zurück, um das Bäumchen zu wechseln, oder um nach dem Beatrock zu tanzen, nach dessen Rhythmus einzelne sich wie in Trance seit Stunden stoßend und stampfend bewegen. Andere stehen an den Seiten, das Glas in der Hand. Welche haben Gruppen gebildet, die ausdauernd diskutieren. Die meisten saugen an ihren Zigaretten wie aus einer Kraftquelle.

Viele Zuhörer hat der weise Geschichtenerzähler aus Prag angezogen, der von studentischen Abenteuern berichtet, die in seiner Jugend unglaublich gewagt gewesen sein müssen. Dabei fallen Namen von Jugendfreunden, die in der Literatur Weltgeltung erlangt haben. Er tut so, als verbinde das Alter ihm die Augen vor den viel frecheren Eskapaden um ihn her. Und doch blinzelt er durch den Rauch und durch die Beine der Tanzenden hindurch, um seine Phantasie an den ungenierten Griffen der Jüngeren zu laben. Er sitzt auf einem Lederkissen und genießt.

Als einer der letzten Gäste ist Franz Asmus Tischer nochmals in die turbulente Runde zurückgekehrt. Er hat seinen Zuhälterprozeß noch spät in die Maschine tippen müssen, weil das Gunstgewerbe contra Gerichtsbarkeit zumindestens den zeitlichen Aufwand für sich hat buchen können, um zu verzögern, hinauszuschieben, Richter und Geschworene müde zu machen. Der Gerichtsreporter hat seine eigene Müdigkeit mit Hilfe des Abscheus überwunden, den die Paare der lügenden Zeugen von Dirnen und Schmarotzern in ihm aufsteigen ließ. Tischer empfindet sich nicht als Gerechtigkeitsapostel, noch weniger als ein Fanatiker der strafprozessualen Ausrottung allen Übels. Aber er ist nicht indolent genug, um sich nicht an der Arglist und Schnoddrigkeit zu ärgern, die das Gericht heute hinnehmen muß. In keiner anderen kriminellen Sparte feiert das ‚in dubio' so große Erfolge wie in dem des Milieus.

Um sich abzulenken, um den Schmierfilm aus seinem Bewußtsein zu verdrängen, schiebt Franz Asmus Tischer sich durch die Reihen. Dabei muß er über Beine und Körper hinwegtreten, die am Boden verknäult sind. Die Hallos, die ihm gelten, wehrt er mit besänftigenden Gesten ab. Er möchte unbeachtet bleiben. Eine Weile hört er dem Prager Nebiim zu, dem er Bewunderung entgegenbringt.

Als er in Engeleins Zimmer tritt, findet er diese am Schreibtisch. Sie kauert mehr davor. Ihr Körper ist über die Tischplatte gebeugt. Die Arme liegen ausgestreckt nebeneinander und die Hände greifen Halt suchend ins Leere. Dabei stöhnt sie.

„Guten Abend, Doktora", sagt Tischer dicht an ihrem Ohr. Er hat bemerkt, daß ihm niemand gefolgt ist. Lediglich ein zustimmender Blick von Woddy hat seinen Eintritt begleitet. Dr. Inga Küstrin hebt den Kopf nicht. Sie spricht in den Hauchkreis, der sich auf dem von einer Glasplatte bedeckten Tisch ausweitet: „Ach, Tischi, gut, daß Sie da sind. Ich hab einen großen Schwips!" Die Verniedlichungsform von Namen ist in der Redaktion des Sonntagsblattes üblich. Sie gehört zu den chaotischen Gefühlsströmen, die beständig für Stimmungswandel sorgen, aber dennoch ein Gleichgewicht in dieser molusken Arbeitsgemeinschaft erlauben. Chefredakteur Erhard Stein hat seine These von einer mit bloßem Auge erkennbaren Balance von Ja und Nein in allem was ist, unglaublich perfektioniert. „Nichts an unserer Zeitung darf ihren Bejahern so sehr genug sein, daß sie Verneinern nicht auch noch genügt."

„Sie sind müde, Engelein!" Franz Asmus Tischer legt ihr die Hand auf die Schulter. Er spürt, wie im Auf und Ab des Atmens kleine Erschütterungen mitschwingen. Die ‚Doktora' weint. „Beruhigen Sie sich, Engelein. Es war doch ein schöner Tag!"

Wie ein Aufbegehren ohne Kraft, bei dem Engelein den Kopf kaum anhebt, so daß Tischer das Bild von einer Schildkröte aus seiner Wahnehmung verdrängen muß, ist die Erwiderung der Feuilletonchefin: „Ein schöner Tag? Daß ich nicht lache. Ich bin passé. Nicht einmal reingeguckt hat er. Ich bin erledigt. Aus und vorbei!"

„Von wem sprechen Sie, Engelein?" Franz Asmus Tischer hat begonnen, den Nacken der ‚Doktora' zu kneten. Er will ihre Lebensgeister mobilisieren. „Wer ist nicht gekommen?"

„Stein! Herr Erhard Stein. Mein Chefredakteur. Nicht mal einen Gruß hat er vermelden lassen. Ich, Dr. Inga Küstrin, genannt Engelein, Feuilletonchefin des Sonntagsblattes, bin dem Herrn nicht mehr gut genug!" Das letzte Wort endet in einem Kickser, der Tischer ermutigt, an den heftigen Schwips der ‚Doktora' zu denken, nicht aber an ihre persönliche Apokalypse zu glauben. „Er wird nicht abkömmlich gewesen sein, Engelein!"

Der Gerichtsreporter hätte besser vom Untergang der Welt sprechen sollen. So wäre er der Seelenlage Engeleins näher gekommen, die ihren persönlichen Abstieg für unwiderruflich zu halten schien: „Nicht abkömmlich?" fragt sie zwischen Schluchzen und Weinen und wiederholt: „daß ich nicht lache?" Plötzlich ist ihre Stimme wie belebt: „Da sitzt wieder eins von diesen Flittchen auf seinem Schoß. Eine von diesen höschenbegabten Analphabetinnen. Und ich? Bin ich Dreck? Ohne mich, ohne meine Beziehung zu den Verlagen, hätte er nicht eine der größten Privatbibliotheken. Ist das Dankbarkeit?"

Engelein würde wohl noch Frage an Frage gereiht haben, wenn nicht in diesem Augenblick eine groteske Szene ihren Anfang nehmen sollte. Tischers Trost hat kaum Resonanz gefunden, als auf tappenden Füßen, die Beine gespreizt, der Prager Wortweise hereinkommt. Tischer fühlt sich von der Tapsigkeit des berühmten Kritikers angerührt, der ihn an das melancholische Bemühen um Glück eines Charly Chaplin erinnert. „Darf ich Sie, verehrte, gnädige Frau, zum Tanze bitten?“

Es bleibt ungeklärt, ob Engelein den Sinn dieser Aufforderung verstanden hat. Sie würde sich immer erheben, wenn dieser alte Herr sie um etwas bittet. Sie folgt seinen Zeichen. Er hat ihre Hand ergriffen und nach oben gestreckt wie zu einem Menuett. Aus dem Lautsprecher tönt eine Samba. Der alte Herr hat nie gelernt, die Schritte nach ihrem Rhythmus zu setzen. Es kommt ihm darauf auch nicht an. Er empfängt die Huldigung der Umstehenden wie ein König. In dem Kreis, den die Partygäste gebildet haben, um dem Manne zu schmeicheln, dem sie ebenbürtig sein möchten, und auch der Frau, deren Intelligenz sie bewundern, steht das ungleiche Paar einen Augenblick still.

Dann rührt sich der Greis als erster. Mit wiegenden Bewegungen, den kleinen, wie verkürzt erscheinenden Körper in der Hüfte drehend, mosaisch erzählend wie aus uralter Zeit. Dann rafft Engelein ihren Lebenswillen zusammen. Sie weiß, daß sie eine attraktive Frau sein kann, wenn sie ihren Verstand mobilisiert. Sie beginnt ihre femininen Reize aufzureihen zu einer Superschau.

Sie läßt den alten Mann im Kreise stehen, der mit schlaffem Händeklappen seine leichte Erschöpfung erkennen läßt, und schwingt um ihn herum. Sie wirbelt die Arme wie bei einem Fandango. Dann strudelt sie in einer Pirouette, um sich dann, mitten im Schwung, stakkatisch zu bremsen, mit einem Stepp, der ihr im Nachklappern ihrer Hacken wie Kastagnettenschlag gelingt. Engelein geht soweit, sich wie werbend um den von seinen Kräften allmählich verlassenen Mann zu drehen, der sich auf den Boden hat gleiten lassen, aber noch aufrecht sitzt.

In dem wie Peitschenknall sich verdichtenden Beifallsklatschen ist von den Umstehenden niemand fähig, die nächsten Augenblicke zu begreifen. Sie klatschen weiter, als das Schreckliche geschieht.

Dr. Inga Küstrin hat im Wirbel ihrer Beine, die sie hoch zu schwingen versucht wie eine Balletteuse, dem alten Mann einen Stoß versetzt, nicht wuchtig, aber kräfig genug, um ihn umzuwerfen. Vielleicht im eigenen Erschrecken darüber, vielleicht auch schon jenseits von eigener Wahrnehmung, reißt sie die Bluse auf, versucht, mit eigenartig schmerzhaft verzogenem Gesicht, ihren Büstenhalter zu lösen. Und weil es ihr nicht gelingt, rafft sie den Rock hoch. Ihre Stimme ist schrill, aber auch verzerrt vor Angst, worin Hilferufe mitschwingen, ohne daß die Umstehenden sie richtig deuten.

„Wer bin ich? Bin ich passé? Wer sagt es, ihr Scheißer? Wer hat noch nicht, wer will noch mal?“ Sie bleibt im Raum stehen, ruckartig: „Wer von Euch hat es noch nicht versucht? Wer hat es noch nicht bekommen? O, nein, soweit unten bin ich noch nicht, daß ich dem alten Lustmolch dort genug sein müßte. Ich bin gerade noch gut genug, um dem Herrn der Herren genügend zu sein. Aber, wo ist er? Hat ihn jemand gesehen? War er hier?“

Als hätte ein Stoß sie getroffen, mit einem Aufschrei, der Gläser hätte zerspringen lassen müssen, sinkt die ‚Doktora‘ zu Boden, über den alten Mann hinweg, der gebannt diesem ungeheuren Zusammenbruch mit dem Blick eines vor Angst erstarrten Kindes zusieht. Engelein liegt mit hochgeschobenem Rock auf dem Rücken. Ihre Beine strampeln wie in Todesnot. Ein schwerer Weinkrampf schüttelt ihren Körper.

Franz Asmus Tischer erkennt, daß hier ein Ausbruch vor sich geht, den kein Beruhigungsversuch beenden kann. Er drängt sich durch die Schar der Neugierigen. Bevor er sich niederbeugt, raunt er der Sekretärin Woddy zu: „Rufen Sie nach einem Krankenwagen. Und nur in die Klinik von Professor Volkmann-Adel. Nichts anderes. Auf keinen Fall. Bleiben Sie unbedingt bei ihr!“

Dr. Inga Küstrin schlägt mit den Händen auf den Boden. Sie spürt den Schmerz nicht. Von ihrem Mund fließt Speichel, den sie spukkend von sich gibt. Franz Asmus Tischer streift ihre Kleidung zurecht und reibt mit dem Taschentuch über ihr Gesicht. „Beruhigen Sie sich, Doktor Küstrin. Hier ist Tischer. Hören Sie mich?“

Sie greift nach seinen Armen und klammert sich an ihn. Auf seine Frage antwortet sie, wimmernd wie ein Kind: „Tischi, Tischi, sie wollen mich nicht mehr!“

* * * * *

19

Die Augen des Intendanten weiten sich. Die Lady, wie er sie nennt, findet sich zu einer Tasse Kaffee ein. Das Nachschlagen der Pendeltür bei ihrem Eintritt reizt sofort seine Phantasie. Sie geht durch den Raum wie eine gesättigte Wildkatze. Geschmeidig in Schritt und Bewegung, unaufdringlich, aber selbstbewußt in der Anmut ihrer jungen Glieder. Irgendwo in der großen Literatur hat einer mal, so fällt es dem Intendanten ein, solch eine Türgängerin beschrieben, die Eigenart, wie sie hereinkam. Der Intendant weiß, daß damit ein Bild persönlichen Besitzwunsches in abertausend von Lesern geweckt und festgehalten worden ist, das kein Film, kein Fernsehen, kein Foto jemals mit größerem Reiz darstellen konnten.

Solche Gedanken verführen den Intendanten zu dem billigen Wort: ein Superweib! Aber eine solche Bezeichnung ist eher abträglich, auch seinem Bild, seinen Träumen. Seine Lady ist das, was andere nicht haben können. So wünscht er es. Und andere neben ihm wünschen das auch. Im Funk wünschen es viele. Einige renommieren sogar mit der Erfüllung. Nur einer dürfte es wirklich. Niemand kennt ihn. Die Lady allein weiß davon. Allen anderen bleibt nur die Wortfülle, die hier als gedroschenes Stroh die Köpfe füllt. Nicht goldgelb, sondern braun. Aber braun allein genügt nicht. Mit ein bißchen Phantasie käme Vicky Baum ins Spiel. Vor Rehen wird immer gewarnt. Niemand warnt den Intendanten.

Warnungen würden jetzt auch verfehlen. Gerade in diesem Augenblick. Er bringt dem Intendanten das Gefühl, vielleicht noch einmal innerlich freizukommen von dem, was ihm seit Jahren als eine Ausweglosigkeit erscheint, die ihn quält. Er gibt sich dem Gedanken hin, daß heute sein Tag ist, daß er einen langgehegten Wunsch erfüllen wird: Die junge Frau wird seinem beruflichen Sieg einen noch schöneren hinzufügen. Schließlich ist er der Intendant und, genau genommen, schon mehr. Er wird künftig allein entscheiden, wo jemand eingesetzt wird. Und wer.

Harnäckige Zweifel an seiner Allmacht zerstreut der Intendant, indem er sich sagt: Auch sie will mehr! Der sachliche Einwand, der in ihm aufbegehrt, daß er sich über die fachliche Eignung von Sprechern und Sprecherinnen kaum selbst ein Urteil wird bilden können, weil das Sache der Sendeleitung ist, muß der Einrede weichen, daß er bisher auch hätte einschreiten können, wäre ihm eine Stimme zu ekkig, zu zackig, zu aufgebläht, zu kollernd oder zu süß erschienen.

Ebenso, wie er mit Freuden seine Zustimmung für die Ansage der warmen, tiefbraunen Stimme dieser Frau gegeben hatte, die auf seinen Wink hin vorwiegend im Dritten Programm moderiert. Nicht allein darum, weil sie die sprechtechnisch anspruchsvollen Titel der gehobenen Literatur- und Musikbeiträge fehlerfrei ansagt und in korrekter Weise betont. Vielmehr deshalb, weil ihre Stimme die Lust zur Muße begünstigt und bei den Hörern ein Freizeitgefühl aufkommen läßt. Dadurch wächst das Verlangen nach kultureller Befriedigung.

Dem Hochgefühl durch das Genossene schließt sich, so sagen die Programmpsychologen, immer der Wunsch nach mehr sachlicher Unterrichtung und endlich auch nach körperlicher und seelischer Beteiligung an. Es kommt zu einer Identifikation mit dem Gehörten, mehr noch, mit dem Vortragenden, seiner Stimme, seinem Sprechrhythmus, seiner Atemtechnik. Der Intendant weiß es. Er weiß es von dieser Stimme. Umfragen haben seine Erfahrungen bestätigt. Er selbst hat sie, unter dem Vorwand einer beruflichen Vergewisserung (ja, ein scheußliches Wort, und das Lachen, Kichern, Wiehern, das seiner Nachfrage oft folgte, hat er stets diesem Wortungetüm zugeschrieben) bei Mitarbeitern, unverdächtigen Kollegen und Freunden durchgeführt und bestätigt bekommen, daß die Stimme Hermia Leinigs cromosomatische Wirkung ist. Für ihn selbst ist die Ansage der Dunkelbraunen sogar ein Eruptionszentrum.

Und weil der Intendant sich die Reizquelle seiner Gedanken und seiner Phantasie so erschlossen hat, müssen auch die anderen nach ihr verlangen. Sie aber nur nach dem Wort. Nur nach der Stimme. Über den Menschen, der diese Stimme hat, über den Körper, zu dem sie gehört, wird er verfügen. Er ist der Intendant. Und künftig noch mehr.

Es ist ihm in diesem Augenblick deshalb auch gleichgültig, ob jene hier im Funk-Kasino auf ihn starren, ihn aus Augenwinkeln im Visier haben, weil er sie doch beobachten könnte, ein Auge auf sie werfen, erkennen, wie gut sie sind, kaum zu ersetzen, zu mehr berufen, diensttreu, treu dienstlich. Natürlich auch Schwächen. Wie jeder sie hat, auch der Herr Intendant (man hört so vieles!). Aber immer streng sachbezogen, nur auf die Bereicherung des Programms fixiert, weil man in dieser Hinsicht, leicht zu erkennen, was zu bieten hat: Kopf und Kragen, ja, auch die, wenn es sein muß.

Die hier zu Tische sitzende Neugierde, die buhlende Hoffnung, gesehen zu werden, entdeckt und gefördert, die aus gesichtslosen Gesichtern schreiende Bitte, sich doch das Nichtzumerkende zu merken, sind für den Intendanten alltagsphonetische Signale, die er so wenig wahrnimmt wie die Geräusche von Autos, von Preßlufthämmern und Betonmischern. Wer will nicht überleben? Diesseitsschall erreicht den Intendanten nicht. Nicht jetzt.

Er sucht ein Gesicht, aus dem die Stimme kommt, die nicht nur ins Ohr dringt, die tiefer wirkt, dorthin, wo Wahrnehmung nicht mehr intellektuelle Scheidung ist von gut oder schlecht, von erhebend oder abstoßend. Dort ist diese Stimme Liebesspiel, das die Menschen in ihren Gewohnheiten von Nehmen und Geben, von Wetten und Gewinn, von Einsatz und Auszahlung, so sträflich vernachlässigen.

Der Intendant weiß von dieser Wahrheit alles. Er ist zuoft allein mit der Stimme, die er auf einem Tonband festgehalten hat. Gott sei Dank. So kann er ihr lauschen, sich ihrer bemächtigen, ganz zart, so zart, wie die Stimme sich selber gibt. Zuerst. Dann wird die Stimme ihm Hingabe. Nicht direktes Wollen, nicht Hinhalten zu schnellem Gebrauch. Sie ist eher Lockung und dann Partnerin eines Spiels, dessen Regeln Behutsamkeit und Geduld heißen. Langsam, aber im Langsamen schön, gibt sie sich ihm hin. Über den Sinn, der hört, weiter an den, der fühlt, und weckt so den, der tastet. Im Ertasten werden Stimme und Hörer eins. Und es wird Ekstase. Für beide, so heftig und laut, wie der Ton aus dem Verstärker dringt. Der Intendant hat nicht gezählt, wie oft schon.

Lange schon sucht er das Gesicht der Sprecherin Hermia Leinig. Er kennt ihre Figur, die er als zartathletisch erfühlt hat. Und den Mund, im dunkel umrahmten Gesicht. Er sieht hinein, was nur freie Phantasie sehen kann: ihre Freude am Küssen. Überall. Das ist der Augenblick, der die Fesseln sprengt. Er steht auf und geht hinüber zum Schanktisch, wo Hermia Leinig sich den Kaffee mit Milch und Zucker versüßt.

„Bitte, Frau Leinig, haben Sie einen Augenblick Zeit für mich?" Sie ist überrascht, aber offensichtlich nicht abgeneigt. Es würde ihr nicht eingefallen sein, dem Intendanten abzusagen: „Würden Sie an meinen Tisch kommen? Und kann ich Ihnen helfen?" Er ist galant und umständlich bemüht, ihr das Tablett aus der Hand zu nehmen. Die kleine Verwirrung legt sich beiden mit einem Rotwerden auf die Gesichter, die nun erhitzt wirken. Ihm entgeht nicht, daß ihre Augen irritiert glänzen. Das Ungewisse, das sich distanzierend zwischen ihnen hält, gibt der Sprecherin ihre beste Lanze in die Hand. Sie bringt ihre dunkle Stimme ins Gefecht. „Soll ich Ihnen ein wenig Gesellschaft leisten, Herr Intendant?" Hermia Leinig lächelt unbeschwert.

„Aber nein, Frau Leinig. Ich habe seit längerem den Wunsch, Sie einmal zu sprechen. Wäre es Ihnen jetzt recht?" Hermia Leinig ist es recht. Sie ist einfach zu neugierig. Und sie spürt, daß sie auf den Intendanten befreiend wirkt. Er erscheint ihr gelöst, nicht so verklemmt, wie er von allen beschrieben wird. Seine Festung, wenn es sie überhaupt gibt, empfindet sie schon jetzt als eingenommen. Wollte es ihr in den Sinn kommen, sie einzurennen, sie würde Pappmaché vorfinden. Hermia Leinig will nicht stürmen. Will es der Intendant?

An seinem Tisch, an dem er ihr die offene Seite in den Kasinoraum angeboten hat, weil alle sehen sollen, wer neben ihm sitzt, fühlen beide die Blicke der Umsitzenden auf sich gerichtet. Der Intendant fühlt befreiende Genugtuung. Hermia Leinig empfindet im Wohlgefühl, daß sie herausgehoben ist.

„Ich habe Ihnen interessante Vorschläge zu machen, Frau Leinig!" Er empfindet den Zwang, sich zurückzuhalten, weil er sich anschickt, über Dinge zu sprechen, die einem kleinen Kreis von Eingeweihten vorbehalten bleiben sollen, bis alles spruchreif und veröffentlichungswürdig geworden ist. Der Blick aus dunklen Augen hilft ihm über Bedenken hinweg. „Es ist noch nichts Greifbares, Frau Leinig, aber es kommt auf uns zu, ich meine, auf Sie. Es ist nur eine Frage von Wochen. Bis dahin aber, ich muß Sie ebenso herzlich wie dringend bitten, zu niemand zu sprechen, wird sich alles herauskristallisiert haben. Ich sehe es so, daß Sie dann die Nummer eins in Deutschland sein könnten. Auf einem bestimmten Gebiet der Ansage." Dieses Bekenntnis muß sogleich auf das Persönliche herübergezogen werden. Sein Blick, so fühlt ihn Hermia Leinig, hat jetzt etwas Verströmendes. „Für mich, Frau Leinig, waren Sie immer schon die Nummer eins."

Der Intendant hat einen Mund vor sich, der sich im Amusement kräuselt. Er deutet es als den Beginn von Wohlgefallen. Dabei fällt ihm alles mögliche ein: Borkenschokolade, Schwarzwaldkirsche, Erdaufbruch. Und darüber hinaus: Tagesanbruch. Im Frühling. Die Lippen, flach geschwungen, weil sie einen breiten Mund begrenzen sollen, spielen mit einem Schmunzeln, das Lausbubengeschichten erzählt. Wenn die Zähne für einen Augenblick freistehen, ist es wie Lichtsignale und der Intendant wiederholt: „Sie müssen es unbedingt für sich behalten, Frau Leinig. Die Sache steht noch an ihrem Anfang. Aber, was heißt das schon? Für Sie wird es ein Anfang zu neuen Wegen sein. Eine Ansage, die alle Menschen . . . "

Er will das Pfund erst wuchern lassen, wenn ihm vorab ein wenig

Vorschuß gewährt wird, eine Wegzehrung von Süßigkeiten, die zunächst nur die Sinne stärken soll. Er hält den Augenblick für gekommen, mit einem Griff Nähe herzustellen, die er sich oft gewünscht hat. Sie entzieht ihm die Hand nicht.

Er spricht mit solcher Eindringlichkeit, daß sie zuhören muß. „Es wäre das, was Ihnen, Ihrer Stimme, zukommt. Eine Ausschließlichkeit, die eine Art Gütesiegel wäre. Verstehen sie mich?"

Jetzt ist sie es, die seine Hand ergreift. Wie eine Schwester nach einem Fiebernden. Was er sagt, kommt ihr unwirklich vor. „Bitte, erzählen Sie der Reihe nach, Herr Intendant. Das alles verwirrt mich!" Der dunkle Einschuß in ihrem Blick läßt ihn erkennen, daß sie denkt, was im Hintergrund über ihn gesagt wird: Vorsicht!

Sie sieht ihn ängstlich werden, besorgt, daß sich Mißverständnisse zwischen sie schieben könnten, die das Gespräch, diese Begegnung, blockieren würden. Deshalb faßt sie herzhafter zu und spricht mit Vertrauen erweckendem Nachdruck: „Sagen Sie einfach, was Ihnen vorschwebt. Ich höre Ihnen gerne zu!" Mit dem Ende des letzten Wortes hat sie einen Lichtstrahl aus ihren Augen freigegeben, der seinen Blick so voll trifft wie ein Scheinwerferkegel.

„Es geht um eine Service-Sendung, eine Betreuungsreihe, die eine große Einschaltquote haben wird. Wir werden einen Informationsdienst aufziehen, locker gemacht, natürlich. Alle Seher und Hörer werden dabei sein wollen, weil es ein Angebot sein wird für alle Gruppen, für Stereofreunde, für Recorder-Fans und für Farbtüftler. Wissen Sie, Frau Leinig, das einfache Abspulen von Programmen bringt uns nicht weiter. Die Leute bedienen sich so vieler Kanäle, daß die Suche allein schon Glückssache ist. Sie sind anonyme Nutznießer, nirgendwo persönliche Gäste. Sie konsumieren ungehemmt, wie sie essen. Die Ernährungswissenschaftler predigen in der Wüste. Unsere Moderatoren auch."

„Nun, haben Sie verstanden?" Dieses ‚Nun' braucht kein Treibsatz mehr zu sein. Hermia Leinig sieht den Intendanten mit einer Festigkeit an, die Verständnis preisgibt. Ihn rührt die Bemerkung an. „Ich bin in technischen Dingen sehr unbegabt!" Jetzt nimmt er beide Hände, um die eine von ihr in väterlichem Verständnis zu drücken. „Sie bekommen perfekte Texte, Frau Leinig. Kein Kleingedrucktes, das auf die Augen drückt. Ich sagte schon ‚Service-Sendung', das heißt, bekömmliches Angebot, freudig anzunehmen von jedermann, um so mehr, als es von einer Stimme offeriert wird, mit der man gern allein ist, um anzunehmen, was sie fraulich-freundschaftlich anbietet." Hermia Leinig ist schon überzeugt. Aber aus Angst, die nur dem Unbehagen vor technischen Problemen zugerechnet werden muß, sagt sie: „Ich kann keinen Konverter von einem Konvertiten unterscheiden!"

Beide lachen befreit, weil der Gedanke an Übertritt, den der Intendant mit drohendem Fingerzeig als Todsünde bezeichnet, sie belustigt, ihn aber ängstigt: „Die Gefahr ist bei Ihnen immer gegeben, Frau Leinig", sagt er mit übertriebener Ernsthaftigkeit.

Sie sieht ihn an. Ihren Intendanten. Gänzlich unbelastet. Sie begreift, was sie verstehen soll. Aber ihr erscheint das Thema wie die Ankündigung eines Hauptgewinns. Neben ihm, an seinem Tisch, ist sie unbefangen. Er ist der Intendant. Das macht es ihr gleichzeitg schwer, Überlegungen zurückzudrängen, die andauernd von Vorsicht sprechen. Das heißt auch, daß sie bedenken soll, wovon viele sprechen: daß er trinkt und Sachen sagt, die nicht stimmen sollen.

Sie weiß, daß sie von ihm etwas erwarten soll, was nichts Persönliches ist. Nur gemeinsame Sache, die Darbietung einer Idee, die längst angefangen hat, ihren Ehrgeiz zu wecken. Ehrgeiz ist eine nicht allzu bekannte Variante in ihrem Leben. Die Zeit, wo ihr solcher abverlangt wurde, liegt nicht gerade weit zurück.

Wer ist Hermia Leinig? Woher kommt sie? Von drüben. Das sagt man heute nicht mehr. So wenig, wie man ‚deutsch' heute so einfach dahinsagt. Aber gerade mit dem Deutschen hatte Hermia Leinig es, bevor sie, noch vor dem Mauerbau, in den Westen ging. Damals war sie examinierte Lehrerin gewesen. Und wäre es nur um das reine Deutsch gegangen, würde sie es den Kindern in der Zone gerne weiter beigebracht haben. Aber das Deutsche, das sie vermitteln sollte, hatte sich in ein seltsames Chinesisch verwandelt, das man parteichinesisch nennt.

Es wird so sein, daß auch Sehnsüchte eine Rolle gespielt haben, die in reinem Deutsch Erlebniserwartung heißen, Hunger nach Glück, nach Glücklichwerden, der seit Hedwig Courths-Mahler verdächtigt worden ist, aber doch nicht totzukriegen, selbst dort nicht, wo Gleichschritt und Trittparolen ihn unter die Stiefel kriegen wollen.

Die Sehnsucht war geblieben. Auch bei Hermia Leinig. Und auch Romantik schreibt man drüben noch immer so. Auch Geduld, die eigentlich schon lange Resignation heißt. Das ist nicht Deutsch, aber dennoch zu verstehen. Auch drüben. Hermia Leinig wollte das Wort Ausweglosigkeit nicht bis zum Überdruß lernen. Deshalb antwortete sie auf eine Anzeige in einer Westberliner Zeitung, mit Deckadresse über ihre Freundin. Sie sei vielleicht die gewünschte Partnerin, die nicht vorab auf Dauerversorgung aus sei, nicht nur darauf, sondern interessiert an einer Annäherung, die es erlauben würde, sich kennenzulernen, um herauszufinden, ob es gleiche Wellenlängen gibt. Eine Wartezeit, die heißen sollte: schlicht um schlicht!

Schlicht genug dachte Hermia Leinig damals noch. Alles an ihr war schlicht, wie es Zone und Zeit befahlen. Von der Frisur bis zum Zweckschuh. Batá war damals noch nicht wieder zonenreif.

Und so sah sie der Mann, der die Annonce aufgegeben hatte. Ein Finanzmakler, der im Überseehandel Partiegeschäfte vermittelte, vorzüglich über Berlin-Präferenzen. Er sah Hermia Leinig zum erstenmal im ‚Kranzler'. Wohin sie gekommen war, mit einer Schultertasche, Marke Eigenbau, wollfadengebordet, mit zwei Holzringen für den Trageriemen, die schon über eine Gardinenstange geglitten waren.

Alle Papiere dabei. Geburtsschein, Examensbescheinigung. Der Herr Finanzmakler sah weder die selbstgebastelte Tasche, noch ihren Inhalt. Er sah einen braunen Kopf, knopfgroße Augen in samtigen Wimpernetuis. Und hörte die Stimme, die weit über schlicht um schlicht hinausging. Da arrangierte er sogleich den Flug westwärts. Dieser führte in eine kleine Wohnung, möbliert und mit Bad. Und nicht ins Bett, weil der Finanzmakler schon sehr viel älter war und wohlwissend, daß Alter sich gedulden muß, wenn ein junger Mensch es annehmen soll.

Hermia Leinig nahm alles an: die Bequemlichkeiten ihrer neuen Behausung, das Geld, das man braucht, um die innere und äußere Behausung mit Leben zu füllen. Sie nahm auch viele Abende an, zum Ausgehen in Restaurants, in denen die Speisekarten mehr aufführten, als es Warenangebote in der von ihr verlassenen thüringischen Kleinstadt gegeben hatte. Und sie hörte zu. Geduldig lange. Den Anlaß weiß Hermia Leinig selbst nicht mehr zu nennen. Er wird eine Party gewesen sein, oder das, was die Leute dafür ausgeben. Irgendwas mit Trinken und mit Schüttelbewegungen, die man mit fremden Körpern ausführt und mit Gesichtern, die fortwährend Dinge sagen, die man nur sagen sollte, wenn man einander sehr vertraut ist. Auch das hat Hermia Leinig im Westen lernen müssen: Vertrautheit kommt immer danach!

Vertraut gab sich auch der Mann, der in jedem zweiten Satz das Wort ‚Funk' gebrauchte. Mit Funk schien alles zu tun zu haben, was er dachte. Sein Flott-Stil belustigte Hermia Leinig. Mehr noch, was er in der Party-Nacht mindestens so oft sagte wie das Wort Funk. ‚Stimme' sagte er. Immer wieder ‚Stimme'. Und was für eine, wenn Hermia Leinig seinen Worten glauben sollte. Sie sollte sich bei der Rundfunkschule melden. „Ich kündige Sie an. Eine Wucht, Ihre Stimme!" Und weil der Tanz locker war, rhythmisch verrückt, und weil alles verrückt war, auch sie, die Stimme, ließ sie sich von ihm sagen: „Sie haben eine Stimme, mit der man schlafen möchte!"

Sie behielt das seltsame Kompliment im Ohr. Und die Adresse der Rundfunkschule im Kopf. Diesmal war es anders gekommen als üblich. Der Schwatzbursche von Funk und Fernsehen hatte nicht gesponnen. Er hatte auch keinen Vorschuß verlangt, den ihre Stimme nicht hätte geben können.

Der Mann in der Rundfunkschule, ein zipfelkerniger Greis mit einer seinem Posten geradezu Hohn sprechenden Schepperstimme, hatte sehr wohlwollend getan und gleich von einem wundervollen human-sound gesprochen, der so selten sei. Dabei hatte er von Atemschulung geredet und gleich demonstriert, daß die eigentliche Stimme das Zwerchfell sei. Seine knöchernen Hände hatten tastend unterhalb ihrer Brust gelegen, die sie lange schon von einem triumphierenden Top-Modell stützen ließ. „Ausgezeichnet", hatte der Mann gesagt. Sehr lange und sehr fühlend. Und er hatte wiederholt, was der andere, der Fürsprecher, ihm eingeredet haben mochte. „Mit so einer Stimme werden viele schlafengehen wollen."

Seit mehr als zehn Jahren tun sie es. Auch der Intendant möchte es. Dies ist sein Tag. Es muß ein Tag mit krönendem Abschluß werden. Er hat Einfluß. Er kann ihn ins Spiel bringen, als eine Art Weichmacher. Warum sollte diese Frau Einfluß nicht nutzen, wenn er sie mitnimmt auf seinen Weg, höher hinauf, zu ihm? Das mußte die Brücke sein, die sie betreten würde.

Gefechte, die man strategisch einleitet, führen leichter zum Sieg, wenn man Flankenschutz hat. Dieser kommt wie gerufen. Programmdirektor Holzer hatte schon am Eingang ins Funk-Kasino hinübergewunken zu dem Tisch, an dem er sitzen möchte. Beim Intendanten. Und bei dieser Weibsperson, von der Altherren wie von einem letzten Schicksalswink zu reden anfangen. Warum nicht auch Holzer. Am besten sofort.

Deshalb tritt er an den Tisch wie ein Verkünder besserer Zeiten. „Kinder, hab ich einen Durst auf allerlei!" Wer zum rechten Augenblick kommt, braucht nicht darüber nachzudenken, weshalb er willkommen ist. Der Intendant hat seine Schützenhilfe. Hermia Leinig ihren Aufschub. Sie weiß noch nicht, zu was. Aber sie genießt es, daß sich durch Holzer erst einmal Spaßgeschichten zwischen das Ungeklärte schieben.

Das breite Lachen des Programmdirektors und sein Schwall von Worten braucht Überbietung. Der Intendant nutzt seine Chance: „Kinder, das braucht Schampus. Am liebsten lila." Die Geberlaune ebnet ihm den Weg zu einer neuen Huldigung: „Wissen Sie, Frau Leinig, da hat Sie kürzlich jemand mit einem Orgelakkord verglichen. Ihre Stimme, natürlich." Holzer nickt unterstützend, und der Intendant strafft die Zügel seines Erwartungsgalopps: „Jener meint, wer Sie sprechen hört, könnte wieder beten lernen." Der Intendant faltet die Hände. Holzer folgt ihm. Beider Gesten wirken so jungenhaft, daß Hermia Leinig nach ihren Händen greift und sagt: „Versündigen Sie sich nicht, meine Herren!"

Das ist der zündende Funke. Alle drei prusten plötzlich laut in den Kasinoraum, daß die Gäste an den Nebentischen sich animiert fühlen. Der Funke wird Feuer, das sich allmählich ausbreitet. „Bitte, Sekt", sagt der Intendant. Er bringt das Wort hervor, als sei er an einer Oase angelangt.

Gerüchte, Erzählungen, Behauptungen, von angeblichen Augenzeugen verbreitet, wie auch von Leuten, die nie dabei waren, haben aus der Intendantenrunde im Funk-Kasino, die unmerklich größer wurde, unbemerkt auch vom Intendanten, eine Rauschparty werden lassen, bei der Sekt und Sünde kübelweise ausgegossen worden sein sollen. Sicher ist, wenn auch bis auf den heutigen Tag unbewiesen, daß der Intendant (oder einer seiner loyalen Mitarbeiter!) in der Ausgelassenheit von den Plänen über die Zukunft der „Hansa-Studios" geplaudert haben muß. Ausführlicher, als es im Trubel aufgefallen sein kann.

Der Intendant hatte die Kühlvitrinen des Funk-Kasinos räumen lassen. Für jeden seiner Tischgäste Karbonaden, Frikadellen, Schinken in Aspik, grünen Aal, Bratheringe – soweit der Vorrat reichte. Und Sekt. Soviel Sekt, daß noch vor Mitternacht ein süßlich-saurer Geruch den von einer Zieharmonikawand abgegrenzten Raum erfüllte. Und den Dunst von Menschen. Ein Findiger, der sich überall dort findet, wo die Ufer sich weiten, hatte eine Stereoanlage aufgestellt. Bald tanzten sie, ungewohnt und auch verboten im Funk-Kasino.

Aber der Intendant ist der Hausherr. Er kann alles, wie er künftig noch mehr können wird. Höhepunkt in dieser Nacht ist für ihn und für Hermia Leinig, die sich in der Fröhlichkeit gelöst hat, schon ein wenig beschwipst, ein Twist, den sie in klatschender Runde vorführen. Der Intendant, unbeholfen in seinen Bewegungen, aber selig in der Rolle des auserwählten Mannes, tapfer kreisend um die Frau herum, die der Verheißung ihrer Stimme eine Erklärung ihrer Figur hinzufügt. Wie in ekstatischer Entrücktheit schlagen alle in die Hände.

Es glitzert überall. In den Gläsern, in den Sinnen, in den Wunschbildern. Auch der Intendant glaubt, daß diese schöne Nacht in einem Glitzern von Sternen enden wird, worin der schönste Augenblick sein wird, wenn er ‚seiner Stimme' allein zuhören kann, wenn der wärmste Akkord in ihm, mit ihr, durch sie verströmt.

Alles, was zu Paschawonnen gehört: Zeugenschaft, beifällige Blikke, sicher auch Neid, sind in diesem Moment vorhanden. Sogar ein Fotograf, der die traumhaft schöne Szene festhält. Es kommt niemand in den Sinn, daß gewisse Szenen in der Ausschließlichkeit bleiben müssen, wenn sie nicht nachträglich zu Mißbrauch verwendet oder gar in den Schmutz getreten werden sollen. Auch der Intendant bleibt arglos, trotzdem es vor seinen Augen warnend blitzt. Im Gegenteil; er spürt jetzt tänzerische Lust, winkelt die Arme an, läßt die Füße auftippen wie im Stepp. Seine Hände stützen die Hüfte, die sich im Takte wiegend bewegt. Er hat die Hand ergriffen, die ihn leiten und lenken soll. Wenn es geht, ein Leben lang, mit immer gleicher Verheißung, ebenso anregend wie die Stimme, die nicht im Ohr endet. Viel tiefer.

Eine lange Nacht. Eine schöne Nacht. Für den Intendanten, für seine Partnerin, für die vielen liebenswürdigen Gäste. Manche Feste enden erst im Nachsummen der Lieder. Vielleicht Tage danach. In der Erinnerung nie. Andere enden im Hauch des kalten Morgens, oder im Neid der Erfolglosigkeit. Wenige enden auch in der Konfrontation mit der Wirklichkeit, die ihren eigenen Sinn für das Ende eines Vergnügens hat. Wollte man sich einen Boten vorstellen, einen Überbringer von Nachrichten, guten oder schlechten, so wäre dieses Bild zutreffend: Ein Mann der Lose, ein Diener Fortunas oder ein Hiob, selber unbedacht von beiden Gaben, schlicht und verzichtend in deren Auftrag, betritt die Bühne und verkündet einen Haupttreffer. Er betrifft den Intendanten. Gewonnen?

Der Mann ist nicht bucklig, weil alle Welt sich einen Zeitungsträger so vorstellt. Er hat keinen Buckel, lediglich die Gestautheit eines zu kurz geratenen Körpers, gnomhaft in kompakten Muskeln, die sich nicht im Strecken geweitet, sondern zur Mitte hin verbündelt haben. Der gedrungene Brustkorb gibt der Stimme keine Entfaltung. Sie bröckelt Worte hervor. Das ist eine Zirkusnummer. Nie dagewesen. Hier im Funk, im Funk-Kasino, verkündet einer mit der Unbeteiligtheit, wie Budenbesitzer sie hervorkehren, Schießbudenmanager: Einmal schießen, der Herr, mal ins Schwarze treffen, die Dame?

Selten wird einer so sehr ins Schwarze treffen, wie dieser ‚Nachtpost'-Verkäufer: „Liebesehe zwischen Konzern und Rundfunk! Bricht eine neue Ära des Fernsehens an?" Das Bandgerät läßt noch einen Schlager hervorquellen, aber die Musik geht an den Ohren vorbei. Das Prosten hat nachgelassen. Es ist, als gingen die Lichter aus.

Hermia Leinig glättet ihren Rock, den sie in dem ausgelassenen Tanz ein wenig hochgezogen hatte. Der Intendant geht auf den Zeitungszwerg zu, wie auf einen Stier, der zustoßen könnte. Aber der Mann hält seine ‚Nachtpost' hin wie eine Erbauungsschrift. Er will nur das Geld.

Der Intendant hält die Aufmachung der ‚Nachtpost' in Augenhöhe vor sich. Jetzt trifft ihn doch ein Stierstoß. Er sieht das Foto, das ihn zeigt. Und die Frau, die seligmachende Stimme, wie in Hingebung vor ihm, der den Tanz nur mit eckigem Bewegungen andeuten kann. Wie schön wäre es, gäbe es nur diesen Tanz, der ihn hervorhebt. Aber es gibt noch Text, der Verrat ist, Preisgabe einer Sache, die ihn teuer zu stehen kommen wird. Morgen schon. In ein paar Stunden, wenn der Tag ganz hell geworden ist. Dem Intendanten erscheint im Unterbewußtsein das Morgenrot der Schill'schen Offiziere. Nein, er will nicht sterben. Nicht jetzt, wo sein Stern aufgehen soll.

Aber, der Höhenflug ist fort. Der Intendant findet sich nicht im Sternenerguß wieder, sondern tief unten in kreatürlicher Angst. Jetzt möchte er ein Stier sein, der zustößt, gegen den Mann vor ihm, um den Gnom in den Boden zu bohren. Bevor er zu rasen beginnt, begreift er, daß den Unglücksboten keine Schuld trifft. Der ist nur das Werkzeug des Bösen, das hier, hier im Funk-Kasino, seine Brutstätte hat. Wer hat ihn verraten? Das soll das heftige Klatschen des Intendanten auf die druckfrische Dreckschleuder der ‚Nachtpost' hervorbringen. Aber auch bedrucktes Papier ist geduldig.

Es antwortet nicht auf den Schrei: „Wer hat das getan? Wer hat diese kleine private Feier mißbraucht?" Der Intendant, allein und entblößt, wie nur Getäuschte es sein können, muß sich hüten, nicht nachzugeben, nicht abzugleiten in Wehleidigkeit, vor der standhafter noch sein Schmerz steht, damit keine Tränen kommen, erlösende Tränen. Es ist dem Intendanten auf diesem Golgatha seiner Hoffnungen nicht gegeben, in das stumme Leiden und Ertragen zu flüchten. Seine Stimme überschlägt sich. Der Zorn bricht kreischend hervor: „Wer mir das angetan hat, wird dafür büßen. Das schwöre ich!"

Er sieht Hermia Leinig nicht. Er hört nicht, was Holzer ihm sagt, der neben ihn getreten ist, um ihm beizustehen. Wie durch einen Schleier, der nur Mißgunst und Schadenfreude zu erkennen gibt, sieht er auf eine feindliche Mitwelt. So bitter, als hätte ihm einer einen Becher Schierling gereicht, stößt der Intendant hervor: „Nie wieder werde ich meinen Fuß in diesen verräterischen Laden setzen. Nie wieder!"

* * * * *

20

Morgen-Konferenz:

Der Kommunal-Reporter Arnim Zimperling könnte Spoerl angeregt haben. Er gehört zu den Konfirmanden-Typen, die auch mit Fünfzig so aussehen. Er hastet durch die Tür zum Konferenzraum, erfüllt von einer Neuigkeit, die bald heraus muß, wenn sich ihm die Haare nicht wirklich sträuben sollen. Die Kollegen bemerken es nicht. Zimperling kommt immer herein wie ein Mitschüler, der einen neuen Streich verkünden will. Nachher war es ein alter Hut.

Diesmal geht Zimperling nicht, wie es sonst seine Art ist, tiefer in den saalartigen Raum hinein, wie es alle tun, die zur einfachen Garnitur gehören. Er bleibt vorne, gleich neben der Tür, stehen. So wird er im Blickfeld des Chefredakteurs sein. Hans Thomas ist noch nicht anwesend. Dieser liebt es, als letzter den Raum zu betreten. Die Aufmerksamkeit aller, eine Mischung von Ehrerbietung und stolzmachendem Bewußtsein, dazuzugehören, macht ihn ohnehin zum Ersten.

Die Prozedur ist täglich gleich. Hans Thomas steuert entschlossen auf den Platz von Schlubach zu, der die Sparte „Personal-Nachrichten“ bearbeitet. Thomas bevorzugt den Platz, weil der Stuhl Schlubachs an einer Wand steht. Der Chefredakteur braucht das Gefühl, den Rücken frei zu haben. Die Redakteure sitzen in einem Halbkreis um ihn herum. Rang und Würden werden nach hinten geringer.

Hans Thomas eröffnet die Konferenz mit der verbrauchten Frage: „Was gibt es, meine Herren?“ Die Frage ist deshalb so hülsenleer, weil alle zusammenkommen, um Neuigkeiten anzubieten, oder doch so zu tun, als sei Neues vorhanden. Selbst ein Müllgrubenbrand könnte es sein. Brandneu!

Für den Reporter Zimperling ist alles, was heute als neu angeboten werden könnte, nichtssagend. Darum läßt er alle Zurückhaltung von sich abgleiten. Er kann sie nicht halten. Es quält ihn wie Harndrang, so sehr, daß er von einem Bein auf das andere wechselt. Er wartet nicht darauf, worauf in aberhundert Konferenzen noch keiner nicht gewartet hätte, daß der Stellvertreter Harmfried Meineider, der leeren Frage des Chefs mit einer noch leereren Antwort begegnet: „Der Eiffelturm steht noch!“

Es ist Schlimmeres geschehen. Daran kommt in dem Reporter Zimperling kein Zweifel auf. Als habe er Attentate auf die Großen der Welt mitzuteilen, ruft er in den Raum: „Ich habe einen Grundstücksskandal!“ Es ist merkwürdig: Er hätte ebenso gut sagen können: „Sie sind abgesetzt, Herr Thomas. Der neue Chefredakteur bin ich!“ Die Konferenzrunde reagiert kaum oder eher so, als sei einem ein Mißgeschick passiert. Hätte einer die Internationale angestimmt, hätte es Lachen oder Entrüstung gegeben, je nachdem, welche der politischen Gruppierungen größere Geistesgegenwart bewiesen hätte.

Nichts! Peinliches Schweigen? Das wäre zu viel gesagt. Durch den Raum geht ein Raunen. Es gibt Gesichter, auf denen Nachsicht zu erkennen ist. Reporter Zimperling hat schon öfters einen Stichling für einen Hecht angeboten.

Sein Glück ist, daß sich im Gesicht von Hans Thomas keine Färbung zeigt. Sie wäre einem Nero-Daumen gleichzusetzen. Stattdessen sucht der Chefredakteur Beistand bei Meineider. Er tut es mit verkrausten Lippen und einem kurzen Nicken, das anzeigt, der Stellvertreter solle beginnen, die „Latte“ abzulesen, worunter die Vorschlagsliste der Tagesthemen zu verstehen ist.

Zimperling ist nicht bereit, diesen, seinen Auftritt, ungenutzt vorübergehen zu lassen. Er ist überzeugt davon, einen dicken Fisch im Korb zu haben. Man wird ihn anhören müssen. Deshalb wiederholt er: „Wir haben einen Baulandskandal!“

Nur dieses Wort „Baulandskandal“ verschafft ihm augenblicksweise Aufmerksamkeit. Das Wort hat „Bums“, es weckt Assoziationen zu einem Millionending, das in Bremen einen neuen Roland gemacht hat. Einer will den Unterschied in der Zimperlingschen Aussage sofort geklärt wissen. Ohne auf eine Zustimmung von Thomas zu warten, fragt er inquisitorisch: „Was denn nun: Grundstücks- oder Baulandskandal? Ist doch wohl ein Unterschied, oder?“ Der Frager unterläßt es, zu begründen, warum das ein Unterschied sein sollte. In dieser Stadt gibt es Quadratmeterpreise von mehr als Tausend Mark pro einem.

Die Konferenzrunde ist unschlüssig. Selbst Hans Thomas will nicht mehr mit einer Handbewegung darüber hingehen. Das Zeichen, das er Meineider gibt, soll sagen: „Was will der Kerl? Soll sich doch deutlicher ausdrücken.“ Chefredakteur Thomas richtet ungern selber eine Frage an einen, dem er etwas sagen will. Es ist eine eingespielte Sache zwischen ihm und Meineider, daß dieser fragt, wunschgenau, sogar mit der Akzentuierung, die Hans Thomas Eigenart ist: „Nun lassen Sie den Bären schon aus dem Käfig. Wollen mal sehen, ob der was anderes will als Honig schlecken!“

Honigschlecken! Das ist Ansporn für den Kommunal-Reporter

Zimperling. Wie Honigschlecken soll es den anderen vorkommen, wenn sie erfahren, welche Kontakte er hat, was für Beziehungen. Daran, daß die meisten nach einer Zigarette greifen, erkennt er, daß die Spannung wächst. Sie wollen ihn hören. Zimperling vermeidet es, auf Hans Thomas zu blicken. Er strafft seine Burschenfigur und sagt mit bannender Festigkeit: „Ich habe Informationen aus der Fraktionsgeschäftsstelle. Sie sind zuverlässig!"

Jetzt mischt sich Brotmacher, der Innenpolitiker, ein, den Hans Thomas nicht unterbrechen würde: „Welche Fraktion?"

„Die Regierungsfraktion!" antwortet Zimperling aufgemuntert. Daß der politische Boß, den Bonn-Macher, wie sie ihn bewundernd nennen, die Frage an ihn richtet, gibt ihm Mut und Zutraulichkeit. Darum fährt er befreiter fort: „Meine Informanten sind daran interessiert, daß es an die große Glocke kommt. Der Wasser-Brand möchte ein Ding abschieben gegen den Pro-Paule!" Die Atmosphäre ist inzwischen so erfüllt von den Offenbarungen des Reporters Zimperling, daß selbst der kleine Schmelzer es wagt, vorzupreschen. Der kecke Rotschopf, der an Paprika erinnert, weil seine Röte mit seinem Temperament eine glückliche Ehe eingegangen ist, fragt mit der Narrenfreiheit eines Volontärs: „Was ist denn das: Wasser-Brand und Pro-Paule."

Solche Anfeuerungen mag Reporter Zimperling. Das ist seine Nummer. Wie katapultiert antwortet er: „Mein Gott, Schmelzer, Sie wissen auch gar nichts!" Zimperling genießt die Erwartung, mit der auch die routinierten Redakteure zu erkennen geben, daß sie mit den Spitznamen nichts anzufangen wissen. Wie auf dem Siegerpodest verkündet er: „Wasser-Brand, so nennen Sie den Fraktionsführer der Rathaus-Roten, weil er einige Jahre als Wasserwerksdirektor sein Parteischärflein gehütet hat. Und Pro-Paule ist der Konsumgenossenschaftsverbandschef. Die roten Einkaufszellen werden hierzulande „Pro" genannt. Draußen heißen sie Konsum. Pro-Paule war einige Jahre lang partei-delegierter Mitgeschäftsführer der Bau- und Wohnungskasse, die für Hochkredite an genossenschaftliche Bauträger zuständig ist. Er soll mit dem Grundstücksskandal zu tun haben."

Auffallend abrupt bricht der Redeschwall Zimperlings ab. Auch Volontär Schmelzer bringt keinen roten Piepser mehr hervor. Lokalchef Appenohr ist zu einem Zweikampf mit der Redaktions-Korona um die Domäne seines Ressorts, um das Lokale, angetreten. Wie einst als Schleiferchef auf der Schwedenschanze (Kadetten der Jahrgänge 43 bis 45 müssen sich erinnern) klemmen Zeige- und Ringfinger hinter dem linken Revers. Der Rundschädel ist vor Stroheim-Verbissenheit verfaltet wie ein schlaffer Luftballon:

„Ich habe Ihnen, Herr Zimperling, schon oft gesagt: Kommunalpolitische Nachrichten von Bedeutung sind keine Marktware. Sie sollten mit solchen Kenntnissen zunächst einmal zu mir kommen. Als Lokalchef . . . "

Nur das Wort „Marktware" kann bei Hans Thomas den Widerspruch geweckt haben. Sehr pointiert und unverkennbar gegen Lokalchef Appenohr gerichtet, nimmt er das Wort: „Lassen wir einmal außer acht, ob die Konferenz mit der Chefredaktion ein Markt ist, meine Herren, so scheint mir an der Geschichte des Herrn Zimperling soviel zu sein, daß wir sie anhören sollten!"

Den Augenblick für eine Schützenhilfe hält Bastel-Herbert für gekommen. Sie nennen den Aufriß-Redakteur so, weil er festlegt, was gebracht wird, in welchem Unfang, wie auffällig, ob hervorgehoben oder versteckt, ob deutlich gemacht oder weggeklemmt: Gefälligkeitsberichte, Protokoll-Notizen, Auszeichnungen, Jubiläen, Ehrungen, Verabschiedungen, gestorben . . .

Bastel-Herbert wittert eine starke Aufmachung für die Lokal-Ausgabe. Deshalb bläst er mit vollen Backen in das noch schwach glimmende Feuer. „Wieviel Millionen, Zimperling?" Ein spannungsgeladener Augenblick für die Konferenz. Zimperling spürt, daß seine Chance davon abhängt, wie sehr die Redaktion beeindruckt sein wird. Seine kleinen, formlosen Hände ballen sich. Er winkelt die Arme an wie zum Dauerlauf. „Mindestens zehn Millionen!" stößt er wie atemlos hervor und ergänzt in aufkeimender Sorge, die Summe könnte nicht beeindrucken: „Wahrscheinlich mehr!"

Er hört Lachen. Einer wiederholt mit geringschätziger Betonung die Summe: „Zehn Millionen! Daß ich nicht lache!" Ein weiterer gibt zu erkennen, daß ihm der Fisch zu klein ist: „Dachte ich es mir doch: Ein Bremer Brocken ist es nicht. Da ging es um ein paar hundert Millionen. Also, was soll's?"

Jetzt wird es ein paar trockene Schläge geben. Wortdoubletten, die kurz geschlagen, empfindliche Parteien treffen werden. Da sind sie! Der Innenpolitiker Brotmacher flappt sie mit fester, angenehm dunkler Stimme hervor: „Was scheren uns die Summen? Auf den Skandal selber kommt es an. Ein Skandal wird nicht dadurch weniger ein Skandal, daß das Geld, das in unrechte Kanäle gelangte, nicht als viel empfunden wird. Was ist viel? Die Pikanterie liegt doch darin, soweit ich es richtig sehe, daß Funktionäre der gleichen Couleur eine Privatfehde führen. Leidtragende sind wir. Und der Staat!"

Brotmacher läßt der Konferenz nur Sekunden Zeit, über die scheinbare Widersprüchlichkeit von „wir" und „Staat" nachzudenken. Er hebt den Schleier selbst. „Der Staat wird nicht seltener vergewaltigt als die Menschen, die in ihm leben. Der Staat an sich ist gut. Er hat Normen, die die Gesellschaftsgeschichte als Erfahrungswerte gesetzt hat. Es liegt an den Parteien, ob der Staat als Gefäß einer Gemeinschaft leck ist, oder ob in ihm das Gemeinsame für das Gemeinwohl erhalten bleibt!"

Das ist schlicht und global zugleich. Es muß genügen, den Auftrag einer Zeitung zu legitimieren: zu berichten, was gut ist – und was schlecht ist!

Obwohl Brotmacher alles gesagt hat, möchte Zimperling für jedermann fest verankern, wie nahe er einer Ebenbürtigkeit mit dem Innenpolitiker gekommen ist. Mit seiner hohen Stimme verkündet er, was dem Faß den Boden ausschlagen soll:

„Gerade eben erst hat der Pro-Paule in seiner Antrittsrede als neugewählter Landesparteichef versprochen, der Staat werde auf dem Bau- und Grundstückssektor die soziale Gerechtigkeit wieder herstellen. Notfalls im Wege seines gesetzlich verankerten Vorkaufsrechts. Kaum gesagt, platzt die Bombe. Und es kommt heraus, daß eben dieser Staat . . . "

Zimperling fürchtet, daß ihm die Knie knicken könnten, weil ihm Brotmachers Worte einfallen. Deshalb verbessert er: „ . . . vielmehr die ihn tragenden Parteien, sich mit dem Verkauf fiskalischer Grundstücke an private Bauinteressenten Millionen in die Taschen gesteckt haben. Das ist Skandal, der sich mit Bremen messen kann!"

Den letzten Satz hat Zimperling herausgeschrien. Bei Bastel-Herbert hat es gezündet. Er macht den von Frohlocken erfüllten Ausspruch: „Wir machen damit auf!" Das ist auch die Meinung der Konferenz. Zum überwiegenden Teil. Was soll es da schon geben?

„Aber Kinder, das ist doch lokaler Quatsch!" Der Einwurf kommt von Harmfried Meineider. Wie denn: „Kinder" und „Quatsch"? Das ist doch wie Entsichern, wie Bolzen einlegen. Wer den Stellvertreter kennt, weiß, daß jetzt scharf geschossen wird. Das ist Gegenangriff. Der Sturm auf die pressefreiheitliche Bastille wird nicht stattfinden. Alle spüren es. Auch Chefredakteur Hans Thomas, dessen Domäne die große Politik ist, Weltpolitik, die er verfolgt, wie der Meteorologe die Großwetterlage. Thomas weiß, wann ihre Fronten in Bewegung geraten.

Für Hausgemachtes ist Meineider, sein Stellvertreter, zuständig.

Wie hausgemacht das Ende dieses Themas sein wird, ahnt die Konferenz nicht. Sie erlebt ein Engagement ihres Stellvertreters, das ihr geheimnisvoll bleiben wird. Der Satz mit „Quatsch“ hat auf die Redaktion gewirkt, wie wenn ein Mann in einem Orchester ein falsches Solo anstimmt. Die Grundmelodie ist zerrissen. Aber es erklingt jetzt nicht etwa ein schwerfälliges Stück von tragendem Gehalt. Im Gegenteil: Meineider hat sich erhoben.

Da steht der kleine, fast kahlköpfige Mann, ohne Jackett, den Hosenbund unter der Rundung des Bauches. Die Manschetten seines Hemdes sind nach Redaktionsart zweimal umgeschlagen. Sie stehen wie Stulpen ab. Sein Gesicht, ein wenig doggenfaltig, ist freundlich verzogen, als brächte er einen Glückwunsch aus. Die Augen blitzen. „Zimperling hat recht. Das ist ein Skandal. Aber, Kinder, sind wir eine Skandalzeitung? Mit sowas soll sich das Straßenblatt befassen. Hab' ich recht, Herr Thomas?“

O ja, das vergißt Meineider nie. Durch eine solche Frage delegiert er zum Schein den Vorsitz dorthin, wohin er gehört. Aber er gibt ihn nicht ab. „Kinder, in der Zurückhaltung liegt größere Wirkung. Wir brauchen die Sache. Ein wenig mehr als eine Meldung. Nicht mehr. Aufmachen? Ich bitte euch, Kinder. Nicht das!“

Keiner achtet auf das Augenduell, das zwischen Lokalchef Appenohr und Meineider ausgetragen wird. Hinter Appenohrs Gesicht steht eine Wut, die wie ein Schrapnell wirken würde, könnte sie sich entladen. Meineider kennt das. Es ist nicht das erstemal, daß er den Einschub eines Rohrkrepierers verhindert.

Der Konferenz gibt er zu überlegen: „Bedenkt doch, Kinder, wenn das Millionending ganz legal gelaufen ist, nach dem Buchstaben des Gesetzes, wenn wohl auch nicht nach der Moral. Aber Recht und Moral, Kinder, das ist älter als die Pilatusgeschichte. Und wir langen dahin und greifen in die Nesseln, nur weil der Partei-Klüngel unter sich keilen will. Der Wasser-Brand gegen den Pro-Paule!“

Meineider lacht so herzgewinnend wie auf dem Betriebsfest. Und er steckt an. Alle lachen. Was soll's auch, dieser Partei-Boß-Krieg. Sollen sie sich doch selber umbringen. Ohne uns! Vergessen sind Recht und Unrecht, abgetan die immer quälende Gewißheit, daß die Rathaus-Roten durchsetzen, was sie erreichen wollen, legal und – wie hier – illegal. Die Gesichter haben sich entspannt. Appenohr hat den Raum verlassen. Harmfried Meineider sagt noch ein paar Mal „Kinder“ und steht so vertrauenerweckend im Raum wie ein Mann, der sich eines geregelten Stoffwechsels erfreut. Kopf, Hemd und Hose sind eine zufriedene Einheit.

Nur wenige werden erfahren, daß Meineider seiner guten Nase ein kräftiges inneres Dankeschön gesagt hat. Sein sechster Sinn, das Gespür für Ja oder Nein, für Sporen, die man gibt oder abschnallt, hat ihn wieder einmal nicht im Stich gelassen. Er roch förmlich, daß da ein Stoff hoch kam, der nicht mit einer einzigen Veröffentlichung verpulvert werden durfte. Die Leute würden doch nur zwischen Lesen und Morgenkaffee daran kauen, verärgert, angewidert, vielleicht sogar ein wenig bluttreibend bis zum Zorn, aber der Kaffee würde ihn herunterspülen. Leser vergessen.

Das Thema „Bauland-Skandal" ist ein Langzeitzünder, dessen Brisanz wachsen wird, bis die volle Munition abgefeuert werden kann.

Es gibt nur wenige Kenner der Konzernpolitik, Vertraute des Managements, die in Absichten eingeweiht sind, die zu größeren Zielen führen sollen. Meineider gehört zu ihnen. Er wird eine Aktennotiz nach ‚oben' geben. Und er wird Dr. Carell Holm anrufen, den Starschreiber des Hauses. Er wird ihn auf das Thema aufmerksam machen und ihm empfehlen, den Stoff zu sammeln. In anderen Blättern wird auch nicht mehr gebracht werden als eine Meldung. Was sonst noch auf dem Markt ist, ist parteigefällig. Es bliebe noch das Straßenblatt im eigenen Hause. Aber gerade dort würde der Stoff als Skandal aufgemacht und emotional angestachelt am schnellsten verpuffen. Das haben die Marktforscher ermittelt. Das geht wie mit Karnevalbonbons. Alle grabschen danach, nur wenige lutschen sie. Gefärbtes Zeug.

Da ist Meineiders Reaktion besser. Er dient der Konzernpolitik nachhaltiger. Er ist unterrichtet, weiß von dem Konzernplan, eine Serie abschußbereit zu halten, die unter dem Rubrum „Die Männer der ersten Stunde!" auch das Stichwort „Vetternwirtschaft" aufbereitet. Der offizielle Titel soll lauten: „Macht in schwachen Händen". Eine Untersuchung über die Ämterkumpelei in der Sozialdemokratischen Partei. Meineider weiß, daß die Recherchen äußerst pikante Einzelheiten zutage gefördert haben. Sie bergen Bloßstellungen bis in die Parteispitze. Und wenn Dr. Carell Holm sie verwertet, wird der Zorn im Lande zu einer Kettenreaktion, zumal, wenn die „Asservaten"-Geschichte eine große Rolle spielen wird.

Dr. Carell Holm ist der richtige Mann. Der einzige, der sowas kann. Seine Serien über die Kriegsschlachten haben den überlebenden Landsern frischen Lebensmut gegeben. Ihr blinder Beifall füllt eine Kette von Ordnern im Keller des Stadtrand-Bungalows.

Dr. Carell Holm kann scheiden und abscheiden. Und sich selber schnell entscheiden. Wenn es darauf ankommt, kann Holm eine Serie in wenigen Tagen auf die Beine stellen. Wie beim Gründgens-Tod. Oder bei dem vom Sexy-Giese. Über Leute wie Kortner kann er nicht. Das ist ihm peinlich: „War nie mein Lager!"

Welches denn? Das leise Lächeln zieht einen Wulst auf die Oberlippe von Harmfried Meineider. Es war aber auch komisch. Und kaum niemanden konnte man davon erzählen: Dr. Carell Holm gibt "aus Dankbarkeit für treue Schreibererlaubnis" in jedem Jahr ein ländliches Sommerfest. Da kommen sie angeschaiselt in ihren Autos. Ein ausgesuchter Kreis. Viele von der alten Berliner Garde. Auch Konzernsyndikus Farning ist darunter. Hoch geht's her. Und einer hatte mal eine Bombenidee. Er stimmte das rheinische Trinklustlied an: „Trinken wir noch ein Tröpfchen, trinken wir noch ein Tröpfchen . . . " Und eigentlich soll es weitergehen mit: „ . . . aus dem alten Henkelpöttchen . . . ". So mag das Wort Henkell (mit zwei l, bitte!) die auslösende Assoziation gewesen sein. Aber wahrscheinlich Erinnerungen: „Trinken wir noch ein Tröpfchen, von dem alten Rippentröpchen . . . " Dr. Carell Holm und Rippentrop?

Nur einen Schlucker lang drohte der Ahnherr der getreuen Runde den Sekt zu verderben. Dann siegte die moussierende Freude und die schöne Erinnerung. Die Gäste drummten wie lehrerlose Schulbuben den Takt zu dem köstlichen „ . . . Rippentröpchen . . . ".

Der Starschreiber Dr. Carell Holm hält sich sonst sehr zurück. In den Redaktionen des Konzerns wird man ihm persönlich kaum begegnen. Verhandlungen über Honorare, Vorlagetermine, Empfänge läßt er von seiner rechten Hand erledigen, einer resoluten, körperlich kraftvollen Frau, die im Rufe steht, eines der bestsortierten Archive zu führen, mit Daten und Belegen, die die Entnazifizierung in Deutschland gerechter hätten enden lassen.

Seit damals ist es Dr. Carell Holm gewohnt, nichts zu schreiben, was auf die Gewissenswaage gehört. Die Gewichte lassen sich verschieben, ohne daß Gesagtes federleicht sein muß. Zunächst ist wichtig, daß Glaube, Liebe, Hoffnung aus ein und demselben Kitt sind und daß Schicksale, Lebensbemühungen und Weltanschauungen nicht auf festen Bewertungen beruhen. Sie sind auswechselbare Sentimentalitäten, gut genug, Gefühle zu wecken, Leidenschaften anzuheizen. Für Geld. Für viel Geld.

Solchem Sinnen hat sich Harmfried Meineider hingeben können, während die Redaktionskonferenz sich auflöste. Da sind noch Hinwendungen nach rechts und links. Manch einer will noch einen Tip anbringen, den vorzubringen er in der Konferenz nicht gewagt hat. Aus Unsicherheit, aus Angst, verlacht zu werden. Oder aus kalkuliertem Vorteilsdenken. Die spätere Anregung, an einen der Wichtigen weitergegeben, könnte zu einer Anerkennung führen, von der es heißt: „Das ist von ihm, er hat es vorgeschlagen."

Chefredakteur Hans Thomas wird von wenigen gestellt. Wenn das letzte Thema abgehakt worden ist, erhebt er sich mit der Bemerkung: „Das wär's" und hastet hinaus. Mit vorgeschobener rechter Schulter. Den Blick nach unten, unter finsteren Augenbrauen. Der „große Hans" hat menschenscheue Ausstrahlung.

Nicht so sein Stellvertreter Harmfried Meineider. Ihn hat die Skandalgeschichte des Kommunal-Reporters Arnim Zimperling ein gutes Los ziehen lassen. Keinen Haupttreffer, aber mehr als einen Trostpreis. Er wird mehr daraus machen.

Für heute wird Meineider, wie an jedem Tag, seine Lieblingstätigkeit ausüben, seine Rolle als „Bonbonverkäufer". Das ist die Verteilung von Kitzelmeldungen – das Wort sagt es –, sollen den Leser kitzeln, seine Phantasie. Sie sollen sein Selbstgefühl heben, sein Statusdenken stärken. Der Kitzel geht oft bis in die erogenen Zonen. Ein Beispiel: „Ehen und Essen." Dieser Meldung zufolge hat eine Umfrage einer landwirtschaftlichen Absatzorganisation in städtischen Haushalten ergeben: Der regelmäßige Verzehr von Vollkraft-Sellerie aus den Hadelner Marschen hat zu einer größeren Zufriedenheit geführt.

Die Wirtschaftsredaktion ist froh, daß Meineider ihr die Meldung abnimmt. „Die muß auf Seite eins!" „Sellerie", sagte er den Redakteuren der Zentralredaktion, „regt jeden an!" Sie lachen zustimmend. Meineider lacht mit. Das bringt mehr Spaß als ein „Baulandskandal".

* * * * *

21

Konzernsyndikus Farning sichtet Aktennotizen. Die Sekretärin hat Anweisung, in der nächsten Stunde keine Anrufe durchzustellen. Nur das „Übliche". Das ist der Verleger, das sind einige leitende Herren des Konzerns und Personen, die als „nicht abweisen" geführt werden. Die Sekretärin weiß Bescheid.

Der kleine Panzerschrank steht offen. Die Papiere aus der Mappe mit der Aufschrift „Material" liegen ausgebreitet auf dem Schreibtisch. Auf den Blättern sind mehrere Zeilen rot unterstrichen. Es sind Aufzeichnungen, die mit dem Kennwort „Television" versehen sind. Seit Farning Konzernbeauftragter für Medien-Fragen ist, nehmen ihn die Arbeiten für die Erlangung von Informationen aus dem Bereich der Massenmedien jeden Tag mehr in Anspruch. Er muß in letzter Zeit juristische Routinesachen und selbst fundierte Rechtstitel seinen Assistenten überlassen. Sein geheimer Kummer ist es, daß bis jetzt noch nichts unter dem Material ist, das nicht allgemein zugänglich gewesen wäre. Dabei hat Farning gründlich vorgearbeitet. Er hat Fäden gezogen und Netze geknüpft. Sie sind engmaschiger geworden. Aber der große Tip ist bisher ausgeblieben. Zweckdienliche Hinweise erwartet er aus Kreisen der Industrie, aus Ateliers der Fernsehproduktionen, aus den Studios der Fernsehanstalten. Und aus ministeriellen Kanzleien. Der Draht nach Bonn ist mit einem besonders guten Mann besetzt. Aus einem Sonderfonds des Konzerns steht dem Syndikus Geld für Honorare zur Verfügung.

Der Summer seines Telefons geht. Farning erscheint es, als leuchte das Kontrollämpchen hastiger. Die Störung kommt ihm nicht ungelegen. Das Sichten der Dossiers hat ihn mit Unbehagen erfüllt. Er drückt den unruhig flackernden Knopf. „Farning!" Er dehnt die Konsonanten seines Namens, so daß es sich anhört wie eine Lokkung. Zwei oder drei Schnaufer überbrücken das Hinhören. „Wer, bitte . . . ach ja, danke!" Ein tiefer Atemzug: „Doktor Schweinowski, wie nett!" Die Hand greift nach der Sperrtaste, so heftig, als drohe Gefahr. „Wie bitte? Aber nein, keine Sorge, es kann niemand mithören. Sitzt'n Hintern darauf!" Merkwürdig: War das nicht die Schnellparole für abhörgesicherte Gespräche? „Sitzt'n Hintern darauf!" Wann war das? Und wo?

„Was kann ich für Sie tun? Sie für mich? Wichtig?" Farning spürt nicht, daß er die Füße gegen den Boden stemmt, als müsse er sich davon abdrücken. Die Gesäßmuskeln sind hart. Er hat den massiven

Glaskubus ergriffen, der vor ihm steht. Unbewußt knetet er den Tischschmuck. „Ich bin ganz Ihrer Meinung, Doktor Schweinowski, nicht hier, nicht im Konzern. Wo? Einverstanden, in Schusters Opernkeller. Wann? Sie wollen noch heute nach Kiel zurück? Also gut!“ Farning läßt den Blick durch das Zimmer wandern. Er sucht eine Uhr. Die an seinem Arm fällt ihm nicht ein, weil er noch immer den Glaswürfel umklammert hält. „Sagen Sie, Doktor, eine Frage: Geht es um, ich meine, darf ich auf eine Information rechnen . . . ?“ Er unterbricht sich selbst mit einem Lachen, das ihn vor sich selber schützen soll. Es endet in einem staunenden Ausruf: „Das ist ja phantastisch, Schweini!“ „Schweini“ – eine seltsame Vertraulichkeit.

Farning hatte sie schon bereut, bevor das Kontrollämpchen an seinem Telefon erloschen war. Die für Dr. Schweinowski nicht schmeichelnde Verstümmelung seines Namens war uralt. Sie stammte aus lockeren Karrierezeiten. Es war nicht die sich geradezu anbietende Abkürzung allein gewesen, die Farning damals im engeren Kollegenkreis zu dieser Namensgebung angeregt hatte und die, trotz heftiger Abwehr des Betroffenen, gebräuchlich wurde. Schweinowski hatte unter seinesgleichen nicht nur als äußerst anpassungsfähig gegolten. Er war anbiedernd bis zur Kriecherei, intrigant bis zur Konspiration gewesen. Im Kreise der jungen Referenten war er einer der wenigen, die ihren Doktor gemacht hatten, was andere vor lauter weltanschaulichem Engagement nicht mehr für nötig hielten. Man war ja „drin“ in einer verheißungsvollen Karriere.

Das Nachsinnen über Schweinowski und über die Gemeinsamkeiten in früheren Jahren bringt Farning wiederum ungute Empfindungen. Das Wort „Doktor“ war der Erreger. Farning hat keinen Grund. Den Leuten war es nicht beizubringen. Sie nennen ihn immer „Herr Doktor“. Es ist und bleibt eine Peinlichkeit. Die Bedeutung der Position als Konzernsyndikus müßte mit Selbstverständlichkeit einschließen, daß er promoviert hat. Aber ja, er hätte die Doktorarbeit machen können. Die Examensarbeiten waren immerhin mit „Gut“ bewertet worden. Aber dann kam das Angebot, die Stelle im Luftwaffenministerium. Wissenschaftlicher Hilfsarbeiter. Ein Sprungbrett . . . Und wie richtig hatte er gelegen. Er brauchte nicht lange zu warten, bis Freunde der „Cameralia selectiae“ ihn freieisten für das Sonderreferat „Fremdes Rechtsgut“ beim Reichsmarschall. Das war was. Was Subtiles. Eine kleine Klitterung zwischen Privatbesitz und dessen Aneignung in Zwangssituationen. Simpel ausgedrückt hatte das geheißen: „Hört ihr Juden und laßt euch sagen, eure Stunde hat geschlagen, gebt fein her, was ihr gekauft, so erhaltet ihr freien Lauf ... "

Das war 1936 gewesen. Farning hatte Verhandlungen zu führen, die eigentlich nur Monologe von seiner Seite waren, hinter verschlossener Tür, ohne richterlichen Beschluß. „Bereinigung im Vorwege" nannte sich das. Geld und Aktien. Grundstücke und Jagden, darum ging es. Und ordnungsgemäß ging es zu, jedenfalls, was die Rechtswirkung der Verträge anging. Sie beißen sich noch heute die Zähne aus an den juristischen Ausgeklügeltheiten der Dreißiger Jahre. Es gab die Verkäufe, Abtretungen, Überschreibungen, Schenkungen, und es gab das Geld. Wertgerecht. Für Kunst, Gemälde, Skulpturen und Kleinodien, besonders in Gold und Silber, Porzellan und Edelholz, war Dr. Schweinowski zuständig. Bewertungsgutachten waren seine Spezialität.

Sowas bindet die gemeinsamen Verfasser. Es ist darum nicht erstaunlich, daß die Juristengeneration von 07 bis Neunzehn unter dem Signum „Schuld und Sühne" gegenseitig Wiedergutmachung betreibt. Befreundete Fakultäten eingeschlossen. Die verlorengegangenen Domänen mußten wiedererlangt, gefestigt und ausgebaut werden. Zu keiner Zeit vorher haben juristische Berater so nahe an den Geldquellen gehockt.

Konzernsyndikus Farning fertigt handschriftlich eine Aktennotiz an: Anruf Dr. Rudolf Schweinowski, Mitglied des Rundfunk-Senderats. Informationsgespräch vereinbart ... Die Mappe „Materialien" wandert in den Panzerschrank.

* * * * *

22

Nichts hat sich geändert. Es wird sich auch nichts ändern. Die Atmosphäre im Funk-Kasino hält weiter ihren ganzjährigen Schaumarkt offen, mit ‚Hau-den-Lucas'-Kraftspielen und Spiegelverzerrungen von grotesker Fratzenhaftigkeit. Pressesprecher Rupert Berger blickt sich kaum mehr um. So wenig, wie Programmdirektor Holzer das tut, der neben ihm sitzt und mit genüßlicher Umständlichkeit ein Kotelett in kleine rhombische Stücke zerschneidet. Beide sind lange schon immun gegen die ‚Guck-doch-mal'-Verlockungen.

Der Pressesprecher kann alles, was sich hinter seinem Rücken abspielt, aus den Gesichtern seiner Tischpartner ablesen. Rechtsanwalt Kattenpot hat eine Portion gut marinierten Kartoffelsalats vor sich. Aber er kaut so kraftvoll, als wäre es Hartholz. Mit hochgezogenen Schultern sitzt er steif auf seinem Platz. Sein Gesicht ist geradeaus in den Kasinoraum gerichtet. Ihn scheint nicht zu interessieren, was da vor sich geht. Aber die Augen strafen ihn Lügen. Sie kreisen angestrengt. Die gleichgültige Miene und das beschwerliche Kauen sollen die Gespanntheit verbergen, die ihn so erfüllt, als stünde ein Striptease-Akt bevor.

Senator a. D. Kuchenkremer dagegen ist ganz offene Teilnahme. Er hat seine Schinkenwurst ohne Zögern in großen Stücken verzehrt, wobei er das Brötchen, wie eine Serviette kreisend, um den Mund führte. Nun sitzt er wie auf seiner Gartenbank. Die Oberschenkel gespreizt. Die rechte Hand auf der Bauchwölbung. Eine schwarze Zigarre schwingt kaum merklich wie ein Miniaturluftschiff zwischen den kurzen Fingern. Der Altsenator findet an nahezu jedem Vorgang im Funk-Kasino Gefallen. Mit kleinen Schlucken aus der Bierflasche steigert er seinen Genuß, den er sich mit ungeniertem Betrachten der Miniröcke schafft. Er braucht kein Bierglas und nicht mehr das, was unter den Röcken ist.

Am Nebentisch sitzt Dr. Rudolf Schweinowski. Nicht wie ein feindlicher Bruder, aber doch mit Vorbedacht. Um diese Zeit – es ist schon über dreizehn hinaus – müssen die beiden, am Vormittag verhindert gewesenen Senderatsmitglieder, die Herren Dipl.-Kaufmann Rolf Backfuß, Ahlefeld, altliberaler Freidemokrat, noch nicht koalitionsgierig mit den Roten, und der frühere Schweißer und jetzige Gewerkschaftssekretär Josef Machade, Flensburg, erscheinen. Schweinowski ist nur an Backfuß interessiert, der sich wegen einer Ausschußsitzung der von Rebellion durch die Jungdemokraten geschüttelten FDP entschuldigen ließ. Machade war zu vorsichtigem Fahren wegen Glatteis auf der Nord-Süd-Autobahn gezwungen worden.

Sie sind schon angekommen. Fast zu gleicher Zeit. Im Vorzimmer des Intendanten haben sie von der kleinen Sauer erfahren, daß sie ihre Ratskollegen bei einer Erfrischungspause im Funk-Kasino antreffen werden.

Dr. Schweinowski behält die Tür aufmerksam im Auge und gibt Rolf Backfuß bei dessen Eintritt einen Wink. Der Ahlefelder Werbekaufmann begrüßt die Herren am Nebentisch mit aufmunternden Bemerkungen. Volle Aufmerksamkeit findet er nur bei Berger und Holzer. Gernehart Kattenpot bewegt den Kopf unwillig, als störe ihn jemand beim Zählen. Senator Kuchenkremer dreht sich nur flüchtig um und pocht wie in seiner Stammkneipe auf die Tischplatte. Es stört ihn nicht, daß Gewerkschafts-Machade sich neben ihn setzt und im Grummelton fragt: „Ist doch auf Kosten vom Funk, nicht?“ Der Senator nickt zustimmend und greift nach seiner Flasche.

Der niedersächsische Kaufmann Backfuß hat einen längeren Händedruck mit dem Christvertreter getauscht. Die hinzugekommenen Ratsmitglieder wenden fast gleichzeitig suchend die Köpfe. Schweinowski weist seinen Tischgenossen mit dem Kinn in eine bestimmte Richtung. Da sitzt Professor Emilio Bonvivat im Gespräch mit dem Finanzdirektor des Funks. „Er hält Ausschau nach Erntehelfern“, sagt Schweinowski spöttisch. Und so, als sei Rolf Backfuß schon vollkommen im Bilde, ergänzt der Nordseedirektor: „Wenn da nur nicht der Hagel reinschlägt!“

Das Thema ist auf dem Tisch. Die Nachzügler erfahren in unterschiedlichen Versionen, wie weit die Vormittagssitzung gediehen ist. Schweinowski sagt bedeutungsvoll: „Wir sollen überrumpelt werden. Wir und die Rundfunkteilnehmer!“ Rolf Backfuß weiß aus einem vertraulichen Memorandum, das dem Rat unter Hinweis auf absolutes Stillschweigen von Professor Bonvivat zugegangen war, über was hier entschieden werden soll.

Gewerkschafts-Machade läßt es sich von Altsenator Kuchenkremer erläutern, der in gewohnter Funktionärstreue auf verlockende Bilder um sich her verzichtet, um seinen Parteifreund aufzuklären. Er macht es nicht schwungvoll, nicht aufwiegelnd, wie es Schweinowski mit immer neuen Einwürfen, wie: „Es wird böses Blut geben“ tut. Aber auch bei dem alten Sozialdemokraten bleiben Bedenken an der Oberfläche. Deshalb wiederholt er: „Das ist eine Sache, die auf höchster Parteiebene entschieden werden muß!“ Der Ausspruch hat ihn sichtlich erleichtert. Er sieht wieder zu, wie die Mädchen sich geben.

Viel Muße bleibt ihm nicht. Auch der Christvertreter Schweinowski kann nur noch eine Breitsalve seiner von jedem Kompromißdenken fernen Abwehr loslassen: „Diese rundfunkeigene Zeitung darf nicht kommen!“ Und unter mißmutigem Kopfschütteln ergänzt er: „Die Umschreibung ‚Ausbau der Informationsquellen für Rundfunkteilnehmer‘ soll nur vertuschen, daß die Sozis sich hier ein gewaltiges Sprachrohr in die Hand geben wollen!“ Rolf Backfuß findet die Zeit nicht mehr, zu antworten. Nach der Tonfolge eines Gongspiels, das einem Motiv aus dem ‚Präludium‘ folgt, kommt der Ausruf: Die Herren des Senderats bitte zur Intendanz!

Die Nachmittagssitzung beginnt schwungvoll. Professor Emilio Bonvivat hat sich gestärkt. Offenbar auch geistig. Er begrüßt Backfuß und Machade. Es hört sich an, als seien sie ohnehin mit allem einverstanden. Nur Dr. Schweinowski streift er mit einem Blick, der dazu auffordert, sich zu mäßigen. „Sie sind mit mir einig, daß es jetzt nicht mehr um die Frage geht, ob wir eine rundfunkeigene Zeitung haben müssen, sondern wie wir sie machen und wie wir sie an den Mann bringen!“ Die Taktik des Parteiprofessors ist zielgenau. Er ermuntert Rolf Backfuß zu einer Stellungnahme. Der Werbekaufmann antwortet wohlpräpariert mit einem Schnellfeuer von kommerziellen Argumenten. Er sagt nichts erkennbar Ablehnendes, was die Zeitungspläne betrifft. Aber er führt gewichtige Vorbehalte ins Feld, was den ‚Bedarf‘ angeht. Nachhaltiger widmet er sich dem Vertriebsproblem. Er weckt Zweifel und Unmut, als er über die Beliebtheit der bedeutenden Rundfunkzeitschriften auf dem freien Markt referiert. Nur Schweinowski nickt mit umdüstertem Blick seine Zustimmung. Dagegen beginnen Bonvivat und Berger mit dem Ausdruck äußersten Zweifels die Köpfe zu schütteln.

„Glauben Sie mir, meine Herren, glauben Sie einem in der Werbung versierten, aktiven Mann, der die Mediazahlen kennt. Sie sind hoch. Sie beruhen auf der modern-kreativen Machart dieser Blätter. Sie haben ‚Pep‘, wie man so sagt.“ Backfuß blickt erwartungsvoll in die Runde, als glaubte er, allein mit dem Pushwort ‚Pep‘ alle überzeugt zu haben. Die anderen aber, außer Schweinowski, der das Wort mit bejahendem Fingerzeig unterstreicht, halten die Köpfe gesenkt. Demokratische Höflichkeit verlangt von ihnen, daß sie zuhören, auch, wenn der Gegner spricht.

Werbekaufmann Backfuß will kein Gegner sein. Ihm liegt einfach am Herzen, zu sagen, was er als Fachmann sagen muß, um vor Illusionen zu warnen. „Auf vier Ebenen sind die guten Programmzeitschriften nahezu unübertrefflich", fährt er fort. „Einmal mit dem Kommentar!" – „Hört zu, hört zu", läßt sich Programmdirektor Holzer wie im Parlament vernehmen. „Die lassen doch kein gutes Haar an uns. Alles, was sie sagen, ist Besserwisserei. Als hätten die die Weisheit gepachtet!" Die gelungene Abwandlung des geläufigen Rufs in den Plenarsälen erfüllt Holzer mit Freude, die noch lange in seinem Gesicht stehen bleibt. „Gegen uns wird seit Jahren gehetzt", wirft der Intendant übellaunig ein, wofür er von Gewerkschafts-Machade unartikulierten Zuspruch bekommt. Das Wort ‚Hetze' ist für ihn immer eine Sache des gegnerischen Lagers.

„Gewiß, meine Herren, wir müssen dennoch die Tatsachen sehen. Ich nenne nach dem Kommentar die Lebenshilfe. Und . . . ", jetzt rafft Backfuß die Augenbrauen so ernst, als wollte er mit einer Anklage aufwarten. Es ist eine. „Wir haben es so gewollt, daß der große Eheberater und Familienpsychologe sowohl hier bei uns seine weltliche Seelsorge an den Mann bringt („beziehungsweise an die Frau", verbessert sich Backfuß), als auch in der auflagenstärksten Rundfunkzeitschrift. Dort zieht er unter einem Frauenpseudonym schon seit vielen Jahren die Hörermassen auf sich."

„Was hat das miteinander zu tun, Herr Backfuß?" fragt Bonvivat gereizt. Backfuß läßt sich provozieren. Mit Röte auf den Wangen reagiert er. „Von dieser verfehlten Good-will-Politik hier im Funk kann ich Ihnen viele Beispiele nennen. Ich darf nur auf die vielen Feature-Sendungen verweisen, die wir von Redakteuren des Konzerns gestalten lassen." Berger will eine Entgegnung machen, aber Backfuß wehrt beschwichtigend ab. „Ich will gar nicht daran rühren. Aber wie wollen wir bei den Hörern und Sehern Verständnis für das Problem der sogenannten Zeitungshetze, um die geht es hier doch wohl, finden, wenn sie als Konsumenten eine gewisse Eintracht in den Darbietungen beider Medien erkennen!"

Professor Bonvivat springt mit einer die Zeugen verblüffenden Behendigkeit auf. Im Raum ist nur noch Atmen zu hören. „Es geht um mehr, um viel mehr. Um Entscheidendes geht es, Herr Backfuß. Erlauben Sie mir, daß ich Sie unterbreche. Sie waren am Vormittag nicht dabei. Ich sage noch einmal, mit aller Entschiedenheit sage ich: „Wir müssen reinen Tisch machen. Wir brauchen die Zeitung, wenn wir uns behaupten wollen!" Der Parteigelehrte, dessen weißblondes Haar zu beiden Seiten seines langen Gesichts herabhängt, spricht wohl laut, aber ohne Anzeichen von Erzürntheit, ohne Pose, aber mit spürbarer Leidenschaft. Er fährt fort: „Wir haben ihre zu erwartende Wirkung mit Hilfe von Infratest-Versuchen vorausberechnen lassen und jedes Kalkül untersucht. Es besteht sogar ein großes Bedürfnis nach einer Zeitung, die nicht nur informiert, unterrichtet und korrigiert, die auch beweist, was richtig ist!"

Zu Backfuß gewendet, der sich nicht hingesetzt hat, spricht Bonvivat weiter. „Insofern haben Sie recht. Wir haben zu lange geduldet, daß diejenigen, die in unserem Medium ihre Begabung entfalten durften, dieses sie wärmende Nest beschmutzen. Aber das sind Emotionen, nichts Greifbares, Halbwahrheiten. Die Pläne des Konzerns, sich des Fernsehens zu bemächtigen, mit Hilfe des Zukunftsmarktes ‚Audiovision' unsere Gesellschaft in Schach zu halten, wie jetzt mit dem Boulevardblatt, mit der Radiorevue und dem als deutsche Times hochstapelnden Weltblatt, sind Wahrheiten, harte Wahrheiten. Wehren wir den Anfängen nicht, werden sie bittere Wirklichkeit sein!"

Allen ist das Verlangen nach frischer Luft anzumerken. Es droht in Unbehagen umzuschlagen, als Programmdirektor Reinhold Holzer ein weiteres Mal nach den Besucherzigarren greift. Erlösend setzt das Surren des Deckenventilators ein. Die Stimmung bessert sich. Mit gängigem Slogan heben die Herren die Gläser, die der Intendant in der kleinen Dunstpause gefüllt hat. Dr. Schweinowski lehnt ab.

Die zufällig, aber gut inszenierte Gelöstheit der Gruppe gibt Professor Bonvivat Gelegenheit, die entscheidende Formel wie beiläufig zu verkünden. Er schiebt sich mit der linken Seite auf die Schreibtischecke, so daß sein Oberkörper sich gelassen über das Standbein beugt.

Er unterstreicht die scheinbare Gelassenheit damit, daß er sein halbgefülltes Glas anregend schwenkt: „Jedem Rundfunkteilnehmer soll die Zeitung gratis und frei Haus geliefert werden!" Er läßt keinem der Anwesenden Zeit, sich von Vorstellungen über die enormen Kosten die Stirn verdunkeln zu lassen. Mit der Miene eines guten Onkels und mit unterstützender Armbewegung verkündet der Professor: „Das ist unser neuer Service. Noch mehr fürs Geld. Alles inbegriffen in den Funk- und Fernsehgebühren!"

Dem Werbefachmann Rolf Backfuß erscheint das so utopisch, so ganz und gar wirklichkeitsfremd, daß er lachend herausplatzt: „Mit Hubschrauber an jedem Fenster!"

„Sie irren, Herr Backfuß! Ganz schlicht durch die Post!" Bonvivat genießt seine prompte Erwiderung und ergänzt: „Die Post ist durch die Initiative meiner politischen Freunde bislang davor bewahrt worden, sich nach kommerziellen Grundsätzen vom Dienstleistungshunger unserer Gesellschaft auffressen zu lassen, so wenig wie sie bisher dem gierigen Verlangen nachgegeben hat, sich die Radiowellen aus der Hand reißen zu lassen. Die Post ist das Monopol der breiten Masse. Nicht die gemolkene Kuh einiger Großverdiener. Wir werden uns ihres breiten Fächers der Totalversorgung bedienen. Ganz legal, wie sie ja auch durch den Postboten die Gebührenquittungen überbringt."

„Unmöglich!" stoßen Backfuß und Schweinowski gleichzeitig hervor.

„Die Verhandlungen sind im vollen Gange", gibt Professor Bonvivat triumphierend preis. „Mit dem Gebühreneinzug die Lieferung der Zeitung!"

So enttäuscht, als habe man ihm eine Reise zum Mond in Aussicht gestellt, die er nie antreten wird, fragt Gewerkschafts-Machade: „Was denn, einmal im Monat?"

Hier muß Bonvivat schwindenden Elan stützen. Er fühlt, daß er das ganze Zeitungsunternehmen nicht in die Ferne einer gelegentlichen Darbietung geraten lassen darf. Aber er weiß auch, daß die Marschroute Behutsamkeit heißt, trotz des Frontalangriffs. Deshalb versucht er es in der Rolle eines Komplottiers. „Es soll doch nur so aussehen. Zunächst, verstehen Sie, meine Herren? Wenn wir die Zeitung, unsere Zeitung, wie einen Panzer auf die Menschen zurollen lassen, erschrecken sie doch. Die Konzernherren geraten in Panik. Da müssen wir mit Kurzschlußhandlungen rechnen. Nein, sage ich! Behutsamkeit ist unsere Parole!"

Mit einer Verstehen-Sie-richtig-Geste fährt Bonvivat fort: „Behalten wir unser Ziel im Auge. Wir erreichen es, wenn wir auf der Linie des Bielefelder Urteils bleiben. Also: eine Gebrauchsanweisung, eine Fibel, wenn Sie wollen, ein Service ganz neuer Art, mit viel rundfunktechnischen Anweisungen, besonders für Stereo- und Farbprogramme." Es sieht aus, als wenn der Professor seine eigenen Worte mit Genuß wiederkaut. Sein Mund drückt Wohlgeschmack aus. „Elegant verpackte Informationen, die sich wie Gebrauchsanweisungen geben, aber handfeste Nachrichten nach unserem Zuschnitt sind."

Emilio Bonvivat fühlt sich schon so sehr auf der Siegerstraße, daß er alles Weitere wie aus einem Kathederkonzept vorträgt: „Unsere Absichten, Zielsetzungen und Pläne werden wirksam darin zum Ausdruck kommen." Er sieht die Schlacht schon geschlagen. „Denken Sie an das Heer unserer Freunde, solcher, die wir dazu machen werden. Sendungen in Stereo, in Farbe, Versuche im Giga-Hertz-Bereich, Frequenz- und Modulationstips, ich sage Ihnen, meine Herren, die fressen uns aus der Hand. Futter umsonst!" Der Professor spielt seine Hauptrolle aus. Er genießt seine Weitsicht mit Freude und dozierendem Auf- und Abgehen vor dem Auditorium seines Senderats: Vor allem akustisch-phonetische Beratung. Aber nur anhand unserer Zeitung. Liebevolle Zwiegespräche mit dem Hörer und Seher!"

Bonvivat müßte sich eigentlich die Hände reiben, so sehr ist er im Fahrwasser. „Merken Sie was?" Erwartungsvoll blickt er in die Runde. „Ein ganz neuer Weg, Auflage zu machen und . . . ", jetzt entfährt ihm ein ‚Haha', „Auflagen zu halten. In jedem Haushalt wird einer sein, den unser Angebot ‚Schau ins Studio' begeistert. Eine nie endende Fortsetzungsreihe!"

Das allgemeine Hochgefühl kann Dr. Schweinowski nicht teilen. Ihn ängstigt der Gedanke, seine politischen Gegner könnten so ihren ideologischen Spray in jeder bundesdeutschen Stube verbreiten, so konsequent wie sie es mit ihrer Gleichmacherpolitik über den Weg der Gesamtschule durchzusetzen versuchen. Unberührt von ihrer karnevalistischen Abgenutztheit nimmt der Christlehrer Zuflucht zu der Frage: „Und wer soll das bezahlen?" Er streckt die Hand nach vorn wie bei einem Florettstich. „Solche Auflagen sind technisch gar nicht herzustellen!"

„Im Gegenteil, Herr Schweinowski, das ist ein wichtiger Teil unseres Konzepts!" Rupert Berger hat das Wort geradezu überfallartig an sich gerissen, weil er den Augenblick für gekommen hält, seine Rolle an dem Zeitungsprojekt herauszustreichen. „Wir werden die Konzentrationspresse zu unserem Partner haben. Druckorte in großer Zahl. Wir können mit akzeptablen Angeboten für den Lohndruck rechnen. Wir handeln damit ganz im Sinne der parteiverbundenen Verlage, die es schwer haben, sich gegen das größte Straßenblatt aller Zeiten zu behaupten und gegen die Ankaufwut des Konzerns!"

Rupert Bergers Einwurf scheint zu überzeugen. Das wäre ein Stück Pressepolitik, das in Stadt und Land begrüßt werden würde. Der allgemeine, fast haßartige Verdruß der kleinen Zeitungsverlage gegen die geschäftliche Übermacht des Konzerns würde sich auf diese Weise umformen lassen.

Rolf Backfuß hat in Eile Zahlen notiert. Ihn beschäftigt unvermindert das Kostenproblem. „Wir werden die Millionen, die die Herstellung so hoher Auflagen verschlingt, nicht aus dem Gebührenaufkommen abzweigen dürfen und können. Die Programme sind, wie allgemein bekannt, schon gar nicht mehr in dem Maße zu finanzieren, wie die Redaktionen es im Interesse einer gründlichen Programm-Gestaltung für notwendig halten. Wir werden aus der Richtung der Programmacher mit Wind von vorn zu rechnen haben." Der brisenstarke Vergleich hat auch Backfuß' Brust schwellen lassen. Er bringt einen wogenstarken Seegang ins Spiel: „Es liegt auch auf der Hand, daß wir mit schweren Angriffen zu rechnen haben. Mit Prozeßdrohungen. Der Konzern wird aus allen Rohren schießen. Auch von seiten der Hörer und Seher werden wir . . ."

Wieder hat Kattenpot ein Stichwort aufgefangen: Prozeßdrohungen! „Mit Nachdruck muß ich auf die geradezu einmalige Jurifikation hinweisen, die unser Projekt begünstigt. Kein Prozeß wird verhindern, daß unser Rundfunk seine Möglichkeiten ausschöpft, Hörer und Seher umfassend zu informieren."

Kattenpot beginnt verhaltener zu sprechen, fast leise, weil er fühlt wie sicher er sein kann: „Was die Finanzierung anbelangt, so darf ich verkünden, daß wir die Zeitung nicht namens des Rundfunks herausgeben werden, sondern über eine GmbH-Tochter, die unserer Werbe-GmbH angegliedert sein wird. Wir beschreiten damit vorgezeichnete Wege."

So seriös, wie der Auftritt von Rechtshelfern aller Orten erscheint, gibt sich auch Gernehart Kattenpot in der Runde des Senderats, in dem er allein die juristische Qualifikation erworben hat. Senator Kuchenkremer war Justizsenator aus politischen Gnaden, wobei Eignung nicht vordergründig ist, wohl aber die Rolle eines Parteibuchhalters. Gestärkt von solchem Wissen schweift Kattenpot aus: „In diesem Zusammenhang darf ich noch darauf verweisen, daß wir aus eben diesen Gründen kein rechtliches Veto eingelegt haben, als der Konzern sich um den Erwerb von Anteilen an dem Atelierbetrieb der „Hansa-Studios" bemühte, dessen Mehrheitsbesitz in Händen unseres Rundfunks liegt."

Mit der Bewegung, die einem Diener ähnlich ist, wendet Kattenpot sich Professor Bonvivat zu. „Wir verdanken es der politischen Umsicht eines Mannes unter uns, daß dieser dem Versuch einer Gewaltübernahme gleichkommende Zugriff des Konzerns vereitelt werden konnte."

Als begänne Seekrankheit ihn zu befallen, greift der Intendant nach den Lehnen seines Sessels.

Kattenpots weitere Ausführungen entziehen ihm die Blicke der anderen. „Mit der gegebenen Präjudifikation können wir getrost das Mittel privatwirtschaftlicher Ausdehnung nutzen und unsererseits als Werbeträger auftreten. Konkret heißt das: Wir werden die Rundfunkindustrie einladen, ihre Insertionen auf uns auszuweiten, vor allem aber, sich mit Public-Relations-Beiträgen, die sie marktkonform selber finanzieren, bei uns zur Geltung zu bringen."

Rechtsanwalt Kattenpot hat seinen Tag. Ohne die Färbung eines Zweifels richtet er die Frage an die Kollegenrunde: „Bestehen Zweifel, daß unsere Zeitung sich mit diesem Anzeigenaufkommen selber trägt?" Kattenpot hat einen Hammer geschwungen. Wie betäubt stimmen seine Zuhörer mit eifrigem Kopfnicken zu.

Nur Dr. Schweinowski nicht. Er versucht, mit einer Replik in die allgemeine Zustimmung einzubrechen, von der er annimmt, daß sie allen Angst macht: „Darf ich fragen, mit welchen Journalisten Sie dieses Unterfangen beginnen wollen?" Einem Hervorpreschen Bonvivats begegnet Schweinowski mit abwehrender Handbewegung: „Soweit ich orientiert bin, sind die Klassemänner in festen Händen. Mit Gehältern, die den gehobenen Beamtenstand von Neid nicht freilassen kann. Muß ich Ihnen, meine Herren, sagen, daß die Personalkosten heute fast sechzig Prozent von den Unkosten verschlingen?"

Dr. Schweinowski fühlt, daß er die Mauer eingerissen hat. Zum Einsturz ist sie noch nicht gekommen. Deshalb holt er weiter aus: „Es ist heute nicht mehr die Gehaltsfrage allein, die in Erörterungen über einen Wechsel eine Rolle spielt. Viel aufwendiger ist der Komplex ‚Ablösung', worunter Altersversorgung, Kreditabbau und Abdeckung von Nebenkosten, etwa für das Auto, heute auch für das Zweitauto, zu verstehen sind. Auf Sicherungsverträge will ich gar nicht eingehen. Sie ähneln oft Vereinbarungen, die einer hochdotierten Lebensversicherung gleichzustellen sind." Der Christvertreter ist überzeugt davon, daß er schwere Brocken unter die Beteiligten geworfen hat. Er sieht sie daran kauen.

Den eisernen Magen Bonvivats hat er dabei nicht berücksichtigt. Der Professor hat nie vorher eine so deutliche Mißachtung in seinem Gesicht verankert: „Meine Herren, ich muß einen Trugschluß wie mit einem eisernen Besen auskehren. Ich sage es nicht nur deutlich, sondern auch in voller Überzeugung: Journalisten sind käuflich wie Dirnen." Er sieht Bergers gekräuselte Stirn. „Ja, ich weiß. Es ist wie mit den Beamten, die sich nicht bestechen lassen, es sei denn, man läßt wie unbeabsichtigt sein Präsent auf dem Schreibtisch liegen."

Die Handhabung ist so wegwerfend, daß niemand einen Einspruch wagt. So kann der Presseprofessor fortfahren: „Vertrauen Sie einem Kenner, oder, wenn Sie wollen, Ihrer Erinnerung. Die Zahl der in einer bestimmten Richtung engagierten Journalisten, die dann, unbegreiflich aber doch tatsächlich, in ein Lager überwechselte, daß ihrer bisherigen Position diametral entgegenstand, ist nicht nennbar. Ich bin aus Erfahrung überzeugt davon, daß die Journalisten in unseren Tagen die Selbstbehauptung einer bestimmten Meinungsrichtung aufgeben, sobald die Brocken in anderen Gehegen größer sind als im eigenen Käfig."

Professor Bonvivat hat anscheinend gleichwertiges Gedankengut angesprochen. Ernsthafte Gegenwehr wagt nicht einmal der einzige Journalist in dieser Runde. Rupert Berger beschränkt sich auf den Einwurf: „Viele werden gezwungen, lieber die teuere Neunschwänzige zu ertragen als die billige Knute."

Vielleicht, um eigene Erfahrungen erträglicher zu machen, wirft Rolf Backfuß ein: „Es ist wahr, was Herr Professor Bonvivat sagt. Unserer freiheitlichen Gesellschaft kommt es schon jetzt teuer zu stehen, daß die sogenannten Wächter der öffentlichen Wahrheit ihre Hemden wechseln, wie das Chamäleon seine Tarnfarbe. Aber hier gibt es nichts zu tarnen, sondern nur zu wechseln, wie Abgetanes."

Es ist Dr. Schweinowski, der sich zum Ehrenretter der Journalisten aufwirft. Könnten alle heraushören, was hinter seinen Worten steht, so wüßten sie, worauf es hinauslaufen wird. „So pauschal dürfen wir einen Berufsstand nicht herabwerten. Bedenken Sie viel dringlicher, was auf uns zukommt, wenn die hier in Zweifel gezogenen Journalisten zum Gegenangriff antreten. Ja, ich meine die Journalisten des Konzerns. Wehe, wenn es Nacht wird!"

Es gibt die Stimmung zwischen Hurra und Angst. Menschen, die im Krieg waren, wissen es. Deshalb weiß Professor Bonvivat, daß er schweres Geschütz auffahren muß. In seinem Schlußwort sagt er: „Wir haben die gesellschaftspolitische Pflicht, zu verhindern, daß Rundfunk und Fernsehen in private Hände fallen. Der Konzern und andere betreiben dieses Ziel, um größere Gewinne aus diesen Massenmedien herauszuholen, als ihnen dies im Druckgewerbe möglich ist. Sie verfolgen dabei auch das Ziel, mehr politischen Einfluß und damit mehr Macht zu gewinnen. Es wäre ein Verhängnis für unser Deutschland, wenn das gelingen würde."

„Unser Gegenmittel? Mit der von uns geplanten und beschlossenen Zeitung schwächen wir die Finanzkraft des Konzerns. Wir entreißen ihm die Mittel, die ihn befähigen, die Masse der Bevölkerung unmündig zu halten. Durch die Auflagenhöhe unserer Zeitung und durch ihre publizistische Nützlichkeit werden wir die unerträgliche Allmacht des Konzerns brechen. Zum Nutzen unseres Volkes!"

* * * * *

23

‚Schusters Opernkeller' ist wegen seiner Wohlgerüche bekannt. Mehr noch natürlich durch die Schmackhaftigkeit seiner Speisen. Man ißt vorzüglich in dem Grottenrestaurant unter den Arkaden. Es herrscht jedoch, was die Gerüche angeht, nicht nur eitel Freude. Es gibt einen Widerstreit, in den die Nasen verwickelt sind. Der Gastronom hofft jeden Tag aufs neue, daß die Dämpfe von zartgekochten Gemüsen im Verein mit dem Schmordunst von Fleischgerichten dabei obsiegen. In den Gewürzgeruch, der aus Bratensäften aufsteigt, mischt sich noch der Duft von Edelwachskerzen, der von schmiedeeisernen Kandelabern so intensiv in den Speiseraum strömt, daß die Weihrauchatmosphäre den kulinarischen Genuß zu einem sakralen Akt erhöht.

Aber alle Sinnesfreuden, die in ‚Schusters Opernkeller' mobil gemacht werden, mit Safran und Soja, mit Thymian und Cayenne, und auch mit häufigen Pfannenzischern kurz gebratener Filetsteaks, bleiben nicht ungestört von einem Geruch, der es nicht nötig hat, seine Schwaden mit Ölen und Feuer zu entfachen. Er kommt leise. Er ist da – und er bleibt da! In billiger Sprache heißt er Scheißgrubengestank. Verfeinert nennt man ihn Fäkal-Emmission. Das heißt: Wenn zarte Brust geboten wird, vom Kalb, vom Rind und auch von der Gans, und es duftet dahinein unverkennbar nach der Kehrseite, so mindert das den Genuß.

So kann einem der Bissen im Halse steckenbleiben. Selbst in ‚Schusters Opernkeller'. An dieser Stelle möchten Kanalisationsfachleute ihre Referate eingeschoben wissen, um die sie gebeten worden sind, fundierte Beiträge, worin sie vor einer ‚Unterwelt' warnen, die sie für die gefährlichste Fünfte Kolonne halten, die jemals den Boden unseres Daseins zu unterwühlen begonnen hat.

Sie dringt aus Sielen und Schächten hervor mit Wolken von pestilenzartigen Gasen. Werden wir überleben? Die Kloakinetiker meinen, wir hätten noch Chancen. Fachleute werden das endgültige ‚Aus' niemals selber rufen. Das hieße doch, daß wir ihrer Meinung nicht mehr bedürfen. Aber so nachhaltig wie die Gase ausströmen, warnen sie vor dem Zusammenbruch unserer großstädtischen Abwassersysteme.

Die Fäkal-Leute sagen es so: Als die erforderlichen Rohre gelegt wurden – immerhin 41 cm Durchmesser und in einer sich langsam ausdehnenden Länge von 2.318 km – dachte niemand an das Anwachsen der Städte, an die Ballungszentren, die sich City nennen. ‚Schusters Opernkeller' liegt in der City. Mehr noch: Dieses von Feinschmeckern mit drei Sternen ausgezeichnete Schlemmerlokal liegt, fachlich ausgedrückt, mit dem Senkboden des Stadtsees auf einer Höhe. Ach ja, hier muß eingefügt werden, daß es sich um ein Wasserbecken von großer Ausdehnung handelt, sanftlinig umkränzt von flachen Grünufern, das der Stadt, neben anderen auch, den Beinamen ‚Venedig' eingebracht hat. Aber so, wie auch das echte Venedig seiner Versumpfung entgegenmodert, so tut das auch der Stadtsee, an dem ‚Schusters Opernkeller' liegt.

Die Fäkal-Leute also sagen, daß der Emmissionsrückstand von natürlicher Verflutung nicht mehr aufgelöst werden kann. Sie vergleichen das mit einer Schwarte, die immer dicker wird und nichts mehr durchläßt. Was sich dem Reinigungsprozeß der Natur nicht hingeben kann, fängt zu stinken an. Schreien kann es ja nicht. Das Geschrei der Fachleute kommt sehr spät.

Hilft das dem Wirt von ‚Schusters Opernkeller'? Das Leben ist Gewöhnung. Und eine der festesten Stützen dieser Gewöhnung ist ein Audruck, der auch mit der Defäkation zusammenhängt und der zu den meistgebrauchtesten Standardformulierungen unserer Protesthaltung gehört: Scheiße! Es ist sogar soweit gekommen, daß für den Wirt von ‚Schusters Opernkeller' alle Leckereien unserer kochback- und mix-freudigen Genußwelt in die warme Nähe des Götz'schen Zitats geraten sind. Wer könnte sich dagegen wehren?

So ist es gekommen, daß der gute Ruf von ‚Schusters Opernkeller' durch schlechten Geruch beeinträchtigt wird. Dem guten Geschmack der Speisen hat er keinen Abbruch getan. Das empfindet in Vorfreude auf ein würziges Menü auch Konzernsyndikus Farning, der die Karte in speichelreger Vorfreude studiert. Zwischendurch geht sein Blick zu der mit schweren weinroten Portieren verhangenen Tür, durch die er jeden Augenblick Rudolf Schweinowski eintreten zu sehen hofft. Es ist schon zehn Minuten nach siebzehn Uhr.

Niemand wird klären können, ob Konzernsyndikus Farning selber Gedanken nachgehangen hat, die sich mit Fäkal-Theorien beschäftigten. Ganz auszuschließen ist es nicht, weil ihn immerhin mit seinem Rendezvous-Partner ein Spitzname verbindet, der aus dem Bereich der Schmutzempfindungen nicht einfach wegzudenken ist. ‚Schweinis' Ankunft entbindet ihn von Grübeleien darüber.

Farning weiß nicht, was ihn mehr verblüfft, der mit theatralischem Freimut garnierte Auftritt seines Studiengenossen, der sich dem Garderobenmädchen nähert, als sei es sein Püppchen, mit Tätschelspielen und onkelhaftem ‚Mein liebes Kind', oder ob es die von Schweinowski hervorgekehrte Opferwilligkeit tut, der ihn mit der überraschend laut gestellten Frage an den Tisch treten läßt: „Sie wollen mit mir sprechen, Farning?"

Der Konzernsyndikus hat lernen müssen, daß man einen Idealgegner (Juristen verstehen darunter einen Kontrahenten, den sie von vornherein als den Verlierer einzustufen haben) nicht dadurch gefügig macht, daß man ihm seinen Auftritt verdirbt. Er könnte es, in dem er ebenso laut „Hallo, Schweini" riefe. Farning fällt ein, daß Schweinowski immer seinen Auftritt gewollt hat. Er lenkt deshalb, ohne auf die Frage seines Partners einzugehen, zu dem alten Katz- und Mausspiel über: „Wie lange ist das eigentlich her, mit Berlin?" Farning ist nicht in Form. Er hätte so nicht fragen dürfen. „Berlin, was meinen Sie mit Berlin?"

Schweinowski schüttelt den Kopf. „Berlin, das ist doch lange her! Das ist abgeschrieben. Ich meine nicht die Stadt. Die wohl auch. Aber unser Berlin, das Berlin unserer gemeinsamen Anfangsjahre, wer denkt noch daran? Übrigens sind die meisten tot. Gefallen oder ausgelöscht. Auch für mich, mein Lieber!"

Dieses ‚Mein Lieber' schiebt sich wie ein Zeitzünder in das Bewußtsein Farnings. Er registriert, daß es mit der ‚Schweini'-Leichtigkeit nicht getan sein wird, die ihm immer einen überlegenen Abstand zu diesem undurchsichtigen Mann gegeben hat. Der Konzernsyndikus erkennt, daß er eine sich hier anbietende neue Kumpanei nicht mit alten Reminiszenzen belasten darf. Der Herr Doktor Schweinowski ist weitergekommen.

Dr. Rudolf Schweinowski, Studiendirektor am Nordseegymnasium, Landtagsabgeordneter, Mitglied des Senderats des Rundfunks, ist nicht mehr das Spottobjekt fröhlich-leichtfertiger Sticheleien, die den anscheinend miesen Charakter eines Studiengenossen bloßstellen sollen. Dieser ‚Schweini' ist arriviert. Farning kommt rechtzeitig zu Bewußtsein, daß er es ist, der etwas erwartet, dem danach dürstet, etwas zu erfahren, das ihm – endlich – den erhofften Rang sichert, der fähigste Leiter des Konzern-Sonderreferats ‚Medienpolitik' zu sein. Er muß, um jeden Preis, sobald wie möglich, einen Treffer vorweisen können. Einen Hit, unschlagbar in seiner Brisanz.

Deshalb darf Farning nicht eigener Lustbefriedigung nachgeben, die es ihm persönlich bereiten würde, wollte er die wesensfreudige Arschleckerei dieses Mannes beleben, die dieser in gemeinsamen Berliner Jahren bis zum Kotzüberdruß betrieben hat. Er verzieht darum keine Miene, als Dr. Rudolf Schweinowski wie selbstverständlich sagt: „Sie glauben nicht, wie sehr es mich freut, von Ihnen eingeladen zu sein." Mit der berühmten Schutzbehauptung, die sowohl das eigene Gewissen befreit, wie sie den Betroffenen Hoffnung auf eine Revanche macht, fügt Schweinowski hinzu: „Ich bin sicher, daß ich schon bald an der Reihe sein darf. Wir werden wieder zusammenkommen, nicht wahr?"

Dieses ‚Nicht wahr?' geht Farning ein wie Öl. Er entledigt sich zunächst der ihm unausweichlich zugefallenen Aufgabe, dem Kellner die Speisenfolge aufzugeben, womit dieser weiß, wer ihm das Trinkgeld reichen wird. In ‚Schusters Opernkeller' ist es überliefert, daß es fürstlich sein muß. Etwa zwanzig Prozent Aufpreis, unberücksichtigt des in der Preisofferte schon eingebauten fünfzehnprozentigen Bedienungsgeldes. Wer gut essen will, muß gut zahlen.

Der Konzernsyndikus hofft, daß er seinerseits Zahlungen entgegennehmen kann, die sich, verknüpft mit seiner Person, besser noch mit seinem Konzernauftrag, ausmünzen werden. Er wird deshalb jede Plumpheit vermeiden, zu der ihn Jugenderinnerungen allzu gerne verführen möchten. Bei einer ‚Lady Curzon' überlegt er, ob er, falls ‚Schweini' in dieser Hinsicht Angelhaken haben könnte, daran zerren sollte. Am besten wird es sein, so denkt Farning, Aufstiegseuphorien zu wecken. Er glaubt, daß ‚Schweini' gerne in dem lustwandeln würde, was aus ihm geworden ist.

Dr. Rudolf Schweinowski bewegt den Mund, als spüle er ihn mit der Suppe. Er drückt deutlich Selbstzufriedenheit aus. Dem letzten Schluck läßt er ein Räuspern folgen. „Ich bin, wie Sie wissen, Mitglied des Senderats. Privat, meinen Sie? Beruflich? Nicht der Rede wert. Ich bin Lehrer!" Nicht ohne Geziertheit, die er von einem Schmunzelspiel seiner Lippen begleiten läßt, ergänzt er: „Studiendirektor am Nordseegymnasium."

Es fällt Farning auf, daß ‚Schweini' diese Ergänzung nicht ohne Befangenheit macht. Er möchte fragen: „Wieso Lehrer?" aber er unterläßt es. Seine Gedanken bewegen sich hastig in eine Richtung, die ihn veranlassen, sich unbedingt merken zu wollen, daß er eine Recherche anstellen will. Gewohnt, alles Merkenswerte in Aktennotizen festzuhalten, greift der Konzernsyndikus zu der noch unbenutzten Serviette und zu seinem Schreibstift.

Wieder muß Farning erkennen, diesmal nicht ohne Erschrecken, wie wenig er in Form ist. Dr. Schweinowski sagt mit gewollter Langsamkeit: „Bitte, keine Notizen. Ich bin sonst gezwungen, unsere Begegnung als beendet anzusehen. Zu früh für Sie, Herr!" Dieses ‚Herr' ohne den dazugehörenden Namen hat warnenden Charakter. Farning erkennt es. Und er erkennt auch, dieser Schweinowski kommt nicht nur von der Schule, er hat Schule gemacht, eine harte, das Selbstbewußtsein fordernde Schule. Mit ‚Schweini'-Sticheleien ist hier so wenig zu holen wie mit unbedachter Überheblichkeit. Der Prügelknabe aus der alten Zeit hat gelernt, selber auszuteilen.

Schweinowski leckt sich die Lippen und greift unbekümmert mit einem „Sie gestatten doch?" zu der Trink-Troika, die sich als Fruchtsäfte von besonderer Reinheit dem Tischgast empfiehlt. Er wählt Schwarze Johannisbeere. „Wenn ich nichts mißdeutet habe, wollten Sie sich gerade Gedanken hingeben, vielmehr Überlegungen nachgehen, die für uns beide eigentlich abgetan sein sollten. Es hat Sie die Frage beschäftigt, wie ich Lehrer werden konnte. Hab ich recht? Ich denke nicht darüber nach, wie Sie praktizierender Jurist werden konnten!"

Dieser Dr. Schweinowski, das erkennt Farning nicht ohne Schaudern, ist mit allen Wassern gewaschen. Wäre es nicht zu verräterisch, nicht allzu offenkundige Neugier, Farning würde sich vorbeugen, um das Unglaubliche gründlicher studieren zu können. Da sitzt einer vor ihm, der ständig in eine andere Rolle schlüpft. Jetzt in die des eiskalten Warners. „Sie wissen wie ich, daß die Besatzer damals, als wir beide begannen, unsere Weichen zu stellen, alles sehr genau wissen wollten. Wir kätten uns mit absoluter Genauigkeit keinen Gefallen erwiesen. Eher den Bärendienst der Selbstvernichtung. Oder haben Sie gesagt, woher des Weges, wohin?"

Konzernsyndikus Farning macht eine Erfahrung, die er auch im Scherz nicht für möglich gehalten hätte. Er findet sich in einer Beichtstunde wieder. Aber nicht der andere offenbart sich. Er ist es, der bekennt. Dabei spricht er kein Wort. Der andere fährt fort: „Die nützlichen Aufgaben, die wir damals zu erledigen hatten, besonders Sie, in dem Sonderreferat ‚Fremdes Rechtsgut', waren eine nationale Notwendigkeit, nicht wahr?"

Farning fühlt den Blick Schweinowskis auf sich gerichtet. Er kann einfach nicht ausweichen. Ebenso wenig kann er aber ausmachen, ob darin noch Spuren von Kameradschaft aus früheren Jahren sind, wenn es auch eine mißhandelte Kameradschaft war. Schweinowski scheint zu fühlen, was den anderen quält. Deshalb fährt der Nordsee-Lehrer mit richterlicher Nachsicht fort: „Heute gilt für die meisten, was sich auf die lange Bank der geschichtlichen Klärung schieben läßt: Wir alle befanden uns in einem Verbotsirrtum!"

Das Matjesfilet läßt sich zerschneiden, wie mit einem Federmesser. So weich ist es. Dr. Schweinowski kringelt den Zwiebelring um den Bissen und zieht das Heringsfett mit einer den Mund umkreisenden Zungenbewegung genüßlich über die Lippen. „Es ist nur gut, daß kein Staat auf die Dauer auf die Unersetzlichkeit seiner Diener verzichten kann. Auch dann nicht, wenn neue Machthaber ihre Gelegenheitsarbeit verrichten. Ideologien kommen und gehen. Wir bleiben – mit den unseren!"

Mit dem ‚Wir' hat Dr. Schweinowski das Heft an sich gerissen. Er stößt sein Glas nach vorn. Farning ist so überrascht, daß er beinahe nach der Schalenvase greift, in der ein Alpenveilchen auf seinem Moosträger kerzenmüde zu werden beginnt: „Zu sowas empfiehlt sich ein Mosel, mein Lieber. Das klärt den Magen ab." Dr. Schweinowski blickt sich nach dem Kellner um. Er möchte aber Mißverständnissen vorbeugen. Deshalb läßt er die Hand wegweisend auf Farning zeigen, als die Bedienung herankommt. Beide hatten als Hauptgericht ein celebesisches Reisgericht auf geschmorter Malendivie im Saft vom Lammlendchen gewählt. „Bitte eine Eislese", ergänzt Schweinowski die von Farning bestimmte Weinsorte. „Sie werden finden: Es geht herunter wie Öl."

Die pastorale Einlage darf nicht fehlen. Nicht für Rudolf Schweinowski. „Sie wissen wohl, daß ich Synodale bin? Eine den neueren Menschen ganz fordernde Aufgabe. Sie wird leicht dadurch, daß man sich ganz im Schoße der Kirche geborgen weiß. „Streiten auch Sie für den Herrn?" Um die eigentliche Thematik dieser Begegnung nicht ganz in den Hintergrund entweichen zu lassen, wirft er anzüglich ein: „Von unseren weltlichen Herren sprechen wir später." Unter genußvollem Kauen, dennoch schnell genug, um den Faden nicht reißen zu lassen, fährt Schweinowski fort: „Sie halte ich für einen Katholiken!"

Dr. Schweinowski sagt dies so unbekümmert, wie Farning früher ‚Schweini' zu ihm gesagt hat. Rache? Schweinowski hebt die Hand: „Ist doch egal, auf welcher Seite wir unser Gewissen erleichtern. Ganz ohne, seien Sie ehrlich, geht es nicht. Wer nichts zu erleichtern hat, hat nicht gelebt!"

Der kirchliche Schulmann hat auch das Wort ‚Gewissenslast' mit stark unterstreichender Atemlast hervorgebracht. Er läßt es wie ein Fallbeil über Farning stehen. „Wissen Sie einen anderen Weg als den, dem Gewissen zu folgen?“ Jetzt kann es fallen, dieses Beil. Farning fühlt bei nachlassender Eßlust, daß er den Kopf behalten muß. Heißt dieses Gewissen Geld, fragt er sich. Wenn er diese Vermutung ausspricht, kann die Schneide treffen. Geld und was? Einfluß? Politische Ambitionen?

Der Eis-Mosel, vom Kellner eingeschenkt und, wie selbstverständlich, von Schweinowski geprobt, strömt in den Glaskelchen hoch wie Sonne über ein Kornfeld. Die zu freundschaftlicher Nähe nicht nahe genug entgegengehaltenen Gläser werden von beiden Männern altmodisch steif in Höhe des dritten Knopfes gehalten. Dem ‚Wohlsein‘ folgt ein für Farning überraschender Monolog. „Ich habe nicht Zeit genug, die psychologischen Reizspiele gegenseitiger Unterwerfungsfreude mitzuspielen. Unser Treffen hat einen sehr ernsten Hintergrund. Es ist unwichtig, welche Art und Genugtuung wir uns gegenseitig abzuverlangen suchen. Die Genugtuung, die ich meinem Gewissen zu bereiten habe, ist ungleich größer. Ich kann Ihnen mit Informationen dienen, die für den Konzern von außerordentlichem Nutzen sind!“

Das Wort ‚Nutzen‘, so glaubt Farning verstanden zu haben, hatte auch den Klang von Geld. Aber er ist sich nicht sicher. Deshalb fragt er geschickt: „Kann der Konzern die Informationen von denen erwerben, die auf Ihre Vermittlung angewiesen sind?“ – Schweinowski ist entzückt von dieser Art Berliner Retrospektive. Er fühlt sich verstanden. „Niemand ist auf mich angewiesen. Alle sind es auf mich. Ich meine jene, die solcher Informationen bedürfen. Der Konzern, zum Beispiel. Er wird sehr schnell erkennen, wie dringend er sie braucht. Ich kann soweit gehen, zu sagen: um zu überleben!“

Syndikus Farning tritt zunächst in die Gewohnheitsspuren, die ihm in anwaltlicher Praxis vertraut geworden sind: „Es wird so schwerwiegend wohl nicht sein, mein Lieber. Der Konzern muß nicht fürchten, überleben zu müssen. Er wird alles überleben!“

Dr. Schweinowski, schon beim Nachtisch, flambierte Kirschen in erhitzten Krokantsplittern, schüttelt den Kopf: „Das glaube ich nicht! Wenn ich Ihnen sage, um was es geht, werde ich Sie, mein Lieber, in einer Erregung sehen, die ich nicht ohne Genuß wahrnehmen werde. Nicht persönlich, bitte! Ich bin nicht mehr, schon lange nicht mehr, an Demütigungen interessiert. Ich will unser Volk vor Demütigung bewahren, die seinen christlichen Teil in die Zwangsjacke einer völlig glaubenslosen Staatsdienerei zwängen will!“

Da ist nichts Pathetisches. Farning spürt es genau. Es ist Überzeugung, was sein Gegenüber zu erkennen gibt! So als müßte Schweinowski darauf noch ein Siegel drücken, sagt er: „Wie haben denn Sie Ihr Gewissen erleichtern können, wenn nicht mit dem Bekenntnis gegenüber dem Herrn, nicht wieder irren zu wollen und acht zu geben darauf, daß andere nicht wieder in den Irrtum hineingezerrt werden. Nie mehr!"

Farning zerquirlt seinen Nachtisch zu einem unansehnlichem Brei. Er kann kein Hin und Her mehr ertragen: „Wie können wir uns verständigen, Herr Doktor Schweinowski? Ich fühle, daß es Ihnen Ernst ist. Wünschen Sie Sicherheiten?"

„Nicht nötig. Der Wert meiner Informationen gewinnt an Wert, wenn Sie, will sagen: der Konzern, sie fortlaufend erhalten. Ich denke nicht an Geld, soweit Sie darunter Abgeltung, Honorar, oder sagen wir ganz offen: Schmiergelder verstehen. Das nicht. Ich erwarte Unkostenersatz und gehe davon aus, daß Sie meine Bemühungen richtig einzuschätzen wissen. Und Barschecks. Auf Ihren Namen, Herr Farning. Ich werde lediglich mit Ihnen an den Bankschalter treten, um Sie von der kostbaren Last zu befreien. Einverstanden?"

Für den Konzernsyndikus sind die Würfel längst gefallen. Es kann nur etwas Großes, es muß etwas Ungeheuerliches sein, was dieser Schweinowski in der Hand hat. Und es muß mit dem Rundfunk zu tun haben. „Darf ich erfahren, um was es sich handelt?"

Rudolf Schweinowski hat alles abgleiten lassen, was in Gesicht, Gesten und Körpersprache auch nur den Anschein von Unaufrichtigkeit erwecken könnte. Mit fast leidend machendem Ernst, monoton, wie Schwerwiegendes allein hervorgebracht wird, gibt er sein Wissen preis.

„Eine Zeitung?" fragt Farning ungläubig, der Mühe hat, Betroffenheit und Lachreiz gleichermaßen zu bändigen. „Aber das geht doch gar nicht. Sind Sie sicher? Ich frage, weil ich mir nicht vorstellen kann, daß der Rundfunk sich in einen Rattenschwanz von Prozessen einlassen wird. Warum sollte er eine Zeitung herausbringen wollen? Das hat er doch nie getan!"

Offensichtlich empfindet Schweinowski gerade den letzten Ausspruch Farnings als naiv. Er kann sich ein spöttisch gefärbtes Lächeln nicht verkneifen. „Es handelt sich nicht um den Rundfunk! Er wird nur der Vollstrecker einer großangelegten Vernichtungskampagne sein, deren Ziel es ist, die Macht des Konzerns zu brechen!"

Mit heftigen, fast unbeherrschten Armbewegungen winkt Farning den Kellner herbei. Er will Zeit gewinnen, um Schweinowski während der Bestellung: „Zwei Cognak, bitte!“ gründlich studieren zu können. Vielleicht droht er, einem Schizophrenen aufzusitzen. Vielleicht ist dieser Kauz ein Irrer. „Sind das nicht allzu große Worte, mein . . . “ Er unterdrückt das ‚Lieber‘, um nicht in die Nähe eines Pflegers zu geraten. Er kann nichts finden im Gesicht des anderen. Hilflos und in Notwehr fällt er in die gewohnte Abwehrreaktion zurück. „Das ist doch unmöglich, die Macht des Konzerns zu brechen. Wie denn? Und überhaupt: Das sind doch Max- und Moritz-Streiche. Wer fällt darauf herein?“

„Herr Farning!“ Der Ausruf hätte auch eine Ohrfeige sein können. Rudolf Schweinowski versucht, aufkeimenden Unwillen in seinen verschränkten Fingern zu bändigen. Er knetet sie, bis die Glieder weiß sind. „Ich bin nicht hier, um mit Ihnen Scherze zu wechseln. Ich wäre gar nicht gekommen, ginge es nicht auch mich an. So sehr, daß es mir kaum noch Ruhe läßt. Ihretwegen, mein Herr, bin ich nicht gekommen. Auch nicht wegen des Konzerns. Er geht mich nichts an. Seine Machtfülle beunruhigt auch mich. Aber, was hier auf uns zukommen soll, das ist das größere Übel. Daran gehen wir alle kaputt. Alle!“

Es bedarf keines Zuprostens. Wie es überhaupt keine persönliche Sache mehr ist. Schweinowski hat das Glas mit einem kurzen Kipper geleert. „Es geht nicht um eine journalistische Machtprobe. Der Konzern braucht eine solche nicht zu scheuen. Es handelt sich vielmehr um eine finanzielle Auseinandersetzung, die den Konzern sehr wohl treffen kann. Das Wort ‚Vernichtung‘ will ich gerne noch zurückstellen. Er soll in die ideologische Zange genommen werden. Weil das aber mit dem Wort über Funk und Fernsehen offensichtlich zu keinem Erfolg führt, soll jetzt alles getan werden, um den Konzernhahn abzudrehen!“

Farning macht ein Gesicht, als stünde er vor seiner eigenen Hinrichtung. Fast weinerlich fordert er: „Nennen Sie Einzelheiten, Dr. Schweinowski. Wie soll das vor sich gehen. Eine Zeitung, wie Sie sagen, wird doch nicht alle Rundfunkhörer und Fernsehteilnehmer interessieren. Wer kommt dann an unsere Auflagen heran?“

Die harte Wahrheit, wie er sie aus den Konferenzen des Senderats mit Professor Bonvivat und dem Intendanten kennengelernt hat, hat Dr. Schweinowski lange schon der erregenden Dramatik beraubt. Ihm ist nur die nackte Furcht geblieben. „Es handelt sich darum, daß die Sozialdemokraten während ihrer Regierungszeit alles auf eine Karte setzen wollen, um die Verfügungsgewalt über den Rundfunk und das Fernsehen zu behalten. Sie wissen, daß nach ihrem Sturz nichts mehr sein wird. Nie mehr!"

Fast kleinlaut fragt Farning: „Und das soll über den Weg einer rundfunkeigenen Zeitung geschehen?"

„Nicht nur", antwortet Schweinowski. „Die Zeitung soll der erste Hebel sein. Sie wird in Millionenauflage allen Hörern und Sehern kostenlos zugestellt werden. Ihr Preis ist in den Gebühren enthalten. Der Rundfunk wird es so deklarieren. Die ganze Aktion, obwohl sie mit dieser Millionenauflage operiert, wird unter dem Gefälligkeitssiegel einer Informationsschrift angedient werden, die dem Stereo-Freund, dem Farbfernseher, dem Kassetten-Konsumenten nützliche Gebrauchsanweisungen bietet. Das alles gekonnt gemacht. In Farbdruck. Mit Programm. Und mit Regenbogeninformationen über Stars und Strapse."

Farnings Glas bleibt unberührt. Wie geistesabwesend, mechanisch, so daß er es selber nicht zu merken scheint, schiebt er den Geldschein unter die von einer Serviette diskret verdeckte Rechnung. „Sie können nicht ermessen, Herr Doktor Schweinowski, wie sehr ich mich Ihnen zu Dank verpflichtet fühle. Sie dürfen versichert sein, daß der Konzern wissen wird, was Sie für ihn getan haben. Sie hören von mir!"

Als wäre es ein Bretterstück auf einer schwachen Vorstadtbühne, stehen sich die beiden Männer gegenüber. Dr. Schweinowski war um einen Ruck früher aufgestanden als Farning. „Ich wünsche nicht von Ihnen zu hören. Folgen Sie meinen Vorschlägen, telefonisch. Kein Risiko. Niemals wieder ein Risiko!"

* * * * *

24

„Merken Sie sich den 14. Oktober!"

Das wird am 25. April in einer Vormittagskonferenz im Funkhaus zum erstenmal gesagt und im Folgenden ungezählte Male wiederholt. Was hat es auf sich mit dem Herbstdatum? Der 14. Oktober, den sich vom 25. April an immer mehr Menschen zu merken beginnen, ist noch 172 Tage entfernt. Aber schon jetzt steht er den Beteiligten als ein Tag vor Augen, der in die Zeitungsgeschichte eingehen wird. Es wird Vollmond herrschen. Auf den Konzern aber wird es wie Sonnenfinsternis wirken. Rupert Berger ist davon überzeugt. Am 14. Oktober erscheint in hoher Auflage die rundfunkeigene Zeitung!

Der Pressesprecher des Rundfunks leitet die Konferenz. Mit einigen Journalisten, die sich von ihren Zeitungshäusern getrennt hatten und die Berger als Könner kennt, sitzt er im früheren Archivraum der Rundfunkpressestelle um einen Aufrißtisch herum. Regale, Ordner, Karteikästen und Lesetische sind in den Keller unter dem Tonarchiv verlagert worden. Das Zimmer ähnelt jetzt einem Atelier. An den Wänden hängen unter Magnethaftern Aufrisse. Der Grafiker Thomas Blau hastet mit Filzschreibern über Leerbögen. Das Layout bekommt Gestalt. Der Titel der neuen Zeitung steht. Die Mehrheit des Senderats hat ihm zugestimmt. Er lautet: „Hört uns!"

„Ein Fanal", hatte Professor Bonvivat ins Telefon gerufen. „Das ist die Parole", gab Rupert Berger von sich. Programmdirektor Holzer nannte es „einen Kampfruf", worin Gewerkschafts-Machade ihm beipflichtete. Dr. Schweinowski hatte gefragt: „Warum nicht gleich: Seid bereit!" Werbemann Backfuß wollte lieber einen akustischen Ruf: „Sender auf!" Senator a. D. Kuchenkremer ließ aus einer Sitzung der Justizdeputation heraus mitteilen, er sei einverstanden, wenn ihm auch der Titel „Welle der Wahrheit" besser gefallen würde. Rechtsanwalt Kattenpot wollte wissen, daß damit „eine Bewegung" entstehen werde. Bedenken, die ihm von Schweinowski wegen einer gefährlichen Nähe zum Plagiat vorgetragen worden waren, entkräftete er: „Nein, der Titel ist nicht anfechtbar im Sinne des Urheberrechts. Auch nicht im Markenschutzgesetz. Phonetischer Gleichlaut mit einem anderen Titel der konzerneigenen Rundfunkzeitschrift ist in der Regel visuell nicht umsetzbar, als konkurrierend nicht schädigend, wie der Gesetzgeber es im Wettbewerbsrecht normiert habe.

Der Intendant war mit dem Aufruf-Appell des Titels einverstanden gewesen, weil dieser sich an alle gesellschaftlichen Schichten wenden und ebenso alle von einem Direktbezug zum Rundfunk ablenken würde. Grafiker Blau geriet deshalb an den Rand der Verzweiflung. Nur mit Mühe konnte er die von ihm entworfenen Ober- und Untertitel durchbringen. Die zwei rahmenden Negativzeilen lauten: „Radiorevue“ und „Studioschau“.

„Daß aus soviel Affentheater ein anständiges Finale kommen würde“, hatte Rupert Berger nicht für möglich gehalten. „Vielleicht gerade darum“, entgegnete Blau. Es war ein richtiges Brain-storming geworden, mit Entwürfen, Verwürfen, Abänderungen in der Aussage, im Schriftbild, Probezeilen, Abzüge – zu groß, zu schwach, zu breit, zu fett, anderen Typen. Vorlage beim Intendanten. Versiegelte Briefe an Professor Bonvivat nach Düsseldorf. Telefonate, stundenlang, um Zeilenlänge, Luft und Unterlängen. Bonvivat hatte sich die typografische Beratung gesichert, was nichts anderes heißen konnte als Einsprüche, Vorschläge, Vorschriften. Sein Wille!

Von daher waren auch Wermutstropfen in den Freudenwein Bergers geträufelt. Nicht er würde als Chefredakteur von „Hört uns“ fungieren, sondern der Blattmacher Hagen Tronǵe, ein gebürtiger Balte mit Glühaugen und schlechten Zähnen, dem die Hugenotten-Hitze schon manche Sicherung durchgebrannt hatte. Ein gutes Dutzend Verleger hatte durch ihn Auflagenhöhe gewonnen und hohe Abfindungen verloren, wenn die Zusammenarbeit in „gütlichem Einvernehmen“ gelöst worden war.

Tronǵe ist ein Wellenreiter. Er macht die Stürme selbst. Hohe Wogen entfacht er an Tagesthemen, die gerade in aller Munde oder in jedermanns Wünschen sind. Da brandet es in Sex-Serien, stacheldrahtumrandeten Mauer-Kolumnen, Rauschgift-Orgien im Augenzeugenstil und Enthüllungs-Berichten aus Kreisen der Prominenz. Er hält nach seinen Worten die Nase am After des Volkes und riecht, wo es stinkt. Es stinkt immer bei den Oberen, sagt er. Der niedere Gestank wäre Fäkal-Journalismus. „Wer riecht sich schon selbst?“

Das Konzept der neuen Zeitung soll geheim bleiben, soweit es unter Menschen möglich ist. Alle sind vergattert worden, Stillschweigen zu wahren. Bei Androhung von Strafe, was heißen soll, daß die gut dotierten Verträge gelöst werden würden, wenn über die Projektierung von „Hört uns“ gesprochen werden sollte. Tronǵe ist nicht sofort abkömmlich, aber er dirigiert von München aus, wo er die Zelte wieder einmal abbricht. Nicht selten ätzt er durchs Telefon direkte Drohungen, die sich gegen jeden Denkbaren ausrichten: „Die

Scheißkerle sollen die Klappe halten. Was rauskommt, nimmt uns den Bums-Effekt. Selbst der beste Freund ist ein Verräter!" Das Wort „Verräter" rattert Berger in den Ohren. Tronģe rollt das ‚R' wie eine Bohrmaschine.

Rupert Berger ist trotzdem in seinem Element. Er agiert als Statthalter mit stärkerem Effekt, als wenn er selber die letzte Verantwortung trüge. Vor allem die Geheimhaltung liegt ihm am Herzen. Über sie referiert er wie über ein Staatsgeheimnis, dessen Preisgabe die Nation gefährden würde. Der Pressesprecher-Job beim Funk hat ihn früh dazu gebracht, die eigene Person hinter der Sache zu verbergen. Weshalb er beim Sprechen untertreibt. Diesmal kann er sich nicht beherrschen.

Die wie im Kindergebet gegeneinander gelegten Fingerspitzen federn nachdrücklich, als er dem konferierenden Kreis die Geschichte von den beiden U-Boot-Fahrern erzählt, deren Indiskretion eine folgenschwere Veränderung in den Machtverhältnissen deutscher Zeitungsverlage heraufbeschwor:

„In der neueren Zeitungsgeschichte werden Sie keinen Hinweis darauf finden. Und doch hat dieser Vorgang die Bedeutung des Konzerns begründet und die Lesergewohnheiten in unserem Lande auf das heute übliche Niveau gebracht!" Berger erscheint es, als rückten seine Zuhörer näher an ihn heran. Er ermuntert die Raucher, zuzugreifen:

„Das mit den U-Boot-Leuten ist nur eine interessante Färbung. Mit einem Seekrieg hatte das nichts zu tun. Aber es war doch ein Torpedoschuß vor den Bug des vom Konzern später vereinnahmten Weltblatt-Verlages. Sein verstorbener Verleger Schulte-Oldenburg wird sich noch im Grabe umdrehen!"

Besonders die Raucher verraten, wie angespannt sie zuhören. Gepreßt entweicht der Rauch ihren Nasen und Mündern.

„Die großen Ferien standen vor der Tür. Aus der Redaktion des Weltblattes, das damals noch nicht dem Konzern gehörte, waren Wochen zuvor einige jüngere Kollegen herausgenommen worden, um ein Groschenblatt zu entwerfen. Geschart um den „Bonbon-Macher" Harmfried Meineider. Er sollte ein in breiten Leserkreisen vermutetes Bedürfnis nach Blickfang-Information befriedigen. Mit vielen Bildern und Backform-Meldungen. Kurz und prägnant. Weniger vom Wichtigen. Mehr vom Kitzligen."

„Die Situation ähnelt der unseren heute!" Berger spricht mit verzogenem Mund, als quält ihn Bitterkeit. „Sie waren um einen modernen Umbruch bemüht, suchten nach gefälligen Spaltenbreiten, effektvollen Abblockungen, Umläufen und Bildschnitten, die das langweilige Guckkastenformat der Fotos beenden sollten. Nicht mehr des Lesers Kopf sollte angestrengt werden mit Bleibandwürmern und Stummfilm-Posen, die Augen sollten vielmehr schwelgen in Knall-Text und Bild-Blößen.

Einer der Experimentierer war der junge Poppenspeeler, dem die letzten Kriegstage im U-Boot-Turm den Überschuß an Kraft und Ungezügeltheit nicht mehr genommen hatten. Ihn begeisterte der Trommel-Rhythmus der neuen Massenzeitung. Wie die anderen auch. Verleger Schulte-Oldenburg und Harmfried Meineider waren von dem Schwung der jungen Mannschaft begeistert."

Rupert Berger war weit in die Erinnerung zurückgefallen, als sei er es gewesen, den die Folgen getroffen hatten: „Das Massenblatt war konzipiert worden, fix und fertig, beileibe nicht dort, nicht im Konzern, von wo aus heute seine Auflagenwalze kommt. Der Startschuß sollte fallen. Weltblatt-Verleger Schulte-Oldenburg, damals noch unter britisch-deutscher Flagge, fühlte sich zu dem Wagnis ermuntert, durch eine offizielle Erklärung des Konzerns, dieser habe keine Pläne, ein Groschenblatt auf den Markt zu bringen. So war es gerechtfertigt, die junge Mannschaft vor dem Erscheinen von „Welt und Bild" in den verdienten Sonderurlaub zu schicken!"

„Stellen Sie sich vor, meine Herren, so simpel wird die Welt verändert!" Die Gewichtigkeit, die diesem zeitungshistorischen Ereignis innewohnte, ist in Berger wiedererstanden:

„Poppenspeelers Crew-Kamerad aus gemeinsamen U-Boot-Tagen arbeitete als Umbruch-Redakteur im Konzern. Sie kennen den segelblonden Karrieremacher Dolf Vomargen. Er ist heute einer der Konzern-Günstlinge, an dem die amerikanische Legende vom Aufstieg des Tellerwäschers zum Manager deutsche Wahrheit geworden ist. Mit ihm traf sich U-Boot-Kumpel Poppenspeeler vor Beginn des Sonderurlaubs. Ein gründlicher Austausch der Erfolgs-Erfahrungen fand statt. Besonders Poppenspeeler wartete mit Ran-an-den-Feind-Erzählungen auf. Sie betrafen das Massenblattprojekt."

„Dolf Vomargen, bis dahin, außer in seiner blonden Glätte, ohne Meriten für den Konzern, witterte die Chance, seinen Verlagsoberen einen Volltreffer zu bescheren. Er verfaßte einen Sofort-Bericht an den Konzernchef, worin er alles preisgab, was ihm sein Turm-Kumpel aus dem Weltblatt-Verlag anvertraut hatte."

Mit beschwörender Heftigkeit redet Berger auf seine Mitarbeiter ein. Ihnen will er in die Haut ritzen, keinem Menschen von den Plänen der Funkzeitung zu erzählen. Deshalb erlangt sein Bericht dramatische Dichte: „... und während Poppenspeeler, wie seine Freunde, in der Feriensonne brät, beginnt der Konzern über Nacht und anhand des in dem anderen Hause entworfenen Planes das Massenblatt aus dem Boden zu stampfen!" Mit einem Kopfschütteln, das zeigt, wie verächtlich Rupert Berger noch heute darüber denkt, fragt er: „Können Sie sich vorstellen, wie bitter das Erwachen im Weltblatt-Verlag war?"

Der Pressesprecher des Funks ist in die Anwaltsrolle geschlüpft. Sie ist ihm ernst. „Nehmen Sie diese Geschichte als ständige Mahnung, keinem Menschen gegenüber von unseren Plänen zu sprechen. Auch wir sind eine Mannschaft. Sie haben sich für „Hört uns" entschieden. Der Intendant, der Senderat, Ihr neuer Chefredakteur Hagen Tronge und nicht zuletzt ich haben auf Sie gesetzt!"

Einen Atemzug lang zögert Berger. Dann sagt er: „Es liegt in unserer Macht, den Konzern in die Schranken zu weisen. Wir können gutmachen, was er an Perversion und Verschmutzung in unser Volk getragen hat. Unsere Zeitung wird den Konzern bedeutungsloser machen, ihn finanziell so schwächen, daß er nicht länger seine Finger nach dem Fernsehen ausstrecken kann!"

Das glaubt auch Gernehart Kattenpot, der mit missionarischem Eifer an den Druckverträgen arbeitet. Am Telefon berichtet er aufgekratzt: „Wir sind drin, Professor Bonvivat! Ich sage: Wir haben ganz entschieden Fuß gefaßt in den Provinzdruckereien ... Ja, das verdanken wir Ihnen, Professor, Ihren ausgezeichneten Beziehungen zur Parteipresse ... Selbstverständlich auf Lohndruckbasis. Das schafft gemeinsamen Kampfgeist ... !"

* * * * *

25

Dieser Fahrstuhl schafft vier Komma dreiundsechzig Meter in der Sekunde. Neun Komma eins Sekunden braucht er in den 13. Stock. Ohne Unterbrechung. Es sind nicht viele, die ihn benutzen dürfen: der Konzernchef, der Generalbevollmächtigte, die acht Verlagsleiter und ein kleiner, ausgesuchter Kreis von Top-Managern. Danach kommt nichts mehr in Frage!

Den Prominenten-Bagger kann nur nehmen, wer kann, das heißt, wer einen Schlüssel hat, einen Spezialschlüssel für den komplizierten Kontaktmechanismus, der es erlaubt, in einem Zuge hochzuschnellen bis in den Dreizehnten. Der Schlüssel ist für die Wenigen unverzichtbares Statussymbol – wie die Limousine mit Fahrer, das Vorzimmer mit (mindestens) zwei Sekretärinnen, das Privatklo, das tägliche Blumenarrangement, das Couchzimmer, Radio, Fernsehen und Panoramablick. Und das Kasino. Freier Zutritt. Freier Verzehr. Unterschrift, natürlich!

Einen solchen Schlüssel zu besitzen, ist für viele Traum, Ehrgeiz, Verbissenheit, Gier, Lust, Eifer, Eifersucht und Neid. Für ein paar Leute ist es einfach ein Trick, den sie wie Taschenspieler handhaben, wie unter dem Zylinderhut, mit flinken Augen und Fingern, abenteuerlich im Wagen, verwegen im Nutzen – bis die Hausinspektion sie stellt: auf frischer Tat! Es bleibt straffrei. Nur den Schlüssel sind sie los. Und das geliehene Gefühl, jemand gewesen zu sein. Benutzer des Luxus-Lifts, wenn auch nicht Nutznießer der Annahmlichkeiten im Dreizehnten.

Woher kommen die Schlüssel, die zusätzlichen, überzähligen, nichterlaubten, angeeigneten? Das bekommt keiner heraus! Vielmehr, wer erlaubt sich, zu sagen, er wüßte es? Das hätte Folgen. Jener hätte nicht nur den Traum vom Schlüssel ausgeträumt und von dem, wohin er führt. Er hätte auch nichts mehr von dem, was er braucht, um das Wenige zu sein, was er ist. Oder er hätte es nur unvollkommen, nämlich gestört, kontaktgeschädigt, unbrauchbar: Telefon, Lichtquellen, Luftautomatik, Schreibtischmechanismen. Wie verhext. Und so plötzlich. Waren nicht sogar die Handwerker in der Nähe?

Dem wäre die Streß-Tour sicher. „Die Handwerker sind anderweitig . . . auf Anordnung von . . . !" – „Wir haben den Auftrag notiert!" – „Wir bedauern – Krankmeldungen!" – „Ersatzteile sind bestellt!" Wer das nur ahnen kann, hält seine Schwatzfreude zurück. Sonst geht der eigene Stern eher unter, als daß ihm die Sonne des Dreizehnten jemals aufginge.

Also: Werkstatt-Boß Stoffel hat nichts zu tun mit den Schlüsseln für den Karriere-Käfig, der in magendrückender Hast in Traumhöhen schießt. Aber es weiß doch jeder, daß die Sesam-Schlüssel nur aus der Werkstatt kommen können. Es ist aber Parzival-Glaube, zu glauben, die Gewerkschaft strebe nur im Tarifrecht Kenntnis und Erfolg an. Das war einmal. Es führen viele Wege in die Mitbestimmung. Im Konzern über den Weg der Intern-Politik. Da mischen sie mit. Mehr als mittelkräftig und durchaus nicht bar betriebspsychologischer Geschicklichkeit.

Zur Sache: Werkstatt-Boß Stoffel ist Betriebsratsmitglied. Seiner Hausmacht unter den Arbeitern gemäß könnte er sogar Vorsitzender sein. Aber er hält sich zurück. Im zweiten Glied. Aus dem Hintergrund des Kaders wirkt er effektvoller. Es ist klar, daß er einen Liftschlüssel hat. Seinesgleichen haben auch einen. Darüber hinaus bestimmt Stoffel, wer noch einen haben darf. Außer der Reihe und zu treuen Händen. Auf Zeit. Auf Willigkeitszeit, gewissermaßen. Das heißt, zu Gegenleistungen bereit. Denn umsonst ist der Tod. Nein, der ist teuer, wie jeder weiß. Aber der Tod zu Lebzeiten ist teurer. Das wäre leben und doch begraben sein. Das kostet mehr als Geld: Hader, Grämen, Nerven, Magendruck und Anbiedern bis zum Wiederdürfen. Oder Ende!

Dieser Karrieren-Kreislauf ist kontrollierbar. Stoffel und seine Männer sind auf der Hut. Sie beobachten, spionieren, schnüffeln, nehmen zur Kenntnis, lassen fühlen, helfen ein wenig nach. So halten es die meisten für besser, die Karten offenzuhalten, sehen zu lassen: was man tut: für die Arbeiter, Mitarbeiter! Es ist besser so. Dann bleiben Hemmschuhe aus dem Wege. Die Leitern führen nach oben, wie der Luxus-Lift.

Drei Männer gibt es, die jenen Schlüssel so selbstverständlich haben wie der Konzernchef. Der Stoffel könnte nicht dafür und nichts dagegen tun. Er wird sich hüten. – Der eine ist der Mixer Oropax. Das ist klar: Was wäre das Konzern-Kasino ohne ihn? Und der andere, Trotzki? Er ist Vertrauensbote. Er muß einen haben. In seiner blauen Segeltuchtasche steckt oft genug geheime Kurierpost für einen, der im Dreizehnten sitzt, im Trakt der Konzernherren. Oder an der Bar.

Natürlich hat Humbert einen. Selbstverständlich! Man muß es sehen, wenn er den breiten Brustkorb mit Luft füllt, sehr langsam durch die Empfangshalle schreitet, in beherrschter Hast, bis an den Lift, an den er sechs oder acht Schritte früher gelangt als derjenige, dem er den Lift heranholt. Das sind Majestätsbegegnungen. Ein Gruß von tiefem Einverständnis. Keine Vertraulichkeit. Von keiner Seite. Humberts „Bitte!“ ist nur ein Brauenziehen. Der Dank des anderen ein Lippenspiel. Humbert weiß, wann er einen Besucher in den Dreizehnten geleiten sollte. Mit dem Schlüssel und seiner beruhigenden Gegenwart. „Ein bißchen wild die jungen Pferde. Aber fest am Zügel. Nicht ängstigen, bitte!“ Das mag sein, wer will: teures Geld, höchstes Amt, verdient oder in der Politik, frauliche Schönheit, von Natur oder Kosmetik, Bühne, Bildschirm oder Bordell: Sie spüren an Humbert: das Haus hat Atmosphäre, seine Männer haben Flair. Das kann sich, von unten her, nur steigern.

Humbert besucht Oropax. Das tut er oft. Sie sind Freunde. Und beide unersätzlich. Auch füreinander. Oropax sieht, wenn Humbert durch die Kasinotür kommt. Meistens vormittags, wenn die Gläser Glanz bekommen für den Abend. Die kräftige, hohe Schulter zuckt links. Oropax ist Linkshänder. Aber deshalb kreiswienert der Daumen nicht minder flott um den Glaskelch.

Oropax steht fast immer mit dem Rücken zum Tresen. Zwischen zwei Calvados-Attrappen, die auf den Flaschenbäuchen Malkastenetiketts haben, frohbunt wie paradiesische Verheißung, Pausbackenäpfel an Lindgrünzweigen, sitzt ein rhombischer Spiegelspion. Die ganze Rückwand ist ein Spiegel. Aber das stört Oropax, weil es ihn nicht weniger zeigte als die anderen. Bei allem, was er tat. Er will sehen, nicht aber gesehen werden. So entstand das Mosaik aus Flaschen, Bechern, Etiketten, Widmungen auf Fotos, Zigarettenschachtelrücken. Sein Bestes ist ein Wandvlies aus Papyrin, schmalflächig, langgezogen. Untereinander, unmerklich unregelmäßig wie Stempeldrucke, reihen sich Münder in Lippenstiftrot, prall entfaltet wie Klatschmohn, oder gehaucht wie flüchtige Küsse. Ein merkwürdig kitzelnder Pop.

Die vom feinen Filigran der Farbschichten abgepausten Lippen haben noch erregende Sinnlichkeit. Oropax zieht aus der lustweckenden Lockung nicht wenig Trinkgeld. Er braucht nur preiszugeben, welcher Mund was verspricht. Wem der Mund gehört. Kein Zweifel: Seine Hände sprechen deutlicher, als Münder es könnten. Wenn sie in flossenflinkem Zittern die Linien nachzeichnen, Busen und Hüften runden, entstehen vor den Augen des Zusehers Proportionen, die Pornographie nicht hervorbringt. Sein Meisterwerk ist die Nachzeichnung einer weltbekannten Figur, die der Natur lange hartnäckig den erwünschten Nachwuchs verweigerte, die Ungezählten in Träumen wie im Wachen Schöpferkraft verlieh, eruptiv in Monolust wie im Duo-Dasein.

Wie macht er das? Die Frage ist berechtigt. Richtig erzählen, mit schmückenden Einzelheiten, kann er nicht. Oropax ist ja taubstumm! Das ist tragisch. Aber es kommt auf den Betrachter an. Betrachtet Oropax sich selbst, muß er, trotz fehlendem Gehör und artikulationsunfähiger Stimme, erfahren, daß vielerlei Annehmlichkeiten aus seinem Gebrechen resultieren. Das Extrageld, zum Beispiel. Aber auch Gunst. Besonders, mehr noch als das allgemeine. Frauengunst zuerst. Das hängt mit seinem Paillettenblick zusammen, aber auch mit seiner Mowgli-Sprache, die, unwiderstehlich, das Bild eines Tieres entstehen läßt, in ahnungsvoller Wildheit, wie nur Träume sie möglich machen.

Im Umgang mit Männern ist Oropax strikt männlich. Eher ein bißchen mehr. So kommt es immer wieder zu Frankenstein-Schrekken, wenn Oropax sich unverhofft umdreht. Nicht zu früh, nicht zu spät. Gerade in dem Moment, wenn andere ihren Spaß aufsteigen fühlen, das Igelspiel: Hier bin ich! Und sie feixen schon im Innern und im Po, der sich belustigt zurechtschiebt auf den Hockern. Bartische haben handsympathische Randkehlungen zum Festhalten. So fällt man nicht so leicht, wenn Oropax aus der Hüfte heraus kehrtmacht und aus verdüstertem Paillettenblick zu erkennen gibt, wie gut er verstanden hat.

Mit Humbert geht das anders: Da kommen die artikulierten Urtöne auch. Aber viel jauchzender, wie bei einem Tier, das sich freut, schwanzwedelnd, flossenschlagend, flügelflatternd, kreatürlich. Dann ist der Paillettenblick eine Seelenfalle, in die jeder hineintappt. Humbert kennt es, macht wie ein Bändiger. „Ist gut, mein Guter. Ruhig!“ Wildfreudiger kann kein Hund sein, kein Pferd nüsterner, keine Wildkatze sprungbereiter, flankenerregter.

Humbert spitzt die Lippen, formt sie, weitet sie, gähnend offen, dünn verpreßt, und läßt die Augen mitsprechen, die Stirn, das Kinn und die Hände. Diese kreisend, spreizend, stechend. Seine Finger werden Lanzen, Stachel, Haken, schreibende Stifte. Und Oropax erwidert, wiederholt mit spitzfrohem Mund, verstehend, bejahend: alles verstanden! Das fingerhakelt immer heftiger, huscht über die Haut, ins Gesicht, um die Lippen, die heisergrummelnd ausstoßen, meistens helle Freude.

Humbert liest. Den Tageszettel. Abrißgenau, mit Uhrzeiten von . . . bis. Wer kommt wann? Konferenzen, Besucher. Gäste. Humbert ruft: „Ah!“ Oropax hört es nicht. Aber er sieht es aus Humberts Mund strömen. Das kann nur ein „Ah!“ sein, Entzücken. Deshalb greift Oropax nach dem Zettel, tippt auf das Wort „Abendempfang“. Gestern abend! Der Verein der Verleger. Zu einem Vortrag des Verlegers. Des Konzernchefs. Wer denn sonst!

Humbert lehnt über den Bartisch, weit vorgebeugt. Gin Tonic perlt vor ihm. Oropax hat einen Pips Zitrone hineingeflasht. Beide starren auf ein Tonband, das jetzt unter der Barkehlung läuft, verborgen von der relingähnlichen Holzbuchtung:

„Ach, bitte, entschuldigen Sie: Jemandem muß ich es sagen!“

„Was müssen Sie sagen?“

„Ich möchte sagen . . . also, bitte, wie soll ich mich ausdrücken: Ich finde, sein Gesicht nimmt mehr und mehr die Züge des Verkündigers an! Sie zweifeln? Nicht doch . . . Ich meine, nicht wie Jesus . . . oder doch? Vielleicht wie jener, bestimmt aber wie das eines seiner Jünger . . . wie Johannes, vielleicht . . . Ja, wie Johannes!“

„Fahren Sie ruhig fort. Ich liebe blasphemische Gedanken.“

„Wie denn, Sie lieben . . . “

„Ja, Blasphemie ist für mich das Mittel, mich mit ihrem Gegenteil, dem Bekenntnis zum Glauben, auseinanderzusetzen.“

„Aber, nicht doch, mein Herr! Mir ist es ernst damit. Haben Sie seine Bewegungen beobachtet? Wie er die Worte ausspricht, leise und doch rufend. Und sein Gesicht? Sahen Sie die Schatten der Berufenheit, ja, lassen Sie mich sagen: Auserwähltheit. Immer vertiefter werden Sie unter seinen gütigen Augen. Wie sie leuchten im Glauben an die gute Sache, an die Wahrheit, seine Wahrheit . . . “

„Sie trinken pur, wie ich sehe!“

„Ja, pur! Trinken nicht alle pur? Herr Gott, woher bekomme ich Whisky, soviel und gratis? Aber ich trinke mäßig, Sie!“

„Zum Wohle! Und, bitte, unterhalten Sie mich weiter! Sie meinen, seine Predigt sei Wahrhaftigkeit?“

„Sagen Sie nicht Predigt. Der Mann ist Mission, fleischgewordene. Ihm ist alles heiliger Ernst. Schauen Sie hin, sehen Sie hinüber. Sehen Sie das Mitleiden in seinem Gesicht? Ein schönes Gesicht! Hallo, Boy, noch ein Glas!“

„Sagen Sie, was empfinden Sie, wenn Sie in sein Gesicht blicken?“

„Ach, Sie Ärmling! Sie sehen das wohl nicht? Uns umgibt Schönheit. Schönheit des Glaubens, Schönheit der Ideen, Schönheit der

Glieder. Ja, das auch! Sagen sie selbst, was jeder weiß: Schönheit des Bekenntnisses bedingt die Schönheit der Erscheinung. Sie alle waren schön: Gottes Sohn und seine Streiter. Billy Graham, Martin Luther King, Kennedy, Kiesinger . . . "

„Vergessen Sie nicht Rasputin, Graf Strauffenberg, Che Guevara!"

„Und Adolf Hitler, damals. Wie heute Adolf von Thadden! Alle Bildnisse der Glaubensgeschichte sind schön . . . es interessiert Sie nicht, wie?"

„Doch, bitte, fahren Sie fort!"

„Sie müssen wissen: Das mit dem verschütteten Salz, das war eigentlich nichts anderes als der Ausdruck einer grenzenlosen Enttäuschung. Glauben Sie, er hat ihn unsäglich geliebt. Aber, da war Johannes, sein Liebling. Verstoßene Liebe – unerwiderte –, kein Messer der Menschheitsgeschichte hat tiefer gesessen . . . !"

„Sie meinen, daß schon in jenem Club . . . also, ist alles Predigen, damals wie heute, Selbstzweck!"

„Aber nein, nicht so! Das führt zu Mißverständnissen. Es kommt nicht darauf an, daß verkündigt wird, schon gar nicht das einzige Seligmachende. Verkündigungen sind notwendig. Immer, sofern sie dem Heil der Menschen dienen. Darum Marx und Rosenberg, Freud und Manson. Heil und Hippie. Jesus hat nicht gesagt, seine Heilsverkündung sei einzig . . . "

„Doch, mein Herr, er hat gesagt: Er dulde außer seinem Namen, dem Namen des einzigen Vaters, keinen anderen Namen. Die Gebote, mein Bester . . . "

„Pelterhagen, bitte, Hansfranz Pelterhagen. Verleger! Ein kleiner, im Vergleich zu Ihrem Konzernherrn. Ich verlege Schriftgut des Glaubens. Nicht Traktate, beileibe nicht. Neureformiertes Gedankengut unserer dienenden Liebe . . . Boy, noch ein Glas, bitte!"

„Zum Wohl . . . Und so kamen Sie hierher!"

„Ja, die Einladung erging an mich. Sie müssen wissen: Wir Verleger halten zusammen. Vor uns steht die bitterernste Frage, wielange noch das Wort, das geschriebene, das einzig gültige Wort, wie es nur schwarz auf weiß von Dauer ist, an den Leser, an die Menschen unserer Obhut gelangt. Bei den heutigen Druckkosten, verstehen Sie? Und der Vertrieb . . . Und dieses Teufelwerk, das Fernsehen, ich sage Ihnen . . . "

„Was möchten Sie sagen?"

„Nun, dies: Ich muß sagen, daß meine Jünger . . . Zum Wohle! . . . Meine Jünger sind meine Helfer, meine Buben, die Jungen aus

Nachbarschaft – für eine Mark pro Hundert ... Nein, Sie können das nicht verstehen. Soll das Wort, das erneuerte Wort, unter die Menschen kommen ... ohne meine Jungen wüßte ich nicht ... "

„Sind Sie zufrieden mit einer Mark pro Hundert, die Jungen, meine ich?"

„Zufrieden? Sie müssen wissen: Zufrieden sind sie durch mich, durch meinen Glauben an die Sache und, natürlich auch, an die Jungen. Sie sind zuverlässig ... Sie sind beständig in meiner Nähe, in meiner Wohnung, die zugleich Büro ist ... In meiner Nähe durch meinen Geist ... Hallo, Boy, noch eins!"

„Zum Wohl! Und deshalb hatten Sie die Ehre, hier, im dreizehnten Stock des größten Verlagshauses Europas, Sorgen mit Ihresgleichen zu teilen ... "

„Ja, genauso. Dies ist ein Haus des Verständnisses. Durch seine Räume geht der Atem der Freiheit, die frische Luft der Toleranz. Ich bin glücklich ... "

„Was macht Sie so glücklich?"

„Sehen sie selbst: die Menschen! Schauen Sie sich um. Die Boys dort. Pagen sind sie, genau wie früher. Das Wort ist aus der Mode gekommen. Der dort, sehen Sie: sein Gang, die schöne Uniform, knappgeschnitten das Jäckchen, bis zur Hüfte. Seine Bewegungen. Das ist der Geist der Freisinnigkeit ... Zum Wohle, Sie Tomatikus. Geben Sie es zu: Unter der Juice ist der Wodka für harte Männer, nicht wahr? – Wie heißen Sie eigentlich?"

„Entschuldigen Sie, sagte ich es noch nicht? Tischer, Franz Asmus Tischer!"

„Ach, Sie sind dieser Gerechtigkeitsapostel, der Gerichts-Reporter mit der Gnadenseele. Mensch, Sie, da sieht man mal, wie so einer aussieht. Sie hab' ich mir mit wallendem Bart vorgestellt!"

„Ehrt mich, daß Sie mich für einen Weisen halten. Aber Sie, Herr Pelterhagen, wollten mir sagen, was Sie an der Rede des Hausherrn so begeistert hat."

„Das ist doch einleuchtend. Das Thema hieß: Die falsch verstandene Macht der Presse! Sagte er nicht, was auf uns zukommt, wenn das freie Wort eingeschnürt wird, eingeengt von diesem Fernsehen, das immer mehr haben will aus dem Klingelbeutel des öffentlichen Aufkommens. Wir Verleger müssen da hinein, wenn es nicht vorbei sein soll mit der kritischen Wachturm-Position der freien Presse, die gerade er so mächtig bezogen hat, dieser großartige, lassen Sie mich sagen – geniale Mann. Und auch mit mir wäre es dann vorbei. Auch ich bin Verleger. Ich muß das Wort ebenso verbreiten wie er. Ich und meine Jungen . . . "

Tischer hat über diesen Vorgang Aufzeichnungen gemacht. Er beschreibt eine Szene so:

Wie aus einer verlöschenden Brandstelle steigen über den Köpfen der Versammlung von etwa hundert Gästen Rauchspiralen zur Decke des Konzern-Kasinos im 13. Stock des größten Zeitungshauses Europas. Die Glühbirnen in den kaleidoskopischen Deckenleuchten, ein Lichtkristall nach Sternenhimmelmuster, reflektieren in Dunstschwaden. Stimmen branden, brechen sich am Samt der Seitenwandvorhänge und drängen hinaus durch die spaltoffenen Panoramafenster. Es sind die Laute einer zuendegehenden Veranstaltung.

Veranstaltung? Sicher! Gezielt, gekonnt. Solange die Haufen kleiner Druckerschwärze-Konsumenten mit Handsatz und Rotation den Brei der Bedrohung der Pressefreiheit ausgießen, solange kann es nicht genug solcher Veranstaltungen geben. Es ist nicht gut, immer nur in der eigenen Auflage zu tönen, auch dann nicht, wenn diese die stolze Höhe von 29 Millionen erreichte Leser hat. Das macht die Sache nur noch verdächtiger. Deshalb hundert Hansfranz Pelterhagens.

Das Tonband, über das Humbert und Oropax noch immer zuhörend gebeugt sind, bringt jetzt einen anderen Dialog. Die Stimmen veranlassen Humbert, zufrieden mit dem Kopf zu nicken.

„Ich habe nur Zustimmung gesehen. Sie werden alles in ihren Abreißpamphleten, in ihren Eintausend-Auflagen, nachplappern. Im übrigen habe ich Ihren Text sofort an dpa weitergegeben. Mit Rotstift unter den entscheidenden Sätzen . . . "

„Ich danke Ihnen, Abel. Es ist gut!" Das ist die Stimme des Konzernherren.

„Verzeihen Sie die Frage: Fühlen Sie sich nicht wohl? Sie wirken nervös!"

„Ich bin nicht nervös, Abel. Ich bin beunruhigt."

„Hängt es mit dem Zettel zusammen, den Ihnen der Bote Trotzki während Ihres Vortrages ans Pult brachte? Ich habe es gleich gewußt . . . diese Kerle können sich nicht an meine Anordnungen halten . . . ‚Alles zu mir', habe ich der Botenzentrale eingeschärft!"

Trotzki hat getan, was ihm aufgetragen worden ist!"

Aus dem Hintergrund tönt die Stimme Hansfranz Pelterhagens. Das Entzücken war plötzlich bocksprüngig aus ihm herausgebrochen; angefacht vom hausgeschenktem Whisky, mußte es sich entladen, in dem er seinen blasphemiehungrigen Partner einfach stehen ließ, um sich seinem Gott, dem Gott des Hauses, auf Tuchnähe zu nähern: „Ich bin begeistert, hingerissen, gestatten, Pelterhagen!“

Der Konzernchef fühlt sich eingeengt. Er fühlt sich unbehaglich, wie einer, den ein fährtenfeuchter Hund umhechelt. Das Tonband gibt wieder:

„Merken Sie denn nichts, Abel? Halten Sie mir doch die Leute vom Halse . . . “

„Sie wünschen ein Taxi, mein Herr. Boy, Hallo, Friedelieb, ein Taxi für den Herrn . . . selbstverständlich, ich weiß, Pelterhagen. Natürlich, Herr Pelterhagen, ein Taxi . . . “

Dennoch hatte Hansfranz Pelterhagen im lüsternen Umschleichen des angebeteten Mannes dies aufgefangen und mit der Sekundenklarheit Betrunkener registriert:

„Wir müssen sofort Farning anrufen, Abel! Es ist wichtig! Es hängt mit Professor Bonvivat zusammen. Sein Name steht auf dem Zettel. Eine äußerst delikate Angelegenheit, schreibt Farning.“

„Ihnen war nichts anzumerken während des Vortrags. Bonvivat, sagen Sie?“

„Ja, dieser Parteifuchs. Da droht wieder was Unangenehmes, sage ich Ihnen, Abel!“

„Oft hat es sich später als harmloser herausgestellt, besonders wenn Farning . . . !

„Drängen Sie Ihre eifersüchtigen Gedanken zurück, Abel. Kommen Sie endlich. Wir müssen handeln. Lösen Sie den Haufen auf. Komplimentieren Sie die Herren hinaus . . . “

„Meine sehr verehrten Herren!“ Abel Vollbracht, Intimus des Konzernchefs und Interpret aller Äußerungen dieses Mannes, hält die Hände gefaltet vor dem Schoß. Er dehnt sich auf Zehenspitzen. In den Augenwinkeln das Lächeln, das an Eistänzer erinnert.

„Meine sehr verehrten Herren, ich darf Ihnen im Namen des Chefs dieses Hauses danken für die Aufmerksamkeit, die Sie seinen Ausführungen über ‚Die falsch verstandene Macht der Presse‘ entgegengebracht haben. Sie haben mit uns erkannt, wie entschlossen wir jeder Gefahr begegnen sollten, die unserer freiheitlichen Aufgabe droht . . . “

„Ein Glas fällt zu Boden. Jemand zerrt am Arm des Übertäters. Ein Boy springt herzu, bückt sich über die Scherben und schabt sie auf ein Tablett.

„Lassen Sie uns an die Arbeit gehen, meine Herren. Wir dürfen keine Zeit verlieren. Wir danken Ihnen.“ Abel Vollbracht blickt auf seinen Konzernchef. Auch er hat ein sanftes Lächeln im Gesicht. Keiner erkennt die Maske. Sein Adlatus rafft die Blicke, die begeistert auf dem Konzernchef ruhen, wieder auf sich, indem er fortfährt:

„Bedauerlicherweise kann sich der Hausherr nicht persönlich von jedem von Ihnen verabschieden. Verstehen Sie, bitte. Die Aufgaben in unserem großen Zeitungshaus . . . “

Abel Vollbracht geht auf seinen Chef zu. Ohne ihn zu streifen, zieht er ihn im Sog seines schnellen Schrittes mit. Die Blicke der Gäste folgen ihnen. Der Fahrstuhlboy in grüner Livrée, ein Junge, der unter seinem schiefsitzendem Barett Kulleraugen wie eine Käthe-Kruse-Puppe hat, bückt sich, um die Streichholzschachtel aus dem Schlitz der Fahrstuhltür zu ziehen, die den Elektromechanismus blockiert hatte.

„Bitte, zu Herrn Farning!“ sagt Abel Vollbracht.

Humbert ist begeistert. Er redet so, als könnte Oropax ihn verstehen. Er vergißt, die Lippen langsam zu formen, die Hände mitsprechen zu lassen. „Das wird Justi freuen. Wir haben alles fein säuberlich zusammen. Ernis Lauscherkassette und dein gutes Band, Oropax. Du bist ein Meister!“ Die dunklen Augen lachen. Das ‚M‘, das er nachformen will, wölbt sein Kinn und läßt aus seinem bemühten Mund ein von Freude gefärbtes Lächeln strömen.

* * * * *

26

Die bodentief heruntergeschnittenen Rosenstauden stecken noch im spätwinterlichen Torfmuff. Aber an den gestutzten Stachelarmen regt sich in roten Flecken schon Frühlingskommen. Die Kunststeinränder um die hochgesetzten Beete sind, wie in jedem Jahr, frostgeborsten. Auf der brockigen Erde liegt der Konfettischmutz achtlos fortgeworfener Papierfetzen. Über den breiten Platz, den zum Süden hin die Gebäude-Troika der Gerichte begrenzt, wirbelt Ostwind. Er hat freie Bahn, gegen das Portal zu stürmen, durch das der Gerichtsreporter Franz Asmus Tischer in die Halle des Strafgerichts tritt.

Die Stufen der ausladenden Treppe, die in steinernen Schwüngen in die unteren Flure mündet, sind ausgetreten. Die Wetzstellen haben rostbraune Kehlungen wie Schleifsteine. Auf der Tafel neben dem Pförtnerstand sind Hinweise angebracht auf Gefahrenquellen im Alltag, auf den Segen, den gewerkschaftlicher Beistand bringen soll und auf einen Chorabend der Gerichtsdiener.

Tischer nimmt den Paternoster. Der Geruch von Staufferfett verstärkt die Atmosphäre von Trostlosigkeit, die in dem Haus nistet. Die Gondel trägt Tischer rumpelnd nach oben. Für Augenblicke kann er in die Gerichtsflure blicken. Er sieht Menschen vor den Saaltüren warten. Sie harren darauf, daß ihre Namen aufgerufen werden. Tischer hat einen verhandlungsfreien Tag. Für ihn schreibt, wie er ihn nennt, ein „Ersatzotto".

Das leise „Herein" hinter der hochragenden Zimmertür gibt Tischer das Bild ein, das er vor sich haben wird, wenn er die Klinke niederdrückt. Wie in einer Kanzleiszene alter Theateraufführungen, zeitvergessen, ist das Gesicht eines ältlichen Mannes auf ihn gerichtet. Hinter dem Schreibtisch, der vor den düsteren Regalen in die Mitte des Raumes geflüchtet zu sein scheint, steht, halb aufgerichtet, die schmalen Arme aufgestützt, Gerichtsdirektor Bugenhagen. Das Zimmer verrät zellenhafte Abgeschiedenheit. Der allgemein recht flotte Tageslauf Justitias gelangt nicht in dieses Dachgeschoß.

„Kommen Sie herein, Herr Tischer." Der alte Richter ist um den Tisch herumgekommen. Tischer fühlt den Druck der kühlen Hand.

„Gemütlich, wie immer, Herr Direktor!" Der Raum ist nicht gemütlich. Tischer weiß es. Er ist abgetan, wie das Amt seines Besitzers. Stapel von unbelebten Akten türmen sich auf dem Richtertisch. Tischer sieht ein Barbarossa-Bild vor sich.

Hermann Bugenhagen trägt keinen wallenden Bart. Mit munteren

Worten nötigt er seinen Besucher, es sich bequem zu machen. „Mein Kompliment, Herr Tischer. Sie schreiben noch immer so, wie es die Gerichtsbarkeit ihrer gesellschaftlichen Rolle nach verdient, unter die Leute gebracht zu werden."

„Ich bitte Sie, Herr Bugenhagen. Sie wissen so gut wie ich, wie sehr die Konzessionen an den Massengeschmack überhand nehmen. Der Prozeß „Schlüsselkind" hat es einmal mehr bewiesen." Tischer hebt die Stimme ein wenig, weil er sich ärgert. Mein Lokalchef Appenohr hat mir auseinander zu setzen versucht, daß nicht das mordende Kind, sondern die geopferte Mutter schuldig ist. Ich hatte in meinem Bericht herausgestellt, wie sehr eine durch Arbeit und Haushalt belastete Mutter überfordert ist, dem Kuppeleiparagraphen auszuweichen. Die kindliche Tochter hatte mit ihrem ebenso kindlichen Galan beschlossen, die meckernde Mutter aus dem Hause zu schaffen, falls diese noch einmal in das Lusterlebnis hineinplatzen sollte. Es geschah so. Die jungen Nutznießer des mütterlichen Arbeitszwanges und der sturmfreien Bude bedeckten nicht einmal ihre Blößen, als sie die zeternde Mutter kurzerhand über den Balkon stürzten!"

„Was ist Verwerfliches daran, wenn ein junges Mädchen sein natürliches Bedürfnis zu befriedigen sucht?" hat mich Appenohr gefragt. „Die ewigen Vorhaltungen der Mutter müssen einen jungen Menschen frustrieren. Überhaupt, Tischer, verfassen Sie Ihre Berichte künftig aufgeschlossener. Die Welt hat sich gewandelt. Die Jugend lebt bewußter. Sie hat Anspruch auf freie Entfaltung ihrer Persönlichkeit!"

„Jeder kann erkennen, wohin die Tendenz des Konzerns zielt. Seine Zeitungen, insbesondere das Straßenblatt, leisten den niederen Instinkten Vorschub. Ich weiß nicht, wie Sie sich dagegen behaupten wollen, Tischer?"

„Ich gebe nicht auf, Herr Direktor! Es gibt noch Kollegen, die wie ich denken. Dabei übersehe ich nicht, daß die gedankenlosen Mitmacher im Konzern Oberwasser gewinnen. Auf politischem Gebiet ist das viel besorgniserregender!"

In dem Richterzimmer hat sich der Duft von Tee verbreitet, den Bugenhagen in ein Kannensieb gegeben hat. Um den Tauchsieder brodelt anheimelnd Wasser.

„Da sagen die Leute, Geschichte wiederhole sich nicht. Der Konzern gleicht dem Hugenberg-Imperium. Und was damals die Ufa war, ist heute die „Hansa-Studio"-Aktiengesellschaft."

„Wie sehen Sie die Rolle des Rundfunk-Intendanten in diesem mißlungenen Geschäft des Konzerns?"

„Geld stinkt nicht, Herr Tischer! Der Mann ist der Typ eines Klingenspringers. Eine Randfigur, wie sie in den Parteien oft in Erscheinung tritt. Die Sozialdemokraten wissen, daß sie mit diesem Intendanten ein schlechtes Pferd gesattelt haben!"

„Das bleibt doch nicht ohne Folgen, weder für den Konzern noch für diesen Intendanten!"

„Ganz recht! Der Konzern wird nicht nachlassen in seinem Bemühen, im Fernsehgeschäft Fuß zu fassen. Der Intendant aber wird dabei auf der Strecke bleiben. Beide Seiten werden ihn fallenlassen. Was die Sozialdemokraten angeht, so werden sie – ich möchte sagen: blindwütig! – alles dransetzen, die Massenmedien in ihrem Einfluß zu behalten. Wenn der Konzern nicht daran scheitert, so wird er doch auf Grenzen stoßen, die ihm von den gesellschaftspolitischen Grundsätzen der Sozis gezogen werden."

„Glauben Sie, daß die Sozialdemokraten daran festhalten?"

„Sie müssen, wenn sie überleben wollen. Ich sagte schon: Hugenberg! Wenn Geschichte sich also dennoch wiederholen kann, so ist nicht anzunehmen, daß die Sozis ihrer Überrumpelung ein zweites Mal zusehen werden. Verlieren sie den Einfluß auf die Massenmedien, dann verlieren sie, diesmal endgültig, an regierungsfähiger Bedeutung. Allein die Gewerkschaften, deren Management, werden die Hebel in der Hand behalten wollen. Daran wird der Konzern scheitern!"

„Leider habe ich nur Zucker, Herr Tischer!" Der Richter fährt zusammen, weil aus der Steckdose Funken springen, als er das Kabel herauszieht.

„Mir genügt Zucker." Tischer greift in seine Brusttasche. „Wie wäre es mit einem Schuß Rum?"

Bugenhagen hält beim Hantieren inne. Sein Blick ruht wissend auf seinem Besucher, der eine flache Flasche in der Hand hat. „Mir bekommt es nicht. Nicht so früh, Herr Tischer!" Er sieht im Gesicht seines Gastes eine leichte Färbung und setzt hinzu: „Nehmen Sie nur! Es tut gut, draußen, der Ostwind." Der Richter gibt sich den Anschein des Bedauerns. „Früher habe ich gerne einen kräftigen Schluck genommen!" Als die Zuckerwürfel klingend gegen das Porzellan fallen, sagt er noch: „Wer kämpft, braucht Stärkung!"

Bugenhagen wendet sich dem dampfenden Wasser zu und läßt es in die Tassen sprudeln. Er tut es umständlich, weil er merkt, daß Tischer die Flasche an den Mund gesetzt hat.

Noch während er gegen den scharfen Geschmack anschluckt, fragt der Reporter: „Haben Sie Neues erfahren, Herr Direktor?"

„Sie meinen in der Asservaten-Sache?" Bugenhagen weist auf ein Aktenbündel: „Die Anfragen nehmen zu!"

„Wird das nicht dazu führen, daß die Geschichte doch einmal hochkommt?"

„Das ist nicht leicht zu sagen. Wünschen sollte man es. Auch, wenn es ein böses Erwachen gibt!"

„Was wünschen Sie, Herr Direktor?" Beide Männer halten die Tassen wärmend vor den Mund.

„Ich? Mir sind die Hände gebunden. Sie wissen es. Aber ich gratuliere mir noch heute jeden Tag, daß ich mir seinerzeit Akteneinsicht nahm und einige Schriftsätze daraus festhielt."

„Wie erklären Sie sich die Häufung der Nachfragen? Nach so langer Zeit?"

„Das ist einfach erklärt!" Der alte Richter greift nach einer Akte, als wollte er seinen Worten damit Nachdruck verleihen: „Die vielen Juden-Prozesse in den letzten Jahren haben neue Kenntnisse erbracht über die Leidenswege der Verfolgten, über deren Verhaftung, Untersuchungshaft – sie wurde damals Schutzhaft genannt –, Vernehmung, Aburteilung. Dadurch sind mehr Einzelheiten zutage getreten über die Beschlagnahme von Vermögen. Die Anwälte der Nebenklage sind dadurch mobilisiert worden. Neuere Schriftsätze zeigen, daß die befaßten Anwälte sich auf beweiskräftiges Material stützen."

„Das läßt doch darauf schließen, Herr Direktor, daß der Komplex gar nicht im Dunkeln bleiben kann."

„So einfach liegen die Dinge nicht!" Bugenhagen trinkt in kleinen Schlucken. In seinen Mundwinkeln sammelt sich Skepsis. „Wenn Sie an eine juristische Prozedur denken, mögen Sie recht bekommen. Sie meinen aber doch eine öffentliche Darstellung des Sachverhaltes durch Zeitungen, zum Beispiel, denen Ihres Hauses!" Der Richter schüttelt den Kopf. „Ich bin sicher, daß die interessierten Kreise alles daran setzen werden, um das zu verhindern oder solange zu verhindern, bis sie Nutzen davon haben."

„Aber Sie könnten es doch tun und sich damit endlich Gewissensfreiheit verschaffen!"

Bugenhagen zeigt eine zweifelnde Miene. „Mein Material reicht nicht aus. Ihnen ist zudem bekannt, daß mir von dem damaligen Dienstherrn der Justizverwaltung, dem Senator Kuchenkremer, verboten wurde, Nachforschungen anzustellen. Durch ihn wurde mir Aussageverbot nach dem Beamtengesetz auferlegt."

Als könnte er körperlich in die Zeit zurückweichen, an die er denkt, lehnt der Richter sich in den Sessel zurück. „Ich merkte bald, daß meine Erkundigungen in der Asservaten-Sache gewissen Leuten unbequem wurden. Ich mußte den Kammervorsitz im Nachlaß-Gericht abgeben. ‚Im Zuge einer Neugliederung der Geschäftsordnung', wie es hieß. Damals waren meine Befürchtungen, in der Angelegenheit könnte etwas nicht stimmen, noch gar nicht ausgeprägt. Ganz routinemäßig ließ ich nach einem Asservat, einer goldenen Uhr, suchen, deren Vorhandensein urkundlich vermerkt war. Es war eine Vergleichssache jüdischerErben. Dadurch gelangte ich zufällig in den Besitz des Asservaten-Protokolls ‚Jüdischer Besitz'. Die Engländer hatten es bis 1951 unter Verschluß gehalten und es dann versiegelt der Justizverwaltung übergeben. Das Protokoll sollte im Zuge des Prosekutionsrechts des Bundes herangezogen werden. Es dauerte Jahre, bis die Kläger soweit waren – weil die Angeklagten fehlten."

Bugenhagen blättert selbstvergessen in einer Akte, wobei er mehrmals den Finger anfeuchtet. „Hier ist das Protokoll. Eine Abschrift. Ganze Möbelwagenladungen müssen das gewesen sein. Hier sehen Sie, eine Mengennotiz: allein 324 Kilo Zahngold und Schmuckgold. Kofferweise Brillanten, darunter hochkarätige. Ebenso untaxierte Splitter aus Armbändern und Halsketten, aus Ringen und Manschetten-Knöpfen, Broschen und Nadeln. Geschätzter Wert: dreizehn Millionen Reichsmark! Bedenken Sie den Wert heute! Die okularen Stücke dürften beträchtlich an Wert verloren haben: Prismen, Feldstecher, Kameras. Nicht so die Theatergläser der Damen mit den Schmuckziselierungen. Auch die Briefmarken nicht. Bestimmt nicht Wertpapiere. Und ebenso wenig das Silber."

„Das Protokoll würde sozusagen jeden Ihrer Schritte decken, Herr Bugenhagen!"

„Sie sehen das nicht gründlich genug, Herr Tischer. Es war mir damals nicht möglich, das Sonderdepot ‚Jüdischer Besitz' in der Asservaten-Kammer zu betreten. Nicht einmal mir, einem Richter, war das möglich, weil angeblich der Siegelbruch am Depot nur unter bundesrichterlicher Zeugenschaft vorgenommen werden durfte."

„Glauben Sie, daß die Wertgegenstände noch in der Asservaten-Kammer sind?"

„Ein Teil wird noch da sein. Aber das Entsetzen über das Fehlende wird größer sein." Das puckhafte Lachen des alten Richters ist nicht

Schadenfreude. Es soll das Unbehagen überdecken, das in ihm aufsteigt.

„Haben Sie sich einmal Gedanken darüber gemacht, wer sich an den Dingen bereichert hat?" bohrt Franz Asmus Tischer.

„Gedanken habe ich mir gemacht. Aber Gedanken sind keine Beweismittel. Auf sie allein kommt es an." Wie auf der Flucht vor sich selbst, schüttelt Bugenhagen den Kopf: „Ich muß mich immer wieder gegen mich selber wehren. Aber im Grunde ist es Selbsttäuschung. Hören Sie, Tischer, der Kreis der Mitwisser, wir können sie auch Mittäter nennen, ist klein. Aber prominent! Er ist zu suchen unter den einflußreichen Politikern der ersten Jahre. Die Namen sind Ihnen geläufig."

„Da war der Biermann, Rückkehrer aus China und Amerika. Ein Glasergeselle oder sowas, dem die Sozis das Amt eines Bürgermeisters angedient hatten, wodurch sich seine Anlage, gehemmt zu sprechen, verschlimmerte. Außerdem dieser Neuermann, den sie auch den Koteletten-Paule nennen. Er war später Biermanns Nachfolger. Ohne Stottern, aber mit Schauermanns-Idiom."

Tischer erschauert bei dem Gedanken, der ihn wie Lassoschwünge umkreist: „Da ist doch hauptsächlich der Kreis der altgedienten Sozialdemokraten, der aus der Emigration zurückkehrte oder, nach vergeblicher Anbiederung, im Lande geblieben war."

„Das ist zugleich auch die logische Schlüssigkeit. Bedenken Sie, Tischer: Die Besatzungsmächte allein hatten die Schlüssel in der Hand, das heißt, sie waren im tatsächlichen Sinne die Schlüsselfiguren. Aber sie brauchten Mitspieler, die entweder grundsätzlich bereit waren, sich zu bereichern, oder solche, die eine Dankesschuld abzutragen hatten. Ich muß nicht sagen: für erfahrene Hilfe beim Untertauchen im Exilland! Sie wissen: Die Namen London, Oslo und New York stehen dafür!"

Es geschieht nicht aus hämischen Gründen, daß Tischer beherzt nachgießt, nachdem Bugenhagen sich schon den zweiten Rumschluck hat aufnötigen lassen. Die Situation gleicht einer Zellen-Kameradschaft, die von dem Gedanken beherrscht wird, daß die beiden Männer überleben wollen. Die vom Alkohol gelöste Zunge ist es nicht – noch nicht –, die Bugenhagen fortfahren läßt:

„Die hatten doch nichts bei ihrer Rückkehr. Nicht einen Stuhl. Und heute? Sehen Sie sich als Exempel den jüdischen Bürgermeister an: verflucht nochmal! Eigentumswohnung im Verkehrswert von 1.750,– DM Monatsmiete. Gesamteinkommen – ohne das der jüdischen Frau, die ja auch Abgeordnete ist, also, die wie er Diäten bezieht – aus der beamteten Besoldung als Bürgermeister: DM 6.842,54. Als Mitglied des Parlaments: 3.282,16 DM. Aufwandsentschädigung: DM 4.118,– DM. Aus nicht weniger als 18 Aufsichtsratsposten fließen dem jüdischen Bürgermeister per anno 108.000,– DM zu." – Das ist erschreckend, wenn es nicht so quälend wäre: Der alte Richter hat die Emotionen nicht stauen können. Beinahe unbeherrscht bringt er hervor: „Das ist nicht allein die Schuld der trägen Masse. Diese Konsum-Sozis, dieses stumpfsinnige Wählervolk, das immer und ewig wählen wird, was der Vater schon gewählt hat, nämlich rot, wie schon der Großvater – diese dummgläubige Masse, ungebildet, ohne Kopf, herdenträge, wie herdenfroh, nicht selber denken zu müsen, läßt sich diesen sächsischen Heimkömmling, der nie, zu keiner Zeit mit unserer Stadt zu tun hatte, dem von nässenden Lippen nicht die Spur unseres heimatlichen Idioms kommt: Dieser Abstauber, Abkocher, schlägt sich auf allen offiziellen Dinners den Magen voll, begleitet von seiner ebenso freßgierigen Frau!"

Tischer ist zu indifferent, um auch nur dem Anflug eines pogromhaften Exzesses zu erliegen, weshalb er zu beschwichtigen versucht: „Ich verstehe Ihre Erregung, Herr Direktor. Aber sagen Sie selbst: Hat das mit jüdischem Herkommen zu tun?"

„Mein Gott, Tischer, Sie Naivling! Sie können nicht die Erfahrung von Jahrtausenden opfern und dafür in schamloser Wiedergutmachung Geld für Leben haben wollen!"

„Also doch, Herr Bugenhagen, Sie sagen es: Die armen Menschen sind dem Judaslohn geopfert worden. Im umgekehrten Sinne natürlich!"

Der Richter hat dem Ansturm des Alkohols offenbar widerstanden: „Sie unterliegen dem Fehler, dem wir Richter an jedem Tag ausgesetzt sind. Gott sei Dank, ohne daß wir ihm verfallen –."

„Dadurch, daß den Juden Unrecht widerfährt, ist deren eigenes Verhalten nicht frei von Unrecht. Es ist unabänderlich ein Grundzug jüdischen Seins, zum eigenen Vorteil andere zu benachteiligen, also: andere zu hintergehen, sie zu übervorteilen. Selbst noch in Not! Um wieviel mehr, wenn die Juden an der Quelle sitzen? Der jüdische Bürgermeister unserer Stadt ist ein Beispiel dafür. Von hemmungsloser Habgier!"

„Wir sind abgekommen von unserem Ausgangspunkt. Wo mögen die Asservate gebieben sein?" Prozeß-Reporter Tischer ist dahin gelangt, daß der Alkohol ihn nicht mehr illuminiert, sondern nur noch scheel macht. „Sie deuteten einmal an, Herr Direktor, daß auch der Konzern die Hände in der Asservaten-Sache haben könnte.“

Auch Bugenhagen hat sich aus dem Sog der alkoholbedingten Emotionen befreit: „Das habe ich nie gesagt! Ich habe nur auf Zusammenhänge hingewiesen. Sie wissen so gut wie ich, Tischer, daß gerade die Konzern-Herren sehr intime Beziehungen zu den Besatzern unterhielten.“

Jetzt hat Bugenhagen genug. Die Alkoholmenge hat ausgereicht, seine Sinne eher zu schärfen: „Zu gegebener Zeit werde ich Ihnen mit aktenwertigen Aufzeichnungen über dieses Kapitel dienen können. Genug für heute! Ich glaube nicht, daß der Konzern die Hände im Asservaten-Spiel hatte, nicht aktiv, also: bereichernd! Ich weiß aber, daß er was in Händen hat, um damit Druck auszuüben, wenn die Zeit gekommen ist. Erst kürzlich hat mich sogenannter Konzernsyndikus, dieser feine Herr Farning, in dieser Sache angesprochen.“

Tischer müht sich, die leere Flachflasche, die hierzulande ‚flacher Heinrich‘ genannt wird, unauffällig in seiner Brusttasche verschwinden zu lassen. „Worauf Druck auszuüben?“

„Auf die regierende Mehrheit. Auf den regierenden jüdischen Bürgermeister. Und auf dessen Kumpane. Es kommt nur auf die Nützlichkeit des Materials an. Und den zweckdienlichen Augenblick!“

In einem letzten Schwung brüderlicher Gleichheit setzt Bugenhagen den Schlußpunkt:

„Sie sollen nie vergessen, Tischer: Es geht heute nicht mehr allein um politische Macht. Nicht mehr um die Macht, die von Podien verkündet wird. Diese Macht hat nur, wer sie durch die Massenmedien verkünden kann. Über Rundfunk und Fernsehen! Wer hat diese Medien in der Hand? Die Sozialdemokraten, jedenfalls hierzulande. Und wenn – beispielsweise – der Konzern diese Macht erlangen will, dann kann er das nur mit Druckmitteln. Ist es schwer, die Asservaten-Sache als hierfür besonders geeignet zu halten?“

Tischer zupft an seinem Schal. Der quälende Gewissensdruck hat nachgelassen: „Herr Direktor, werden Sie mir zu gegebener Zeit beweisen wollen, daß das Interesse des Konzerns an dieser Entwicklung soweit geht?“

„Mit aller Entschiedenheit. Das verspreche ich Ihnen. Sie wissen, daß ich selber Druckmitteln des Konzerns ausgesetzt bin!“

Der Reporter nickt mit verächtlich verzogenem Mund. „Sie meinen den Besuch unseres Konzernsyndikus, der Ihnen gewisse Beweise vor Augen führt.“

„Grund genug für Sie, Tischer, die Absichten des Konzerns nicht zu unterschätzen." Es sieht so aus, als schüttele sich der alte Richter: „Er trat absolut höflich auf, dieser Syndikus Farning. Sie wissen, daß ich eine Gegendarstellung verlangt hatte, wegen der Leitglosse im Weltblatt, einer Handvoll Richtern zu empfehlen, die Hintertür der Richternovelle zu nutzen, um straffrei in Pension gehen zu können, obwohl sie an der Findung von Unrechtsurteilen in der nationalsozialistischen Gerichtsbarkeit mitgewirkt hatten. Mein Name war beispielgebend erwähnt worden."

„Ich weiß es, Herr Direktor!" Tischer möchte Bugenhagen bremsen. Aber der Richter will seine Zunge nicht unter Gewalt bringen, weil die Rage ihn gefangenhält: „Und da kommt dieser Herr und will mir klarmachen, daß ich mit Verständnis seitens des Konzerns rechnen könnte, wenn . . . "

Dem Reporter Tischer ist es unangenehm, weil Bugenhagen kaum Rücksicht nimmt auf mögliche Zuhörer. Er hört ihn laut sagen: „Wenn? Ja, wenn ich meinerseits bereit wäre, gewisse Kenntnisse von tatsächlichen und versuchten Rechtsbeugungen zu vergessen. Aber das werde ich nicht tun, das behalte ich in meiner Hand, bis die Stunde gekommen ist."

„ . . . gekommen ist" – diese Worte sind leise verklungen. Sie sind schwächer geworden, wie Echos. In der plötzlich aufkeimenden Resignation fühlt sich Bugenhagen von sich selber überwunden. Deshalb verabschiedet er seinen Gast mit der Ermahnung: „Seien Sie vorsichtig, Tischer!"

* * * * *

27

Seit die Flut willkommen ist und seit die Dämme gesetzlich niedergerissen worden sind, hat Humbert an Umsatz einbüßen müssen. Seine Aktfotos, auf Hochglanz und in matt, auch farbig, in diesem Angebot aber nie so gefragt, weil das Erdbeerrot an Scham erinnert, nicht an die gegenständliche allein, sondern an die im Gemüt, sofern, haben nur noch wenige Käufer. Interessenten schon, solche, die nur mal begucken wollen, ohne Kaufzwang. Aber da macht Humbert nicht mit. Sein Leitsatz: Es gibt ja auch nicht nur ein bißchen Liebe, nicht nur vornean, wenn's schön sein soll. Und das kostet Anstrengung.

Der Konzernpförtner sitzt in seiner Loge und macht Bilanz. Sie ist in seinem Notizbuch niedergelegt, das er bewacht wie ein Scheckheft. Er sieht: Es geht nicht mehr ‚Heidelust', schon gar nicht der ordinäre Zimmerakt, auch nicht in multiple, nichts von alledem, was so lange Münder und Drüsen angeregt hat. „Das Scheißfernsehen", denkt Humbert. Da gibt es den Höhepunkt in Großaufnahme. Sogar in Zeitlupe. Was braucht da einer noch Geld auszugeben für anregende Darstellungen? Die Mattscheibe bringt sie frei Haus, direkt ins Doppelbett.

Ein Artikel, allerdings, läuft noch. Humbert hat ihn neu hereinbekommen. Es ist eher eine Spielerei und deshalb auch über die Grenzen gekommen. ‚Made in Hongkong' steht darauf. Kaum mit der Lupe wahrnehmbar, so daß es aussieht, wie Spuren einer Stubenfliege.

Das Ding ist aus Kunststoff und gleicht einer Drehorgel. Es ist kleiner als ein Fotoapparat, höchstens handgroß. Seinen Zweck kann man mit dem der Anzündkohle vergleichen, die einen Kamin in Brand setzt. Also, man nimmt das Ding ans Auge und betätigt die winzige Handkurbel. Vor dem Auge setzt sich in einem Sehkanal, ähnlich dem Buntsteinkaleidoskop in unseren Kintertagen, ein Akt in Bewegung. Ja, es ist ein Akt. Ein Mann, schier und normal wie der Betrachter – womit keineswegs gesagt sein soll, daß nicht auch Frauen hindurchsehen –, entkleidet eine Schöne. Allerdings hat die Prismenbrechung die vermeintlich heiteren Züge, die diesem paradiesalten Spiel eigen sind, in Angst und Finsternis verwandelt. Der Mann blickt wild entschlossen, brutal enthemmt, was seine mordkalten Bewegungen preisgeben, mit denen er der Frau, einem kindlichen Mädchen, offenkundig die Kleider vom Leibe reißt. In ihrem Gesicht steht das Entsetzen, das nur die Vergewaltigung hervorbringt. Die

Bildfolgen lassen erst das Kleid in Fetzen gehen, dann den Unterrock und die Strümpfe. Höchste Todesangst, so die weit aufgerissenen Augen des Mädchens, lassen es selbst den Büstenhalter abzerren. Er reißt sie an sich.

Aber dann, so nahe dem Ziel, versagt das Ding offenbar. Es gibt keine Ansicht davon, wie es weitergeht. Die British-protected-Chinesen in der Kronkolonie müssen sich bei der Herstellung gedacht haben: Wer jetzt noch nicht zu eigener Tat bereit ist, muß, notwendigerweise, zu sich selber finden.

Humbert ist zufrieden mit dem, was das Ding hergibt. Andere sexual-psychologische Fragen, die sich daran knüpfen, sind nicht sein Metier. Er handelt nicht mit Erfahrungen. Es gibt genug, die die spaßige Vorstellung des Dinges, von Humbert mit der Miene eines guten Onkels erlaubt, schließlich als eine seriöse Aufforderung zum Kauf begreifen.

Der Chefpförtner verknüpft das Problem, während er da in seinem Büchlein kritzelt, mit Gedanken über die Pressefreiheit, die so frei war, sich flugs über den geopferten Porno-Paragraphen herzumachen, wie die Jäger am Ende der Schonzeit über das Wild. Eigentlich hätten doch die Gralshüter des sauberen Wortes und des schamfreien Bildes nun erst recht ihre Wachturmposition einnehmen sollen. Aber nein: Seit dem staatlich gebilligten Hüllensturz sind die Titelseiten der Illustrierten der Fleischerzeitung überlegen. So viel und so schieres Fleisch wurde noch nie angeboten.

Der Schwemmsand fortwährend wandernder Sex-Dünen hat Humberts Raritätenkabinett wertlos gemacht. Aber es wäre grundfalsch, sich den Kenner der unteren Bedürfnisse niedergeschlagen vorzustellen. Den Wandel der Zeit muß man nicht erleben. Man muß ihn vorwegnehmen. Das hat Humbert getan.

Sein neues Geschäft hat den Bauchladen überflüssig gemacht. Er hängt nicht mehr über demselben, sondern am Nagel. Humberts Ambitionen sind jetzt so hochgestochen, daß er zur Verwahrung seiner neuen Ware einen Safe braucht. Ganz wie ein Reicher. Für Humbert gibt es keinen Zweifel: Mit der neuen Ware wird er reich.

Man darf kein generationserprobter Empfangschef sein, wenn man nicht stets auf lukrative Erwerbsquellen verfällt. Möglichst mit wertsteigernder Tendenz. Deshalb hat Humbert ein System kultiviert, das, auf Zeit, beträchtlichen Gewinn garantiert. In Geldeswert, versteht sich. Aber auch an Einfluß, was Macht heißt und zugleich eigene Sicherheit. Aber auch ideell bringt es Freuden und festigt somit Freundschaften.

Die Ware heißt: Internas! Das sind Intimkenntnisse. Aber oberhalb der Gürtellinie. Da sitzt der eigentliche Reiz, in Herz und Kopf. Was von da ausgeht, handelnd und weichenstellend, das zu wissen, rechtzeitig und gründlich genug, ist das neue Gold-digging, der heiße Tip. Alles, was sich verwenden läßt, an Gesagtem und Geschriebenem, als Beweis und Nachweis, als ein Mittel, das nötigenfalls nachhilft, wo Gedächtnisschwäche vorherrscht, oder allzu sorgloser Hochmut, hat seinen materiellen Wert.

Humbert weiß, daß Konzerninternas besonders gewinnbringend sind. Sie müssen richtig gebündelt sein, quellensicher verpackt, inhaltlich schwerkaratig, besser noch dynamitgefährlich, dann bringen sie das Mehrfache des Erlöses aus diesen Fickbildern, wie das gängige Wort für die absterbende Ware nun mal lautet.

Es ist dies die Zeit des verdeckten Worthandels. Aus geheimsten Quellen kommen sie ans Licht: Noten, Dossiers, Protokolle, vertrauliche Briefe, Aktennotizen, Tonbandaufnahmen, geheime Papiere. Ihr Marktwert steigt beständig. Sie bringen höchste Gebote, wenn ihr Aussagewert Gesellschaftsgruppen interessiert, diese vielleicht sogar in Erregung versetzt, sie zu dem Verlangen reizt, mehr zu erfahren, oder sie dahinbringt, eine andere Gruppe anzufeinden, sie zu verdrängen, auszuschalten. Erst recht einen einzelnen.

Bei solchen Überlegungen bekommt Humbert Metternichgefühle. Er versteht vom Schachspiel allenfalls die Zugregeln. Aber er ist dennoch entschlossen, jeden Zug richtig zu tun. Dazu verpflichten ihn freundschaftliche Gefühle. Das ist der ideelle Teil seiner Mission. Nur so wünscht er seinen neuen Handel zu verstehen. Er handelt schutzhaftend, gewissermaßen in Notwehr für einen anderen. Humbert sammelt, sichtet und hortet jede brauchbare Notiz für seinen Freund, den Gerichtsreporter Franz Asmus Tischer.

Zu diesem Zweck hat Humbert, wie der Leser schon weiß, andere Freunde eingeschaltet. Er hat beste Zapfstellen anstechen lassen. Der Schwachstromer Erni ist sehr fleißig. Der Hausbote Trotzki fischt emsig aus dem Wegwerfsack in den Redaktionen, den sie den ‚Taugenichts' nennen, gründlicher aber aus den Papierkörben in den oberen Stockwerken des Konzerns.

Es ist vorgekommen, daß Trotzki von anderen Stellen aus geangelt hat. Etwa an Schreibtischen. Vornehmlich Kopien. Aber da hat Humbert ihn angefahren: „Bist Du verrückt? Kein Risiko. Uns genügt der Abfall. Die werden doch aufmerksam, wenn was fehlt. Gerade du, Trotzki, mußt unverdächtigt bleiben. Mach das nicht wieder!"

Wahr ist, daß es ausreicht, was Humbert in Verwahrung nehmen kann, nachdem er es sorgfältig geglättet, entziffert und ausgewertet hat. Die ihm als wichtig erscheinenden Passagen auf den Tonbändern läßt er zu Hause von Olga schreiben. Humbert lebt mit ihr. Sie ist im Konzern unter den Namen ,Tante Olga' einmal sehr bekannt gewesen, weil sie sich, eigentlich ohne Auftrag, als eine Mutter Courage der Soforthilfe betätigte. Tante Olga nahm sich der unehelichen Mütter im Konzern an, deren Zahl nicht unbeträchtlich ist. Sie tat das von den ersten Anzeichen an. Ohne Rücksicht auf die soziale Stellung des Mädchens, sofern nicht höher gestellte Geldgeber das unnötig machten. Tante Olga ist außer Diensten. Seitdem hat die Personalabteilung es schwerer.

Empfangschef Humbert kann die Auswertung des Materials mit Gelassenheit betreiben, ohne Besorgnis, es könnte wertlos sein. Chefs aller Art, Chefredakteure wie Personalchefs, und auch die Chefs des Konzerns würden zu transpirieren anfangen, wüßten sie, wieviel ,heiße Ware' in unberufene, aber nicht untätige Hände gelangt. Und, endlich in Humberts Händen, ist das Material so verdichtet, ausgefeilt und überführend, daß Interessenten es gegen gute Münze aus ihnen wieder entgegennehmen möchten.

Zufrieden mit diesem Wissen und angefüllt von moralischer Genugtuung, will Humbert gerade einen dicken Strich unter die Abschlußbilanz seines liquidierten Sex-Shops ziehen, als er Oropax durch die Halle hasten sieht. Irgendwas hat den Barmixer so erregt, daß seine dunklen Augen übernatürlich weit aufgerissen sind. Humbert hat sich schwungvoll von seinem Hocker gleiten lassen. Er zieht den wie verstört wirkenden Freund in die äußerste Ecke der Empfangsloge.

Humberts schwere fleischige Hand streicht beruhigend über den Rücken des Taubstummen. Es wirkt wie bei einem weinenden Kind. Oropax atmet wieder ruhiger. Er nickt, als er das Wort ,Ruhe' von den Lippen des Chefportiers abliest. Oropax streckt einen Daumen in die Höhe. Die andere Hand beschreibt einen Bogen darüber, mit hoher Wölbung. Das soll anzeigen, daß die Großen des Konzerns im Casino zusammengekommen sind. Der Mixer pocht mit dem Finger auf seine Armbanduhr und schüttelt wie verneinend den Kopf. Seine Schultern verkünden ein ,Weiß nicht'. Humbert versteht sofort. Sehr ruhig und deutlich formt er die Lippen: „Auch der Konzernchef?"

Oropax nickt heftig. Um zu zeigen, daß es außerordentlich wichtig sein muß, was sich oben in seinem Revier abspielt, greift er nach dem Besucherblock und schreibt die Namen darauf: Bastian Schacht, Farning, Adam Vollbracht, Bernhard Stein, Eddy Main, Hans Thomas.

„Sehr gut“, sagt Humbert und klopft seinem Freund begütigend die Schulter. Dann drängt er ihn behutsam in Richtung Fahrstuhl. Aber Oropax sträubt sich. Seine Unruhe kehrt zurück. Er weist verzweifelt auf seine Ohren und macht eine kreisende Bewegung mit nach unten gerichtetem Zeigefinger. Weil Humbert nicht gleich begreift, reißt Oropax den Hörer von der Gabel und zeigt an, daß nichts rauskommt. Humbert ist wie gebannt. Er versucht, zu verstehen. Da rennt Oropax zur Wand. Seine ausgestreckten Arme zerren einen Gegenstand hervor, der sehr hoch ist und sehr schwer. Die Geste überzeugt.

„Trennwand“, sagt Humbert. Und im gleichen Augenblick wird ihm klar, warum Oropax so verzweifelt ist. Das Tonband unter dem Bartisch ist nutzlos. Der Mixer legt seinen Kopf zur Seite. Sein Gesicht trägt den Zug ungläubigen Staunens, weil Humbert eine beruhigende Handbewegung gemacht hat.

Humbert telefoniert. „Bist du es, Erni?“ Oropax empfängt ein aufmunterndes Kopfnicken. „Komm sofort mit viel Kabelschnur und Mikrofon in den Dreizehnten.“ Der Pförtner horcht ungeduldig in die Muschel. „Hör zu, Erni, was immer dich aufhält. Heute geht es um die Wurscht. Es geht um Kopf und Kragen. Auch um deinen. Komm jetzt!“

Nun ist es Humbert auch egal, ob der Empfang besetzt ist. Er faßt Oropax an die Hand und zieht ihn mit sich. Er setzt den Schnellift in Bewegung. Die beiden Männern haben sich kaum geräuspert, da öffnen sich die Gleittüren lautlos. Oropax lugt in den Flur hinaus. Er liegt still und spiegelglatt vor ihm. Er zieht Humbert mit sich. Es herrscht eine Ruhe, als sei die Casino-Etage versiegelt. Am Türgriff zum Bareingang hängt ein Schild. ‚Nicht stören! Gästeempfang!‘

Links, in einem Seitengang, liegt der Lastenaufzug. Von hier aus kann die Ware direkt in den Kühlraum transportiert werden. Das Leuchtzeichen steht auf Rot. Augenblicke später bringt die Großraumkabine den Schwachstromer Erni nach oben.

Oropax winkt beiden Männern zu, ihm in den Büfettraum zu folgen. Von dort aus führt er sie mit Zeichen, äußerste Ruhe zu bewahren und auf Fußspitzen zu gehen, an die Schiebewand, hinter der sie Stimmen hören. Einzelne Worte sind nicht zu verstehen.

In der nächsten Viertelstunde gleichen die drei einem Einbrechertrio. Sie arbeiten umsichtig, lautlos und schnell. Dennoch läßt die Nervosität keinen unberührt. Die Herren hinter den verschlossenen Türen könnten ihre Sitzung beenden. Einzelne könnten den Casinoraum verlassen wollen. Ihr Weg müßte durch die Bar führen, weil die Schiebewand, hinter der sie sich abgeschirmt wähnen, den direkten Ausgang verwehrt.

Humbert führt Regie. Nach seinen Anweisungen, flüsternd und mit beschreibenden Armbewegungen gegeben, ist eine Stellage entstanden. Der Pförtner stemmt seinen massigen Körper gegen die freistehende Leiter, damit sie nicht wegrutscht. Über ihm ist der Schwachstromer Erni dabei, ein Kabel in den Luftschacht zu führen. Jede zweite Blende, die sich unter der Decke als ein schmales Chromband hinzieht, muß Erni lösen, um das Kabel bis an den Umsetzer zu bringen, der die verbrauchte Luft aus dem Casinoraum abzieht. Sein Schraubenzieher wirbelt nach links, nach rechts.

Nichts deutet darauf hin, daß die Bewegungen des Barmixers heute anders sind als sonst. Oropax wienert die Gläser mit dem üblichen Schwung. Nur die Routine verhindert, daß ihm eines entgleitet. Denn seine Augen sind fest auf die kleine Mitteltür gerichtet, die in der Faltwand als Notausgang eingearbeitet ist. Sie dient mehr als Pantrypforte für Oropax, der durch sie Getränke und Zigaretten trägt. Heute hat ihn noch keiner gerufen. Für den Mixer ist das ein Beweis dafür, daß sich die Konzernherren in einer außerordentlich wichtigen Sache beraten.

„Primstens!“ Aus Humberts weitgeöffnetem Mund entströmt Wohlbehagen. Trotz der brenzligen Situation, die es geraten sein läßt, die Szene zu verlassen, schütten Erni und er den Scharfen hinunter, den Oropax eingegossen hat. Der Mixer nimmt Sodawasser. Der Schwachstromer hat noch einmal gezeigt, wie er von der Frequenzskala ablesen kann, ob das Tonbandgerät genügend ‚Saft‘ entwickelt, um die Einströmung ins Mikrophon voll aufzufangen.

Der Schwachstromer blickt ungläubig auf den tauben Barmixer. Empfangen, ohne hören zu können? – das übersteigt Ernis Begriffsfähigkeit. Humbert schiebt ihn vor sich her. „Er macht das schon. Und nun hau ab!“ Seinem Mixfreund streicht er noch einmal über den Rücken. Mit dem abschließenden Klaps signalisiert er ihm, daß dieser Coup die Verschworenheit gefestigt hat.

Noch abends könnte Humbert vor Freude brüllen. Die Tonqualität ist so gut, daß er das ‚dufteste Hörspiel aller Zeiten‘ hört. Nur die

Spannung hindert ihn, weich zu werden, als er seinen tauben Freund mit ebensolcher Zufriedenheit lauschen sieht, als könnte er jedes Wort verstehen. Er fühlt, daß er vor Freude verströmen wird, wenn sein bester Freund, wenn der Gerichtsreporter Franz Asmus Tischer hören wird, was die Konzernspitze ausgetüftelt und beschlossen hat.

Humbert schwelgt in der Sicherheit, jede Stimme unterscheiden zu können. Ihn irritiert nicht, wenn der Ton mal absackt, oder wenn es Stimmensalat gibt. Da – ganz deutlich:

„Ihnen ist klar, meine Herren: Unsere Entscheidung darüber, welche Person uns bei der Lösung dieser Aufgabe helfen soll, muß so sorgfältig getroffen werden, als ginge es um die Existenz unseres Hauses."

Es knackt und surrt eine Weile, als sei ein Teil des Tonbandes gelöscht worden. Erleichtert nimmt Humbert wahr, daß hier eine Denkpause ihr Geräusch hinterlassen hat.

„Experimente sind ausgeschlossen. Was Sie mir anzubieten haben, muß gründlich sein." Humbert mag die Stimme seines Konzernherrn. Er bewundert ihren samtenen Klang, aber auch die jeden Widerspruch ausschließende Klarheit. Es ist wie in einem Western. Der Colt redet. Humbert weiß, daß es keines Schießeisens bedarf, wenn man alles in der Hand hat.

„Wir können weder Zeit verlieren, noch an Wirksamkeit. Jede unserer Handlungen muß durchschlagen. Ich wäre Ihnen, meine Herren, dankbar, wenn Sie mir nun Vorschläge machen möchten."

Wenn jemand Geräusche sammeln wollte, wie Dr. Murke das Schweigen, so könnte er haben: Schnaufen, Husten, Räuspern, Atmen, Schlucken, Pusten, Pfeifen, durch die Zähne, durch die Nase, Hecheln. Und Worthast, wie sie Chefredakteur Hans Thomas in die Runde bringt. „Ich werde einen Kommentar machen. Eine volle Seite. Damit schrecken wir das Volk auf!"

Wer weiß, daß ein Tonband mit fast völliger Geräuschlosigkeit an dieser Stelle sowas wie ein Todesurteil spricht? Diese Stille ist Todesstille. Schlimmer noch: Es ist ein Tod mit Hohn. Das Tonband braucht es nicht zu sagen.

Die Wortpausen werden nach diesem Fehlschluß länger. Will noch einer sterben? Nach diesem obersten Einwurf: „Mit Worten werden wir hier nichts. Wir brauchen Taten. Taten!" Die Wiederholung des Wortes ist wie der Schmerz einer Stichwunde.

Jetzt ist es die Stimme von Eddy Main. Humbert muß an das Wort Füllschrift denken, das auch Füllstift lauten kann. Ein Stift der immer füllt, oder ein Stift, der immer gefüllt wird. Von Eddy Main, dem die Tonkünstler ihre LP's verdanken und alle Zuhörer im Rundfunk die Wellen der Freude auf UKW.

Das alles sind technische Verfahren, die der Physiker Eddy Main stark beeinflußt hat, wie auch die zwischenmenschlichen Beziehungen, wie sie in den Randgruppen der Gesellschaft heftig aufkeimten. Da ist es egal, ob etwas technisch Füllschrift oder homophil Füllstift heißt. Beide Verfahren sind gesellschaftlich zulässig geworden, das eine, das Platten füllt, das andere das Stifte füllt, was auch Volontäre heißt oder Lehrlinge. Und immer mit Hochgefühlen, weil eben mit dem Eddy-Stift.

Dieser Eddy Main, der gefürchtete Chef der Radiorevue, der liebende Stiftsherr einer schier endlosen Jünglingskette (jedes Jahr eine neue Riege) hatte sogar für seine berüchtigten Uhlenhorster Partys das UKW-Motto ausgegeben: Und keine Weiber!

Eddy Main sagt jetzt: „Sehr recht! Worte helfen uns nicht weiter!" Humbert hört ein Räuspern der Selbstzufriedenheit. Dann dies: „Jedenfalls keine geschriebenen. Auch keine gesprochenen. Aber wie wäre es mit dokumentarischen Worten, die auch geschrieben werden müssen, die aber, schwarz auf weiß, ein ganz anderes Gewicht erlangen?"

Humbert glaubt, Funken sprühen zu sehen. Es knistert und riecht nach Zündschnur. Warum sagt keiner was?

Eddy Main ist es gewohnt, daß nach Ausführungen von ihm geraume Zeit nichts kommt. Seine Radiorevue-Redakteure haben gelernt, mit Stummheit Beifall zu spenden. Aber hier ist der ‚Voltmacher', wie sie ihn im Hause mit nicht ungerechter Anspielung nennen, unter seinesgleichen, wenn auch nicht unter Gleichen, was den Konzernherrn angeht und dessen Duzfreund.

Der Generalbevollmächtigte Bastian Schacht wendet das ‚Du' niemals an, wenn Dritte dabei sind. Er liebt das moussierende Gefühl, es zu dürfen und es doch zu unterlassen, was ihm einen Heimlichkeitsgrad vermittelt, wie wenn einer einen Toto-Treffer in der Tasche hat und ihn nicht preisgibt. Er ist es, der als erster den Kopf wiegt und Bedenken in die Miene legt. „Ich kann mir denken, Herr Main, was Ihnen vorschwebt. Eine gute Idee, Dokumentarisches zusammenzustellen, was den Funk und seine Macher als das hinstellt, was sie sind: Monopol-Masturbanten."

Sollen hier nur Fehler das Tonband füllen? Humbert kann diese Frage sprenkeln hören. Sie bekommt Brisanz durch stoßende Räusper, eckiges Husten und Empörung, die in einigen Nasenbeinen Nadelöhrenge findet. Der alte Türhalterfuchs Humbert weiß sofort, daß der sympathische ‚Sir Little'-Schacht in Bedrängnis geraten ist. Das Tonband gibt nur Fauchen wieder.

Wie kann der Freund des Hausherrn ein so feuergefährliches Wortmonstrum ins Spiel bringen, das jetzt nicht mehr Spiel, sondern nur noch Spießen sein kann? Monopol-Masturbanten!

Humbert hört noch immer nichts. Vielleicht folgt eine Entschuldigung. Von Bastian Schacht? Es war doch Nestbeschmutzung, denkt Humbert, wenn auch anders gemeint. ‚Sir Little' hat sagen wollen: Die da im Funk wichsen immer dasselbe hervor. Immer nur das, was die Monopolmacht ihnen erlaubt.

Was auf dem Tonband zu meinen ist, sagt jetzt derjenige, der das Sagen hat: „Ich sagte schon, meine Herren, daß wir äußerst behutsam vorgehen müssen. Nicht ein Fehler ist erlaubt!"

Das hört sich streng an. Humbert entnimmt dem Tonband, daß es auch so gemeint ist. Nichts von dem, was menschliches Tun erklärt, ist zu hören. Totenstille, die selbst Humbert beschwerlich atmen läßt. Aber dann kommt die Erlösung. Humbert stößt die Luft so stark aus, daß Oropax glaubt, ihn sprechen zu sehen.

„Es geht weiter", sagt dieser dann auch. Wunderbar, wie dieser Konzernherr aus jeder Situation eine Abendmahlszene macht. „Sie haben beide recht, meine Herren. Eine Dokumentation wäre das Richtige. Und die Selbstherrlichkeit der Funkherren ist wirklich nur Selbstbefriedigung. Aber wir sind noch nicht weitergekommen."

Für Humbert ist es ebenso wunderbar, das Lächeln über sein Gesicht streichen zu fühlen wie erste Frühlingssonne. Es gibt keinen Zweifel: Der Konzernherr hat seine Worte mit einem Lächeln beendet. Das Tonband lügt nicht.

Es lügt auch jetzt nicht, wo alles auf ihm Aufschub verkündet. Aber nicht in alle Ewigkeit. Weniger als ein paar Atemzüge lang. Es muß was kommen. Jetzt! Das ist nur noch eine Fingerkrümmung entfernt vom durchgezogenen Abzug. Dann knallt es. Dann ist es aus mit Lächeln. Aus überhaupt mit diesem Privilegienclub, der so high lebt, so sattsüchtig, mit allem, was sich spritzen läßt. Er muß jetzt einen Gedanken gebären. Und das muß ein Volltreffer sein. Humbert muß sich vor einem Herzanfall hüten. Er ist zu dick. Aber das Tonband ist spannender als High Noon. Wann fällt der tödliche Schuß?

Es gibt nur noch Durchladen. Gnadenfrist von Sekundendauer. Gewährt mit den Worten: „Sollte ich mich so getäuscht haben? Ist niemand unter Ihnen, der einer außerordentlichen Situation gewachsen ist?"

Jetzt müßte ‚Zum Teufel!' kommen, Schluß mit Aufschrei. Humbert sieht den Sturz. Aber es ist eben wie in einem Western. Einer reitet heran und springt verwegen aus dem Sattel. Farning!

Ja, es ist Farnings Stimme. Humbert kennt sie. Er weiß nicht, woher der trockene Geschmack kommt: weil die Spannung zerrissen ist, oder weil er dem da nicht gönnt, jetzt auf der Szene zu sein? Er wird erfahren, daß sein Mund ihn nicht im Stich läßt.

Beinahe schüchtern, oder wie beiläufig, beginnt der Konzernsyndikus. „Ich möchte etwas vorschlagen." Das hört sich an, als ginge es um ein Spielchen, das Abwechslung bringen soll. Eigentlich müßte es jetzt erst recht knallen, denkt Humbert. „Etwas vorschlagen!" Ach Gott, ach Gott. Oropax hat die Worte von den Lippen seines Freundes abgelesen. Oder aus dessen Gesicht, weshalb er bekümmert an Humbert herantritt.

Der berührt den Arm des Taubstummen und kneift ihn.

„Wir brauchen überhaupt kein Wort. Schon gar nicht ein geschriebenes. Solche Wörter haben wir in Hülle und Fülle."

Die Pause, die jetzt eintritt, scheint selbst dem Tonband zuviel. Es ächzst und quirlt wie bei einem Rücklauf. Aber das sind Farnings Kunstpausen, die er mit eigener Wichtigkeit auffüllt. Er schlägt das Bein über, rückt seinen Sessel zurück, um Mittelpunkt zu werden, der er sein will. „Es kommt darauf an, wie wir die Wörter an den Mann bringen, ohne sie auszuliefern."

Was ist das? Selbst das Tonband scheint diese Frage zu stellen. Der Konzernherr, anscheinend selbst gebannt, aber nicht gelähmt, erhebt die Forderung: „Bitte werden Sie konkret, Herr Farning."

„Das Referat Medienpolitik, das zu leiten ich die Ehre habe . . . " Humbert empfindet das Wort ‚Ehre' hier wie eine in Zuckerrohr berserkernde Machete, " . . . hat in den letzten Jahren äußerst wertvolles wie auch stichhaltiges Material zu sammeln gewußt, das Aufschluß über die Personen gibt, die auf dem gegnerischen Felde stehen."

Den Zuhörern scheint der theatralische Tonfall Unbehagen zu bereiten. Das Tonband gibt Geräusche wieder, die an Brechreiz und Atemnot denken lassen. Aber die Technik ist unbestechlich. Sie macht vor keiner Regung Halt. Und Farning will die Dosierung bestimmen. „Wir kommen weiter, bis ans Ziel, darüber hinaus, wenn

Sie, verehrter Herr ...“ Ist es nun doch die Technik, oder ist es Abwehr von dort, wo Farning sie widerspruchslos hinnehmen muß? Welcher verehrte Herr gemeint ist, bleibt tonbandstumm. Aber es gibt nur einen Herrn in dieser Runde.

Es geht bei ‚gestatten‘ weiter. „Daß wir den uns interessierenden Kreis wissen lassen, was wir in den Händen haben.“

„Was ist es?“ Diese Frage ist kaltschneidend wie Ostwind. Sie trifft Farning mitten ins Gesicht.

„Es ist persönliches Material!“

Nur Bruchteile von Sekunden hat es den Anschein, als müßte auf dem Tonband das Wort ‚Dreckschwein‘ erscheinen. Dann erwärmt sich die eisige Luft an dem gemeinsamen Überlebenwollen. Die Samtstimme bringt Kaminwärme. „Wir sollten uns die Gedanken unseres Herrn Farning in Ruhe anhören, meine Herren. Bedenken Sie, was auf dem Spiel steht.“

„Unsere Kenntnisse von den detaillierten Plänen des Rundfunks, eine kostenfreie, in Millionenauflage geplante Hörer-Zeitung herauszugeben, stammen, wie Sie wissen, von einem Gewährsmann, für dessen Zuverlässigkeit ich mich verbürge. Von ihm wissen wir, wer die treibenden Kräfte sind, welche Namen dahinter stehen.“

Der Konzernsyndikus nutzt seine Erfahrung, Plädoyers fesselnd zu halten, indem er Spezialkenntnisse vorgibt, die seine Zuhörer veranlaßt, auf weitere Offenbarungen zu warten.

„Der Funk selbst, die Männer, die ihn machen, können uns im Augenblick nicht interessieren. Es geht um die Parteigänger des Professor Bonvivat, um den sich alles dreht. Ihn und sie gilt es, auszuschalten.“

Farning hat nicht bemerkt, daß er sich unbefugt die Napoleonrolle angeeignet hat. Der Einwurf des Konzernherrn: „Wen wir ausschalten werden, wollen wir hier erst noch beschließen!“ macht ihn wieder nüchtern. Aber schon die weiteren Worte lassen ihn erkennen, daß er auf dem Vorwärtsgang ist.

„Mir scheint, daß Herr Farning eine Konzeption entwickelt, die wir sehr genau anhören sollten. Fahren Sie, bitte, fort. Aber konzentrieren Sie sich auf das Wesentliche.“

Jetzt wird Humbert Zeuge einer Strategie, die auf den Tod angesetzt ist, um das Überleben zu wollen. Der Konzernpförtner, über das Tonband gebeugt, so angespannt, als könnte er einen Zauberspruch preisgeben, der es ihm erlaubt, alle Geheimnisse des Lebens zu ergründen, hält seinen taubstummen Freund umarmt, der aus der Hilflosigkeit seiner Anlage noch erwartungsvoller auf das rotierende Band blickt.

„Wesentlich ist die Frage nach der Brauchbarkeit des Mittels, das wir in Händen haben. Und da kann ich Ihnen versichern: es ist tödlich! Gesellschaftlich, natürlich“, fügt Farning mit einem Lächeln hinzu, das an Zyankali denken läßt. Er blickt fragend auf den Konzernherrn. „Soll ich Einzelheiten nennen?“

„Nicht in aller Gründlichkeit. Verfahren Sie stichwortartig.“

„Unsere Dossiers sind in allen Fällen umfangreich. Gesichert sind die Namen: Bonvivat, der Intendant, Senator Kuchenkremer, Rechtsanwalt Kattenpot, Programmdirektor Holzer und der Sprecher des Senderats, der über das Erscheinen einer rundfunkeigenen Zeitung zu bestimmen hat. Es fehlen noch drei Namen. Die Herren Backfuß und Doktor Schweinowski müssen uns hier nicht interessieren. Sie sind gegen das Projekt und als Freunde unseres Hauses anzusehen. Bleibt noch der Gewerkschafter Machade, den ich, wenn Sie so wollen, in Abwarteposition stelle. Ich komme darauf noch zurück.“

Das ist nicht die Schlacht. Das ist Messerwetzen. Aber Humbert hat es gepackt. Er sieht sich als den Gegenspieler, der den letzten Zug macht. Eine schraubende Bewegung seiner Hände läßt Oropax verstört aufblicken. Humbert beruhigt ihn mit deutlicher Lippenstellung. „Keine Angst, Junge! Wir haben alles in der Hand. Wir werden zuschlagen, wenn unsere Stunde gekommen ist.“

Jetzt schießt Humberts Zeigefinger pfeilschnell nach vorn. Da kommt eine Tonbandpassage von erregendem Inhalt. Farning fährt fort: „Gegen alle diese Herren liegt belastendes Material vor. Es ist echt. Keine Kuckuckseier. Jeder von ihnen muß brennend daran interessiert sein, es in die Hand zu bekommen, um es selber löschen zu können. Für einen Preis: Für die Nein-Stimme bei der Abstimmung über das Erscheinen der rundfunkeigenen Zeitung.“

Immer, wenn Weichen entscheidend gestellt werden müssen, zum Wohle des Konzerns, zum Wehe anderer, fehlt die Stimme Bernhard Steins nicht. Der Chef des Sonntagsblattes nimmt das Wort.

Humbert kann ein Lächeln nicht unterdrücken. Es hört sich an wie eine Einschaltung von Mickymaus. Der Sonntagschef hat eine eunuchenhohe Stimme. Der Konzernpförtner weiß, das es gefährlich ist, deshalb auf weibische Schwächen zu schließen.

„Wie werden Sie uns Sicherheiten präsentieren, Herr Farning, daß alle Aktenempfänger auch Neinsager sein werden?“

Die Frage ist berechtigt. Bei nur einer Neinstimme kann jeder sich zu seinen Gunsten auf sich berufen.

Sind aller Augen auf Farning gerichtet? Das Tonband schweigt. Aber Humbert sieht, daß die Köpfe sich wenden. Dem Konzernchef entgegen. „Herr Stein hat recht. Nicht der kleinste Sicherheitsfehler darf uns unterlaufen."

Das Tonband spielt nicht lange rieselnden Sand. Farning hat wieder das Lasso seiner Einkreisungstheorie ergriffen. „Keiner wird eine Chance haben, uns zu betrügen. Ich stelle mir dies so vor." Es hört sich jetzt an, als schiebe der Konzernsyndikus Patronen in den Trommelrevolver. „Die uns interessierenden Herren des Senderats bekommen nur Kopien zu sehen. Die Originale werden ihnen überreicht, wenn das Zeitungsprojekt des Funks zu Fall gekommen ist."

Jetzt kommen Farnings Worte wie Bolzenschlag. Sein Atem geht schneller. Humbert hört: „Ich nenne in Stichworten den Wert des Materials. Alphabetisch. Der vergleichsweise kleinste Fisch ist der Sprecher des Funks. Er hat keine Stimme, aber er wird auf die anderen einwirken. Von Rupert Berger haben wir eine Akte, die ihn wegen schwerer Körperverletzung belastet. Eine Weibergeschichte, fast harmlos, wenn nicht ein Meineid drinsteckte. Berger hat ihn begangen. Wir können es beweisen."

Humbert sieht Charles Laughton wirken in ‚Zeugin der Anklage'. Es ärgert ihn, Farning soviel Ehre anzutun. „Professor Bonvivat, Angelpunkt unserer Aktion, wird zusammenfahren, wenn er sieht, daß wir das Manuskript eines Geheimvortrages in Händen haben, den der demokratische Pressesprecher vor Hitler und dessen engsten Vertrauten gehalten hat zum Thema: Gleichschaltung der Presse im Nationalsozialistischen Deutschland." Farning legt eine Kunstpause ein. „Ein Guillotinestück!"

Das Kitzeln auf der Kopfhaut. Humbert möchte allzu gern, daß dieses wohlige Gefühl auch Oropax befällt. Aber sein taubstummer Freund leistet ein Übersoll an Geduld, ohne sensitive Abwechslung.

„Mit Programmdirektor Holzer werden wir es leicht haben. Er ist von allen der Unkomplizierteste. Ihn wird auf der Stelle weichmachen, wenn er den Verpflichtungsvertrag vor sich sieht, den er gegenüber dem Presserat der Sozialdemokratischen Partei eingegangen ist. Für lächerliche 2000 Piepen hat er sich verpflichtet, parteigenehme Einschaltungen zu forcieren, parteischädigende zurückzudrängen. Dem Gewerkschaftsbund, dem er seine Stellung verdankt, hat er in einer Art Treueerklärung, die ihm nicht abverlangt worden ist, versichert, daß er dessen Interessen durchdrücken wird. Der Brief ist in unserem Besitz."

Die Stimme Farnings wird gedämpfter. „Der Intendant, meine Herren, ist ein pathologisches Problem. Er war, oder ist noch, wird es immer sein, ein irrelevanter Freund unseres Hauses. Sie wissen so gut wie ich, daß der Alkoholismus uns keinen Grund gibt, an eine Stütze zu glauben, die wir an ihm finden könnten. Da muß ich mich des alten Wortes bedienen: Das Fleisch ist willig, aber der Geist ist schwach."

Der Konzernsyndikus weiß, daß er auch in der Umkehrung verstanden wird. „Ihn, den Intendanten, können wir in einer Art Privatbetreuung gewinnen. Dazu dürfen wir des Beistandes unseres verehrten Professor Volkmann-Adel sicher sein. In seiner Kompetenz liegt es, den Herrn Intendanten zu einer amtlich verordneten Entziehungskur zu bewegen. Was natürlich nur notwendig wird, wenn der Intendant nicht in unserem Sinne verfahren will."

Es ist, als ob das Tonband einen Dauerseufzer anbietet. „Sie werden verstehen können, meine Herren, daß ich zögere, dem Wort von der Krähe, die keiner anderen die Augen aushackt, seine Berechtigung abzusprechen. Rechtsanwalt Gernehart Kattenpot ist ein Bruder im Geiste, was nicht heißen darf, daß er, in unserem Sinne, ein Freund in genre ist.

Seine Interessen sind rein gewinnsüchtig. Ein legitimer Zug, soweit die Interessen der Allgemeinheit nicht Schaden leiden. Sie haben gelitten, als Herr Kattenpot von dem Wohnungsbauimperium, dem er Rechtsbeistand gewährte, einen sechsstelligen zinslosen Kreditbetrag entgegennahm, um sich ein Eigenheim zu bauen, das man, seinen Ausmaßen nach, eigentlich nicht mit diesem volksschlichten Namen benennen darf. Ein Urkundenfaksimile liegt uns vor."

Wie vor der Spitzennummer eines Artisten unter der Zirkuskuppel setzt Ruhe ein. Das Tonband ist atemlos. Humbert ist es auch. Kann es noch sensationeller kommen? Konzernsyndikus Farning nimmt seine Stunde wahr.

„Wir kommen jetzt zu einem Mann, dessen politisches Gewicht größer ist als das seiner Person. Senator Kuchenkremer gehört zu dem Parteiflügel der SPD, der sich gerne die Altgedienten nennt. Dieser konservative Zug der Sozis kommt uns zugute. Die alten Kämpfer, großenteils aus dem Reichsbanner hervorgegangen, leiden an Verdrängungsangst, weshalb sie um so heftiger an ihren Positionen festhalten. Die Gruppe ist, trotz Krieg und KZ, noch immer groß. Ihr Einfluß ist es auch! Und darin liegt unsere Chance."

Das hat schon die Spannung einer Erklärung von päpstlichem

Rang oder einer Fernsehnachricht über den Sturz von Willi Brandt.

„Sie sind eingeweiht, meine Herren. Unser Haus hat sich schon früh in den Besitz von Aufzeichnungen bringen können, die, der Öffentlichkeit zugänglich gemacht, die Wirkung eines Staatsstreiches haben würden. Es wird diesen Staatsstreich nicht geben. Diejenigen, die ihm zum Opfer fallen müssen, werden die Fahnen lautlos streichen. Das heißt, sie werden unsere Bedingungen akzeptieren."

Farning ist ganz kühler Verstand. Aber innerlich hängt er an Starkstromdrähten. Eine Berührung mit der Erde . . . Das Tonband sendet Herzklopfen. „Der Augenblick ist da. Über Senator Kuchenkremer werden wir verkünden lassen, daß die berühmtberüchtigte Asservatengeschichte an die Öffentlichkeit kommen soll!"

Die Unruhe unter der geheimen Konferenzrunde teilt sich dem Tonband mit Ausatmen, Stuhlrücken, Schachtelklappern, Zischlauten und neuerlichem Sichsammeln mit. „Sie weiß, daß es sich dabei um das Verschwinden von Wertsachen in Millionen handelt, aus dem Asservatenbereich. ‚Jüdischer Besitz'. Nach dem Kriege waren diese aus Edelmetallen, Brillanten, Kunstwerken und Kleinodien bestehenden Konfiskationen noch unter Gerichtsverschluß. Dann verschwanden sie spurlos."

Die Herren erregen sich, als sei diese Kunde ihnen neu. Das Tonband ist überladen von Empörung. „So spurlos nun auch wieder nicht. Ein Richter, der Amtsgerichtsdirektor Bugenhagen, früher mit Nachlaßsachen betraut, hat Aufzeichnungen gemacht. Wir stehen zu diesem, seiner Pensionierung harrenden Herrn in einer wenn auch nicht freiwilligen, so doch nützlichen Beziehung. Wenn nötig, wird er uns das Material in einer Art von Gegenleistung überlassen."

Der Name Kuchenkremer echot über das Tonband. „Sie wünschen zu wissen, was der Altsenator dabei für uns tun kann. Sehr viel. Er selbst wird kaum einen Nutzen von den Wertgegenständen gehabt haben. Jenen Leuten dürfte er für eine solche Teilhaberschaft, verzeihen Sie, zu beschränkt gewesen sein. Vielleicht ein Pelz für die Schrebergartengattin oder eine Brücke für die Parzellenbude. Wenn überhaupt."

Humbert kann bis drei zählen, dann ist die Spannungspause vorbei. „Aber seine Parteifreunde, die außer Landes gewesen waren, sozusagen international aufpoliert, und mit den Siegern zurückgekehrt auf die Stühle der Willfährigen, hatten gelernt, die eine Hand die andere waschen zu lassen. Den Löwenanteil erhielten zwar die Ersatzbesatzer, aber auch für die wiederdeutschen Helfershelfer braute sich unter alliierter Verantwortung allerhand zusammen."

Längst hat knisternde Atmosphäre die Konferenzrunde überdeckt. Das Tonband sprüht. Der Sonntagsblattmacher Bernhard Stein fühlt sich entlarvt. Seine Wilton-Park-Vergangenheit und seine Rolle als VIP in Germany stößt ihm auf. Entlarvungen sind ihm in eigener Sache unbehaglich. „Und wie gedenken Sie, Herr Farning, die Sache an die Öffentlichkeit zu bringen? Vielleicht auf dem Silbertablett unseres Hauses?"

Bernhard Stein hofft, mit dieser ein wenig stilisierten Aussage den Konzernherrn aufzuschrecken. Humbert fängt den hilfesuchenden Blick vom Tonband auf. Aber der Kurswechsel bleibt aus. Der Konzernherr reißt das Ruder nicht herum. Im Gegenteil. Humbert kann hören: „Werden Sie nicht ungeduldig, meine Herren, und nehmen Sie nichts persönlich. Verlieren Sie nicht unsere Lage aus den Augen. Ich bitte Sie, Herr Farning, uns vorzutragen, wie Sie sich den Gang der Dinge weiter vorstellen."

Es könnten sich auch zwei geküßt haben, so deutlich gibt das Tonband Lippengenuß wieder. Farning ist es, der hörbar nachschmeckt. „Die Öffentlichkeit wird nie etwas erfahren!"

Das ist ein Hammerschlag. Alle scheinen betäubt zu sein. Auf dem Tonband herrscht Bewußtlosigkeit. Farning reißt alle aus ihrer Ohnmacht. „Dieses sind meine Vorschläge: Der Starschreiber unseres Hauses, Herr Carell Holm, hat das Material bereitliegen, das mit einem Schnellschuß unter dem Titel ‚Die Männer der ersten Stunde' binnen Tagen anlaufen kann. Sie wissen, daß der Autor Carell Holm in allen politischen Generationen, in allen Sätteln, zu reiten gewußt hat. Er ist Auflagenkönig in unserem Hause."

Überraschenderweise ist es Eddy Main, dessen Elektrizität zu schwachem Nachzucken herabgesunken ist. „Aber wir können doch nicht wirklich damit auf den Markt gehen. Wir haben Verantwortung. So ein Stoff unter das Volk gestreut und die Ordnung kommt ins Rutschen!"

Für den Konzernsyndikus ist das der Augenblick, von seiner Adlerhöhe herabzuwinken. Er will die Verantwortung nicht allein tragen. „Ich würde nicht gewagt haben, meine Herren, Ihnen etwas anzubieten, was auch uns auf die Straße zerren muß. Lassen Sie mich erklären: Wir werden uns eines Geheimkuriers bedienen, eines Mannes, der geschickt genug ist, ebenso unaufdringlich wie entschlossen aufzutreten, der davon zu überzeugen weiß, daß es dringend geboten ist, unsere Bedingungen anzunehmen."

Jetzt muß ein Name fallen. Humbert hat sich so sehr in die Sache hineingedacht, daß er glaubt, selber in der Konferenzrunde zu sitzen. Und er ruft: „Wer soll das sein? Sein Name, Sie!“ Oropax ist aufgesprungen. Er glaubt, etwas Fürchterliches müsse geschehen sein. Aber das Fürchterliche kommt erst jetzt. Wie ein Stier brüllt Humbert auf und zeigt drohend auf das Tonband. Mehrmals nennt Farning den Namen.

„Sie wissen, meine Herren, der Gerichtsreporter, Franz Asmus Tischer, hat sich schon mehrfach um unser Haus verdient gemacht. Ein solcher Auftrag, wie wir ihn jetzt zu vergeben haben, setzt Erfahrung voraus. Und Zuverlässigkeit. Ich wüßte mit dem besten Willen nicht, wer anderes dafür infrage käme.“

Niemand scheint zu zweifeln. Das Tonband gibt Ruhe wieder und Farning kann fortfahren. „Mit der Person des Herrn Tischer haben wir nicht nur einen verläßlichen Partner, wir haben in ihr auch einen Mann der unauflöslichen Bindung an uns. Das ist, gerade was diese Mission angeht, sehr wichtig. Ein Konterpaktieren ist ausgeschlossen. Herr Tischer hat sich, wenn er sich für unser Haus in delikater Weise einsetzt, auch immer selbst Rechtsverletzungen ausgesetzt, die nicht verjährt sind. Sie verstehen mich?“

Der Konzernsyndikus scheint verstanden zu werden. Es bleibt auf dem Tonband ruhig. Dann stellt Bernhard Stein die Frage: „Weiß Tischer schon davon?“

„Natürlich nicht!“ antwortet Farning, wobei er seiner Stimme den Tonfall von Loyalität zu geben weiß. „Ich hatte zunächst Ihr Einverständnis zu suchen.“ Humbert sieht, daß der Konzernsyndikus auf den Konzernchef blickt. Da kommt dessen Replik.

„Ich danke Ihnen, Herr Farning. Sie haben gründliche Vorarbeit geleistet. Wir alle wissen, wie sehr wir zur Tat gezwungen werden. Hat noch jemand Fragen?“

Der Konzernpförtner ist so betroffen, so erregt, daß er nicht sagen kann, wer sich jetzt noch zu Worte meldet. Die Stimmen erscheinen ihm wie ausgewechselt. Er hört: „Bis wann muß die Aktion abgeschlossen sein?“

„Uns bleiben kaum noch zwei Wochen. Dann tritt der Senderat zu seiner Sitzung zusammen, deren Ausgang nur das Nein zu dem rundfunkeigenen Zeitungsprojekt gebracht haben muß.“

Was geschieht, wenn einer der Betroffenen die Flucht nach vorn antritt und an die Öffentlichkeit geht?“

„Unter ihnen befindet sich kein Selbstmörder!“

„Ist daran gedacht worden, daß die Senderatsmitglieder sich durch Stellvertreter ersetzen lassen können? Wegen Krankheit, wegen anderer Termine?"

„Es kommt in Wahrheit auf nur wenige Stimmen an. Professor Bonvivat ist der Einpeitscher. Wenn wir ihm die Peitsche aus der Hand nehmen, werden die anderen seine Gangart annehmen."

„Was ist mit diesem Gewerkschafts-Machade?"

„Sehr richtig! Ich danke Ihnen, daß Sie ihn noch ins Spiel bringen. Dieser an sich bedeutungslose Mann, der zwar ein zuverlässiger Mitstreiter Bonvivats ist, wie es die Gewerkschaften für die Sozialdemokraten sind, gewinnt für uns sozusagen als Notbremse an Bedeutung."

Farning spielt seinen vorletzten Trumpf aus. „Ich teile Ihre Besorgnis, es könnte sich dennoch ein Schaltfehler einschleichen. Nichts ist vollkommen. Wir aber können unsere Pläne so vollkommen zu machen versuchen, wie es nach menschlichem Ermessen möglich ist. Dazu mein Vorschlag: Sollte tatsächlich eines unserer Angebote ausgeschlagen werden, dann greifen wir zu einem letzten Mittel. Wir werden von Düsseldorf aus ein Telegramm aufgeben, wo am Tage der Senderatssitzung die Gewerkschaft Druck und Papier tagt. Ihr Vorsitzender wird einen flammenden Appell an den Gewerkschaftskollegen Machade richten, die Folgen zu bedenken, die auf Tausende von Setzern zukommen, wenn dem Konzern durch die funkeigene Zeitung der Hahn abgedreht werden soll. Die Gewerkschafter haben es noch nie an Sympathieaktionen füreinander fehlen lassen. Auch Machade wird den Teufel an die Wand malen."

Es ist, als wenn nichts mehr kommt. Das Tonband zischelt sich ab. Ein paar undeutliche Laute. Auch Lachen. Das wär's wohl. Nein, da ist noch einmal Farning. Sonderbar – es hört sich an, als wollte sich der Konzernsyndikus mit dem, was er nun sagen wird, von der Gruppe lösen und sich selbst höher hinauf schrauben. In Konzernherrennähe.

„Es ist auch für die allerletzte Sicherung gesorgt worden. Sie hängt mit der Person des Gerichtsreporters Tischer zusammen. Falls . . . " Dieses ‚Falls' drückt auf Humberts Ohren wie ein Schrei. Was heißt das: Falls? Und was heißt das weitere?

„Ich möchte meine Gedanken hierzu, wenn Sie einverstanden sind, in vertraulichem Kreis, vielleicht auch nur unter vier Augen mit unserem Konzernchef vortragen dürfen. Soviel aber möchte ich hier schon sagen: Ich denke an die nützlichen Dienste, die Professor Volkmann-Asel unserem Hause bewiesen hat.“

Humbert könnte diesen Farning erwürgen.

* * * * *

28

Die junge Schwester, die mehr durch das scharfe Bremsen aufmerksam wird als durch den Chromblitz, der sich in den Fensterscheiben bricht, sieht das schicke Auto mit Staunen. Für sie ist die ruhestörende Auffahrt eine anregende Unterbrechung ihres monotonen Gläserspülens. Sie beugt sich herab, um durch das Dreieck der angelehnten Fensterflügel beobachten zu können, wer aussteigt. Dem auffallend gut gekleideten Herrn geben die Linien des tailliert gearbeiteten Mantels aus gerippter Schurwolle, diagonal gestreift, die Proportionen einer Schaufensterpuppe. Er ist überraschend klein. Seine Bewegungen wirken wie aufgezogen. Sie sind hastig wie im Trickfilm. Der Besucher betritt die Psychiatrische Klinik von Professor Volkmann-Adel durch einen Nebeneingang.

Die junge Schwester betrachtet den flachen, buglangen Sportwagen mit Gefühlen, wie sie sie von Filmen her kennt. Die Wünsche werden ihr nicht bewußt. Schon gar nicht die Wirklichkeit, die sie ihr erfüllen könnte. Sie braucht nur zu warten, bis der Puppenmann, der in ihren Gedanken eine Prinzenrolle zu spielen begonnen hat, wieder herauskommt. Wüßte sie Nummernschilder von Autos nach Statussymbolen zu lesen, die Initialen zu deuten, die alle Topmanager des Konzerns ihrer Wohlgeborenheit wegen beanspruchen, die Anfangsbuchstaben ihrer Namen, dann wüßte sie, daß soeben Herr Bastian Schacht, das Nerven- und Gemütskrankenhaus betreten hat.

Und sie wüßte von seinem Leben, von seinen Wünschen. Sie könnten die ihren sofort erfüllen. ‚Sir Little' – die Schwester weiß nichts von seinem Titel, der im Konzern für den zweiten Mann des Hauses als Ausdruck für die Drolligkeit seiner Erscheinung, aber auch für die allenthalben verblüffende Wendigkeit im Umlauf ist, mit der der Freund des Mächtigsten selbst die heißesten Eisen rechtzeitig aus den Feuern reißt – ist ein Gewohnheitsgenießer kurzer Augenblicke.

Die junge Schwester wird von ihm nie erfahren, daß die Kürze die Würze zu höchsten Gipfeln ist, wegen der Spontaneität, die auch Frechheit heißen kann und die nichts anderes ist, als ein Genommenwerden, daß diese aber als Erlebnisbegrenzung einer bisexuellen Gesetzmäßigkeit auch die kürzeste Distanz zwischen lustvollem Aufschrei und Tränenstrom danach ist. Denn, danach kommt nichts mehr. Würde nichts mit ihr kommen, kam nichts bei anderen, die vor ihr waren. Ein weites Feld, über das zu schreiten der gläserspülenden Jungschwester erspart bleibt. Sie vergißt den schmucken Wagen und den modegeschmückten Mann, weil die üblichen Verrichtungen sie in Schutz nehmen.

Professor Volkmann-Adel erinnert an den Weißen Riesen. Sein mächtiger Schädel, fast kahl, überragt die meisten. Wie eine große Leuchtbirne. Die buschigen Augenbrauen halten auch diejenigen in Bann, die den Klinikchef für Gemütskranke nicht als Opfer von Psychosen oder Neurosen aufsuchen. Vielleicht ist die Begegnung mit dem Star-Gutachter bei vielen Schwurgerichtsprozessen, die überwiegend Triebmorde zu klären hatten, der Beginn einer fast toxikologischen Selbstzersetzung.

Die Fama berichtet, daß Normale, die sich bis dahin dafür gehalten hatten, sich geradezu aufopfernd darboten, um sich beweisen zu lassen, daß sie einen ‚Klaps' haben. Nach wissenschaftlichen Zeugnissen, gibt es diese Lust an der Selbstaufgabe. Es kommt darauf an, wer sie einem glaubwürdig macht.

Professor Volkmann-Adel hat in seinem Leben soviele Doktrinationen in die Welt gesetzt, daß, zum Beispiel, elitäre Heerführer einer verfemten Zeit sich dem Gericht als Gruselkinder darboten, die, vor Angst laut schreiend, durch den feindlichen Wald geirrt seien. Der gutachtende Professor hatte es so jedenfalls darzustellen gewußt, wenn die Anklage auf Massenmord gelautet hatte.

In der neueren Zeit, wo diese Massenmorde nicht mehr auf den Feldern einer zweifelhaften Ehre begangen werden, sondern auf den Rändern von Autobahnen, in Stadtparks, in Kellern der Großstadtsiedlungen, weiß der psychiatrische Gott in Weiß zu belegen, daß solche Untaten von Menschen begangen werden, denen die freie geschlechtliche Entfaltung von einer Gesellschaft vorenthalten wird, die dem Liebesspiel noch immer den Makel der Erbsünde anlastet.

So grandios, so erschauernd wie furchtbar, ist allen Gerichtszeugen das gutachterliche Plädoyer Volkmann-Adels in Erinnerung, das einem Kindermörder in einem Wiederaufnahmeverfahren das Lebenslänglich ersparte, weil der große Arzt ein prickelndes Bild vom Tatantrieb zeichnete. Der angeklagte Kinderschlächter hatte als Metzger im elterlichen Betrieb Rinder und Schweine vom Leben zum Tode zu befördern und lehrgerecht zu zerteilen. Dazu eignete sich am besten die Schlachthalle, die im Hinterhof lag, wo auch die Trokkenplätze für nachbarliche Wäsche waren. Die immerwährende Arbeit am Tier und die Nähe wärmender Hüllen auf der Leine, darunter liebliche Teile, die wunderbar von Anatomie zu erzählen wußten, der sich der Schlächtersohn bislang nur am Tiere hatte nähern können, mußten, so Volkmann-Adel, unausweichlich dahinführen, daß der junge Schlachter vom Tier zum Menschen gelangte.

Daß es Kinder waren, begründete positiv, wie der Gutachter meinte, die beim Täter noch funktionierende Unterscheidungsfähigkeit, nicht auf die Vernichtung von Menschen schlechthin fixiert gewesen zu sein, sondern eben nur auf schnell befriedigende, ohne Gegenwehr mögliche Zwangstaten. „Das Gericht möge sich vorstellen, welch verheerende Folgen es hätte haben können, wenn der Angeklagte ohne diese Kontrollfunktion vorgegangen wäre." So Volkmann-Adel.

Die junge Schwester mit ihren von Arbeit verdrängten Diesseitswünschen, weiß noch nichts von Triebverstrickungen. Sie ist überrascht und erfreut zugleich, den schmal gestrichelten Besucher mit dem herrlichen Auto vor den Bildern stehen zu sehen, die auf dem Langflur des ‚akuten Flügels' hängen. Es sind Werke von Kranken, die Professor Volkmann-Adel Kunstwerke genannt zu werden wünscht.

Die Augen des feingliedrigen Besuchers sind fast wandnah. Ihn scheinen die Abnormitäten zu interessieren, bei denen, in Öl und Wasserfarben, Phallus und Vagina Mittelpunkt sind. Die junge Schwester sieht den Chef näherkommen. Es regt ihre Phantasie an, zu hören, wie der Professor den Besucher mit dem Flottauto väterlich empfängt. „Mein Gott, Bastian, was führt dich in die Klapsmühle?"

So spaßig ist die Sache nicht. Spätestens im saalgroßen Ordinationszimmer des Psychiatriechefs offenbart es sich. „Wir brauchen Ihre Hilfe, Herr Professor. Dringend!"

„Nun mach' mal Pause, Junge!" Der Arzt ist sichtlich konsterniert. Unwillig entfährt ihm die Frage: „Was wollt ihr schon wieder?" Um sich selbst den Gedanken an ‚große Sachen' auszureden, fragt er polternd: „Wieder ein Mädchen aufgeknackt, eine Zwölfjährige? Oder einen Jungen, noch in staatsanwaltlichem Schutze?"

Überraschend für den Besucher, von diesem aber nicht beifällig registriert, eher besorgt wahrgenommen, scheinen die Züge des Professors zu erschlaffen wie eine Fahne in Windstille. Bastian Schacht beobachtet mit steigender Besorgnis, daß das Gesicht des berühmten Arztes vergraut. Den viel jüngeren Gast erschrecken die greisenhaften Züge. Ihn beginnt Furcht zu beschleichen, der überragende Gutachter könnte versagen. Das darf gerade in dieser Angelegenheit nicht geschehen.

„Kinder, ich bin ein alter Mann. Was wollt Ihr von mir?" Die Heftigkeit von Feststellung und Frage läßt dem Abgesandten des Konzerns keine Chance, an ärztliche Starallüren zu glauben. Das ist Resignation. Sie weist sich selber aus. „Das ist nicht mehr wie früher, wo ihr euren väterlichen Freund nur zu rufen brauchtet, damit er euch aus der Scheiße zieht. Heute sind die Finten anstrengender. Ihr wollt die Welt nicht mehr genießen. Ihr wollt sie beherrschen. Warum eigentlich? Es hat sich doch nichts geändert. Euch kann immer nur einer abgehen, sooft es eben noch geht. Erzählt mir nicht, daß es ebenso schöne Gefühle sind, wenn ihr einen vor euch seht, den ihr zur Strecke gebracht habt. Das ist kriminell."

Der Professor muß seinen Mund nässen. Aus seiner Schreibtischfontäne läßt er klares Wasser in den Becher sprudeln. „Täuscht Euch nicht, Bastian, je mehr ihr wollt, um so mehr Feinde laßt ihr aufziehen. Haltet euch nicht für unüberwindbar. Das wäre Napoleonismus. In unserer ärztlichen Deutung ist das Größenwahn. Und das ist immer noch eine Krankheit. Eine gefährliche Krankheit."

Bastian Schacht ist in privater Mission des Konzernchefs hier. Die Sache duldet keinen Aufschub. Noch weniger einen Fehlschlag. „Herr Professor, Sie sind zu Unrecht beunruhigt. Der Beistand, den wir uns in dieser Angelegenheit von Ihnen erbitten, bedarf keiner Anstrengung. Es geht eher um eine schützende Funktion, die Sie, dank Ihrer ärztlichen Fürsorgebereitschaft, bestimmt gern erfüllen werden."

Der Psychatrieprofessor verknautscht die Nase mit faltenreichen Gesichtsspielen. „Komm, Bastian, spiel die Karte aus. Ich erinnere mich an keinen einzigen Hilfewunsch, den dein Boß an mich gerichtet hat, der mit einem Handwink von mir zu erfüllen gewesen wäre. Immer hat dahinter ein dickes Ding gelauert, das explodiert, oder sagen wir mal, von mir nicht entschärft, allerhand von eurer Konzernfassade in die Luft gesprengt hätte. Also, was ist es diesmal?"

„Unsere Pressefreiheit ist bedroht, Herr Professor!"

Vielleicht rührt der kurze Lachausbruch, der der Aussage des Besuchers begegnet, von dem Bild her, das der Klinikchef in diesem Augenblick fast überdeutlich wahrnimmt: klein, beinahe zwergig, aufgeputzt wie eine Sofapuppe, aber von jener von Zweifeln begleiteten Lebendigkeit, die beim Anblick von Liliputanern deutlich wird. Dabei auch von einer kaum Einhalt zulassenden Bestimmtheit, wie Orchestrionfiguren sie im Melodienreigen einnehmen.

Was Professor Volkmann-Adel früher einmal an diesem Mann, als der noch ein Jüngling war, gemocht hat, ist von seiner Lebensreife so sehr verkleinert worden, daß es dem Arzt schwerfällt, Gedanken an Ungeziefer zu verdrängen. Aber den in ihm wachsenden Unwillen kann er nicht überwinden.

„Ich bin Klinikchef, Bastian. Auf mich warten unzählige Entscheidungen. Ich wäre dir dankbar, wenn du mich endlich wissen ließest, was ich für dich tun kann!"

Es gibt selten einseitige Überlegenheit. Es kommt darauf an, was man voneinander weiß. Bastian Schacht geht sofort in den Ausfall. „Sehr gern, Herr Professor. Neben Grüßen, die ich vom Konzernchef übermitteln soll, möchte dieser auch, daß Sie wissen, wie wenig er die vielen Hilfeleistungen vergessen hat, die Sie ihm erwiesen haben. Umgekehrt wünscht er, daß Sie sich seines Beistandes sicher fühlen, so wie es in allen Fällen früher war. Er sagte noch, das binde auf ewig!"

Der Psychiatrieprofessor gibt nicht zu erkennen, ob er das Gefahrensignal voll empfangen hat. Unberührt scheint es ihn nicht gelassen zu haben. „Bastian, ihr dürft nicht übers Ziel hinausschießen. Die Zeit hat sich gewandelt. Die Gesellschaft nimmt nicht mehr alles so hin, wie ihr es wollt."

Die Puppe lächelt. Volkmann-Adel entdeckt darin einen Zug, der pathologischer Sadismus ist. Beunruhigt fragt er: „Was heißt das, die Pressefreiheit ist bedroht?"

Wieder auf der Themenfährte, läßt der junge Besucher ab von seiner Plusterpose. Unmerklich für den Professor, schiebt sich die Besorgnis in das Bewußtsein Bastian Schachts, die den Konzern tatsächlich beherrscht. „Es ist uns Ernst, Herr Professor. Wir würden nicht auf die Idee kommen, Sie um Rat zu bitten, wenn nicht wirklich Gefahr drohte."

Der selbstkritische Ruck, der den Professor aufrichtet, ist dem Besucher zuviel, weshalb er abzuschwächen versucht. „Nicht wir, nicht der Konzern, schon niemand persönlich ist in Gefahr. Unsere Gesellschaft ist es."

Der Arzt hat genug von dem Vor-und-zurück. Ihm muß der Gedanke rückhaltende Kraft gebracht haben, daß er nicht schon wieder zu einer dem ärztlichen Ethos zuwiderlaufenden Handlung gewonnen werden soll. „Was kann ich für euch tun, Bastian? Konkret!"

Auch der Konzernbotschafter wünscht zum Kern zu kommen. Einen Bonbon möchte er aber vorher noch verabreichen. „Herr Professor, der Konzern bewundert in Ihnen nicht nur den großen Arzt, sondern auch den prominenten kritischen Mitbürger. Es muß Sie deshalb interessieren, welche gefährlichen Absichten der Rundfunk hat!“

Dem jungen Konzernbevollmächtigten ist der irritierte Zug nicht entgangen, der den Mund des Professors für einen Augenblick entstellt. Er weiß, das Volkmann-Adel nicht unbeträchtliche Honorare für kaum noch zählbare Beiträge und Interviews vom Funk bezieht. Bastian Schacht wittert die Augenblickschance.

„Im Gegenteil, Herr Professor, die Öffentlichkeit wird es Ihnen zu danken wissen, sogar die Verantwortlichen des Rundfunks, daß Sie in einer unverkennbar kritischen Situation einzugreifen wußten.“

Es muß auf das hohe Alter des für Gemüt und Geist zuständigen Arztes zurückzuführen sein, daß dieser nicht, wie in über fünfzig Jahren, polternd auf seine alleinige Autorität pocht, sondern mit fast müdem Kopfnicken zustimmt.

„Wenn ich sage, Herr Professor, daß der Rundfunk eine in Millionenauflage geplante Zeitung auf den Markt bringt, kostenfrei für Hörer und Seher, jedenfalls abgegolten in den Gebühren, dann kann es sein, daß Sie es als Arzt so sehen: Je mehr Nieren vorhanden sind, um so mehr kann man verpflanzen. Auch Herzen. Aber mit dem Gemüt unserer Menschen, mit ihrer seelischen Gesundheit, ist das anders. Hirne und Seelen kann man nicht austauschen. Sie dürfen nicht willkürlichem Gedankengut ausgesetzt werden. Sie wissen es besser als wir, Herr Professor.“

Schmeichelt das? Nicht unbeträchtlich, wie es Bastian Schacht erscheint. Volkmann-Adel widerlegt, rein äußerlich, die ärztliche Theorie, daß Napoleonismus eine Sache von Zukurzgekommenen ist, von verkürzten Größen. Seine Einsachtzig haben sich deutlich ausgedehnt.

„Wenn das so ist, Bastian, dann präzisiere das mal. Aber vorher will ich euch noch sagen. Ihr schreit Weh und Ach. Dabei seid ihr dabei, euren großen Fuß in die Tür des Fernsehens zu stellen. Es ist eine Hintertür. Und als Visitenkarte gebt ihr Referenzen der Ärzteschaft ab. Noch füllt ihr mit kleinen Schaufeln die Lücken im Angebot des Fernsehens, soweit das die Spezialinformationen für Berufsgruppen angeht. Mit Kassettenangeboten wollt ihr dem Bildungsnotstand über Audiovision abhelfen. Also, mein Junge, das fühlt auch einer, der die Hand nicht unter der Bettdecke hat. Ihr wollt rein, koste es, was es wolle!“

„Es ist so, wie ich sagte. Der Funk will uns mit einer Millionenauflage den Hahn abdrehen. Für unseren Konzern bedeutet das: Bedrohung der Pressefreiheit. Bedrohung von Arbeitsplätzen. Und die alleinige Beherrschung von zwei Medien durch den Funk und seine Funktionäre."

Expanderspiele lassen nach, wenn nicht nur reines Kräftemessen Antrieb ist, sondern der Zwang, mehr Kilos zu reißen als der Spaß es will. Professor Volkmann-Adel spürt, daß nicht nur Vergnügen von ihm erwartet wird. Der große Mund in dem mondbreiten Gesicht erschlafft.

In der Verwendung von Aufputschmitteln ist Bastian Schacht nicht unerfahren. Eigentlich sollte sie aus ärztlicher Richtung kommen. Aber, wie oft wechseln die Rollen? „Nur als Arzt, Herr Professor, nur als solcher, können Sie uns helfen. Sie werden es tun, wenn Sie Einzelheiten kennen!"

Die seltene Situation ist da, daß der Patient den Arzt bittet, auf der Couch Platz zu nehmen. „Herr Professor, eine der treibenden Kräfte in dem von mir genannten Projekt ist der Intendant. Sie kennen ihn gut. Besser als manch einer. Sie kennen auch die unheilbare Verlorenheit des Intendanten an den Alkohol. Hier böte sich Ihnen die gute Gelegenheit, zwei Übel in einem zu bekämpfen."

Die Kunstpause, die Bastian Schacht folgen läßt, ist ein winziger Rest von Skrupeln. Aber er muß durch.

Wenn Sie, Herr Professor, es unternehmen möchten, ein weiteres Mal anzuordnen, daß der Intendant sich in anstaltliche Obhut begeben soll, unmittelbar, weil es drängt, vielleicht sogar unaufschiebbar ist, dann wäre es dem Konzern gerade zu diesem Zeitpunkt recht. Exakt jetzt, Herr Professor."

Da ist noch kräftige Abwehr auf seiten des Gemütsarztes. „Ich kann nicht einfach sagen: Ab mit dir! Dazu ist die Aufforderung durch den Amtsarzt notwendig. Ihr solltet das wissen, Bastian."

„Aber ja, Herr Professor, das ist geritzt. Sie bekommen prompt den ‚Hilferuf', wenn er fällig wird. Dafür sorgen wir. Aber . . . " – der Konzernbeauftragte macht eine von der Strategie einstudierte Geste, die etwas wegwischen soll – „es muß doch gar nicht zu einer Entziehungskur kommen, die Sie, Herr Professor, anzuordnen hätten."

Eine weitere Handbewegung soll anzeigen, daß der Konzern das Konzept festgelegt hat. „Uns genügt es, wenn die Angst davor, wie sie nach unserer Kenntnis den Intendanten mehr quält als die Trunksucht, bewirkt, daß der Rundfunkchef dem Zeitungsprojekt seines Hauses selber eine Absage erteilt. Der Senderat wird in Kürze darüber abstimmen."

Es klingt weder laut, noch sehr bestimmt, was der Arzt erwidert. „Macht mich nicht verantwortlich, wenn es mit dem Intendanten anders kommt. Ich kann versuchen, auf ihn einzuwirken. Aber ihr wißt nichts von der überraschend auftretenden Selbstbehauptung bei Suchtkranken, sogar bei solchen, die schon im Tremens sind."

Als nähme seine Mission erst jetzt ihren Anfang, schlägt Bastian Schacht ein Bein über. Gemächlichkeit soll vorbeugen, falls dem Klinikchef doch der Kragen platzt.

„Es wird zu einem solchen Ausbruch nicht kommen, Herr Professor." Der Konzernabgeordnete hat das Wort ‚Ausbruch' so deutlich ausgesprochen, daß der Arzt es als einen Appell an sich begreifen muß.

Dieser Vorsicht hätte es nicht bedurft. Professor Volkmann-Adel hat sich längst auf die Insel seines Fachbereiches gerettet. Ihn fesselt die Unverfrorenheit seines Besuchers, der er Phänomene pathologisch-krimineller Merkmale glaubt entnehmen zu können. Der Psychiater findet sich selbst in der schizophrenen Situation, als Konsultant zugleich auch ein Erpreßter zu sein. „Gibt es noch etwas, Bastian?"

Der Arzt begegnet einem Lächeln, das verzerrter Charme geworden ist. Zersetzte Höflichkeit, die sich jeder Wärme begeben hat. Der Konzernbeauftragte Bastian Schacht denkt an die Order, die es ihm nicht erlaubt, in konventionellen Rieselspielen zu machen. Sein Auftrag lautet: Resultate! Deshalb läßt er, wie beiläufig, die Krallen einer Katze aus dem Sack, von der der Professor wahrnehmen kann, daß es eine Bestie sein wird, wenn sie freigelassen wird.

„Wir haben noch andere Sicherungen eingebaut, falls unsere Freunde meinen, uns nicht helfen zu können. Der Starautor unseres Hauses, Carell Holm, dessen kassenschwere Pseudonyme Ihnen bekannt sind, hat eine Zeitungsserie vorbereitet, die unter dem Titel ‚Die Männer der ersten Stunde' in schonungsloser Offenheit darlegen soll, was die Repräsentanten unserer Gesellschaft zu ihrer Gesundung beigetragen haben." Bei dem Wort ‚Gesundung' trifft den Arzt ein Sacharinlächeln.

Bastian Schacht kann es sich sparen, Erinnerungen aufzuwärmen. Der Arzt weiß, wovon die Rede ist. „Also gut, Bastian, ich will versuchen, was ich ausrichten kann!" Der Professor bleibt in gebückter Haltung stehen. Er hat sich erheben wollen, weil er das Gespräch für beendet hielt. Einen Augenblick lang ist er versucht, auf den Knopf zu drücken, um Wärter herbeizurufen. Seine Lage erlaubt ihm nicht, nach freiem Willen zu handeln. „Ist noch was?"

„Ja, eine vergleichsweise leichte Sache."

Der Arzt weiß, daß im Wechselspiel von erpresserischen Manövern die härtesten Brocken gerne als kleine Fische ausgegeben werden. Er findet sich bestätigt, als er den Namen hört.

„Unser Vertrauensmann in dieser Angelegenheit ist der Gerichtsreporter Franz Asmus Tischer. Sie kennen ihn."

Als könnte Unmut Kerben in die Haut ritzen, bleibt im Gesicht des Psychiatrieprofessors ein Schatten stehen. „Übernehmt ihr euch da nicht, Bastian? Franz Asmus Tischer?" Der Zischlaut wirkt noch lange nach. „Das ist ein Trojanisches Pferd. Der Mann ist doch kein Pinscher. Ihr müßt doch wissen, was ihr in eurem Hause habt. Lest ihr den denn nicht? Dieser Tischer hat die besten Drähte bei Justitia selbst."

„Darum bin ich ja hier, Herr Professor." Man müßte das Messerwetzen hören können, das Bastian Schacht gedanklich veranstaltet.

Volkmann-Adel scheint schon Einstiche zu spüren. „Das mach' ich nicht mit, das sag' ich euch. Das ist ein Laufen in offene Messer. Für den Tischer gehen die Richter glatt auf die Barrikaden. Das kommt zu einem Schnüffelfest, wie ihr es in euren unheiligen Hallen noch nicht hattet."

„Wir haben keine andere Wahl. Von den wenigen, die uns zur Verfügung stehen, ist Tischer der begabteste. Die Aufgabe erfordert Einfühlungsvermögen, sozusagen den siebten Sinn."

Der Professor hat sich gefangen. Er steht wieder auf seinem Fachmannpodest. „Das ist die gefährlichste Axt, die ihr im eigenen Hause habt. Der macht alles, was ihr wollt. Wenn ihr mal nicht wollt, braucht er nur auszupacken."

„Bei wem?" Die Frage Bastian Schachts hat Nachblitze. Volkmann-Adel müßte die Starkstromgitter sehen, hinter denen Tischer verzischen wird, wenn er die Hand ausstreckt. „Wir wissen nicht, wie loyal der Gerichtsreporter ist. Wir wissen: Er hat ein ausgeprägtes Gerechtigkeitsgefühl. Aber auch ein starkes Verlangen nach Geltung. Nicht nur nach eigenem Rang und Namen. Auch nach kräftigem Umtrunk. Ähnlich wie der Intendant."

„Ich höre euch trapsen, mein Lieber. Aber das wünsche ich präziser zu erfahren. Wie lautet das Killerkonzept, das ihr in weißen Kitteln ausführen lassen wollt?"

Das ist ein Sarkasmus, der dem Konzernstrategen gefällt. So müssen die Generalstäbler der Massenvernichtung vorgegangen sein. Mit Humor bis an den Galgen. Auch an den eigenen. Aber solche Gedanken trocknen den Mund aus. „Es ist nur eine Vorsorgetheorie, Herr Professor. Sie muß nicht zur Tat ausreifen. Ebenso wenig wie bei dem Intendanten. Nur für den Fall ... "

„Für welchen Fall, Bastian?" Den Arzt beginnen wieder Bedenken zu beherrschen.

„Wir glauben nicht, daß Tischer in der Aktion selbst vom Wege abweichen wird. Der Auftrag, so glauben wir, schmeichelt ihm nicht wenig. Er fühlt sich der Konzernspitze, wenn nicht zugehörig, so doch unentbehrlich. Dabei leitet ihn wohl tatsächlich der Gedanke, daß er nur den Mund aufzumachen braucht, und schon ... "

„Weiter, Bastian, was machen wir dann?" Der Professor hat den Selbstschutz offenbar aufgegeben und sich in das Komplott einbeziehen lassen.

„Es wird nicht soweit kommen. Wir brauchen die uns genehme Gelegenheit nur zu nutzen. Dabei folgen wir einer Anregung unseres Herrn Farning. Sie kennen den Konzernsyndikus."

Dem alten Gemütsarzt ist anzusehen, daß der Name Farning ihn wieder zurückgeworfen hat. „Und ob ich den kenne! Der hat mir manches Kuckucksei ins Nest gelegt, das er bei ordentlicher Personalpolitik in eurem Hause besser selbst ausgebrütet hätte. Mit dem liegt ihr genauso falsch. Der wird euch seine Rechnung schon noch präsentieren. Oder glaubt ihr, jeden zu beliebiger Zeit über die Klinge springen lassen zu können?"

„Sorgen Sie sich nicht um jede Erwägung in unserem Hause, Herr Professor. Wir werden auf der Hut sein. Aber nun zurück zu Franz Asmus Tischer. Nach Farnings Ansicht kann einem Ausfall gegen den Konzern am besten mit einer Vorsorge begegnet werden. Verstehen Sie mich, Herr Professor?"

„Und ob. Und wie soll das vor sich gehen?"

„Wir denken an eine ärztliche Schutzhaft, die den Betroffenen eine Zeitlang aus dem Verkehr zieht, solange, bis Gras über die Sache gewachsen ist."

„Du meinst als Sache euren Rundfunkkrieg, nicht wahr?"

„Ja, nur den!"

„Und was geschieht, Bastian, wenn ein Krieg der Freunde einsetzt? Tischer dürfte mehr davon haben als wir ahnen. Solche Gemütsfreuden, wie der Gerichtsreporter sie mit seinen Aritkeln verbreitet, haben eine große Gemeinde."

„Ich muß Sie nicht fragen, Herr Professor, ob die Fans auch an die Gitter Ihrer Anstalt kommen. Vor den Pforten einer Klapsmühle hört das Klatschen auf."

„Das ist wahr, Bastian. Schrecklich wahr. Hier enden die Ovationen. Die wenigen Besucher, die überhaupt kommen, sind nahe Verwandte."

„Darauf wollen wir bauen, Herr Professor. Es ist ja nicht nur eine Frage der Freundestreue. Es ist auch eine der Schonung, der Abschirmung. Sie werden die Isolierung mit gutem Gewissen anordnen."

„Und wann?"

„Wenn es notwendig wird!"

* * * * *

29

Professor Emilio Bonvivat empfindet den Vormittag als unfreundlich. Er weiß nicht, weshalb ihm zumute ist wie einem, der überall Bananenschalen liegen sieht. Das Wetter allein kann es nicht sein. Es ist, wie häufig im April, janusköpfig. Hat es damit zu tun, daß er sich nicht wohlfühlt, sich aber gleichzeitig gedrängt sieht, die Sache der Rundfunk-Zeitung voranzutreiben? Der Professor trägt auch heute den dunklen Habit, den breitkrempigen Hut und den langen, fast zum Boden reichenden Tuchmantel, der oben eng anliegt wie eine Soutane, unten aber faltig weit ist.

Diese an Pater Brown erinnernde Kluft läßt den Vorsitzenden des Senderats des Rundfunks in diesem Augenblick wie in detektivischer Aktion erscheinen. Er steht an seinem Schreibtisch in dem handtuchschmalen Zimmer, das der Intendant für ihn frei gemacht hat, zu ‚gelegentlicher Nutzung', wie es geheißen hatte. Der kabuffenge Raum liegt im Turmtrakt des Funkhauses. Das schlitzschmale Fenster gibt einen Spalt des Gartens frei, in dem ein paar knospenstarke Spyreen stehen. Dahinter, von einem Maschendraht begrenzt, liegt eine Baugrube. Aus ihr ragt das Stahlbetongeflecht eines Rohbaus empor. Der Giraffenhals eines Schwenkkrans schert nach allen Seiten aus.

Emilio Bonvivat sieht die Post durch, die ihm die kleine Sauer gleich nach seinem Eintritt gebracht hat. Ihr war dabei ein Brief entglitten und nahe der Tür zu Boden gefallen. Das Reinseidene, wie der Professor alle knappsitzenden Kleider nennt, war, als die Intendantensekretärin sich bückt, nach oben gerutscht und hatte mehr als das Ahnungsvolle gezeigt. Seine Augen waren nicht geflüchtet, aber der Anblick hatte seine Phantasie auch nicht belebt.

Schuld daran ist der Brief, dessen Absender aufdringlich groß fast die ganze linke Seite des Umschlags ausfüllt. Es war dem Professor gleich ins Auge gesprungen. Mit Fingerspitzen, als sei es ein gefährliches Insekt, angelt Bonvivat das Schriftstück heraus. Er glättet es vor sich. Dabei ist sein Mund gespitzt, als wollte er darauf spucken. Auch auf dem Briefbogen sind Name und Mandat des Absenders durch einen Fettdruckblock ungewöhnlich deutlich hervorgehoben. Der Schreiber beginnt nach der Anrede sofort mit einem Appell . . .

„. . . sollten Sie, Herr Professor, noch einmal gründlich überdenken, von welchen erbitterten Auseinandersetzungen die ganze deutsche Presse erschüttert werden wird, wenn der Senderat die schwerwiegende Entscheidung treffen sollte, die Monopolhoheit des Rundfunks mit der Herausgabe einer Zeitung in Millionenauflage noch zu erhöhen. Mich sollten Sie hiermit nochmals in einem letzten Versuch, den Senderat vor unübersehbaren Folgen zu bewahren, als einen entschiedenen Gegner des schon viel zu weit gediehenen Plans erkennen. Alles Weitere haben Sie und Ihre Gesinnungsgenossen zu verantworten!"

„Dieser Kacker!" Das ist es, was Professor Bonvivat in den engen Raum ruft. „Dieser Schweinowski soll mich doch sonstwo. Es gibt kein Zurück. Kein Aufhalten mehr!"

Es ist schade, daß niemand diese Dennochszene genießen kann, die auf dem Zimmertheater eine vorzügliche Kammerspielstudie hergeben würde. Die Zellenenge seines Zimmers empfindet der hochragende Gelehrte in diesem Moment nicht. Er rüstet wieder einmal zum Kampf. Der rocklange Mantel, weit geöffnet, flattert wie eine Siegesfahne, weil der Professor die vier Schritte hin und her im Sturmschritt macht.

Die Schlacht ist angesetzt. Am kommenden Sonntagvormittag, wenn der Senderat im großen Sitzungssaal des Funkhauses zusammentritt, wird Bonvivat die Heerschar der Einsichtigen anführen. Das sind seine politischen Freunde, die, gleich ihm, entschlossen sind, die Medienpolitik der Sozialdemokraten durchzusetzen. Für immer!

Aber die Geschichte hat im Faltenwurf ihres Mantels einen Dolch verborgen. Dieses Bild paßt zu der theatergleichen Szene, die des Professors inneren Sturmlauf unterbricht. Er muß das Klopfen überhört haben. Es dauert auch länger, bis er den Mann in der offenstehenden Tür wahrnimmt, der bereitsteht, sich zu verbeugen. Der respektbedingte Gruß unterbleibt, weil Bonvivat im Schreckmoment die wenig überlegte Frage stellt: „Woher kommen Sie?"

„Entschuldigen Sie, Herr Professor, ich habe mehrmals geklopft. Ich glaube auch, Sie sprechen gehört zu haben. Erst nach geraumer Zeit habe ich mir erlaubt, die Tür zu öffnen."

Der Unmut ist nicht besänftigt, weil der Tag nur Verqueres zu bringen scheint. „Was wollen Sie?"

Franz Asmus Tischer findet die ihm von Farning beschriebene Verhaltensweise des Publizistikprofessors bestätigt. Er erinnert sich der Charakterbeschreibung, die ihm der Konzernsyndikus mit auf den Weg gegeben hat, verbunden mit dem Hinweis: „Trotz Polterei Charme bewahren und mit Demut reagieren. Bedenken Sie immer, Tischer, dieser Bonvivat ist ein Choleriker und sich meistens selber im

Wege. Deshalb: nicht reizen. Wir wollen etwas von ihm. Polieren Sie seine Selbstgefälligkeit."

Einen Augenblick lang war der Gerichtsreporter durch das Bild, das sich ihm bei seinem Eintritt geboten hatte, geneigt gewesen, einem skurrilen Alleinunternehmer Beifall zu spenden und dessen Kunst zu loben. Aber hier strömt ihm Feindseligkeit entgegen. „Darf ich eintreten?" Ohne eine Aufforderung abzuwarten, tritt Tischer in den Raum und bis an den Schreibtisch heran.

„Wer sind Sie und was wollen Sie?" Bonvivat ist gereizter, als es die Situation rechtfertigt.

„Ich heiße Tischer und bin Gerichtsreporter im Konzern."

Das letzte Wort hat die Wirkung eines Schulterstoßes. Der Professor weicht einen Schritt zurück, geht dann aber in kämpferischer Pose wieder nach vorn. „Was heißt das: Konzern? Sind Sie Agent oder Journalist? Sollte Letzteres zutreffen, schreiben Sie ja wohl für eine der Zeitungen."

Tischer will antworten. Aber Bonvivat läßt ihn nicht zu Worte kommen. „Was wollen Sie von mir?" Seine Augen verraten, daß er Unheil erwartet. „Sie hätten sich anmelden sollen. Das gehört sich so."

„Ich war im Sekretariat des Intendanten, wohin man mich geschickt hatte. Dort sagte man mir, ich könnte Sie hier finden."

„Das meine ich nicht. Ich frage, warum Sie Ihren Besuch nicht angekündigt haben. Brieflich oder telefonisch."

„Es schien mir ratsamer . . . " Die Zwangspause, die Tischer entstehen läßt, wirft ihn zurück. Ihm war eingefallen, was Farning dringend geraten hatte, die Verhandlung mit Bonvivat so zu führen, daß sie sich als die Sache eines in eigener Verantwortung recherchierenden Journalisten darstellt. „Es ist auch in Ihrem Sinne, Herr Professor, daß die Angelegenheit so schnell wie möglich geklärt wird."

„Mich befremdet Ihre Aufdringlichkeit, junger Freund. Und wenn ich Sie so nenne, ist das ein letzter Versuch, Sie zur Besinnung zu bringen. Was haben Sie mir zu sagen?" Dieser Frage folgt ein von Entrüstung und Belustigung gleichermaßen vermischtes Lachen, das wiederum vorzüglich von einer Bühne herab gewirkt haben würde.

„Ich bin der Autor . . . " Franz Asmus Tischer verbessert sich mit voller Absicht, um sich die Rolle eines Helfers zuzuteilen. „Das heißt, ich bin der Co-Autor einer Zeitungsserie, die unter dem Titel ‚Die Männer der ersten Stunde' in der führenden Wochenzeitung unseres Hauses erscheinen wird."

Es ist wiederum Absicht, daß Tischer sich unterbricht, um mit deutlicher Betonung fortzufahren. „Der eigentliche Autor, unter dessen bewährter Hand die zeitgeschichtliche Untersuchung an die Öffentlichkeit gelangen soll, ist der Ihnen bekannte Carell Holm."

Der Gerichtreporter hat die umständliche Wortwahl genutzt, die ihm der Konzernsyndikus Farning nicht wortwörtlich, aber dem Sinne nach entwickelt hatte. Das Wort ‚Öffentlichkeit' hat Tischer besonders betont und den Umlaut beinahe mit Heftigkeit hervorgebracht.

Eine erkennbare Wirkung bei Professor Bonvivat bleibt jedoch aus. Dessen streng gestellte und kein Ausweichen zulassende Frage: „Worauf wollen sie hinaus?" paßt nicht in die Erwartung, die Tischer als Teil der ihm mitgegebenen Konzeption hegt. Er hatte nicht nur Hellhörigkeit auf seiten des Professor erwartet, die diesen veranlassen müßte, von seinem Überlegenheitsturm herabzusteigen, sondern damit gerechnet, daß dieser zum Einlenken bereit sein würde.

„Sie, Herr Professor, gehören zu den Männern der ersten Stunde."

Trocken, wie aus einem Mund, dem eine Hetzjagd Atem und Speichel geraubt hat, kommt die Antwort, die keinen Zwischenraum läßt für Gefühle jedwelcher Art. „Das weiß ich. Und weiter?"

Tischer geht in diesem Moment schon aufs Ganze, ahnend, daß Fintieren hier verlorene Zeit ist. „Sie waren, Herr Professor, auch einer der Männer der letzten Stunde."

Diese Bemerkung muß Bonvivat wie eisiger Luftzug gestreift haben. Er schüttelt abwehrend den Kopf. „Was wollen Sie damit sagen?"

„Ich wollte sagen, Herr Professor Bonvivat, daß Sie schon im Dritten Reich eine Kapazität im deutschen Pressewesen waren." Tischer gewinnt ein paar Atemzüge Zeit, die Wirkung seiner Worte zu beobachten. Der Parteigelehrte hält sich bewegungslos hinter dem Schreibtisch. Aber dann beugt er sich nach vorn, stemmt die Fäuste auf und fragt mit leiser Stimme, die Zweifel an seinem Zorn nicht zuläßt: „Wenn Sie jetzt nicht klipp und klar sagen, was Sie von mir wollen, werfe ich Sie eigenhändig hinaus, egal, was für einen Tanz es gibt."

Die Drohung ist ernst. Der Gerichtsreporter sieht die von Zorn erfüllten Augen des Professors, die ihm, vielleicht unbewußt, die Vorstellung von Tollwut eingeben. Sie verkünden, daß Gewalttätigkeit nicht auszuschließen ist. Tischer schiebt den Riegel vor.

„Unsere Dokumentation zeichnet den Lebensweg der ‚Männer

der ersten Stunde‘ lückenlos nach. Entscheidende Stationen ihres Wirkens als Politiker, als Mitglieder von Organisationen, als Mandatsträger, aber auch solche, in denen sie als Wissenschaftler fungierten, als Gutachter. Sie, Herr Professor, waren Hochschullehrer und in dieser Eigenschaft Verfasser von Grundsatzprogrammen, die die Neuordnung der Presse in unserem Lande vorantreiben sollten. Damals wie heute!“

Es ist das ‚Damals‘, das alarmierende Kraft haben soll. Weckt es die gewünschte Unruhe? So, wie Tischer sie erwartet? Wiederum ist die Entgegnung Bonvivats eher beherrscht.

„In der langen Zeit meiner Arbeit als Hochschullehrer und als engagierter Wissenschaftler, dem daran gelegen sein muß, Reformen einzuleiten, habe ich auf dem Gebiet des Pressewesens, einer ureigenen Domäne von mir, nicht nur nach Veränderungen gestrebt.“ Der Vorsitzende des Senderats des Rundfunks setzt den Zwischensatz selbst in Parenthese – „und nicht nur für die deutsche Presse –, sondern mit zahlreichen Vorschlägen eine Neuordnung dieses Mediums betrieben.“

Dies ist der Augenblick, in dem Tischer zu einem Schlag ausholen muß, der ihn selber treffen kann. „Das ist richtig, Herr Professor Bonvivat. Sie sagen: Neuordnung. Das hieß damals aber, vor der letzten Stunde, Gleichschaltung, Enteignung!“

Der Schlag scheint wieder nicht getroffen zu haben, noch kommt einer zurück. Aber eine Zurückweisung in gezügelter Form – unübersehbar die Geste, die den Professor sich hoch aufrichten läßt, anscheinend unangefochten, und unüberhörbar jedes folgende Wort – ist dennoch die Antwort. „Sie wissen so gut wie ich, daß jedes Land die Presse verdient, die es hat. Es kommt aber auch vor, daß eine Presse das Land hinnehmen muß, in dem sie wirkt.“

Der Professor blickt auf Tischer, als wollte er ergründen, ob er es mit einem Gegner zu tun hat, der seinem Gedankenflug gewachsen ist. „Mit anderen Worten: Es kann eine staatspolitische Situation vorherrschen, in der es für das Volkswohl besser ist, die Presse in gelenktem Wortschatz tönen zu lassen, damit die übrige Welt weiß, woran sie ist. Aber auch die Betroffenen.“

Mit dieser Entgegnung hat Tischer nicht gerechnet. In seiner Marschroute war die Kapitulation Bonvivats viel früher markiert worden. Bis jetzt hatte es ein Zeichen für eine Einlenkung noch nicht gegeben. Kein Nachgeben ist sichtbar. Kein Aufgeben erkennbar.

Der Gerichtsreporter glaubt deshalb, jetzt zu seinem kräftigsten

Schlag ausholen zu sollen. „Herr Professor, im Besitz des Konzerns befindet sich das Manuskript einer Rede, die Sie im engsten Führungskreis um Adolf Hitler gehalten haben. Ihr Kernstück war es, aufzuzeigen, auf welche Weise damals die deutsche Presse gleichgeschaltet werden konnte."

Wieder kommt es zu keinem Ausbruch. Die schwere Anschuldigung ist für den Presseprofessor offenbar kein Grund, aufzugeben. Nicht einmal, klein beizugeben, um endlich Verständnis zu erbitten für eine Fehleinschätzung in jenen Tagen. Noch ist sie Anlaß, loszubrüllen, wie Tischer es erhofft hatte. Er hat seine Munition verschossen. Sogar das schwerste Kaliber.

Die folgenden Worte treffen den Gerichtsreporter um so heftiger, weil sie ruhig und mit Nachdruck gesprochen werden. „Ich glaube zu wissen, welchen Auftrag Sie haben. Deshalb belustigt es mich, zu beobachten, wie dilettantisch Sie handeln. Sind Sie sicher, daß Sie im Sinne Ihrer Auftraggeber vorgehen?"

Emilio Bonvivat gönnt sich eine Pause. Er ist sich dessen sicher, daß er einen Verirrten vor sich hat, der handelt, ohne zu wissen, wozu man ihn mißbraucht.

Franz Asmus Tischer erkennt, daß der Professor für ein Einlenken nicht mehr zu gewinnen ist. Aber den alten Gelehrten hat das, was an ihn herangetragen worden ist, nun doch erschöpft. Er tastet nach der Lehne des Drehsessels, rückt ihn näher und läßt sich, fast fallend darauf niedergleiten. Der Gerichtsreporter folgt dem Wink, sich ebenfalls zu setzen, beinahe willenlos.

„In diesem Milieu bin ich alt geworden, mein Lieber. Die Pressearbeit steckt voll von Machenschaften, die die Journaille teils selbst zu verantworten hat, die ihr größenteils aber aufgezwungen worden sind. Was mich angeht, so war die Denunziation schon immer ein stumpfes Messer. Ich habe mich ihrer nie bedient. Aber ich habe auch nie Angst davor gehabt."

Bonvivat blickt seinen Besucher eine Weile forschend an. Sein Gesicht ist leicht zerfurcht. In den Zügen stehen Skepsis und Mißfallen. Aber auch Gelassenheit. „Wen kümmert heute, was damals gesagt oder getan worden ist? Die Schuldigen sind abgeurteilt worden und die Mitläufer laufen wieder mit."

Plötzlich erhebt Bonvivat sich und nimmt die Haltung von vorher wieder ein. Aber der Professor wirkt auf Tischer angeschlagen, wie ein Baum, der jeden Augenblick fallen muß. Die Fäuste auf die Tischplatte gestemmt, führt er seinen Verdammungsmonolog weiter: „Sagen Sie den Leuten, die Sie geschickt haben, andere unter Druck zu setzen, daß ich mich nicht erpressen lasse. Ich bin ein alter Mann. Mich kann nichts mehr in Gefahr bringen, welche Mittel der Konzern auch in der Hand zu haben glaubt."

Mit einer winkenden Handbewegung, die fast väterlich nachsichtig ist, bedeutet Emilio Bonvivat dem jüngeren Gast, sich ebenfalls zu erheben. „Ihnen möchte ich einen Rat geben, junger Freund. Sie lassen sich da zu etwas mißbrauchen, wovon Sie sich Karriere versprechen, vielleicht sogar Zugehörigkeit zum Kreis der Konzernprominenz. Aber Sie täuschen sich. Sie gehen einen gefährlichen Weg. Er führt in die Verstoßung, sobald Sie Ihren Part erledigt haben. Mitwisser sind lästig. Und wer lästig ist, muß verschwinden."

Die Gefühle, die Franz Asmus Tischer jetzt bewegen, schwanken zwischen aufbegehrendem Trotz und wachsender Bereitschaft aufzugeben. Ihm ist zumute wie einem, der eine Strecke schwimmen wollte, die für ihn zuviel ist. Das Ufer jenseits scheint unerreichbar fern. Der Weg zurück aber könnte Auftrieb geben.

Deshalb nickt der Gerichtsreporter sogar zustimmend, als Bonvivat mit den Worten schließt: „Wo das geschriebene oder gesprochene Wort nicht mehr genügt, Differenzen aus der Welt zu schaffen, wird das Gift der Diffamierung eingesetzt. Die Gegner werden starr und die Fronten verhärten sich. Nach alter Erfahrung werden diejenigen aufgerieben, die zwischen ihnen hin und her geschickt werden."

Der Wink verfehlt seine Wirkung nicht. In seinem Innern wiederholt Franz Asmus Tischer die Worte „ . . . werden diejenigen aufgerieben . . . " Auch ihn hat man geschickt. Nicht ohne seine Bereitschaft. Allzu willig hatte er sie zu erkennen gegeben, um seine Position der Unentbehrlichkeit zu festigen.

Und wenn es nun anders kommt? Wenn dieser alte Mann sich wehrt, wie jetzt?

Aber das ist ja gar kein Wehren mehr. Der Zorn in den Augen ist einer beunruhigenden Mattigkeit gewichen. Die Röte im Gesicht des Professors ist abgeklungen. Ausgeblieben sind die blindwütigen Attacken, auf die Konzernanwalt Farning besonders hingewiesen hatte, als er das Bild eines verbissenen Greises vorgab. Stattdessen mahnende Worte.

Wenn Unsicherheit den Jüngeren jetzt noch nicht hemmen könnte, den mit dem Auftrag mitgegebenen Zynismus weiter zu treiben mit nachsetzenden Fragen und solchen, auf die Wahrheit pochenden Feststellungen über Bonvivats zwielichtige Rolle in braunen Jahren, dann muß er in diesem Moment an einen Schutzengel zu glauben beginnen.

Tischer braucht Sekunden, um das ihn abschirmende Zeichen zu erkennen. Es spricht ihn zuerst aus weit aufgerissenen Augen entgegen und wiederholt sich in seinen eigenen: Es ist Erschrecken!

Professor Emilio Bonvivat zuckt wie unter Stromschlägen. Sein Körper, eben noch aufgerichtet, krümmt sich, die Gestalt verkleinernd, unter offenbar schmerzhaften Krämpfen. Die Angst, die den Mund des Professors starr offenstehen läßt, überträgt sich auf den Abgesandten des Konzerns. Beide verharren hilflos. Tischer erkennt, daß es jetzt schlimmer kommt, als es ihm die Ahnung von der Gefährlichkeit seiner Mission schon eingegeben hat.

„Geben Sie Nachricht! Holen Sie Hilfe, einen Arzt, schnell!“ Der lange Körper Bonvivats braucht, wie es Tischer scheint, endlos lange, um an der Seite des Schreibtisches hinabzugleiten und mit einem dumpfen Stoß auf den Boden zu fallen. Die gräßliche Stille, die dann herrscht, ist dem Gerichtsreporter noch unerträglicher, als es die unregelmäßigen Atemzüge des Kranken sind. Das jetzt einsetzende, brüchige Röcheln treibt ihn hinaus, überstürzt.

Franz Asmus Tischer hastet durch die Flure des Intendantenflügels, um ins Treppenhaus zu gelangen. In der Fläche seiner linken Hand brennt es schmerzhaft, während er, am Geländer Halt suchend, nach unten eilt.

In der Nähe der Pförtnerloge versucht er, sich zusammenzunehmen, um seinen Ruf nach schneller Hilfe glaubhaft werden zu lassen, ohne sich selbst zu vielen Fragen auszusetzen. Ein Verdacht, der allein auf seine Person gerichtet ist, darf nicht aufkommen.

„Rufen Sie einen Arzt! Es eilt sehr! Herr Professor Bonvivat hat einen Schwächeanfall erlitten. Eilen Sie!“ Noch im Vorbeihasten weist Tischer in die Richtung, wo das Zimmer des Vorsitzenden des Senderats liegt. „Es besteht Gefahr!“

An der Tür seines Wagens, in die der Schlüssel nicht gleiten will, durchfährt den Konzernreporter ein neuer Schreck. Er hat seinen Aktenkoffer stehenlassen. Die Flügel des Schutzengels waren nicht gänzlich über ihm ausgebreitet gewesen. Zum erstenmal empfindet er in sich selbst das Unbehagen krimineller Schuld. In dieser Spannung fährt Franz Asmus Tischer in den Konzern.

* * * *

30

Wir wissen, daß in der Halle des Konzerns nichts vor sich geht, was von Humbert unbemerkt bleibt. Seine Aufmerksamkeit wird anderen aber kaum bewußt. Der Empfangschef registriert ohne erkennbare Wahrnehmung. Es ist in diesem Augenblick anders. Da legt sich Erschrecken in sein Gesicht. Er sieht Franz Asmus Tischer ins Haus kommen und bemerkt, daß sein Reporterfreund verstört ist. Mit schnellen Schritten ist Humbert neben ihm.

Die matte Stimme und die fahrigen Bewegungen Tischers bestätigen die Besorgnis. „Was ist passiert, Justi? Hattest du einen Unfall? Bist du krank?"

Offenkundig froh darüber, angelangt zu sein und mit jemand reden zu können, dem er vertraut, antwortet der Gerichtsreporter: Bonvivat hat einen Herzanfall erlitten. Er ist vor meinen Augen zusammengebrochen. Vielleicht ist er tot!"

Von dem Gedanken wieder stärker beunruhigt, drängt Tischer tiefer in die Halle, nahe an die Fahrstuhlgalerie heran. Humbert läßt sich mitziehen und fragt mit besorgter Miene: „Was heißt das: tot? Du mußt doch wissen, was passiert ist?"

Tischer fährt sich mit dem Taschentuch zwischen den Hemdkragen. „Ich weiß es nicht. Ich bin weggerannt." Der Reporter fühlt den festen Griff an seinem Arm. „Ja, ich bin einfach abgehauen, Hals über Kopf!"

Diese Worte klingen Humbert wie Signale in den Ohren. Er fühlt, daß sie Alarm bedeuten. Deshalb drängt er darauf, mehr aus seinem Freund herauszubekommen. „Was heißt das, du bist weggelaufen. Du hast den Mann doch nicht einfach allein gelassen?"

Tischer zwängt sich zwischen die Gleittür des Fahrstuhls, die sich ihm viel zu langsam öffnet. „Doch, Humbert, ich habe die Nerven verloren, als ich sah, daß der Professor einen Anfall bekam!"

Humbert hat das Gefühl, daß der kleine Schlüssel in seiner Hand glüht. Er hat den Steckkontakt noch nicht geschlossen. „Du hast den Kopf verloren, Justi. Du mußt verrückt geworden sein. Man läßt doch keinen allein, dem sowas passiert. Warum denn bloß? So können sie dich kriegen wegen unterlassener Hilfeleistung."

Das steigert das Unbehagen Tischers. „Hör' auf! Ich weiß das selbst. Was soll ich tun?"

Dem Pförtner ist die Sorge um den jüngeren Freund anzumerken. Er beschwichtigt mit den Worten: „Du hast den Anfall schließlich nicht verursacht, Justi. Keiner kann deinen Besuch bei Bonvivat mit dessen Herzanfall in Zusammenhang bringen."

„Doch Humbert! Sie können. Ich habe meinen Aktenkoffer in dem Zimmer des Alten stehenlassen. Darin ist das belastende Material, das ich ihm vorlegen sollte."

Jetzt ist es der Pförtner, dem die Erregung zu schaffen macht. Um Gottes Willen, Justi, jetzt werden die den Spieß umdrehen." Humbert bewegt die Lippen, als schmecke er etwas. Es müßte Gift sein, so entsetzt ist sein Mienenspiel. „Wir müssen handeln. Sofort! Trotzki muß das Ding holen. Fahr du rauf zu Oropax und bleib dort. Ich mache das Weitere."

Humbert betätigt den Schaltkontakt. Aber dann schiebt er den Fuß schnell noch zwischen die zuschnappenden Lifttüren. „Oropax soll dich mit in die Pantry nehmen. Halte dich versteckt, bis du von mir hörst. Vor allem darf Farning nicht wissen, daß du im Hause bist. Solange nicht, bis wir deinen Koffer haben. Und wir müssen wissen, ob von seiten des Rundfunks etwas geschieht."

Franz Asmus Tischer hat sich gegen die Rückwand des Fahrkorbs gelehnt. Seine Arme greifen haltsuchend ins Leere. Er hört Humbert sagen: „Bleibe ruhig, Justi. Wir pauken dich da raus. Du weißt von nichts. Du warst bloß ein Mittelsmann, der im Auftrag des Konzerns handelte, ohne zu wissen, was die Papiere bedeuten können. Immerhin haben wir die Tonbänder, die das Klingenspringerspiel unserer Konzernherrn beweisen."

Noch in dem Augenblick, wo der Schnellift nach oben schießt, überlegt Humbert die nächsten Schritte. Trotzki muß her!

Die Antwort droht den Pförtner zu lähmen. „Nein, Trotzki ist nicht im Haus. Er holt die Vertrauenspost vom Hauptpostamt."

Das Wort „Scheiße" ist für Humbert keine seelische Erleichterung. In diesem Moment hat es eher einen belastenden Effekt. Er fragt sich, was mit dem Aktenkoffer seines Freundes schon geschehen sein kann. In welche Hände ist er geraten? Es können nur Hände sein, die mit dem unverhofften Fund zurückschlagen werden. Das heißt aber auch, daß die Finder sich an dem Glücksfall laben werden. Eine Gegenaktion kann nur Sinn haben, wenn sie an die rechte Adresse gelangt. Das ist Konzernsyndikus Farning.

Humbert fühlt, daß die Rolle, Retter in höchster Not für seinen Freund zu sein, ihn mit Genugtuung erfüllt. Von diesem Gefühl so ruhig gemacht, wie einer sein muß, der eine Bergung zu leiten hat, wählt er die Nummer des Schwachstromers Erni.

Der Schwachstromer scheint ängstlich reagiert zu haben. Humbert spricht drohend: „Wehe dir, mein Lieber, diesmal mußt du alles bringen. Hör auf zu quatschen. Tischer ist in Gefahr! Und da kenn' ich kein Pardon. Du besetzt sofort die Leitung von Farning. Alles, was auf seinem Draht aufläuft, muß fein säuberlich auf Tonband kommen. Stückweise, verstehst du, muß ich jedes Gespräch haben. Paß auf wie ein Schießhund. Nichts darf danebengehen."

Der Schwachstromer Erni hat weiche Knie. Humbert merkt es an den gestotterten Erwiderungen. Deshalb schaltet er um. „Du bekommst dafür etwas, was du noch nie so schön gesehen hast. Bilder sag' ich dir, aufregend, als wärest du es, der das erlebt!"

Das bleibt nicht ohne Wirkung. Humbert weiß, daß er die schwache Stelle des Schwachstromers getroffen hat. „Wenn du das schaffst, Erni, wenn du noch einmal spurst, dies' eine Mal noch – ja, es ist das letzte Mal, ganz bestimmt!, dann bekommst du, was du wünschst. Das schwör ich dir!"

Mit voller Absicht läßt Humbert so etwas wie genüßliches Stöhnen in die Telefonmuschel strömen. Erni weiß nicht, daß es mehr von der Augenblicksbesorgnis Humberts herrührt als von dessen Nacherleben der angepriesenen Fotofreuden.

„Ich brauche jedes Wort. Jeden Satz, Erni. Es ist sehr wichtig!"

Was Humbert in diesem Augenblick wahrnimmt, unterstreicht die Dringlichkeit, mit der er den Schwachstromer zu überzeugen sucht. „Erni, hörst du mich noch? Du mußt jetzt handeln. Soeben kommt Farning ins Haus. Bleib ganz ruhig. Die Tonbandsteuerung muß unbedingt klappen. Vergiß nicht: Es geht um Tischer!"

Den meisten fällt in diesen Tagen auf, wie sehr der Konzernsyndikus Berufenheit ausstrahlt. Mehr als sonst. Die Haltung, in der er das Haus betritt, teilt jedem mit, wie bürdevoll sein Amt ist, wie groß die Verantwortung, aber auch, wie gern er sie trägt. Er hält die Schultern angehoben, den Kopf in den Nacken gebeugt. Sein Blick scheint rundum Manöverkritik zu üben. Mit verzeihendem Wohlwollen.

So sieht ihn Humbert in die Halle treten. Die Fahrstuhlszene wie mit Tischer wird sich gleich wiederholen. Für Humbert mit anderen Voraussetzungen. Niemals vorher hat er wegen Farning seine Empfangsempore verlassen. Heute eilt er dem Konzernsyndikus entgegen, und, auf gleicher Höhe mit ihm, geht er diesem zwei Schritte voraus, um den Schnellift herbeizuholen. Dienstbeflissen schaltet er den Mechanismus ein.

Während die Fahrstuhltechnik die Schaltvorgänge in Sekundenschnelle regelt, nimmt Farning die Wartezeit zum Anlaß, die Hand huldvoll zu heben, um auch Humbert ein Zeichen von freundlicher Duldung zu geben. In dieser Pose scheint der Konzernsyndikus sich wie in Hermelin gekleidet zu fühlen. Im selben Augenblick aber droht ihm, sich in seinem selbstgefälligen Hermelin zu verheddern. Er kann sich nicht verhört haben, Humbert hat gesagt: „Niemand soll den Tag vor dem Abend loben."

Jegliche erhabene Geste fällt von Farning ab wie welkes Laub. Der schnell entfachte Mißmut drängt ihn, diesem Pförtner Schranken zu weisen. Was läßt den Konzernsyndikus zögern, die ungewöhnliche Vertraulichkeit sofort zu rügen?

Humbert ist kein gewöhnlicher Mann. Farning weiß das. Wenn jener sich dennoch soviel herausnimmt, kann dies nur bedeuten, daß der Chefpförtner Trümpfe in der Hand hält, solche, die stechen, wahrscheinlich auf gefährliche Weise. Welche?

Noch im Abwägen darüber, wie weit er gehen kann, jetzt, sofort strafend, mit welchen Worten tadelnd, öffnet sich der Förderkorb. Gerade glaubt der Konzernsyndikus, die passende Erwiderung gefunden zu haben, als er Humbert noch einmal hört: „Wer anderen eine Grube gräbt, den beißen die Hunde."

Die leise zugleitenden Lifttüren müssen Farning wie eine Falle erscheinen, die jetzt zuschnappt. Das Surren hält ihn gefangen, so vorzüglich hat die Schaltregie Humberts geklappt. Durch den vertikalen Glasspalt in der Kabinentür sieht er, wie der Konzernsyndikus den Mund bewegt. Stumm wie ein Fisch im Aquarium.

Es bleibt Farning nicht Zeit genug, auszumachen, woher das Gefühl von Seekrankheit rührt, das ihn auf den letzten Metern des hochschnellenden Korbs ankommt. Es weckt beinahe Brechreiz. Das magengrimmende Tempo des Fahrstuhls hat ihm sonst nie zu schaffen gemacht. Benommen tritt er in den Flur hinaus. In seinem Zimmer beginnt er, angestrengt darüber nachzudenken, was den Pförtner zu der Respektlosigkeit ermutigt haben kann.

Der Konzernsyndikus möchte das Gefühl von Zufriedenheit wiedererlangen, das ihn vorher erfüllt hat. Dazu eignet sich am besten, wenn er seine Gedanken auf Wesentliches konzentriert: auf seinen Auftrag. Und auf seinen Mittelsmann. Er drückt die Sprechtaste und gibt die Anweisung: „Wenn Herr Tischer sich meldet, bitte, sofort durchstellen!" Farning schaltet sich noch einmal ein. Die Sekretärin kann nicht sehen, wie unruhig der Konzernsyndikus ist. Seine Stimme aber klingt noch beherrscht: „Ich erwarte den Anruf dringend!"

Anders als seekrank, aber einer leichten Übelkeit nicht fern, fühlt sich Franz Asmus Tischer. Er hockt auf einem Barstuhl in der Anrichte des Konzernkasinos. Drei randvolle Gläser mit Whisky pur hat er schon in sich hineingeschüttet. Der Barmixer Oropax hält die Flasche noch in der Hand.

Der Blick des taubstummen Mannes wechselt von dem Gerichtsreporter, der hastige Lungenzüge macht, obwohl der Mixer ihn sonst nie rauchen gesehen hat, zu dem Bareingang, durch den er Humbert kommen sehen möchte. Oropax hat einige Male versucht, mit Händen und Mimik zu ergründen, was dem gemeinsamen Freund zugestoßen sein kann. Die gequälten Züge Tischers geben ihm nicht deutlich genug preis, was es sein kann. Tischers Mundbewegungen sind zu hastig und unkontrolliert. Sie eignen sich nicht zu einer Verständigung in der Taubstummensprache.

Oropax läßt die Flasche vor Tischer stehen. Sein geschulter Blick kerbt sozusagen einen Inhaltspegel in das Flaschenglas. Mehr als Dreiviertel sind noch vorhanden. Der Mixer ahnt untrüglich, daß sich hier ein Waterloo der Hemmungslosigkeit anbahnt, das seelische Ursachen hat. Er würde sich dem in den Weg geworfen haben, wenn es sich nicht um seinen Freund, vielmehr um den Freund seines Freundes handeln würde.

Humbert betritt den Barraum mit ernstem Gesicht. Der Mixer wendet sich ab und macht sich an einem Gläserbord zu schaffen. Er sieht, daß Tischer hastig nach der Flasche greift und nachgießt. Der Reporter angelt nach einem zweiten Glas und füllt es. „Zum Wohle!" Das hört sich wenig wahrhaftig an. Oropax liest es von dem Gesicht Humberts ab.

Weiteres kann der Mixer nicht verstehen. Humbert sagt: „Ich habe Farning vorsorglich an das große Ohr gelegt."

Tischers Lachausbruch ist ihm unangenehm. „Justi, du mußt jetzt einen klaren Kopf bewahren. Ich bitte dich. Wenn von Nutzen sein soll, was wir noch tun können, dann mußt du in allen Einzelheiten erzählen, was schiefgegangen ist."

Inzwischen hat der Alkohol vorübergehend die Schwelle der Selbstbelastung bei Tischer aufgehoben. Die Nähe des Freundes hat seinen Mut gestärkt und hilft ihm, sich an der Oberfläche zu sehen. „Das Ding mit dem Bonvivat ist danebengegangen. Gewissermaßen durch höhere Gewalt." Der Gedanke an die naturstärkere Entscheidung ist dem Gerichtsreporter ein willkommener Anlaß, auch für sein Handeln die höhere Macht des Fatums in Anspruch zu nehmen.

Die sinnenbetäubende Wirkung des Alkohols gibt ihm Schützenhilfe. Der goldbraune Saft schwappt über den Rand. „Nimm noch einen, Humbert."

Zu diesem Zeitpunkt hat Franz Asmus Tischers Trinklust schon hohe Fahrt aufgenommen. Allerdings erlaubt ihm der gewohnte alkoholische Wogengang noch die Steuerung. Wie lange mag das noch anhalten? Das ist auch Humberts besorgte Frage. Der Freund darf die Selbstkontrolle nicht verlieren. Deshalb versucht der Pförtner, Tischer zu täuschen. Er nippt an dem Glas, ohne es zu leeren. Er muß für den Freund handeln können.

„Du, Justi, wen hast du außer Bonvivat noch heimgesucht?"

Immer sind es Wörter, arglose, oder falsch gewählte, nahezu bedeutungslose Wörter, die in ihrer scheinbaren Nichtigkeit Explosionen hervorbringen. So auch jetzt. Der Gerichtsreporter hat eine Hand nach vorn gestoßen und ein Glas vom Bartresen gestürzt. „Was heißt hier heimgesucht? Ich habe niemanden heimgesucht." Die Wiederholung der beiden Wörter heizt noch mehr. Bei Tischer haben sie die Vorstellung verstärkt, daß Heimsuchen und Heimtücke eins sind. „Du weißt so gut wie ich, daß wir mit Heimsuchen unsere Pläne verfolgen. Wir wollen mitmischen, um am Ball zu sein. Vor allem du, Humbert!"

Das eingespielte Verständigungsschema zwischen Humbert und Oropax scheint dem Gerichtreporter zum ersten Mal unerträglich zu sein. Tischer hat einen Wink des Konzernpförtners an den taubstummen Mixer aufgefangen. Er empfindet sich auf der Straße des Alleinseins, wie es der Mensch in einsamen Situationen immer ist. „Ihr wollt jetzt nichts mehr wissen von unseren Plänen, den Laden hier in der Hand zu haben, mit all dem, was wir in Jahren zusammengetragen haben an Informationen, mit Tonbändern, Kopien und entwendeten Originalen. Es war ein wahnwitziges Unterfangen, wie ich jetzt weiß."

Humbert erkennt in diesem Augenblick, daß er die Entwicklung nicht mehr aufhalten kann. Deshalb greift er, wie nach einem Rettungsanker, zur Flasche, die Oropax eben noch, auf seinen Wink hin, wegstellen sollte. „Komm, Tischi, nimm noch einen. Mit Oropax und mir." Der Konzernmixer empfängt das Zeichen, das ihn einlädt widerspruchslos mitzuhalten. „Du hast Furchtbares erlebt, Justi. Aber Polen ist noch nicht verloren. Vergiß nicht: Erni ist am Drücker. Damit sind wir es auch."

Das Stichwort macht sich selbständig. Mit einem melodischen

Glockenzeichen. Humbert hört es. Und auch Tischer. Aber es ist auch visuell. Für Oropax, der ja nicht hören kann. Dieser sieht die Lampe aufleuchten, die über der Spüle ist, an der er die meiste Zeit verbringt. Oropax ist ein Musterbeispiel von Sauberkeit.

Der Mixer drückt auf den Knopf, der die Entsperrung der Bartür betätigt. Der Schwachstromer Erni kommt in den Barraum. Er schwenkt triumphierend den Arm, mit dem er die Kassette hochhält wie eine wegweisende Leuchte. „Sieh' hier, Humbert, das ist ein Knüller!“ Der Schwachstromer zögert. Die Anwesenheit anderer irritiert ihn. Zu sehr ist er auf den Mann fixiert, der ihn beherrscht, von dem er sich, bestimmter Preise wegen, beherrschen läßt.

Das aufmunternde Zeichen des Chefpförtners empfängt der Schwachstromer gern. Er ist froh, eigenem Nachdenken damit enthoben zu sein. „Du wirst staunen, Humbert. Hör Dir bloß mal an, was dieser Schweinemester, oder wie der Kerl heißt, der immer bei Farning ankommt und soviel vom Rundfunk erzählt, diesmal gesagt hat.“

Der Schwachstromer möchte die versprochene Fotoorgie mit Überzeugung verdienen. Deshalb läßt er sich nicht bremsen. „Da ist einer abgeklappt, hat den Löffel weggeworfen, abgehauen auf Nimmerwiedersehen.“ Erni möchte auch gleich loswerden, was ihn persönlich beunruhigt. Soviel hat er von den Zusammenhängen begriffen, daß es sich dabei um den Gerichtsreporter handelt, den Tischer, der dort am Bartisch sitzt und nichts zu wissen scheint. „Ja, du, Humbert, noch einer ist abgehauen, sagt dieser Schweinepriester. Es soll Herr Tischer gewesen sein.“

Erni kann nicht umsetzen, warum der Beifall für ihn ausbleibt. Sein Gönner müßte doch Hurra schreien. Aber Humbert herrscht ihn an. „Halt das Maul, du Dämlack!“

Der kleine, schlurffüssige Telefontechniker, dem der Augenblick verdienten Lohn bringen sollte, kann den Tadel nicht verstehen und die Szene nicht deuten. Er sieht den Gerichtsreporter in bleischwerer Ruhe nach der Flasche greifen, die dieser um Sekunden schneller an sich reißt, bevor Oropax sie sicherstellen kann. Tischer füllt die Gläser mit so sicherer Hand, als wäre es die erste Runde. Die Saloon-Atmosphäre muß alle warnen. Vor allem Humbert. Sie tut es auch. Aber der Konzernpförtner weiß nicht, wie er eingreifen soll.

Deshalb überspielt Humbert seine Besorgnis um den Reporterfreund zunächst mit einem auffälligen Händereiben. Vielleicht kommt hier eine ermunternde Schicksalswende. Der Freund scheint bereits jenseits des befürchteten Erregungszustandes zu sein. Humbert glaubt gern an diese höhere Macht. Ihr unverhofftes Eingreifen ist ihm nicht minderes Walten, wie es, im Realen, seine Lebenshilfe ist, die er allen Bedürftigen zuteil werden läßt, die an unerfüllbaren Wünschen leiden: mit seinen erregenden Fotos.

Was sich jetzt verwirklicht, ist mehr als die Versorgung eines Durstenden. Das ist Wiederbelebung. Das ist Von-Mund-zu-Mund-Beatmung. Und diese will Humbert mit totaler Unbedenklichkeit nur einem Menschen gewähren: seinem Freund Asmus Tischer.

„Gib her, was du da hast Erni." Der Schwachstromer händigt seine zentimeterschmale Sensation aus.

Oropax, erfahren im Lockern von Zungen, gerade solchen, die im gewöhnlichen Leben auch nur lallen, schiebt dem Schwachstromer einen Doppelten hin. Und das geübte Mirakel wiederholt sich.

Die Angst, gleich jetzt ein Donnerwetter erleben zu müssen, weil von einem die Rede ist, der da sitzt, einer Respektsperson für ihn, ein besonderer Freund seines Gönnerfreundes Humbert, läßt Ernis Stimme in Kichern umschlagen. „Ist ja alles Quatsch, was auf diesem Tonband zu hören ist. Ich verstehe das sowieso nicht." Ernis Mund bewegt sich gurgelnd. So als wollte er den Alkohol wieder ausspukken. „Aber das mit dem Toten, das muß stimmen. Das sagt der Schweinekerl oder wie der heißt. Und der Farning hat auch aufgebrüllt. Nicht so laut, wie er das bei einem Toten gemacht hätte, aber doch richtig durcheinander."

Oropax hat die Lippenbewegung von Humberts Mund richtig gelesen. Auch den Wunsch, den Rekorder lauter zu stellen. Der Mixer übersieht auch die Aufforderung des Konzernpförtners nicht, sofort noch einmal nachzuschenken. Besonders kräftig bei Tischer. Humbert wünscht, daß der Reporterfreund sobald wie möglich vollkommen vom Alkohol gelähmt worden ist, damit es zu einem Ausbruch, wie er ihn noch immer fürchtet, nicht mehr kommen kann.

Die Einleitung des jetzt laufenden Tonbandes ist von Andeutungen erfüllt, die auf eine Verständigung von uralter Vertrautheit schließen läßt. Da wimmelt es von Jargonfetzen, von Flachssentenzen und bruchstückartigen Bezugnahmen, wie es nur solche übersetzen können, die seit langem gewohnt sind, sich mittels eines solchen Codes zu informieren. Das Band läuft:

„Halten Sie sich fest, Farning. Hier hat der liebe Gott gewaltet. Gründlicher, als wir es erhoffen durften. Nicht so ungeduldig, mein Lieber. Die schönste Siegesmeldung kam auch ganz von Marathon."

Das Tonband läßt keinen Zweifel. Der Christvertreter im Rundfunk-Senderat scheint den Wert seiner Nachricht zu genießen. Die Leerlaufintervalle haben auf die Tonbandhörer eine makabre Wirkung. Humbert möchte ausspucken, und Tischer nimmt das beredte Schweigen wie eine Akkufüllung in sich auf.

„Bleiben Sie ruhig, mein Bester. Schön sitzen bleiben. Fest auf demselben. Ganz fest, bitte: Professor Bonvivat ist tot! Ein Herzanfall!" Hier scheint Doktor Schweinowski die unverhoffte Wendung wie die Desdemona-Szene zu genießen. Es könnte sein, als ließe Othello die Hände den Hals zuschnüren.

Die Vertrauten aus Berliner Tagen, aus der Zeit der Referatskumpanei „Fremdes Rechtsgut" beim Reichsmarschall, werden sich jetzt gewisser Parallelen erinnern, weil das Stichwort „Abruf" ihnen im Sinn sein muß, was in jenen Tagen viel weniger die Höhere Gewalt bezeichnete als ein Nachhelfen. Und so heißt die Verständigung zwischen dem Konzernsyndikus und dem Christdemokraten nach so langer Zeit nichts anderes, als daß sie sich wieder einmal frei von Schuld fühlen dürfen.

Aber für Dr. Schweinowski hat sich doch etwas geändert. Er ist nicht mehr, wie damals, ein Mitmacher. Diesmal ist er einer, der die Fäden in der Hand hält, ohne den Knoten geschlagen zu haben. Er ist in Vorhand. Das Tonband verkündet mit Kunstpausen und aufschiebendem Räuspern, daß er am Regiepult sitzt. Deshalb vorab im Predigtton:

„Der alte Herr war dem nicht mehr gewachsen. Auch einem Jüngeren hätte das die Luft abdrehen müssen. Ganz gewiß, Farning. Solche Kraftakte erfordern starke Herzen und" – Rudolf Schweinowski legt absichtlich die Pause ein, die auf dem Tonband mitleidendes Schweratmen zu erkennen gibt – „eisenharte Nerven!"

Die lauschenden Männer im Konzernkasino empfinden ihrerseits den Nervendruck, wenn auch mit unterschiedlicher Stärke.

Der Mixer Oropax bleibt am ehesten verschont. Seine Teilnahme wird aus den Mienen der anderen gespeist, wobei ihm Humbert noch den weitesten Aufschluß gewährt.

In dieser Runde hält Oropax den Gerichtsreporter Franz Asmus Tischer für seinen Leidensbruder, der, gleich ihm, akustisch am wenigsten wahrnimmt. Der Mixer kann mangels des ihm fehlenden Sinnes nicht erkennen, was Tischer versteht. Eben darum kann er auch nicht deuten, wie sehr diesem das Ungeheuerliche zusetzt.

Das Tonband spult weiter: „Dieser Tod allein könnte . . . ", dem christdemokratischen Senderatsmitglied fehlen anscheinend seinerseits die Nerven, das Ungeheuerliche freien Herzens auszusprechen, weshalb er die pastorale Dämpfung verstärkt, „... dieser schreckliche Tod könnte uns von allen Sorgen befreien, wenn da nicht ..."

Mit einer Stimme von verkündender Schwere kommt Schweinowski jetzt noch näher an die von Trauer erfüllte Offenbarung heran. „Alles könnte im wahrsten Frieden geendet sein, ganz nach dem Ratschlag des Höheren, wenn nicht auch hier ein Christuszeichen, dem Abendmahlssymbol sehr ähnlich, gewaltet haben würde."

Nur zwei der Männer, die hier im Konzernkasino dem Tonband lauschen, wissen, worauf Schweinowski anspielt. Und beide warten mit Spannung auf die alles erklärende Mitteilung. Humbert mit tiefgebeugtem Nacken und angestrengter Kopfhaltung, Franz Asmus Tischer mit unbewegtem, fast leerem Gesicht. Aber sie müssen den folternden Zustand noch eine Weile ertragen.

Nicht oft wird ein Tonband so viel Ungeduld erzeugen, aber auch kaum so viel Angewidertheit hervorrufen. Die Leerzonen seines Ablaufes sind nicht in Wahrheit leer. Das Knistern, das schabende Kratzen und das heisere Spulen peinigt die Sinne. Rudolf Schweinowski, so scheint es, genießt eine aus langer Zeit herrührende Revanche. „Es war eben nicht alles so fein gesponnen, mein Lieber, daß daraus nicht doch eine gefährliche Schlinge werden konnte."

Der nordische Gymnasialdirektor und Christvertreter im Senderat läßt sich von dem unwilligen Einwurf seines Telefonpartners Farning: „So kommen Sie doch bitte zum Kern, Herr Direktor Schweinowski!" nicht beirren. „Ich wiederhole, mein Lieber, was da passiert ist, hat mit der Symbolbedeutung vom verschütteten Salz sehr viel zu tun."

Anscheinend kommt dem Konzernsyndikus der unheilschwangere Sinn der Worte gar nicht zu Bewußtsein. Fast schon unbeherrscht drängt Farning noch einmal: „Wollen Sie endlich die Güte haben ..."

Die Antwort ist ein unerträgliches Auflachen, dem eine kurze Reizpause folgt, wie ein fintierender Spieler sie vor dem mattsetzenden Zug einlegt. „Güte, sagen Sie? Sie gebrauchen das Wort Güte, mein Lieber? Weiß Gott, wenn da nicht ein gütiges Schicksal gewaltet hat. Das Salzfaß ist nämlich gefunden worden, der gefährlich entlarvende Beweis dafür, daß sehr wohl ein Zusammenhang bestehen kann zwischen dem Herztod des Herrn Professors Bonvivat und dem Inhalt eines bestimmten Aktenkoffers."

Das Tonband spielt jetzt eine so beklemmende Ruhe ab, daß die Zuhörer nun bei Farning einen Herzanfall vermuten könnten. Aber der schaurige Dialog setzt bald darauf wieder ein.

„Und nun, mein Lieber, möchten Sie natürlich wissen, in wessen Händen das verräterische Corpus delicti sich befindet." Es reizt die Nerven, mit anhören zu müssen, wie das Thema vom Tod und seinen Begleitumständen Rudolf Schweinowski zu beleben scheint. „Ich habe den Koffer!"

Während bei Farning der starke Atemdruck mit einem befreienden Seufzer nachläßt, fährt sein Gesprächspartner in salbungsvollem Tonfall fort. „Ja, ich habe einen ähnlichen Gotteswink erleben dürfen, wie er dem Lieblingsjünger des Herrn zuteil wurde." Schweinowski scheint keinen Augenblick die blasphemische Lästerung zu fürchten. „Nur mit dem Unterschied, daß ich die Salzszene nicht preisgeben werde."

Von hier an ergänzt der Christvertreter den Bericht mit Einzelheiten, die er so nüchtern vorträgt, daß Humbert und Tischer glauben, einen anderen sprechen zu hören. „Ich hatte im Funkhaus zu tun. Aber nicht höheres Walten, sondern dienstliche Belange führten mich hin, nämlich der Versuch, den Bonvivat doch noch von der Zeitungsbombe herunterzubringen. Stattdessen fand ich diese Kofferbombe. Vielmehr übergab man sie mir. Subalterne Funkleute, die in mir einen Mitleidenden wissen durften, einen Kollegen des Verschiedenen, einen, der eingeweiht werden mußte, der im rechten Augenblick gekommen war, um die Sache zu ordnen, sie in seine berufenen Hände zu nehmen, damit sie nicht in unberufene gelangen."

Die Erleichterung verleitet Farning zu der vorschnellen Aufforderung an Schweinowski, dem Konzern sein Eigentum sobald wie möglich zu überlassen. Wieder einmal und wie schon so oft in den Beziehungen der beiden Männer zueinander, hat der Konzernsyndikus seinen Partner unterschätzt. „Das hat seine Zeit, mein Lieber. Wir werden abzuwarten haben, welche Folgerungen aus dem Ableben Bonvivats im Funkhaus gezogen werden." Und, um Farning die veränderten Rollen noch einmal vor Augen zu führen, ergänzt Schweinowski: „Außerdem halte ich es für richtiger, das belastende Material so lange in meinen Händen zu behalten, bis sicher ist, daß von keiner Seite mehr Gefahr droht."

Das dämpft Farnings Freudengefühle sofort wieder. Sie schlagen zu Angstgefühlen um, als er den anderen kalt sagen hört: „Wer garantiert mir, daß die Papiere nicht noch einmal in stümperhafte Hände gelangen oder gar in solche, die nur allzu gern Rache nehmen würden."

Der Konzernsyndikus glaubt, mit dem Wort „stümperhaft" ein Haltetau gefunden zu haben. Er muß Schweinowski gleich davon überzeugen, daß er, Farning, der gleiche geblieben ist wie in guten alten Tagen. Und daß er dies auch zu bleiben gedenkt. „Seien Sie überzeugt davon, Herr Doktor Schweinowski, daß sich ein so verhängnisvoller Fehler, der durch Ihre Umsicht glücklicherweise nur theoretisch geblieben ist, nicht wiederholen wird. Auf keinen Fall sollte er unsere in Jahren und Taten erprobte Freundschaft belasten."

Der Konzernsyndikus unterlegt seiner Stimme einen bewußt herzlichen Ton. „Und was Sie mit Recht stümperhaft nennen, so bin auch ich enttäuscht. Da haben wir auf einen Mann gesetzt, den wir für umsichtig hielten. Und was passiert? Er versagt. Es hat sich damit ein alter Grundsatz bestätigt, den wir beide schon aus frühester Zeit kennen: Nie auf einen zurückgreifen, der sich zur Tat anbiedert. Leider waren wir zu vertrauensselig!"

Noch bevor Humbert die Stopptaste drückt, weil er in den Augen Tischers hellen Zorn aufsteigen sieht, endet das Gespräch zwischen Farning und Schweinowski wieder mit einem komplotthaften Einverständnis: „Also, meine Lieber, da kann ich nur sagen: Abschießen!"

Der Konzernsyndikus wiederholt: „Abschießen!"

* * * * *

31

Die Nachricht über den „Vorfall Tischer" bereichert den hausinternen Gesprächsstoff nur für kurze Zeit. Das liegt einmal daran, daß die Zeugen eisern schweigen und daß dieses in der Nacht geschehen war:

Ein paar Schnäpse, die eigentlich die aufgebrachten Sinne beruhigen sollen, bewirken bei Humbert geradezu einen Ausbruch von philosophierender, scheltender und drohender Abrechnung mit demjenigen, der das alles seinem Freund angetan hat. Oropax und Erni assistieren ihm. Der eine stumm, aber nicht minder zornig. Der andere laut und schürend. So ist Humbert, ohne es zu merken, die Hauptperson in diesem richtenden Kreis geworden. Niemand scheint zu bemerken oder richtig einzuschätzen, daß Tischer von allen der stillste ist. Alle glauben und haben auch Grund zu der Annahme, daß der Gerichtsreporter im Schutz von lähmendem Alkohol steht. Wie unbeteiligt, den Oberkörper über die aufgestützten Arme geneigt, scheint an seinen Ohren alles vorüberzugehen. Selbst als Humbert seinen Freund einmal direkt anspricht, bleibt dieser ohne Reaktion.

So findet keiner der Männer etwas dabei, als Franz Asmus Tischer die Runde eines Bedürfnisses wegen einmal verläßt. Sein gerader Gang, nicht die Andeutung eines unsicheren Schrittes, verstärken die Achtlosigkeit des zechenden Kreises. Auch Humbert blickt dem Reporterfreund arglos nach, als dieser den Barraum verläßt.

Er sieht ihn, verzweifelt und von Selbstvorwürfen gepeinigt, erst eine Viertelstunde später wieder. In den Armen von Männern des nächtlichen Innendienstes, die den Freund umklammert halten. Alles Fragen überschlägt sich, gewinnt an erschreckender Fülle nach dem, was geschehen sein muß.

Am Ende des langen Ganges wird Franz Asmus Tischer die offenen Türen des Lastenaufzugs bemerkt haben, mit dem vor Stunden der Schwachstroner Erni die Kasinoetage hinaufgefahren war. Niemand hat gesehen, daß der Gerichtsreporter den mit Flaschenleergut halbvoll gestauten Fahrstuhl betreten und seinen Mechanismus in Gang gesetzt hat. Die Geschoßzahl 5 steht noch im Leuchtzeichen, als Oropax die über den Boden verstreuten Flaschen und Scherben mit dem Fuß von der Gleitschwelle scharrt, die den Schaltkontakt blockieren.

Humbert pocht mehrere Male gegen die Tür, die in das Arbeitszimmer von Farning führt. Erleichtert, von großer Angst befreit, stellt er fest, daß sie verschlossen ist. Das Fürchterliche ist nicht geschehen. Der Freund hat den Mann nicht angetroffen, den er strafen wollte. In einer Art inneren Dammbruchs muß Tischer in rasender Wut ein Bombardement von Flaschen gegen die verriegelte Tür seines Widersachers geführt haben. Er hat noch nicht aufgehört, als die Wachmänner über die Treppen heraufkommen. Keiner wagt, sich dem Tobenden zu nähern, der unter fortwährendem Gebrüll nach immer neuer Munition greift, wobei er Scherben anfaßt, die ihn verletzen. Das schauerliche Rufen hallt über den in nächtlicher Abgeschiedenheit daliegenden Gang: „Wo ist der Lump? Wo ist der Lump?"

Als Tischer das Blut an seinen Händen sieht, lehnt er sich erschöpft gegen die Wand, als erwarte er, gesteinigt zu werden. Den Kopf zurückgebeugt, hört er zu schreien auf. Aber einige Male noch kommt es von seinen Lippen: „Ich bin ein Lump! – Ich bin ein Lump!"

Die Männer überwältigen ihn. Humbert kann nicht verhindern, daß sein Freund in einer Ambulanz fortgebracht wird. Eingehüllt in eine Decke, die ihn wärmen, aber auch fesseln soll.

* * * * *

32

Die Lektoren des Zeitungsausschnittdienstes „Globalselekt“ reiben sich die Hände. Für den kleinen Familienbetrieb ist ein solcher Sonderauftrag ein warmer Regen. Und dann gleich zweimal. Sie denken nicht darüber nach, warum sie für zwei verschiedene Medienbereiche die fast gleichen Bedingungen erfüllen müssen. Sowohl der Konzern als auch der Rundfunk legen entschieden Wert darauf, daß auch die kleinste Meldung über den Tod des Presseprofessors Emilio Bonvivat registriert, ausgeschnitten und eingesandt wird.

Dazu gehören Artikel über das Lebenswerk des Verstorbenen, Nachrufe, Würdigungen, Aufsätze. Es sollen wissenschaftliche Abhandlungen ebenso gesichtet und gesammelt werden wie soziologische Darstellungen, biographisches Material. Selbst oberflächliche Erwähnungen, oder gar Schmonzes, wie er in vermischten Spalten zu finden ist, zählen zu den Lieferwünschen.

Allenfalls fällt den Ausschnitt-Lektoren auf, daß der Konzern auch und besonders nach kritischen Kommentaren fragt, nach Lebensdaten Bonvivats, so weit zurückliegend wie möglich, daß der Rundfunk aber vornehmlich nach positiven Wertungen des verstorbenen Zeitungswissenschaftlers sucht, die Zeugnis von ihm bis in die jüngste Zeit hinein geben.

Beide der auftraggebenden Institutionen vermerken als deutlichen Wunsch, auf solche Veröffentlichungen besonders zu achten, die sich in irgendeiner Weise mit Erkrankungen des Verblichenen befassen und seien diese auch nur in Symptomen erkennbar gewesen. Der Ausschnittdienst wird mit beachtlicher Vorkasse bedacht und „Hochachtungsvoll und auf weitere gedeihliche Zusammenarbeit hoffend“ wird auf eine Eilbedürftigkeit ausdrücklich hingewiesen. Von beiden Seiten.

Eben von dort erhalten Korrespondenten, Mitarbeiter, selbst die gelegentlichen, die Anweisung, Bonvivat-Material zu sammeln, notfalls aufzustöbern, durch Interviews, vertrauliches Nachfragen. Und sofort zu handeln und zu schicken. An die Zentralarchive des Konzerns, des Rundfunks. Porto und Spesen sollen nicht kleinlich erstattet werden. Über Sinn und Zweck dieser großangelegten Recherchen-Kampagne erfährt die Öffentlichkeit nie etwas. Die Akte Bonvivat liegt in den Stabsabteilungen „Information“ beider Medien unter Verschluß. Zusammen mit der Akte „Konzern“ und „Rundfunk-Zeitung“. In jeweils verschiedenen Panzerschränken.

* * * * *

33

Über den Inlanddienst der Nachrichten-Agentur kommt die Meldung von nur wenigen Zeilen Umfang. Nicht viele Zeitungen übernehmen sie. Die meisten in der Rubrik „Notizen“. Die lautet: „Auf seiner turnusmäßigen Sitzung hat der Senderat des Rundfunks entschieden, daß die Herausgabe einer Zeitung, die im Rahmen einer Service-Darbietung allen Hörern und Sehern kostenlos angeboten werden kann, zum gegenwärtigen Zeitpunkt nicht zur Diskussion steht.“

* * * * *

34

Der Oberpfleger Baldauf reibt sich die Hände mit einem Wolltuch trocken, bevor er den Besucher begrüßt. „Wir verwenden feines Maschinenöl, Herr Richter. Es ist fast geruchlos und für die Haut ist es sogar wohltuend."

Amtsgerichtsdirektor Hermann Bugenhagen sieht sich interessiert in der garagenflachen Spezialwerkstatt um. Er steht im Vorraum zu der angrenzenden Montagehalle, die durch eine breite Glaswand gut zu überblicken ist.

„Ich habe Ihren Besuch erwartet. Unser Herr Professor Volkmann-Adel hat mir gesagt, daß Sie kommen." Der Oberpfleger, ein kleiner Mann mit einer mönchsfreundlichen Miene, greift ungeniert nach dem Arm seines Gastes und zieht diesen näher an die Glaswand heran. „Der fünfte dort rechts, das ist Herr Tischer."

Während Baldauf seinen von Ölflecken reich betupften Kittel auszieht, woran ihn der Amtsgerichtsdirektor hindern möchte – „Bitte, machen Sie keine Umstände, Herr Oberpfleger, ich bin nur gekommen . . ." –, erzählt er von dem, was sein Alltag ist. Und auch sein Stolz. „Wir schaffen täglich bis zu fünfzig Räder. Sie glauben nicht, Herr Richter, wie das die Nerven beruhigt."

Baldauf fürchtet, mißverstanden zu werden. Deshalb greift er wiederum nach dem Arm des alten Herrn, um diesem seine segensreiche Erfahrung ganz glaubhaft zu machen. „Nicht meine Nerven, Herr Richter, meine nicht. Die Nerven meiner Schützlinge meine ich."

Und jetzt holt der Oberpfleger Baldauf kräftiger aus. Er glaubt, in der beschützenden Werkstatt für Suchtgeschädigte einen Besucher zu wissen, der, von der hohen Warte seiner richterlichen Fähigkeiten her, viel klarer als andere erkennen kann, wie heilsam diese Therapie ist. Aber Baldauf weiß auch, daß es dies hier, die Werkstatt, und ihn, seine Aufgabe darin, nicht gäbe, wäre da nicht der bedeutendste aller Ärzte, der großartige Direktor der Psychiatrischen Universitätsklinik, sein hochverehrter Chef, der berühmte Professor Doktor Volkmann-Adel.

„Sehen Sie hier, Herr Richter, dorthin, meine Schützlinge. Kaum einer von ihnen hat jemals vorher Speichen auf Felgen gezogen. Das ist so wie Bogenspannen, verstehen Sie? Das macht die Persönlichkeit wieder mobil. Da bekommen die Leute das Gefühl, am Drücker zu sein, wissen Sie." Oberpfleger Baldauf möchte nicht, daß sein Gast annimmt, dieser Vergleich wäre seine Deutung, von ihm geprägt. Nein, das ist ein Teil seiner pflegerischen Aufgabe, zu wissen, unterscheiden zu können, daß alles Handeln hier, durch ihn und mit ihm, nicht denkbar wäre ohne seinen großartigen Chef.

„Wir machen die Fahrradmontage noch nicht lange, Herr Richter. Diese Arbeitstherapie ist von unserem Herrn Professor eingeführt worden. Sie fördert, wie es heißt, die motorischen Antriebskräfte, damit diese armen Kerls das Produktive wiedererlernen, das Nützliche, was ja vom Saufen und Drogenschlucken völlig untergebuttert wird."

Der Krankenpfleger, zufrieden mit sich selbst und auch mit seinen Patienten, die er an den Spannmaschinen sitzen sieht, wiegt den Kopf kritisch. „Sie wissen wohl, Herr Richter, daß unser Chef bei den Gemütskranken die Malerei bevorzugt. Ich sage Ihnen, im Vertrauen, da kann man schamrot werden. Aber das ist nur was für Unwissende."

Der Oberpfleger Baldauf hat alle Scheu abgestreift, die ihn anfangs befallen hatte, weil die Pflegerichter im allgemeinen mit strenger Amtsmiene kommen und auch ihm, dem erfahrenen Krankenpfleger, mit barschem Ton begegnen. Baldauf weiß nicht, daß Hermann Bugenhagen als privater Besucher in die Abteilung für Suchtkranke gekommen ist.

„Wissen Sie, Herr Richter, ich kann mir nicht vorstellen, daß die Kleckserei bei den Verrückten wirklich was hilft. Das ist doch nichts anderes, als wenn die Patienten einem die Zunge rausstrecken."

So, als wollte Baldauf sich absichern, schwächt er selber ab. „Aber ich will das nicht so einfach sagen. Unser Professor weiß das besser. Er hat es uns auch mal erklärt. Das alles, diese Verrücktheit, verstehen Sie, soll vom Sex herkommen, vom Trieb, der vorherrscht in jedem von uns. Seit Adam und Eva. Aber die waren noch frei von neurotischen Zwängen. Ja, so heißt das!"

Der alte Richter, angefüllt von einem Erfahrungszuwachs, der aus jahrzehntelanger Beschäftigung mit Menschen, ihren guten Seiten, ihren Schwächen, überreich bedacht worden ist, ermuntert den gesprächigen Mann mit einem Hinneigen des Kopfes. Baldauf fährt fort.

„Und heute haben wir Menschen Angst vor dem natürlichen Erleben, weil das vorherrschende Leistungsprinzip allumfassend ist, am Arbeitsplatz, unter Nachbarn und Freunden, und natürlich auch in der eigenen Familie. Da kommt die Furcht, es könnte nicht mehr so klappen, mit allem, mit dem Zuverdienen, mit der Autorität, vor allem den Kindern gegenüber. Und dann . . . " Baldauf erleichtert sich mit einem kräftigen Schnaufen. „... auch mit dem Verkehr! Ja, ich sage das ganz offen, Herr Richter. Das ist des Sängers Fluch, heutigentags, wo die Illustrierten nur Supermänner vorzeigen, Muskelprotze, die das Letzte herausholen, angeblich."

So nahe hat sich Baldauf seit langem niemandem gefühlt wie diesem alten Richter, der jetzt auf dem Holzbock sitzt, den der Oberpfleger vorher kräftig abgerieben hat. Sein Gast kann zuhören, und, was viel wichtiger ist: Er versteht, was hier gesagt werden muß.

„Deshalb die aufputschenden Mittel, Herr Richter. Zuerst die Psychopharmaka, die ja auch kein Fliegendreck sind und in Wahrheit gar nicht helfen, es sei denn, in falscher Richtung, weil sie den Menschen nicht aufrichten. Sie höhlen ihn aus, bis schließlich nur noch der Alkohol immer kürzere Pausen von angeblicher Befreiung bringt, was er doch gar nicht tut, von wegen Leber und Nieren. Und dann der Kopf."

In seinem Fahrwasser ist Baldauf jetzt nicht zu bremsen, was Bugenhagen auch nicht will. Der Oberpfleger muß endlich von dem Mann reden, dessentwegen er gekommen ist. Über ihn möchte der alte Richter sprechen. Baldauf fließt es weiter von der Zunge. Wie einem, der die Heilslehre verkündet. Seine überschäumende Verehrung für Professor Volkmann-Adel läßt Fluten von nachbeterischen Zeugnissen frei. „Sehen Sie, Herr Richter, die Hexenverfolgung im Mittelalter war gar nichts Religiöses, nichts, was wegen dem allgemeinen Glauben geschah. Das war etwas, was wir heute sexuelle Ausschweifungen nennen. Und dann die Zeit der Flagellanten, die totale Enthemmung, wie sie die Massenpromiskuität der Jahrhunderte war. Die Lustmorde, so sagt unser Professor, sind nicht erst in den letzten Jahrzehnten so oft vorgekommen."

Jetzt kann der Oberpfleger Baldauf alles von sich geben, mehr als je zuvor. Sein Gast sitzt mit übergeschlagenen Beinen vor ihm, was der Krankenpfleger als ein Zeichen von besonderer Aufgeschlossenheit wertet. „Wie mein Professor sagt, hat es natürlich schon im Zeitalter der Unaufgeklärtheit Lustmorde gegeben. Sie geschahen, weil von den Niederen kaum einer frei genießen konnte, vonwegen der Herrschaft, die sich allein alles herausnahm."

Baldauf reckt seinen kleinen Körper selbstbewußt. „Der kleine Mann aber, der ja auch was fühlte – heute nicht mehr, weil er alles hat mit Bordell und Striptease, wie das heißt –, der konnte noch nicht in so ein Eroscenter gehen. Bei den Stundenlöhnen heute. Der von damals hatte ja gar keinen Lohn. Leibeigenschaft, wissen Sie, Herr

Richter. Von da ist alles ausgegangen."

Auf diesem Boden einer angeblich wissenden Fakultät vom Seelenheil und auch von seinem Unheil, über das selbst die Chargen mit beflissener Zunge reden, fällt es Hermann Bugenhagen nicht schwer, noch ein wenig Geduld zu üben. Er ermuntert den ausschweifenden Krankenpfleger sogar mit dem mehrfach eingestreuten Ausruf: „Das ist interessant, ungemein interessant!"

Baldauf kennt solche Ermunterungen nur von Zuhause, wo er in Frau und Kindern geduldige Zuhörer hat. „So ist das auch mit den Perversitäten, Herr Richter, die gar keine sind. Das sind alles nur Fluchtversuche von diesen armen Kreaturen. Unser Professor Volkmann-Adel aber schafft das. Er bringt sie wieder hinaus ins feindliche Leben, gewappnet mit der Einsicht, daß der Mensch sich selber herausreißen kann aus dem Sumpf, wenn er nur eine helfende Hand weiß, die wir hier jedem, mein Professor und ich, entgegenstrecken. Meine Kollegen natürlich auch."

Die Redewendung „feindliches Leben" beflügelt den Oberpfleger Baldauf zu noch größerer Zutraulichkeit seinem richterlichen Besuch gegenüber, den er noch immer, fälschlich, für einen amtlichen Visitator hält. „Wenn die Leute nur wüßten, wieviel friedsamer es hier bei uns ist. Ich sage immer: Nirgendwo ist der Mensch so gut aufgehoben wie bei uns. Beschützt von meinem Professor und von mir."

Zum dritten Mal ergreift Baldauf den Arm seines Gastes. „Sehen Sie, Herr Richter, dort, der Mann an der fünften Spannmaschine, das ist Ihr Schützling. Das ist der Herr Tischer, dessentwegen Sie hier sind." Der Oberpfleger reibt noch einmal seine Hände an dem Kittel ab. „Ein nobler Mann, dieser Tischer. Einer mit Geist. Erinnern Sie sich, Herr Richter, das war der Mann, der unter dem Pseudonym „Justitian" die Gerichtsberichte geschrieben hat, die kaum einer in unserer Stadt nicht kannte. Mein Professor hat mal gesagt, daß manche Menschen wohl von scheußlichen Taten, die sie begehen wollen, abgehalten worden sind, nur weil sie gelesen haben, was Tischer vom Schicksal anderer berichtet hat. Auf das „Wie" kommt es an. Man kann aber auch die niederen Instinkte mobilisieren, wie es das Straßenblatt tut."

Oberpfleger Baldauf befindet sich in einem gewissen Zweifel, weshalb er mit resignierendem Tonfall ergänzt. „Es ist auch nicht zu begreifen, daß die meisten Ergüsse aus demselben Hause kommen. Dieser Pressekonzern muß ja die Studenten auf die Barrikaden treiben, mit soviel Widersprüchlichkeit. Das vornehme Dings von Weltblatt, worin der Tischer schreibt, und die Dreckschleuder, das Straßenblatt, worin sie einen Bock zum Gärtner machen."

Baldauf spürt erst jetzt, daß er zu weitschweifig geworden ist. „Entschuldigen Sie, Herr Richter. Sie möchten endlich mit Ihrem Schützling sprechen. Ich kann verstehen, daß Sie genug von mir haben. Ich werde ihn jetzt rufen, den Herrn Tischer. Aber, erlauben Sie mir noch, Ihnen zu sagen, daß er unser Bester ist, ein Star, wie das heute heißt, wenn einer anders ist als die anderen. Das ist nämlich ein Herr. Ja, ich übertreibe nicht. Herr Tischer macht keine Schwierigkeiten, nicht mit Forderungen, verstehen Sie, nach Alkohol. Er hat gleich erkannt, daß er erlöst werden kann. Das ist nämlich kein Hemmungsloser. Das ist ein Gewohnheitstrinker, wie es sie in der Presse zuhauf gibt, was daherkommt, weil diese Menschen täglich mit den schlimmen Sachen des Lebens zu tun haben, solchen zum Beispiel, wo sie wissen, daß vieles eben doch Lüge ist."

Der Richter möchte mit verstehenden Zeichen eingreifen. Er hat die alles erklärenden Einzelheiten zur Hand. Er könnte die Namen nennen, die Affären, die unter den Stichworten Intendant, Kuchenkremer, Kattenpot und Bonvivat zu suchen sind. Und unter den gegensätzlichen, die da heißen: Farning, Schweinowski, und der Konzernherr persönlich, mit seinen Helfershelfern, wie sie heißen: Bastian Schacht und – das ist das wirklich tragische Moment für Bugenhagen, daß er mehr weiß als dieser Mann – auch Professor Volkmann-Adel.

„Herr Tischer, so sagen Sie, Herr Baldauf, wird bald frei sein, wenn ich Sie richtig verstehe?"

„Aber gewiß, Herr Richter! Herr Tischer ist kein Fall von Versumpfung. Oh nein! Das ist das, was mein Professor Volkmann-Adel den Ventil-Affekt nennt. Das sind Menschen, die von sich aus nicht zum Verfall tendieren. Die nur deshalb im Abgleiten sind, weil sie bestimmten Situationen nicht gewachsen sind, vonwegen äußerem Druck."

Der Oberpfleger Baldauf scheut nicht, seine Wahrheit preiszugeben. „Wenn Sie auf mich hören möchten, Herr Richter, dieser Herr Tischer muß in etwas hineingestolpert sein, was nicht mit seinem Charakter in Zusammenhang steht. Da hat fremdes Handeln nachgeholfen. Wissen Sie, Ihnen muß ich das sagen können. Das waren Wünsche von höherer Warte. Da muß es um handfeste Interessen des Konzerns gegangen sein."

Oberpfleger Baldauf fühlt sich erleichtert, wie nicht oft vorher. Da ist mal einer gekommen, dem er seine hohe Aufgabe mit aller Gründlichkeit vor Augen führen durfte. Deshalb kann er wie einer, der vollkommen erleichtert ist, fast übergangslos seine dienstliche Pflicht wieder aufnehmen.

„Ich sage Herrn Tischer Bescheid. Gleich jetzt, Herr Richter, damit Sie keine Zeit mehr verlieren. Gehen Sie hier heraus, in den „Philosophen-Hain“, wie der Garten von den Kranken genannt wird. Wissen Sie, die haben für alles hier ihre Namen. Philosophen-Hain deswegen, weil hier die Anspruchsvollen flanieren, solche mit Kopf, die ganz dicke auf Draht sind mit allem, was in unserem Leben vor sich geht, Politik und Gesellschaft und so.“

Baldauf macht eine eingrenzende Handbewegung. „Die anderen gehen zu der Bankgruppe rauf, sehen Sie, dort, wo die Bäume sind. Das nennen sie den „Rauschberg“. Das sind die, welche doch nicht wegzubringen sind von dem gierigen Wunsch, an die Flasche heranzukommen, irgendwann, wenn sie bloß können.“

Während Hermann Bugenhagen seinem fortwährenden Erzähler die Hand reicht zu vorläufigem Abschied, fährt dieser fort. „Wir haben noch andere Ortsbezeichnungen in unserer Anstalt. Da gibt es den „Idiacker“, das ist ein Feld so groß wie ein Fußballplatz. Das ist darum, weil meine Kollegen, die Wärter, auf freiem Raum genau beobachten, wie sie sich verhalten. Wissen Sie, Herr Richter, dann weiß man immer, ob einer aus der Haut fährt. Das ist, wie unser Professor sagt, wenn der Teufel sein Spiel treibt. Seit vielen hundert Jahren immer das gleiche.

Für Hermann Bugenhagen nimmt der Augenblick seinen Anfang, den er in Gedanken schon so vielfach erlebt hat. Wie wird die Wiederbegegnung mit Tischer sein? Der schreckliche Vorfall im Konzern, von dem der Richter ausführlich von denen erfahren hat, die Tischer selbst immer als „Ersatzottos“ bezeichnete, liegt Monate zurück. Weiß der Gerichtsreporter, in welch' abgrenzender Obhut er ist, die der Amtsgerichtsdirektor nur zu gut als eine Art von Schutzhaft einstufen muß?

Die früheren Gemeinsamkeiten sind geblieben, was Hermann Bugenhagen angeht. Sind sie das für Tischer auch? Wahrscheinlich ist wohl, das weiß der alte Richter, daß die Fakten – dieses widerliche Wort – ihre eigene Sprache sprechen. Damit wird der Besucher der Psychiatrischen Universitäts-Klinik, der Gast von Oberpfleger Baldauf und der Freund eines Gestrauchelten, in den nächsten Minuten konfrontiert werden.

Im Rückschauen sieht Hermann Bugenhagen, wie der Oberpfleger an den Mann herantritt, den dieser als den fünften an den Spannblöcken bezeichnet hat. Der alte Richter wagt nicht, sich davon zu überzeugen, ob der Mann in dem blauen Drillich, den hier alle tragen, sich freut. Er könnte nicht einmal sagen, ob Franz Asmus Tischer ihn erkannt hat.

Auf den schmalen Wegen zwischen geometrisch angeordneten Beeten, auf denen Heidekraut sich in Teppichen ausbreitet, umrandet von Rosengittern, hält Hermann Bugenhagen den Kopf gesenkt. Der Mann, der von der anderen Seite ihm entgegenkommt, tut dasselbe.

Sie begegnen sich auf halbem Wege. Der ältere Mann, dem zu früh eine neue Rechtsverordnung mit willkürlichen Gesetzesänderungen das richterliche Amt genommen hatte, und der jüngere Reporter, der in diese neue Ordnung hineingewachsen war, von der es hieß, sie werde immer gelten und allen dienen, dem Recht des Einzelnen, wie dem Recht aller. Sie bleiben stehen.

Bugenhagen findet keine Zeit, sich eine Antwort auf die Frage zu geben, warum er solchen akademischen Quatsch gerade jetzt denkt. Und der andere ist so ruhig, so ohne Fragen und, wie es dem Richter erscheint, so ohne Wollen, daß jetzt gleich ein neuer Baldauf dasein wird, ein viel mitteilsamerer. Was der an rosarotem Nutzen zu verkünden hatte, das bringt Hermann Bugenhagen viel ausdauernder. Und, das sagt dem Richter diese Sekunde – viel überzeugender.

Da beginnt im Philosophen-Hain der Psychiatrischen Universitäts-Klinik ein Bajazzo seine Rolle zu spielen, der nicht minder großen Schmerz zu verstecken hat. Aber Bugenhagen will heilen, schockartig, mit einem Überfall, damit jener dort zurückfindet. Auf der Stelle.

„Herr Tischer, ich bringe gute Nachrichten, viele gute Nachrichten. So, wie Sie es immer getan haben, wenn Sie mich da oben in meinem Aktenstübchen besuchten." Bugenhagen beginnt seinen Mantel abzutasten, gewollt umständlich, damit er den anderen ganz auf sich fixieren kann. Die Überraschung muß befreiende Wirkung haben. Endlich zieht er die kleine Thermosflasche hervor. „Und hier habe ich das Elexier, das uns so oft zu guten Gesprächen verholfen hat. Ein Tee, der uns jetzt beleben wird. Wie damals, Herr Tischer!" Der Richter macht schnelle Schritte und ist neben seinem jungen Freund. Ohne auch nur eine Reaktion abzuwarten, zieht er Franz Asmus Tischer auf die Bank nieder. „Da, kosten Sie, nehmen Sie einen herzhaften Schluck!"

Der Gerichtsreporter hält den Becher wie einen Kelch in der Hand. Seine Lippen schmecken immer wieder nach. Seine Augen wechseln zwischen dem dampfenden Getränk und dem Gesicht des Besuchers. Bugenhagen weiß, daß er jetzt keine Zeit verlieren darf. Sein Mund ist vor Angst trocken. Was er hier wagt, kann den Zusammenbruch des anderen bedeuten.

„Meine Frau hat das gebraut, Herr Tischer." Der Richter scheut sich, zu sagen, woraus der belebende Trank besteht. Er muß es auch nicht. Er sieht, daß der angeblich kranke Freund mit einem zaghaften Lächeln dankt. Jetzt erst hakt Hermann Bugenhagen ein. Noch geschwinder im Wort als vorher, wobei er sich mit zustimmenden Gesten unterstützt. „Sie sind nicht so einer. Sie waren es nie, Herr Tischer. Und Sie werden es nie sein." Nein, Bugenhagen macht keine Pause. „Andere wollten, daß Sie so sind. Und das Unglück wollte, daß diese in einem unglückseligen Augenblick Recht bekamen."

Keine Pause. Bugenhagen weiß, daß dem Jüngeren nur mit dieser Radikalkur zu Bewußtsein kommen kann, daß am Ende dieser Zwangszeit ein neuer Anfang stehen muß. „Denken Sie mal, Herr Tischer, ich weiß aus sicherer Quelle, daß Sie bald wieder in den Gerichtssälen sitzen werden. Ja, Sie!"

Schnell füllt der Richter den Becher noch einmal. „Ich habe immer erfahren, in den vielen Jahren meiner richterlichen Arbeit, daß die streitenden Parteien eines Tages nichts sehnlicher wünschen, als alles ungeschehen zu machen."

Es ist ein Augenblick, in dem die Sonne über die beiden Männer auf der Bank hinweggleitet. Volle Zufriedenheit in seinem ältlichen Gesicht, fährt Hermann Bugenhagen fort. „Sie wissen, Herr Tischer, ich habe nichts zu verlieren. Andere, die auf viel höherem Roß reiten, als ich es jemals zu besteigen gewagt hätte, wissen sehr gut, wann das Tier einmal durchgehen könnte. Da bin ich hingegangen, zu dem größten Tier."

Hermann Bugenhagen wartet nicht, bis sein Zuhörer fragt und das Tier beim Namen genannt haben möchte. „Sehen Sie, junger Freund", der alte Richter rückt ein wenig näher an den Reporter heran, „ich wußte von allem, das da ausgeheckt werden sollte, mindestens soviel wie Sie. Ich weiß sogar mehr. Ich wollte es nicht sagen, weil ich schon früh ahnte, daß ich Ihnen einmal helfen müßte."

Der alte Richter sagt es so leise, daß es kaum lauter als Insektengesumm ist. „Man muß selber wissen, erfahren haben, wie bitter weh Unrecht tut. Ich wußte, daß Ihnen, Herr Tischer, solches Unrecht einmal widerfahren würde. Das lag geradezu in der Luft, bei den Machenschaften des Konzerns."

Jetzt nimmt auch Hermann Bugenhagen einen Schluck aus der Thermosflasche. Ein den Mund leicht entstellender Zug verrät, daß der Tee es in sich hat.

„Wir haben viel über die Asservaten-Sache gesprochen, über das viele Geld, die kostbaren Gemälde, die Kleinodien. Die Namen sind Ihnen geläufig. Aber es fehlten welche." Bugenhagen macht absichtlich eine Pause, weil er sieht, daß Franz Asmus Tischer sich entspannt zurücklehnt. „Die Namen der Konzernherren gehören dazu. Nicht vordergründig, womit ich sagen will, daß sie keinen direkten Zugriff hatten. Aber ihre Wohnungen waren schon geschmückt mit kostbarem Interieur, als es noch gar nicht so hätte sein können. Ich wußte, woher die Kostbarkeiten damals stammten."

Die Blumen auf den Beeten umher machen es dem alten Richter schwer, soweit zurückzudenken in eine Zeit, die zwar auch Blumen hatte, aber in der Graues überwog. „Jene Herren, ich muß schon sagen: Ihre Herren, hatten schenkende Gäste. Volle Hände. Volle Truhen. Teppiche und Leuchter. Wer will, kann sich vorstellen, daß solche schweren Dinge zarte Angebinde waren für kurze Genüsse, die damals wieder in Mode kamen, nachdem sie zwölf Jahre zuvor an dem schrecklichen Schicksal eines Erich Röhm ein so rohes Ende gefunden hatten."

Schon zweimal war Oberpfleger Baldauf an den Außenwänden der Spezialwerkstatt entlangflaniert. Mit prüfenden Blicken, die, was sein sich ständig reckender Hals verriet, nicht nur ergründen wollten, ob alle Fenster und Türen gesichert waren. Weder Tischer noch Bugenhagen zeigten sich angetrieben.

Dennoch beginnt der alte Richter die Themen zu raffen, die er seinem Schützling übermitteln will. „Also, Herr Tischer, wir werden uns wiedersehen. Am Gericht. Ich weiß nicht, ob das für Sie in gewohntem Auftrag geschehen soll, ich meine, für das Weltblatt, da können interne Überlegungen eine Rolle spielen, die auch Sie verstehen werden. Aber ich weiß, daß Sie wieder der erste Mann sein werden. Das ist gewiß!"

Die Thermosflasche ist leer. Hermann Bugenhagen schraubt sie zufrieden zu. Ein warmer Spätnachmittag hat ihm eine Begegnung geschenkt, vor der er sich gefürchtet hatte. Nun war sie für ihn zu einem Vatererlebnis geworden.

„Anfänge sind nicht immer nur neu, Herr Tischer. Sie finden oft auf gefestigtem Boden ihren Fortgang. Das wird auch für Sie der Fall sein. Dafür habe ich Garantien. Ich bringe die Sicherheiten dazu ein. Im nächsten Jahr werde ich nun doch pensioniert."

Endlich greift Hermann Bugenhagen nach dem Arm seines jungen Freundes, was er am liebsten im ersten Augenblick getan hätte. Aber der alte Richter ist zufrieden, daß er bei seiner verhaltenen Zuneigungsstrategie geblieben ist.

„Sie können den Neubeginn auch mit reichlicher Genugtuung wagen, Herr Tischer. Ich mag nicht darüber triumphieren, weil mir jede Art von menschlichem Fehlschlag zuwider ist, weil keiner von uns davon verschont bleibt. Ich kann mir aber vorstellen, daß Sie wissen möchten, was aus diesem oder jenem geworden ist."

Fast protokollarisch zählt Hermann Bugenhagen die Namen auf. Nur bei diesem einen fühlt er sein Blut in der Magengegend. „Der Tod von Professor Bonvivat hat alles umgekehrt." Der Richter möchte noch einmal sicherstellen, daß Tischer mit dem tragischen Ende des sozialdemokratischen Medienpolitikers nichts zu tun hatte. „Wissen Sie, Herr Tischer, das war ein Verzehrer von Haus aus, gewissermaßen nach Temperament und Blutdruck. Sie haben damit nichts zu tun gehabt. Hohe Ziele bedingen höheren Pulsschlag. Wobei es leicht mal endgültig bumst."

Bugenhagen ist in einen ruhigen Erzählerton verfallen, ungezwungen, sogar befreit, eher noch befriedigt. „Der Intendant wird nicht wiedergewählt werden. Aus Gründen, die, wie es in geschickten Formulierungen heißt, in seiner Person zu suchen sind. Und dann", jetzt unterbricht der Richter sich mit einem Kichern, an das sich Franz Asmus Tischer gut erinnert, „auch deshalb, weil die Christlichen aufgewacht sind. Sie wollen, sozusagen mit letztem Atem, ihre Plätze in den Rundfunkgremien verteidigen."

Erst jetzt gibt sich der Grund zu erkennen, weshalb Hermann Bugenhagen den kurzen, ins Hämische abgeglittenen Lachreiz, nicht hat bändigen können. „Stellen Sie sich vor, Herr Tischer: Der Doktor Schweinowski ist zum Vizepräsidenten seines Landtags berufen worden. Ja, der! Und außerdem sitzt er der Schwarzen Medienkommission vor. Ist das nicht zum Lachen?"

Mit einer fortwischenden Handbewegung geht der Richter über die nächsten Namen hinweg. „Senator außer Diensten Kuchenkremer wird noch eine Weile weiter mitstimmen, bis ihn die Jusos vom Sessel gefegt haben. Der Machade hat größeren genossenschaftlichen Nutzwert. Hinter dem steht die gewerkschaftliche Hausmacht."

„Wissen Sie eigentlich, Herr Tischer, daß es mit dem Herrn Bonvivat auch aus einem anderen Grund tragisch ist?" Bugenhagen schüttelt leicht den Kopf. „Es hätte all der Kraftproben gar nicht bedurft. Von der Gewerkschaftszentrale, dem Top-Gremium der Arbeiter, kam der Wink, der unmißverständlich ein Befehl an Machade war, die Drucker zu schützen. Na, und welche Drucker? Doch nur die vom Konzern. Die sollten nicht brotlos werden. Also, keine Rundfunkzeitung!"

So ruhig, als drehe sich das Thema zwischen den beiden Männern um gärtnerische Beobachtungen, fügt Bugenhagen hinzu: „So bekam auch der Kattenpott von seinem Bauimperium den Laufpaß gewiesen. Der gewaltige Wohnungsbaukoloß geriet in einen Untreueskandal von millionenschwerem Schaden für seine Mitgliedergenossen und entglitt so den Händen der Arbeitsmanager.

Dem Richter bleibt nur noch wenig Zeit. Oberpfleger Baldauf hat schon mehrmals mit unbegründetem Zollstockmessen an Scheiben, die gar nicht erneuert werden müssen, zu erkennen gegeben, daß seine Arbeitstherapie doch Vorrang behalten muß, daß Franz Asmus Tischer in die Rehabilitationsgruppe zurückkehren sollte.

„Lassen Sie uns noch einmal durch diesen hübschen Garten gehen, Herr Tischer. Da sind die Wege breiter, und wir können nebeneinander bleiben." Der Reporter, so leicht gestimmt wie lange Zeit nicht, wechselt seinen Platz, um an die linke Seite des alten Richters zu kommen. „Sie glauben nicht, Herr Direktor, wie sehr ich mich freue über Ihren Besuch!"

Bugenhagen möchte nicht, daß bei dem jungen Freund die Gefühlsschwelle bricht und ihn so Erinnerungen überschwemmen, die nicht alle verwunden sein können. Darum muß nüchternes Erzählen ein fester Deich bleiben. „Der Farning hat seinen Medienjob aufgegeben. Da mischt jetzt im Konzern eine ganze Stabsgruppe die Karten. Auch den Syndikus Farning gibt es nicht mehr. Eine Gruppe junger Anwälte sichert den Rechtskurs des Konzerns. Ohne Tricks, ohne abgestandene Verbindungen, auch ohne Intrigen. Die brauchen die jungen Leute nicht. Da ist nur noch hartes Besitzrecht im Spiel. Knallhartes Aktienrecht. Und die hohe Kunst, mit vorbeugender Legalisierung den Besitzstand zu schützen."

Vielleicht sind es weniger als zwanzig Meter, die beide Männer bis an die Einlaßtür zu der beschützenden Werkstatt zurückzulegen haben. Die verbleibende Spanne nutzt Amtsgerichtsdirektor Bugenhagen, indem er hastiger spricht. Aber das geschieht auch deshalb, weil er weiß, wie sehr Zweifel und Enttäuschung dem Reporter in den vergangenen Monaten zugesetzt haben müssen. „Sie dürfen nicht glauben, Herr Tischer, daß die anderen Sie vergessen haben. Sie alle, der Bote Trotzki, der Barmixer Oropax, und, allen voran unser Freund Humbert, der Vollblutmann, der Witzspender und Lieferant einer allzu deutlichen Anschaulichkeit, sie alle, natürlich auch der Schwachstromer Erni, hätten gern mal hereingeschaut. Aber ärztliche Order, Ihnen Ruhe zu gönnen, hat das verhindert."

Fremde Zeugen könnten nichts anderes glauben, als daß hier der Vater von dem Sohn Abschied nimmt. Der Richter hält den Gerichtsreporter an der Hand. „Ja, und das möchte ich noch sagen: Auch ich brauchte eine Besuchserlaubnis. Aber ich wußte, daß ich sie von Professor Volkmann-Adel bekommen würde, ohne Nachdruck. Was von meiner Seite auch anders hätte sein können, was um jeden Preis anders gewesen wäre, wenn nicht . . . "

Der Richter legt die Hand auf die Schulter des Jüngeren. „Wir lernen früher oder später, daß es auch ohne Druck geht, der ja stets Gegendruck erzeugt. Als ich den Psychiatrie-Professor anrief, sagte dieser etwas sehr Einfaches, was für die Menschen schon seit Jahrhunderten gilt und was sie in ihren Sprichwörtern bewahren. Volkmann-Adel sagt: Es vernarben Wunden, und es wächst Gras über eine Sache. Aber das Schönste ist doch Bedauern, wenn es Dauer hat!"

* * * * *

Die Personen und Handlungen dieses Romans sind frei erfunden. Etwaige Ähnlichkeiten mit lebenden oder verstorbenen Personen sind rein zufällig.

Herbst 1989 Der Verlag

Im gleichen Verlag sind erschienen:

Ranka Ewers: Mehr als nur ein Sommer . . .
Ein Liebes- und Eheroman, besonders für „Pferdenarren"! Ganzleinen, Goldprägung, Schutzumschlag, 338 Seiten
ISBN 3-926688-14-9 DM 29,80

Linda Hoos: Institut Adele
Taschenbuch, 157 Seiten, mit 10 Zeichnungen von Janetzko, Umschlag 2farbig. Die komische Geschichte einer reifen Frau, die Gutes tun wollte.
ISBN 3-926688-16-5 DM 14,80

Laurentius Domnescu: Denkanstöße in der Parapsychologie
Die Erschließung der rechten Gehirnhälfte. Taschenbuch, 4-Farbumschlag, 143 Seiten
ISBN 3-926688-17-3 DM 19,80

Laurentius Domnescu: Das Elend des Psychologismus und die Apologie der philosophischen Misere
Taschenbuch, farbiger Umschlag, 252 Seiten
ISBN 3-926688-21-1 DM 39,80

Robby Wildgruber: Aus der Einsamkeit oder Ein Lächeln im Schmerz
Die lyrischen Meditationen eines alkohol- und drogenabhängig Gewesenen, 4-Farbumschlag, 70 Seiten
ISBN 3-926688-18-1 DM 14,50

Thomas Ritter: USA – Der lächelnde Kannibalismus
Der Autor, ein deutscher Manager, war etliche Jahre in den Vereinigten Staaten und beschreibt die wirklichen Lebensverhältnisse im „reichsten und fortschrittlichsten Land" der Erde. Er zeigt dem schockierten Leser, wie es wirklich ist!
Taschenbuch, 4-Farbumschlag, 200 Seiten
ISBN 3-926688-20-3 DM 24,80

Herbert Jost: Bernd Liebsau – alias Bernard Lovepig
Eine urkomische Persiflage auf einen Filmregisseur und seine Machenschaften. Etwas für Leute, die Freude an skurrilen Ideen haben und gerne lachen.
Taschenbuch, 4-Farbumschlag und zahlreiche Zeichnungen, 124 Seiten
ISBN 3-926688-19-X DM 12,80

Marietta Scherer: Ich bin wie jenes bunte Blatt
Die Bekenntnisse der Marietta Scherer in Lyrik und Prosa. Taschenbuch, 4-Farbumschlag, 119 Seiten
ISBN 3-926688-22-X DM 19,80

Bärbel Blinker: Puck und die Kolonie der Baumgeister
Ein Bilder- und Märchenbuch für Kinder und Erwachsene. Großformat, 42 Seiten mit 12 Farbcollagen
ISBN 3-926688-23-8 DM 24,80

